# KEINE MENSCHENSEELE

FAYE HELL

Jürgen Eglseer, Traunstein

Covergestaltung: Mark Freier
Lektorat: Carmen Weinand



ISBN – 978-3-95869-222-0

Besuchen Sie unsere Webseite:
**amrun-verlag.de**

Bibliografische Information der Deutschen Nationalbibliothek:
Die Deutsche Nationalbibliothek verzeichnet diese Publikation in der Deutschen Nationalbibliografie; detaillierte bibliografische Daten sind im Internet unter http://dnb.d-nb.de abrufbar.

Amrûn

# Teil 1

# Blanke Zahlen

# Herzlich Willkommen.

»Falls Sie noch etwas brauchen, frische Handtücher, ein weiteres Kopfkissen, Briefpapier, eine Waffe, eine Überdecke …«. Das fahle Gesicht der jungen Frau verändert sich kaum merklich, aber ihr unbewusstes Zusammenzucken unterbricht meine einstudierte Höflichkeit. Es ist dieser eine Teil einer Sekunde, dieser Bruchteil Wirklichkeit, in dem sie etwas gehört hat, das für sie nicht in ihre momentane Welt passt. Der Ausdruck elementarer Verblüffung auf ihrem Gesicht ist von bitterer Süße und unendlich kostbar. Doch bereits der nächste Moment versichert ihrem blassen Geist, dass es nicht die Welt um sie herum sein kann, die mit ihrer profanen, über Lebensabschnitte hinweg einstudierten Erwartung bricht. Dass zu Gunsten der Sicherheit nicht die Wirklichkeit an sich verrückt geworden ist, sondern ihre Wahrnehmung der Wirklichkeit verrücktspielt. So wankt ihr Dasein, wankt ihr Selbstverständnis nur für einen Moment.

Sicherheit.

Alle seid ihr so armselig in eurer selbstverordneten Sicherheit. Beton an euren Füßen.

Ich lächle, obwohl mir nicht danach ist. Aber es gehört sich so, deshalb lächle ich.

»Ich habe gedacht, Sie hätten vielleicht gerne eine Überdecke. Es kann sehr kalt werden in diesen alten Mauern. Nachts. Da lernt die Kälte zu kriechen. Wir haben zu dieser Jahreszeit nicht viele Gäste. Es werden nicht mehr alle Räumlichkeiten beheizt. Sie besuchen uns in einer Phase des Übergangs. Eine Decke?«

Ich bin ein geduldiger Mensch. Kaum jemand versteht auf Anhieb, was ich ihm zu sagen habe. Also spreche ich, zum Beispiel jetzt in diesem Moment, über Decken. Vorerst. Aber es ist die *Zeit*, um genau zu sein die vergangene Zeit, *die auf meiner Seite ist.* Und irgendwann verstehen sie.

Sie verstehen alle.

»Danke, sehr freundlich von Ihnen«, antwortet die Frau zögernd. Ihre zarte Stimme ist durscheinend wie ihr Gesicht.

In der Tat, ich bin sehr freundlich, auch wenn es keine meiner Eigenschaften ist. Es ist mehr ein Talent, kein Teil von mir. Freundlichkeit ist überflüssiger Tand.

»Sie wollen also eine Decke?«

»Ich glaube, ich ... danke nein. Ich brauche keine.«

Mein nachdrückliches Offerieren mag den Anschein erwecken, dass mir sehr viel an dieser Decke liegt. Tut es nicht, aber das Gespräch ist noch nicht vorbei und die unerwünschte Decke ist das Durchatmen vor dem Nachsatz. Ich bleibe und lächle weiterhin. Meine unbeirrbare Höflichkeit zwingt die Fremde dazu, das Gespräch wieder aufzugreifen und in eine andere Richtung zu lenken. Weg von der Decke. Obwohl, Zwang? Niemand muss hierher kommen.

*Doch wer schon einmal hier ist, der muss auch hier sein.*

Die Mundwinkel der Frau mit dem unscheinbaren aber ebenmäßigen Gesicht zucken. Eine Sympathiebekundung, möglicherweise Unsicherheit, vielleicht sogar Verwunderung über das Zimmermädchen, das in seiner unnatürlich steifen und altmodischen Uniform eher an ein Relikt aus einer hochherrschaftlichen Zeit, als an eine Reinigungskraft erinnert. Streng gebundener Pferdeschwanz, strenger Gesichtsausdruck. Schwarzer Rock, weiße Bluse, weiße Schürze. Um den steifen Hals eine dünne, silberne Kette mit einem spiegelnden Herzanhänger, der zwischen den abgerundeten Kanten des hochgeschlossenen Blusenkragens hervorblitzt.

Spiegelglatte Dienstbarkeit.

Verwechselbar, ungreifbar, fremd - bereits beim Verlassen des Zimmers vergessen.

Ich.

»Es wundert mich nicht, dass Sie um diese Jahreszeit wenige Gäste haben«, fährt die Frau fort. »Eigentlich würde ich mich eher wundern, hätten Sie viele Gäste, egal zu welcher Jahreszeit. Ich persönlich fahre diese Strecke mehrmals im Jahr, und das seit Jahren, aber dieses Hotel ist mir bisher noch nie aufgefallen. Es liegt sehr versteckt.«

»Es ist nicht versteckt. Es liegt an der Straße. Die Leute sind es. Sie haben verlernt, auf das Hotel zu achten, sie achten nur auf die Straße.«

Sie verliert sich beinahe im Gedanken, doch spricht sie weiter. Abwesend, sich an eben erst Geschehenes, kaum Vergangenes bereits nur noch erinnernd.

»Ich war … ich habe mich in einem vagen Bild verloren, wollte nicht nach Hause fahren. Es ist wohl nur ein paar Kilometer weiter die Straße lang, doch ich konnte nicht. Das Hotel war meine Rettung.«

»Das tut das Hotel. Es rettet Menschen.«

Die Frau lacht ungläubig. »Davon bin ich überzeugt.«

»Ich weiß.«

Das Gespräch verebbt, bis die Sprechenden schließlich verstummen, und zärtlich kriecht die prophezeite Kälte ins Zimmer. Ein zeitgerechtes Willkommen. Ich kann sehen, wie das vage, kleine Tier Ahnung am Rücken der Frau hinaufkriecht, sich an ihre linke Schulter schmiegt und wispert:

»Ich bin es. Ich bin da.«

Als könnte man die Ahnung kichern hören. Sie kichern sehen. Scharfe kleine Zähnchen, die durch ein verschlagenes Lächeln blitzen. Einfach da. Die Frau fasst sich irritiert an den Nacken. Unfassbar. Die beinahe ertappte Ahnung lässt sich fallen, wie Tau, gleitet den Rücken hinab wie ein beinloser, silbern schimmernder Nerz, verzieht sich hinter die einen Spaltbreit geöffnete Schranktür.

Mir gefällt *deine* sanfte Zurückhaltung.

Eigentlich will ich mich nicht trennen, aber es ist an der Zeit. Und es gilt Besorgungen zu machen. Ich habe mich zu kümmern. Ich nicke zum Abschied höflich, wende mich zum Gehen, doch die wiedererwachten Worte der Frau halten mich zurück.

»Haben Sie an der Rezeption Broschüren über die Umgebung? Wenn ich schon hier bin, und wenn ich Zeit habe. Ich könnte spazieren gehen, vielleicht rund um den Teich auf der anderen Seite der Straße. Oder gibt es ein Museum, eine Ausstellung? Kunsthandwerk?«

Man muss nachsichtig sein, muss Geduld haben mit den Menschen. Und wie gesagt, ich bin ein geduldiger Mensch. Ich gebe unseren Gästen gerne die Zeit, sich der Erinnerung hinzugeben. Selbst den ungläubig Ahnungslosen.

Denn alles braucht seine Zeit.

Und alles geschieht zu seiner Zeit.

»Bitte glauben Sie mir, Sie werden das Hotel erst gar nicht verlassen wollen.«

Die Frau sinkt auf den brokatbezogenen Ohrensessel neben dem zierlichen, ebenhölzernen Schminktisch. Plötzlich ist sie unendlich müde. Sie weiß, dass der Schlaf auf sie wartet, dass er dazu bereit ist, ihr für die nächsten Stunden einen sicheren Unterschlupf zu gewähren. Doch auch der Schlaf wird vergehen, der Unterschlupf dem Erwachen nicht standhalten. Aus dem sich mit jedem bleischweren Wimpernschlag verkleinernden Augenwinkel sieht sie noch, wie das eigentümliche, das echsenglatte Zimmermädchen ihr zunickt und sich anschickt, das Zimmer zu verlassen.

»Ich bringe Ihnen später die *Decke*, die Sie wollen.«, flüstere ich.

Und ich weiß, dass sie versteht.

## DRITTER STOCK, ZIMMER 314

Mir scheint, selten zuvor habe ich das Bedürfnis verspürt, einen Gast bevorzugt zu behandeln. Jeder Gast zu seiner Zeit. Einer nach dem anderen. Und jetzt eben ein anderer. Nicht nach meinen Regeln oder meinen Vorlieben. Weder meiner Weisung noch Wertung unterworfen. Dennoch, ich kann mich nur schwer trennen, etwas bindet mich an diese Frau, brennt für ihre Erinnerung, ihre Geschichte. Etwas Persönliches. Obwohl es das immer ist, etwas Verborgenes, etwas Persönliches. Und es ist diese Hingabe an jede einzelne Geschichte, die mich zu dem macht, was ich bin. Es ist diese Hingabe, die mich zu *dir* geführt hat. *Du* bist die Idee, ich bin das Werkzeug. Und es ist noch keine Erinnerung verloren gegangen, blieb keine Geschichte unerwähnt. Ich habe sie alle gehört, und ich habe keine vergessen. Gehasst, verdrängt und unterdrückt. Lauernd, bohrend, um Gehör und Leben ringend. Emotionale Stiefkinder, Lücken in einer gequälten Seele.

*Die weiße Stelle.*

Wir lassen die Erinnerungen frei. Befreien sie aus dem Gefängnis Mensch.

Die, die hierher kommen, sprechen nie wieder darüber.

Oder sie sprechen nie wieder.

Den Gang entlang. Der schwere, weinrote Samtteppich, die Ecken von der Zeit zerschlissen, die Struktur von den Menschen zertreten, dämpft meinen besonnenen Schritt. Matte Seidentapeten, heute vergilbt, damals froh. Alte Bilder auf altem Leinen, die Fenster zu einer alten Welt. Eine Szene am See, kleine Boote, Menschen am Ufer, Seerosen. Ein sonniger Tag in verblassten Farben. Ein Sonntagnachmittagsausflug in impressionistisch unaufdringlicher Manier. Die Frau trägt einen Sonnenschirm, der Hund tollt voraus, die Kinder ziehen sich an den Händen. Gelächter. Wenige Schritte weiter eine idyllische Landschaft. Ländlich, in der Ferne eine Kirche, vielmehr Kapelle. Kleiner Turm, Zwiebeldach. Dahinter eine Wiese. Das Heu steht hoch, ein saftiger Herbst, der auf einen strahlenden Sommer folgt. Reiche Ernte. Bedeutungsleerer Frohsinn, an den Ecken Schimmel angesetzt.

Unmerklich bröckelnder Stuck an der Decke, vom Staub durchzogen. Geschwärzt an den Kanten, ein Andenken an einstige Kandelaber und ihre wächsern rußenden Kerzen. Das Motiv wie kleine Kraken, die Enden zu gierig klaffenden Mäulern verdickt. Daneben fratzenhaftes Getier, lauernd in die Ecken gedrückt. Schummriges Licht, das durch stumpf gewordenen Bergkristall fällt, doch nicht aneinander reicht. Zwischen den Lüstern, hinter jedem einzelnen Schatten, ein Geheimnis. Bedrohliche Behaglichkeit und Stille.

*Bom. Bom. Bom.*

Als wäre mein Schritt *dein* Herzschlag.

*Bom. Bom. Bom.*

*Bom.*

*Du* lässt mich innehalten, und ich stehe still wie der Augenblick.

Es ist Zimmer 314, zu dem *du* mich geführt hast. Schritt für Schritt. Herzschlag für Herzschlag. Ein wohliges Gefühl streicht über meinen Kopf, verschwindet im Nacken, schmeichelt sich an mich. Wirklich? Er? Ich habe die Zeichen gar nicht erkannt, die … aber weshalb hätte ihn der *Zufall* sonst zu uns geführt? Ich weiß, dass *du* es als anmaßend empfindest, dass ich denke, dass er sie auch zu mir führt. Dass ich denke, dass es unsere Gäste sind. Aber *du* hättest nicht all *deine* Geheimnisse mit mir teilen dürfen, sollte ich nur *dein* Instrument sein.

*Ich kenne dich.*

Der Gast aus Zimmer 314.

Ein bildhübscher, rotblonder Mann mit strahlend graugrünen Augen, in denen nahe der Pupille ockergelbe Farbsplitter auf der Iris glühen. Mitte dreißig, wohlerzogen, vornehm gekleidet, aber dennoch von gewinnendem Wesen und natürlicher Offenheit, nahezu ansteckend mitteilsam. Ein Handelsreisender, die Bezeichnung Pharmareferent scheint mir gar zu plump für ein Wesen seiner manierlichen Gestalt. Er hat in mir sofort dieses besondere, dieses geschlechtliche Begehren geweckt.

Zärtlich berühren die Fingerspitzen meiner rechten Hand die Tür … Vorfreude. Ein Kribbeln dringt durch meine Finger, gleitet sanft meinen Arm entlang, zieht meinen erhitzten Körper nahe an das kühlende Holz. Mit beiden Handflächen streiche ich über die glatte Oberfläche. Mein Atem wird flacher. Ich presse meinen Körper fordernd gegen die Türe, liebkose ihre glatte Oberfläche mit meinen rauen Händen - ein intimes Näherkommen - lege meine rechte Wange daran schmiege mich an sie, lecke sie. Einmal, zweimal. Lasse mich hinabsinken, in eine undeutliche Welt, einen Strudel aus Bildern, Lauten, Gerüchen.

Geordnetes Chaos.

Ich durchkämme seine Erinnerung nach dem einen Gegenstand, dem einen Laut, diesem bestimmten Geruch. Als es sich manifestiert, dieses Etwas, bin ich so überrascht wie gewöhnlich, so überzeugt wie es sich ziemt, aber so erheitert wie selten. Das wird sicher entzückend aussehen. Harmlos, so nicht auf den ersten Blick verdächtig.

Eine Präsenz, die sickern muss.

Sie wird wunderschön sein, in seinem Zimmer. So lieblich und kindlich.

So unschuldig.

Als ich die Türe zu *deinem* Tresor öffne, kann ich vor freudiger Erwartung ein Jubilieren kaum unterdrücken. Ich möchte die schmalen Gänge zwischen den überladenen, Spinnweben verhangenen Regalen entlangspringen. Ein Tempelhüpfen der Gefühle. Fremde Gefühle, zu meinem vorrübergehenden Wohle geborgt. Ich möchte ein Lied summen, es schmettern, bis sich die Balken unter meinen euphorisch disharmonischen Tönen biegen. Noch die Gläser mit giftigem Sekret küssen, jedes einzelne Tagebuch, jedes Memorandum lesen, die Musikstücke und vereinzelten Klänge aus ihren Konserven befreien, all die verbotenen Gerüche einatmen und in mir fremden Schuhen tanzen. Möchte in den Erinnerungen der anderen leben.

Weil ich zwischen all diesen Erinnerung die bin, die keine hat.

Keine Erinnerung.

Wie ein Kind am Weihnachtsmorgen schlage ich die Hände zusammen, als ich sie im Regal entdecke. Dann zügle ich meinen Enthusiasmus, unterwerfe mich dem meiner Profession gebotenen Maß, strecke beide Arme aus und ziehe sie behutsam zwischen den für dieses Unterfangen bedeutungslosen Dingen hervor. Fürsorglich drücke sie schützend an mich. Sie ist ganz wunderbar, diese kleine, unscheinbare Polsterkatze.

*Und sie wird ihn um den Verstand bringen.*

## NUR EINE BLANKE ZAHL

Robert hat es im Leben zu etwas gebracht. Er hat die Schule mühelos abgeschlossen, ein langweiliges aber zukunftsweisendes - in eine sichere finanzielle Zukunft weisend - Studium mit Auszeichnung und ohne sonderliche Begeisterung absolviert, einen gut bezahlten, identitäts- und emotionsfreien Job angenommen, einen moppeligen, niemals bellenden (aber wahrscheinlich bissigen) Hund aus dem Tierheim geholt, eine zehn Zentimeter kleinere und zwei Jahre jüngere Frau, die gerne bereit gewesen war, Hausfrau und Mutter zu werden, kennengelernt, sie drei belanglose Jahre später geheiratet und bald darauf zwei durchschnittliche Kinder in seine durchschnittliche Welt gesetzt.

Drittes in Planung.

Haus in Planung.

Beförderung in Planung.

Leben verplant.

Ja, er hat es zu etwas gebracht.

Als er sich vom Tag erschöpft auf das, von zahllosen Hotelgästen durchgelegene, aber dennoch einladende Bett des Hotelzimmers fallen lässt, stecken seine Gedanken gerade auf halbem Weg zwischen Bankkredit und Ausbildungskonto fest. Quasi finanzielle Einbahnstraße mit akutem Verdacht auf Sackgasse. Aber auch das ist nichts, das nicht durch eine eingehende Planung lösbar wäre. Planung ist die halbe Miete, der halbe Wohlstand, das halbe Leben. Die andere Hälfte ist bis zum heutigen Tag noch nicht verdient, noch nicht verplant.

Schläfrig klopft er die aufgewühlten Laken – ist das Zimmermädchen nicht hier gewesen? – nach der Fernbedienung ab. Fernsehen ist für ihn nicht Unterhaltung, sondern reine Notwendigkeit. Wirft er seinem ständig Zahlen mahlenden Gehirn nicht sofort sozialpornographischen Sand ins Intellektgetriebe, wird er den Rest des Abends mit Kosten-Nutzen-Rechnung und Planprivatwirtschaft verbringen. Wo bleiben die fettleibigen Teenagermütter, die pädophilen Volksschullehrer, die alkoholkranken, schmarotzenden Frührentner? Versteckt wie die Fernbedienung. Genervt legt er das Extrakissen zur Seite, als sein Blick wie zufällig auf die Polsterkatze fällt.

*Mitten auf dem Bett.*

*Die Katze.*

Dunkelbraun melierter Körper, die beiden Ohren zu einer halbmondförmigen Sichel gebogen, eingerollter Schwanz, blaukarierte Masche um den Hals, goldene Augen.

*Knopfaugen.*

Sein Schrei bleibt ihm im Hals stecken, verkeilt sich in seiner Kehle, verhallt in seiner Seele. Das ist unmöglich. Sie kann nicht hier sein.

Die verdammte Polsterkatze ist tot.

*Er hat sie getötet.*

An seine Eltern konnte sich Robert nicht erinnern, seine Erinnerung begann mit seiner Großmutter. Lange Zeit war ihm gar nicht bewusst gewesen, was ihn da von den anderen Kindern im Innenhof der Waschbeton-Sozialwohnbausiedlung unterschied. Er hatte dieselben Kleider an, armselig und alt, und er offenbarte dieselben Vorlieben: klebriger Kaugummi und tropfendes Eis, wie jedes andere Volkschulkind. Aber er hatte keine Eltern. Hatte diese auch niemals gehabt. Oder so gut wie niemals. Der Vater unbekannt. Die Mutter verstorben. Seine Großmutter Nana war die einzige Person, die er jemals gehabt hatte und noch immer hatte.

*Nana.*

Eine alte Frau mit alten Regeln und einer eigenen Vorstellung vom Leben, von der Erziehung. Doch alles verlief, wie es verlaufen musste.

Robert war eigentlich nie unglücklich. Nur bedarf es keiner tiefenpsychologischen Kenntnisse, um zu begreifen, dass die Abwesenheit von Unglück nicht gleich Glück bedeutet. Roberts Kindheit war lieblos, sie war leblos. Nicht, dass ihn Nana nicht geliebt hätte, denn das tat sie, innerhalb ihres von Verantwortung aufgespannten und Konventionen eingeengten Rahmens. Es war Robert, der lebte ohne zu lieben, lebte ohne zu leben. Jeder Tag fühlte sich an wie der Tag zuvor. Und das Gefühl der darauffolgenden Tage brachte auch keine große Überraschung mit sich. Kausal, pragmatisch, einfach.

Dann trat MouchMouch in sein Leben.

Er hatte die kleine, magere Katze immer wieder beobachtet, wenn er beim Steinbruch gespielt hatte. Eigentlich durfte er das nicht, aber er tat es trotzdem. Dieser Ort war ihm heilig, und seit die zierliche, golden schimmernde Katze dort war, gleich noch mehr. Eigentlich durfte er auch keine Katze haben, aber eines Tages war ihm die schmutzige Streunerin bis zur Wohnung gefolgt, und dort war sie geblieben. Nana hatte nur halbherzig protestiert, gar zu liebreizend war das struppige Vieh anzusehen. Robert hatte gebettelt, und Nana hatte schließlich »Ja.« gesagt. Dann hatten sie das dankbare Tier gefüttert, gewaschen und gebürstet. Und sie hatten sie behalten. Mit beschnurrlicher Beharrlichkeit hatte die anschmiegsame Unschuld so ihren Weg vom Steinbruch in die kleine Wohnung gefunden.

MouchMouch war … sie war *perfekt.*

Jedes golden glänzende Haar an ihrem sehnig straffen, strammen kleinen Körper war drahtig und samtzart zugleich, wie die zu klein gewachsene Katze selbst. Sie konnte sich anschmiegen wie ein Seidentuch im Wind um den zierlichen Hals eines rotwangigen Mädchens. Konnte sich im nächsten Moment versteifen wie eine fellgewordene Stabheuschrecke, sich ohne Rücksicht auf die irreparable Zerstörung an Polstermöbeln und Teppichen festkrallen, wenn die Berührung der Menschen, deren hartnäckiges Halten und Liebkosen, nicht erwünscht war.

Robert respektierte die Wünsche der Katze, weil er die kleine wassertropfenfangende Individualistin ob ihrer Starrsinnigkeit bewunderte und ja, fast liebte. Stundenlang konnte er sie dabei beobachten, wie sie wiederum ihn beobachtete. Und diese Beobachtung lehrte sie beide zu verstehen. So wuchs das Verständnis für einander, so wuchs die Bindung. Bald verließ MouchMouch ihren wohligen Schlafplatz am warmen Ofen und rollte sich am Fußende von Roberts Kinderbett ein, um jede seiner Nächte mit ihm zu verbringen, über seine Träume zu wachen und nur manchmal, zur Warnung, einen Alb durch ihre bekrallten Traumfängerpfoten schlüpfen zu lassen. Denn ein Mensch, der nie Schlechtes träumt, wird sich eine schlechte Wirklichkeit schaffen.

Roberts erster Weg nach der Schule führte zu MouchMouch, und war diese nicht da, wartete er geduldig am Fenster der Wohnküche, blickte vom ersten Stock aus in den asphaltierten, von wucherndem Unkrautgrün zerrissenen, Innenhof, hoffte auf ihre Rückkehr. Und die Katze ließ ihn niemals unnötig warten. Auf flinken Pfoten kam sie gelaufen, kletterte auf den Schuppen, in dem überflüssig gewordenes Gerät und diverser Unrat lagerten, und sprang auf das Fensterbrett. Sie war wirklich außerordentlich geschickt und mindestens genauso zuverlässig. Ein sanftes Tappen an der Scheibe und eine Entriegelung später lag die kleine Stubentigerin dann in seinen schützenden Armen. Keiner sollte ihr eines ihre steifen Haare krümmen oder gar abbrechen. Nur vorsichtiges Biegen unter seinen behutsamen Berührungen war erlaubt.

*Dann kamen die Gedanken.*

Die Decke, die sich um seine Beine geschlungen hat, bringt ihn fast zu Fall, als er aus dem Hotelbett springt. Nach Luft und Halt ringend stolpert er zwischen Bett und Kasten entlang. Weg von diesem Bett, weg von dieser Katze.

Wie kann sie hier sein? Er hat seit sicher zehn Jahren nicht einmal mehr an sie *gedacht*, kein einziges Mal. Zuerst hat es keinen Tag gegeben, an dem er nicht an sie gedacht hat, dann hat er Jahre damit verbracht daran zu denken nicht an sie zu denken. Erst hat er sie gefürchtet, dann hat er sie getötet, danach hat er sie verdrängt, und schlussendlich hat er sie vergessen. Zehn friedliche, knopfaugenfreie Jahre lang.

Er strauchelt, die Finger seiner rechten Hand streifen den Teppichboden, sein linker Fuß verfängt sich in der Bordüre der Bettkante, kann nicht nachgezogen werden und hängt fest. Unsanft geht Robert doch noch zu Boden. Langgestreckt bleibt er vor der beschlagenen Balkontür liegen und wagt nicht zu atmen. Sein verzerrtes Spiegelbild bricht sich im matten Glas. Seine Glieder sind urplötzlich wie steifgefroren. Sein Herz pocht. Die hämmernden Schläge drücken die Adern in seinem Hals von innen gegen die zarte Haut. Er kann das Blut rauschen hören wie einen tosenden Orkan. Dann, unter dem Orkan, hinter den Wellen, zwischen dem Rauschen …

Das Geräusch.

Das leise Knarzen von Kieselsteinen, die aufeinanderschlagen und sich aneinander reiben. Ganz wenig. Immer. Immer wieder. Und wieder.

*Krrrr Krrrr Krrrr*

Schabendes Gleiten, geschmeidiges Rutschen auf glatter Seide.

*Krrrr Krrrr Krrrr*

Ein einzelner salziger Tropfen sammelt sich in Roberts linkem Augenwinkel. Er darf jetzt nicht weinen. Muss weg. Raus. Weg aus diesem Zimmer. Er schlägt seine Fingernägel in den Teppich, krallt sich Hilfe suchend, Rettung suchend fest. Ihm ist, als würde er das gesamte Gewicht seines Körpers an den Nägeln voranziehen. Dann endlich explodieren seine paralysierten Muskeln. Wie ein Panther aus seinem Versteck schießt er vom Boden hoch, taumelt auf die Hotelzimmertür zu. Ein rettendes, weißes Rechteck.

Der Ausweg.

Atemlos streckt er die Hand nach der Klinke aus.

Es musste einen Grund geben, warum sie ihn so lieb hatte. Liebte mit der Unschuld eines Wesens, das noch nie Leid erfahren hatte, dem das Leid an sich und sogar der Begriff selbst fremd waren. Die unschuldige Katze liebte mit einem Vertrauen, das nur durch Unwissenheit entstehen konnte. Völlig frei davon, die Welt in ihrer ganzen Arglistigkeit zu begreifen, weit entfernt davon, von ihrem Kalkül ergriffen zu werden. Er konnte das aufrichtige Gefühl in ihren Augen erkennen, weil er es noch nie zuvor in anderen, und schon gar nicht in menschlichen Augen gesehen hatte. Aber warum liebte sie ihn? Nichts erschien ihm liebenswert an sich selbst. Doch MouchMouch lebte in ihrer eigenen Welt und sie hatte ihre eigenen Werte. Lag sie in seinen Armen, schnurrte sie im Rhythmus seines Herzschlages, bis er nicht mehr wusste, ob sie schnurrte, wie sein Herz schlug, oder ob sein Herz schlug, wie sie schnurrte.

Schlug, weil sie schnurrte.

So konnte er in ihre Welt eintauchen und in ihren Augen verlorengehen.

Aber die bohrende Frage nach dem Warum ließ ihn nicht los. Es musste einen Grund geben. Kein Wesen liebte grundlos, nicht in seiner Welt. Es musste an ihr liegen, tief *in* ihr verborgen sein. Und je länger er sie beobachtete, desto sicherer war er sich, das Zentrum der Liebe lokalisiert zu haben. Der Grund für ihre Liebe lag hinter ihren Augen. Würde er dort suchen, würde er ihn finden.

Wochenlang beobachtete er nun nicht mehr die Katze. Es waren ihre Augen, die er beobachtete. Diese schimmernden Glasmurmeln mit den gelbgrünen Scheiben in der Mitte. Sachte lodernd, zärtlich lauernd. Das Lauernde und das Zärtliche, tief verwurzelt in der Natur der Katze. Anfang und Ende desselben, vertauschbar aber unausblendbar. Die Augen einer Katze entsprechen nicht menschlichen, vom Leben trüb gewordenen Augen. Milchig, breiig, ohne Feuer. Gebrochen am Gesehenen. Zu oft abgewandt, zu selten erglüht. Die Augen einer Katze begehren und erfahren. Und sie funkeln. Blickt man von der Seite auf die Augen der Katze, wölben sich tiefklare Halbkugeln aus dem felligen Gesicht. Wie zwei glatt geschliffene Kristalle, die das Licht der Welt brechen, um der Katze ein Abbild der Wirklichkeit zu verantworten. Und so spiegelt sich die Welt, in den Augen, in der Seele des Tieres.

Das Beobachten entging ihnen nicht. Diese Augen nahmen wahr, dass sie beobachtet wurden, warnten das zutrauliche Wesen.

Und es war auf der Hut.

Etwas hatte sich verändert und es veränderte sich immer weiter. Aus beobachtender Liebe wurde besitzergreifende Neugier, aus Neugier vernichtende Begehrlichkeit, und aus Begehrlichkeit wurde morbider Drang, der die Unschuld der Katze durchbrach. MouchMouch begann dem Kind aus dem Weg zu gehen, mied seine Berührungen und seinen Blick. Schmiegte sich an Hauskanten und an die Hosenbeine von Fremden, blieb der Wohnung fern, wann immer sie konnte. Kein fröhlich erwartungsvolles Tappen am Fenster mehr. Robert erkannte, dass es an der Zeit war. Wollte er hinter den Augen der Katze noch Liebe finden, dann musste er schnell handeln. Denn bald würden dort, wo es sich einst die Liebe behaglich gemacht hatte, nur noch erlernter Argwohn und beschützende Furcht hausen.

Seine Großmutter liebte Kaffee. Und sie hatte diese wunderbaren, filigranen Tassen mit einem goldenen Rand und einem geschwungenen, goldenen Henkel. Perlmuttfarben schimmernd waren die Tassen, von hauchzarten Linien durchzogen und mit Girlanden verziert. In die kleinen Tassen waren kleine Ortschaften gemalt worden, mit kleinen Kirchen und Häusern sowie einem Fluss vor einem Rathaus.

Wenn seine Großmutter nicht zu Hause war, holte Robert die kostbaren Tassen aus dem Schrank, drehte sie in seinen plumpen Händchen und ließ sie in der Sonne glänzen, wohl wissend, dass er einen Schatz in Händen hielt. Er überlegte sich, was die kleinen Menschen, in den kleinen Städten, an diesem kleinen Tag wohl gerade machen würden. Robert freute sich über ihre Geschichten, ließ sie am Marktplatz feiern und manchmal einen in den Fluss fallen, vielleicht sogar ertrinken. Immer hatte er die zerbrechlichen Tassen rechtzeitig zurück in den schützenden Schrank gestellt und so hatte ihn seine Großmutter nie dabei erwischt.

Aus diesen Tassen trank sie einen besonders starken Kaffee, mit viel Zucker. Und da diese Tassen so wahnsinnig winzig waren, hatte sie winzige Löffelchen für die winzigen Tassen. Und so ein Löffelchen stahl Robert aus der Besteckladе, verstaute es sicher in seiner rechten Hosentasche und wartete auf den richtigen Moment.

An diesem Nachmittag begegneten sie einander im Gestrüpp hinter dem Sozialwohnbau. Robert wollte auf der Wiese ein paar grasgrüne Heuschrecken fangen, um sie in seiner Hand springen zu lassen. Das Gefühl war außergewöhnlich, kitzelnd und mächtig zugleich. Es lag nur ein Moment zwischen lachen müssen und zerstören können und die endgültige Entscheidung war niemals mehr als momentane Willkür.

MouchMouch war hungrig und auf dem Weg zu den Mülltonnen, um den letzten schmackhaften Rest herauszuziehen. Für die Katze waren die Reste ein Festmahl, denn sie war sich der Entbehrlichkeit derer nicht bewusst. Die Wohnung hatte sie seit ein paar Tagen nur äußerst widerwillig und so gut wie gar nie betreten. Eigentlich war sie nur dann dort gewesen, wenn sie das Kind weder riechen noch sehen hatte können, eine sprungbereite Pfote immer knapp über dem Boden. So waren die Tonnen zu einer nahrhaften Abwechslung auf ihren tagtäglichen Streif- und Schleichzügen geworden.

Beide erstarrten, als sie einander gewahr wurden. Mit einem Mal waren Heuschrecken und Tonnen vergessen. MouchMouch war die Erste, die zu einer Bewegung ansetzte, doch noch bevor das Kätzchen ins dornendurchzogene Dickicht flüchten konnte, hatte sich Robert auf sie gestürzt. Gegen jede Regel und fern jeder Erwartung gelang es dem Kind, die Katze zu fangen, sie festzuhalten und niederzuringen. Schreiend, weinend und heulend fuhr die Katze die Krallen aus, wand sich in der Umklammerung, zitterte am ganzen, zuvor vom Schnurren gebeutelten Leib. Doch Robert hatte seinen linken Arm bereits wie einen Schraubstock um ihren zarten Hals gelegt.

MouchMouch strampelte um ihr Leben.

Die kleine Katze war tapfer, sie war sehnig und von einem nahezu unbeugbaren Willen getragen, der bisher ungebrochen geblieben war. Sie war so stolz wie stark, aber an diesem Nachmittag war sie zu schwach. Ihr mit glänzendem Fell bedeckter Körper hatte keine Chance gegen die vernichtende Willkür des Kindes. Robert umklammerte die sich windende Katze mit aller Kraft. Er konnte ihr verzweifeltes Heulen hören, ihre Krallen in seinem Fleisch spüren.

*Kein Zurück mehr.*

Mit der rechten Hand zog er den Löffel aus seiner Hosentasche. Unbeirrt, von einem kindlich grausamen Forschergeist beflügelt und einer naiven Allmacht legitimiert, bohrte er den scharfkantigen Löffel in das vor Gewissheit trüb werdende Auge der Katze.

Wo war sie, die Liebe?

Wo war der Raum hinter den Augen, der die Liebe verborgen hielt, sie beschützte? Er war bereit, den Raum zu finden und grub sich in das Auge. Manisch suchend wühlte er sich durch den Glaskörper, durch den Sehnerv, tief hinein in die Augenhöhle. Blut spritzte, rann mit jedem Herzschlag durch das goldene Fell der früher immer so zärtlich, beinahe andächtig im Arm gehaltenen Katze.

Strampeln, Treten, Zerren.

Immer weniger, und weniger.

Ein flehendes Katzenauge, das eine fassungslose Träne vergoss. Ein kleines Katzenmaul, das lautlos das Unausweichliche erlitt. Matte Katzenpfoten, die langsam aufgaben.

Vorbei.

Ihr zappelnder Körper erschlaffte zwischen seinen tobenden Händen, gab nach, wurde schlapp, wurde willenlos. Und Robert grub sich durch das zweite Auge.

Hoffend, gierend, suchend.

Nach der Liebe suchend.

Er fand nichts.

Nur Knochen, Blut und Matsch. Fleischige Bestandteile, die einmal Katze gewesen waren. Missmutig warf er die blutverschmierten, sterbenden Überreste der für ihr Alter klein gewachsenen MouchMouch hinter die verfallene Mauer neben dem Kiesweg.

Der Mord ließ ihm keine Ruhe. Die Abwesenheit der Liebe verfolgte ihn. MouchMouch war Liebe gewesen. Sie war Leben gewesen. Jetzt war sie nur noch Leere und nahender Tod. Nahend, denn der kleinen Katze war kein schnelles Ende vergönnt. Schnell hatte sie das Vertrauen in den einst geliebten Menschen verloren, ihr Augenlicht und ihre Liebe. Doch das Ende ließ sich Zeit. Das Leben hing hoffend an ihrem geschundenen, felligen Körper, verzögerte letztlich nur das Ende der kleinen Katze und verlängerte somit ihr Leid. Und Robert stand ihr bei. Oder eher stand neben ihr, neben ihrem sterbenden Körper. Jeden Tag besuchte er die Katze, berührte ihre schlaffen Pfoten, lauschte ihrem gebrochenen Wimmern. Beobachtete erst die Fliegen auf ihrem Gesicht, dann die Maden in ihren hohlen Augenhöhlen. Es dauerte vier Tage, bis MouchMouch von ihrem Leben ließ. Bis die Welt die Katze, die so lange an die Welt geglaubt hatte, gehen ließ.

Robert stand im Augenblick des Todes nicht neben ihr. Er saß in der Schule und lernte, größere Zahlen durch kleinere zu dividieren. Er war nicht da, als ihre Pfoten ein letztes Mal krampften und sie ihren letzten Atemzug tat. Als ihr letztes Wimmern zwischen ihren schwarzen, schmalen Lippen lautlos verging. Robert stand nicht neben ihr, als das Leben der Katze den Körper verließ.

*Er war nicht da, als etwas zurückblieb, um auf ihn zu warten.*

Robert schließt seine zitternden Finger fest um den kalten Türgriff, zerrt daran, als könne ihn der reine Kraftakt retten. Diese unerwartete Wucht seiner ureigenen Angst sollte eigentlich ausreichen, um das lackierte Stück alten Holzes aus den Angeln zu reißen. Doch die massive Eichentür bewegt sich nur mit bleierner Gelassenheit. Unzusammenhängende Bilder entstehen vor seinem geistigen Auge. Und jedes davon wird, kaum erwacht, sofort wieder zurück in die Zwischenwelt der Verdrängung *(Frage: Ist es ungesund, Dinge zu verdrängen? Antwort: Kann man überleben, wenn man es nicht tut?)* hinabgezogen, nur um einem noch verrückteren Platz zu machen. Dann ist der Ausweg endlich frei. Er stolpert ziellos aus dem Zimmer, die schwere Tür fällt hinter ihm mit einem dumpfen Knall ins Schloss.

*Ausgesperrt, eingesperrt,* denkt er.

Seine Beine fühlen sich an wie Wachs. Er sinkt zusammen, lehnt an der Schwelle zu seinem Hotelzimmer und versucht, seinen Atem zu stabilisieren. Er ist verloren zwischen all den Gedanken, die ihn umschwirren wie einem Stechwahn verfallene Killerbienen und all den Erinnerungen, die aufbrechen und undenkbare Bilder produzieren. Verzweifelt will er zwischen all dem Irrsinn diesen *einen* klaren Gedanken finden. Dieses eine Bild festhalten.

Warum ist die Katze genau jetzt hier an diesem Ort?

Warum ist er es überhaupt?

Hat er nicht eigentlich die Nacht über wach bleiben und schnell nach Hause fahren wollen? Ist es erst seine Reaktion, die aus der Polsterkatze mehr macht als alten Stoff, vollgestopft mit Wollresten?

Aber das in dieser Polsterkatze sind keine *Wollreste.*

Er weiß es, er hat es gehört.

*Das Knarren.*

Sie hat wirklich lange gebraucht, um ihn zu finden. Vielleicht hat sie ihn auch nicht gleich gesucht, sondern erst einen diabolischen Plan geschmiedet. Oder sie hat einfach mal Urlaub gemacht, sich eine inoffizielle In-den-Wahnsinn-treib-Auszeit genommen. Fotoshootings mit fetter Gans bei Betten Reiter. Ein Reha-Aufenthalt bei Ikea, in einem Drahtkorb, zwischen einer grinsenden Brokkoli-Rose und einer samtigen, überlebensgroßen Kellerassel eingeklemmt. Vielleicht hat sie sich aber auch Zeit gelassen, bis er erinnerungslos geworden ist.

*In Sicherheit.*

Ein Wesen, das sich sicher fühlt, ist eine leichte, weil nachlässig, eine besonders zarte, weil entspannte, Beute. Und die Katze ist zwar hartnäckig, aber dank ihrer zu klein geratenen, verkrüppelt und undeutlich genähten Pfoten keine wirkliche Kämpferin. Sie ist mehr eine mentale Kämpfernatur.

Ein schleichender und geduldiger Gegner.

Ihm ist, als könne er ein Schaben hinter der Türe hören. Als könne er, den Kopf schweramtend auf die bebende Brust hinabgesenkt, aus dem Augenwinkel eine Bewegung unten am Türspalt wahrnehmen. Licht und Schatten. Das Licht an Raum verlierend, der Schatten, suchend am Türspalt entlang, nachdrücklich Raum fordernd und auch gewinnend. Als wolle er einfach zu gestaltloser Rache zerfließen und unter der Tür hindurchgleiten, um dahinter wieder Form anzunehmen. Katzenform. Doch die metallene Schwelle erlaubt der Polsterkatze kein Darunterdurchpressen. Ihr weicher Körper würde sich schon fügen, aber sie würde an ihren Augen hängenbleiben. Sie müsste die Messingknöpfe opfern, sich die verhassten Augen an der scharfen Kante selbst ausreißen und somit ihr grinsendes Stoffgesicht zerfetzen. Ihre plumpe Substanz dem höheren Ziel opfern.

Dann ist es still hinter der Tür. Als würde sie die Notwendigkeit der Selbstzerstörung gründlich überdenken. Doch es ist mehr als nur reiner Gedanke. Ihm ist, als könne er sie nicht nur denken, sondern auch lauschen hören. Ganz genau hinhören.

*Robert!?*

*Bist du noch da, Robert?*

Es ist ein begehrliches Lauschen aus asymmetrischen, mit Samtflicken überzogenen Ohren. Halbmondohren.

Ein schnurrendes Locken.

*Robert!*

*prrr prrr prrr*

Er hält den bereits erstickend flachen Atem an, die Schultern verkrampft hochgezogen, der Brustkorb unnatürlich gebläht. Einundzwanzig, zweiundzwanzig, dreiundzwanzig, vierundzwanzig, fünfundzwanzig … blechern zwitschernd entströmt fiebrig heißer Atem aus seinem angstgekühlten Körper.

Nein, verdammt.

*lllchhhmmm lllchhhmmm lllchhhmmm*

Was ist das?

Ein schlotzender Laut. Widersinnig organisch, fleischig. Ein schmatzendes zum Türgriff hochgleitend, auf das ein krafttankendes Festsaugen folgt. Sehnige Stofffetzen, die zu schlingenden Muskelfasern mutieren und sich wie Stricke um den Türgriff legen und daran drehen und zerren. Randlose Knopfaugen, die sich an das Schlüsselloch pressen. Metall, das an Metall schabt, sich klirrend daran reibt.

Hindurchstarrt.

Ein speichelloses Lechzen.

*DU HAST ETWAS, DAS MIR GEHÖRT!!!!!!*

»WEG!«, brüllt sein Verstand, »WEEEEG!«

Sein Körper ist schwer, lahm und unbeweglich. Die Wände sind blass und näher, als noch einen Atemzug zuvor. Der immer enger werdende Gang wirkt irrsinnig verzerrt und pulsiert gierig. Wie das Innere eines Wesens, das Innere einer Vene. Das geduckte Getier in den Ecken der Decke lechzt begehrlich, die unnatürlich verzerrten Gliedmaßen sind zum Sprung gespannt.

RENN ENDLICH!

Hysterisch taumelt er über Fliesen, die halsbrecherisch glatt zwischen zerschlissenen Teppichen hervorstechen. An den Türen vorbei, den Bildern vorbei, die Treppe hinab, den Halt verlierend, sich am Geländer klammernd, mit den Füßen tretend, verzweifelt Halt suchend. Halt findend, sich fangend, weiterlaufend, an den Menschen vorbei. Verdutzt verwirrtes Starren, ein unverhohlen verständnisloses Lachen, Witze hinter vorgehaltener Hand, schmissige Kommentare, verächtlich betroffenes Schnauben. An der Rezeption und den weinrote Samtsakkos tragenden Rezeptionisten vorbei, auf das Rettung bietende, Freiheit gebietende Eingangsportal zu.

Schnell, schneller.

SCHNELLER!

Atemlos.

Er kann sehen, wie das Glasportal spiegelt, wie es verheißungsvoll glänzt, kann den Park dahinter sehen, läuft auf das glatte Glas zu. Schiebt den schreienden Menschen von sich, der mit erhobenen Armen und beschwichtigenden Gesten, aber sich überschlagenden Worten versucht, ihn aufzuhalten. Schiebt den schreienden Menschen und die geschriene Frage weg.

Worauf willst du antworten?!

ZU SCHNELL.

Er kann nicht anhalten!

Er wird nicht durch das Portal kommen, sondern am Glas zerschellen wie eine Mücke. Mit zerschmetterten Gliedern niedersinken und zerstört liegenbleiben. Nicht mehr als ein klebriger Schmierfleck dunkelroten Blutes an der Scheibe und ein Haufen gebrochener Knochen in einem leblosen Sack Menschenfleisch.

Doch …

Er muss *sie* zuvor übersehen haben.

Wie aus dem Nichts *jetzt* manifestiert steht sie da.

Gerade, als das Zerschellen nur eine Armlänge entfernt ist, stößt das Zimmermädchen mit einer winzigen Bewegung, mit nur einer Hand (*vergilbte, dreckige Krallen an alten, knochig verkrampften Klauen*) und ohne die geringste Anstrengung, ohne ein Spannen der Muskeln oder ein Zucken des Gesichts, das schwere Eingangsportal auf.

»Über die Straße, den Hang hinauf, etwa fünf Minuten den auf die Straße führenden Weg entlang. Sie werden bereits erwartet.«

Im Vorbeilaufen bleibt sein flüchtiger Blick an ihr hängen und es taucht die eine klare, überlebensnotwendige Frage durch den Nebel in seinem Kopf auf. Er will die Frage festhalten. Will nachfragen, aber seine Beine kennen kein Halten. Doch bevor er weiterstürzt, kann er beinahe die Antwort in ihren quecksilbergrauen Augen aufglimmen sehen.

Die Antwort auf die noch ungedachte Frage.

*Ich weiß es, weißt du es auch?*

Nachdem Robert MouchMouchs leblosen, endgültig der Verwesung ausgesetzten Körper nach der Schule gefunden hatte, war die Sache für ihn abgeschlossen. Er hatte sogar extra einen spitzen Stock mitgebracht, um zu prüfen, ob die unkontrollierten, auf grausame Art belustigenden Zuckungen der Katze noch durch Stiche mit dem Stock hervorzurufen waren. Sie waren es nicht.

Das Experiment war gescheitert.

Die Katze war tot.

Es bestand keinerlei Bedarf, sich länger um den Kadaver der Katze oder die mit ihr dahingeschiedene Liebe, zu kümmern. Es war an der Zeit, sich anderen Dingen zuzuwenden. Neuen Dingen.

Robert war zäh und ein überraschend guter Schwimmer. Er hatte es sogar in die Schwimmstaffel seiner Schule geschafft. Vor allem deshalb, weil ihn einfach nichts für längere Zeit unter Wasser brachte oder ihm die Puste raubte. Robert schwamm immer obenauf. Gerade hatten sie zwei Stunden lang trainiert, und Robert war müde aber auch angenehm entspannt. Er war zufrieden mit sich und seiner Leistung. Und der Trainer war es auch gewesen. Also war sie in Ordnung, seine kleine Welt, und er konnte sich guter Dinge auf den Heimweg machen.

Seine feuchten Haare juckten unter der selbstgestrickten, kratzigen Wollmütze, aber er konnte sie nicht abnehmen. Wenn er mit nassen Haaren in der herbstkalten Luft umherlief, bekam er Kopfschmerzen. Diese Erfahrung hatte er bereits mehrfach gemacht. Und Schmerzen waren ein perfider Lehrmeister. Also bohrte er seine gleichmäßig zurechtgekauten Fingernägel durch die groben Maschen der Haube und schabte an seiner Kopfhaut. Nachdem er das lang und fest genug gemacht hatte, hatte er immer rosafarbenen Matsch unter den Fingernägeln, den er dann zu Hause mit Vorliebe an die Rückenlehne des beigen Wohnzimmersofas schmierte. Dort hatte er schon beachtlich viele dieser rosa Flecken hinterlassen. Von Popelfeldern hielt er dagegen nichts. Das ging zu schnell, da war kein Opfer zu erbringen. Popel zu entfernen war eine Frage der Reinlichkeit, für die rosaroten Menschenmatschflecken war es vonnöten, sich selbst blutig zu kratzen. Das erforderte einiges. Vor allem erforderte es Selbstbeherrschung, wieder damit aufzuhören. Robert war sich nicht sicher, was ihn mehr befriedigte, das schabende Kratzen oder die Fähigkeit, dem quälenden Drang zu widerstehen. Und er war ausgezeichnet darin zu widerstehen. Robert war der Herr über seine Gewohnheiten und dennoch so gewöhnlich wie kaum ein anderer.

Als er die Fingernägel seiner rechten Hand also genüsslich durch die Haube hindurch in die Kopfhaut bohrte und andächtig dem gleichförmigen, in seinem Gehirn widerhallenden Schaben lauschte, war ihm plötzlich, als habe er unter dem Ellbogen hindurch etwas um die Ecke der Schwimmhalle huschen sehen. Nicht eine der üblichen, braunen Amseln und auch kein gewöhnliches, achtlos weggeworfenes oder unabsichtlich verlorenes, sich im Abendwind blähendes Taschentuch. Dieses Huschen war nicht üblich oder gewöhnlich.

*Es war vertraut.*

Roberts Neugierde war geweckt. Mehr gehend als schleichend, aber dennoch wachsam, näherte er sich der Ecke der Schwimmhalle. Das steifgefrorene Gras knirschte unter seinen schweren Lederschuhen, als er auf den Rasen trat. Sein Blick streifte das Schild, das er jedes einzelne Mal, als er hier entlang gegangen war, gelesen hatte. Und bevor er zu lesen gelernt hatte, hatte er den Zeichentrickelenfanten darauf, der auf die Blumen trat, angestarrt. Seit er lesen konnte, war es ein Zwang. Gab es etwas zu lesen, musste er es lesen, auch wenn er es längst auswendig kannte. So wie dieses Schild.

»Lieber Leser, merk' dir das, geh auf dem Weg und nicht im Gras, damit man leicht und ohne Müh dich unterscheiden kann vom Vieh.«

Über die Illegalität seines Handelns informiert, sich dennoch keiner Schuld bewusst, ging Robert über das Gras auf die Ecke zu. Mit jedem knirschenden Schritt glitt die Hauswand weiter nach links, wurde sein Gesichtsfeld vergrößert, gab die mit rostbraunen Fliesen bedeckte Wand mehr Blick auf den mit kleinen Büschen bepflanzten Rasen hinter der Halle frei. Unter dem nur noch von einzelnen, welken Blättern bedeckten Busch nahe der gefliesten Hallenwand bewegte sich etwas.

Ein Rascheln, ein Tappen.

Robert ging so lautlos wie möglich auf den Busch zu, dann sachte, um was auch immer nicht zu verschrecken, in die Knie. Die hereinbrechende Nacht legte sich bereits zärtlich über die schmutzige Vorstadt. Der Busch warf seinen letzten, kümmerlichen Schatten für diesen endenden Tag schützend über den absterbenden Rasen.

Robert ließ sich nach vorne auf seine Hände sinken. Spitze Steinchen bohrten sich in seine Handballen. Den Atem anhaltend, beugte er seinen Oberkörper, legte gespannt den Kopf schief. Um bessere Sicht zu haben.

Aus der Geborgenheit des Geästs, aus dem Schutz des Schattens heraus, starrten zwei glühende Augen direkt in die seinen.

Ohne Zwinkern, ohne Zucken.

Ein wissendes, ein anklagendes, ein vernichtendes Starren.

Das Geschehene verfolgte ihn. Noch Tage nachdem er schreiend und wahllos über seine diversen Gliedmaßen stolpernd von der braungekachelten Turnhalle davongestürzt war, fühlte er sich beobachtet.

*Die Augen waren überall.*

In der letzten Reihe im Schülerbus, unter seiner Schulbank, neben den Mistkübeln im Innenhof des Sozialbauwohnblocks, in jeder dunklen Ecke des Treppenhauses, im fensterlosen Badezimmer, bevor er das Licht einschaltete, hinter der geöffneten Wohnzimmertür.

Im Kasten neben seinem Bett, unter seinem Bett.

*In seinem Bett.*

Sie waren überall, auch wenn er sie nicht sah. Aber das lag nicht daran, dass sie nicht da waren, sondern dass er nicht nach ihnen schaute. Sein kindlicher Verstand negierte das Bedürfnis, sich zu vergewissern, dass die surreale Bedrohung real war. Für ihn galt: ungesehen ist ungeschehen.

Das ging eine Woche so.

*Dann fing das Schnurren an.*

Augen konnte man vielleicht spüren, wenn sie einen anstarrten, aber man musste nicht nachsehen, ob sie auch wirklich da waren. Augen konnte man ausblenden.

Aber das Schnurren war gerissen.

Es war überlegen. Es lauerte, erhaschte noch den kleinsten Moment und die vorübergehendste Stille. Senkte sich der Geräuschpegel eines Raumes ab, hob das Schnurren an. Am schlimmsten war es nachts. Da kam es unter dem Bett hervorgekrochen, rollte sich an das Fußende und vibrierte wartend vor sich hin.

Robert hatte seinen alten Walkman, der in Vergessenheit geraten zwischen abgeschundenen Matchboxautos in einer Waschmittelbox gelegen hatte, ausgegraben. Seitdem hörte er Nacht für Nacht dieselbe alte Kassette. Eine Kassette, deren Ursprung ihn so wenig interessierte, wie er ihm klar war, und die er mit dem Walkman aus der Spielzeugblechlawine geborgen hatte.

Das war grauenvoll.

Aber alles war besser als das Schnurren. Sogar der leiernd singende Mann, in seiner düsteren Monotonie, gefangen in der immer undeutlicher werdenden Tonspur der Kassette. Auch wenn er spüren konnte, dass das Bett sachte im Rhythmus eines kleinen, sich regelmäßig hebenden und senkenden, Brustkorbes bebte … alles war besser, als es *hören* zu müssen.

Robert schaute nicht in die letzte Reihe des Schulbusses, nicht hinter die Wohnzimmertür, und er schaute nicht unter sein Bett. Er trug seinen Walkman, bis ihn irgendein beliebiger Erwachsener anschrie, er solle ihn abnehmen. Wandte sich der Erwachsene ab, setzte er die abgegriffenen Kopfhörer zurück auf seinen Kopf und drückte die mit bröselndem Schaumstoff überzogenen Halbkugeln auf seine Ohren. Robert sperrte seine Sinne ein und das Sein der Welt aus. Er lebte allein in seiner Blase, allein in seiner Welt. Nicht, dass sich dadurch etwas grundlegend verändert hätte. Er war immer allein gewesen.

*Dann tauchten die Schatten auf.*

Huschende Schemen am Rand seines peripheren Gesichtsfeldes, die sich duckten und sich an Hausmauern entlang drückten. Und seine Augen, die noch zuvor nicht schauen mussten, um den Kopf wissen zu lassen, gierten danach, die fließenden Bewegungen wahrzunehmen, sie einem bekannten Bild zuzuordnen. Er konnte nicht anders.

Etwas bewegte sich.

Er musste schauen.

Und mit jedem verstohlenen Blick kam der Schatten näher. Bald würde Robert das Kitzeln hauchdünner aber versteifter Schnurrbarthaare im Nacken spüren, dessen war er sich sicher. Aber er konnte die Augen nicht vom Schatten, der sich um jede hinter ihm liegende Ecke schmiegte, lassen. Der wissende, anklagende Schatten war zu begehrenswert.

Und kam so immer näher.

Ein Blick, ein Stück Weg.

Ein Blick, ein Stück Weg.

Sie hatte mit diesem reflexartigen Wissenwollen, das in jeder noch so apathischen Kreatur steckt, gerechnet. Und gewonnen. Das Reptiliengehirn des Jungen wollte die Schemen jagen. Ungeachtet dessen, dass es die Schemen waren, die ihn jagten, einkreisten und an Gestalt gewannen.

Doch ein Schemen war ein Schemen. Was sie brauchte, war Katze.

Was sie brauchte, war Form.

Sie brauchte Hilfe.

Und sie wusste genau, wo sie diese Hilfe bekommen würde. Und vor allem von wem …

Dann hatte der Spuk schlagartig ein Ende. Eines Morgens hörte er kein Schnurren mehr, sah keine huschenden Schatten und keine glühenden Augen. Robert hatte den Geist der toten Katze irgendwie besiegt.

Er hatte ihn gebannt oder erlöst oder was auch immer. Zumindest war er fort. Vielleicht im wolkenweichen Katzenhimmel, vielleicht in der ammoniakstinkigen Katzenhölle. Wahrscheinlich einfach endgültig tot.

Es verblüffte Robert nicht im Geringsten, dass es offensichtlich, obwohl die Lehrerin in der Schule etwas ganz anderes erzählt hatte, unterschiedliche Stadien des tot Seins gab, man also doch mehr oder weniger tot und demnach auch am totesten sein konnte.

MouchMouch war in Roberts Welt am totesten.

Er hatte sie getötet, ihr Geist hatte ihn verfolgt, doch er hatte Kraft seiner Gedanken den Geist besiegt. Jetzt war es vorbei.

Es war, als wäre ihm die tote Katze wie eine tonnenschwere Last im Nacken gesessen, und jetzt war sie abgefallen. Nur innerhalb eines halben Tages hatte sich Robert von der Last erholt. Der Walkman hatte wieder ausgedient und landete diesmal in der Trommel mit den Legosteinen. Autos waren nicht mehr so sein Ding. Er hatte sich weiterentwickelt, er war jetzt ein Erschaffer. Und vor allem war er müde. Diese Nacht schlief er selbst wie tot. Lang, tief und fest. Von unauffälligen Träumen gelangweilt, wurde er von felligen Erinnerungen verschont. Am Morgen erwachte er gerädert, aber wie neu geboren. Ohne nach links oder rechts zu schauen, ohne um Ecken zu schleichen oder einen panischen Blick über die Schulter zu werfen, machte er sich auf den Schulweg. Im Schulbus saß er in der letzten Reihe.

Die Sicherheit eines Kindes.

Becki hatte um den Jungen gebangt, von dem Moment an, als ihr die Beamten gesagt hatten, dass sie ihre Tochter in der für August außergewöhnlich kalten Wohnung tot aufgefunden hatten. *Außergewöhnlich kalt* hatte der Polizist extra betont. Doch Becki hatte an dieser Kälte gar nichts außergewöhnlich gefunden. Es war genau diese Kälte, die sie selbst empfand. Damals und auch sonst manchmal. Oder häufig. Außergewöhnlich war, dass der Junge überlebt hatte. In seinen eigenen Exkrementen liegend, halb verhungert neben seiner toten Mutter auf dem verdreckten Fußboden.

Die Kälte war das Gewöhnliche, das Überleben war es nicht.

Becki war klar, dass sie an dieser Aufgabe zerbrechen und nicht an ihr wachsen würde. Ihr war aber auch klar, dass er ihre Familie war. Teil einer Familie, die sie zu lange verleugnet und vor Scham totgeschwiegen hatte. Jetzt war das verdammte Kind das letzte bisschen Familie, dass ihr geblieben war. Also nahm sie den kleinen Jungen zu sich in ihre Zweizimmerwohnung und in ihr leeres Leben. Ein Leben, das er weder bereicherte, noch belebte. Er war einfach nur da. Und er war einfach. Er wuchs nahezu ohne ihr Zutun auf, sozialisierte sich zwischen Dosensuppe und gewaschener Unterwäsche quasi wie von selbst und blieb bescheiden. In seinen Ansprüchen, in seinem Wesen und mit seinen Erfolgen. Er sprach wenig, war stets pünktlich, und er spielte alleine.

Das Auftauchen der kleinen Samtpfote hatte Leben in ihr beider Dasein gebracht und Liebe in Roberts Herz. Für Becki war es zu spät und auch gar nicht notwendig. Sie hatte die letzten zwanzig Jahre gut ohne Liebe überlebt.

Vor mehr als drei Wochen war die Katze dann verschwunden, und mit ihr das Leben und die Liebe. Becki konnte sehen, wie Robert sich quälte, wie er sich immer umsah, ob die Katze vielleicht doch noch irgendwo auftauchen würde. Wie er bei jeder fremden Katze zusammenzuckte in der Hoffnung, es wäre seine.

Aber sie war es nicht.

MouchMouch blieb verschwunden. Wahrscheinlich lag sie tot hinter einem Busch oder fraß sich an fremden Schüsseln den treulosen Bauch voll.

Becki wusste, wann es an der Zeit war zu handeln, und nach einer weiteren Woche wusste sie auch, was getan werden musste. Ganz plötzlich war ihr klar: Die tote Katze musste ersetzt werden. Robert brauchte etwas zum Festhalten.

Also begann Becki mit der Arbeit an einer kleinen Polsterkatze. Im Gedanken schon das Bild vor Augen, wie Roberts geplagter Kopf sich abends auf den weichen Leib der mit Stoffresten ausgestopften Katze senken und der verstörte Bub endlich wieder beruhigt schlafen würde. Die Polsterkatze würde ein unsterbliches Andenken werden. Eine Katze, die nicht eines Tages einfach fort wäre. Eine treue Katze, die für den kleinen Robert da sein würde.

Aus braunmeliertem Posterstoff nähte sie von Hand ein Etwas, dessen Umrisse vage an die Umrisse einer Katze erinnerten, und mit matten Messingknöpfen machte sie dieses Etwas sehend.

Es war Mittag, und Becki wartete darauf, dass Robert von der Schule nach Hause kommen würde. Sie war sehr zufrieden mit der Arbeit, die sie geleistet hatte. Sie betrachtete die Katze und freute sich auf Roberts Gesicht, wenn er sie gleich glückselig in die Arme schließen würde. Ja, sie war sehr zufrieden mit ihrer Arbeit und mit ihren guten Absichten.

Und es sind die guten Absichten.

Meistens.

Als Robert nach Hause kam, seine Winterjacke an den Knauf der Garderobe hängte, seine vom Novemberregen durchnässten Straßenschuhe auszog und sorgfältig parallel auf die Abtropftasche stellte und auf Socken in die schäbige Wohnküche rannte, saß die Polsterkatze auf seinem Sessel.

Auf dem Tisch stand sein Lieblingsessen, das Kraut dampfte und die warmen Knödel dufteten verlockend nach zerstoßenen Kartoffeln. Seine Großmutter streckte ihm lächelnd die Hand hin.

»Von nun an musst du nie wieder allein sein. Diese Katze habe ich nur für dich gemacht. Sie ist ganz allein deine Katze. Sie wird für immer an deiner Seite sein. Nichts wird euch jemals wieder trennen können.«

Robert ignorierte die ausgestreckte Hand seiner Großmutter, trat zögernd an den Tisch und betrachtete nachdenklich die Polsterkatze. Da huschte ein verstohlener Schatten über die matten Knopfaugen.

*Hin … und zurück.*

Wie die milchig weiße Haut, die sich immer über die Augen von MouchMouch geschoben hatte, wenn diese besonders entspannt gewesen war.

*Hin und zurück.*

*Willkommen daheim.*

Als er seinen entgeisterten Blick endlich von den matten Augen lösen konnte, war sein erster Gedanke, ob es vielleicht einfacher gewesen wäre, gleich zu sterben. Denn dieses Vieh, das würde nur eines in sein Leben bringen: den schleichenden Tod.

Seine Füße folgen der Weisung des Zimmermädchens, und er geht mit ihnen. Lässt sich gehen, denn wohin, das weiß er nicht. Die Straße entlang, den Weg weiter fort, bis tief hinein in den spätherbstlichen Wald. Das Laub am Weg liegt hoch, die Bäume stehen kahl am Rande, seine Schritte sind schlurfend und unsicher. Die nassen Äste unter dem Laub gewähren kaum Halt. Er darf nicht fallen. Weggabelungen stellen keine Herausforderung dar, laden weder zum Verweilen noch zum Überlegen ein. Es besteht kein Bedürfnis und auch keinerlei Notwendigkeit.

Seine Füße kennen den Weg.

Es ist der Weg, der ihn kennt.

Seit langer Zeit.

Dann lichtet sich der Wald. Eine Wiese tut sich auf und ein abschüssiger Hang, der einen freien Blick auf ein einsames Tal gewährt. Doch was er unter anderen Umständen genossen hätte, ist für ihn nun nicht mehr als Kulisse oder beliebige Umgebung. Nicht mehr als …

…beliebig?

…nicht beliebig!

Was hat er sich nur gedacht?

*Der Steinbruch!*

Dieser Ort ist ihm einst heilig gewesen, und er? Er hat ihn einfach vergessen, in seiner Kindheit zurückgelassen, wie er die Katze zurückgelassen hat. Beinahe vollkommen, aber niemals wirklich.

Vergessen.

Und jetzt ist er wieder da, wie die Katze. Einfach wieder da …

…da, wo er logischerweise nicht sein kann. Hier und jetzt. Das ist unmöglich.

Und dennoch: da.

Er tritt aus dem, die nackten Äste schlafend gegen den wolkenverhangenen Himmel reckenden, Wald auf die Lichtung und blickt gedankenverloren auf den aufgebrochenen Hügel, der sein Innerstes der Welt preisgibt. Am Rande der Wiese liegt einer der schlafenden Bäume quer. Ausgerissen, vom Sturm ausselektiert. Nicht alle Bäume sind dazu bestimmt, im Frühling wieder zu erwachen. Mit seiner rechten Hand prüft er die Stabilität des Stammes. Er ist vom konstanten Frost erstarrt und er wird sein Gewicht mit Sicherheit tragen. Robert setzt sich auf den Baumstamm, streicht die Falten an den Oberschenkeln seiner Hose glatt und wartet.

Wartet auf das längst Vergangene.

Das einst Verdrängte.

Das niemals Vergessene.

Schon hat sie ihn gesehen, doch wartet sie noch einen Moment, um ihn zu beobachten. Dann tritt sie aus dem zerklüfteten Schatten des Waldes, hinaus auf die öde Wiese. Auch sie kennt diesen Ort, und sie hat immer daran gedacht. Immer. Langsamen Schrittes geht sie auf ihn zu. Sie ist geschwächt und unendlich müde. Ihr schmächtiger Körper zittert beim Gehen, sie wankt auf ihren vier Pfoten. Es ist eine lange Zeit gewesen, auch für sie. Sie ist alt geworden. So alt wie er in seinem eingesperrten Geiste.

Alte Bekannte.

Da kreuzen sich ihre Blicke.

Kurz verspürt er den Reflex aufzustehen und ihr entgegen zu gehen. Aber es fühlt sich falsch an. Er findet es höflicher zu warten. Er will sie mit seinem Entgegenkommen nicht auf ihre Schwäche hinweisen. Denn sie wirkt schwach, sehr schwach. Und alt. Sehr alt. Er verspürt keine Angst. Als sie näher kommt, kann er sehen, dass ihre einst so strahlenden Augen matt und verlebt wirken. In angemessener Distanz zu ihm bleibt sie stehen.

Diese eine bisher unartikulierte Frage in seinem Kopf, mit einem Mal sieht er sie ganz klar. Da ist nur noch diese eine, diese zwischen all dem Chaos damals verschwundene und bis heute verloren geglaubte Frage in seinem Kopf. So einfach und von elementarer Bedeutung. Und mit der Gewissheit, die Frage endlich zu kennen, steigt seine Hoffnung. Vielleicht verspürt er deshalb diese Ruhe, weil dieses Ende ein gutes sein wird. Eines, das ihm seine Freiheit, die er sich selbst geraubt hat, zurückgeben wird. Eines, das ihr ihren lang verdienten Frieden geben wird.

Sie sieht ihn an, als habe sie noch genau die Zeit für diese eine Frage.

»Verzeihst du mir?«, bittet er, und Tränen aufrichtiger Liebe treten in seine Augen.

Sachte antwortet aus dem geschwächten, aus dem vergänglichen Körper der hellwache, der unversöhnliche Geist:

»*Niemals.*«

In der ersten Schulstunde hatte sie noch geschwiegen.

Auch heute Morgen beim Zähneputzen, auf dem Weg zum Schulbus und beim Fangen spielen in der Garderobe hatte sie geschwiegen. Robert hatte nicht gespielt, ihm war nicht nach Spielen zumute gewesen, stattdessen hatte er aufmerksam zugesehen. Auf effiziente Weise vor jemandem davonzulaufen, konnte für seine nähere Zukunft von großer Bedeutung sein. Mitten im Religionsunterricht hatte sie sich dann passenderweise das erste Mal zu Wort gemeldet.

»Was lehrt uns Jesus über das Vergeben von Sünden?«, fragte die unterernährte Religionslehrerin mit dem aschgrauen Haar und dem schiefen Kreuz. Dem an ihrer Halskette, das deshalb schief war, weil es immer an ihrer fettigen, großporigen Haut kleben blieb. Und dem, das seit einem Auffahrunfall in ihrem Körper schief war und ihr das Leben zur Hölle machte, weil sie aufgrund der Verschiebung der zwei untersten Lendenwirbel nun auf einem Bein hinkte. Durch ihre ganz private Hölle hinkte.

»Also, was lehrt uns Jesus über die Vergebung?«, fragte die Religionslehrerin, die nicht nur eine ergebene Christin, sondern auch ein verbitterter Krüppel war.

»Vergebung von Sünden? Scheiß auf Vergebung! Was wirst du unternehmen?«, echote die fremd anmutende Stimme in seinem Kopf, die wohl irgendwie seine war, nur intuitiver und bösartiger.

Und kalt.

Eiskalt.

Und nachdem diese ersten Worte erst gefunden waren, war ihr Wortschwall kaum noch aufzuhalten.

»Was wirst du gegen dieses Polsterkatzen-Ding unternehmen, das daheim in deinem Bett sitzt? Und ja, dort hat es Nana hingesetzt. Was wirst du gegen dieses Etwas tun, das sich an deinem Laken mit den roten Autos reibt, bis sein widerwärtiger Körper schön glatt ist? Das seine matten Knopfaugen an deinem Superman Pyjama wundpoliert und danach auf deine Legosteine starrt? Was wirst du dagegen unternehmen?«

»Nichts! Verdammt noch mal gar nichts!«, schrie Robert.

Zutiefst erschüttert blickte die Vorbetschwester zu ihm hin und nahm sich inbrünstig vor, seine Mutter zu einem Gespräch zu bitten. Immerhin erschien ihr der Junge verstört und unkonzentriert. Dass Robert gar keine Mutter mehr hatte, spielte keine Rolle, weil der Lehrerin ohnehin nichts an Robert oder seiner toten Mutter lag. Deshalb würde es für sie nur den Vorsatz und nie ein Gespräch geben. Genau genommen, lag ihr an niemandem etwas. Vorzugsweise liebte sie Gott alleine.

Aber Robert musste das Klassenzimmer verlassen, was ihn nicht sonderlich störte. Er machte sich nichts aus Religion. Sofern er verstanden hatte, konnte man, wenn es nach der Kirche ging, Dinge ohnehin nur auf eine Weise machen: nämlich falsch. Dann wurde man dafür auch noch bestraft oder musste wenigstens die Tat aufrichtig bereuen. Und Jesus war eigentlich auch nur einer dieser Jungs, mit denen alle befreundet sein wollten, und der sich deshalb sowieso nie etwas aus Robert machen würde. Da würde alles Beten der Welt nicht helfen. Denn wie seine Großmutter immer so richtig sagte: »Es geht nur darum zu fragen, was man für Jesus tun kann, nicht, was er für einen tut.«

Robert stand also vor der Tür, lehnte sich gegen die Wand und stellte sich vor, er würde »eine rauchen«. Ihm war nicht ganz klar, was »eine rauchen« bedeutete, oder welche Vorteile es mit sich bringen würde. Er wusste nur, dass, wenn jemand irgendwo cool dastand, dieser jemand auch cool rauchte. Und er wusste, wie es auszusehen hatte und wie man die Hand zu bewegen hatte, wollte man »eine rauchen«. Er hatte es bei »den Großen« auf der anderen Straßenseite gesehen. Die standen morgens immer auf dem Platz vor der Berufsschule, rauchten und schwiegen bedeutsam, oder plapperten hysterisch. Alles dazwischen war zu gewöhnlich für die ungewöhnlich rebellischen Teenager.

Robert führte seine linke Hand zum Mund und tat, als würde er an einer Zigarette ziehen. Von einer verlockend rauen Stelle am Nagelbett abgelenkt, begann er stattdessen an der Nagelhaut des Zeigefingers zu nagen, bis sie blutete. Er drückte den blutenden Zeigfinger gegen die weiße Wand und hinterließ kleine rote Abdrücke, die größtenteils fast Herzform hatten. Allerdings waren die Blutherzen an der weißen Wand nicht ganz so befriedigend, wie er es sich erhofft hatte. Er drehte sich wieder von der Wand weg und betrachtete die rostbunten Herbstlaubwälder, die von den Schülern der ersten Klasse im Werkunterricht mit Ölfarben auf Sperrholzblatten gemalt worden waren. Eigentlich waren die Wälder auf die Platten gedruckt worden, aber das war egal. Alle Wälder sahen gleich aus. Keines der Kinder hatte auch nur ansatzweise einen eigenen Gedanken umgesetzt, aber alle hatten brav die Anweisungen befolgt.

Eine tadellose Generation.

Hätte er einen Stift bei sich gehabt, hätte er einen Schwanz mitten in einen der Wälder gemalt. Besser noch mehrere Schwänze in mehrere Wälder! Über Schwänze wusste er nicht viel mehr, als über das Rauchen. Aber er wusste, wie man sie malte, und – und das schien ihm der weit wichtigere Punkt – er hatte selbst einen. Nur wusste er nicht genau, was daran unanständig sein sollte, aber das verschämte Kichern der älteren Mädchen beim Anblick eines anatomisch laienhaft skizzierten Schwanzes auf der Innenwand der Busstation hatte ihn darauf gebracht.

Unanständig.

Drei Bogen waren es gewesen, zwei kurze und ein langer, möglichst nah an der Mund der lächelnden Blondine gemalt, die auf der Plakatwand Werbung für Margarine machte. Aber ohne Stift war dieser Plan hinfällig. Fest quetschte er seinen linken Zeigefinger zusammen, um noch etwas Blut aus der eingerissenen Nagelhaut zu pressen. Er wollte mangels ansprechenderer Alternativen seine blutige Herzarmee neben dem Türstock nun doch noch etwas weiter auszubauen.

»Wenn du nichts gegen das Ding unternimmst, wird es etwas gegen dich unternehmen.«, wisperte die Stimme in seinem Kopf. Aber es war kein bescheidenes Wispern. Es war bedrohlich zischend und besitzergreifend, und es ängstigte ihn. Robert fröstelte. Es war eine Kälte, die direkt aus ihm zu kommen schien, die ihn erschaudern ließ.

»Du musst das Ding loswerden. Es ist nicht gut, dass es da ist. Entweder du oder die Katze. Hab ich recht? Glaub mir, die Katze muss weg.«

Noch als die Religionslehrerin ihn zurück in die Klasse holte, noch als die weit jüngere und weit nettere Klassenlehrerin in Rechnen über das Subtrahieren sprach, noch als er nach dem Unterricht unbemerkt, doch schnell, einen Schwanz in einen der Normwälder malte, noch als seine bleiernen Beine ihn fast nicht den Weg von der Busstation nach Hause in die Zweizimmerwohnung seiner Großmutter tragen wollten, noch als er über die Türschwelle trat, skandierte die wispernde Stimme unaufhörlich:

»Die Katze muss weg.«

Mit eingezogenem Kopf und angehaltenem Atem betrat er die Wohnung und lauschte. Es war nichts zu hören.

*Nichts, bis auf die Stimme in seinem Kopf.*

Leise zog er Jacke und Schuhe aus und schlich auf Socken zum Schlafzimmer, das er sich mit seiner Großmutter teilte. Als sein Blick auf sein Bett fiel wurde ihm schlagartig klar:

Die Katze *war* weg.

Er selbst hatte die Katze getötet.

Er hatte ihr die Augen ausgestochen und sie tagelang zum Sterben liegen lassen. Also was zur Hölle genau war *das* in seinem Zimmer? Was war das, das da in seinem Bett saß, sich an seinem Laken rieb, bis es glatt war, seine matten Knopfaugen an seinem Pyjama wundpolierte und seine Legosteine anstarrte?!

*Was* bist *du*?

Seine Großmutter hatte seine Daunendecke zurückgeschlagen, sein Kissen aufgeschüttelt und danach in Form gedrückt, das Bettzeug mit der bunten Flickendecke abgedeckt und seinen Lieblingspyjama sorgfältig gefaltet an den rechten unteren Bettrand gelegt. Zwischen den beiden, mit Kreuzstichblumen bestickten Zierkissen, die in der Mitte des Bettes lagen, und mit denen auf gar keinen Fall gekuschelt oder sonst irgendetwas, das über das Ansehen hinausging, gemacht werden durfte, saß das Untier aus Stoff und starrte mit festgenähten, aber seelenlosen Knopfaugen in die Welt.

Robert trat näher ans Bett. Wann immer er sonst sein Bett sah, verspürte der den Drang, sich darauf fallen zu lassen, die straff gezogene Flickendecke aufzuwühlen, den Kopf in eines der kratzigen Rosenkissen zu graben, einfach nur, weil es verboten und deshalb besonders einladend war, und seinen teils befriedigenden, teils verwirrenden Gedanken nachzuhängen, bis er einschlafen oder einen Plan zur Eroberung eines beliebigen Universums finden würde. Mit der Welt gab sich ein Superheld niemals zufrieden. Doch dieser wunderbare Drang war einer panischen Abscheu gewichen.

*Es war jetzt ihr Bett.*

Sie thronte darauf und grinste ihn mit ihrem des Grinsens eigentlich nicht mächtigen, aus elf kleinen Kreuzchen bestehenden Katzenkreuzstichmaul hämisch an, als wäre ihr bewusst, was sie getan hatte. Und es war ihr bewusst. Es war Absicht gewesen. Er hatte ihr das Leben, sie hatte ihm sein Zuhause genommen. Es gab für ihn nun keinen sicheren Ort mehr.

*Das Bett ist verloren.*

Robert wich zwei unmerkliche Schritte zurück, drehte dem Bett (*der Katze*)

aus Sicherheitsgründen nicht vollkommen den Rücken zu und schlich langsam zur Schlafzimmertür. Wohl darauf bedacht, nicht zu laufen, um ja nicht den Eindruck zu erwecken, er würde fliehen. Fast hatte er die Schwelle erreicht, als ein gleißend heller Gedanken in seinem Kopf aufblitzte. Eine unheilvolle Eingebung, die weit mehr war, als nur etwas, das man beiläufig aus dem Augenwinkel wahrgenommen hatte.

*Etwas hatte sich bewegt*

Hinter ihm, auf dem Bett.

Er hätte einfach in die Küche gehen, den Fernseher aufdrehen, immerhin war seine Großmutter gerade nicht zu Hause, sich eine halbe Tafel Schokolade aus der Naschlade nehmen, sich auf die Eckbank der Küchengarnitur setzen und fernsehen können. Einfach eine gute Zeit haben können. Er hätte sich *nicht* umdrehen, nicht zurück zum Bett schauen müssen.

Er hätte weitergehen können, aber er konnte nicht.

Robert konnte dem Drang nicht widerstehen. Die Möglichkeit verfloss bedauernd mit dem Moment und Robert schaute über seine linke Schulter.

Schaute zum Bett.

Die Katze saß nicht mehr zwischen den Polstern.

Die Katze saß auf seinem Pyjama.

Saß schlicht da, die Unmöglichkeit der Tatsache einfach ignorierend.

In ihrer Welt bewegten sich Katzen aus Stoff und mit dieser einen, von ihm wahrgenommenen Bewegung war Roberts Welt zu der ihrigen geworden, also bewegten sich Katzen aus Stoff nun auch in der seinen.

*Unaufhaltsam.*

Er wird in sein Auto steigen und wegfahren.

Er wird nie wieder zurückkehren, nie wieder daran denken, und wenn er dennoch wieder daran denkt, wird er es verdrängen. Zurück hinab in die verdammte Dunkelheit treten, aus der es gekrochen gekommen ist. Das wird Zeit brauchen, aber es hat bereits einmal funktioniert, also wird es auch wieder funktionieren.

Glaubt er.

Hofft er.

Unsicher setzt er seinen wackeligen Schritt. Kaum zu fassen, dass er diesen Trampelpfad zuvor ohne die geringste Anstrengung oder Orientierung zurückgelegt hat. Der Weg ist steil, kaum gepflegt, die Bäume stehen dicht, häufig versperren Geäst und Gestrüpp den schmalen Pfad. Immer wieder gabelt sich der Weg in zwei oder drei kleine Wege, von denen jeder einzelne noch undurchdringbarer scheint. Viele dieser kleinen Wege verlaufen ins Nichts. Mehrmals muss er zu einer der Gabelungen zurückkehren. Fast scheint der Wald ausweglos. Unter dem Druck seiner nervös forschenden Finger bohren sich die stumpfen Spitzen der Schlüssel am Schlüsselbund in seine Leiste.

Ein befreiender Schmerz.

Er wird gar nicht mehr in das Hotel gehen, nicht mehr in das Zimmer. Er wird in sein Auto steigen und wegfahren. Und er wird sich nicht umdrehen. Kein einziges Mal. Nicht über die Schulter blicken.

*Nicht dieses Mal.*

Er wird alles zurücklassen. Das Hotel und die Erinnerung.

*Die Katze.*

Eine feuchte Wurzel und ein unachtsamer Schritt. Fast fällt er, holt mit der rechten Hand hilfesuchend aus, bleibt mit seinem Hemdsärmel an einem Ast hängen, fängt sich im letzten Moment. Wie Feuer brennt der tiefe Kratzer an seinem Unterarm. Doch er darf nicht verharren, weder auf dem Weg noch im Gedanken. Er muss weiter, nichts anderes zählt. Seine Sachen sollen sie ihm nachschicken. Oder sie sollen sie behalten, unter den Angestellten aufteilen, sie den Obdachlosen spenden, sie wegwerfen. Er wird sie nicht holen. Er wird nicht in dieses Zimmer gehen und seine Anzüge in den dunkelblauen, an den Ecken abgeschundenen Koffer packen und die getragenen Hemden dazwischen legen. Er wird nicht die klein portionierten Pflegeprodukte aus dem Hotelbadezimmer gemeinsam mit seiner Reisezahnbürste, die er als beruflich Reisender häufiger verwendet als seine Zahnbürste für zu Hause, in die Toilettentasche packen. Er wird nicht seine Akten, die er gestern Abend noch kurz sortiert hat, vom Schreibtisch nehmen und sie unachtsam in den braunen Aktenkoffer aus Rindsleder werfen, der sich so weich anfühlt und auch noch nach so vielen Jahren diesen angenehmen und echten Duft verströmt.

Sein Weg endet so plötzlich wie der letzte Weg, den er gewählt hat.

Ausweglos.

*Wirst du nicht?*

Doch, genau das wird er tun.

Er wird in dieses Hotel zurückgehen. Er kann nicht fortgehen, er *muss* zurück.

*Er hat etwas vergessen.*

Die Füllfeder.

Diese schlichte schwarze Füllfeder mit dem schmalen Goldrand an der abgeflachten Kappe, die ihm Sandra zum ersten Jahrestag geschenkt hat.

Sie hatten vereinbart, einander nichts zu schenken, und beide hatten diese Vereinbarung gebrochen. Noch nie zuvor hatte Robert eine Vereinbarung, die ihm lästiges Nachdenken und scheinbar überflüssige Arbeit ersparen konnte, ausgeschlagen, doch dieses erste Mal erschien es ihm wichtig. Er hatte ein schlichtes, silbernes Armband gekauft und sich sogar noch einen Anhänger geleistet. Einen kleinen, silbernen Stern. Sandra liebte die Sterne, sie konnte gar nicht genug bekommen von den Sternen. Nächtelang saß sie, in eine alte Decke gewickelt, auf der schäbigen Bank, auf dem Balkon ihrer ersten gemeinsamen Wohnung. Sie war sehr bald zu ihm gezogen, zu zweit konnten sie sich die Miete für die heruntergekommene Wohnung beser leisten.

Die Wohnung gehörte ihnen nicht, die Sterne gehörten niemandem.

Und auf dieser Bank saßen sie auch, und sie beobachteten die Sterne gemeinsam, als sie ihren Jahrestag feierten. Sandra weinte Freudentränen, als er ihr das zarte Armband ums Handgelenk legte. Der Stern, den sie auf den Handrücken geschoben hatte, um ihn besser betrachten zu können, schimmerte mit den Sternen über ihnen um die Wette. Es war ein klarer, lauer Frühlingsabend, und ihm war in diesem Moment klar, dass er sie nie wieder gehen lassen würde. Stolz, ebenfalls das perfekte Geschenk für ihn zu haben, legte sie das schmale Päckchen mit der Füllfeder darin in seine Hand und hielt sie dabei kurz zärtlich fest:

»Damit ich immer bei dir bin.«

Und das war sie von diesem Tag an gewesen, egal wohin er fuhr. Egal wie lang er blieb, an jedem Ort schrieb er mit dieser Füllfeder, und wenn es nichts zu schreiben gab, hielt er sie in seinen Händen. Mit dieser Füllfeder hatte er ein Zuhause gefunden, und er hatte es immer bei sich.

*Er kann nicht ohne sie fahren.*

Wenn er heute diesen Ort ohne die Füllfeder verlässt, wird er sie nie wieder in seiner Hand halten können. Wird er sein Zuhause verlieren. Zuviel hängt an ihr, zu viel Erinnerung und zu viel Trost. Sie hat es nicht verdient, zurückgelassen zu werden. Sandra trägt ihr Armband heute noch. Und sie beobachtet noch immer die Sterne, auch wenn die Bank nicht mehr schäbig und die Wohnung keine gemietete Wohnung, sondern ihr eigenes Haus ist.

Vor ihm lichtet sich der Wald, findet der Weg, wie von der Erkenntnis der Rückkehr befreit, ein Ende. Die Sonne steht tief, bald wird es Nacht sein. Gefrierend legt sich kalte Luft schwer auf seinen schweißnassen Nacken, bricht sein heißer Atem, steigt wie kleine Rauchwolken hoch in die Abenddämmerung. Zaghaft, aber ohne Zweifel blickt er auf das Hotel hinab.

Gebieterisch steht es da, in kaiserliches Gelb gewandet, als habe es Äonen überdauert und nicht nur ein lächerliches Jahrhundert. Die vorgelagerten Arkaden trägt es mit arroganter Überheblichkeit stolz zur Schau. Sie sind gefletscht wie die spitzen Reißzähne eines Raubtiers, gebleckt im Angesicht der zaudernden und dennoch unaufhörlich zu *ihm* hingezogenen Menschheit. In den zwei Mann hohen Fenstern bricht sich quecksilbern die spätherbstliche, die sinkende Abendsonne. Geblendete Augen, blinde Augen. Mit besonnenem Nachdruck repräsentieren diese Fenster zur Seele der Welt drohend *sein* eigenes Zerrbild der *ihm* ausgelieferten Wirklichkeit, verbergen geizig *sein* forderndes Inneres, schützen wohlwissend *seine* Machenschaften. Die doppelseitige, in Halbbögen geschwungene Auffahrt mündet in einem gierigen Schlund, der das Leben Jahrzehnt für Jahrzehnt wie unbedeutende aber nährende Partikel einsaugt. Kein zierliches Türmchen, kein verspielter Erker durchbricht die gedrungene Macht, schmälert die Ohnmacht des hilflosen Betrachters. Von außen betrachtet würde man nicht ahnen, wie viel Raum es bietet.

Wem es Raum bietet, Unterschlupf gewährt.

*Du hast die Katze reingelassen.*

Nachdem das gepolsterte Katzenvieh den ganzen Nachmittag so leise wie ein Staubkorn von innen an der Schlafzimmertür geschabt hatte und Robert wie paralysiert, gerade kräftig genug um an mehreren Stücken

Schokolade zu lutschen, auf einen nächsten Schritt gewartet hatte, war ihm irgendwann der ohnehin nicht sonderlich dehnbare, kindliche Geduldsfaden gerissen. Die eiskalte Stimme in seinem Kopf hatte recht. Die Katze musste weg. Und es war seine Aufgabe, das elende Drecksvieh loszuwerden. Und genau jetzt war der richtige Zeitpunkt dafür. Er musste nicht auf einen weiteren Schritt des Tieres warten. Er war an der Reihe. Die Katze musste weg, also musste er sie wegbringen. Er hatte die Schlafzimmertür aufgerissen, war auf die Katze, die teilnahmslos auf dem Bett zwischen den unberührten Polstern lag, zugestürmt, hatte sie zwischen der rosenbestickten Pracht hervorgezerrt, seine speckwulstige rechte Kinderhand um ihren Hals geschlungen und sie aus der Wohnung geschleppt.

Und es war leichter als erwartet.

Obwohl er nicht wusste, was er überhaupt erwartet hatte. Biestiges Fauchen, manisch an den Kopf gepresste Ohren, scharfe Krallen, spitze Zähne? Ein verzweifeltes sich an Decken Festkrallen, ein rachsüchtiges auf den wohlbekannten Gegner Einschlagen? Oder doch eher einen schwefelstinkenden Höllenschlund, der sich auftun würde, um den dreisten Kidnapper zu verschlingen und zu ewigem Schnurren zu verdammen? Wahlweise könnte man dann auf Dauer selbst schnurren oder für alle Ewigkeit von Schnurrern umgeben sein. Dabei war seine Vorstellungskraft generös.

Doch nichts dergleichen geschah.

Um genau zu sein, geschah gar nichts.

Eine ähnliche Enttäuschung wie die des ungestraften ertappt Werdens stellte sich ein. So, als hätte man sich stundenlang eine Ausrede zurechtgelegt, warum man die Hausübung – das Einmalsieben inklusive kunstvoll verschlungener Zierleiste – heute doch nicht abgeben könne, nur um dann beim Vorbringen der spiegelerprobten Entschuldigung von der Lehrerin mit einem »Bring mir das Versäumte morgen« besonders nachsichtig unterbrochen zu werden. Danke, Welt. Schlimmer als zu scheitern ist, wenn niemand bemerkt, dass du es versucht hast.

Und Robert hatte nicht nur versucht, die Katze loszuwerden, er war gerade auf dem besten Weg, sie tatsächlich loszuwerden. So einfach wie einen Sack Müll. Und nichts schien sich die Mühe machen zu wollen, sich ihm in den Weg zu stellen. Die Dämmerung des Stiegenhauses erschien ihm nahezu schützend.

Aber das bringt der Schein so mit sich.

*Es scheint einem so.*

Kein Fauchen, kein Kratzen, kein Höllenschlund.

Nur ein schlecht beleuchtetes Stiegenhaus in einem verdreckten Sozialwohnungssilo.

Er wagte es nicht, das Licht einzuschalten. Er wollte keine Sekunde seiner kostbaren Zeit verschwenden und noch viel wichtiger war, er wollte darüber hinaus auch nicht gesehen werden. Fast fand er es schändlich, wie er sein Opfer ein zweites Mal entsorgte. Er zögerte. Vielleicht gab es ja doch noch eine Chance für ihn und diese Polsterkatze.

Ein gutes Ende.

Vielleicht konnte sie nachts in seinem Bett liegen, in seinen Arm geschmiegt und seine salzigen Tränen auffangen, die er weinte, weil er ein Leben vermisste, das er gar nicht kannte, um Menschen trauerte, die nicht allein ihr Tod davon abhalten würde, einst um ihn zu trauern. Vielleicht konnte sie ihm mit ihrer seelenlosen Geduld eine Zukunft versprechen. Wäre da nicht dieses kleine Detail, dieser Mord.

Dieses katzenförmige Polster war nicht da, um sein Freund zu sein. Diese leblosen Augen wollten nur eines sehen. Was haargenau, blieb ihm zwar verborgen, aber die reine Ahnung ließ ihn in schierer Panik schneller laufen, zwei Stufen auf einmal nehmen, was einen Jungen seines Alters mit ziemlicher Sicherheit von den Beinen werfen musste. Und ein gebrochenes Genick brachte ihn nicht weiter und die Katze nicht dorthin, wo sie hingehörte. Er zwang sich, wieder jede Stufe einzeln zu nehmen. Immerhin war es nur ein Stockwerk. Aber auch ein Stockwerk konnte eines zu viel sein. Wollte er doch schneller dort sein, wo er hin musste, so sehr, dass er dafür fast die Vernunft ausgeschlagen hätte. Die Vernunft, die ihm gebot, das Ziel sicher zu erreichen. Jenes Ziel, das während des Schokoladelutschens am Küchenboden plötzlich vor seinem inneren Auge aufgetaucht war. Ein naheliegendes Ziel, sowohl im logischen als auch im lokalen Sinne.

Die Müllkübel im Innenhof des Wohnsilos.

Ein stinkender, ein gruseliger, ein endgültiger Ort.

*Genau das Richtige für etwas, das so falsch war.*

Kurz blieb er stehen und sah sich verstohlen um, dann ging er langsam weiter. Diese letzten Meter würde er mit Würde zurücklegen.

Steil fiel der dämmernde Rest der sinkenden Abendsonne tiefrot leuchtend durch die vergitterte Glastür des Hinterausgangs, sanft brach sich das müde Licht an den zerschundenen, den abgestoßenen Fliesen. Als er die schwere Türe aufdrückte, wehte ihm der eiskalte Abendwind als Vorbote dieser eisigen Novembernacht in sein vor Anstrengung glühendes Gesicht. Die Kälte kroch in seine Atemröhre, füllte seine Lungen. Das fühlte sich gut an und befreiend. Durch seine zerschlissenen Socken konnte er spüren, wie sich mit jedem Schritt hartnäckige Kiesel in seine Fußsohlen bohrten. Ein ihm entfernt bekannter Nachbar bog um den kleinen Steinsims neben der verrosteten Klopfstange. Robert nahm ihn kaum wahr und unterließ es zu grüßen. Ehrfurcht, Angst und Kälte raubten ihm das Wort. In ein paar Tagen würde der Nachbar diese Unhöflichkeit seiner Großmutter gegenüber erwähnen. Über die Socken auf den Steinen würde er schweigen. Was kümmerte ihn die Erkältung eines Kindes, wenn es um die Höflichkeit ging?

Die großen, dunkelgrauen, matt schimmernden Tonnen standen Rücken an Rücken nebeneinander. Rund um die Tonnen knarrte kleinkindhohes Gestrüpp. Eine einsame Amsel schrie sich die Vogelseele aus dem zähen, den Winter zwar fürchtenden, aber überdauernden Leib. Robert war allein im Innenhof, die Tonnen waren beruhigend nahe.

Eins, zwei, drei … auf den letzten Schritten hielt er den Atem an … vier, fünf, sechs …

So wie er jedes Mal den Atem anhielt, wenn sie auf einem Ausflug mit dem Zug durch einen Tunnel fuhren. In dem Wissen, dass, sollte sein Atem nicht reichen, etwas Schlimmes geschehen würde. Bisher war dieses Grauen immer undefiniert geblieben.

Direkt vor der vordersten Tonne atmete er durch. Beißend stieg ihm der Geruch verrottender Küchenabfälle in die Nase. Mit der linken Hand umfasste er den wie eine Hakennase nach oben gebogenen Griff der Tonne. Er war unförmig und kalt. Beim Öffnen knarrte es.

Roberts Blick fiel auf sorgfältig abgenagte Knochenreste und faulende Tomaten. Ohne sie eines letzten Blickes zu würdigen, warf er die Polsterkatze in die Tonne und ließ den schweren Deckel krachend über ihr zufallen.

Der Triumph der banalen Materie über den unheilvollen Geist.

*Geschafft.*

Am Morgen darauf saß die Polsterkatze am Frühstückstisch, gemütlich in die Ecke der Küchenbank gekuschelt. Ihre seidene Schleife hatte einen kleinen Fleck, vermutlich Eigelb, abbekommen, sonst war sie absolut unversehrt. Sie saß da, fröhlich gestimmt, geduldig und wissend grinsend.

Und es schien ihr leichter zu fallen als erwartet.

*Viel leichter als erwartet.*

Dass sie einfach wieder da war, als wäre sie nie weg gewesen bedeutete nicht, dass Robert es auch hinnehmen musste. Vor allem, wenn es ums Überleben ging. Die einzige Frage war nur noch, um welches. Um das kreatürliche Überleben der seelenlosen Zombiekatze oder um das seiner klischeehaft unschuldigen Jugend. Und auch, wenn er sich das nie bewusst gemacht hatte, war es ihm bewusst. Immerhin hatte sich das Sich-dessen-bewusst-Sein eine Stimme verschafft, und diese Stimme beharrte darauf, dass die Katze weg musste. Und sie schalt seinen kindlichen Leichtsinn, verdammte seine leichtsinnige Dummheit. Also war klar, es musste ein Plan gemacht werden, und bis zur Umsetzung dieses Plans musste Robert der Wohnung so gut es ging fernbleiben.

Und er musste überleben.

Wieder war es die habichthafte und humpelnde Religionslehrerin, der gottesfürchtige und menschenverachtende Krüppel, der eine Lösung parat hatte. Nicht, dass Robert sie gefragt hätte. Er hatte einfach, auf der Suche nach einem Plan und aufrichtig froh, in der Schule sein zu dürfen und die Wohnung meiden zu können, zugehört. Und dort, im überkonfessionellen Unterricht, mag heißen römisch-katholisch, und alle anderen durften ungefragt regungslos dasitzen und schweigen, offenbarte sich der wirkungsvolle Plan. Vielleicht war es die drastische Grausamkeit der Schilderung, als die Religionslehrerin sich genussvoll darin erging, dass alle Nichtchristen nach ihrem Tod wie verendete Hunde ehrlos außerhalb der Friedhofsmauer verscharrt werden müssen, die ihn aufhorchen ließ. Nichtchrist, verendeter Hund, verreckte Katze, Polsterkatze. Alles eins, und alles gehört nach dem Tod verscharrt. Und das ganz offensichtlich außerhalb der Friedhofsmauer. Es war also an der Zeit, sich eine Schaufel zu besorgen und zu erkunden, ob es denn rund um den Friedhof ein Stück freie Fläche zum Verscharren gab.

Wie sich zeigte, gab es die.

Es gab genug freie Fläche rund um den Friedhof, und die schien die meisten Leute genauso zu kümmern wie der Friedhof selbst, also eigentlich gar nicht. Auch an eine Schaufel war problemlos ranzukommen. Hinter dem klotzartig verdichteten Sozialwohnbau lagen die Gemeinschaftsgärten, und in fast jeder der unverschlossenen Hütten hinter den Gartenbahnen wartete eine unbeaufsichtigte Schaufel darauf, von einem kleinen Jungen gestohlen zu werden.

Und das tat Robert.

Er stahl eine Schaufel.

Es gab also keinen Grund, das Unausweichliche hinauszuschieben. Der Ort war ausgekundschaftet, die Utensilien besorgt, die Katze sicher im Wanderrucksack in Verwahrsam genommen, der ausführende Exekutor voller Zuversicht.

Als er Donnerstagnachmittag, die Dunkelheit kam überraschend früh, auch für diese Zeit des Jahres, den Spaten in das halb gefrorene Erdreich neben der Friedhofsmauer rammte, konnte er spüren, wie das euphorische Gefühl der Macht durch seinen Körper floss. Robert grub wie ein Irrer. Grub, bis er fertig war, dann begrub er die Katze. Ganz ohne Ehrfrucht und mit der triumphalen Selbstgefälligkeit eines einfachen Geistes senkte er die verhasste Polsterkatze hinab in ihr fünf Fuß tiefes Grab. Er verließ den Ort des Verbrechens, ohne sich noch einmal umzuschauen. Denn vor ihm lag die Zukunft.

Eine katzenfreie Zukunft.

Eine sichere Zukunft.

Freitagnachmittag, als er auffällig gut gelaunt, immerhin hatte er endlich wieder einmal tief und fest durchgeschlafen, aus der Schule nach Hause kam, saß das verdreckte Drecksvieh wieder in seinem Bett. Aus matten Knopfaugen siegessicher starrend.

*Es hat etwas gedauert, aber ich bin wieder da.*

*Für immer, Robert.*

*Für immer.*

Ruhigen Schrittes geht er durch das große Tor, betritt die Eingangshalle des Hotels. Das geschäftige Treiben des Nachmittags ist einer vorabendlichen Bedachtsamkeit gewichen. Mit der Dämmerung kommt die Stille, und mit der Stille kehrt die vom täglichen Eifer vorrübergehend verdrängte Ehrfurcht zurück ins Hotel. Drei Gäste stehen an der Rezeption, die sich an der linken Wand erstreckt. Zwei Männer und eine Frau. Hotelangestellter ist keiner zu sehen. Einer der Männer scheint allein zu reisen, er wartet etwas abseits, blickt prüfend in ein Notizbuch. Das Pärchen unterhält sich tuschelnd, die Frau tippt ungeduldig mit den Fingern ihrer linken Hand auf die blanke Marmoroberfläche des Tresens. Ihre Nägel klacken auf dem kalten Glatt, kaum hörbar, aber doch.

Im hinteren Teil des majestätischen Eingangsbereich – eine hoch aufragende Kuppelhalle, erschlossen durch einen überragenden Torbogen, mit farbenprächtigen Fresken an der Decke, welche wohl die Genesis zeigen, golden ausgeleuchtet von einem mehrarmigen, riesig wirkenden Kronleuchter aus blank poliertem Bergkristall – sitzt rechter Hand ein weiterer Gast. Er trägt einen Mantel und einen Hut. Obwohl es scheint, als habe er den Platz bereits vor Stunden eingenommen, wirkt er, als wäre sein Geist noch weit fort, als wäre er noch nicht angekommen. In seinen Händen hält er eine Tageszeitung, erweckt aber nicht den Eindruck, als würde er lesen. Sein Blick verliert sich im Leeren. Geduldig scheint er zu warten, ohne zu harren.

Durch den Eingang der Hotelbar, welcher an die Rezeption anschließt, fällt schummriges Licht, als würde das Vage der Bar die sanfte Helligkeit der Eingangshalle einnehmen und nicht die Helligkeit der Halle das Zwielicht der Bar verdrängen. Der vom gebrochenen Licht umrissene Raum vor der Bar füllt sich mit den leisen, aber nicht zaghaften Klängen eines Klaviers. Vielleicht eine Sonate, obwohl wahrscheinlich eher doch eine Etüde. Es ist noch früh am Abend, noch bleibt dem Pianisten Zeit sich warmzuspielen.

Kurz denkt Robert darüber nach, den für die Größe des Hotels doch sehr beengt wirkenden Aufzug zu benutzen, als ihm bewusst wird, wie nahe er in diesem Fahrstuhl einem anderen Menschen kommen könnte. Dies erscheint ihm nicht nur unangenehm sondern auch verantwortungslos. Den Fremden mit sich und dem Fahrstuhl in den Abgrund zu reißen, käme einem Mord gleich.

Vom nahenden Tod verfolgt, wählt er die Treppe.

Als er sein Zimmer betritt,

*(die Tür ist nur angelehnt … hat er sie nicht geschlossen?)*

ist er auf alles gefasst. Sein Verstand hat ihn sorgfältig auf jedes erdenkliche Szenario vorbereitet, doch dass das Zimmer verlassen ist, überrascht ihn. Er hat nicht damit gerechnet, die Katze nicht anzutreffen. Erst jetzt wird ihm klar, dass er sich auch, der konsequenten, mentalen Vorbereitung zum Trotz, nicht bewaffnet hat. Aber womit auch? Welches ist die richtige Waffe, um sich gegen ein Kinderspielzeug aus Stoff zu verteidigen? Eine Spritzpistole? Es kommt ihm in den Sinn, wie er sich über den kleinen Teich – den dort drüben, auf der anderen Straßenseite – beugt, um eine rosa Wasserpistole zu füllen. Aufgeregt schnäbeln die Enten nach dem leuchtenden Kinderspielzeug. Lächelnd verdrängt er das Bild. Er ist nicht zurückgekommen, um sich humorvoller Zerstreuung hinzugeben. Jede Form der Zerstreuung ist in seiner derzeitigen Situation bestenfalls eine trügerische. Gelacht wird zu Hause wieder. Bei seiner Frau und seinen Söhnen. Sandra, Micky und Robby. Als wären ihre Namen ein Zauber, der ihn von hier wegbringen könnte.

*Sandra, Micky und Robby.*

Er packt seine Anzüge in den dunkelblauen, an den Ecken abgeschundenen Koffer, legt die getragenen Hemden dazwischen. Er holt die klein portionierten Pflegeprodukte aus dem Hotelbadezimmer und legt sie gemeinsam mit seiner Reisezahnbürste in die Toilettentasche. Er wirft die Akten, die er gestern Abend noch kurz sortiert hat, unachtsam in den braunen Aktenkoffer. Andächtig nimmt er die schwarze Füllfeder mit dem schmalen Goldrand vom Sekretär. Sind liegt gut in seiner Hand, und sie ist in ihrer Schlichtheit wunderschön. Er greift nach der Jacke, die er heute Mittag neben dem Sekretär über den Sessel geworfen hat. Nur beiläufig wundert er sich, dass er auf seiner befremdlichen Wanderung ohne die Jacke nicht gefroren hat. Er streift sie über, ohne dabei die Füllfeder loszulassen, öffnet den Reisverschluss der linken Brusttasche und steckt die Füllfeder hinein. Sicher verwahrt. Aufatmend nimmt er sein Gepäck und geht zur Tür. Als er sich noch ein letztes Mal umblickt, halb, um zu sehen, ob er etwas vergessen hat, halb, um sich zu vergewissern, dass die Katze nicht doch noch aufgetaucht ist, weiß er, dass dieser Blick ein überflüssiger Blick ist. Er weiß, dass er nichts Wichtiges in diesem Raum liegengelassen hat, und er will gar nicht wissen, ob die Katze sich vielleicht doch noch durch das Laken auf ihn zu schmiegt.

*Du hast über deine Schulter geschaut, Robert.*

Eilig verlässt er das Zimmer.

Auf dem Weg nach unten misstraut er abermals dem Fahrstuhl, obwohl es weniger ein Misstrauen und vielmehr ein Sichergehen ist, und wählt die Treppen. Dementsprechend vorsichtig steigt er die steinernen, mit einem teils zerschlissenen, weinroten Samtteppich bedeckten Treppen hinab. Ohne zu fliehen.

Einfach nur, um fortzugehen.

Durch den weitläufigen Bogen am Ende der Treppen tritt er in die Empfangshalle, steuert auf das Eingangstor zu, als ihn eine schlichte Melodie einfängt, die seinen zielstrebigen Schritt verlangsamt und ihn schließlich aufhält.

Er muss dieses Lied hören.

Es gehört ihm.

*Es macht ihn glücklich.*

Mit einem Lächeln wendet er sich dem Eingang der Hotelbar zu. Es ist eine sehr simple, sich in nur marginalen Variationen wiederholende Melodie. Aber sie ist wunderschön. Und sie will von ihm gehört werden. Verloren im Gedanken tritt er, von den vertrauten Klängen sorgsam umfangen, näher, wagt einen Blick. Der Boden der Hotelbar ist mit einem dicken, dunkelblauen Flor ausgelegt, der seinen Schritt dämpft und den Klängen des Klaviers schmeichelt. Die kleine, aber dennoch mächtig wirkende Theke ist aus dunklem Ebenholz, von einer kupfernen Reling umfasst. Schwere Hocker, überzogen mit schwarzem Leder, stehen davor. Vor dem Spiegel hinter der Theke reihen sich wertvolle oder hochprozentige Spirituosen aneinander. Die Bar ist, bis auf den Pianisten – den er gerade nicht erkennen kann – und den Barmann, menschenleer. An keinem der fünfeckigen, schwarzen Tische, die kaum Platz für mehr als drei Getränke bieten, aber von fünf, zu den Barhockern passenden, lachhaft kleinen und dennoch voluminös wirkenden Stühlen umstellt sind, sitzt ein Gast. Der förmlich gekleidete, aber formlos lächelnde Barmann bietet Robert mit einer unterschwelligen Geste an, Platz zu nehmen. Und warum sollte er auch nicht Platz nehmen, nicht noch einen letzten Augenblick verweilen? Nur dieses eine Lied, diese eine Melodie und vielleicht dieser eine Drink.

Dann wird er dieses Hotel verlassen.

*Endgültig.*

Das Starren dieses Freitagnachmittags behielt die Polsterkatze bei. Und sie war immer dort, wo er sie am wenigsten erwartete. Obwohl, eigentlich war sie immer und überall. Zumindest innerhalb der Wohnung. Denn so selbstverständlich, wie sie auf unerklärliche Weise immer wieder in die Wohnung zurückkehrte, genauso wenig konnte sie aus eigenem Antrieb, der sie sonst recht gut voran zu bringen schien, die Wohnung verlassen. Zumindest das hätte beruhigend sein sollen, war es aber nicht. Innerhalb der eigenen vier Wände nicht mehr sicher zu sein, bedeutete, nirgendwo mehr sicher zu sein. Robert war nicht nur verängstigt und in Gefahr, er war auch einsam und obdachlos. Aber er hatte keine Wahl, aufgeben war keine Option. Er musste weiterhin versuchen, die Katze verschwinden zu lassen. Dazu bedurfte es mittlerweile keiner inneren Stimme mehr, die ihm dies predigte, jede Zelle seines Körpers wusste, was getan werden musste.

Und er tat es.

Drei Tage nachdem das neben dem Friedhof begrabene Katzenvieh nach nur einer Nacht verdreckt den Weg zurück in sein sauberes Bett gefunden hatte, warf er das teuflische Unding in den tiefen Schacht, den er letzten Sommer neben der Fitnessmeile - auch wenn man bedürftig war, konnte man doch fit sein - hinter dem Sozialwohnbau gefunden hatte. Dieser Schacht hatte ihn den halben Sommer fasziniert und ihm Albtraum geplagte Nächte beschert. Er war sich sicher, dass Monster darin hausten, immerhin hatte man sich die Mühe gemacht, den Schacht mit einem rostigen Eisengitter unwiderruflich zu verschließen.

Das Unterfangen, die Katze in den Schacht zu werfen, erwies sich als äußerst befriedigend. Die rohe Gewalt, die er ihrem vernähten Rumpf antun musste, als er ihn durch das rostige Gitter quetschte, beflügelte ihn. Das einem erstickenden Schmerzensschrei gleiche Reißen des verhassten Stoffes vervollständigte den Eindruck der Vernichtung endgültig. Er konnte die Katze weder aufschlagen noch fallen hören. Der Schacht war tief.

Unendlich tief.

Noch am selben Abend nach der vermeintlich geglückten Entsorgungsaktion lag sie, das grinsende Katzenkreuzstichmaul besonders frohgemut nach oben verzerrt, unter dem Waschtisch im Badezimmer. Weit in die hinterste Ecke gedrückt, hätte er sie fast übersehen. Sie war komplett durchnässt, aber ihr stoffener Körper war unversehrt. Sie hatte nicht einmal die verdammte Seidenmasche eingebüßt.

»Zum mit in die Badewanne nehmen ist dein kleines, süßes Kätzchen aber nicht gedacht.«, scherzte seine Großmutter ausgelassen, als sie plötzlich hinter ihm in der Badezimmertür auftauchte.

»Ich bin nass. Aber ich bin noch da«, grinste die Katze zufrieden vor sich hin.

Aber was hatte er erwartet? Da hausten Monster in dem Schacht. Auf ihresgleichen war zumindest in der verqueren Welt der Polsterkatze Verlass.

Schon am nächsten Morgen warf er den stofftierischen Wiedergänger von der Fußgängerbrücke aus auf die stark frequentierte Umfahrungsstraße, direkt vor einen Lastwagen. Das blitzblau leuchtende, tonnenschwere Ungetüm auf Rädern überrollte donnernd das weich ausgestopfte Tier, drei nachfolgende Personenkraftwagen setzten die Zerstörung fort. Zerquetscht, zerrissen und zerfetzt flog das Vieh durch die Lüfte und blieb zerschunden auf dem kalten Asphalt liegen. Es begann zu schneien. Im Schneematsch sah das von den vorbeirasenden Autos achtlos zur Seite gedrängte Vieh tatsächlich wie ein Kadaver aus. Robert blieb, um die Stofftierleiche zu beobachten, bis seine Finger steif vor Kälte und seine Gedanken einigermaßen beruhigt waren, denn befriedigt waren sie nun nicht mehr. Auch wenn er sich dagegen wehrte, gab es nur eines, woran er noch wirklich glaubte: die Wiederkehr der Katze.

Als er zitternd vor Kälte die Wohnungstür öffnete und seine Großmutter unsinnigerweise rufen hörte: »Robert, bist du das?«, war das Erste, worauf sein müder Blick fiel, die Polsterkatze, wie sie, an die schmutzigen Winterschuhe seiner Großmutter gelehnt, dasaß und ihn herausfordernd anblickte.

*Mehr hast du nicht zu bieten, Versager?*

Ihre alberne Seidenmasche war noch steifgefroren, klirrend gab sie unter seinen tauben Fingern nach, als er das Monster fassungslos zuerst daran berührte. Körper und Knopfaugen waren unversehrt.

Und sie war gerade erst warmgelaufen.

Danach dauerte es einige Zeit, bis er wieder zum Gegenschlag ausholte. Er wusste, er brauchte einen besseren Plan. Denn je schneller und planloser er bisher gehandelt hatte, desto schneller war sie auch zurückgekommen. Er konnte sie nicht einfach entsorgen. Das hatte er mehrfach versucht. Er musste sie fortschicken. Und wieder kam die vermeintlich rettende Idee aus der Schule, die mittlerweile zu seinem liebsten Ort geworden war, was an sich schon erschreckend genug gewesen wäre.

Lächelnd teilte Frau Klassenlehrerin, manisch gut gelaunt wie immer, bunte Karteikarten aus und erklärte, dass ihre lieben Schüler wohl schon alt genug und vor allem gut genug seien, um erste Sätze über ihre Familie und über ihr Leben zu schreiben. Jetzt sogar in Schreibschrift. Und um das auf eine spannende Art und Weise machen zu können, bekam jeder von ihnen einen Brieffreund, der viele hunderte Kilometer weit entfernt wohnte, aber immer noch nah genug war, um dieselbe Sprache zu sprechen.

*Hunderte Kilometer entfernt.*

Und er wartete auf einen Brief von Robert.

Und seine Adresse stand auf dieser Karte.

Hunderte Kilometer schienen Robert in diesem Moment gerade weit genug.

Nach dem Unterricht trugen ihn seine müden Füße eilig nach Hause, und er war überzeugt davon, es bald wirklich wieder so nennen zu können. Seit langem hatte er die Wohnung seiner Großmutter nicht mehr mit solcher Zuversicht betreten. Es war nicht notwendig, sich nach der Katze umzusehen. Sobald er da war, war sie es auch. Und zum ersten Mal war das absolut in seinem Interesse.

Kinder sind immer sehr begeistert bei der Sache, wenn es darum geht, ihr motorisches Geschick unter Beweis zu stellen. Was zumeist zu selbstgetöpferten Aschenbechern für nichtrauchende Eltern und selbstgehäkelten Topflappen für nichtkochende Großtanten führt. Alles natürlich unter pädagogisch geschulter, fachmännischer Anleitung entstanden und trotzdem hässlich wie eine Kuh am verschissenen Arsch.

Aber Robert war in diesem Moment motorisch motiviert wie noch nie zuvor in seinem Leben. Schnell war das von der plötzlichen Zuwendung des Jungen überrumpelte Vieh eingefangen. Es war zwar immer da, aber *schnell* war nicht seine Spezialität. In seinem Abwehr-Angriff-Kampf hatte es sich mehr auf Herumkriechen-wenn-keiner-schaut spezialisiert. Ebenso schnell war es in die verdreckte Schuhschachtel gestopft, in der normalerweise das Schuhputzzeug aufbewahrt wurde. Nicht ganz so schnell aber dafür umso gewissenhafter wurde danach der zweckentfremdete Schuhputzkarton mit Paketband, welches er vorausplanend aus der Schulbastelstelle entwendet hatte, großzügig verklebt. Robert konnte es in der Schachtel beharrlich schaben hören. Mit wasserfestem Stift, desselben Ursprungs wie das kackbraune Paketband, krakelte er die Adresse des ihm fremden Jungen auf die kartonverpackte Stoffkatzenbombe.

Er verspürte keine Schuld, er kannte den Jungen nicht. Darüber hinaus war er sich sicher, dass die Katze an diesem Jungen so viel Interesse haben würde wie er selbst. Gar keines. Im Idealfall würde sich der Fremdling über das Geschenk freuen. Im schlimmsten Fall würde das Unding in seinen Händen wohl zu nach Schwefel stinkender Asche zerfallen und der wohlerzogene Weichling heulend zu seiner ihn ach so liebenden Was-auch-immer laufen.

Für Robert galt die Katze bereits als verschickt.

Mit gestohlenem Geld in der Tasche, er hatte seiner Großmutter nie zuvor Geld gestohlen, aber er würde es von diesem Tag an immer wieder tun, und er würde dabei kein Unrecht empfinden, und dem Paket unterm Arm zog er los, um die Katze vom hiesigen Postamt aus auf eine Reise ohne Wiederkehr zu schicken.

»Da wird sich dein Freund aber freuen«, sagte die dicke Postbeamtin am Schalter. Obwohl es in der Filiale kalt war, hatte sie große Schweißflecken unter ihren fetten Achseln. Sie frankierte die verdammte Fracht und warf sie in die abgewetzte Schütte hinter sich.

»Jeder freut sich doch über so ein liebes Geschenk, von so einem lieben Buben!«

Am Abend erzählte sie ihrem Mann von dem kleinen Jungen, der sich so viel Mühe gemacht hatte, um seinem Freund an diesem fremden Ort eine Freude zu bereiten.

Sie selbst wird nie Kinder haben. Es wird ihr Leben und das Leben ihres Mannes zerstören. Er wird sich in billige Affären stürzen, sie sich mit billigem Alkohol betäuben. Erst mehrmals die Woche, danach mehrmals täglich, dann immer. Nach einem fehlgeschlagenen Adoptionsversuch wird sie sich das Leben nehmen. Sie wird sich ein letztes Mal betrinken, sich in die Wanne legen, sich die Pulsadern aufschneiden und langsam ausbluten. Wie Schlachtvieh. Sie wird über eine Woche in dieser Wanne liegen, stinken und verrotten. Und ihr Mann wird irgendwo in diesem Land bei einer anderen Frau, an einem anderen Ort sein. Besorgte Nachbarn werden die Polizei rufen, und man wird ihren halb zersetzten Körper aus der Wanne heben. Teile ihres mürben Gewebes werden reißen, und faules Menschenfleisch wird wie ranzige Sahne auf den Boden klatschen.

Aber das weiß sie an diesem Abend noch nicht. Sie weiß nichts von ihrem fauligen, sich zersetzenden Körper oder ihrer Unfruchtbarkeit. An diesem Abend erinnert sie sich liebevoll an den rotblonden Jungen und sein mühevoll verklebtes Paket. An diesem Abend wünscht sie sich mehr als alles andere ein eigenes Kind.

Mehr als alles andere auf dieser verdammten Welt.

Es verging ein Tag, es vergingen zwei Tage. Und nichts passierte. Robert begann erst zaghaft, dann ernsthaft zu hoffen. Am vierten Tag schlief er nach der Schule in seinem rückeroberten Zuhause, auf seinem Bett, das endlich wieder wirklich ihm gehörte, tief und fest ein. Traumlos war sein Schlaf und ungestört. Er schlief fast drei Stunden und erwachte überraschend erholt und seltsam glücklich.

Nach einer Woche, die nichts Altes wiedergebracht und ihn auch vor Neuem verschont hatte, schlief er auch nachts wieder mit einer unschuldigen Selbstverständlichkeit. Er wagte sogar den einen oder anderen Traum. Gemächlich kraulte die liebgewonnene Alltäglichkeit seinen rotblonden Schopf, und Robert traute ihr.

Neun Tage nachdem Robert die Polsterkatze in die weite Welt verschickt hatte, tauchte das Tier wieder auf. Lag morgens steif und gefährlich nah neben ihm auf seinem Bett, als wäre es nie fort gewesen. Er hatte es, versunken in einen Traum, nicht kommen hören.

»Ich hatte schon Angst, du hättest sie zum Spielen mit nach draußen genommen und verloren!«, flötete seine Großmutter glücklich, als sie das Fetzentier vom Kinderbett hochhob, um es liebevoll und erleichtert an sich zu drücken.

»Was brauch ich die Welt, wenn ich doch bei dir sein kann.«, grinste die Katze ihn über die Schulter seiner Großmutter hinweg an.

*Schnurrrrr.*

Der Schock saß tief, und die Katze wie gehabt auf seinem Bett. Jeden Abend, nachdem seine Großmutter den Raum verlassen und vorsichtig die Tür ins Schloss gezogen hatte, trat Robert das elendige Vieh mit der Wucht tiefster Überzeugung und ehrlich empfundener Abscheu aus dem Bett. Danach war sein kindlicher Geist damit ausgelastet, sich einen schlafähnlichen Zustand aufzuzwingen. Die Katze hingegen hatte eine Nacht des Sich-wieder-ins-Bett-Schleichens vor sich. Am Morgen war er verkrampft und unausgeschlafen und die Katze wieder im Bett.

Jeden Morgen.

Es war an einem Samstagnachmittag. Seine Großmutter saß auf der Küchenbank und trank, ohne einen der kleinen Löffel zu vermissen, ihren Nachmittagskaffee. Robert hatte es sich mit gut einem Dutzend Spielzeugautos auf dem Boden gemütlich gemacht und spielte Parkhaus ohne Parkhaus. Er hatte die Autos zwar vor einiger Zeit verstoßen, doch gerade jetzt gab es nichts Besseres zu tun. Vor allem wo er alle Legosteine in so beachtliche Kunstwerke verwandelt hatte, die er keinesfalls wieder zerstören wollte.

Die Autos hatte er von einem Jungen bekommen, der sie nicht mehr brauchte, da er jetzt einen Computer besaß und lieber auf Tasten drückte als auf Autodächer. Ein Parkhaus hatte der Junge nicht gehabt, und seine Großmutter konnte sich keines leisten, so sehr es sich Robert auch wünschte. Also parkte er die zwischenzeitlich wieder interessanten Autos unter und auf dem kleinen Trittbrett, das seine Großmutter immer verwendete, um Gläser oder Dosen aus den oberen Küchenregalen zu holen. Im weißen 68er Mustang saß ein verwegener Rowdy mit Cowboyhut. Waghalsig schoss der Mustang über das Trittbrett hinaus. Das Scheppern des Matchboxautos ließ seine Großmutter kurz aufschauen und ihm ein Lächeln schenken.

Seine Großmutter hatte am Morgen den Küchenofen, auf dem auch immer das Essen vor sich hin kochte, angeheizt, aber jetzt hatte sie wohl nicht mehr auf die Flamme geachtet. Kälte machte sich in der

Küche breit, als Robert schlagartig bewusst wurde, welche erkaltende Möglichkeit sich ihm da bot.

Er hätte es nie gewagt, die mit einem Riegel verschlossene Tür zum Ofen zu öffnen, wenn die Flammen von innen dagegen schlugen. Selbst die Hexe im Märchen hatten die Flammen verschlungen, was würden sie dann erst mit einem kleinen Jungen machen? Das Feuer wärmte ihn, es kochte sein Essen, doch insgeheim war es darauf aus, ihn hinab in seinen Abgrund zu ziehen. Aber da war dieses Zeitfenster, wenn die alten Flammen nahezu vollständig ausgegangen waren und seine Großmutter kurz davor war, neue zu entfachen.

Eine sacht glimmende Lösung für ein beharrliches Problem.

Robert ließ die Autos parken und ging langsam in sein Zimmer, um niemanden aufzuschrecken oder gar zu verjagen.

Stumm und steif lag sie da, zwischen den Rosenpolstern.

Stumm, steif und absolut ahnungslos.

Es mit beiden Händen stählern umklammernd, zog er das verdammte Vieh zwischen den Polstern hervor, drückte den widerwärtigen Körper an sich und ging zurück in die Küche. Dort wartete er. Die Katze fest an sich gepresst. Er konnte spüren, wie sich etwas unter dem alten Polsterstoff regte.

*Etwas lebte.*

Noch nie zuvor hatte er sie so festgehalten, und er schwor sich, es auch nie wieder zu tun. Er wollte sie nie wieder leben spüren.

Seine Großmutter hatte mit schwachem Interesse seinen Weg verfolgt, war aber jetzt doch erfreut, ihren Enkelsohn da sitzen zu sehen, in inniger Zweisamkeit, das geliebte Stofftier eng umschlungen, als würde er sie nie wieder in seinem Leben loslassen wollen. Oft, wenn sie keine Kraft mehr hatte, beobachtete sie ihn, und nur selten konnte er ihr Kraft geben. Sein Wesen war nicht heiter, seine Kindlichkeit weder ermunternd noch erbaulich. Doch mit der Katze im Arm hatte er etwas aufrichtig Kindliches. Ein kalter Luftzug ließ sie schaudern. Sie hatte den Ofen vergessen.

*Was die Kälte noch mit sich brachte, das blieb ihr verborgen.*

»Ich gehe in den Keller und hole Holz«, sagte sie zu ihrem Enkel. Abwesend nickte dieser, gedanklich wohl an einem wärmenden Ort.

Nachdem seine Großmutter die Wohnung verlassen hatte, fiel seine vermeintliche Apathie schlagartig von ihm ab. Er entriegelte mit der rechten Hand die Ofentür, während er die bebende Katze unter seinen linken Arm festgeklemmt hatte.

*Jetzt geht es dir an den Stoff.*

Argwöhnisch zog er die schwere, metallene Tür auf. Mit der rechten Hand zerrte er das fleischig pulsierende Vieh unter seinem Arm hervor und stopfte es in den Ofen. Tief hinein in das Nichts, bis nichts mehr darauf hindeutete, dass sie darin verloren gegangen war. Er konnte spüren, wie sich die Leere gierig um die widersinnige Katze schloss, sie begierig in sich aufsaugte und begehrlich auch an seiner Hand leckte.

*Komm zu mir.*

Schnell zog er seine Hand zurück, schlug die Tür zu und verriegelt sie gewissenhaft. Die Katze war nicht an einem guten, sie war am richtigen Ort.

Er hatte die Katze zur Hölle geschickt.

Am ganzen Körper zitternd blieb er noch einen Moment vor dem Ofen stehen. Um sicherzugehen und sich langsam vom Nichts zu lösen. Dann ließ er die Katze im Ofen zurück, ging wie auf Stahlwolle ins Schlafzimmer, rollte sich auf seinem Bett ein und versuchte, irgendwo zwischen Wachen und Schlafen die Zeit möglichst unbeachtet vergehen zu lassen. Unterbrochen wurde sein Zeitvertreib einiges später durch das satte Knacken von zu feucht gelagertem Holz.

Es brannte gut, *das Nichts.*

Und mit ihm das elende Ding. Von sanft streichelnden und dennoch fordernd reißenden Flammen verspeist. Hinweggerissen und davongeküsst.

Doch nur wenige Stunden später, als er sich zum Abendessen an den Küchentisch setzte, saß das Vieh da auf der Küchenbank, wie niemals der alles verschlingenden Dunkelheit nahe gewesen und darin verloren gegangen. Das rechte Ohr angekokelt, die Augen matter als zuvor, die Seidenmasche an einem Ende verbrannt.

Grinsend wie das Böse selbst.

Du willst mich hinab in die Dunkelheit stoßen und dort für immer binden?

*Ich bin die Dunkelheit.*

Und schon am nächsten Tag war alles wie immer. Die Ohren intakt und lauernd, die Augen matt, aber gierig, die Masche steif und blaukariert glänzend. Das Untier war wieder heil. Es war unverwundbar.

Sogar die Hölle hatte die Katze wieder ausgespuckt.

»Ich möchte nur …«, das eine Lied, diese eine Melodie hören, will er sagen, » …nur …«, noch nicht gehen müssen.

»Bitte«, der ihm zwar unbekannte aber eigentümlich vertraute (*die Melodie*) Barmann unterstreicht seine Geste von vorhin mit den angemessenen aber dennoch aufdringlich erscheinenden Worten: »Bitte, nehmen Sie doch Platz.«

Robert zögert. Obwohl es kein Zögern im eigentlichen Sinn ist. Er wartet auch nicht auf eine weitere, angebrachte und dennoch verstörende Aufforderung. Er bleibt einfach stehen. Kein anderes Verhalten erscheint ihm ohne große Überwindung durchführbar. Er will nicht gehen, kann aber auch nicht wirklich bleiben.

Nichts davon.

»Darf ich Ihnen etwas anbieten?«, ergänzt der Barmann nachdrücklich. »Bier, Wein, einen Bourbon?«

»Ich sollte eigentlich …«, dieses Hotel verlassen. Ich sollte dieses Hotel verlassen und nach Hause fahren, zu meiner Frau und meinen Kindern, will er sagen » …ich sollte …«, schon längst nicht mehr hier sein.

Einschmeichelnd sanft schlängelt sich die einfache Melodie, die matt glänzenden Schuppen Reih um Reih raspelnd an der Theke reibend, durch den Raum. Das verräterisch grinsende Maul geschlossen und den tödlichen Giftzahn sorgsam verborgen. So sanft plätschern die Harmonien, dass Robert das Gefühl hat, den zärtlichen Anschlag der geschmeidigen Fingerkuppen auf den glatten Elfenbeintasten des Pianinos hören zu können, ihn spüren zu können. Wie kann man so leise spielen? So … schön? Etwas, das so schön ist und so nicht fremd, kann nur Raum für Geborgenheit schaffen.

»Ich werde nur …«, setzt Robert an und schweigt dann doch.

»Ich weiß«, entgegnet der Barmann, »Sie werden nur dieses eine Lied anhören.«

Ein andächtig lauschendes Schweigen gewinnt an Raum und macht sich samtig breit.

Der eine perfekte Moment.

»Eigentlich spielt er erst vor neun Leuten. Zumindest hat er das früher getan.«, erklärt ihm der Barmann ungefragt, das stille Lauschen taktlos durchbrechend. »Aber dieses eine Mal, da hat er vor acht Leuten gespielt. Er hat gedacht, es seien neun gewesen. Aber er hat sich verzählt, es sind nur acht gewesen. Er hat vor nur acht Leuten gespielt. Und es ist wunderschön gewesen, und er hat sich gedacht, was es eigentlich für eine Rolle spiele. Acht oder neun. Neun oder weniger. Immerhin geht es nur um eine blanke Zahl und nicht ums nackte Überleben. Oder? Seit damals spielt er immer. *Auch wenn gar niemand zuhört.*«

Robert schmunzelt ob der abstrusen Geschichte, die, so belanglos sie auch scheinen mag, ihn dennoch amüsiert. Auf eine sehr grundlegende Weise.

»Gut, nur dieses eine Lied.«, räumt er ein.

»Nur diese eine Lied hören und vielleicht diesen einen Drink trinken.«, ergänzt der Barmann lächelnd. »Ich weiß, Sie haben wenig Zeit, und diese wenige Zeit drängt. Aber bitte, nehmen Sie Platz. Machen Sie es sich gemütlich. … Schwuchtel.«

Robert stutzt.

Was hat er gerade gehört?

Doch durch das andauernde Lächeln des Barmanns gleichsam abgelenkt und gebannt, ist er sich nur einen Atemzug später gewiss, dass es sich um ein klassisches Missverständnis handeln muss. Er hat etwas gehört, das sich nicht gehört. Hat sich verhört. Keine weiteren Bedenken.

»Verzeihen Sie, ich wollte nicht unhöflich sein. Ich war nur kurz …«

»Im Gedanken, ich weiß, das sind wir alle. Bitte, setzten Sie sich.«

Weil es sich einfach richtig anfühlt, wie ein Zuhause, wie ein Lächeln auf dem Gesicht einer geliebten Person, nähert sich Robert der Bar, nimmt Platz.

»Was darf es sein, Sir?«, fragt der Barmann und ergänzt deutlich hörbar. »Von hinten? Schwanzloser Arschlecker.«

Robert widersteht aus unerfindlichen Gründen dem zutiefst natürlichen und schützenden Reflex aufzuspringen. So bleibt er sitzen, doch sein Herz scheint davonzurasen.

»Entschuldigen Sie, was haben Sie gerade gesagt?«

Noch während der Barmann antwortet, wird sein Herzschlag wieder langsamer, fängt sich sein Atem.

»Ich habe gefragt, was Sie gerne trinken möchten, Sir. Gern hole ich den guten Bourbon, von hinter der Bar«.

Robert antwortet nicht, sondern starrt den Barmann entgeistert an, dessen Alter er ebenso wenig einschätzen kann wie seine Persönlichkeit oder seine Absichten. Zumindest erscheinen ihm Letztere seiner Profession angemessen, höflich interessiert, aber absolut oberflächlich. Robert muss sich täuschen, sein überreizter Geist spielt ihm einen hysterischen Streich. Lachhaft.

Aber immerhin wird er von einer Katze verfolgt.

*Reiß dich zusammen.*

»Ja, bitte einen Bourbon. Wenn Sie so nett wären und mir einen Bourbon machen …«, er kann den Fremden nicht beim Namen nennen, auch wenn er das gern möchte.

»Lloyd«, hilft ihm der Barmann weiter, » …einen Bourbon machen, Lloyd.«

»Lloyd. Danke Lloyd. Ein Bourbon wäre jetzt wunderbar. Auf Eis, bitte.«

Lloyd greift, ohne sich von Robert abzuwenden, hinter sich und zieht mit einem Grinsen, als wäre er ein verdammter Zauberkünstler, eine Flasche Jack Daniels hervor. Er stellt ein kleines gedrungenes Glas, auf dem die Initialen (*die da die welchen wären?*) des Hotels sorgsam eingraviert sind, vor Robert auf die Theke, füllt es mit Eiswürfeln, schenkt großzügig ein (*für den Scheiße schluckenden Schwanzlutscher*) und lässt die Flasche billigen Alkohols wieder hinter seinem Rücken verschwinden.

Doch ein Zauberkünstler.

Allerdings nicht gut genug, um das Etikett geschickt zu verbergen. Jack Daniels hat Robert zuletzt bei einer Studentenheimparty getrunken, auf der nicht einmal das billigste und willigste aller Mädchen seine Hand hat halten wollen. Geschweige denn seinen Schwanz oder seine Eier lutschen. Jackie, wer noch gleich? Vermutlich hat sie nicht einmal Jackie geheißen, der Jack Daniels trübt wohl seine Sinne. Der von damals wie der von heute.

Robert verliert sich langsam in der Melodie, die ihn immer mehr *an* immer mehr erinnert. Lloyd wartet auf eine höfliche Geste. Und Robert ist höflich. Das zwar selten aufrichtig, dafür aber immer:

»Danke Lloyd!«

»Natürlich.«

Noch während Robert darüber sinnieren will, was es denn sein könnte, das Lloyd für natürlich nimmt – dass er einem zahlenden Gast Jack Daniels als teuren Bourbon verkaufen will, dass Robert sich dafür auch noch bedankt, oder vielleicht dass … – verändert sich der Blick des Barmanns, verändert sich das Klavierspiel. Aus dem zärtlichen Tappen der sanften Kuppen auf den vergilbten Tasten wird das aufdringliche Klacken zu lang gewachsener Fingernägel. Ein fies verzogenes Lächeln umspielt wissend die Lippen des Barmanns. Die eben noch harmonischen Töne stolpern wirr übereinander und werden unsauber. Die klackenden Krallen schaben am blanken Lack der Tasten und rutschen kreischend ab. Auf dem Gesicht des Barmanns erwächst ein feistes Grinsen. Riesige, schiefe Zähne hinter rissigen Lippen.

»Wie geht es Ihrer langweiligen Frau, Robert? Und den Kindern? Wie geht es Ihren beiden bedeutungslosen Kindern?«

Der Pianist hackt hysterisch auf sein Klavier ein. Immer wieder dieselben Töne verfehlend, als wolle er die Tasten aus der Klaviatur sprengen, um anschließend an den berstenden Stahlseiten selbst zu zerren.

»Was macht Ihre liebe Familie, Robert?«

»Sie …sind nicht da. Weit weg.«

»Nicht da … aber sicher Robert.«

Das misshandelte Klavier heult und wimmert, es bäumt sich auf und setzt sich zur Wehr, wird von fleischigen Pranken brutal niedergerungen. Es erbricht krepierende Disharmonien, die noch einen Albtraum verschrecken könnten. Robert schwitzt, auf seiner Stirn pocht eine Ader, seine Schläfen explodieren förmlich und seine Hände zittern.

*Was macht deine Familie?*

Lloyd mustert Robert eindringlich. Suchend und forschend. Bis er erkennt, dass es schlicht keiner Eindringlichkeit bedarf. Wonach er sucht, bietet sich ihm an.

*Nimm mich, brauche mich, zerstöre mich.*

»Was macht dein durchschnittlicher Hund vor deinem durchschnittlichen Haus?«

Robert will weg. Er ist hier nicht sicher. Ist es nie gewesen. Er hat sich von der Melodie verleiten lassen. Er will aufspringen und davonlaufen. Sich in Sicherheit bringen, aber sein Körper verwehrt die Flucht. Sein

Geist ist im hellen Aufruhr. Er ist wach wie nie zuvor in seinem Leben, aber es kommt kein Ton über seine bebenden Lippen.

*Still!*, will er schreien.

*Aufhören! Bitte, bitte tu es nicht. Sag es nicht! Ich kann es nicht ertragen!*

Doch er bleibt tonlos. Seinem Wort ist die Macht genommen worden.

»Willst du wissen, was dein verschissener Hund macht? Er sitzt vor deinem scheiß Haus, er bellt und er weint. Weil er zuhören muss, wie der Hengst deiner Frau, der sie immer mit seinem Presslufthammer-Schwanz anständig hernimmt, wenn du auf Reisen bist, deinen wimmernden Söhnen die Zähne ausschlägt. Weil er zuhören muss, wie dieser Unmensch erst deinen Söhnen die Seele aus dem Leib prügelt und dann deine Frau in den Arsch fickt. Weil ihre Fotze ihm viel zu weit geworden ist, weil er sie immer und immer wieder gefickt hat, mit seinem großen, dicken Schwanz. Ihr seine Faust in den Körper gebohrt hat. Sie mit seiner hämmernden Faust bis zur Zersetzung ausgeleiert hat. Dein Schwanz ist ja von erbärmlicher Mickerigkeit, gut passend zu deinem armseligen Leben, gut passend zu deinem armseligen Selbst. Und er fickt nicht nur deine …«

»Warum tun Sie das!?«. Erstickende Hasslaute unartikuliert aus seinem von den Höllenqualen der letzten Stunden gebrochenen Körper herauswürgend, will Robert nach dem Barmann schnappen. Mit seinen Händen, seinem Maul. Mit seinem wiedergefundenen Wort. Will, dass er seinen Schmerz fühlt. Will, dass er seine Erinnerung ertragen muss, dass er schweigt.

*Lass es.*

*Schweig still.*

Und ein weiteres Mal bricht Roberts Atem, versagt sein Wort. Als habe die verzweifelte Frage nach dem Grund des verbalen Missbrauchs die ihm noch verbleibende Energie endgültig aufgebraucht.

Kein weiteres Wort kommt über seine Lippen, und keine Bewegung durchzuckt seinen geschundenen Körper.

Es steckt.

Alles steckt in ihm. Er ist gefangen in seinem Körper. Starrt geradeaus.

Lloyd lehnt sich über die Bar und kommt ihm gefährlich nahe. Seine Lippen berühren fast Roberts Ohr. Kaum lauter als das gierige Wispern des Windes vor einem drohenden Sturm, und mit einem verhaltenen Lachen in jeder einzelnen Silbe, flüstert er unüberhörbar über das in höllischen Qualen schreiende, das sich selbst verzehrende Klavier hinweg:

»Du musst dich nicht sorgen, Robert. Niemand fickt deine Frau oder... Zumindest nicht in diesem Moment. Es ist gar nicht möglich. Es kann niemand deine Frau ficken. Weil es nämlich ich bin. Ich bin es, der deine Frau fickt. Am liebsten stecke ich ihr meinen harten, dicken Schwanz in ihre verdammte Maulfotze, damit sie ihr verdammtes Maul hält und nicht immer nur um Hilfe winselt. Stopf sie aus, bis sie erstickt, in meinem bitteren Saft ertrinkt.«

Lloyds heißer Atem dringt in sein Ohr. Fickt sein Gehirn, fickt seinen Verstand. Er kann die Erregung des Barmanns in jedem Atemzug hören. Er keucht. Immer schneller, als würde er gleich kommen. Durch seinen Mund, in Roberts Ohr hinein kommen. Seinen dreckigen, klebrigen Samen heiß und weiß in sein Ohr abspritzen.

Ein Kind des Terrors zeugen, in seinem Gehirn.

Es mit der Saat des Bösen befruchten.

Das unvergessliche und grausame Bild zu ewigem Leben erwecken.

*Schlag seinen Kopf gegen die Theke.*

*Schlag ihn zu Brei.*

Adrenalin schießt durch seine Körper, eine letzte eiserne Reserve reinsten Überlebenswillens.

»Ich bring dich um!«, faucht Robert gepresst zwischen seinen verkrampften Lippen hindurch. »Ich bring dich um. Und wenn du tot bist, hol ich dich zurück und töte dich noch einmal. Und noch einmal.«

»Aber das hast du doch längst getan, Robert.«

Das verreckende Schreien des vergewaltigten Klaviers bricht ab. Kein Ton mehr, kein Atmen, kein Flehen und kein Hassen.

Totenstille.

Als Robert durch die wächserne Luft hindurch qualvoll langsam seinen Kopf dreht, ist es nicht Lloyd, dem er ins versteinerte Antlitz blickt.

Nicht mehr.

Es ist das Zimmermädchen.

Schwermütig senkt sie den Blick, tritt einen verhaltenen Schritt zurück, streicht die überspannt strenge Frisur zurecht, überprüft den Sitz ihrer züchtigen Uniform, richtet sich zu dieser unnatürlich steifen Haltung auf und spricht mit sanfter, von unterdrückten Tränen gebrochener Stimme:

»Ich habe dich geliebt. In jedem Moment. Mehr als mich selbst.«

Barmherzige Augen, enttäuschte Augen, Augen voller Schmerz suchen seinen Blick.

SIE.

Es ist Irrsinn, aber es ist.

Dieser Raum unterliegt nicht mehr nur einer Wirklichkeit, keiner Gesetzmäßigkeit und keiner Logik. Er ist das Hier. Er ist das Jetzt. Was hier ist, wird begründet durch das Hiersein. Durch nichts weniger und durch nichts darüber hinaus. Schlichtes Sein. Jeder noch so leise Laut wird hörbar und die einzig wahre Stille trägt das bisher Unaussprechliche.

Und Robert spricht:

»Du bist das erste und einzige Wesen, das ich je innig, ohne Vorbehalt, ohne Argwohn und ohne Angst geliebt habe. Durch dich habe ich das erste Mal gelebt. Jedes bisschen Leben, das ich seither lebe, lebe ich dank dir.«

»Warum hast du mich dann getötet?«

»Weil du mich auch geliebt hast. Ich wollte wissen, was Liebe ist. Ich konnte dem Gefühl nicht vertrauen. Es warst nicht du, der ich misstraut oder die ich für flüchtig gehalten habe. Du warst mein Eines, und du warst mein Alles.«

»Warum hast du mich dann getötet?«

»Ich wollte beweisen, dass es fassbar ist. Dass die Liebe wahr ist. Ich wollte sie mit meinen Augen sehen und mit meinen Händen berühren. Wollte sie für immer festhalten.«

»Warum hast du es getan?«

»Weil ich es mir erklären wollte. Weil ich mir dich erklären wollte. Und aus Erklärbarkeit wäre Dauerhaftigkeit geworden. Du solltest mein Immer sein. Mein Ein, mein Alles und mein Für Immer. [ …] Und ich wollte, dass mich auch andere lieben. So wie du.«

»Warum?«

»Weil ich einsam war.«

»Warum hast du mich dann getötet.«

»Weil ich nicht anders konnte.«

Eine einzelne Träne rinnt über ihr Antlitz und löst sich silbern glänzend auf. Er will nach ihr greifen und sie zu sich ziehen. Er will für sie da sein und sie wieder lieben. Ihr nie wieder Leid zufügen. Er will sie trösten, damit ihre Trauer ein Ende hat. Doch es ist nicht nur die Trauer, die aus ihren Augen spricht. Es sind ihre Worte, die unnachgiebig einfordern:

»Bereue es.«

»Ich bedaure es jeden Tag.«

»Du sollst es nicht bedauern. Du sollst *bereuen*.«

Seine Antwort entbehrt jeder Möglichkeit, die richtige zu sein, ist sie doch Wunsch und nicht Reue: »Bitte vergib mir.«

Ich kann sehen, wie er kämpft. Kann sehen, wie er darum ringt zu bereuen. Doch sie bleibt ihm verwehrt. Die Reue hat niemals ihren Weg in seine Welt gefunden und wird ihn jetzt erst recht nicht finden. In seinem Körper gibt es keinen Platz für Reue, sein Geist ist zu beschränkt, sein Verstand zu banal.

Er ist zu schwach für Reue.

Die Schwäche des Bedauerns zieht sich durch sein ganzes Selbst. Es ist dieses Bedauern, das ihn verfolgt. Seine und auch jede andere Welt. Jeden von euch. Jeden Tag aufs Neue das bedauern, was ihr nicht getan habt, und das tun, was ihr einst bedauern werdet. Das Menschliche ist bedauernswert an sich, doch frei von jeglicher Reue.

Roberts abermaliges »Bitte vergib mir« verhallt ungehört. Hier gibt es keine Vergebung.

*Hier gibt es Schmerz.*

*Und Tod.*

Ein metallenes Aufblitzen in seelenlosen Augen.

Adlerfüßen gleich, die Klauen zum Angriff erwartungsvoll gespreizt, schießen die Arme des Zimmermädchens nach vorne. Tief graben sich die scharfen Krallen oberhalb seiner Schläfen in seinen Kopf, dringen durch sein schwaches Fleisch bis an den Knochen. Pulsierend schwappt Blut aus den Fleischkratern, rinnt kochend heiß über seinen starren Nacken, durchtränkt seine Kleidung. Gnadenlos zerrt das Zimmermädchen Robert über die Theke zu sich, reißt ihr Menschenmaul auf, als wären ihre Kiefergelenke ausgerenkt, und spreizt es zum Zerbersten. Ein reißendes Knacken. Blutwulstige, violette Schleimhäute, von fetten, pochenden

Adern überzogen, stülpen sich gierend von innen nach außen. Aus dem nach Fäulnis stinkenden Krater kriecht langsam suchend eine mit eitrigen Ekzemen bedeckte, kegelförmige Zunge hervor.

Roberts Kopf ist in einem mit Eisenkrallen bestückten Schraubstock gefangen. Sein Flehen, sein Schreien, sein Weinen, alles bleibt bedeutungslos. Forschend schabt der eitrige Zungenkegel über sein blutüberströmtes Gesicht, sucht gierig nach der verheißungsvollen Öffnung, die er penetrieren will und findet schließlich Roberts zusammenpressten Lippen. Hartnäckig bohrt sich das widerwärtige Etwas hindurch, drängt die verbissenen Zähne auf, fährt mit einem letzten, harten Stoß durch seine Mundhöhle, durchstößt den weichen Gaumen, den untersten Teil seines Gehirns und bricht Blut, Gehirnmasse und Knochenstücke ausspuckend mit einem dumpfen Knall durch seine Schädeldecke.

»Ihr Getränk, Sir.«, mit einem distinguierten Nicken stellt der Barmann ein Glas mit bernsteinfarben schimmernden Bourbon vor Robert auf die Theke.

»Wo …?«, krächzt Robert und die eine Silbe ist alles, wozu er noch fähig ist.

»Hier. Immer noch hier«, entgegnet der Barmann lächelnd. »Möchten Sie ein bestimmtes Lied hören, Sir? In unserem Haus erfüllen wir gerne die besonderen Wünsche all unserer Gäste.«

Die Verweigerung der Hölle, die verdammte Polsterkatze aufzunehmen, hatte ihm jegliche Hoffnung, so absurd es auch scheinen mochte, auf die Hölle zu hoffen, geraubt. Nicht er war es, der die Katze beseitigen würde, es war dieses Zerrbild eines lebendigen Wesens, das ihn erfolgreich zu Grabe tragen würde. Und dort würde es sitzen und sich zufrieden schnurrend die blutigen, verstümmelt genähten Pfoten lecken.

Sich des eigenen Todes gewiss zu sein, brachte eine erfreulich abwechslungsreiche Verwegenheit mit sich. Er überquerte die Straße, ohne seinen Kopf wie gelernt nach links und rechts zu drehen und sprach mit jedem Fremden, der gewillt war, ihm zuzuhören. Und das waren erstaunlich wenige, und Schokolade hatten ihm die Wenigsten angeboten. Er saugte sogar an den Zigarettenstummeln, die vor der Berufsschule auf dem Boden lagen, und die, wie er aus verlässlicher Quelle wusste, garantiert tödlich waren. Der Geschmack hatte zwar nichts zu bieten, aber er tat es dennoch. Immerhin war es verboten, und das gab ihm das Gefühl, etwas zu riskieren, das ihm eigentlich gar nicht mehr gehörte. Er wollte das ihm noch verbleibende Leben voll ausleben.

So ging es Tage, vielleicht Wochen. Robert hatte aufgehört, die Tage zu zählen. Es schien ihm sinnvoller, die Tage mit Leben, statt mit Zählen zu verbringen. Das Unausweichliche hatte ihn von jeder Verantwortung befreit. Dann sah er seine Großmutter weinen und erkannte, dass er es nicht war.

Es war einer dieser Winterabende, der finsterer war als nötig und einsamer als erwartet. Nie war ihm der Gedanke gekommen, seine Großmutter könnte traurig sein. Er hatte nicht einmal daran gedacht, dass sie irgendetwas sein könnte, abgesehen davon, seine Großmutter zu sein. Es war auch kein lautes Schluchzen, es lag keinerlei Hingabe in ihren Tränen. Es war salzige Resignation, die da stumm über ihre Wangen rann, lautlos das von der Zeit gezeichnete und vom Überleben entstellte Gesicht überwindend. Und Robert erkannte, dass er falsch gelegen hatte. Es war zwar sein Leben, das ihm nun nicht mehr gehörte, aber es war nicht nur dieses eine sehr junge Leben, für das er die Verantwortung trug. Da gab es jemanden, der ihn brauchte. Von dieser Erkenntnis erschüttert, eine tiefe Zuneigung, wie er sie noch nie zuvor für einen anderen Menschen und schon gar nicht für sich selbst empfunden hatte, im Herzen tragend, schnappe er sich das elende Polstervieh und riss es spontan in gefühlte tausend Stücke. Mit all seiner Verzweiflung und all der neu gefundenen Verantwortung. Er grub sich in den weichen Bauch des Untiers und entleibte es mit einer solchen Überzeugung, dass die Stoffreste quer durch das kleine Zimmer flogen. Eines der matten Augen, unsanft aus seiner Höhle gerissen, rollte unter die Schlafzimmerkommode, wo es ausharrend und beobachtend liegenblieb. Das andere hielt er erst abwartend in seinen Händen, dann steckte er es wie eine Trophäe in seine rechte Hosentasche. Obwohl er eigentlich nicht triumphieren wollte, er wollte einfach nur sichergehen.

Sie hatte sich nicht gewehrt. Wie auch, sie war nicht mehr als eine von Höllenwut beseelte und mit alten Fetzen ausgefüllte Hülle. Vollgestopft, doch an sich leer. Dennoch hatte er mehr erwartet. Das Mistvieh hatte ihn irgendwie enttäuscht.

Als er sich neben seine Großmutter auf die Küchenbank setzte, um sie zu umarmen und nie wieder loszulassen, konnte er den Druck des

Knopfes in seiner Tasche deutlich spüren. Doch mit der Ruhe, die durch die Nähe zu seiner Großmutter einkehrte, wuchs auch die Erkenntnis, dass die Katze ihn wohl weniger irgendwie enttäuscht, als abermals bewusst getäuscht hatte. Selbst gegen seinen unkontrollierten Vernichtungswahn würde sie spielend ankommen, und es überraschte ihn wenig, dass er, nachdem seine Großmutter die Küche verlassen hatte, um sich im Badezimmer die kalten Tränen aus dem Gesicht zu waschen, in seiner Hosentasche nichts als Flusen fand.

Das Auge war an seinen Platz zurückgekehrt.

Wie sehr ihm seine noch verbleibende Zeit entglitt, wurde ihm allerdings erst bewusst, als er am nächsten Morgen unfreiwillig und weit verfrüht erwachte. Es war dieses sanfte Gefühl von Beklemmung gewesen, das ihn geweckt hatte. Er schreckte nicht in seinem Bett hoch. Er tat langsam die Augen auf und sah. Und der Schreck durchfuhr ihn sachte, schleichend seinen Körper in Beschlag nehmend und seine Reflexe lähmend.

*Auf seinem Brustkorb saß die Katze.*

Siegessicher und atemraubend.

Wäre er nur einen Moment später erwacht, er war sich sicher, sie wäre in seinen Mund gekrochen, hätte ihn zur Gänze ausgefüllt, wäre tief in seinen Körper hineingeglitten und dort selbstzufrieden aufgequollen. Hätte ihn erstickt und ihm kein letztes bisschen Atem, nicht einmal mehr für einen letzten sterbenden Laut, gelassen.

An diesem Morgen nahm er die Katze mit zur Schule, denn nur ein Ausweg erschien ihm nun noch möglich. Konnte er das verdammte Ding nicht zur Hölle schicken, wollte er es, selbst wenn es ein fataler Frevel war, mit der Macht Gottes versuchen.

Auf dem Nachhauseweg nahm er nicht den Schulbus, er ging zu Fuß. Ein weiter Weg für einen kleinen Jungen. Seine müden Füße führten ihn zu jener Kirche, die mitten zwischen Häuserfronten verborgen, tapfer nicht aufhörte ihre Liebe zu Jesus preiszugeben, ganz ohne auch nur einen Teil davon zu verkaufen. *Herz Jesus*, so hatte sie seine Großmutter ehrfürchtig genannt.

Mit Liebe in der Stimme.

Und wenn etwas die Katze endgültig vernichten konnte, dann das Herz des Erlösers. Die Liebe Jesu Christi und die seiner Großmutter. Immerhin war die Katze böse. Sie war *das* Böse, daran gab es keinen Zweifel mehr. Also trug er das unheilige Vieh in diese von Liebe und Hoffnung erfüllte Kirche, kroch unter der roten Kordel, die das Allerheiligste vom Raum des Weltlichen trennte, hindurch und legte das elendige Polstertier mitten auf den Altar.

Mit der Küchenschere seiner Großmutter trennte er den Kopf vom Leib. Und nicht Gedärm quoll aus dem geopferten Teufelstier, es waren die Stoffreste eines halben Lebens, Erinnerungsfetzten einer verlebten Vergangenheit, die wie Lametta über den Altar flossen. Er schlug ein Kreuzzeichen, betete ein Vaterunser und verließ hoffnungsfroh, wie es sich für das Verlassen einer heiligen Stätte gehört, die Kirche.

Dem Pfarrer gab die spitze Küchenschere, die er vor der Abendmesse auf seinem Altar fand, einige Rätsel auf. Allerdings stellte er sich die falsche Frage. Denn es war durchaus nicht das das Außergewöhnliche, dass er die Schere an einem Ort fand, an dem sie nichts verloren hatte. Außergewöhnlich war das, das *nicht* mehr dort war, als er die Schere fand. Denn die Katze selbst hatte Robert spielerisch überholt und es sich schon längst wieder in der Ecke der Küchenbank gemütlich gemacht, noch lange bevor Robert, von seinem ausgedehnten Pilgerweg erschöpft, die Wohnung seiner Großmutter überhaupt betreten würde. Aber das machte nichts, sie wartete gern auf ihn. Hier in dieser modrigen Höhle, hier in diesem Zuhause. Mochte man ihr auch noch so viele Stärken absprechen, so war doch die Geduld eine ihrer wesentlichsten Waffen.

Und es war nicht die einzige.

Sein Herzschlag rasend. Hochfrequent. Seine Atmung flach. Hyperventilierend. Sein Körper versteift. Regungslos. Er will gehen, aber muss bleiben. Er muss diesen Ort verlassen, will aber nicht fliehen, ohne diese letzte Frage zu stellen, diese letzte Antwort zu erhalten. Etwas hält ihn zurück. Es ist die Erkenntnis, zum Greifen nahe. Er weiß, wenn er jetzt bleibt wird es ein Ende finden. Seinen Koffer in der rechten, die Aktentasche in seiner linken Hand steht er, wie noch eben vor wenigen Minuten zum Gehen gewandt, vor dieser Hotelbar. Steht dort, als hätte er sie nie betreten. Als hätte er sie nicht eben erst überstürzt und ohne zu bezahlen verlassen.

*Er hat Dinge gesehen.*

Er weiß, dass jeder einzelne Schritt zählt und dass jeder eingeschlagene Weg ein folgenreicher sein wird. Und unabänderlich.

Nur den Bruchteil eines Augenblicks, kurz bevor der empathische Verstand und das verständnisvolle Herz seinen unsicheren, aber bestimmten Schritt in Richtung unbestimmte, aber sichere Gegenwart lenken können, zieht die Erinnerung das alles entscheidende Ass aus dem sinisteren Ärmel und kettet ihn an die Vergangenheit.

*Nur eine blanke Zahl, Robert, nur eine blanke Zahl.*

Er hatte auf sich selbst, auf den Teufel und auf Gott vertraut. Und dieses Vertrauen war kaum mehr wert als das Wort selbst gewesen. Oft spielte er mit den Scrabble-Steinen seiner Großmutter, ging auf Wortreise und legte, was ihm, die Steine zufällig gezogen, spontan in den kindlichen Sinn kam. Dann zählte er den Zahlenwert der einzelnen Wörter und war meist überrascht, wie wenig doch bedeutsame Wörter wie Eis oder sogar Schokolade wert waren. Früh lernte er so spielerisch, wie inkompatibel das individuelle Wertesystem des Wohlbefindens und das materielle Wertesystem der Gesellschaft waren. Eis war der Gesellschaft gerade mal drei Punkte wert. Wo er doch wusste, dass es unendlich viel mehr wert war. So wie eben Vertrauen. Das hatte er zumindest bisher angenommen. Er hatte es einige Male mit Vertrauen versucht und er war jedes Mal enttäuscht worden. War enttäuscht worden und hatte sich selbst enttäuscht. Und das alles, obwohl er auf Gott so große Stücke gesetzt hatte. Auch wenn Gott nicht seine erste Wahl gewesen war, so war ihm diese Wahl doch allmächtig erschienen. Da es aber offensichtlich an spiritueller Unterstützung mangelte, ging es nun darum, den bestmöglichen, weltlichen Rat einzuholen. Eine Expertenmeinung musste her und er wusste auch genau, wo er diesen Experten finden konnte.

Er war noch nicht oft im Einkaufszentrum gewesen. Seine Großmutter mied die niederen Hallen des Götzen Konsum so gut sie konnte. Das Angebot der Waren verdeutlichte ihr zu eindringlich, was sie alles nie besitzen würde, bebilderte adäquat und universell ihre ganz persönliche Armut. Und alleine war es ihm untersagt, das Einkaufszentrum zu betreten. Zu viele Menschen, und mit den Menschen zu viele Verlockungen und auch Gefahren. Aber nach reiflicher Überlegung hatte in diesem Fall jener Ort, der für Robert der Inbegriff der Verlockung selbst war, mit höchster Wahrscheinlichkeit die meisten Experten zu bieten.

Und ihm reichte bereits einer dieser Experten. Jedes einzelne der wenigen Male, die er im Einkaufszentrum gewesen war, war er unaufhörlich an diesem besonderen Ort vorbeigeschlichen und hatte sehnsüchtige Blicke riskiert. Denn dort gab es zu kaufen, was er mehr als alles andere begehrte:

Gesellschaft.

Mittlerweile hatte ihn das Leben gelehrt, dass man gewisse Dinge nicht zu kaufen brauchte. Es waren das Glück und das Leid, die immer ihren vorbestimmten Weg und die dazugehörige Person fanden. Und es war das Glück, das einem gerne wieder genommen wurde, das man sich mit Vorliebe selbst wieder nahm.

Dann, an diesem Dienstagnachmittag im Februar, er hatte die Schule früher als erlaubt verlassen, aber es mussten Maßnahmen gesetzt werden, die nicht länger warten konnten, stand er schließlich in besagtem Einkaufszentrum. Vor diesem bestimmten Ort, mit dieser einen bestimmten Frage im Kopf. Er hatte keine Ahnung, warum das Betreten dieses Geschäftes solchen Mut erforderte, wo er doch die letzten Wochen mit Geschehnissen konfrontiert gewesen war, die noch den vernünftigsten Erwachsenen um seinen gereiften Verstand gebracht hätten. Aber er zitterte. Vielleicht war es die Hoffnung, vielleicht die Hochachtung, vielleicht die simple Erkenntnis, dass dies die letzte Möglichkeit war. Alle anderen ihm möglichen Varianten hatte er erfolglos durchgespielt. Was darüber hinausging, überforderte seinen beschränkten halbwüchsigen Verstand ebenso wie seine immense kindliche Vorstellungskraft.

Hinter ihm drängte eine Gruppe von Mädchen, wohl etwas älter als er selbst, aufgeregt schnatternd in das Geschäft. Er ließ sich einfach erst überrennen und kurz vor dem Ertrinken in das Geschäft hineinspülen. Sein erster Blick fiel auf einen schlappohrigen Hasen mit weißem Fell und roten Augen. Er löste sich, noch beiläufig das Becken eines der Mädchen mit der flachen Hand streifend, aus dem Menschenstrom und blieb am Hasenkäfig stehen. Ihn störten die seltsam roten Augen nicht. Sie schienen keinen direkten Einfluss auf die Weichheit des Hasen zu haben, und das war es immerhin, was einen Hasen ausmachte. Jedes Ding, jedes Wesen hatte eine Bestimmung. Ein Hase hatte weich zu sein. Allerdings war ein einzelner weißer Hase, sei er auch noch so weich, nur bedingt spannend und auf Dauer durchaus nicht fesselnd genug, um ein längeres Verweilen zu rechtfertigen. Darüber hinaus was das rotäugige Vieh für die Lösung seines sehr speziellen Problems nicht hilfreicher als die Meerschweinchen-Horde im hoffnungslos überfüllten Käfig direkt neben der grell ausgeleuchteten Alpinoschlappohr-Einzelhaft-Zelle.

*Bertas Zoofachgeschäft* hatte sonst nur wenige Tiere, dafür aber viel Zubehör und Futter zu bieten. Katzenschlafkörbe und Hundemaulkörbe, Fischtrockenpressfutter und Wellensittichfrischnagekolben. Trotzdem war der kleine Laden beinahe so überrannt wie der Meerschweinchen-Käfig, bloß dass die Menschen nicht wahllos übereinander herkletterten, sondern sich begeistert nebeneinander herschoben. Da schau her, ein Hündchenmantel mit dazugehörigem Hündchenhalsband und Hündchentransporttasche. Nur hier, und vor allem nur heute im Superwuffi-Kombinationsangebot.

*Kommt zu uns, kauft ein.*

Es fiel ihm schwer, den Überblick zu behalten und in all dem Gedränge, zwischen all den sogenannten Luxustiergütern, gar einen Experten zu finden. Kurzerhand kletterte er auf eine Holzpalette, auf der sich dosenweise Hundefutter stapelte. Das Zoofachgeschäft Berta hatte laut Reklametafel das beste Futter für den Vierbeiner zu bieten. Davon irgendwie beruhigenderweise wenig für die Katz. Ganze Brocken, kein Pressfleisch, im eigenen Saft. Robert las diese wesentliche Information, zwanghaft wie gewohnt, quasi im Vorüberklettern. Überblick verschaffte ihm die waghalsige Aktion zwar keinen, dafür aber die Aufmerksamkeit eines Verkäufers, der sich vermutlich mehr um die mühsam gestapelte Ware, als um den kleinen Jungen in der verschlissenen Winterjacke scherte. Entschlossen und ohne die geringste Mühe zerrte der eigentlich hochgewachsene, aber dennoch zierlich wirkende, blasse Mann den nach süßlicher Pisse stinkenden Störenfried am Kragen von der Hundefutterpalette. Sein Experte hatte ihn also gefunden, bevor Robert ihn hatte finden können. Ein guter Start in eine erfolgversprechende, tierfreie Zukunft.

»Was fällt dir ein?«, zischte sein Experte ihn an. So leise, dass es wohl niemand sonst hören konnte, aber jedes einzelne Wort schien in Roberts Ohren zu brennen. Keinerlei Regung schwang in dem brennenden Zischen des Verkäufers mit, und kalt ruhten seine eisblauen Augen auf dem ängstlichen Jungen. »Was willst du hier?!«

»Ich will etwas über Katzen wissen.«

»*Was* willst du über Katzen wissen?«, fragte der Verkäufer. Der kleine Junge starrte ihn entgeistert an, sprach aber kein Wort.

Hatte die Sprache verloren.

Das war ihm zwar nicht neu, aber trotzdem ungewohnt. Kinder hatten für gewöhnlich immer etwas zu sagen und fürchteten nichts. Nicht einmal ihn. Nun gut, er hatte Zeit, weit mehr, als dem kleinen Pisser bewusst war. Mehr, als überhaupt irgendjemandem bewusst war. Und Zoofachgeschäft-Angestellter, das war er bisher noch nie gewesen. Verkäufer ja. Eigentlich war er niemals etwas anderes gewesen als ein Verkäufer. *Ein ausgezeichneter Verkäufer*. Aber an einem Ort wie diesem noch nie zuvor. Also konnte er es gut und gern noch den einen Moment länger sein.

Der Junge schien krampfhaft zu überlegen. Dann sprach er zögernd, als würde er an seinem eigenen Anliegen zweifeln: »Eigentlich alles.«

»Eigentlich alles? Das ist etwas viel.« Langsam kniete sich der Verkäufer nieder, um besser in die strahlend graugrünen Augen des Kindes blicken zu können.

»Was genau willst du? Ich kann dir alles geben. Wenn du bereit bist, den Preis dafür zu bezahlen.«

»Was auch immer ich brauche.«

»*Was auch immer* ist in der Tat noch weit mehr, als du denkst. Was ist es, das du so dringend brauchst, dass du mit deinem Anliegen ausgerechnet hierher zu mir kommst?«

Im abermaligen Zögern des Kindes lag etwas Bedeutsames. Es war nicht einfach nur ein Schweigen. Hier gab es eine Geschichte zu erzählen, und wo es eine Geschichte gab, da waren die Menschen auch bereit, dafür zu zahlen.

*Alles* zu geben.

Dafür oder dagegen.

»Es ist kalt hier.«, versuchte Robert einzulenken. Auch wenn es nicht nur eine Ausflucht war.

Es war tatsächlich verdammt kalt in diesem Zoofachgeschäft. Genau genommen war es *eiskalt.*

Auch wenn er sich nicht erinnern konnte, ob es vorhin schon so kalt gewesen war oder es eben erst geworden war. Er konnte sich nicht vorstellen, dass die Eiseskälte den Tieren gut bekam. Es war jene Art Kälte, die niemandem gut bekam.

»Es ist immer kalt.«, antwortete der Verkäufer mit einem leblosen Lächeln auf den schmalen Lippen. »Komm sag mir, was willst du, mein Kind?«

»Ich will eine Katze töten.«

*Das war also der Ort.*

Er saß am Ufer des Schotterteiches. Rund um ihn war es still. Auffällig still. Einer Amsel war soeben das letzte schrille Pfeifen in der Vogelkehle verendet, dann war sie geflohen. Nicht Lebendiges wollte hier verweilen. Niemand wollte die Vernichtung des untoten Wesens bezeugen. Selbst das Wasser schien die sanften, vom Abendwind eben noch aufgeworfenen Wellen nun zurückzuhalten und lag stumm und starr da. Er wusste, seine Großmutter würde sich selbst vergessen, sie würde schreien und toben. Weil er so lang wegblieben war, und vor allem, weil er am Wasser gewesen war. Und sie würde es wissen. Sie würde es riechen, dass er an jenem verwaisten Wasser gewesen war, an dem immer noch ausrangierte, längst vergessene Baumaschinen standen und in dem letzten Sommer ein Junge hilflos ertrunken war.

*Offensichtlich konnte man hier gut sterben.*

Vor ihm war ein kleiner Haufen Kiesel aufgestapelt. Die Kiesel waren gleichmäßig abgerundet, und jeder einzelne lag angenehm schwer in der Hand. Er hatte sie sorgsam ausgewählt. Er war am Ufer des Schotterteiches auf und ab gegangen und hatte die geeignetsten Kieselsteine in seine Hosensäcke und in die ausgebeulten Taschen seiner Jacke gesteckt. Mit geschlossenen Augen atmete er einmal tief durch. Gleich.

Er war bereit, die Steine waren bereit, das Wasser wartete.

»Es ist schwer, eine Katze zu töten«, hatte der Verkäufer beteuert. Denn Katzen hätten neun Leben. Viele Menschen hätten diese Erfahrung gemacht. Längst tot geglaubte, treue Katzen waren zu ihren Besitzern zurückgekehrt. Die Katzen hatten ihre eigene Form der Unsterblichkeit gefunden. Sie waren Zwischenwesen. Nicht von dieser, aber auch nicht von der nächsten Welt. Genau das hatte der blasse Verkäufer mit einem gefährlichen Funkeln in den kalten Augen – zwischen den Regalen kauernd, wahrscheinlich damit keiner bemerkte, dass er seine Arbeit ruhen ließ, um mit einem Kind über Katzenmord zu sprechen – gesagt. *Neun Leben* hatte er gesagt.

Robert hatte im Kopf nachgezählt.

*Und das war der entscheidende Moment.*

Der alles entscheidende Mord.

Der in dieser unnatürlichen Ruhe gefangene Teich verlieh seinem Vorhaben eine bedrohliche Feierlichkeit, eine absolute Endgültigkeit. Kurz drückte er den Rucksack an sich. Es war weniger ein Abwarten als ein Bedauern, ein Was-man-unmöglich-länger-ertragen-kann-trotz-allem-nicht-loslassen-Wollen. Tatsächlich empfand er tiefe Trauer darüber, dass er nun tun würde, was getan werden musste. Er öffnete den Reißverschluss des Rucksacks. Es war, als würde das Geräusch der sich mechanisch voneinander lösenden Zähne die sakrale Ruhe des Ortes entweihen. Dann zog er die Polsterkatze hervor und hielt sie zugleich ein letztes und ein erstes Mal wahrhaftig liebevoll im Arm. Er hatte ihr jegliche Form körperlicher Gewalt angetan, aber sie nie liebevoll im Arm gehalten. Er hatte der Polsterkatze vom ersten Augenblick an misstraut. Seine Schuld hatte jegliche Form des Festhaltens um des Festhaltens Willen unmöglich gemacht.

*Keine Liebe.*

Der Verkäufer hatte ihm von Bauern erzählt, die jedes Frühjahr und jeden Herbst mit der Notwendigkeit konfrontiert waren, sich der jungen Katzenmäuler zu entledigen. Niemand wollte überflüssige Katzen durchfüttern, nichts rettete sie davor, getötet zu werden. Einige Bauern erschlugen die Katzen mit einem großen Holzhammer. Oder sie drehten ihnen die noch weichen Hälse um. Aber es gab auch eine besonders effektive und einfache Methode. Manche Bauern steckten alle kleinen Katzen in einen großen Sack, beschwerten den Sack mit Steinen und warfen ihn dann in einen nahegelegenen Fluss oder Teich. Das Geschrei der ertrinkenden Tiere sei markerschütternd.

Noch während eine Idee in Roberts Kopf Gestalt angenommen hatte, war der Verkäufer, immer wieder dieselben einfachen Töne summend, langsam davongegangen.

(*Dasselbe alte Lied, in nur marginalen Variationen.*)

Und Robert hatte es in jenem, vom Summen des Verkäufers untermalten, Moment zwischen den Regalen voller Tiernahrung einfach gewusst.

*Das war die Methode seiner Wahl.*

Er holte ein Messer aus dem Rucksack, die Küchenschere seiner Großmutter hatte er ja in der Kirche gelassen, und betrachtete nachdenklich die scharfe Klinge. Er war nicht geübt, was den Umgang mit Messern anging. Er schnitzte nicht, und er hielt sie auch nicht gern in den Händen, wie es die anderen Buben in seinem Alter taten. Aber das Messer schien ihm für diesen Akt angemessen. Tief bohrte er es in den weichen Körper der Polsterkatze und zog es mit einem lauten Ratschen von der Kehle bis zwischen die Hinterbeine. Überraschend leicht glitt die Klinge quer durch das Tier, doch er nahm weder den Vorgang des Schneidens, noch das Geräusch, welches jener verursachte, wirklich wahr. Geistesabwesend legte er das Messer zur Seite und zerrte Fetzen für Fetzen die Füllung ans schwindende Tageslicht.

Hellgrüne Stoffstreifen.

Sein altes Kuschelkissen, das er als Kleinkind immer an sich gedrückt hatte, wenn *die Gedanken* gekommen waren. Es gab keine Verwendung mehr für ein Kissen, dessen mannigfaltige Löcher mit Albträumen und Einsamkeit gestopft worden waren.

Rote Wollfäden.

Der Pullover, den seine Großmutter für ihn gestrickt hatte, damit er seinen ersten Winter als Kindergartenkind besser überdauern konnte. Die Kälte war vor allem nahe der Sozialbauten immer und überall. Sie hatte dafür einen Pullover seiner verstorbenen Mutter aufgetrennt. Robert war dem Pullover schnell entwachsen, und das grobe, kratzige Ding hatte ihm auch nie viel bedeutet. Dass es Wollfäden waren, die ihn an seine Mutter banden, hatte er nie erfahren.

Schwarzer Samt, in kleinen Flecken.

Die Sonntagsbluse seiner Großmutter. Die Bluse, die sie an Weihnachten und auf so vielen Beerdigungen getragen hatte. Manchmal schien es ihr, sie habe mehr Menschen verloren, als jemals gekannt. Er hatte die Bluse immer gemocht. Für ihn war seine Großmutter schön gewesen in dieser Bluse. Für seine Großmutter war die Bluse irgendwann nur noch ein Synonym für den Tod gewesen.

Streifen um Streifen, Faden um Faden, Flecken um Flecken.

Nachdem er genügend Platz im Körper der Katze geschaffen hatte, begann er, den Bauch des Tieres mit Kieselsteinen zu füllen.

*Wie im Märchen.*

Das unliebsame Tier sollte mit den Kieseln im Bauch ertrinken.

*Wie im wirklichen Leben.*

Es selbst sollte der Sack sein, der mit Steinen gefüllt auf den Grund des Teiches sank und nie wieder auftauchte.

Die große, böse Katze.

Mit klammen Fingern – es war kalt, der Atem gefror vor seinem Mund und stieg in kleinen Wolken zu Nachthimmel auf – vernähte er die klaffende Wunde so gut er konnte. Der Schönheit musste nicht Genüge getan werden. Es galt, den Tod zu befriedigen, und der hat genug Schönes an sich, da ihm ja die vollendete Schönheit, das Ende selbst, innewohnt. Das Tier musste untergehen. Das war alles.

Andächtig stand er auf, versuchte, das eine bedeutende Wort zu sagen, verstummte aber bereits im Gedanken. Er wollte ihr nicht ein einziges Wort mit auf die Reise geben. Das würde sie zu sehr in seiner Erinnerung festhalten, und Robert wollte vergessen.

Er warf sie nicht ins Wasser, sondern ging die paar Schritte auf den Schotterteich, dessen spiegelglatte Oberfläche quecksilbern changierte, zu und ließ sie sanft ins Wasser gleiten. Einen Moment trieb sie noch an der Oberfläche, dann saugte sich ihr Körper voll, und die Kieselsteine zogen sie hinab auf den Grund des Sees.

Und dieses Mal kam sie nicht zurück. Die Polsterkatze war verschwunden, und das blieb sie auch. Mit Steinen beschwert, hinabgezogen in die Tiefen des Teichs.

Immer mehr in Schweigen gehüllt.

Schließlich vergessen.

Schlussendlich tot.

*Eine blanke Zahl.*

Er kann nicht gehen.

Nicht jetzt, wo das Erkennen mächtig aus dem dunkelsten Verborgenen an den gleißenden Tag drängt. Er ist dem Moment, wo das ureigene Selbst zur absoluten Wahrheit gedeiht und die verdrängte Furcht endlich zur simplen Wirklichkeit verkommt, unendlich nah. Er ist so knapp davor zu verstehen.

*Es* zu wissen.

Sacht, wie eine verängstigte Geliebte, zwingt ihn die aufkeimende Erinnerung in die Knie, schmeichelt sich die aufstrebende Erkenntnis ihren Weg in seine wahrhaftige Welt. Er lässt seine Koffer sinken, kniet zwischen ihnen nieder, völlig in sich selbst versunken. Kniet am Fliesenboden der Eingangshalle und rekonstruiert. Seine Erinnerung, seine Kindheit.

Sein Leben.

Das Bisherige und das Kommende.

Diesen einen so lange blinden Fleck.

Und er sieht ganz deutlich, was er niemals gesehen hat.

Becki nahm an, Robert habe den schlimmsten Schmerz überwunden und sich an seine stoffige Freundin gewöhnt. Immerhin hatte er das Tier sogar mit in die Badewanne genommen, und bei Gott, er liebte es zu baden. Auch wenn eine Badewanne nicht ganz der richtige Aufenthaltsort für eine Polsterkatze war, so war es doch eindeutig ein Vertrauensbeweis. Robert wollte teilen, was ihn so erfreute. Und es war die Katze, mit der er es nicht nur teilen wollte, sondern auch teilen konnte. Sie war da, ohne ihre Anwesenheit aufzuzwingen, sie war in jeder Sekunde greifbar und ebenso leicht wieder weglegbar. Und auch, wenn sie nie die richtige Frage stellen konnte, was Becki übrigens selbst nie vermochte, so konnte sie doch immer zuhören. Und Becki war sich sicher, dass diese Katze viel gehört hatte. Und die Dinge wurden wieder besser. Nicht gut, aber besser. Und besser, das reichte.

Becki hatte nicht zu hoffen begonnen. Die Hoffnung war ihr vor sieben Jahren, nach dem Freitod ihrer Tochter, abhandengekommen. Sie war ihr ausgegangen, ganz banal, so wie einem Sonntagmittag das Mehl ausgeht. Jedes Korn Hoffnung war aufgebraucht, unwiederbringlich und endgültig. Dennoch hatte sich dieses spezielle Durchatmen der rein physischen Erleichterung eingestellt, als wäre ihr der Druck der Verantwortung vom Körper und der Druck des Versagens aus der Seele genommen worden. Denn für den kleinen, stillen Robert ging es endlich wieder bergauf. Auf diese unschuldige, kindliche, diese spielerische Art und Weise.

So schien es.

Und jetzt *das*.

In eine verblichene, längst verschlissene Kleiderschürze gehüllt, kauerte sie vor dem Küchenofen. Robert war im Schlafzimmer. Er, wieder ganz in seiner Welt verloren, konnte sie weder weinen sehen noch hören. Und doch war es das, was sie tat. Sie schluchzte tiefe, verletzte Seufzer aus tiefster, verletzter Seele. Es war verwunderlich, dass ein Mensch, der nicht mehr zu hoffen verstand, dennoch so enttäuscht werden konnte. Und auch wenn sie es sich nicht eingestehen konnte, sie war nicht nur enttäuscht, sie war zerstört. Diesmal war es nicht ihre Hoffnung, diesmal war sie es selbst. Sie war sich selbst ausgegangen, ihr letztes bisschen war aufgebraucht.

Gerade hatte sie Brennholz nachlegen wollen, damit die Glut nicht ausging und die feuchte Kälte des Spätherbstes am Fensterglas Halt machen musste, als sie ein Schimmern im hinteren Teil des Ofens wahrgenommen hatte. Neugierig, welche Schätze sich da wohl in den rußigen Schwärzen verbargen, hatte sie beherzt mit der bloßen Hand in den Ofen gegriffen … und die angeschwärzte Polsterkatze hervorgezogen. Es waren die matten Knopfaugen gewesen. Matt aber glänzend genug, um aus einem rußigen Loch heraus zu schimmern.

Jetzt saß sie da, die mit so viel Hingabe genähte Katze mutlos im Arm. Becki war gescheitert und die Polsterkatze hatte ihre Bestimmung verfehlt. Verbrennen wollte er das, was sie für ihn geschaffen hatte, um ihn zu schützen. Vor dem Verlust wie vor der Welt. Er hatte keine Achtung vor ihrem Geschenk, und was noch viel schlimmer war, er hatte offensichtlich keine Freude daran und aus diesem ernüchternden Grund auch keinerlei Verwendung dafür. Und auch, wenn sie eine starke Frau war, es immer gewesen war, nicht weil sie es sein wollte oder weil es ihrer Überzeugung entsprach, sondern weil sie es sein musste, war sie in diesem Moment schwach und ratlos. Mit einem Mal erkannte sie, dass es weit mehr und gleichsam viel weniger gab, als keine Hoffnung zu haben.

Man konnte aufgeben.

Und es schien ihr wie die größte Verlockung ihres Lebens. Einfach aufgeben.

*Einfach.*

*Komm, es ist einfach.*

Die Verantwortung, die Last, das Versagen. Einfach alles aufgeben.

Doch dann wurde ihr bewusst, dass alles aufzugeben auch bedeutete, das Leben aufzugeben. Und auch wenn sie in diesem Moment, vor dem Ofen kniend, weder etwas konnte noch etwas wollte, so sah sie doch deutlich, dass Aufgeben keine Option war.

Sie schluckte das Schluchzen wieder tief hinab in ihre Seele, wischte sich die Tränen aus dem vom Leben gezeichneten Gesicht und klopfte die Asche aus dem Stoff der ungeliebten Polsterkatze. Wieder gefasst, weil ihr das Überleben keine andere Wahl ließ, trug sie das Tier zur Kücheneckbank, zog die Schleife zurecht und setzte es beinahe achtlos in die Ecke. Eine mangelhafte, eine oberflächliche Restauration einer bröckelnden Wirklichkeit. Aber für den Augenblick ausreichend. Soweit es nach ihr ging, war dies nie geschehen.

*Diese Katze war nie in diesem Ofen gelandet.*

Dieses eine Mal war sie nicht zurückgekommen, sie war nie weg gewesen!

Diese Katze ist nie in diesem Ofen gelandet!

Er weiß nicht, wie diese Erkenntnis schließlich ihren Weg an die wahrnehmbare Oberfläche seines getrübten Verstandes gefunden hat. Erkennt sie nicht (*noch nicht*), die schmeichelnde Stimme in seinem Kopf, die ihm da Geschichten aus einer längst verdrängten Kindheit erzählt. Aber jetzt ist sie da, die Erkenntnis.

*Er kann sich erinnern.*

Erinnern an etwas, das er so nie gesehen, aber dennoch gewusst hat. *Es ist so.* Das verdammte Biest ist nicht neun Mal gestorben. Wobei die lapidare Bezeichnung gestorben den wiederholten Vorgang des Ermordens doch verharmlost. Aber gleich, ob ermordet oder einfach nur verschieden, Tatsache bleibt, es ist das eine Mal zu wenig geschehen. Die Katze ist noch am Leben, welche pervertierte Form des am-Leben-Seins auch immer es ist, die dieses Etwas antreibt.

*Die Katze lebt.*

Und sie ist genau hier, genau heute am Ende mit ihrer Geduld.

Sie hat ihr Warten, ihr Lauern, ihr Schleichen satt. Und sie hat es beendet. Sie ist sprungbereit, gespannt wie ein Raubtier. Ein vielleicht aus Polsterstoff geschneidertes, aber immer noch ein Raubtier, bereit zuzuschlagen.

Aber er kennt jetzt ihr Geheimnis! Und damit kennt er ihre Schwäche. Und mithilfe dieser Schwäche wird es ihm gelingen, dieses wiederkehrende Problem ein für alle Mal zu Grabe zu tragen. Und dann wird er endlich leben. Er wird seine Zeit ausleben, nicht einfach verstreichen lassen, und er wird es genießen. Ohne Furcht im Nacken, ohne die Anstrengung des fortwährenden Verdrängens. Er wird seine Frau und seine Kinder festhalten, sich einen neuen Job suchen, der ihn erfüllt und nicht nur in Bewegung hält. Und er wird reisen, wirklich reisen und nicht nur von zu Hause fort sein. Er wird mit seiner Familie all die wundervollen Orte besuchen, von denen er bisher nicht einmal geträumt hat. Er wird jede verrinnende Sekunde kosten, wird sie auskosten.

*Wird leben, und er wird lieben.*

Kein Wunder, dass sie so vorsichtig gewesen ist, so viele Jahre auf diese Chance gewartet hat. Ihr bleibt nur noch dieser eine Versuch. Nur dieses letzte ihr noch verbleibende Leben trennt sie vom Vergessen, bewahrt sie davor, endgültig Vergangenheit zu werden. Nach diesem Tod gibt es kein Zurück mehr, ganz egal wer auch immer sie ist oder was auch immer sie antreibt. Nach diesem letzten Sterben wird sie aufhören zu sein.

Nicht heute.

Nie wieder.

Langsam hebt er sich wie ein Mensch gewordener Phoenix statt aus der Asche zwischen seinen Koffern empor und blickt sich verstohlen um. Vor ihm liegt das Eingangsportal des Hotels, das Draußen und Daheim, das sein Leben ist. Zum Greifen nahe. Nicht seine Erfüllung, aber seine Welt. Hinter ihm erheben sich die Treppen, die Stufe um Stufe zu seiner Vergangenheit führen.

*Du kannst deine Vergangenheit nicht einfach zurücklassen. Hörst du? Die Vergangenheit wird nicht ruhen. Sie wird nach dir suchen. Und so lange sie nach dir sucht, wird sie dich auch finden. Irgendwann. Dreh dich um, diese Treppen sind deine Lösung. Du weißt, was zu tun ist. Schlage sie mit ihren eigenen Mitteln, schlag sie mit deinen Mitteln. Sie ist weder frei noch unabhängig, keine ihrer Fasern existiert autark, keiner ihrer Wege ist selbstbestimmt. Sie ist nur ein Teil deiner Selbst.*

*Verstehst du?*

*Sie ist nur durch dich.*

*Sie ist du.*

*Du bist es, der sie hierher geholt hat. Und du bist es, der sie verbannen kann. Du bist bereit für deine Zukunft, bereit dazu, deine Vergangenheit zu vernichten. Wer sich nicht verstecken kann, der muss auch nicht davonlaufen.*

Er darf nicht davonlaufen. Ein abschließendes, ein neuntes Mal muss getan werden, was nicht ungetan bleiben darf!

Mit der vollkommenen Gewissheit, das einzig Richtige zu tun, wendet er sich ab vom Eingangsportal und den Treppen, die ihn noch einmal zurückführen werden, zu.

*Ich bin du.*

Es ist ein selbstgefälliges Wohlwollen, das mir die angemessene, mentale Befriedigung verschafft, gleichsam aber diese herabwürdigende, rein geschlechtliche und erniedrigende Begierde tief in mir schürt. Ein vernichtendes Wohlwollen, das sich in meinen Untiefen regt. Sich wälzt und reibt.

Ihn ficken.

Ihn ficken, bis sein Schwanz explodiert und das Blut aus seinen Augen schießt wie sein heißer Saft in meinen erkalteten Schoß.

Ich folge erwartungsvollen Blickes jedem einzelnen seiner Schritte, und erst als er im schützenden Schlund des Treppenaufgangs verschwindet, löse ich mich aus dem Schatten, in dem mich nicht nur er nicht, sondern auch niemand sonst bemerkt hat.

*Irgendwo in diesem Hotel sind immer Schatten.*

*Irgendwo in diesem Hotel bin immer ich.*

Manisch getrieben stürmt er die Treppe hoch. Zwei Stufen, ein Schritt. Nur vor der Zimmertür hält er einen halben Atemzug lang inne. Mehr Platz ist da nicht in seinen eingeengten Lungenflügeln, und da ist auch nicht mehr Zeit. Er hat lange genug gewartet. Außer Atem reißt er die

*(immer noch angelehnte)*

Zimmertüre auf. Erwartungsvoll blickt er sich um.

*Nichts.*

*Niemand.*

Was hat er erwartet? Hat er der schmeichelnden Stimme denn wirklich geglaubt, er selbst wäre der Herr über sein eigenes Schicksal und die verdammte Katze nur ein Teil davon, also seinem Willen unterworfen?

Die kampfbereiten Hände zur Untätigkeit verdammt, da das Ungeheuer sich im Schatten des Gewesenen verborgen hält, sinkt er mutlos in sich zusammen. Mag sein, dass *er* endlich dazu bereit ist, sich der Konfrontation zu stellen. Pech nur, dass die Katze das wohl etwas anders sieht und schlicht und einfach verschwunden ist. Verschwunden, um das zu schützen, was ihr noch verbleibt.

*Ihr letztes Leben.*

»So leicht kommst du mir nicht davon! Hörst du mich? Du kommst nicht davon. Das ist dein Ende!«, brüllt er, bevor er manisch zu suchen beginnt. Das Brüllen und das Suchen. Ein Suchen, als wäre der Teufel hinter ihm her und nicht er hinter dem Teufel. Die Koffer achtlos in die rechte Ecke neben der Eingangstür geworfen, die Seidendecke vom Bett gezerrt, jede Bettfalte durchwühlt, jede Lade geöffnet, jedes Möbelstück zur Seite gerückt, jeden Winkel durchsucht, alle Stoffe aufgeschüttelt, auf jeden Polster und Polsterbezug eingeschlagen.

Und noch einmal von vorne.

Und noch einmal.

Dann nicht mehr.

Auf das hektische Suchen folgt stumme Resignation. Dabei weiß er immer noch nicht, was er getan hätte, wäre die Katze selbstgefällig grinsend zwischen den Laken gesessen. Sie gepackt, geschüttelt, gewürgt, in unzählige Stücke gerissen? Etwas dementsprechend Spontanes, trotzig Kindliches wahrscheinlich. Doch jetzt zwingt ihn die Abwesenheit der Katze dazu, Fassung zu wahren und einen Plan zu fassen.

*Keinen ausreichenden Plan, einen ausgezeichneten.*

Und hält sich die Katze versteckt, muss man sie aus ihrem Versteck locken. Sie provozieren, aufscheuchen. Doch wie kann er die Katze dazu bringen, ihn genau jetzt anzugreifen, wo er damit rechnet und darauf vorbereitet ist?

Wer sagt, dass die Katze nicht beschlossen hat, wieder zehn Jahre abzuwarten und erst dann, wenn er sie abermals fast vergessen hat, zuzuschlagen. Und wer sagt, dass ihre Vergeltung dann ihn trifft und nicht vielleicht jemanden, der ihm nahesteht, der ihm seine verrückte

Geschichte nie und nimmer glauben würde und somit in jedem Moment unvorbereitet wäre?

Ein leichtes Opfer?

Was heute begonnenen worden ist, muss heute beendet werden.

Aber wie?

Verzweifelt lässt er sich auf das Bett fallen.

Ein Säuseln. Wie Wind an alten, morschen Fensterläden. Nur leiser, bedeutender.

Der Hauch einer Idee.

Wie von einem Gummiband zurückgehalten schnellt er hoch, kaum dass sein vom Denken matter Kopf die verlockende Matratze berührt hat. Wenn sie tatsächlich seinem Unterbewusstsein entspringt und sich nun eben dort versteckt, dann wird er nicht warten, bis sie ihn wieder heimsucht. Er wird in ihr Versteck hinabsteigen! Tief hinab in die Dunkelheit des Vergessens. Er wird sich einfach zurücklehnen und einschlafen, in den schwärzesten Winkel seiner Träume hinabsteigen, die Katze dort aufscheuchen, sie packen, erwachen und das Untier aus den Untiefen seiner Seele heraus, mit sich in die Wirklichkeit reißen. Und dort wird er die Sache zu Ende bringen. Wie kann es sein, dass er nicht sofort an diese naheliegende Lösung gedacht hat?

So logisch, so vertraut, so unglaublich beruhigend.

*Beruhigend.*

Noch ehe er weiter seinen zuversichtlichen Gedanken nachhängen kann, umarmt ihn die Dunkelheit, umschmeichelt ihn der Schlaf.

»Unendlich müde.«, kommt es ihm noch in den trägen Sinn, dann führt ihn des Todes kleiner Bruder sanft hinfort aus seiner Gegenwart, weit hinab in das Land seiner Erinnerung.

*Weißt du noch?*

*Damals?*

*Ich habe es niemals vergessen.*

Es war spät. Es war dunkel. Und es war kalt. Obwohl es eigentlich noch Sommer war. Aber die Kälte kam nicht von draußen, die Kälte kam aus ihm. Zusammengesunken kauerte er auf der Fußmatte vor der Wohnungstür. Die groben Borsten der Matte gruben sich in die zarte helle Haut seiner Oberschenkel, aber eigentlich spürte er es nicht. Er zog seine

Beine mit seinen kurzen Armen an sich, umschlang sie, stütze sein Kinn auf die Kniescheiben.

Und er weinte.

Lautlos und langanhaltend.

Tränen rannen über sein heißes Gesicht. Er war alleine und er wollte sterben. Nichts auf dieser Welt schien ihn zu halten. Er war neun Jahre alt, und seine Anwesenheit machte keinen Unterschied, also würde auch seine Abwesenheit keinen machen. Das Leben der Allgemeinheit würde weitergehen, wenn er sein Leben längst beendet hätte. Herbst, Winter. Schneetreiben und kleine Kinder mit Schlitten. All dies, auch ohne ihn.

In der Schule würde sein Platz freibleiben. Im nächsten Schuljahr würde ein anderer Schüler den Platz einnehmen. Am Pult und in der Gemeinschaft. Oder vielleicht kam sogar eher jemand nach. Einfach so. Kein Mitschüler würde nach ihm fragen, die Lehrer ihn aus ihren Listen streichen. Ja, seine Großmutter würde leiden, aber was machte das schon für einen Unterschied? Das tat sie auch jetzt.

Jeden einzelnen Tag sah er sie leiden.

Sie würde weinen, aber es würde sich für sie nichts ändern. Das Unglück war nicht zu steigern, das Glück unerreichbar.

Ein kleiner Junge, ein paar Blocks weiter, hatte sich vor ein paar Wochen *das Leben genommen.* So nannten es die Erwachsenen und schauten betroffen. Irgendwie schauten sie auch gierig, wenn sie tuschelten und die Köpfe dabei schüttelten. Vorwurfsvoll. Er hatte nie verstanden, wem genau sie einen Vorwurf machten. Oder warum genau. Es hatte gedauert, bis Robert begriffen hatte, was sich *das Leben nehmen* überhaupt bedeutete. Und als er es verstanden hatte, fing er an, es für eine gute Idee zu halten.

Die Wohnblocks waren hoch. Die Anzahl der Stockwerke war zweistellig. Es war gar nicht schwierig, man konnte einfach mit dem Lift ganz nach oben fahren, man musste nicht einmal den weiten Weg nach oben laufen. Aber je länger er auf der Fußmatte vor der Tür saß und weinte, desto sicherer war er sich, dass es besser wäre, auf das Dach zu *gehen.* Er würde nicht fahren. Er würde alle Stockwerke hochlaufen. Er wusste nicht, wie viele Stockwerke das genau waren, aber es schien ihm angebracht. Irgendwas musste man ja tun, bevor man das Letzte tat. Bevor man in den Tod sprang. Und Treppensteigen schien so gut oder schlecht wie alles andere. Briefe schreiben, geliebte Menschen küssen, der Welt etwas zurücklassen und dann doch vergessen werden. Er ließ seine Beine los, strich sich mit dem Handrücken die Tränen aus dem Gesicht. Noch einen letzten Atemzug wollte er machen, vor dieser Tür, hinter der er den Großteil seines bedeutungslosen Lebens verbracht hatte.

Dann hörte er es.

Ein leises Tappen.

Fast ein Trommeln. Konstant, unaufhörlich und immer wieder.

*Tapptapptapptapp.*

Kleine, sanfte Pfoten, die von innen an die Wohnungstüre tappten. Immer und immer wieder. Und dann das Weinen. Ein kläglicher Laut, von Liebe erfüllt. Ein schlichtes, wiederkehrendes Miauen. Ein verzweifelter Hilfeschrei aus einem kleinen Katzenkörper.

Er hatte die kleine Katze mit ihrem weichen Fell, das, wenn sie sich gerade frisch geputzt hatte, hinter den Ohren so schön nach gebrannten Mandeln roch, vergessen. Er hatte die kleine Katze, mit ihren großen, gütigen Augen und der rosaroten, immer feuchten Nase mitten im immer lächelnden Gesicht, vergessen.

*Es war noch nicht seine Zeit.*

Er stand auf und legte seine Hand auf die Türklinke. Als er die Tür leise öffnete, um seine Großmutter nicht zu wecken, saß dort MouchMouch. Ihr Fell war dicht, und es schimmerte im Mondschein, der silbern durch das Fenster in den Flur fiel. Einzelne Katzenhaare waren länger als andere. Es sah so aus, als wäre da rund um die eigentliche Katze noch eine zweite, eine etwas größere Katze. Der Hauch einer Katze. Es sah aus, als würde das Mondlicht um sie herum besonders schimmern. Sie blickte zu ihm hoch, ihre gelben Augen strahlten sanft, und sie schnurrte laut und beruhigend. Als würde sie sagen: »Ich lasse nicht zu, dass dir jemals etwas passiert.«

*Zu weit*, denkt er. *Ich bin* zu weit *zurückgegangen.*

Und für einen Moment, gefangen in dieser hoffnungsvollen Erinnerung, zweifelt er, ob er wirklich *so weit* gehen kann.

FEIGLING, brüllt irgendetwas von irgendwoher.

Er schreckt hoch.

*Das Mondlicht.*

Kalter Schweiß steht auf seiner Stirn. Er hat etwas Wichtiges vergessen!

Das Werkzeug der Zerstörung.

*Die Waffe.*

Er tastet vom Schlaf wie gelähmt mit der Hand nach seiner linken Brusttasche. Sie ist noch da. Rasch öffnet er den Reißverschluss und zieht die Füllfeder hervor. Sie steht für sein jetziges Leben, mit ihr wird er den Schatten besiegen. Er wird sie tief in den Leib der Polsterkatze stoßen. Ein vernichtender, ein tödlicher, ein finaler Stoß, mitten in das *finstere Herz* der Erinnerung wird es sein.

Sorgsam platziert er die Füllfeder in unmittelbare Reichweite auf dem Nachttisch rechts neben dem Bett. Er will sie nicht fallenlassen, wenn er wieder einschläft. Und er will dann, wenn er mit der im Traum gepackten Katze im Arm erwacht, einfach nach ihr greifen. Mit einer Handbewegung die Füllfeder finden.

Schon spürt er, wie der heraufbeschworene Schlaf abermals seine bleiernen Schleier um ihn legt. Er lässt seine Augenlider zufallen, die rechte Hand sicher in Nähe des Nachttisches, und tritt ein in seinen Traum. Steigt wieder hinab. Diesmal noch weiter hinab, aber nicht weiter zurück.

Regungslos sitzt sie da, wartend. Am Fußende des Bettes.

*Ein Teil deines Selbst?*, denkt herablassend der rachsüchtige Geist.

*Ich war niemals du.*

Hätte man ihr einst eine Stimme verliehen, würde sie jetzt leise lachen. So ist es nur das starre Kreuzstichmaul, das hämisch grinst.

Sie sitzt da, steifgenäht und ausgestopft, schweigt still und beobachtet genau. Beobachtet den immer tiefer in *den Traum* versinkenden Robert aus blankpolierten, strahlend graugrünen Messingknöpfen, in denen zur Mitte hin ockergelbe Farbsplitter glühen.

*Kannst Du mich schon sehen?*

Der Stern, den Sandra auf den Handrücken geschoben hat, um ihn besser betrachten zu können, schimmert mit den Sternen über ihnen um die Wette. Es ist ein klarer, lauer Frühlingsabend, und ihm wird in diesem Moment bewusst, dass er sie nie wieder gehen lassen wird. Der liebliche Duft zarter Frühlingsblumen wird langsam vom Abendwind hinweggetragen. Satter, feuchter legt sich der nussige Hauch der nahenden Nacht sanft in seinen Nacken. Sandra zieht die Decke enger an sich, das kurze Frösteln lächelt sie weg. Eine sanfte Brise fährt ihm durchs Haar. Er kann fühlen, wie seine Kopfhaut abkühlt, aber gerade soweit, dass er sich dadurch noch mehr entspannt. Er lässt die stets angezogenen Schultern sinken, spürt wie die verspannten Muskeln zuerst ziehen, sich dann aber lockern. Seine Haut kribbelt, als würde sich der Frühsommernachtstau in den feinen Härchen verfangen. Die schweren Gedanken des Tages und der lähmende Trott scheinen für einen Moment wie vom Abendwind hinfort gehaucht. Still ruht er in sich.

Und dann noch diese junge Frau, die nicht gerade von überwältigender aber dafür von ehrlicher, innerer Schönheit ist. Die ihn aufrichtig liebt, mit einer Hingabe, die er zwar nie erwidern können wird, die er aber uneingeschränkt zu schätzen weiß. Das wahrscheinlich Schönste an ihr ist ihr unaufdringliches, bezaubernd natürliches Lächeln, und genau dieses schenkt sie ihm in diesem glücklichen Augenblick. Stolz legt sie ihm ein schmales Päckchen in seine Hand und hält sie dabei zärtlich fest:

»Damit ich immer bei dir bin.«

Er zögert, bewahrt den außergewöhnlichen Moment noch kurz, bevor er ihn vergehen lassen muss. Er weiß, gleich wird er das Päckchen öffnen und die Füllfeder darin finden. Und da er das bereits weiß, kann er die unaufgeregte Vorfreude jede köstliche Sekunde lang genießen.

Alles ist perfekt.

Und er weiß es?!

Er weiß es, weil …?

Ein eigenartiger Laut durchbricht die abendliche Ruhe. Ein anorganischen Ächzen, nicht weit weg, aber dennoch zu weit weg, um nah zu sein. Als würde Eisen auf Eisen kratzen. Oder riesige, verrostete Stahlfedern überdehnt werden, bis sie mit einem schrillen Schmerzensschrei reißen. Ein metallischer Gestank steigt in seine Nase, wird zu einem lähmend pelzigen Geschmack in seinem staubtrockenen Mund. Eisen und Blut. Am Rande seines Gesichtsfeldes blitzen giftgrüne Lichter auf.

Eiskalter Wind peitscht ihm das nassgeschwitzte Haar ins Gesicht.

»Damit ich immer bei dir bin!«, schreit Sandra über den zu einem dröhnenden Kreischen angeschwollenen Lärm hinweg. Ihre Stimme überschlägt sich dabei unkontrolliert, gipfelt in einem hysterischen Lachen.

»Immer, immer, immer!«, wiederholt sie frenetisch röchelnd, bis das Wort erst übermächtig wird und dann völlig an Bedeutung verliert. Sie keucht und quiekt wie ein angestochenes Schwein. Ihre blutunterlaufenen Augen treten aus ihren Höhlen hervor, rollen unaufhaltsam im Kreis, das Weiß des Augapfels obszön darbietend. Sie reißt ihren geifernden Mund auf, bis ihre ledernen Lippen aufbrechen, entblößt riesige, gelbe Zähne, die wie Blöcke einer stampfenden Maschine im Takt des hämmernden Höllenlärms aufeinander schlagen. Beißender Gestank nach Ammoniak und Schwefel kriecht wie ein untotes Tier aus ihrem widersinnig stampfenden Maul.

Ihr bestialisches Grinsen wird immer breiter und breiter, bis die zum Zerreißen gespannte Gesichtshaut an den überdehnten Mundwinkeln nachgibt und mit einem schmatzenden Geräusch aufplatzt. Blut strömt über ihr entfremdetes Gesicht, und auch durch die mahlenden Zähne hindurch ergießt sich ein fauliger, stinkender Schwall gestockten Blutes. Wühlend sucht pulsierendes Gedärm sich schmatzend seinen Weg, bricht zwischen den klirrenden Zahnblöcken hindurch, schwappt unaufhörlich wie endloses, wulstig dickes Gewürm ans gelbgrüne Blitzlicht einer entarteten Welt.

*endlich unendlich*

Ein letztes, scheußliches Aufheulen. Der Sterbensschrei der endgültig berstenden Stahlfedern. Der Schmerzensschrei der elendiglich krepierenden Menschmaschine. Ein orkanartiger Windstoß, ein gleißendes Licht. Robert schließt, selbst lauthals schreiend, die beinahe zur Blindheit geblendeten Augen.

Absolute Stille.

*Stille.*

*Damit ich immer bei dir bin …*

Eine schmeichelnde, in leiser Präsenz bohrende, glockenklare, aber unwirkliche Stimme erklingt in seinem Nacken. Und noch während er die Augen wieder öffnet, dreht er sich zu der noch nie gehörten, aber wohlbekannten Stimme um.

Triumphierend sitzt sie da, die Polsterkatze. Die ausgestopften Glieder nicht mehr steif, den stoffenen Schweif gemächlich peitschend.

»Hallo Robert.«, schmeichelt sie und windet den glatten Schweif streichelnd um ihren belebten Leib.

»Die Füllfeder!«, brüllt sein Unterbewusstsein.

»Füllfeder?«, will er fragen und versteht.

Der klare, laue Frühlingsabend. Der Stern auf Sandras Handrücken.

Die Füllfeder!

Er kann das Untier bereits in seinem Traum erledigen! Er hält die Waffe hier und jetzt direkt in seinen Händen. Sein Verstand hat ihn an jenen Ort geführt, zu genau jenem Zeitpunkt, der sein Leben verändert hat.

*Das ist der Moment.*

Das Tier ist chancenlos!

Ekstatisch reißt er das Papier des kleinen Päckchens auf und öffnet die Schachtel, in der die Füllfeder, auf grünem Samt gebettet, liegt.

*Liegen sollte.*

In seinen Händen hält er zwar die Schachtel, aber in der Schachtel liegt keine Füllfeder. Auf dem fleischig pulsierenden Samt – absterbenden, erstickend grünen Schleimhäuten gleich – liegt eine silberne Nadel in der Größe der Füllfeder. Verwirrt und angeekelt greift er nach der Nadel, in deren Öhr sich bereits ein dicker, sehniger Faden befindet, und zieht sie aus der Schachtel. Die Nadel ist glatt und kalt, aber dennoch pochend organisch, der sehnige Faden windet sich wie ein gieriger Bandwurm.

Was zur Hölle?

Die Waffen kann er wohl nicht wählen, die meuchlerische Tat aber dennoch vollführen, denn zustoßen kann er auch hiermit.

Kräftig zustoßen.

*»Du hast etwas, das mir gehört«,* schnurrt die Katze.

Als hätte die Stimme ihm einen Schlag versetzt, fährt er zusammen, will instinktiv die *Nadelschachtel* nach der Katze werfen, kann aber nicht.

*Etwas ist falsch.*

Noch mehr, als es eben schon falsch gewesen ist.

Grundlegend falsch.

Statt der *Schleimhautschachtel* hält er jetzt zwei große, kreisrunde, mattpolierte Messingknöpfe fest umklammert.

*Mattpolierte, starrende Knöpfe.*

*Du musst aufwachen!,* schreit sein Verstand. Doch sein Traum umklammert ihn mit tausend kleinen, insektengleichen Beinchen wie ein arachnoider Schraubstock, zieht ihn noch tiefer hinab.

Er ist nicht mehr Herr über seine Vision.

Nicht mehr Herr über seinen Körper.

Auch der Traum gehört ihm nicht mehr.

Unnachgiebig und fremdgesteuert drückt seine linke Hand eine der matten Messingscheiben tief in seine linke Augenhöhlen, während seine rechte Hand die erregt vibrierende Nadel beherzt in seinen Augapfel stößt, um den gottverdammten Knopf an seinem vor langer Zeit angestammten Ort festzunähen. Überdeutlich kann er das saftig schmatzende Geräusch hören, als sein Augapfel platzt.

Beherzt sticht er auch noch in sein rechtes Auge.

WACH AUF

AUFWACHEN!

Schreiend, tretend, wie ein ums Überleben kämpfender Irrer um sich schlagend, erwacht Robert aus dem Traum.

Er ist wach!

Aus dem hysterischen Schreien wird ein nicht weniger hysterisches Lachen. Tränen der Erleichterung rinnen über sein Gesicht, sein Herz rast zum Zerbersten, und sein Kopf dröhnt, als würde sich das Blut wie gestocktes Öl in seinen Blutgefäßen stauen.

Er ist wach!

WACH

*Und er ist nicht allein.*

Deutlich kann er die feindselige Präsenz im Raum spüren. Er ist wach, und sie ist da.

ER HAT ES GESCHAFFT

Er ist rechtzeitig erwacht, und er hat tatsächlich das verdammte Vieh mit sich aus der verdammten Tiefe emporgerissen.

*Die Füllfeder!,* schießt der alles bestimmende, rettende Gedanke pfeilschnell durch sein gemartertes Hirn. Er braucht die Füllfeder!

Sich dessen bewusst, dass jede einzelne Sekunde zählt, wirft er seinen gesamten Körper nach rechts zum Nachttisch und reißt die Augen auf.

*Will* die Augen aufreißen.

Er kann es nicht.

Er kann seine Augen nicht öffnen, weil da keine Augen mehr sind. Und das sind auch keine Tränen auf seinem Gesicht. Es ist das Innerste seiner Augäpfel, das sich pechschwarze wie stinkender Teer über sein vom Begreifen verzerrtes und von Panik entstelltes Gesicht ergießt. Und in seinen pochenden Augenhöhlen stecken die blank polierten Messingknöpfe.

Festgenäht.

Hilflos tastet er, sucht blind, schreit unartikuliert.

Der Nachttisch ist leer.

Die Füllfeder ist verschwunden.

Es ist zu spät. Alles zu spät.

Ein unsagbarer Schmerz erwächst tief drinnen in seinem Kopf, dort, wo die Erinnerung sitzt.

Dieses eine, immerwährende, allgültige Bild. MouchMouch. Der schimmernde Mondschein rund um die kleine Katze. Ein zärtliches Gleißen wie ein Heiligenschein.

Das Schnurren.

*Ich lasse nicht zu, dass dir jemals etwas passiert.*

Dieses letzte Bild.

Nur noch dieses letzte Bild.

Dann platzt eine kleine Ader in Roberts Kopf.

Sanft blickt sie auf den toten Menschen, schließt Abschied nehmend die neu gewonnen Augen und wartet einen andächtigen Moment lang.

*Trauer*, sagt der Mensch.

*Abschied*, denkt das Tier.

Dann öffnet sie die strahlend graugrünen Augen, in denen nahe der Pupille ockergelbe Farbsplitter auf der Iris glühen, wieder, streckt die nun so gar nicht mehr steifen Glieder, lächelt mit ihrem kleinen Katzenmaul, leckt sich über die Nase. Es ist ein langer Weg gewesen, aber jeden geduldigen Moment wert. Fast hat sie vergessen, wie unbeschreiblich frei sich dieser geschmeidige, echte Körper anfühlt. Später wird sie noch genügend Zeit dazu haben, sich das schimmernde Fell zu lecken, sich einzurollen und von all den Dingen zu träumen, die sie machen wird, an all die Wege zu denken, die sie ihre flinken Pfoten entlangtragen werden.

Aber jetzt will sie nur dieses Zimmer verlassen. Sie ist so lang tot gewesen, der Gesellschaft des Todes ist sie überdrüssig. Nach einem weiteren manierlichen Strecken der vorderen Pfoten, einem genussvollen Schnurren und einem letzten Blick auf den, der einmal ihr Freund gewesen ist, will sie vom Bett springen, als sie etwas daran hindert.

Die eben noch gewonnene Beweglichkeit scheint bereits wieder verloren, die samtenen Pfoten versteifen sich. Wie von unsichtbarer Hand gelähmt, verharrt die kleine Katze an der Bettkante, den Blick immer noch auf Robert gerichtet.

Nun vollzogen, erstarrt der all die Jahre von Rache angetriebene Körper.

Endgültig.

Wo noch Fell ist, wird bald wieder Stoff sein.

Und mit dem allerletzten Erlöschen des Lichtes in ihren graugrünen Augen, erlischt auch das Erschaudern der Erkenntnis.

Für immer.

# Teil 2

# Makellos

# Danke, dass Sie sich für unser Haus entschieden haben.

Es ist dunkel im Zimmer.

Ein zaghaftes Regen durchbricht ihre Starre, ein schmerzverzerrtes Drehen des Nackens. Ein wimpernverhangener Blick aus dem vom Hauch des Schlafes benetzten Fenster. Diffuses Licht von irgendwoher, sonst Finsternis.

Die Nacht hat die Schlafende eingeholt, aber es scheint ihr, als habe sie weder stundenlang körperlich geruht noch auch nur wenige Minuten an nichts gedacht. Ihre Muskeln sind verspannt und ihr Kopf dröhnt. Zaghaft richtet sie sich im brokatbezogenen Ohrensessel auf, gerade noch rechtzeitig, um den Gedanken fliehen zu sehen. Ob er sich festgesogen hätte, hätte sie nur einen Herzschlag länger geschlafen?

Ein Gedanke muss nicht gedacht werden um zu sein. Es sind jene Gedanken, die wir *nicht* denken, die sich in unserem Kopf breitmachen, die uns das Leid und den Zweifel lehren. Dort dann mehr sind, als nur einfach gedacht. Dort wuchern und wachsen. Ausufern. Doch auch wenn sie nicht gedacht werden *müssen*, so *wollen* sie doch gedacht werden. Um frei zu sein. Der Mensch vom Gedanken und der Gedanke vom Menschen. Frei für die Welt. Denn so hat man es ihr beigebracht:

*Achte auf deine Gedanken, denn sie werden Worte.*

Sie kann sich deutlich an das Zitat erinnern, nicht aber an den Autor oder gar das Werk. Oder eher umgekehrt. Nicht aber an das Werk oder gar den Autor. Das Wer ist ihr schon immer weit unwesentlicher erschienen als das Was. Wen kümmert der Täter ob der Tat? Die Spuren bleiben noch lange, nachdem der Täter den Tatort verlassen hat.

Viel zu lange.

Ihr Nacken schmerzt, doch was sie jetzt noch mehr braucht als einen eingerenkten Nacken oder einen klaren Gedanken, ist der eine und besser auch noch der andere Becher Kaffee. Gerne Glas, Tasse, ihretwillen auch ein ganzer Pott voll. Hauptsache heiß, schwarz und Koffein. Hauptsache Kaffee.

Und wach.

Es kommt ihr auch nicht ungelegen, das Zimmer dafür verlassen zu müssen. Immerhin kann sie nicht wissen, ob sich der ungedachte Gedanke vielleicht nur verkrochen und eben nicht verflüchtigt hat. Und sie will nicht mit ihm im selben Raum sein, immer noch nicht.

Ihre Glieder sind steif, sie knacken leise, als sie sich langsam aus dem Ohrensessel erhebt. Geschlafen wird ab jetzt nur noch im Bett, und es wird so viel Alkohol getrunken, dass sie nicht träumt, oder sich zumindest nach dem Aufwachen nicht mehr daran erinnern kann. Keine kriechenden Gedanken mehr.

Also braucht sie auch Alkohol, Kaffee und Alkohol. In dieser Reihenfolge. Eine Idee, die ihr Hoffnung macht. Eine gute Idee. Und gegen die schleichende Kälte will auch etwas unternommen werden. Das eigentümliche Zimmermädchen hat recht behalten. *Es ist kalt im Hotel.* Kein *gesunder* Mensch findet hier Ruhe. Niemand entspannt sich bei diesen Zimmertemperaturen. Sie könnte die so nachdrücklich angepriesene Decke durchaus vertragen. Sie wird das Zimmermädchen daran erinnern. Auch wenn das Hinweisen anmaßend wirken mag, denn die professionelle Höflichkeit der Angestellten lässt ohnehin darauf schließen, dass sie die Decke vorbeibringen wird. Oder aber auch nur vorgibt, dies zu tun, weil man ihr diesen Willkommenssatz eingebläut hat.

*Was man nicht wissen kann, weiß man nicht.*

Aber ein Schritt nach dem anderen, und viele davon werden sie jetzt erst einmal in die Lobby, um genau zu sein in die Hotelbar führen. Kaffee. Und Alkohol. Und sie wird sich nicht ablenken lassen. Außer von der Chance auf eine Kuscheldecke.

Kaffee, Alkohol und eine Kuscheldecke.

In der Eingangshalle ist weit mehr Betrieb als erwartet. Die Anwesenheit des Rettungspersonals, das sich unbeholfen oder gar betroffen, aber vor allem tatenlos gegenseitig im Weg rumsteht, lässt sie kurz innehalten und beobachten. Was auch immer geschehen ist, zu retten gibt es hier wohl nichts mehr. Und niemanden. Seltsamerweise beruhigt sie dieser Gedanke der Rettungslosigkeit, der Rettungsunwürdigkeit.

Es wird auch keiner kommen, um mich zu retten.

Schaulustige Gäste gruppieren sich aufgeregt schnatternd und starren neugierig Richtung Rettungsmannschaft. »Es gibt nichts zu sehen!«, ruft einer der Rettungsmänner. Doch dieses Nichts erscheint den Menschen erst recht anziehend.

Männer in Schwarz, mit dunkler Miene, fluten über die Treppe direkt in die Eingangshalle, drängen die Gästemenge zurück. Lauernd senkt sich Bedrückung über die Anwesenden, und sie weichen dem Unausweichlichen.

Die Frau allerdings will nicht sehen, will nicht gesehen werden. Als sie sich an den Leuten vorbeischiebt, ist es dieses eine *Schrecklich*, das sich unüberhörbar den akustischen Weg zu ihr freikämpft. In diesem Moment, an diesem Ort so häufig gesagt, dass sogar noch eines für sie übrig geblieben ist. Einsam, noch von keinem Ohr abgehört. Ein äußerst attraktives Schrecklich.

*Haben Sie schon gehört?*

Rasch geht sie weiter, will das Schreckliche hinter sich lassen und endlich die Hotelbar erreichen, als sie aufgehalten wird. Sie muss noch etwas erledigen, und jetzt bietet sich die Gelegenheit. Abseits der Menge, nahe der glatten kalten Mauer, steht regungslos das Zimmermädchen. Weder erschrocken noch interessiert noch irgendetwas anderes steht sie da. Ihr unbeteiligter Blick ist gefangen zwischen den hysterischen Menschen, ihre Haltung straff, ihre Profession unverzüglich abrufbar.

Die gute Idee.

Die noch bessere Idee.

Zielstrebig steuert sie durch die starrende Menschenmasse hindurch – all ihre Körper wie ein einziger Körper – auf das Zimmermädchen zu, bleibt vor ihr stehen.

»Ich wollte Sie erinnern …«, unsicher formuliert die Frau ihr belangloses Anliegen.

»Ich weiß«, fällt ihr das Zimmermädchen ins Wort, ohne den Blick von der Menge zu lösen, »die Decke. Ich habe sie nicht vergessen. Weder die Decke noch Ihre Person. Man hat mich aufgehalten. Ich erledige meine Arbeit, und ich erledige sie der Reihe nach.«

Sie ist nicht schroff, nur rational.

Logisch, nicht unhöflich.

Dennoch ist die Frau lang genug irritiert, um anstelle eines Danks eine, ob der Offensichtlichkeit der verheerenden Tatsache, überflüssige Frage zu stellen.

»Wodurch wurden Sie aufgehalten.«

»Wodurch? …Dinge passieren.«

Schweigen.

Dann erwacht das Chaos, erzeugt hektisches Treiben in der Eingangshalle vor ihnen.

Die unverhohlene Lust an der morbiden Sensation. Eine Bahre wird durch die Menge zum Ausgang getragen. Ein schwarzer Sack. Ein vertanes Leben, weggeworfen wie Müll. Sie will ihren Blick nicht auf dem Verlebten verweilen lassen. Unangenehm berührt, schweift er zur Seite ab, die Wand entlang wieder zum Zimmermädchen.

*Ich sehe was, das du auch siehst.*

Ein Ding, noch seltsamer als der Tod.

Mit zu Klauen verzerrten Händen an sich gekrallt hält das Zimmermädchen *es* fest. Aus leblosen, matten, goldenen Knopfaugen scheint das stoffene Etwas auf die Szenerie zu starren. Steif wie das Zimmermädchen selbst.

»Gehört es Ihnen?«, fragt die Frau.

»Jetzt schon.«, antwortet des Zimmermädchen.

»Ein schönes Spielzeug. Ein wirklich schrecklich schönes Spielzeug.«

Die Bar ist leer, es ist keine Menschseele zu sehen. Menschenleere Wohltat. Direkt neben der Tür steht ein Piano. Wann hier wohl gespielt wird, und was? Wieder interessiert es die Frau nicht, wer denn an diesem Piano Platz nimmt, aber sie wünscht sich, er würde es jetzt tun und ein paar vertraute Töne spielen. Eine schlichte, sanft variierende Melodie, die ihrem Verstand schmeicheln würde. Das wäre ihr willkommen. Nicht, weil es sie vom Lärm der Welt draußen vor der Tür ablenken würde - und die in Panik versetzten Hotelgäste lärmen - sondern weil sie dann nicht ihrer inneren Stimme lauschen müsste. Sie könnte dem Klavierspiel lauschen. Aber es gibt kein Klavierspiel, nicht in dieser Nacht.

Nicht für sie.

Noch nicht.

Sachte streicht sie mit der flachen Hand über den Deckel des Pianos.

Wie unnatürlich glatte, ledrige Haut. Fast schon lebendig. Beinahe ekelhaft.

»Spielen Sie?«, durchbricht eine unverbindlich freundliche Stimme hinter ihr die eben noch so vollkommen anmutende Stille. Als sie sich umdreht, steht ein Barmann hinter der Bar. Nicht, dass dies nicht ein perfekter Platz für eine Barmann wäre, nein, sie hat ihn nur beim Betreten der Bar nicht bemerkt, und jetzt steht er da, als habe er nie im Leben, und vor allem nicht in den letzten paar Minuten, etwas anderes gemacht, als hier zu stehen.

»Nein,«, antwortet sie. »Ich spiele nicht, ich höre zu.«

Ihr ist nicht nach einem Gespräch, also wendet sie sich, ohne seine Antwort abzuwarten, wieder dem Piano zu. Es kümmert sie nicht, dass diese Geste ablehnend wirken könnte, denn das ist sie auch.

An der Wand hinter dem Piano hängt eine Vielzahl kleiner Portraitfotos, einige in unwirklich leuchtenden Farben, die meisten aber weit vor der Erfindung des Farbfilms entstanden. Manche etwas verblasst, viele vergilbt, jedes Einzelne signiert. Prominentenwand. Wenig überraschend und ebenso wenig beeindruckend, dennoch geht sie rund um das Piano näher zur Wand und betrachtet die über Generationen hinweg zwanghaft strahlenden Gesichter. Es ist der Schein, der im Scheinwerferlicht zählt. Es ist der Glanz der Oberfläche, nicht der in den Augen.

»Darf ich Ihnen etwas anbieten?«, ergänzt der Barmann hartnäckig höflich seine Frage von vorhin. Nur unwillig löst sie ihre Aufmerksamkeit von den perfekten Bildern der perfekten Menschen. Kaffee und Alkohol, beinahe hätte sie nicht mehr daran gedacht.

»Gerne. Bitte die größte Tasse, die Sie besitzen. Voll mit schwarzem Kaffee. Und keinen Zucker. Brauche ich nicht.«

»Kommt sofort.«

Noch während sie sich wieder den Portraits zuwendet, kann sie die Espressomaschine zischen hören. Ein Geräusch, fast so beruhigend wie das Klimpern einer bekannten Melodie und mindestens ebenso vertraut. Das wird ihren müden Gliedern schmeicheln, wie der darauf folgende Alkohol ihrem hellwachen Verstand.

Die Gesichter an der Gesichterwand ähneln sich. Schön, beliebt und verehrt. Eines wie das andere. Das eine mehr das andere *nimmermehr.*

Dennoch ist es dieses eine Gesicht, das sich von der Flut der Gesichter abhebt. Nicht durch die reine Erscheinung oder den makellosen Widerschein. Es ist dieses Gefühl, das mit diesem Bild sanft lodernd in ihr hochsteigt. Ein Ziehen in der Lendengegend. Unvermittelt.

*Sex.*

Fast schmerzhaft.

Eine Begehrlichkeit für einen Mann, der gewiss längst unansehnlich alt oder noch länger tot ist. Doch das ist bedeutungslos. Sie hält den Atem an und berührt mit den Fingerkuppen ihrer rechten Hand das glatte, kühle Glas, welches das Bild des Mannes nicht vor den Blicken, aber vor der Zeit zu schützen gewusst hat.

Durch begehrliche Blicke scheinbar abgenutzt, aber dennoch kaum verblasst.

In Liebe möchte sie sich ihm zuwenden, sich wenn nötig erniedrigen und ihm willenlos zu Willen sein. Einem ihr Unbekannten. Von seinem Strahlen in einen unsichtbaren Bann gezogen, nimmt sie das kleine Bild im abgeschlagenen, goldenen Rahmen von der Wand, um wenigstens dem Bild näher zu sein. Auch wenn sie wohl kaum ihre Lippen daran reiben kann. Ihr Geschlecht.

»Er war ein unglaublicher Mensch.«, quittiert die Stimme aus dem Hintergrund ihre impulsive Handlung. »Ein wahrlich Großer seines Geschäftes.«

»Sie kannten ihn?«, fragt sie aufrichtig erfreut nach und geht zur Bar, wo schon eine große, dunkelblaue Tasse, randvoll mit brühend heißem Kaffee, auf sie wartet. »Sind Sie dafür nicht …?«

»Zu jung?«. Der Barmann schmunzelt. »Niemand ist zu jung dafür. Nehmen Sie doch Platz.« Er deutet auf einen der lederüberzogenen Barhocker.

»Danke. Danke …?«

»Danke, Lloyd, Mam. Ich heiße Lloyd. Bitte!«, insistiert er und deutet noch einmal auf den Barhocker.

»Danke, Lloyd. Und danke für den Kaffee. Diese Menge hatte ich im Sinn.«

Das Bild weiterhin mit beiden Händen festhaltend, sinkt sie mit wackeligen Beinen unsicher auf den Hocker. »Wer war er? Oder, wer ist er … ich meine, ist er tot?«

»Christian Miller. Ein Lebemann, ein berühmter Fernsehstar. Jemand, dem die Menschen immer nahe sein wollten. Er war ein Nachrichtenmoderator, eine Ikone seiner Zeit.«

»Welcher Zeit?«

Keine Antwort. Lloyd scheint sich ihrer Frage gar nicht mehr bewusst zu sein. Auffordernd sucht sie seinen Blick, der aber plötzlich ins Leere geht. Er hat sich in einem Gedanken, der nicht zwingend sein eigener sein muss, verloren. Ein wissendes Lächeln umspielt seine Lippen. Seinen Augen schimmern kurz auf, treffen dann aber endlich wieder die ihren. Kaum hat sie seinen Blick aufgefangen, antwortet er, als wäre er gar nie fort, nie in Gedanken versunken gewesen. Nicht eine Sekunde.

»Sie würden sagen vor langer Zeit.«

»Ich glaube, ihn trotzdem zu kennen«, fährt sie fort. »Vielleicht von früher. Viel früher. Vielleicht von meiner Großmutter …«

Lloyd nickt. »Sicherlich. Irgendwie kennen wir ihn alle.«

Neben ihr dampft vergessen der Kaffee zum schummrigen Barhimmel empor, und ihre Finger gleiten weiterhin suchend über das Bild. Der Mann, Christian, trägt einen schwarzen Smoking mit einem weißen Hemd und einer weißen Fliege. Sein Oberlippenbart ist exakt geschnitten, nicht zu schmal. Die leicht welligen, dunklen Haare sind gescheitelt und mit Gel seitlich zurückgekämmt, an den Schläfen bereits ergraut. Seine Augen sind strahlend. Sein Lachen ist gewinnend und hämisch zugleich, sein Blick abschätzend und gebieterisch fordernd. Dennoch schmälert seine deutliche Überheblichkeit seine Perfektion nicht im Geringsten. Im Gegenteil.

»Was macht er heute?«, platzt es aus ihr heraus. »Wie alt ist er?« Und dann, etwas zurückhaltender, folgt abermals der ängstliche Zweifel: »Lebt er überhaupt noch?«

Ohne etwas zu erwidern, deutet Lloyd auf die Wand rechts neben der Bar, wo pedantisch angeordnet unzählige weitere Bilderrahmen hängen. Gerahmte Zeitungsartikel. Auf den dazugehörigen Bildern nehmen noch besser gelaunte, noch berühmtere Prominente bedeutsame Preise entgegen, stehen hinter festlich geschmückten Rednerpulten, schütteln freudestrahlend Hände. Präsentiert sich die Hotellobby im besten Licht. Im allerbesten. Doch Lloyd deutet auf einen bestimmten Artikel. Die Antwort auf ihre Frage. Vom gedruckten Wort verlockt, legt sie das Bild zur Seite, begierig zu erfahren, was es in diesen kleingedruckten Zeilen über Christian Miller zu erfahren gibt. Hastigen Schrittes umrundet sie die Bar, kommt der Wand nah, wie sie Christian nahekommen möchte. Mit leicht geöffnetem, staunendem Mund betrachtet sie die weiteren Fotos des wunderschönen Mannes, erst dann liest sie jedes Wort des Artikels. Wirklich jedes Wort, und sie überspringt keines davon. Viele liest sie sogar mehrfach. Ihr Atem geht rascher, ihr Mund ist trocken.

»Ist es nicht seltsam, einen solchen Artikel …«

## VIERTER STOCK, PENTHOUSE

Etwas ist heute nicht, wie es sonst immer ist. Nicht, dass Dinge jemals gleich wären. Menschen bringen sich in Gefahr, wenn sie das glauben. Oder hoffen. Den immerwährenden Fluss der Dinge, das Sein an sich, einfach verleugnen oder hoffnungsfroh ignorieren. Dinge, Ideen, Menschen unterliegen im Ersten und Wesentlichen einer Entwicklung. Stagnation bedeutet Rückschritt, bedeutet Tod. Alles verändert sich, ständig. Nichts ist gleich, nur manches gleicht sich. Aber heute ist es unähnlicher als üblich. Mehr noch, oder auch noch weniger.

Etwas hat sich nicht nur verändert.

Etwas ist anders.

Dieser Mensch ist nicht der erste berühmte Mensch, mit dem ich zu tun habe, auch nicht der letzte. Und es ist auch nicht eine gewisse vornehme Zurückhaltung, die meiner Profession gebührt, die mich an der Schwelle zu seinem Zimmer zurückhält. Obgleich eine kühle Contenance gegenüber der enormen Anziehungskraft, die dieser besondere Gast auf mich ausübt, schon lange bevor er zu uns gekommen ist, auf mich ausgeübt hat, gewiss angemessen wäre.

Oder Skepsis.

Besser noch Vorsicht.

*Etwas ist anders.*

Ich will dieses Etwas, will ihn. Aber jegliche Form von Begehrlichkeit liefert einen aus, an den Gedanken, die Sache, den Menschen, die Welt. Gierig seid ihr, gierig bin auch ich. Und die Begierde ist es, die

die Menschen wehrlos, schwach und demütig macht. Sie birgt Schmerz, Verrat und den endgültigen Verlust von allem sonst, von allem jenseits der Begierde, in sich. Geschaffen, um alles, was man liebt, mit begierigen Füßen von sich zu treten.

Gier ist Macht.

Sie unterwirft den, der Gier empfindet. Macht ihn zum Lakaien der Idee.

Dennoch hält mich etwas weit Fundamentaleres als das Wissen um die zerstörerische Kraft der Begierde davon ab, das Zimmer – unser schönstes Zimmer, das Penthouse – zu betreten. Noch zuvor, in *deinem* Tresor, zwischen all den verstaubten Erinnerungen, in denen ich so gerne verloren gehe, bin ich überrascht gewesen. Überrascht, dass dieser Gegenstand, der auch eben in diesem Moment noch so bedeutungslos und alltäglich, so allgemein und universell in meiner Hand zu liegen scheint, zu dieser außergewöhnlichen, dieser einzigartigen Person gehören soll. Und jetzt?

Ich blicke auf das kleine, in billiges Silber gefasste Glasherz. Kann es einen Anhänger von noch gewöhnlicherer Form geben? Wohl kaum. An einer wahrlich wohl noch billigeren Kette aus gänzlich schwarz verfärbtem Silber hängt es. Glas, nicht ein Edelstein oder wenigstens Kristall. Grob geschliffenes, unerschöpfliches Glas. Eine banale, eine leere Kalamität, das goldene Sonnenlicht kaum brechend sondern eher noch verschlingend. So liegt es verloren da, in meiner Hand.

Das Herz aus Glas.

Im selben Atemzug werde ich meines geistlosen Frevels gewahr. Noch nicht lange genug, eine wohl nur mir unendlich erscheinende Weile, bin ich bei *dir*, um auf Anhieb zu erkennen, wie wunderbar jedes einzelne *deiner* Fundstücke ist. Jede einzelne von *dir* geborgene und bewahrte Erinnerung. Wie voll von Bedeutung.

Voll von allem, fern von jedem.

So wie ich.

Seit ich bei *dir* bin. *Dein* bin.

Und ich erkenne, was mich wirklich an der Schwelle zurückhält. Dieses Mal werde ich das Zimmer nicht betreten. Nichts Privates gilt es hier zu erledigen. Er ist ein öffentlicher Mensch. Er gehört sich nicht. Seine Erinnerung verdient eine größere Bühne. Ich streiche meine Haare glatt wie gewöhnlich, richte den hochgeschlossenen Kragen meiner Zimmermädchenuniform, überprüfe jeden einzelnen, tadellos geschlossenen Knopf, biege den steifen Kragen in Form.

Und lege die Kette mit dem Herz aus Glas um meinen Hals.

*Endlich spiele auch ich eine Rolle.*

## MAKELLOS

Der strahlende Sonnenschein draußen lässt den festlich beleuchteten, von Menschen in akribischer Perfektion geschaffenen Innenraum beinahe düster erscheinen. Düster im wahrhaft eigentlichen Sinne, denn hell ist es sehr wohl. Künstliches, überdimensioniertes Licht, einem überzogenen Selbstbild gleich, durchflutet die hehre Halle. Kurz blendet ihn die Erscheinung, seine Hand fährt schützend Richtung Stirn, nur um gleich darauf wieder, dem obsolet gewordenen Tag Folge leistend, herabzusinken. Nur Licht, nicht mehr. Ein gleißender Götze, nicht der Kreuzgang einer Kirche, nur die Empfangshalle eines Hotels, das wohl am Ende der Welt gelegen ist. Einsam und mächtig ragt es empor. Von diesem gottverlassenen Ort erhofft er sich nicht nur Abgeschiedenheit sondern vor allem *Nichts*. Keine Hektik, keine Aufmerksamkeit und vor allem kein Wiedererkennen. Eine willkommene Auszeit, mit Nichts und Niemandem an seiner Seite. Ganz für sich allein.

Doch schon nach den ersten Metern wird ihm klar, dass er hier wohl das meiste, aber nicht alles bekommen wird. *Nichts* wird er nicht bekommen. Alle anderen Türen stehen ihm, wie immer, sperrangelweit offen. Dauerhaft und unwiderruflich. Nur das Nichts verwehrt sich ihm. Anonymität wird zu den Annehmlichkeiten gehören, die er auch hier wird missen müssen.

*Sein Gesicht ist ein Fluch.*

Es ist allgegenwärtig, und die Welt strebt förmlich nach dieser Allgegenwart. Auch hier.

Die diensteifrig ein Spalier bildenden Hotelangestellten gelangweilt und mit der für ihn üblichen Verachtung musternd, notiert er sich vor seinem apathischen inneren Auge das Wort *Zerstörung*. Er wird seinem Agenten in den fetten, faulen Hintern treten, ihn dann feuern und ihn anschließend wieder treten. Und das wird er wiederholen. So oft er will. Wohin er will. Möglicherweise mitten in die feiste Fresse. Möglicherweise bis der widerwärtige, devot grinsende Schädel platzt und sich dampfende Menschenblutsuppe adipös auf den Marmorfußboden des Büros ergießt. Was auch immer sich dieses Arschloch gedacht hat, seine Ankunft, *Millers Ankunft*, anzukündigen – und das adrette Spalier lässt einzig auf eine solche, eine strikt untersagte Ankündigung schließen – es wird für lange Zeit sein letzter Gedanke gewesen sein.

So sehr ihm seine Gewaltfantasie triviales Amüsement bereitet, so undurchführbar gestaltet sich dieses überaus starke Gelüst in diesem durchwohl schwachen Moment. Bleibt eines.

Er wird heute noch ficken müssen.

Hart, unmenschlich, erniedrigend. Ein unschuldiges Wesen schänden und vernichten, unbrauchbar machen, für jede weitere Liebe. Für jeden weiteren Schwanz. Und so wie die lieblichen Zimmermädchen, gewandet in ordinär untertänige Uniformen, ergeben strahlen, wird das sicher eine seiner leichtesten Übungen. Was leider nur kurz anhaltende Befriedigung verspricht. Und in einem Hotel, in dem er wohlbekannt und angekündigt ist, kann er ihnen nicht die Augen aus den schleimhäutigen Höhlen ficken. Nicht, dass er daran nicht immer wieder gedacht hätte …

*Weißt du noch? Damals?*

Wie sehr sehnt er sich nach Herausforderung. Alle verehren ihn. Es ist so erbärmlich leicht, sie zu beschmutzen und zu verachten. Es ist ihm *unmöglich*, etwas anderes zu tun.

»Mister Miller!«, ein dickleibiger Mann mittleren Alters tritt rechter Hand aus dem Spalier vor. Anzug und Mensch sind vom abstoßend Feinsten, die schwitzende Hand ist ihm jovial entgegengestreckt. Dennoch kann Chris die Gier in seinen Augen sehen, er kann sehen, dass dieser Mann, wie alle anderen, begierig darauf ist, ihn anzufassen.

»Mister Miller!«, fährt der fette Mann, unablässig nach seiner Hand strebend, fort. »Es ist uns eine unermessliche Ehre, sie hier in unserem Hotel begrüßen zu dürfen.«

*Unser Hotel? Deines vielleicht? Ehrlich?*

*Eine Ehre? Wohl wahr, eine unermessliche! Ich zittere, und mein Atem geht schwer. Und heiß. Für einen flüchtigen Moment nur, vorübergehend, trete ich aus dem Schatten. Als hätte ich etwas zu fordern. Als müsste ich etwas richtigstellen. Als wäre ich …*

*Dann überkommt mich ein eiskalter Schauer, und ich ziehe mich, ungesehen wie ungeschehen, in das schützende Dunkel zurück.*

*Nicht jetzt.*

*Bald.*

*Die Zeit ist auf meiner Seite.*

Auf Kommando des Fettsacks verneigen sich die Herren im Spalier tief, die Damen deuten einen Knicks an. Die eine oder andere fällt wahrhaft auf die Knie. Christian könnte durchgehen und seinen Schwanz in jeden einzelnen Mund, in jeden einzelnen Menschen stecken. Aber auch das, …kaum spannender, als Hände zu schütteln. Und auch kaum mehr Missbrauch. Oder weniger. Oder was auch immer.

»Mister Miller, im Namen des Hotels heiße ich sie überaus herzlich Willkommen.«

*Im Namen des Hotels?!*

*Als könntest du das!*

*Als wäre das deine Aufgabe … ich …ich …*

*Ich schweige still und verharre im Dunkeln. Beobachte den hochherrschaftlichen Besuch, wie er voller Abscheu die personifizierte Impertinenz beobachtet, und ich beruhige mich. Gewinne wieder an Fassung.*

Er mag der Impresario sein, für Christian ist der anbiedernde Dicke nur ein Kopf mehr, um darauf einzutreten. Nichts als zwei Tassen schwarzen Kaffee im Magen und schon zwei Menschen getötet. Drei knappe Dutzend missbraucht.

Ein guter Tag.

Und das, obwohl er erst vor wenigen Minuten mit seinem brandneuen, smaragdgrünen Jaguar 1956 xk140 Roadster vorgefahren ist und sein Tag somit offiziell gerade erst begonnen hat. Offiziell, genau. *Also verhalte dich auch so.* Christian Miller, zeig Haltung!

Beherzt ergreift der die Hand von Mister Dick.

»Ich bin meinerseits hocherfreut, hier sein zu dürfen, und ich freue mich maßlos, Sie alle hier kennenzulernen. Jeden Einzelnen von Ihnen.«

Ein höflich verhaltenes Klatschen. Contenance. Na, diese noble Zurückhaltung weiß er aufzubrechen. Er lächelt, als würde er in die Kamera lächeln.

»Danke, dass Sie dabei waren. Guten Abend. Schlafen Sie wohl, träumen Sie süß.«

Das Klatschen schwillt an. Die absolut zuverlässige Begeisterung des Wiedererkennungseffekts. Das Zeichen seiner Marke. Professionell, wenn auch in diesem Fall die reinste Zier, reicht er Hände, schüttelt sie, hält vertraulich für angenehme zwei Sekunden die Hand und den Blick, stolziert durch das Spalier. Die Frauen stehen linker, die Männer rechter Hand. Neben dem Impresario warten zwei, drei wichtigere Herren mit wichtigen Aufgaben und wohlklingenden Namen. Chef de Bar, Chief Concierege, Maitre d'Hotel und dahinter all die anderen Unwichtigen. Der klägliche Rest. Die Frauen werden von einer kargen, dürren Alten in einem schmucklosen, zweiteiligen Ensemble angeführt. Frau Directrice. Es folgen Pâtissière, Beschließerin, Muschi, Muschi und die übrigen Fotzen. Am Rande der Eingangshalle haben sich Hotelgäste eingefunden, die den von allen geliebten und bis zur Selbstaufgabe bewunderten Fernsehstar aufgeregt beobachten.

*Welch ein Glück!*

*Hast du ihn gesehen?*

*Hast du ihn gesehen?*

Einige Schaulustige lassen Fotoapparate aufblitzen. Als würden sie die benötigen, als könnten sie ihn jemals vergessen. Seine Bild ist in ihre Gehirne eingebrannt.

Christian Miller ist unvergesslich.

Sicheren Schrittes verlässt er die Menschenallee, kehrt der überbeleuchteten Empfangshalle und damit der Welt den Rücken und steuert den Aufzug an. Eifrig darauf bedacht, ihn nicht aus den Augen zu lassen, ihm aber auch nicht zu nahe zu kommen, folgt ihm der Kofferträger, seinen 1896 Luis Vuitton Monogram canvas Case mit der ihm und dem Koffer, angemessenen Hochachtung und vor allem Achtsamkeit schleppend. Ebenfalls im stumm ehrfürchtigen Gefolge des Stars der Herr Concierge, mit all den zusätzlichen Informationen und Nebensächlichkeiten. Dem Schlüssel.

Der geräumige, mit rotem Samt ausgekleidete und großflächig mit Spiegeln umrahmte Aufzug bietet genug Platz für den Koffer und die drei Menschen.

Man muss sich nicht zu nahe kommen.

»Penthouse«, befiehlt der Concierge. Beflissen drückt der Kofferträger die entsprechende Taste auf der Klaviatur der Stockwerke und der Fahrstuhl setzt sich sanft schnurrend in Bewegung.

Ein Penthouse ist nicht mehr und nicht weniger, als es ist. Es ist das beste Zimmer eines Hotels und in dieser Form einzigartig. Es macht aus seinem vorrübergehenden Gast den einen Besonderen, den Außergewöhnlichen. Aber für ihn ist es so gewöhnlich wie alltäglich. Es ist der Standard, der sein Standard ist, seit er Christian Miller ist.

Und nur noch selten Chris.

Früher haben sie alle keine weitere Silbe für ihn übrig gehabt, wenn sie ihn schon beim Namen nennen, wenn sie ihn schon bemerken mussten. Heute würden sie ihm das gesamte Alphabet mit allen Phonemen und Morphemen zu Füßen legen. Würden sich gar die Eingeweide rausreißen und sie ihm zu Füßen legen. Ihre Herzen rausreißen. Er könnte jeden einzelnen seiner Schritte auf einem Teppich aus pulsierenden Gedärmen und blutenden Herzen schreiten. Und in gewisser Weise tut er das auch. Er selbst ist der Einzige, der sich noch Chris nennt.

Manchmal, im Stillen. Klamm und heimlich.

»Ist alles zu Ihrer Zufriedenheit? Benötigen Sie etwas? Darf ich Ihnen etwas bringen lassen, es Ihnen selbst bringen, Mister Miller?«

Professionell distanziert, steif und alt von jeher, wendet sich der Concierge, nachdem er den Schlüssel und die Unterlagen gewissenhaft auf dem prunkvollen Schreibtisch abgelegt hat, an ihn. Bereit, uneingeschränkt seinen Dienst zu tun. Suchend blickt Chris sich um. Nicht, weil er tatsächlich etwas suchen würde, sondern weil das Umblicken jene Reaktion ist, die normalerweise auf solch eine Frage zu folgen hat. Und Christian bevorzugt es, normal zu wirken.

Aber er weiß, was er benötigt.

Er weiß es immer.

»Schicken Sie mir ein Zimmermädchen.«

Schlicht steht es da, das bescheidene Wesen.

Schlichtes, schwarzes, hochgeschlossenes Kleid. Schlichte, weiße, sorgfältig geschnürte Schürze. Ein schlichtes Gesicht. Nicht schön, nicht hässlich. Ein Gesicht eben. Schönheit ist Tand. Für ihn ist die Welt hässlich, und verglichen mit ihm ist sie es für alle. Aber ob des wenig ansprechenden Konterfeis gibt es ohnehin nur eines, was ihn an dem farblosen Zimmermädchen interessiert.

Eine feuchte, haarige, fleischige Fotze kann an jeder sein.

Der Mensch ist uninteressant.

Der Mensch zählt nicht.

Gebieterisch thront er auf dem Ohrensessel mitten im Raum. Breitbeinig, unter seiner sich straffenden Anzughose sein mächtiges Geschlecht präsentierend. Er betrachtet sie eingehend. Obgleich sie nicht beachtenswert ist. Er betrachtet um des Betrachtens Willen. Um sie zu brechen, um sie zu besitzen, um sie zu beschmutzen, noch bevor er sie überhaupt bricht, besitzt, beschmutzt. Oft ist ein Berühren nicht vonnöten, oft ist es nur der letzte Stoß. Und diesen setzt er zum Schaden der anderen, um zu vernichten. Ausnahmslos. Und es ist diese Vernichtung, die schlussendlich auch ihn befriedigt.

Unsicher steht sie da, den Blick abgewandt, wagt es nicht, sich zu bewegen. Sie versucht, das berauschte Lächeln hirnverlorener Glückseligkeit unter der antrainierten Fassade der Höflichkeit zu verbergen. Was ihr ob ihrer wahnwitzigen Furcht, ihrer obszönen Ehrfurcht nicht gelingt. Sie bröckelt. Die Fassungslosigkeit darüber, dass sie in einem Raum mit *ihm* sein darf, bricht freudeverstrahlend durch alle Risse ihres nur oberflächlich, nur zum Schein verputzten Selbst. Die tradierte Fassade versagt. Bricht orgastisch in sich zusammen.

Und wieder, ein leichtes Spiel.

Und wenn schon, gespielt muss werden.

Wozu wären die Menschen sonst schon gut, wenn nicht, um bespielt, wenn nicht, um missbraucht zu werden.

»Zieh dich aus«, sagt er.

Er sagt, zieh dich aus, als würde er sagen: Hol mir ein Glas Wasser, schüttle die Decken auf, wisch den Staub. Er hat schon ganz andere Sachen gesagt, als würde er nach einem Glas Wasser verlangen. Und nie hat sich jemand geweigert. Nie sich jemand verweigert. Weder den Körper noch den Geist. Und viele hat er gebrochen. Die wenig Besonderen unter ihnen sogar mehrmals. Aber dafür braucht er Zeit, denn es ist ein aufwendiges Spiel. Jetzt ist ihm nach einer schnellen Zerstreuung, einer eindeutigen Angelegenheit. Zu mehr ist diese schlichte Fotze auch nicht zu gebrauchen. Und es bedeutet ihm nicht mehr als ein Glas voll Wasser.

»Zieh dich aus.«

Sie zuckt zusammen, weiß nicht, ob Angst oder Euphorie Überhand gewinnen soll. Das ist immer so. Zu nah beieinander ruhen Ekstase und Traumata. Erklärend, wie einem einfältigen, einem zurückgebliebenen Kind, wiederholt er sein so einfaches Anliegen abermals. Jede der drei Silben betonend:

»Zieh dich aus.«

Kein wirkliches Wort ist es, das da über ihre Lippen kommt. Es ist der stumme Gehorsam, das schweigende Akzeptieren, das sie aushaucht wie ein Segment ihrer unsterblichen Seele. *Auslebt.* Ein zartes und vergängliches Seufzen. Widerstand ist nicht einmal zwecklos, er ist kategorisch ausgeschlossen. Während sie aus ihren festen Schuhen schlüpft, die blickdichten Strümpfe löst, die gestärkte Schürze ablegt, Teil für Teil ihren Körper freigibt, atmet sie schwer und erstickend.

Nackt.

»Leg dich auf den Schreibtisch.«

Mit leerem Blick, jeder ihrer willenlosen Schritte ist unnachgiebig von ihm gelenkt, geht sie zum Schreibtisch, räumt die wenigen sich darauf befindenden Gegenstände und Schriftstücke sorgsam zur Seite und legt sich mit dem nackten Rücken auf die kalte Tischplatte, das Becken bis vor an die Kante schiebend. Die zitternden Beine hat sie angewinkelt, die Knie fest gegeneinander gedrückt. Ihre Hände presst sie, ihre Scham verbergend, in ihren Schoß. Eine einzelne Träne läuft über ihre rechte Wange. Sie weiß nicht, wie ihr geschieht, darum lässt sie es geschehen. Was auch immer geschehen mag.

Er geschehen lässt.

Der Ohrensessel knarrt, als er sich erhebt und langsam auf sie zugeht. Schritt für Schritt. Und bei jedem seiner Schritte schwillt sein Geschlecht, bis es sich fest, stark und mächtig erhebt. Ihm fordernd die Richtung weist, auf die nackte und wehrlose Frau zu.

Bestimmt, aber keinesfalls grob löst er ihre Hände aus dem Schoß, drückt sie links und rechts zur Seite, wo sie wie festgenagelt auf der Tischplatte liegen bleiben. Forschend fährt er mit beiden Händen zwischen ihre Schenkel, zwingt sie mit seinen Handflächen auseinander, spreizt die

Schamlippen, bis die Schleimhaut am oberen Ende einreißt und das Mädchen aufwimmert. Ohne Gegenwehr liegt sie da, wie eine obszöne Persiflage der Kreuzigung des Herren. Wartend, entblößt, bis zum Anschlag geöffnet. Dicht gelocktes, schwarzes Schamhaar sprießt zwischen ihren Schenkeln. Schutzlos aufgeblättert offenbart sich mitten hineingebettet ihre rosig glänzende Spalte. Eine pulsierende, zuckende Fotze. Seinen verzehrenden Blicken preisgegeben. Ein unberührtes Fotzenloch, ihm zum Zerbersten entgegengereckt. Er spuckt in seine rechte Hand und schiebt erst einen Finger, dann drei Finger tief in sie. Penetriert, sucht, dringt immer tiefer in sie ein, leiert sie aus, bis beinahe seine ganze Hand in ihr Platz findet. Nach zwei Minuten zieht er seine Hand zurück. Sie stöhnt auf, verloren, verletzt. Mit roher Gewalt stößt er drei klitschnasse Finger tief in ihren fest geschlossenen After. Gierig wühlend, beharrlich das enge Arschloch dehnend, tastet er die muskulösen, kontrahierenden Schleimhäute entlang.

Nichts.

Seine Erektion schwindet.

Keines ihrer Löcher.

Er reinigt seine mit Blut und Kot verschmierte Hand mit einem Stofftaschentuch, in dessen Ecke eine treu Ergebene liebevoll seine Initialen gestickt hat.

CM

Widerwärtig.

Nicht mehr zu gebrauchen.

Genervt lässt er das besudelte Taschentuch fallen und die abgegriffene Frau liegen.

»Du langweilst mich. Deine Fotze langweilt mich. Pack sie weg.«

Keinen weiteren Gedanken an den unfickbaren Körper in seinem Zimmer verschwendend, schlendert er betont lässig und plakativ gelangweilt durch die Hotelhalle. Ein Tuscheln, ein sich Drehen und Verrenken, ein permanentes und immerwährendes Nachsehen und Staunen folgt seinen Schritten. Er beachtet es eigentlich gar nicht, aber er weiß, dass es so ist, weil es immer und überall so ist.

*Immer und überall.*

Und man kann etwas, das man weiß, nicht ignorieren. Dazu müsste man es erst vergessen. Oder leichter verdrängen. Wobei das zwanghafte

Verdrängen dem intuitiven Vergessen in letzter, dauerhafter Konsequenz weit unterlegen ist und diesem köstlichen, diesem endgültigen Vergessen somit eindeutig der Vorzug zu geben ist.

*Verdrängt ist versteckt.*

*Vergessen ist verloren.*

Sein prüfender Blick streift im Vorrübergehen sein eigenes Bild im Spiegel. Ihn erfreut, was er sieht. Perfekte Kleidung an einem perfekten Körper. Selbstzufrieden streicht er über sein Jackett. An der eben noch strahlend weißen Kante seines rechten Hemdsärmels klebt deutlich sichtbar rostbraunes Blut. Doch seine ebenmäßigen Hände, in Unschuld gewaschen, sind rein. Auf subtile Weise befriedigt ihn der Anblick. Der des Blutes ebenso wie der seiner reinen Hände. Umsichtig zieht er den Ärmel seines locker sitzenden Jacketts über das gestockte Blut. Seinen Whiskey wird er heute wohl mit links heben, das Blut muss keiner zu sehen bekommen. Es gehört ihm allein. Wenn sie es schon nicht wert gewesen ist, ihm zu gehören, dann wenigstens ihr Blut. Harmonische, zärtliche Klavierklänge lenken seine letzten Schritte, vertreiben die unbefriedigende Erinnerung. Sanft schmeichelt der zurückhaltende Wohlklang seiner Befindlichkeit. Eindeutig der richtige Ort, um zu verweilen.

Ein wenig.

Ein wenig länger.

An der Schwelle zur Hotelbar bremst ein unverhoffter Anblick seinen zielgerichteten Schritt. Er hält erfreut inne, das sich ihm so verlockend darbietende Bild auf seine Wahrhaftigkeit überprüfend.

Sieh *das* einer an.

Das Hotel hat doch etwas für ihn im von hehren Zeiten verstaubten Petto, hat eine ganz besondere Überraschung parat. Ihm gefällt, was er sieht, und das Gesehene schmeichelt nicht nur seinem Auge. Sein Geschlecht schwillt an, gedeiht angenehm hart. Er pocht im Rhythmus seines Herzschlages, sein Schwanz, so stark wird binnen eines stimulierenden Augenblicks seine Erektion. An dem sich ihm darbietenden Rücken kann er bereits erkennen, dass dieses Loch mehr als nur einfach fickbar ist. Er kann erkennen, dass dieses Loch mehrfach fickbar ist, dass sie es alle drei sind, und dass er sie alle drei ficken wird. Die ganze Nacht, pausenlos, so wie er es am liebsten hat. Und sie wird schreien, vor Begeisterung, vor Ekstase, vor Schmerz.

*Um Hilfe.*

Und es wird niemand kommen. Außer ihm. Immer und immer wieder. Heiß und bitter.

Sie trägt ein der Zeit und Mode keineswegs angemessenes, tiefrotes Kleid. Keinen weit schwingenden, an der Taille festgezurrten, über und über mit fröhlich schreienden Blumen bedruckten Tellerrock. Nein, ein schlichtes, ein sündig rotes Kleid ist es. Ende 20er Jahre würde er meinen, sowohl das Aufsehen erregende Kleid als auch das ebensolche Wesen. Der Rückenausschnitt ist tief, eigentlich zu tief, eine falsche Bewegung, und der Ausschnitt würde das verheißungsvolle Delta ihrer Arschritze völlig unverhüllt jedem Blick preisgeben. Ihr blondes, zart glänzendes Haar trägt sie locker, seitlich am Kopf festgesteckt. Einzelne Strähnen lösen sich, doch keine von ihnen unkontrolliert, damit auch nicht das kleinste bisschen ihres unbefleckten Rückens verborgen wird. Aufreizend präsentiert sie ihren zierlich gewachsenen Nacken. Dennoch wirkt sie nicht billig oder ordinär. Frivol, ja. So begehrenswert, dass sein zu voller Pracht geschwollenes Geschlecht mittlerweile zu explodieren droht, aber nicht ordinär. Ihr kleiner, fester Hintern reckt sich begehrlich über den Barhocker hinaus, drückt ihr Intimstes auf das glatte, kühle Leder. Wenn sie aufsteht, wird ihre Fotze einen feuchten Fleck auf dem Hocker hinterlassen. Er weiß es. Er kann das Vaginalsekret riechen wie bei einer läufigen Hündin. Sie ist heiß, überfeucht, salzig süß und wohlig warm. Sie ist bereit, und angesichts der anderen Gäste in diesem Hotel ist es wohl eindeutig, auf wen sie wartet, für wen sie in diesem Aufzug in diese Bar gekommen ist. Für wen sie ihre feuchte, duftende Spalte öffnen wird.

Langsam geht er näher, genießt bei jedem Schritt den dunkelblauen Flor unter seinen Füßen. Als würde er auf Wolken schreiten. Direkt hinter ihr bleibt er stehen, atmet ihren Duft ein. Sie trägt kein Parfum, nichts Künstliches überdeckt die betörende Süße ihres Körpers. Sie wird schmecken wie Erdbeeren mit Sahne, und er wird sie leertrinken, bis auf den letzten Tropfen. Sie ausschlürfen, noch den winzigsten, köstlichen Rest aus ihr aussaugen, bis sie trocken ist wie eine abgehangene Rose. Und er wird in sie eindringen, wie noch niemals zuvor jemand in diesen Körper eingedrungen ist. Er wird sein Becken in das ihre graben, wird mit seinem harten, festen Schwanz ihre tiefe, nasse Fotze umrühren, langsam, in einem Rhythmus, der sie orgastisch nach mehr, nach festen Stößen fordern lassen wird.

Noch bevor er seine Stimme erhebt, lässt er einen heißen Atemzug lustschwer in ihren ungeschützten Nacken fallen. Er kann sehen, wie ein begehrlicher Schauer ihren Rücken entlang, direkt in ihr Höschen rinnt. Falls sie überhaupt eines trägt. Sachte legt er die raue Fläche seiner linken Hand an ihr Becken.

»Ich glaube, wir sind verabredet.«

»Du kommst spät«, antwortet sie mit einem Lächeln, das er zwar nicht sehen, aber deutlich hören kann. Samtig schmeichelt ihre Stimme. Nicht ganz sauber, rauchig und unanständig. Verheißungsvoll.

»Eine Lappalie hat mich aufgehalten. Aber jetzt gehöre ich nur noch dir.«

»Ich weiß.«

*klink, klink, klink ...klink*

Das unbeirrt hysterische Geklimper des Pianos stört die erotische Harmonie.

*KLINK*

Der Pianist sollte unbedingt eine bedeutend höhere Anzahl an Übungsstunden absolvieren, denn entweder ist er sturzbetrunken oder empfindlich unbegabt. Immer mehr atonale Disharmonien mischen sich in die eigentlich schmeichelnde, akustische Baruntermalung.

*KLINK KLINK KLINK*

Hier wird man wahrhaftig hinausgespielt. Mehr als an der Zeit, diesen eben erst betretenen Ort in würdiger Begleitung schnellstmöglich wieder zu verlassen.

Zeit zu handeln.

»Ich kann dir Besseres bieten als *das*. Ich bewohne das Penthouse. Ich kann dir alles bieten.«

Bewegung kommt in den Körper der Frau. Aufbruchsstimmung.

»Ich zahle später Lloyd,«, sagt sie zum ihr wohl bekannten Barmann, der hinter der Bar steht und fragile Cocktailgläser mit einem kleinen, samtenen Tuch blankpoliert. »Jetzt werden Träume erfüllt.«

Das wird er, er wird all ihre Träum erfüllen. Ihre besten und ihre schlimmsten, er wird keinen davon auslassen. Der Barmann nickt. Ohne zu lächeln.

Nickt und poliert. So wie Chris gleich die Fotze der Fremden polieren wird.

Ihr zierliches Becken wollüstig in seine Hand schmeichelnd, dreht sie sich zu Chris um.

Blickt ihm ins Gesicht.

Und er blickt in das ihre.

In ihr Gesicht.

*Das ... Gesicht!*

Ein markerschütternder Schrei, der sich nicht befreien kann, steckt tief in seiner Kehle. Er kann ...

*... nicht mehr atmen.*

Nur wimmern und würgen. Würgen an einem sterbenden, an einem stummen Schrei.

Das Gesicht!

Die linke Hälfte ihres Gesichts ist ...

*... eigentlich ist sie einfach nicht da.*

In blutigen Fetzen hängen ihre Lippen herab. Das Auge ist milchig. Zerquetscht. Keine Iris, keine Pupille mehr ersichtlich. Eitrig gelber Augenglibber rinnt über die entstellte Gesichtsruine, mischt sich mit dem Blut, das im Rhythmus des Herzschlages aus einer tiefen, weit aufklaffenden Stirnwunde quillt. Darunter liegt der blanke, weiße Knochen frei, schimmert zwischen dem wie ein bauchiges Geschwür aufplatzenden Gewebe hindurch. Schwarzes Fleisch liegt bloß. Verätzt, verbrannt. Das Jochbein ist zertrümmert. Wie Nägel ragen Knochensplitter aus dem Wangenbogen. Die Nase ist abgerissen. Ein tiefes schwarzes Loch klafft auf, aus dem sich noch mehr gestocktes, dunkles Blut in klumpigen Brocken ergießt.

»Gefällt dir, was du siehst?«, feixt das Ding. Blut blubbert in dessen Kehle, gutturale Laute mischen sich mit verzerrten Worten. Nach jedem Wort reckt es die raue, echsenartige Zunge aus der zerschlagenen Mundhöhle, schabt über die zerfetzten Lippen. Würgt blutige Brocken hervor, um nicht am eigenen Körpermaterial zu verenden. Mit weit ausgestreckten Armen taumelt es begierig gurrend auf ihn zu, klammert sich stöhnend an ihn. Da endlich löst sich sein erstickender Schrei.

Gellend, berstend.

Nackte Panik, unverhohlener Wahn.

Eine bestialische Lebensgeschichte in einem einzigen, einem aufrichtigen Schrei erzählt. Von der Kraft des Schreis aufgeweckt, stößt er das bluttriefende, geifernde Ungeheuer hinfort. Er taumelt wie ein verletztes Tier vom Unding weg, stolpert über seine rückwärts fliehenden Beine. Verstummt, fällt.

Ins scheinbar Bodenlose.

Fällt und fällt.

*Stille.*

Leise in sich hinein weinend liegt er da, in eine Ecke gedrängt. Ein Schatten seiner selbst. Entsorgt, nutzlos. Den Kopf auf die Brust gesenkt, rinnen Tränen über seine Wangen.

Lautlos.

Und in die lautlose Stille hinein kann er *es* atmen hören.

»Gefällt dir, was du siehst? Es ist alles deins. Es gehört dir. Für immer.«

Die Stimme schleift, röchelt, artikuliert verzogen. Aber es ist plötzlich eine Stimme, kein unförmiges Würgen mehr. Doch mehr Mensch als Monster.

»Schau mich an. Schau an dein Wesen. Schau an, was du erschaffen hast.«

Die Zähne manisch aufeinander gepresst, damit sie nicht planlos gegeneinander schlagen und seine Zunge zermalmen, riskiert er einen angstentstellten Blick. Weil er einfach nicht weiter wegsehen kann.

Er muss sehen.

Der Zwang ist zu stark.

Was da über ihm steht ist tatsächlich nicht mehr das Ding, das es eben noch gewesen ist. Aber es ist auch noch nicht wieder ein Mensch. Die Wunden sind verheilt, die Krater geblieben. Wo einst Kochen das Gesicht aufgespannt haben, ist nun eine Leere, die von wild gewachsenem Fleisch durchwuchert wird. Das Auge ist verloren, die augenlose Höhle von einem dicken Narbenwulst durchzogen. Der Mund ist nicht mehr als eine bizarre kleine, fischmaulartige, nach Luft schnappende Öffnung in der rechten, ihr noch verbliebenen Gesichtshälfte. Hass blitzt in ihrem heilen Auge auf.

Hass und Vergeltung.

Um den von Brandnarben entstellten Hals trägt sie an einer zierlichen Kette ein in billiges Silber gefasstes Herz aus Glas.

»Damit straft uns Gott.«

Die Frau starrte ungläubig auf das fleischige, unförmige Bündel. Starrte auf das *Etwas*, das die Hebamme ihr zuvor wie beiläufig, wie einen Packen nasser Tücher, wie um es vor allem anderen einfach nur loszuwerden, in den Arm gelegt hatte. Achtlos, abgestoßen.

»Damit straft uns Gott.«

Marybeth und ihr Mann Karl hatten stolz ihrer beider Gesichter zur Schau getragen, von dem Tag an, als sie für einander bestimmt worden waren. Sie waren nicht nur schön. Sie waren beide *wunderschön*. Hoch gewachsen und schlank gebaut. Lupenreine Haut wie Alabaster. Dichtes, blondes Haupthaar. Leuchtende Augen, so blau wie schimmernde Hochgebirgsseen. Jeder einzelne von ihnen unnahbar formvollendet, zusammen umso mehr. Ein Paar, so ansehnlich, dass selbst die Sonne sich die wattigen Wolken verlegen vor das gleißend neidische Antlitz schob, um dann zwischen ihnen hervorzublinzeln und sich beschämt an der Schönheit der beiden zu ergötzen. Es war diese Form von reiner Schönheit, die sie adelte. Sie waren also wunderschön, und sie waren nicht bettelarm. Mag heißen, es gab dieses solide und im kleinen Rahmen beachtliche Vermögen, das einst ihre Eltern erwirtschaftet hatten und das sie jetzt eben nicht nur schön, sondern auch noch sicher machte. Die Menschen sowie die Schönheit absicherte.

Weiter waren sie einander mehr als nur nicht abgeneigt. Sie begeisterten sich für den anderen beinahe so sehr wie für sich selbst, was bei einem schönen, über die Maßen selbstbegeisterten Menschen ein wahres Unmaß darstellte. Und Karl war unversehrt aus dem großen Krieg nach Hause zurückgekehrt. Schön wie immer, auch immer noch stolz, noch immer unbeugsam. War er doch nie direkt an der Front gewesen, so unerlässlich waren seine Dienste dem Ministerium, das den Krieg steuerte, erschienen. Wie er selbst zu sagen pflegte.

Diese beiden Menschen, sie hatten das große Los gezogen.

Ihr kleines, perfektes Heim lag in einem kleinen, perfekten Ort nahe der Stadt. Karl ging in der Stadt einem langweiligen, aber konstant einträglichen Beruf nach. Er war Beamter, Gerichtsdiener. Stolz trug er seine saubere Uniform jedertags, so wie er sein Gesicht stolz zur Schau trug. Als dann Marybeth – von allen im Ort liebevoll Beth gerufen, denn wer würde einen solch edlen Menschen schon nicht lieben – schwanger geworden war, hatte man Karl zu jeder Zeit und überall, mit Vorliebe im Wirtshaus, nach dem dritten Glas Bier, prahlen hören. Er hatte geprahlt, ihr Sohn, und etwas anderes käme nicht infrage, werde so schön werden, er werde selbst den Allmächtigen an Pracht überstrahlen. Und all die anwesenden Bauern hatten gestaunt, und sie hatten begeistert genickt und andächtig, ob der Perfektion eines der ihren, nachgesprochen: Bei diesen schönen Menschen würde ihr Sohn schön sein wie der Allmächtige selbst. Und Karl hatte gelacht, seine strahlenden Zähne inmitten seines strahlenden Lächelns gezeigt, den Bauern zugeprostet und ausgetrunken.

Jetzt lag es da, still leidend in den Armen der Mutter. Der Sohn, das Etwas. Blutverschmiert das Gesicht.

Und grausam entstellt.

Der Kopf war an der linken Schläfe widersinnig eingedrückt. Das eine Auge weit aufgerissen und kurz nach der Geburt schon milchig starrend wie das eines Fisches. Das andere Auge nicht mehr als ein verquollener Schlitz, verzogen nach außen gezerrt. Die Nase war verkümmert, die Oberlippe über dem fetten Wulst des neugeborenen Zahnbettes breit gespalten. Dichtes, schwarzes Haar wucherte, vom Schleim der Geburt überzogen, quer über seinen deformierten Schädel, weit in die Stirn hinein, weit hinein in das …Gesicht.

Der Allmächtige hatte sich, wenn auch noch so prophezeit, nicht darauf eingelassen, ein ihn überstrahlendes Wesen zur Welt zu schicken. Er hatte die törichten Eltern bestraft und das verdammte Kind mit einem Gesicht gestraft, das Zeit seines Lebens mehr Antonym als Antlitz werden würde.

Er hatte einen ewig Aussätzigen erschaffen.

*Ein Monster.*

Und er freute sich auf das Schauspiel, das sich ihm da auf Erden bieten würde. Immerhin war er auch nur ein Gott.

Bald war es, dass dem Jungen selbst klar wurde, dass er nicht wie die anderen war. Aber es störte ihn nicht, war er halt *nicht* wie die anderen. Er war da, und er war er selbst. Die anderen Kinder im Dorf spielten nicht gerne mit ihm. Eigentlich taten sie es nie, und das, wo er im Gegensatz zu ihnen doch einiges hatte, womit es sich wohl zu spielen gelohnt hätte. Aber selbst eine hölzerne, bunt lackierte Eisenbahn schien nicht alles wert zu sein. Zumindest nicht die Gegenwart des Krüppels.

Des Monsters.

Und so blieb er für sich, hatte all seine kostbaren Spielsachen nur für sich. Manchmal kamen die Kinder. Kamen in kleinen Gruppen, oft auch in gierigen Horden, meist von den älteren Kindern oder gar den Erwachsenen angestachelt, blieben am Zaun stehen, lugten durch die Löcher in der Hecke, lachten und schrien auf. Die meisten vor Entsetzen, viele aber wohl auch vor Erleichterung, dass ihnen dieses Schicksal erspart geblieben war. Dann kam seine Mutter gerannt, schalt die Kinder über die Hecke hinweg im lauten Ton, deutete einige Male sogar drohend mit dem Besen und nahm Chris danach schützend in den Arm. Sein grausam entstelltes Gesicht wohl sanft, aber auch vor aller Augen verbergend an ihren Busen drückend, sein festes, krauses Haar streichelnd, sprach sie mit zitternder Stimme zu ihrem entstellten Sohn.

»Mein armer Schatz. Sie sind deiner nicht würdig. Sie stehen weit unter dir. Mein armer Chris. Mein armer Chris. Mein armer, einsamer, ungeliebter Schatz.«

Dann ließ sie ihn wieder inmitten all seiner unnötigen und kostspieligen Sachen, die ihm das Leben leichter machen und die Kindheit wenn schon nicht retten, dann möglichst schmerzlos gestalten sollten, zurück.

Und er war ein gezeichneter, aber ein gütiger Mensch, der kleine Chris. Er liebte seine Eisenbahn und die dazugehörigen Wagen ebenso wie seine hölzernen Pferde oder die gelb lackierten, in der Sonne strahlenden Blechküken. Diese erschienen ihm außerordentlich wertvoll, immerhin waren es ganze neun! Dennoch liebte er die drei Pferde, die eine Lokomotive und die vier Wagen mit ebensolcher Hingabe. Seine Zuneigung war gerecht verteilt auf jedes einzelne seiner Spielzeuge. Und sein Herz war groß genug, um fest daran zu glauben, dass all die Kinder, nach deren Liebe er sich über den von dicken Thujen durchwachsenen Zaun hinweg sehnte, ihn einst auch lieben würden. Er war vier Jahre alt, und er liebte gleichsam das Vorhandene und das nie Werdende. An manchem stillen Tag sogar das Selbst.

*Dann kam das Geschenk.*

Für einen köstlichen Spaß hielt es der Vater, für reichlich grausam verurteilte es die Mutter. Dennoch setzte sich der Vater, der Zeit gemäß, über das wohlwollende und berechtigte Urteil der Mutter hinweg und reichte dem kleinen Knaben noch am selben Abend das ebenso taktlose wie ignorante *Geschenk*. Nichtsahnend, mit dem törichten Unwissen des noch unterentwickelten Geistes geschlagen, strahlte der Knabe das Geschenk an.

*Es war perfekt.*

*Das Geschenk änderte seine Liebe.*

*Das Geschenk änderte alles.*

Fortan liebte er nur noch *das Geschenk*. Er und *das Geschenk* waren unzertrennlich. Für eine sehr lange Zeit in diesem noch sehr jungen Leben.

Bei der Hochzeit seiner Cousine Betty – und ja, auf Erden mag es wohl keinen Namen geben, der einer Cousine angemessener wäre, aber bei Gott, sie hieß verdammt sei eins noch mal so – standen er und *das Geschenk* auf dem sorgsam arrangierten Gruppenfoto in der letzten Reihe. Gruppenfoto, in körnigem Schwarzweiß.

Mit Monster.

Man hatte, besser seine Mutter hatte, lange versucht, ihm *das Geschenk* abzunehmen, doch man war gescheitert. Sogar der Vater. Der drohte erst, dann schlug er zu. Ohne Erfolg. Das hysterische, schmerzverzerrte Geplärr war weithin hörbar. *Das Geschenk* blieb, wo es war. Der Hass blieb verborgen. Der Vater gab auf.

Nicht auf dem Foto zu sein, kam nicht infrage, immerhin hatte Karl als Brautführer, sein ältester Bruder war im großen Krieg gefallen, die Hochzeit bezahlt. Familie Miller ließ es sich somit nicht nehmen, auch ihren abscheulichen Sohn, wenn nötig sogar mit seinem nicht weniger abscheulichen *Geschenk*, auf dem Foto zu wissen. Um ihn des Späteren daheim beim Betrachten zu sehen, auch wenn man nichts lieber machen wollte, als einfach den Blick abwenden. Insbesondere seine Eltern und hierbei vor allem sein Vater. Doch ein Fehlen war undenkbar.

Also stand der kleine Gnom, gerade mal 95 Zentimeter groß, in der letzten Reihe. Zwischen hoch aufragenden Männern in kastenartigen, grauen Anzügen – wie sie Arbeiter ausnahmslos am Feiertage oder zur Beerdigung, letztendlich zur eigenen, trugen – eingezwängt stand er da. Fast verborgen. Und dennoch war Chris das Erste, worauf jeder, der auf dieses so mühevoll entstandene Foto auch nur einen flüchtigen Blick erhaschte, schaute. Er war das, woran jeder Blick hängenblieb. Unübersehbar. Obwohl es eigentlich weniger Chris war als vielmehr *das Geschenk*.

Auch die einzige Kinderfeier im Ort, zu der Chris jemals eingeladen worden war, gedieh zu einem heillosen Desaster. An der Schwelle zur guten Stube zerrte die ungeduldige Mutter mit beiden Händen an *dem Geschenk*, es half bei Gott nichts, es war ihm nicht zu entreißen. Es war wie festgewachsen. Stattdessen riss ihr verzweifeltes Zerren sie beide von den Füßen. Chris und seine in ihre besten Sonntagskleider gehüllte Mutter stolperten, ineinander verkeilt, das Unding bis zur völligen Selbstaufgabe umklammernd und fauchend wie die räudigen Katzen, in das festlich geschmückte Zimmer. Sie strauchelten, fielen zu Boden, und Teile des Gabentisches fielen mit ihnen, begruben das Scheusal und dessen Mutter unter sich.

Plätzchen, Päckchen, Kerzen.

Die anwesenden Kinder stoben schreiend auseinander und so weit davon, wie sie ihre kurzen Beine in panischer Eile trugen. Nur nach mehrfacher und für diese Zeit wohl ungewöhnlich liebevoller Zurede war das Geburtstagskind an diesem Festtage dazu zu bewegen, überhaupt noch zu feiern. Der aufrichtige Schreck saß zu tief in den kleinkindlichen Knochen. Das Kind hatte Chris und *das Geschenk* gesehen.

Die Jahre gingen ins Land, das Geschenk, das blieb.

Fräulein Schneider war dieses Schuljahr das fünfte Jahr Klassenlehrerin an der ortsansässigen Volksschule. Nicht genug, um es *bereits* zu nennen, aber ausreichend, um nicht *erst* zu sagen. Ihr Beruf und ihr damit einhergehendes Ansehen innerhalb der Ortsgemeinschaft erfüllten sie, wie sie sich selbst sowohl in schwachen als auch starken Momenten immer wieder vorsagte, vollkommen zu Recht mit Stolz. Nicht mit dieser selbstgerechten Form des Stolzes, nein, es war diese angebrachte Zufriedenheit, einen wesentlichen Teil zum Funktionieren der Gemeinschaft beizutragen. Dieses Wissen, einen jungen Menschen kennenzulernen, ihn zu unterrichten und zu prägen. Ihn zu einem Menschen zu erziehen, der, ebenso wie sie selbst, einst auch seinen Platz in der Gesellschaft finden und ihn zum Wohle aller ausfüllen würde. Und sie genoss das Ansehen, das man ihr in jedem anderen Berufsstand, der nicht der des Bürgermeisters oder Arztes gewesen wäre, wohl verwehrt hätte. Immerhin war sie eine Frau und eine Zugereiste. Nun schon das fünfte Jahr in diesem Ort, hoffte sie insgeheim, bald endgültig so ansässig zu werden wie die Schule, in der sie unterrichtete.

Sie war in ihrer durchwegs beabsichtigten Schlichtheit eine hübsche Person. Adrett gepflegt, nicht aufmüpfig gebildet, wenn angebracht ergeben. Sie zählte dreiundzwanzig Jahre, und es war an der Zeit sie ehrbar zu machen, fand sie selbst. Und dieser Befund gefiel ihr, hatte sie doch schon ein bedachtes Auge auf einen bestimmten Mann geworfen, der sie nach allen Regeln der Kunst ehrbar machen sollte. Nicht die Sorte Mann, die Wallungen hervorrufen würde. Eher jene Sorte, die unauffällig und solide durch das Leben und die Liebe ging. Genau der Richtige, um ihr unaufgeregtes Leben zu komplimentieren. Sie war mehr als bereit, Wurzeln zu schlagen, und sie wollte es hier tun. Aufrichtig.

Vier Jahrgänge umfasste die Schule und war somit eine der größten der gesamten Umgebung. Jeder Jahrgang wurde als eigene Klasse geführt, was nicht selbstverständlich war. Vielerorts wurden zwei Jahrgänge zu einer Klasse zusammengefasst, nicht zu selten gleich alle vier. Bildung war allgemein zugänglich und verpflichtend. Aber nicht von dem Stellenwert, den die Bildung ihrer bescheidenen, ihrer gebildeten Meinung nach haben hätte sollen. Dennoch hatte sie eine der wenigen Schulen gefunden, die nicht nur einen guten Ruf hatte, sondern noch darüber hinaus diesem Ruf auch gerecht wurde.

Eine Großindustriellenfamilie verfügte über beträchtliche Besitztümer in diesem kleinen Ort und über eine nicht minder beträchtliche, große Fabrik in der nahen Stadt. Das Oberhaupt dieser Familie war ein Bildungsfreund. Und er war der Schutzpatron, der Mäzen und Mentor der Schule, die sich auf diese Weise tadelloses Mobiliar ebenso wie vier ausgezeichnete Lehrerinnen aus der nahen Stadt leisten konnte. Fünf Lehrer insgesamt. Den Hochwürden, der zu jeder Klasse zweimal die Woche kam, um sie der Bibel zu unterweisen, hätte ihre lose, gedankliche Aufzählung beinahe unterschlagen.

Dieses Schuljahr bekam sie also wieder eine neue Klasse, nachdem sie ihre bisherige Klasse erfolgreich und respektvoll durch alle vier Jahre der Grundschule geführt hatte. Eine neue Klasse mit zwölf neuen Gesichtern. Zwölf kleinen, aufgeregt strahlenden Gesichtern und vierundzwanzig munteren, wissbegierigen Augen. Sie würde sicher viele der Kinder bereits kennen, vom Krämer, aus dem Postamt, aus der Kirche am Sonntagmorgen. Samstagabend ging sie nie in die Kirche. Da las sie immer ein gutes Buch, trank ein billiges Glas Wein, rauchte heimlich zwei Zigaretten.

Jeden Samstag.

Besonders freute sie sich aber darauf, den Klassenraum zu betreten. Einen für sie noch leeren Klassenraum. Noch ohne Erinnerung an ein vergangenes Schuljahr oder ebensolche Zensuren. Frei vom Nachklang der Bestrafungen, die immer hart aber, ihres Wissens so sinnvoll wie angebracht und gerecht gewesen waren. …aber immer hart. Und deshalb war ein solcher Raum, noch so unberührt unschuldig, für sie so etwas wie ein Geschenk. Ein leerer Raum, bereit, gefüllt zu werden. Mit Kinderlachen, Kinderstreben und Kinderwissen. An die Kindertränen dachte sie in diesem wunderbaren Moment bewusst nicht, als sie an diesem noch jungen Morgen die Tür durchschritt, um den Raum für die zwölf Neuankömmlinge gebührend vorzubereiten. Zuallererst würde sie, auch wenn die neuen Schüler natürlich noch nicht lesen konnten, ihren Namen in wunderschön ebenmäßigen Lettern an die schwarze Schiefertafel schreiben. Der Bezug zum Wort, zum blanken Buchstaben selbst, konnte nicht früh genug geweckt werden, und Schreiben sowie Lesen waren ohnehin die zentralen Disziplinen. Und noch bevor man den Sinn oder die Sinnhaftigkeit eines solchen Unterfangens …

*Der Raum war nicht leer.*

Jemand war hier.

*Etwas.*

Blankes Entsetzen fuhr durch ihre Glieder, die zu Salzsäule erstarrten. Wie festgeschraubt war sie in ihrer Angst. Festgefroren.

*Du bist nicht allein in diesem Raum.*

*Nicht allein.*

*Etwas.*

Da, zwischen den vier Pulten der letzten Reihe. In sich zusammengesunken.

Wartend, atmend, zischend.

*hhchii hhchii … hhchii hhchii … hhchii hhchii …*

Die schmalen Schultern nach vorne weggekippt, die blassen Beine in den kurzen Hosen leicht nach außen gedreht, die Arme schlapp neben dem Körper. Klapperdürr und kleingewachsen. In einer Hand ein Ranzen. Der Kopf kraftlos zur Seite geklappt.

*Der Kopf.*

*Gesicht.*

*Das Gesicht, es … es hat kein Gesicht.*

Nur einen Sack aus weißem Leinen.

Zwei Löcher dort, wo die Augen saßen.

Ein Loch direkt über der Nase.

*hhchii hhchii … hhchii hhchii …*

Atemloch.

Dicke, übertrieben hochgezogene Augenbrauen aus grünem Filz. Ein breit gesticktes, rotes Grinsen, quer über das …Gesicht. Das Grinsen mit dem Sack verzogen. Schief über den Kopf gezogen. Ein schiefes Grinsen.

Langsam fand sie den Weg aus ihrem persönlichen Albtraum zurück in die karge Wirklichkeit. Der Schock wich einem erstickten Lachen. Einem kurzen, jämmerlichen Glucksen, das sie ob der Lächerlichkeit des Lachens im selben Atemzug unterließ.

Ein Kind!

Ein zu klein gewachsenes Kind. Ein sich zu früh in der Klasse befindlicher Schüler, der ihr offensichtlich einen kleinen Lausbubenstreich spielen wollte. Ein lieb gemeinter Streich für die Frau Lehrerin!

Nur ein Schüler.

*Mit einem Sack über dem Kopf.*

Dennoch blieb die Situation zu befremdlich, als dass sie echte Erleichterung verspürt hätte. Einerseits quälte sie der Schreck, der ihr immer noch im Nacken saß. Andererseits war sie doch leicht erbost darüber, dass sich ein Schüler bereits am ersten Schultag, noch vor Unterrichtsbeginn, mit ihr eine so befremdliche Unhöflichkeit, fast schon eine Verfehlung erlaubte. Aber sie wollte noch einmal Gnade vor Recht ergehen lassen. Und wer weiß das schon, gar war der Schüler einfältig. Ein Tölpel. So wie der da in der letzten Reihe stand, war das durchaus denkbar. Ein Zurückgebliebener. Ein schlichter Trottel. Es waren immer die Dummen, die am meisten Aufmerksamkeit brauchten.

Mürrischer als erwartet, allerdings auch mit weit festerem Schritt, ging sie vehement den Kopf schüttelnd auf den Jungen in den kurzen Hosen zu.

»Das war kein lustiger Streich!«, schimpfte sie eindringlich. Angst schwang in ihrer Stimme bedauerlicherweise ebenso deutlich mit wie Wut. Angst und Wut. Kein guter Start in ein neues Schuljahr.

»Es ist nicht angebracht, seine Lehrerin zu erschrecken.«, sprach sie weiter. Ihre Stimme schien sich zu fangen, ihr Tonfall wurde so ruhig wie ihr sicherer Schritt. »Und es ist keineswegs lustig.«

Der Schüler in der letzten Reihe antwortete nicht. Immer noch stand er zusammengesunken und unbeweglich da. Stumm. Wahrscheinlich schämte er sich.

*Das Kind mit der Maske.*

*Dem Sack.*

*Dem Geschenk.*

»Du bist in der Schule, um etwas zu lernen. Und außerdem hast du hier vor Beginn des Unterrichts auch gar nichts zu suchen.« Und das am ersten Schultag, setzte sie die Schimpftirade gedanklich fort. Erhobenen Hauptes blieb sie in Reichweite vor dem debilen Deppen stehen.

»Du wirst lernen müssen, dich so zu verhalten, wie ich es von dir erwarte!«

Immer noch keine Antwort.

In ihr wuchs jetzt schon die Verachtung für diesen stupiden Trampel. Voll des Zorns packte sie ihn grob am schlaff herabhängenden Arm und schüttelte ihn, dass es das hagere Gestell bis zur Schmerzgrenze beutelte.

Immer noch nichts.

»Du wirst verdammt noch lernen, mit mir zu sprechen!« Ein unschönes Fluchen, das ihr anderorts wohl die Schamesröte aufs Gesicht zaubern hätte müssen, das ihre Stimme hässlich machte. Doch konnte selbst die Scham das Hässliche niemals verbergen.

»Und dieses ... dieses Ding ... dieses abscheuliche Ding wirst du hier drinnen nicht brauchen. Heute nicht und auch sonst nie.«

Mit einem Ruck riss sie ihm den weißen Leinensack vom Kopf.

Blickte unter *das Geschenk.*

Direkt in sein Gesicht.

In seine grässlich entstellte Fratze.

*Ein Monster.*

*hhchii hhchii ... hhchii hhchii ... hhchii hhchii ...*

Ein beißender Schrei, auf seinem Höhepunkt abgestorben.

*Erstickt.*

*hhchii hhchii … hhchii hhchii … hhchii hhchii …*

Dann ein abermaliges Anschwellen des Schreis. Wie ein Fliegeralarm.

Erst steigend dann fallend. Steigend und fallend.

Schreiend, plärrend und kreischend, alles zu einer Zeit, über die Stufen hinab und die eigenen Beine hinweg rannte Fräulein Schneider erst aus dem Klassenzimmer, dann aus dem Schulgebäude, schlussendlich aus dem Ort. Sie rannte um ihr Leben.

*Sie hatte den Teufel gesehen.*

Dessen war sie sich sicher. Und so ließ sie nicht nur ihre so hochgehaltene, säkularisierte Bildung in diesem kleinen Ort zurück, sondern auch ihre Träume, ihre erhoffte Zukunft, ihre begehrte Mittelmäßigkeit. Und wohl auch einen Teil ihres Verstandes.

Chris hingegen, der hob *das Geschenk* vom Klassenboden auf, zog es sich besonnen über seinen deformierten Schädel, setzte sich geduldig in die letzte Reihe, legte seinen Ranzen auf das Pult und wartete auf seine Klassenkollegen. Wartete auf den nächsten Lehrer. Und er war sich sicher, einer dieser Menschen, mit denen er von nun an nahezu jeden Tag verbringen würde, einer davon würde ihn mögen.

Weil er Chris war.

Und weil er sich nichts sehnlicher wünschte.

Tränennass schmiegte sich das raue Leinen an seine vor Scham brennenden Wangen.

Eine neue Lehrerin ließ auf sich warten, besser gesagt blieb unauffindbar und somit ganz aus. Die diabolische Anekdote hatte die Runde gemacht, und das nicht nur unter dem verfügbaren Lehrpersonal. Die blanke Lust an der surrealen Sensation. Es gab helle Aufregung. Endlose Diskussionen wurden geführt, harsche Worte gesprochen und schamlose Vorwürfe gemacht. Stimmen wurden laut, das unsägliche Monstrum solle doch daheim unterrichtet werden. Sofern es überhaupt unterrichtet werden musste. Immerhin ging jeder in der Gemeinde davon aus, dass ein so unvollständiger Mensch wohl auch innerliche, seelische wie organische, Defekte haben musste. Ob kurz oder lang würde der Unmensch ohnehin einem dieser Defekte erliegen. Eher kürzer als länger, das dachte wohl jeder im Dorf, so wäre wohl jedem im Dorf ein Lieberes getan. Auch den geschmähten Eltern.

Weltblind vor Angst und Demut wollte die Mutter den entstellten Sohn in das kleine Haus heimholen und im Keller verstecken. Vor den Augen der Welt.

*Vor ihren eigenen Augen.*

Doch der Vater blieb hart und starrköpfig. Das schöne Haupt mit niemals wankendem Stolze erhoben, trat er am mit Gusseisen verzierten Dorfbrunnen vor die Menge und forderte Gerechtigkeit, forderte Gleichheit. Für seine Familie. Für das Monster, das er pathetisch seinen geliebten Sohn Christian nannte. Kein Hauslehrer würde kommen. Auch die Mutter würde das Kind nicht ausbilden. Und schon gar nicht würde man den armen Tropf, dumm wie Gott ihn abscheulich geschaffen hatte, vor den Selbigen treten lassen. Christian würde zur Schule gehen wie all die anderen. Einer von vielen sein. Einer unter vielen. Der Vater selbst würde eine Lehrerin finden. Wenn tatsächlich vonnöten, würde er ein Stück Grund verkaufen und die Lehrerin aus eigener Tasche bezahlen. Da lenkte der Großindustrielle – der Bildungsfreund – ein, vom Stolz und der Unverwüstlichkeit des nie an der Front Gewesenen, des schönen Kriegsheimkehrers bekehrt und auch beschämt.

Eine weitere Woche später stand er da, der neue Lehrer. Ein Mann um die vierzig, dem der linke Arm nahezu zur Gänze fehlte. Ein Krüppel, der stolz eine Prothese verweigert.

Ein Versehrter des Krieges.

*Ein Monster mehr in der Klasse der Sechsjährigen.*

Mit zweieinhalb Wochen Verspätung starteten die Kinder voller Argwohn und Ablehnung in ihr erstes Schuljahr. Chris durfte seine Maske tragen. Man war übereingekommen, dass sie bei weitem nicht das Schrecklichste an ihm war. Und er trug die Maske, wie er den Spott der Kinder und die unter Gleichen nicht seltene Verachtung des Lehrers ertrug.

Und die Zeit ging ins Land wie die Gleichgültigkeit.

Es war früh im Jahr. Das alte war sicher verbracht, das neue gerade erst über die Schwelle geschritten und somit noch weitgehend vom Geschehen und Vergehen der Dinge verschont. Das Leben nahm seinen Lauf, und es riss Chris mit sich fort. Fast hatten sich die Schulkollegen, nach nun mehr als zwei Jahren gemeinsamer Schulpflicht, an ihn gewöhnt, selbst wenn er für sie und auch für sich selbst nie gewöhnlich sein würde. Seine Mutter hatte die immer wieder verschlissene Maske bereits mehrere Male durch eine neue, der alten wie *aus dem Gesicht geschnitten*, ersetzt.

Es war der Jänner des Jahres 1928.

An einem Mittwoch.

Es war der Tag, an dem sein Vater verstarb.

Als er von der Schule nach Hause kam, saß seine Mutter schweigend im Schaukelstuhl am Fenster der großen Stube. Sie war in eine dicke, graue, selbst gestrickte Weste gehüllt. Wortlos starrte sie ihn aus leeren Augen, die tief in ihren Höhlen saßen, an und wandte das Gesicht danach lethargisch wieder dem Fenster zu. Er ging ebenso schweigend, von dem ihrigen weder angetan noch irritiert, an ihr vorüber, nahm sich einen Teller des vorgekochten Essens vom noch warmen Herdofen, zog die Maske vom Schädel und aß. Stunden später, als das Feuer ausgegangen war und die Kälte wie ein meuchelndes Tier erbarmungslos über die Stube hereinbrach, sprach sie die wenigen Worte.

Die unaussprechlichen und unvergesslichen Worte.

»Dein Vater wird heute nicht nach Hause kommen. Heute nicht und auch nicht morgen. Niemals wieder. Er hat uns verlassen. Allein in unserem Elend zurückgelassen.«

»Wohin ist er gegangen?«

Lange Zeit stand die Frage des Kindes – dieser Qual, dieser elenden Pest – im Raum.

»Nirgendwo hin. Er ist tot. Leute wie wir gehen nirgendwo hin.«

Tonlos, von einem schier übermenschlichen Schmerz mitten ins Herz getroffen, sank Chris dort zu Boden, wo er gestanden hatte. Das Dasein hatte an Sinn verloren, er selbst war verloren. Ausgeliefert. Nichts konnte ihn mehr retten oder verstecken.

Es war an der Zeit, der Wahrheit ins Antlitz zu blicken. Der Welt das wahre Wesen, das eigene, unbegreifliche Selbst in das schäbig grinsende Maul zu rammen.

*Es war an der Zeit, die Maske abzunehmen.*

Es hatte sich bereits herumgesprochen. So, wie sich jeder nur unbedachte Atemzug innerhalb des selbigen herumspricht. Man war wohlbehütet in der Gemeinschaft, und man war ihr ausgeliefert. Stand unter Beobachtung.

Sie wussten es.

Und dennoch war es nicht der Tod des Vaters, der die Jungen und Mädchen auf dem Schulhof erstarren ließ. Er war es. Es war sein Anblick. Sie waren vieles gewohnt, waren an die Maske gewöhnt. Woran sie sich niemals gewöhnen würden, war er.

Im letzten halben Jahr hoch aufgeschossen stand er da. Klapperdürr, die Wachstumsfugen der müden Knochen pervers überreizt. Das Gestell des Körpers im Gesamten obskur verbogen. Eine skoliotische Widersinnigkeit, die dem vernünftigen Auge durch die schiere Unmöglichkeit der Konstruktion Schmerzen bereitete. Und dann der riesige Kopf auf dem langen, dürren Hals. Zwischen den schmächtigen, spitzen Schultern wippend wie ein fetter Käfer auf einem jungen Halm.

*Deformiert.*

Der Schädel an der linken Schläfe eingedrückt. An den Stellen, die es eigentlich nicht zu verbergen galt, von borstig schwarzem, krausem Haar überwuchert, hingegen kahl direkt über der Einbuchtung, die pulsierte, als könne man dicht darunter das Gehirn sich weiten und zusammenziehen sehen. Das linke Auge nicht mehr als ein von Wulsten bedeckter, ständig tränender, an den Rand des Gesichtes gezerrter Sehschlitz. Das rechte Auge weit aufgerissen, ohne Augenlid, nur mit einem pechfarbenen Wimpernkranz bedacht, blind glotzend wie das einer eben totgeschlagenen Bachforelle.

*Christian Miller.*

Ein Mädchen ließ einen kurzen, schrillen Aufschrei hören, rang röchelnd nach Atem, verstummte erstickend. Niemand sagte ein Wort. Niemand wagte es. Es war die Stille, die Form wurde, Gestalt wurde. Greifbar und erdrückend. Die am Schulhof Aufsicht führende Klassenlehrerin des ersten Jahrgangs blieb wie angewurzelt im Eingangstor der Schule stehen, sackte wie vom Donner gerührt in sich zusammen und betete still um ein Wunder.

Lass nichts geschehen. Lass mich nicht einschreiten müssen.

Lieber Gott, bitte verlass mich nicht.

Dann flog der erste Stein.

Er traf Chris an der linken Schulter. Nicht heftig. Es war ein zaghaft geworfener Stein, der ihn lediglich im Herabfallen streifte. So als habe selbst der Stein davor zurückgeschreckt, die Bestie zu berühren. Einen Moment noch hielt die Stille an, dann durchbrach der eben geworfene Stein das erschütterte Schweigen. Sie alle schrien, brüllten, warfen mit Dreck und Ästen, warfen weitere Steine nach ihm. Warfen, was sie finden konnten. Manch einer sogar ein Buch oder einen Schuh. Sie schrien frenetisch seinen Namen und immer wieder, er solle verschwinden.

*Weiche, du Ausgeburt der Hölle!*

*Scher dich weit weg, und lass dich nie wieder blicken!*

Chris fiel auf die Knie, umfasste sie, rollte sich zur Seite. Weinte und jammerte. Ein wenig flehte er auch um Gnade. Um die Gnade der Kinder und um Gnade vor dem Herrn. Und so plötzlich, wie der Lärm und der Schutt über ihn hereingebrochen waren, so abrupt verebbten die Schreie, fiel der letzte Stein, und es war wieder die zum Schneiden verdichtete, glasklare Stille, die den Schulhof ausfüllte. Dann kroch der pelzige Hass durch den Staub.

Wurde Macht, Zerstörung und schließlich Wort.

»Trag deine verdammte Fratze an das Grab deines verdammten Vaters!«

Der Junge, der den ersten Stein geworfen hatte, war aus der Gruppe der Kinder hervorgetreten. Seine Wangen glühten vor zornigem Eifer, und aus seinen glitzernden Augen sprach das blanke Verlangen, der Kreatur zu schaden, ihr Schmerz zuzufügen. Damit niemand mehr den Krüppel fürchten musste.

»Bewässere mit deinen Tränen die feuchte Erde, in der dein alter Herr vermodert. Benetze nicht mit deiner Schmach den Boden, den wir alle täglich betreten.«

Große Worte für einen kleinen Neunjährigen. Ein furchtloser Redeführer. Und standhaft blieb er stehen, an vorderster Front.

Chris hatte aufgehört zu weinen. Sehen konnte das niemand, fest hielt er weiterhin sein verquollenes Gesicht gegen seine Knie gedrückt. Doch je länger er der verhetzenden Stimme lauschte, desto langsamer schlug sein Herz und desto klarer wurden seine Gedanken.

*Das kam unerwartet.*

Hysterie, Panik, Todesangst. Ja. Aber Ruhe? Beinahe kalte Gelassenheit?

*Fast schon mehr als unerwartet …*

Verwundert lenkte er seine Aufmerksamkeit auf seinen eigenen Körper, statt auf die flammende Hassrede des Jungen. Durchforstete das eingeschränkte Spektrum an Emotion, das ihm zu eigen war. Hielt an diesem dunklen Etwas, diesem an sich alten aber ihm neuen Gefühl fest und fragte sich...

*Was es war.*

Kraft durchströmte seine Glieder als er erkannte, dass es grausame Vorfreude war, die da durch seine Brust kroch. Die Vorfreude darauf, all den Schmerz und die Verzweiflung endlich loslassen zu können. Schmerz und Verzweiflung zu verursachen, statt zu erleiden.

*Den ewigen Hass laut werden lassen.*

»Du bist Abschaum. Deine ganze Familie ist Abschaum. Ihr seid alle dem Tode geweiht.« hörte er den Jungen noch sagen.

Dann stand sie still, die Zeit.

Ein Lächeln auf seinen Lippen. Klein für die Welt. Klein und giftig.

*Lass den Hass frei.*

*Jetzt.*

Die kreatürliche Starre fiel von ihm ab wie von einer lauernden Wolfsspinne im erlesenen Moment des Angriffs. Seine verkrampften Hände lösten sich von seinem Körper, pressten sich gegen den Boden. Er konnte die feinen, scharfen Kieselsteine unter seinen Handballen spüren. Er drückte die Ellbogen durch und hob den Kopf.

*Langsam.*

Blickte den Jungen, der eben noch so flink war mit seinen schwerwiegenden Worten, direkt in die Augen. Grinste entstellt. Verzerrt. Wie das verzerrte Grinsen des verzerrten Sackes. Legte seine ungewöhnlich spitzen, einzeln im zurückgebildeten Zahnfleisch steckenden Zähne frei.

»Dem Tode geweiht …? So wie du.«

Seine Stimme war überdeutlich und *eiskalt.* Nicht die Stimme eines Kindes. Nicht einmal annähernd seine eigene Stimme. Groß war sie, die Stimme, und alt.

*Sehr alt.*

Der Junge wich instinktiv angsterfüllt zurück. Mit seinen zitternden Händen unkoordiniert um sich greifend, suchte er nach Halt. Einen

Arm, eine Schulter zum Festhalten. Doch die ihn eben noch anfeuernde Gruppe stob auseinander wie eine Fischschule rund um einen plötzlich auftauchenden Hai. Kollektiv, unterbewusst.

Es gibt kein Halten mehr.

»Bitte.«, war das Letzte, das er hauchte, bevor er unter dem wildgewordenen, bestialischen Krüppel zu Boden ging. Schwer landete die dürre Gestalt auf ihm, quetschte die Luft aus seinen Lungen. Gellend schrie er auf. Ein heller Schmerz, ein höllisches Stechen durchfuhr seinen Körper, als eine seiner kindlich biegsamen Rippen unter der Wucht des Aufpralls nachgab und brach. Brennend heiß liefen Tränen über sein Gesicht.

*Er prügelt mich tot*, dachte er und versuchte aussichtslos sich vor den Schlägen, die wie ein Fausthagel sein Gesicht und seine Brust bedeckten, zu schützen.

*Ich will nicht sterben*, war das Letzte, das er dachte, bevor sein Licht ausging und er bewusstlos in sein Unterbewusstsein zurücksank.

Chris hämmerte weiter auf den Jungen ein, der keinen Laut mehr von sich gab und auch die Widerwehr längst aufgegeben hatte. Ein nutzloser Sack Kartoffeln, zum Faulen in die Gosse geworfen. Blut rann über das nun ebenfalls zerstörte Gesicht. An immer mehr Stellen platzte die Haut über dem schwellenden Fleisch auf. Am Jochbein blitzte das Weiß des Knochens durch die klaffende Wunde. Nie wieder würde er sein schönes Gesicht unter den dichten, goldblonden Locken zur Begeisterung der kichernden Mädchen im strahlenden Sonnenlicht auf dem Schulhof selbstgefällig präsentieren.

Weil er keines mehr haben würde. Ein schönes Gesicht.

Nie wieder.

Nie wieder würden sie ihn lieben.

Von nun an ein Ausgestoßener wie er.

Und Chris fühlte sich so gut wie nie zuvor in seinem Leben. Rasend vor Wut und ekstatisch lachend vor Begeisterung schlug er immer noch wild um sich, als sein einarmiger Klassenlehrer ihn mit roher Gewalt von seinem Opfer wegriss.

Keines der Kinder sagte nach diesem Vorfall auch nur ein weiteres, gehässiges Wort zu ihm. Sie sagten gar nichts mehr. Für eine lange Zeit.

Und so unwahrscheinlich es auch war, hatte das blutige Szenario, das sich an jenem Vormittag auf dem Schulhof zugetragen hatte, in der Gemeinde nur ein unbedeutendes Nachspiel. Chris war ein Sohn, der seinen Vater zu Grabe tragen hatte müssen und der andere Junge hatte das Andenken des Vaters geschändet. Es gab keinen Zweifel daran, dass der Krüppel überreagiert hatte. Aber immerhin war er eine elendige Halbwaise, und eine Reaktion war unter diesen Umständen unvermeidlich gewesen. Dass der allseits bewunderte Sohn einer aufstrebenden, ortsansässigen Familie seine Schönheit eingebüßt hatte, wurde gemeinhin als Strafe für sein unchristliches Benehmen angesehen. Dass sich Familie Miller gegenüber niemand jemals christlich verhalten hatte oder auch nur verhalten wollte, wurde tunlichst verschwiegen, jetzt, da Buße getan worden war. Von einem Mitglied der Gemeinde geleistet worden war.

*Das Gute an einem kleinen Ort war, dass man es sich richten konnte.*

*Dass man sich die eigene kleine Welt richten konnte.*

*Dass man sich alles richten konnte.*

So war es die Lehrerin, die man nachdrücklich schalt, nicht früher eingeschritten zu sein. Diese nahm den Tadel wortlos hin, waren die vorwurfsvollen Worte doch nichts verglichen mit dem, was sie an jenem Tag auf dem Schulhof gesehen hatte.

Es war das alte Böse, das absolut Böse, das seinen Weg in das kleine Dorf suchte.

Und es war bereits nah.

Unglaublich nah.

Die Leute fürchteten Chris, und sie hassten ihn, doch keiner sagte ein Wort. Stiller Hass und stille Furcht. Es war eine schweigsame, eine einsame Zeit für Chris. Und mit jedem Tag länger, den die Stille andauerte, wurde sie unerträglicher, gewann die Stille schleichend an Gestalt. Wurde lauter und lauter. Er musste handeln, und da er sie nicht abstellen konnte, war es an ihm, die schreiende Stille zu übertönen. Besser noch, es war nicht *an*, es war tief *in* ihm. Also hörte er auf das, was so lange stumm gewesen war. Hörte auf die Stimme in seinem Inneren, die ihm an jenem schicksalhaften Tag so viel Ruhe gegeben hatte, die voll von Stärke und Überzeugung gewesen war.

*Und so schön.*

Im wahrsten Sinne des Wortes.

Schön.

So schön, wie er es eben nicht war.

Andächtig lauschte er seiner schönen, inneren Stimme, sich wohl dessen bewusst, dass diese darum bettelte, freigelassen zu werden. Darum bettelte, gehört zu werden. Von der Welt gehört zu werden. Doch dieser Wunsch widerstrebte ihm. Sie war sein, war ihm in sein Wesen gelegt worden. Der Schmerz hatte sie aus der Tiefe geborgen, und Chris hatte sie wachgeküsst. Sie war nur für ihn da.

So gingen wenige, karge Jahre ins Land, und er behielt seine schöne Stimme für sich. Wie ein reicher Mann, den der Teufel nicht dazu verlocken kann zu protzen. Ein wahrlich Wohlhabender, der sein Vermögen nicht im Saus und Braus der Allgemeinheit verbrät, sondern still und innig genießt. Das reine Vorhandensein und das private Wissen darum zum Kostbarsten macht. Also ein Verrückter. Aber ein glücklicher Verrückter. Und sein Stolz wuchs mit dem Verbergen. Er besaß etwas, das kaum ein anderer besaß. Und er teilte es nicht mit, er teilte es nicht.

Mit niemandem.

Und dennoch nahm die Gemeinde Chris wieder wahr, denn die Menschen waren zum Alltag übergegangen. Man bedauerte ihn widerwärtig, hänselte ihn grausam. Einfach, weil man es tat, weil jeder es tat. Nicht, weil es einen Grund dafür gegeben hätte. Für die Verachtung und den Spott. Nicht jenseits des Offensichtlichen. Nicht jenseits seines widerlichen Antlitzes. Da waren keine Furcht und kein Hass mehr. Niemand dachte mehr an den Jungen, dessen Gesicht Chris zu Brei geschlagen hatte. Nicht einmal dann, wenn der Junge ihnen mit gesenktem Haupt am Marktplatz über den Weg lief. Ihre Blicke meidend wie ihre Aufmerksamkeit. Oder mehr noch, sie dachten nicht mehr daran, wie er geworden war, was er war. Der Junge war nicht mehr als ein weiteres, hässliches Gesicht in einer wohlbekannten Menschenmasse. An manchen Tagen schien es, als wäre sich auch der geschlagene Junge dessen nicht mehr bewusst. Nicht mehr der Entstellung, nicht mehr seiner Selbst.

Er hatte sich gefügt.

Das taten Menschen zu jener Zeit, sie fügten sich in ihr Schicksal, und dieses Schicksal erprobte ständig eifernd die Grenzen des Zumutbaren, des Erträglichen. Und da der grausam Entstellte sein Gesicht ertragen konnte, konnte er weitermachen und vergessen. Manchmal war vergessen nicht eine Frage der Zeit, es war eine Gabe der Erlösung.

Nur Chris konnte nicht vergessen.

Und so ließ er, einem fiebrigen Drang des Ausgleiches folgend, seine schöne innere Stimme immer lauter werden. Sie erst Atem, dann Ton finden. Sie erst Wort, dann Satz, dann Melodie und endlich Lied werden. Wenn auch nur in der schützenden Einsamkeit eines leeren Zimmers, in den Tiefen des von aufgeregt lauschendem Getier bevölkerten Mischwaldes, in der kleinen, düsteren Kapelle nahe der Urnengräber am Friedhof.

Es war spät nachmittags, an einem Freitag des Jahres 1931, und das Tal erstrahlte in den sanft gleißenden Farben des Frühlings, als seine Stimme endlich gehört wurde.

Den vier immer noch einzeln geführten Jahrgängen der Grundschule hatte man fünf zusätzliche Jahrgänge der weiterführenden Schule zur Seite gestellt. Auch räumlich. Die geschichtsträchtigen Mauern der alten Schule standen nun Wand an Wand mit einem schmucklos funktionellen Zubau. Man konnte so im kleinen Ort sowohl seinen achtjährigen Volksschulabschluss, als auch, bei auffälliger Begabung, den neunjährigen Hauptschulabschluss machen. Der wohlhabende Bildungsfreund hatte es mit seiner Schule weit gebracht. Aus den umliegenden Dörfern strömten die Kinder in seine liebevoll wie erfolgreich geführte Bildungsstätte.

Chris war überzeugt davon, dass ihn ein Hauptschulabschluss zu einem besseren, einem auf gewisse Weise unversehrten Menschen machen würde. Das Wissen, das er hier erwarb, würde ihn eines Tages von der Last seiner Entstellung befreien. Es würde der erste Schritt aus seinem ganz privaten Desaster werden. Er würde sich weiteres Wissen aneignen, schlau werden, bewundert werden. Er wäre so wissend und dadurch bald auch wohlhabend, dass sich niemand mehr um sein verdammtes Antlitz scheren würde. Sein Wissen wäre seine *Macht*.

Deshalb ließ er seine schöne Stimme mit Vorliebe, einer ehrerbietenden Gegenleistung gleich, in den Klassenzimmern erklingen. Wenn die Schüler es verlassen und das große alte Gebäude eigentlich verstummt dalag, dann war es dazu bereit, die Schwingungen seiner Stimmbänder, aufzunehmen, diese liebevoll einen Moment für sich zu behalten und dann die wunderschönen Töne sanftmütig verstärkt von den kalten Mauern widerhallen zu lassen. Sein bevorzugter, weil auch dafür vorgesehener, Raum war das Musikzimmer im Erdgeschoß des alten Schultraktes. Ein defekter Fensterriegel hatte ihm vor kurzem Tür und Tor geöffnet. Durch das auf diese Weise nur angelehnte Fenster konnte er einsteigen, wann immer das Gebäude bereit war. Wann immer er es wollte.

Als er an diesem späten Nachmittag, tief in sich versunken, die wohlbekannten Verse eines Liedes, das zu jener Zeit wahrlich in aller Munde war, anstimmte, stand der Musiklehrer, der seine Unterlagen am Schreibpult liegengelassen hatte, direkt hinter ihm in der Tür. Den Pädagogen traf die Stimme wie ein Schlag. Noch nie zuvor hatte er so etwas Schönes vernommen … das etwas so Widerwärtigem entsprang. Dennoch war er sich sicher, diese Stimme würde die Menschen berühren. Sie musste von der Gemeinde gehört werden, und er würde dem Jungen, den alle als Monstrum bezeichneten, Gehör verschaffen. Mit geschlossenen Augen, den von einer Arbeitswoche ermüdeten und von den allgemeinen Zuständen schwer betrübten Kopf an die Wand gelehnt, stand der Lehrer da und lauschte. Mit einem Lächeln auf den Lippen. Und ihm kam der Gedanke, das verdammte Wesen, welches mit solch einer erlesenen Gabe gesegnet worden war, den Klauen der Isolation zu entreißen.

Und es sind immer die besten Absichten …

An einem Sonntag.

Ende Juni.

In dicht gedrängten Reihen saßen sie da, auf klapprigen Bänken, an zerkratzten Biertischen. Sie lachten und feierten. Vergaßen für die wenigen Stunden, hier in den Reihen, auf den Bänken an den Biertischen, gleichsam das Gestern und das Morgen. Was zählte war das Heute, war die Feier, war der ausgelassene Moment. Und sie waren alle da, um zu feiern. Oder wenigstens so viele, dass es wirkte, als wären es alle. Der ganze Ort, der Nachbarort. Grob genommen die halbe Gemeinde. Schulter an Schulter und ausgelassen. Aufgereiht und angesoffen. Eine Kapelle spielte. Volkstümliches, Marschmusik, ungelenk den einen oder anderen Schlager. Musik von heute. Die Kinder tobten am Teich. Fast ein Rummel. Immerhin gab es dieses Jahr ein kleines Karussell mit bunten, galoppierenden Pferden darauf. Die Hufe festgeschraubt am Boden, unaufhörlich in Bewegung. Neidisch schielten die Älteren auf die Kleinen, die sich rund um das sich unaufhörlich im Kreis drehende Holzvieh sammelten, ungeduldig und freudig plärrend auf ihren Platz am leuchtenden Pferd wartend.

Chris stand hinter der Bühne. Er zitterte. Angst, Hoffnung, Glaube. Angst vor der Niederlage. Hoffnung auf Zustimmung. Glaube an sein Talent. Das hatte ihm der Lehrer beigebracht. Den Glauben an sein Können, das Vertrauen in seine Stimme, in sich selbst. Und Chris glaubte vor allem deshalb, weil der Lehrer selbst so unerschütterlich an ihn glaubte, seit er ihn das erste Mal gehört hatte. *Es hat ihn berührt*, hatte der Lehrer gesagt, *tief in der Seele*, hatte er gesagt und *es hat ihn glücklich gemacht*. Sein Gesang hatte den Lehrer glücklich gemacht. Noch nie zuvor hatte etwas, das er tun konnte, einen anderen Menschen glücklich gemacht. Also wollte er es jetzt tun, vor all den Leuten da draußen. Er wollte singen und sie glücklich machen, auf dass sie ihn als das sehen mochten, was er war.

Einer von ihnen.

Die Kapelle verstummte. Der Lehrer trat vor die Menge. Stolz wie Oskar, wenn auch anderen Namens. Er hatte eine Ankündigung zu machen. Einer seiner Schüler werde singen. Der Lehrer selbst habe ihn entdeckt. Einen Song aus dem Radio, den jeder kenne, den alle mögen würden, den werde sein Schüler jetzt singen. Die Menge lauschte andächtig. Die vom Bier trunkenen Männer trugen offenherzig ihre leuchtend roten Gesichter zur Schau, die Frauen legten die Hände nach dem gebührenden Applaus adrett gefaltet in den Schoß, die Kinder drängten sich am Eingang zum Bierzelt. Die bunten Pferde waren vergessen. Die Kapelle hob an, erst unsicher, dann aber in unverhohlener Begeisterung schiefe Töne schmetternd aber immerhin den Rhythmus treffend. Wie eine Dampfmaschine.

*Ja, das Lied, das kennen sie!*

*Und das Lied, ja, das mögen sie!*

Der Ort schunkelte leutselig. Füße wippten im Takt, kleine Mädchen drehten sich vor der Bühne, Oberkörper schunkelten und Händen klatschten. Sanft spülte die Woge der Zustimmung Chris auf die Bühne.

Er sang die ersten Zeilen. Es war sein Augenblick, sein Auftritt. Aus tiefster Überzeugung schenkte er, vom Lehrer überzeugt, seine einmalige Gabe all den anwesenden, den austauschbaren Menschen.

*Ich bin ein Frauenheld, mich liebt die ganze Welt.*

Lieblich schön, die Stimme eines Knaben, getragen von der Kraft eines Mannes. Jeder Ton ein punktgenauer Treffer, jede Zeile eine schmeichelnde Spielerei.

Er tanzte, er atmete die Musik, er lachte innerlich, blühte auf. Strahlte. Zuversicht, Freude und Leben strahlte er aus. Für die Menschen, für sich.

Er hörte nicht, dass das Klatschen langsam verebbte. Sah nicht, dass die Oberkörper und Füße einfroren und krampfartig stillhielten. Bemerkt nicht, dass die kleinen Mädchen vor der Bühne sich nicht mehr drehten, dass sie stattdessen still dastanden. Angewurzelt, erschrocken glotzend.

Das Ende des Liedes.

Anstimmen wollte er, von der Begeisterung getragen, ein weiteres Lied, sanft übergleiten in den nächsten Augenblick. Wollte nicht aufhören. Doch es kam kein Ton mehr. Kein Orchester mehr, kein einziges Wort aus dem Publikum. Kein Atemzug.

Absolute Stille.

Nichts.

Der Lehrer zerrte Chris grob durch den aus alten Überdecken genähten Vorhang hindurch hinter die Bühne. Zerrte ihn weg von der Menge. Raus aus dem Licht, hinein in den Schatten.

Der Lehrer musste seinen Schüler schützen, sich selbst musste er schützen. Vor dem Draußen, dem Urteil.

Dem Vorurteil.

Das Kind zitterte, brach zusammen wie mit bloßen Fäusten geschlagen, fiel nieder wie ein Sack aufgequollener Gerste. Tränen traten in sein milchiges Fischauge, rannen durch den Filz seines Haupthaares. Der Lehrer drückte ihn beherzt an sich, wog ihn sanft.

*Mein Kind, mein Kind, mein armes Kind.*

Wie die Mutter damals im Garten, hinter dem Zaun, hinter den Thujen.

*Mein armer Chris. Mein armer, einsamer, ungeliebter Schatz.*

Der Lehrer hatte die Stimme gehört. Warum nur waren die Menschen taub? Warum nur taub und blind? Einer, der nicht hören kann, der kann nicht mit dem Herzen sehen, dessen war sich der Lehrer gewiss.

Doch dann. Ein einzelnes, ein einsames Klatschen. Ein gleichmäßiges Patschen. Über eine Zeitspanne hinweg, und über diese hinaus, beharrlich weiter und weiter. Bis weitere Hände miteinstiegen. Bis die Menge einstimmte, rhythmisch einstimmte in das Klatschen, bis sich ausgelassene Stimmen in das Klatschen mischten, das Leben in das Bierzelt zurückkehrte. Unwirsch befreite sich Chris von den klammernden Armen des Lehrers. Durch die Fetzen der Decken hindurch suchte er trunken vor Glück den Weg zurück. Den Weg aus dem Dunkeln zurück ins Licht, zurück auf die Bühne. Den Weg vor die Menschen hin.

Er hatte sich getäuscht.

Dieses eine Mal hatte er sich getäuscht.

Wankend auf seinen krummen Beinen stehend, mit den dürren Armen wedelnd wie ein landender Kranich mit seinen dürren Haxen, das Gesicht noch nass von seinen kalten Tränen, grinst er schief wie immer, aber mit einer Zuversicht wie nie zuvor in die Menge. Und er verbeugte sich. In alle Richtungen. Immer wieder.

Und die Stimmen, die Stimmen werden zum Jubel.

*Bravo, bravo, bravo!*

Doch aus dem Jubel wurde ein Johlen. Und aus dem Klatschen wurde ein Zeigen. Tausend spitze, tausend zeigende Zeigefinger stachen auf ihn ein wie Spechte auf morsche Rinde, hackten immer weiter und immer weiter nach. Lang gestreckte Arme boten den stechenden Fingern Unterstützung, verlängerten die Reichweite, verlängerten das Stechen. Unablässig.

*Da schau an, siehst du es, das Monster?*

*Schau genau hin!*

*Schau, schau, schau und immer wieder schau hin zu dem Monster, das sich da Mensch nennt.*

*Ein Frauenheld*, johlte und tobte die Menge. Lachte, bis sie sich, im Lachen eins geworden, in einheitlichen Wellen wanden und bogen wie fette weiße Maden im geschmacklosen, weißen Mehl. Fette, weiße, rotgesichtige, sich lachend windende Menschenmaden. Ein waberndes Meer von Menschenmaden.

*Schau, schau, schau!*

*Und lach, lach, lach!*

*Ein wahrlich traumhaftes Mannsbild. Ein Weiberheld wie aus dem Buche. Ein Gigolo.*

Fette, rote Gesichter auf den fetten, weißen Madenleibern. Im Rausch hysterisch verzerrt, die Gesichtszüge in hämischer Wollust entgleist. Die geifernden Mäuler ebenso weit aufgerissen wie die starrenden Augen.

*Fratzen.*

Ein Fratzenmeer, das mit spitzen Klauen stach, aus leeren Augen starrte und aus verätzter Kehle johlte und tobte ... bis eines Überhand gewann und das Zelt orgastisch in diesen einen selbstbefriedigenden Schreigesang einstimmte:

*Der schöne Christian, der schöne Christian, der schöne Christian.*

Und was auf diese Weise einmal gesagt worden war, wurde auch nicht mehr zurückgenommen. Chris hatte, vom verblendeten, gutgläubigen Lehrer ermutigt, einen entscheidenden Fehler gemacht. Er war aus der Dunkelheit ins Licht getreten. Bis zu jenem Abend hatten die Leute ihn verachtet, verabscheut, verdammt. Aber sie hatten sich eigentlich nur selten die Mühe gemacht, diese Ablehnung auch tatsächlich auszuleben. Sie hatten ihn ignoriert. Einfach so, so einfach. Sie fanden seine simple Gegenwart meist nicht die wenige Beachtung wert, die sie zu schenken hatten. Also ließen sie es bleiben. Ihn sein, was er war. Absonderlich und abstoßend, unbeachtet von der Welt, von ihnen. Ein belangloser Aussätziger.

Doch er hatte sie auf sich aufmerksam gemacht, hatte sich an die Rampe gestellt, sich und sein Antlitz präsentiert und um ihre Aufmerksamkeit geradewegs gebuhlt. Nun hatte er ihre Aufmerksamkeit. Zu leichtläufig war die Phrase *der schöne Christian*, viel zu eingängig obendrein, um ihn nicht überall und immer mit eben den so unzutreffenden Worten zu bedenken. Und es wurde niemals langweilig. Die Lacher waren dem Sprecher stets gewiss.

*Der schöne Christian.*

HAHAHAHAHA

Darüber hinaus hatte Chris das letzte Ungewisse verloren. Nichts, aber auch gar nichts war unheimlich an einem verwachsenen Monstrum, das alle *der schöne Christian* nannten. Er war entstellt, und er war der Dorfdepp, den nie wieder jemand übersehen würde, der weiterhin nie irgendwo dazugehören würde.

Nicht mehr, nicht weniger.

Aber so grausam die Folgen waren, in seinen wirklichkeitsfremden Augen waren sie es wert. So unglaublich schön waren die wenigen Momente im Rampenlicht gewesen, in denen sie ihm zugejubelt hatten. Oder in denen er wenigstens gedacht hatte, sie würden es tun. Und in seiner utopischen Erinnerung spielte der wahre Sachverhalt ebenso wenig eine Rolle, wie der absurde Traum des Normalseins im konkreten Alltag. Süchtig nach der Süße des Moments, versuchte Chris umso mehr, der eine von den anderen zu sein. Er versuchte es nicht nur, er wünschte es sich. Wieder. Vielleicht hatte er nie mit dem Wünschen aufgehört. Er gierte nach dem Augenblick, in dem man ihm endlich die Hand reichen würde, in dem man ihm endlich wieder applaudieren würde. Ständig war er achtsam, er würde diesen Augenblick nicht verpassen. Lag auf der Lauer. Wenn es dann soweit war, würde er sie ergreifen, die Chance dazuzugehören. Koste es, was es wolle. Es war jeden Preis wert. Und so wartete *der schöne Christian,* verspottet und gequält über die Jahre. So wartete *der schöne Christian* geduldig auf seinen Moment.

Und wieder war es jenes schicksalhafte Dorffest am Teich, das einmal im Jahr stattfand, wo kam, was kommen musste. Seit der Erfindung des Namens waren drei Jahre ins immer noch hart geprüfte Land gegangen. *Der schöne Christian* saß, fernab vom Bierzelt, auf der gegenüberliegenden Seite des kleinen Teiches. Er ließ seine Beine ins Wasser baumeln, genoss das wohltuende Nass, das zärtlich seine Waden einhüllte. Sanft kribbelten die grün-braunen Wogen gegen die Hitze des Sommers an, verschafften ihm eine willkommene und erfrischende Abkühlung. Er war weit genug weg, um für die feiernde Menge unsichtbar zu sein, aber er war nahe genug, um der Musik lauschen zu können. Immer noch liebte er die Musik, und auch seine schöne Stimme hatte er nicht verstoßen, er behielt sie nur wieder für sich. Außer vielleicht, es würde jetzt jemand rund um den Teich zu ihm kommen und ihn fragen, ob er wieder im Zelt für sie alle singen würde, um sie alle wieder glücklich zu machen. Dann würde er singen! Er lächelte. Sanft, für sich. Für sich allein.

Als er tatsächlich jemanden den Weg entlangkommen sah, zielstrebig genau ihn ansteuernd, blieb sein Herz fast stehen. Hastig zog er die

Beine aus dem Wasser, sprang auf und widerstand nur mit äußerster Kraft dem Impuls, der nahenden Person entgegenzulaufen wie ein kleines Kind, das er nun freilich nicht mehr war.

Es war einer der Burschen aus dem Dorf. Ein Handlanger, selbst ein Unwichtiger, aber immer bei den älteren Burschen des Dorfes mit dabei. Mit von der Partie. Stets bereit, Bier oder Zigaretten zu holen. Oder in diesem Fall den entstellten Sänger. Und ja, Chris wollte auch mit von der Partie sein. Wie gerne wollte er das. Nur wenige Meter von ihm entfernt blieb der Bursche stehen, die Hände zu Fäusten geballt und in die Taschen seiner ausgeleierten Jeans gestopft, ihn argwöhnisch, mit der angebrachten und üblichen Abscheu, stumm musternd.

»'s geht?«, durchbrach der Bursche nach gut vier Minuten endlich das misstrauische Schweigen.

»Geht. Bei dir?«, antwortet Chris, nachdem er die Bedeutung der anderthalb Worte zur Gänze erwogen hatte und nichts Verdächtiges darin entdecken konnte.

»Eh.« Zögern. Der Bursche bückte sich nach Steinen und ließ sie über den Teich springen, bevor er schwerfällig nachsetzte: »'s machst'n?«

»Nix.«, entgegnete Chris so gelassen wie möglich, obwohl seine Neugierde schier unerträglich zu werden schien. »'n du?«

»Nix grad.«

Forschend taxierten ihn die Augen des Burschen. Chris konnte nicht länger warten, er musste es wissen. Jetzt. »'s willst'n?«, fragte er so belanglos wie möglich. Wie sich nach einem weiterhin wenigsilbigen Gespräch herausstellte, war er nicht gekommen, um ihn singen zu hören.

Niemand wollte ihn singen hören.

*Es war viel besser.*

*Er war gekommen, weil sie seine Hilfe brauchten.*

Schon seit längerer Zeit wurden die Burschen im Ort vom alten Schafbauern wie Dreck behandelt. Wann immer die Bande an seinem Hof vorüberzog, beschimpfte er sie als Taugenichtse und Tunichtgute, schalt sie faul und dumm. Nicht, dass er damit an sich unrecht gehabt hätte, genau genommen, wussten sie das selber auch und waren irgendwie sogar stolz darauf, aber gesagt wollte man es halt doch nicht bekommen. Vor allem nicht der Hinterfotzigste von allen, und der würde diese Beleidigung auch nicht auf sich und seiner Bande sitzen lassen.

Alex hatte da ganz andere Pläne.

Heute Morgen hatte der Schafbauer, wegen des strahlenden Wetters, seine blökende Herde auf die Weide getrieben. Jetzt saß er gesellig im gemütlichen Bierzelt, jauchzte zur schieftonigen Musik und betrank sich. Seine Schafe standen immer noch auf der Weide, völlig ungeschützt. Es konnte keinen besseren Zeitpunkt geben, um an dem sturen alten Bock Rache zu nehmen. Natürlich ganz harmlos, versicherte der Bursche und nickte dabei unaufhörlich mit seinem Kopf, so als läge ihm bei der ganzen Geschichte am meisten daran, das Unverfängliche zu untermauern. Einfach ein belangloser Streich, der den Schafbauern dennoch dazu bringen sollte, die Burschen in Zukunft mit Respekt zu behandeln. Die Bande hatte einen perfekten Plan ausgeheckt, der einzig und allein eine Schwachstelle zu haben schien. Einer aus der Gruppe war unauffindbar. Wahrscheinlich lag er gerade mit irgendeinem Mädchen im Feld und versuchte, unter ihre Bluse zu kommen. Oder kotzte sich hinter einem Busch die Seele aus dem versoffenen Leib. Wie auch immer, er war nicht da. Und hier kam Chris ins Spiel. Er musste seinen Platz einnehmen. Chris würde dabei helfen, dem alten Schafbauern einen Streich zu spielen.

Nur einen Streich.

Wie gesagt, absolut harmlos.

Chris würde sich selbst dabei helfen, einen Platz innerhalb der Gruppe einzunehmen. Das war wichtig, unglaublich wichtig.

Das war sie, seine Chance.

Das war sein Moment.

Er würde nicht singen. Er würde einer von ihnen werden.

»Hast verstanden?«, zischte Alex ihn an. In seinen strahlend grünen Augen lag ein gefährliches Funkeln. Klar hatte er verstanden. Jeder im Dorf verstand, was Alex sagte. Und alle taten, was er sagte. Ausnahmslos. Er nickte.

Sie standen vor der alten Scheune, etwas abseits der Schafweide. Die Scheune wurde im Herbst verwendet, um Futter einzulagern, doch jetzt war sie bis auf ein paar Ballen alten, modrigen Heus leer. Alex hatte sich ihm gegenüber aufgebaut, die drei anderen hatten ihn, als wären sich fürsorglich um sein Wohl besorgt, in ihre Mitte genommen. Dennoch beschlich Chris das dumpfe Gefühl, dass es hier weniger um Fürsorge und mehr um Kontrolle ging. Sie hatten ihn in ihre Pläne eingeweiht, ihm eine Rolle zugeteilt. Er konnte nicht mehr kneifen, sie würden ihn nicht gehen lassen. Mitgehangen, mitgefangen.

»Wennst'n Scheiß machst, mach ich dich kalt. Hast es?«

Chris nickte eifrig. Daran bestand nicht der geringste Zweifel. Aber er würde keinen Scheiß machen. Er würde ganz genau das tun, was Alex ihm gesagt hatte, auch wenn er es als Unrecht empfand. Er hatte sich selbst geschworen, jeden Preis zu zahlen und Unrecht, das einem ständig übellaunigen Fremden widerfuhr, war durchwegs ein niedriger.

»Brauch'ma den Krüppel? Schau dir an, den Deppn!«, zischte einer der Burschen. »Hau ma'n zam, lass ma'n liegen. Wird ja nix mit dem! Das is …«

Alex schnitt ihm schroff das blöde Wort ab: »Mia brauch'n wen ich sag! Du bist still, net gfragt!«

Mit einem breiten Grinsen kam Alex nun auf Chris zu und schubste ihn spielerisch vor sich her, bis er mit dem Rücken gegen die Scheune stieß.

»Da gehst rein und wartst, und auf's Zeichen, dann lockst as! Kapisch?«

Chris nickte weiterhin eifrig, als habe er nie mit dem Nicken aufgehört. Alex griff über seine Schulter hinweg zum Tor der Scheune und zog es ein Stück weit auf. Einen Deut später stoben die Burschen auseinander, die Weide entlang zu den Schafen hin. Mit einem letzten »Kein Scheiß, du Krüppel!« räumte auch Alex lachend das Feld.

Noch einen kurzen Moment blieb Chris stehen, atmete durch, dann öffnete er beide Flügel des Scheunentores und trat ins stickige Dunkel. Er kauerte sich ganz hinten in die Scheune, sorgsam versteckt zwischen den staubigen Heuballen. Von dort würde er die Schäfchen locken, sobald die anderen sie über die Weide in seine Richtung getrieben hatten. Er musste nur auf das Zeichen warten, den kurzen Pfiff, der ihm sagte, dass die Schafe nahe genug waren, und dann rufen: »Komm, Schafi, Schafi komm!«

Allerdings sollte er sich gut zwischen den Ballen verstecken, immerhin durften die Schafe nicht sehen, dass es nicht der Schafbauer war, der nach ihnen rief. Da waren die Schafe total empfindlich, wenn es ums

Sehen ging, das hatte Alex gesagt. Und Alex hatte immer recht. Wenn erst einmal alle Schafe in der Scheune waren, würde er hinaus schlüpfen und sie würden sie von außen gemeinsam verriegeln. Dann mussten sie nur noch zum Teich zurückrennen, und einer von ihnen würde dabei laut schreien:

»Die ganzn Schaf, sie sin alle weg!«

Der Rest würde einfach nur ein riesiger Spaß werden.

Ein verdammt großer Spaß.

Aber die Schafe kamen nicht. Keiner der Burschen hatte auch nur vorgehabt, die Schafe zu holen. Alles, was sie wollten, war, den Krüppel in die alte Scheune zu sperren. Und da saß er jetzt. In der Falle. Sobald sich Chris hinter den Ballen versteckt hatte, hatten sie das Tor geschlossen und den Riegel vorgeschoben. Dann hatten sie es sich im Gras gemütlich gemacht und nichts weiter getan, denn es war ihnen gar nicht klar, was sie weiter tun wollten. Eigentlich wollten sie ihn nur wegsperren, damit er einfach nicht mehr länger da war. Das Monster. Weg, für immer. Als sie nun vor der Scheune herumlungerten und ihn jammern und betteln hörten, ihn nachäfften und auslachten, in ihrer Langeweile um die Scheune liefen und immer wieder dagegentraten und schlugen, da fanden sie plötzlich Gefallen an der Sache. Sie hatten Blut geleckt. Sein Blut. Nun schien es ihnen nicht mehr genug, wegzugehen und abzuwarten, bis ihn irgendjemand vermisste. Bis die Dorfleute loszogen, um ihn zu suchen. Bis sie ihn fanden, weinend und eingepisst. Das Wegsperren war eindeutig zu wenig.

Es musste mehr geschehen.

Tief stand die Sonne und brannte dem Vorabend trotzend erbarmungslos herab. Es lag in der Luft, das Verderben. Schleichend, lauernd.

»Lasst uns den Teufel endgültig austreiben«, sprach Alex. Und er sprach es klar und deutlich, mit einem Hass in Augen und Stimme, der den anderen das Blut gefrieren ließ. Schimmernd lag sein brandneues, silbernes Zippo schwer in seiner rechten Hand.

Die Sonne duckte sich hinter die goldenen Hügel, der Abend wagte sein ernstes Spiel. Chris rüttelte verzweifelt an dem verschlossenen Scheunentor. Es war ausweglos. Er hatte keine Chance. Das letzte bisschen Licht zog sich wie von Geisterhand aus seinem unfreiwilligen Exil zurück, überließ ihn der Dunkelheit der nahenden Nacht. Er weinte und bettelte. Raus sollten sie ihn lassen, ihn einfach nur gehen lassen. Er würde niemandem etwas sagen. Und selbst wenn er was sagte, war es doch ohnehin jedem egal, was mit ihm war, oder jemals sein würde. Niemand scherte sich auch nur einen feuchten Dreck um ihn. Er war ganz allein. In dieser Scheune, an diesem Ort, auf dieser Welt. Sie würden ganz sicher keine Probleme bekommen. Mit niemandem. Ganz sicher nicht. Nicht wegen eines solchen Nichts. Nicht wegen ihm. Nur raus sollten sie ihn lassen. Weil es stickig war, und weil es dunkel war, und weil er in der stickigen, dunklen Scheune keine Luft bekam. Weil sein Atem nicht ausreichte.

*Und weil er Angst hat.*

Sie lachten und grölten, imitieren sein Flehen, verhöhnten seine Angst.

*Wie macht das kleine Baby? Wähähähä macht das kleine Baby! Und was macht das kleine Baby? Das kleine Baby macht sich in die Hose! Das kleine Baby macht sich in die Hose!*

Sie liefen wieder um die Scheune, schlugen mit Holzprügeln gegen die morschen Wände, traten mit ihren festen Arbeitsschuhen rüde dagegen.

»Hört auf! Lasst mich! Hört bitte auf! Bitte, bitte auf!«, brüllte er, doch die Angreifer schienen von seinen Schreien angestachelt, trieben es immer wilder. Holzspäne und Staub. Der Dreck von Jahrzehnten rieselte herab. Bedeckte ihn grau, hüllte ihn in Grauen ein. Sanft, sacht, anschmiegsam. Es klang, als würden sie die Wände einreißen wollen. Und auf ihn einschlagen, so wie eben zuvor noch auf die dann eingerissenen Wände. Seine Chance, heil aus dieser Scheune zu kommen, schien ihm eine verschwindend geringe. Er presste die Lippen aufeinander, schwieg gegen den panischen Impuls zu brüllen an.

*Still musst du sein.*

*Still Kind!*

Gerade noch hatte er sich einen anderen Ausweg suchend die Wand entlanggetastet, jetzt verkroch er sich schutzsuchend hinter den Heuballen. Zog die Beine an, umklammerte seine Knie.

Plötzlich verstummte das Gejohle. Kein weiteres Schlagen gegen die Wände mehr. Brütende Stille, die einer guten Wendung nicht gerecht wurde. Mehr die Ruhe vor dem stürmischen Untergang. Das war nicht sein Spiel. Wahrscheinlich war es gar kein Spiel mehr.

Chris schloss die Augen, um die befremdliche Dunkelheit rund um sich nicht mehr sehen zu müssen und gab sich stattdessen seiner inneren und wohlvertrauten Dunkelheit hin.

*Ich muss mich beruhigen, muss Hoffnung haben.*

*In mich fallen.*

Unzählige, panisch schnelle Herzschläge verharrte er in dieser Stellung, tief in sich gekehrt. *Atmete.*

Atmete immer gleichmäßiger. Beruhigte sich, beruhigte sein Herz.

Vergaß sich. Vergaß die Zeit.

Gerade genug, um der trügerischen inneren Ruhe das umkämpfte Feld zu überlassen.

*Ruhe …*

Plötzlich schrak er hoch aus einem Traum, der keiner gewesen war. Weil er nicht geträumt hatte. Und weil es wirklich war. Gerade jetzt, genau für ihn. Er lauschte.

Es war immer noch still.

*Er war davongekommen.*

Zaghaft öffnete er die Augen, blickte suchend um sich. Die Dunkelheit hatte ihn nun vollständig eingeholt. Es war tiefe, dunkle Nacht. Und es war tatsächlich kaum ein Laut zu hören, nur eine Art Rauschen. Zärtliches Nagen. Knisterndes Schmeicheln. Die anderen waren zwar endlich fort, aber er würde wohl weiterhin hier warten müssen, denn frei hatten sie ihn nicht gelassen. Soweit er das in der Dunkelheit erkennen konnte, war das Scheunentor noch immer geschlossen. Wie auch immer, er zog das Warten im Ungewissen dem Verkriechen in Panik vor. Und irgendwann würde einer kommen, und der würde ihn rauslassen. Auch wenn er sich beim besten Willen nicht vorstellen konnte, wer das sein sollte. Zögernd stand er auf, reckte die verkrampften, tauben Glieder, wollte sich auf die Ballen setzten. Für heute hatte er sich genug verkrochen.

Durstig war er, und hungrig. Und auch müde. Außerdem hatte er Kopfschmerzen. Seine Augen brannten, und etwas kitzelte in seinem Rachen. Tief und gleichmäßig saugte er die Luft ein, um das störende Kitzeln zu vertreiben. Beißend stieg es in seine Nase, schoss brennend in seine Nebenhöhlen, erfüllte seine Lungenflügel. Schwärzer als dunkel wurde ihm vor Augen, fast verlor er das schwache Bewusstsein. Er ließ sich vorn über auf die Knie fallen, stützte sich mit den Händen ab, hustete heftig. Doch je mehr er versuchte durchzuatmen, desto heftiger wurde der Hustenreiz, bis ihm schien, dass seine Lungen einfach aufgegeben hatte.

*Atemlos.*

Ein lautes Knacken. Sanft rötlicher Schein. Und mit einem Mal wusste er, was es war. Was er nicht wusste, war, wie lange er es schon ignoriert hatte. Es ausgeblendet hatte, da in seiner privaten Dunkelheit, da in seiner eigenen Welt, fernab von der Scheune, fernab jeglicher Wirklichkeit.

Und mit dem letzten ihm noch verbleibenden Atemzug schrie er:

»Feuer! Helft mir, rettet mich!«.

Dann erstickte sein Schrei, versagte sein Atmen.

Stand sein Körper still.

»'s brennt! Die Scheune! Zur Hülfe, es brennt!«, unbändig schreiend, die Tische und Bänke niederreißend, die Menschen umstoßend, kamen die fünf Burschen in das Festzelt gerast wie die Wilde Horde rund um die Eisheiligen. Der eine hatte Tränenspuren im rußigen Gesicht, die übrigen Gesichter waren schreckensverzerrt und unter den schwarzen Schlieren kreidebleich. Alle plärrten ohne Unterlass, starrten wie irre aus ihren kreisrunden Augen, ruderten mit den Armen, traten mit den Beinen, zerrten an den erstbesten Mannsbildern, die sie zu greifen bekamen.

»'s brennt! Hülfe! Und es is ana drinnen! Schnöll! Er schreit nimmer, er stirbt!«

Da kam der Jungbauer vom Bernerhof schon mit einer Axt gerannt. Dutzende Arme schnappten wahllos nach Geschirr und Kübeln. Alle schoben sie sich lüstern gegenseitig erst aus dem Bierzelt, dann den steilen Hügel hoch, hin zur lichterloh brennenden Scheune. Da gab's was zum Schauen. Beim Feiern hatte es keiner gesehen, und über die Musik hinweg, da hatte es keiner gehört. Aber jetzt wollte ein jeder hin.

Die Mutter musste nicht fragen. Sie wusste, wer da in der Scheune drin war.

Der Bub, der dumme Bub.

»Hörst uns Bua!?«, schrie die Menge und riss wie ein großes gieriges Tier an der Scheune.

Wie eines.

Sie alle wie eines.

Er hörte aufgeregte Schreie. Ein unnachgiebiges, lautes Durcheinander, das ihn doch noch einmal aus der ihn wie Blei umklammernden, tiefen Bewusstlosigkeit emporriss. Für das eine letzte Augenöffnen, da reichte es noch. Für dieses eine Aufschauen, da reichte sein Wille. Und grad als er schaute, stand da auch schon einer über ihm. Der streckte die kräftigen Arme nach ihm aus, hob ihn hoch, drückte ihn vorsichtig aber schützend an die starke Brust, trug den schlaffen Bub, selbst krampfhaft hustend, sicher aus der in sich zusammenbrechenden Scheune.

»Papa?«, flüsterte Chris noch. Danach versank er für Tage in eine tiefe, dunkle Ohnmacht.

…da war nichts. Nur Dunkelheit. Die Dunkelheit und das Nichts. Und genau das war es, was er zurück mit ins Leben nehmen konnte. Wenn er dann soweit wäre. Irgendwann. An irgendeinem Tag, der nicht der heutige oder ein sonst irgendwie benannter war. Vielleicht dann. Er wusste es nicht. In diesem dunklen Nichts gab es nichts zu wissen, nichts zu tun, nichts zu vermissen und nichts zu fürchten.

Er war in Sicherheit.

War nicht mehr da, aber noch nicht dort.

*Dazwischen.*

Denn er konnte sich auch nicht dazu durchringen, tot zu sein. Deshalb blieb er im Nichts. Selbst das Sterben unterlag dem Entschluss. Sterben, das passierte nicht einfach. Sterben musste man wollen, es erforderte Bereitschaft. So wie das Leben nicht den Menschen lebte, so holte der Tod den Menschen nicht einfach heim. Das war eine Legende. Weil niemand, der zurückblieb, wahrhaben wollte, dass die Sterbenden sich für den Tod und gegen das Leben entschieden hatten. Weil sie sonst nicht länger mehr die Lebenden, sondern fortan nur noch die Verlassenen wären. Die Wartenden.

Er fühlte sich wohl in diesem Weder-im-Tode-noch-am-Leben-sein. Er fühlte sich wohl in diesem Nichtsein. Ein Nichts sein. Das war die Bedeutung, die er sich selbst beimaß. Das war das Interesse, das er für sich selbst aufbrachte. Kein Mitleid, keine Liebe. Dunkelheit.

Alles und nichts, und nichts dazwischen.

*Jetzt.*

Gierig klammerte er sich an die Zwischenwelt. Noch weiter hinab wollte er steigen, noch tiefer in die Dunkelheit. Das Draußen war ihm weder Verlockung noch Bestreben. Der Ruf der Welt konnte gerne verhallen, ungehörter Schall werden, sich abhören an der Wirklichkeit. Nur nicht an ihm.

*Jetzt.*

Ein vorletztes Taubstellen. Ein allerletztes Liebäugeln mit dem möglichen Tode und ihn dann doch nicht lieben lernen. Nein.

*Wach jetzt auf!*

Gleißend fing das Licht ihn ein, drängte sein Bewusstsein sich ihm auf, strebte zurück an die wahrnehmbare Oberfläche und riss sein Selbst mit sich. *Ich bin da, ich nehme wahr.* Ungeduldig saugte die aufkeimende Wahrnehmung an der Hybris aus Hier und Koma.

*Hell.*

Sein Dasein, nicht mehr als eine Kurve. Ein konstantes Auf und Ab auf einem winzigen Monitor. Ein mattes Lebenszeichen in einer unbeständigen Welt. Röchelnd erstickte der erste eigene Atemzug, weniger an den Schläuchen in seinem Hals, mehr an sich selbst. Sein Körper nutzlos, die Augen kaum zu öffnen.

*Nehmt das Ding aus mir!*

Siechend lag er da, lauschend. Denn hören das konnte er, nur das Weghören, das hatte er verlernt. Es musste ihm entfallen sein, im Nichts, als es nichts zu hören gegeben hatte.

»Er ist stark. Er hat einen starken Willen«, behauptete die Männerstimme. Es war eine dunkle, bestimmte Männerstimme. Man wollte ihr glauben.

Ein leises Weinen.

Ja, es war die Mutter, die weinte. Und die Mutter weinte nie. Die Mutter hatte nicht einmal geweint, als der Vater gestorben war. Er hatte die Mutter noch an gar keine, Tag weinen sehen. Starren, stumm starren und hart leben, das hatte er sie sehen, aber weinen nie.

»Er ist noch jung. Und sonst ist er gesund.«

Das Weinen wurde zum Schluchzen. Worte brachen hervor. Unkontrolliert ausgestoßen.

»Wird er … wird er wieder …«

»Er wird wieder.«, sagte der Doktor, denn wer sonst sollte das sagen? Oder bei wem sonst würde das einen Sinn ergeben? Vielleicht noch der Pfarrer. Aber der würde nicht vom wieder Werden reden, der würde vom endgültig Gehen fabulieren und vielleicht noch von der unsterblichen Seele. Nach diesem Nichts da draußen auf dem Weg in die Endgültigkeit allerdings schwer vorstellbar.

Die Unsterblichkeit.

Die Seele.

*Was auch immer.*

Also der Doktor. Der Doktor und die Mutter. Die redeten über den Patienten. Redeten und merken nicht, dass der wieder da war. Dass er sich gegen den Tod und für das Leben entschieden hatte. Und wenn sie es noch lang nicht merkten, dann würde er bald auch wieder weg sein. Und dann ganz.

»Er wird aufwachen, und er wird wach bleiben. Ganz normal am Leben sein.« Dann stockte er, der Doktor. Weil er gelogen hatte. Mit ganz normal würde da nichts werden. Mit ganz normal war da noch nie was gewesen, und jetzt würde es das noch viel weniger sein. Aber dass es noch nie ganz normal gewesen war, das wusste der Doktor ja nicht. Oder er hatte es vergessen.

»Er ist aus dem Gröbsten raus. Aber …«

Ja, das Aber. Immer dieses Aber. Die ultimative Einschränkung. Das Leben ist schön, aber …

»…aber ein Drittel der Hautoberfläche ist irreparabel verbrannt.«

Die Mutter saugte die Luft hart ein. Jetzt war sie tapfer. Jetzt hatte sie gehört, er würde überleben, und auch die Mutter wollte es genauer wissen. Und nicht mehr weinen.

»Vor allem die Haut im Gesicht ist stark verbrannt.« Der Doktor zögerte. Es war nicht schön, was er zu sagen hatte. Im wahrsten Sinne des Wortes war es nicht schön. Eigentlich war es sogar ganz schön hässlich.

»Wir konnten da nichts mehr machen. Die Haut im Gesicht … die Narben... ihr Sohn wird wohl für den Rest seines hoffentlich noch langen Lebens entstellt sein und es auch bleiben.«

Da lachte sie, die Mutter. Sie lachte, weil es so absurd war. Lachte, weil sie sich fragte, ob es da noch eine Steigerung gab, von einem Monster zu einem anderen Monster. Lachte, weil sie nicht wusste, ob man mehr oder weniger entstellt sein konnte. Und da musste er selbst auch lachen. Entstellt für den Rest seines Lebens? Aber Hallo! Da ist das mit dem Rest, der da anscheinend noch vom Leben übrig ist, die weit größere Überraschung. Doch sein Lachen steckte fest und schmerzte wie das Atmen schmerzte. Die Luft blieb aus. Lang ging es nicht mehr. Er drehte den Kopf und wollte schauen, aber die Augenlider, die waren zu schwer, er brachte die Augen erst gar nicht auf. Das machte ihm dann doch eine Heidenangst. Entstellt und blind. Wenn er nicht mal mehr auf was Schönes schauen können würde, das wäre unvorstellbar. Und vor der eigenen Fratze schützte keine Blindheit der Welt.

Endlich drang ein hörbares Krächzen aus seiner rauen Kehle, gefolgt von einem kreischenden Ton aus der leisen Maschine. Der Doktor schob die Mutter zur Seite, die Schwestern stürmen in das Zimmer, die Mutter schrie:

»Wacht er auf?! Wacht er auf?! Wacht er auf?!«

Sie schrie noch, als die Oberschwester sie zur Tür hinausdrängte.

Und ja, er war wach.

Und in wenigen Sekunden würde er endlich wieder frei atmen.

Schweigen, bangen, warten.

Gebadet, untersucht, schlafengelegt.

So ging das dann ein paar Tage lang. Still lag er im Krankenhausbett, mit Blindheit geschlagen. Von skeptischen Blicken überwacht, atmete und lebte er quälend langsam, während die Welt um ihn sich mit mehrfacher Geschwindigkeit zu bewegen schien. Es kümmerte ihn nicht, dass er da lag. In Gesellschaft von Fremden. Allein. Er hatte mit keinerlei wohlbekannter Gesellschaft gerechnet. Da ihn niemand vermisste, sich auch keiner schuldig fühlte, und es noch weniger jemanden kümmerte, dass er am Leben war – wieder am Leben war – kam auch niemand, um nach ihm zu sehen.

Kam wahrscheinlich niemand.

*Oder doch jemand?*

Vielleicht war ja dieser Jemand schweigend in der Krankenhauszimmertür gestanden, vom schlechten Gewissen geplagt, und hatte ihn nur stumm betrachtet.

Er hätte den stummen Stillstehenden so wohl kaum gehört, noch wäre der Geruch des Schuldbewussten in seine Nase gestiegen. Sein Geruchsinn war ihm inmitten der Rauchschwaden genommen worden. Seine Schleimhäute waren verätzt. Möglicherweise irreparabel. Er hätte ihn auch nicht gesehen. Seine Augen waren schwer verletzt, hatten unter den Verbrennungen im Gesichtsbereich massiv gelitten. Beim regelmäßigen Wechseln der Verbände, die er vor dem Gesicht erdulden musste, hatte man ihn nachhaltig darauf hingewiesen, die Augen auf gar keinen Fall zu öffnen. Er hatte gehorcht, die Augen geschlossen gehalten. Und das nicht, weil er es geschafft hätte, einer Versuchung zu widerstehen, oder weil er seine empfindlichen Augen vor dem grellen Licht hatte schützen wollen. Es war Angst gewesen. Die Angst, beim Öffnen der Augen zu erkennen, dass er das Nichts aus der komatösen Zwischenwelt mit sich gebracht hatte. Dass das Schwarz hinter den geschlossenen Lidern ein helles sein würde im Vergleich zu dem schwarzen Nichts, das ihn tatsächlich leise umgab. Also lag er da im Bett, langsam atmend, mit verbundenen Armen und verbundenen Augen.

Ohne Geruchssinn, bewegungslos, blind.

Die Mutter war dreimal zu Besuch gekommen und schweigend an seinem Bett gesessen. Sie hatte kein einziges Wort gesagt. Er hatte sie an ihrem verhaltenen Seufzen, das für die Mutter so typisch war, erkannt. Schwer, voller Schuld. Und sie hatte seine Hand gehalten. Die unsichere Berührung an den aus den Verbänden herausragenden Fingern, an den Ballen seiner Hand, war ihm fremd erschienen. Irritiert versuchte er, sich zu erinnern, wann sie ihn zuletzt berührt hatte. Und scheiterte.

Bei ihrem vierten Besuch legte sie ihm die silberne Kette mit dem kleinen Herz aus Glas daran die sie ständig um den Hals trug, in die hohle Hand und sprach die ersten Worte:

»Damit du nicht allein bist, mein Kind.«

Und er hielt die Kette, deren Tragen die Mutter immer mit ehrlichem Stolz erfüllt hatte, fest in seiner linken Hand verborgen, und es mochte seltsam anmuten, aber mit dieser Kette in der Hand fühlte er sich tatsächlich weniger allein. Die Mutter hatte recht. Und was noch wichtiger war, sie hatte ihm Recht getan. Wahrscheinlich das erste Mal in seinem Leben. Er überlegte, ob es tatsächlich möglich sein könnte, sein Augenlicht wiederzuerlangen, so wie er die Zuneigung seiner Mutter wiedererlangt hatte. Ganz ohne sein Zutun, einfach nur, weil er es schlussendlich doch verdient hatte.

Er begann sogar zu hoffen. Ganz zaghaft, wie ein geschundenes Tier regte sich die mit den Füßen der Dorfgemeinschaft, mit den Füßen seiner eigenen Familie getretene Hoffnung. Und je länger er die Kette in Händen hielt, das gläserne Herz zärtlich mit den Fingerkuppen befühlte, es sanft liebkoste, desto sicherer fühlte er sich. Er wusste, würde erst das kleine Tier Hoffnung den geschundenen Kopf weiter aus den Untiefen seiner verletzten Seele emporheben, würde er auch sein Augenlicht wiederfinden.

Als die Mutter am sechsten Tag an sein Bett trat, wusste er gleich, dass etwas anders war. Er hatte ihre Schritte bereits draußen auf dem Gang vernommen. Sie klangen ungewohnt fest, entschlossen, und sie waren zielgerichtet. Dennoch hatte er bemerkt, dass sie kurz vor seinem Bett innegehalten hatte und nun doch zögerte. Als müsse sie sich ein Herz fassen. Ängstlich griff er nach dem Glasherz, das neben ihm auf der glattgestrichenen Decke lag, und umklammerte es fest mit seinen schmerzenden Fingern. Er konnte keine weitere schlechte Nachricht ertragen. Nicht noch eine. Auch wenn er gar nicht wusste, was es noch Schlechtes zu berichten geben könnte. Schon sah er sich mit lebenslanger Blindheit geschlagen, da kam die Mutter näher, ging neben dem Krankenbett ihres Sohnes demütig in die Knie und ergriff die Hand mit dem gläsernen Herz darin.

»Vergib mir«, sprach sie mit gebrochener Stimme, und Tränen rannen heiß und ohne Halten über ihr eingefallenes, ihr fahles Gesicht.

Es war ein Stein, kälter, fester und klarer als das Glas des herzförmigen Anhängers, der Chris von seinem verkümmerten, menschlichen Herzen fiel.

»Alles vergebe ich dir!«, wollte er rufen. »Du bist hier, bei mir! Eine Zukunft steht uns bevor. Wir haben eine Zukunft, wir haben ein Leben, ein gemeinsames Leben. Alles, was du bisher getan oder unterlassen hast, sei dir vergeben. Jetzt, da du bei mir bist. Jetzt, da wir zusammen sind. Eine Familie sind.«

Und da hob auch die Hoffnung das zierliche, kleine Köpfchen der vergebenden Sonne frohlockend entgegen. Wachgeküsst und wiedererwacht. Die wiedererwachte Hoffnung.

Da sprach die Mutter weiter:

»Bitte vergib mir, mein Kind. Ich hatte gehofft, du wärst tot.«

*Ich hatte gehofft, du wärst tot.*

*Ich hatte gehofft, du wärst tot.*

Tot.

Leise klirrend fiel das kleine in Silber gefasste Glasherz auf den kalten Fliesenboden, als er seine Hand aus der starren Umklammerung seiner Mutter löste. Ganz ohne Hast.

Aber für immer.

So kam es, dass sie starb, die Welt. Starb in seinen blinden Augen.

Und da ihm alle Welt den Tod wünschte, wünschte er ihr gar nichts mehr.

Der Wunsch der Mutter nach Vergebung schien kein großer zu sein, nur allzu leicht hatte sie sich von der Vorstellung, mit ihm versöhnt zu sein, ihm schlussendlich doch eine Mutter zu sein, gelöst. Nur noch das verstoßene Glasherz hatte sie, nachdem er es fallengelassen hatte, hochgehoben und auf den Nachttisch gelegt. Dies schien ihr letzter Liebesdienst zu sein.

Ein kaltes Herz auf einem kalten Tisch.

Endgültig alleingelassen lag er im Krankenbett, ließ sich von Schwestern waschen und von Ärzten untersuchen. Vielleicht aber waren es auch nur die Schwestern, die seinen geschundenen Körper drehten und begutachteten, unverständliches Zeug über Heilungsprozesse und Vernarbung, über Luftzufuhr und abgestorbenes Etwaiges murmelten. Wie hätte er, blind wie er war, das auch wissen können? In Fetzen gehüllt lag er da, in einem abgedunkelten Raum. Die Matratze war von dem Wundwasser der offenen Verbrennungen durchnässt. Unter seinem Bett stand eine Wanne, die das zäh durch die Matratze tropfende Wundwasser auffing. Jeden Tag kam jemand, um die Wanne auszuleeren. Er dachte immer, das Wasser seiner Wunden müsse so bitter sein wie seine ungeweinten und von seiner bereits vernarbten Seele aufgefangenen Tränen.

Sie kam unverhofft, die Gesellschaft. Und er ward ihrer vom ersten Augenblick

(*dem panischen Hochschrecken aus einem wirren Traum*)

an gewahr. Denn es war kalt. Eiskalt. Von jetzt auf gleich. Es kühlte nicht ab, es war auch niemals lau gewesen. Es war einfach nur kalt. Der Atem schien auf seinen Lippen zu gefrieren. Er wagte es kaum, weiterzuatmen. Kurz gab er sich dem Verlangen hin, die Luft anzuhalten, doch nach nur wenigen Sekunden sog er die klirrende Kälte keuchend ein. Giftig schmeckte die Luft, nach Galle und irgendwie nach Teer. Tief hinab bis in seine Eingeweide fror sie sich ihren klammen Weg. Auch war es nicht stockdunkel, soweit er das durch die geschlossenen Augen und die Verbände hindurch überhaupt beurteilen konnte. Aber es war das Licht des silbernen Mondes, das aus seinem Krankenzimmer gewichen war. Mit einem Schlag. Vertrieben. Gerade noch da, jetzt fort. Als wären sie geflohen, die Wärme und das Licht. Satt bettete sich das eiskalte Schwarz auf seinen Körper, hüllte ihn ein wie gestaltloses, samtenes Pech. Er war wie gelähmt. Betäubt.

*Etwas war anders.*

*Etwas war … es war in seinem Zimmer.*

*Ruch- atem- und gesichtslos harrte es in einer Ecke.*

*Nicht etwas … jemand.*

*Und dieser Jemand hatte ihn gerufen.*

Deshalb war er zurückgekehrt aus dem Nichts. Nicht aus freien Stücken, wie er bisher gedacht hatte. Es war nicht seine eigene, seine schöne Stimme gewesen. Nicht er hatte eine Entscheidung getroffen, jemand hatte sie für ihn getroffen. Er war zurückgeholt worden. Die Welt war noch nicht fertig mit ihm.

*Jemand war noch nicht fertig mit ihm.*

Und das Blut gefror in seinen Adern.

»Wahrlich, kein schöner Anblick.«

Es lag Spott in der Stimme. Und Verachtung. Aber auch leises Interesse und eine Art makabrer Zuwendung. Und sie war ehrlich, die nuancenarme, die klangfarbenlose Stimme. Sie war voll von überlegener, herablassender Ehrlichkeit. Und sie war klar. Klar und kalt wie der Frost, den sie mit in den Raum gebracht hatte. Und auf seltsam unpassende Weise redselig, befremdlich mitteilsam.

»Entschuldige. Ich vergaß. Dein Anblick war schon immer von erlesener Monstrosität. … und amüsant. Wenngleich jegliche Form des Amüsements dem Menschlichen gebührt und ich daran an sich nichts

Erstrebenswertes erkennen mag. Bis auf die Tatsache, dass euer Drang, Verlockungen zu erliegen mir mein Geschäft nachdrücklich erleichtert. Aber du... Dein Leben ist ein wahrlich grandioser Witz! Du verzeihst mir mein allzu menschliches Lachen.« Der offenkundig gemachten Belustigung zum Trotz folgte keinerlei wirkliche Regung, nur ein verhaltenes Klatschen. Wer auch immer da von Menschlichkeit sprach, war des Lachens nicht wirklich mächtig. Nur Klatschen. Dreimal abgehackt, mit flacher Hand. Hohl und nahezu geräuschlos.

»Diese bemerkenswerte Ironie, diese abartige Doppelung. Das blaue Blau. Die sonnige Sonne. Der verkrüppelte Krüppel. Ein Geniestreich! Unter uns, und wie ich sehe, findet sich niemand, der ansonsten deiner Gesellschaft bedarf ... also unter uns und vor allem aber aufrichtig: Ich gestehe es, ich war es nicht. Dieses Gedicht an Grausamkeit ist nicht das meine. Doch nicht einmal ich hätte es besser erschaffen können. Welch kreatürliche Kreation. Liebreizend, so sagt man doch? Ein dreifaches Hoch der dreifachen Faltigkeit.«

Schritte. Klirrend auf dem eiskalten Boden, widerhallend von den pechschwarzen Wänden.

Näherkommend.

Ganz nah.

*Gefährlich nah.*

Und nach all den Wochen des geduldigen Ertragens erschien ihm plötzlich Sterben als die einzige wirkliche Rettung vor dieser unwirklichen Bedrohung. Hinabgleiten und verlorengehen, bevor er für immer festgehalten wird. Doch selbst der Tod scheute die Gegenwart seines nächtlichen Besuchers.

Feige am Leben gelassen.

»Denk nicht einmal daran, dich in den Tod davonzustehlen, während ich hier bin und dir etwas zu sagen habe! Glaub mir, dieser Fluchtversuch wäre ein absolut sinnloser, und das nicht nur, weil generell so unlogisch wie unmöglich. Aber lass uns nicht von Unmöglichkeiten sprechen, wenn wir uns den Möglichkeiten widmen sollten. Ich mach es kurz.«

Der klägliche Versuch eines kläglichen Lachens, gefolgt von einem langgezogenen Vokal, einem nasalen Kurzprusten.

»Wem mache ich etwas vor? Wir beide wissen, dass es nicht in meiner Natur liegt, mich kurz zu fassen. So wie nichts, das das Leben lebenswert machen könnte, in der deinen liegt. Ein geborener Versager, ein natürliches Elend. Schau dich an! Grandios! Aber auf den Punkt gebracht: Du bist am Ende. Es ist aus. Nichts geht mehr. Und das wirklich Lustige daran ist, du bist jung, und du bist am Leben. Und trotzdem, ist es aus … wunderschön!«

Er fürchtete sich, wie er sich noch nie zuvor in seinem Leben gefürchtet hatte. Aus tiefstem Herzen, aus abgründigster Seele war es aufrichtige Furcht, die ihn brennend heiß durchfloss und gegen die schmerzende Kälte anwütete. Nichts Menschliches und auch nichts Sonstiges würde bleiben, um dieser abartigen Redseligkeit zu lauschen.

Aber er war immer noch da.

Vom Tod ausgespuckt und immer noch da,

Und es waren nicht seine Verletzungen, die ihn festhielten und nicht davonlaufen ließen. Denn wäre er kerngesund, er würde dennoch bleiben. Und einfach weiter zuhören. Weil er hören wollte. Weil die Stimme nichts anderes zuließ. Die Stimme, die so makellos wie leblos war. In ihrer Perfektion fehlte ihr alles, was nicht perfekt war, fehlte ihr alles Menschliche. Die Stimme war nur ein Abbild, sie glich der seelenlosen Wiedergabe einer Schallplatte. Wer immer es auch war, der zu ihm sprach, er war eigentlich nicht wirklich hier. Auch seine Suche nach einem der Stimme entsprechenden Bild, seine Suche quer durch alle Erinnerungen seines armseligen Lebens, brachte keinerlei Treffer. Niemand.

*Gänzlich unbekannt.*

*Und dennoch vertraut.*

Noch nie gehört und trotzdem beinahe er selbst. Seit ihn das Feuer mit Blindheit geschlagen hatte, hatte er sich noch nie so danach gesehnt zu sehen. Eine Sehnsucht, die weit über das Gewöhnliche hinausging und tief in eine essentielle Notwendigkeit hineinreichte. Jetzt nicht zu sehen, konnte ihn alles kosten, und nicht nur sein wertloses Leben.

»Du musst nicht sehen, um zu verstehen. Und ja, deine Gedanken sind unerträglich laut in meinen Ohren. Denk nicht nach, frag dich nicht, zweifle nicht. Hör einfach hin.«

Chris schrak zusammen. Er hatte die Schritte wohl wahrgenommen, aber nicht bemerkt, dass der Fremde bereits so nahe an seinem Bett stand.

*Direkt neben ihm.*

Er konnte das stumme Lachen des Fremden hören. Konnte es spüren.

Ein leises Schaben. Ein Geräusch, als würde eine stumpfe Klinge über Blech gezogen.

»Ich bin nicht gekommen, um mich an deinem Anblick zu erfreuen. Wenngleich ich gestehen muss, dass etwas durchwegs Erfreuliches in deiner Trostlosigkeit liegt. Offen gesprochen, es befriedigt mich sogar ein wenig. Und mir ist das Wenige das eigentlich Viele und die Befriedigung an sich ein äußerst Seltenes.«

Wie ein pelziges Tier lag seine Zunge schwer in seinem Mund, von den vielen Tagen des Schweigens lahm, trocken und unbrauchbar gemacht: »Wer bist du?«

»Du stellst die falsche Frage. Wer ich bin? Ist das denn nicht offenkundig? Die Frage ist vielmehr, was ich will. Oder besser noch, was ich dir bieten kann!«

Feingliedrige, eisige Finger umfassten den Puls seiner linken Hand. Zierlich war die Hand, die die seine hielt. Zierlich und unendlich fordernd, aber gleichsam alles versprechend.

Alles und jedes.

»Dein Herz rast. Wohl rast es mir zu.«

Das wegziehen Wollen der Hand unterlag bereits im allerersten Moment dem verharren Müssen. Chris hauchte feine Atemkristalle in den erstarrten Raum.

»Dann, was willst du? Nein, was ist es, das du mir bieten kannst?«

Ein Moment des Schweigens, einem tiefen schwarzen Abgrund gleich. Ein Hauch von Unendlichkeit.

Der finale Pakt war geschlossen, noch bevor die mächtigen, die prophezeienden Worte gesprochen waren. Eine Verheißung, so erotisch wie nichts Menschliches.

»Ich biete dir Liebe. Nicht die meinige, denn ich bin nicht allmächtig. Und du wirst keinen Wein in einem hohlen Glas finden. Und auch ist es nicht meine Liebe, nach der du dich sehnst. Ich biete dir die Liebe der Menschen. Nicht nur eines Menschen. Ich biete dir die Hingabe, die bedingungslose Unterwerfung aller Menschen. Bis an dein Ende, unabdinglich, unabänderlich.«

Kurz zögerte Chris, nicht um das Gesagte infrage zu stellen oder um sich zu entscheiden, sondern um die angemessenen Worte zu finden:

»Das ist ein sehr mächtiges Geschenk.«

Ein einzelnes, tief aus dem Zwerchfell emporgedrücktes Fauchen, das endlich auf absonderliche Weise doch einem Lachen glich, entfuhr dem Fremden.

»Von einem Geschenk war nie die Rede.«

»Was willst du dann dafür? ...Was willst du für die Liebe der Menschheit?«

»Deine Liebe. Ich will deine Liebe. Aber lass es mich klarstellen, denn kann ich mir auch viel vorwerfen, so soll die absichtliche Täuschung doch nicht dazugehören. Ich will nicht, dass du mich liebst. Mir liegt so gar nichts an deiner oder an irgendeiner anderen Liebe. Die Liebe ist mir nicht nur zuwider, sie ist mir gleichgültig. Ich will dir deine Liebe nehmen. Sie abtöten. Jede Form davon. Du wirst nie wieder lieben. Niemanden, zu keiner Zeit, niemals. Kein Hoffen, kein Sehnen, kein Betteln und kein Toben, kein Geld der Welt wird dir die Fähigkeit zu lieben zurückbringen. Dein Wesen wird lieblos sein und bleiben, und es wird erfüllt sein von tiefster Verachtung, überlegener Abscheu und vernichtendem Hass.«

Nahtlos schlossen Christians Worte an die Worte des Fremden an. Kein Zweifel beseelte sie.

Nichts beseelte sie.

»Du denkst wohl, dass dein Preis ein hoher sei. Mir liegt ebenso nichts an der Liebe. Nichts ist mir fremder als der Mensch an sich, und nichts scheint mir abwegiger, als ihn zu lieben. Ich hasse die Liebe, wie ich die Menschen hasse. Begehren sollen sie mich, anbeten und fürchten. Mit Verachtung und Gewalt will ich jeden einzelnen Liebenden strafen, und beginnen werde ich bei meiner Mutter. Ich werde sie vernichten, tief in ihrem Herzen werde ich sie töten und ihren Leib am dürren Leben lassen. Nimm dir, was du brauchst. Mein Herz, meine Seele. Es steht dir frei.«

Kein weiteres Wort wurde in dieser Nacht, in der sirrenden Eiseskälte des Krankenzimmers, verloren. Es bedurfte keiner Worte mehr. Es war alles gesagt worden. Und es war alles eindeutig.

Mit dem zärtlichen Anflug eines bestialischen Lächelns auf dem unnatürlich glatten Gesicht und einem gefrierenden Lodern in den gierigen, den eisblauen Augen zog der Fremde verrichteter Dinge von dannen. In seiner rechten Hand schützend geborgen das nutzlos gewordene, das kalte Herz aus Glas.

Als er am Morgen nach der Begegnung aus einem traumlosen Schlaf erwachte, fühlte er … was genau eigentlich? Nicht lange musste er in sich hinein hören, nicht tief hinab zu den noch ungedachten Gedanken sinken, um die Antwort zu finden. Es war deutlich, und es war eindeutig.

Er fühlte nichts mehr.

Keinen Schmerz mehr und keine Angst. Nicht den geringsten Zweifel und dadurch aber auch nicht ein Quäntchen Hoffnung. Dem Zweifelsfreien ist die Hoffnung eine überflüssige Zier. Er war geneigt, die kalte Stunde dieser dunklen Nacht als Illusion, als genialen Streich, den ihm sein geplagtes Wesen gespielt hatte, abzutun. Er war an sich geneigt, aber er war nicht wirklich bereit dazu. Auch wenn es noch so surreal, noch so widersinnig erschien, so war er sich doch sicher. Es war kein Traum gewesen. Es war geschehen. Er war hier bei ihm gewesen. Fraglich blieb, mit wem genau er es zu tun hatte, vom Moment dieser Nacht an bis wohl in alle unbestimmte Ewigkeit. Und selbst wenn ihn mit der Kälte der Nacht eine definitive Ahnung beschlichen hatte, wer der Besucher rund um die zweite Stunde des klaren Morgens gewesen sein mochte, so schien es ihm auch jetzt noch ein Rätsel, was er hier an diesem nichtigen Ort gewollt haben konnte. Was konnte es Begehrliches geben an einem von den Menschen überbewerteten Abstraktum, dem Chris bereits im qualvollen Moment der eigennützigen Beichte seiner Mutter ohnehin endgültig entsagt hatte? Was konnte es Begehrliches geben an der Liebe? Was an ihm?

So hing er antriebslos seinen beharrlichen Gedanken nach, als der Chefarzt, gefolgt von einem halben Dutzend Helfershelfern, guter Dinge und voll unverblümter Zuversicht sein Krankenzimmer betrat. Im devoten Sicherheitsabstand die geknickte Mutter. Er erkannte sie sofort. Ihr Schritt stach zwischen all den anderen Schritten hervor, ging wie Pizzicato in sein Herz und verlor sich dort ohne den geringsten Wiederhall. Alles, was blieb, war der schale Nachgeschmack des Wiedererkennens. Es war bedeutungslos. Sie war es, die bedeutungslos war.

Schon unterbrach der geschäftige Oberarzt das hektisch sorgsame Treiben rund um Christians Krankenhausbett, unterbrach den hasserfüllten Gedankenstrom, den er gegen die Mutter anbranden ließ wie die Gischt im November gegen die Küste Neuenglands. Die wohltätigen Schwestern hatten Stellung bezogen und harrten der Befehle des honorigen Vorgesetzten.

Es war an der Zeit.

Heute war es soweit. Endlich. Entweder hatte er vergessen, die Tage zu zählen oder er hatte sich in sich selbst verloren, war der Tage überdrüssig geworden. Umso heftiger durchfuhr die plötzliche Erwartung seinen geschwächten Körper.

*Heute war es soweit.*

»Als Erstes dunkeln wir das Zimmer ab. Wir wollen das empfindliche Auge nicht durch die Strahlen des noch jungen Tages schädigen. Diese bescheidene Lichtquelle sollte ihr Nötigstes tun, um dem Patienten einen vorsichtigen Blick in die Welt zu gestatten.«

Amüsiert fragte sich Chris, woran wohl die Bescheidenheit des Lichtes festzumachen sei. Gewiss würde es neben der Selbstgefälligkeit der Mutter, die sich immer erhabener Bescheidenheit rühmte, erlöschen. Bedauerliches, bescheidenes Licht.

»Gaze und Tücher liegen bereit. Lauwarmes Wasser, heilende Hände. Und Geduld. Mehr bedarf es für den Moment nicht, um die Verbände abzunehmen.«

An Chris gewandt ergänzte der Arzt, der im Angesicht des Augenblicks mehr Optimismus ausstrahlte, als er tatsächlich empfand, seine Aufregung, die er aber dann doch aufgrund einer manischen Undeutlichkeit in der Artikulation entlarvte:

»Mein Sohn, geben wir dir das Licht zurück.«

Danach trat er nahe zur Mutter, um in kaum hörbarer Lautstärke abermals die bedauernde Warnung zu wispern, die alle Anwesenden nun schon zur Genüge kannten, aber jeder scheute, laut auszusprechen.

Chris hielt den Atem an, lauschte andächtig.

Nur ein Flüstern, und dennoch bannte sich jedes einzelne der beschwichtigenden Worte seinen brennenden Weg direkt in sein Bewusstsein. Jedes einzelne Wort.

»Erschrecken Sie nicht«, flüsterte der Arzt der Mutter zu, »es ist immer noch Ihr Sohn.«

*Es,* hallten die Worte des Arztes in seinem Kopf wider, und süßer Hass wallte in Chris hoch, zog wohlig warm und unendlich beruhigend durch seine Brust.

*Es* war schon seltsam.

Das war er in der Tat, und er war noch nie seltsamer gewesen.

»Und denken Sie daran«, fuhr der Arzt beschwörend fort, »es ist ein Großes, ihm wenigstens das Augenlicht zurückzugeben. So hat ihm das Schicksal nicht alles genommen, vor allem das Leben nicht. Und das Augenlicht, ja, das Augenlicht. Das ist mehr als erwartet und so viel wie erhofft. Teilen sie den Glauben an die Medizin mit mir. Lassen sie uns gemeinsam hoffen.« Beten sagte er nicht, aber wahrscheinlich dachte er es.

Chris war sich sicher, der Arzt fasste die Mutter an der knochigen Schulter. Haltsuchend oder haltgebend, ihm war das einerlei. Wichtig waren ihm nur die Hände der Schwestern, die langsam die Bandagen lösten. Erst noch die an seinen Armen. Danach die vor seinem Gesicht, vor seinen Augen.

Zärtlich traf der Hauch der desinfektionsmittelschwangeren Krankenhausluft seine Haut, als der ihm nach mehreren Wochen so vertraut gewordene Schleier Bahn um Bahn von seinem Gesicht fiel. Wie fremdgesteuert regte sich sein Kiefer, zeichnete sich ein Lächeln ab, auf seinem gänzlich enthüllten Antlitz. Zeichnete sich von selbst, als Selbstbestätigung der Muskeln und nicht als Zeichen der Freude.

Ein Lächeln.

Da stand sie, die schwieligen Hände in den Rocktaschen des aschgrauen Kittels verborgen, nicht sicher, ob sie bereit war, ihren Sohn zu sehen. Ihm in die Augen zu schauen. Vielmehr noch, ob er überhaupt dazu bereit war. Ob nicht seine erste Tat nach dem ersten Augenaufschlag die sein würde, seine Mutter des Zimmers zu verweisen. Dennoch ging sie nicht. Sie hatte vor, nie wieder zu gehen. Ja, sie hatte Fehler gemacht, nicht nur einen. Vermutlich auch nicht den letzten. Aber jetzt war sie da. Gespannt, einen Blick auf ihren Sohn zu werfen, dazu bereit, noch dem Schlimmsten standzuhalten, um doch noch für ihn da zu sein. Wappnen wollte sie sich, mit einem Lächeln. Etwas, das sie sonst nur selten bis gar nie trug. Zur Feier des Tages, ein Lächeln. Und das war auch das Erste, das sie auf dem Gesicht ihres Sohnes sah. Ein Lächeln. Und ihr wurde warm ums Herz.

Erst dann sah sie es. Erst im zweiten Augenblick.

Geschickt hinter dem Lächeln verborgen.

*Das Gesicht.*

Abrupt gefror ihr kostbares Lächeln zu wertlosem Stein, und ihr fragiles Herz setzt aus. Für einen unendlich langen Schlag.

Für diesen einen, diesen kalten Herzschlag.

Das war nicht das Gesicht ihres Sohnes.

*Das Gesicht war makellos.*

Und wieder war es das Wort, das ihm vorausgeeilt war. Dies war beim Tod seines Vaters so gewesen, und es war auch jetzt so. Einiges änderte sich nie, und das Wort war das Wesentlichste davon. Es war einfach zu mächtig. Die Nachricht an sich war zu erschütternd, um nicht verbreitet, die Geschichte zu unglaublich, um nicht erzählt zu werden. Und obwohl sie alle, wirklich jeder verdammte Einzelne von ihnen, davon gehört hatten, war niemand darauf vorbereitet. Sie alle hatten die Worte vernommen und sich Bilder ausgemalt. Und dennoch. Sein Anblick traf sie wie ein Schlag. Mitten ins Gesicht, ins Herz, den Magen und vor allem mitten ins Geschlecht. Keiner von ihnen war fähig, den Blick abzuwenden, als Chris, sein Bündel Habseligkeiten unterm Arm, den Hauptplatz entlang zum Haus seiner Eltern schritt. Sie alle starrten ihn an, von seinem Anblick besessen. Viele waren so unbeherrscht, dass sie ihm folgten. Zwar in einem gebührenden Respektabstand, aber er konnte ihre begehrlichen Blicke im Nacken spüren. Und ob sie ihm nun folgten oder nicht, sie alle gierten nach mehr. Wollten mehr von ihm sehen. Wollte ihn länger sehen. Wollten in seinem Anblick versinken. Untergehen. Für den Moment, für immer.

Das konnten sie haben.

Das und noch mehr.

In den kommenden Wochen schlief er mit zwölf Frauen aus seinem Heimatort und weiteren dreiundzwanzig aus den umliegenden Dörfern. Mit seinen zarten fünfzehn Jahren hatte er sie alle und er hatte sie auf jede nur erdenkliche Art und Weise. Er schändete Jungfrauen wie Ehefrauen, und es schien ihm, als habe niemand etwas dagegen einzuwenden. Als gäbe es keine Antidote. Er war unwiderstehlich, und er war unbesiegbar. Nie im Leben hatte er sich besser gefühlt. Das Glück schoss ihm aus den Poren und in die Landschaft wie sein Sperma in die Dorfbewohnerinnen.

Ja, er hatte sie alle, und er hatte sie alle bald satt. Er hätte noch mehr von ihnen haben können, sowohl an Zahl als auch an abartigen Gefälligkeiten, aber er hatte das Interesse verloren. Sie alle waren ihm einfach zu wenig. Ein Blick in seine Augen und sie fielen reihenweise. Lagen schmachtend und bettelnd auf den Stufen vor seinem Haus auf den Knien, verharrten dort die Nacht über. Verletzten sich, einmal zurückgewiesen, gegenseitig. Verletzten sich selbst. Einzig die Mutter mied das Haus, übernachtete bei Freunden. Sie hätte auch bei Fremden, denen der modrige Geruch des Todes anhaftete, übernachtet, denn sie fürchtete sich. Aber sie fürchtete sich nicht vor seinem Groll oder seiner Rache, mit dieser Strafe hätte sie es aufgenommen. Sie fürchtete schlicht und ergreifend, was er jetzt war.

*Sie fürchtete ihn.*

Und nach einiger Zeit, als Chris nicht mehr mit jeder Frau schlief, die vor ihm in die Knie ging und sich nicht mehr den bewundernden Blicken, Gesten und Einladungen der Männer am Stammtisch beugte und sie so nicht mehr mit seiner Gegenwart beehrte, fürchteten auch die Dorfbewohner ihn. Sie drängten sich in Ecken, stoben auseinander, zeigten hinter seinem Rücken auf ihn, schlugen so manches Kreuzzeichen. Machten das Zeichen gegen den bösen Blick. Lange hatte es niemand mehr gemacht, fast war man geneigt zu sagen über Generationen hinweg, und dennoch hatte es keiner von ihnen vergessen. Der Pfarrer selbst segnete das verwunschene Haus mit Weihwasser und betete. Betete für das Seelenheil des offensichtlich Seelenlosen, betete für die Sicherheit des Dorfes.

Hätte Chris sie weiterhin benutzt – jeden Einzelnen von ihnen, Mann wie Frau – ihre Körper gefickt wie ihre Seelen und ihre geistlosen Hüllen danach verbraucht weggeworfen, sie hätten alles ertragen. Doch mit der Ablehnung keimte der Zweifel. Und wo der Zweifel keimt, gedeiht die Furcht. Aus Furcht wurde Angst und aus Angst die nackte Panik.

So endete die Geschichte *des schönen Christian* in jener sternenklaren Nacht, als die Dorfbewohner mit Fackeln und Mistgabeln bewaffnet vor dem Haus der unnatürlichen Kreatur ums nackte Überleben kämpften, ihn mit ihren geschrienen Worten und geschwungenen Waffen aus der Stadt treiben wollten. Sie waren alle gekommen, um ihn gehen zu sehen. Und um noch einen letzten Blick auf das Schönste zu erhaschen, das sie jemals in ihrem erbärmlichen Leben gesehen, das sie jemals begehrt hatten.

Herablassend schmunzelnd trat er mit leichtem Gepäck vor die tobende und hysterisch fauchende Menge, die bei seinem Anblick augenblicklich verstummte, andächtig erstarrte. Ohne mit der Wimper zu zucken, lauschte er den bedeutungsschwangeren Worten des todesmutig vorgetretenen Pastoralassistenten.

»Du bist hier nicht mehr willkommen«, sprach Gottes Diener mit bebender Stimme und gesenkten Hauptes.

»Nicht mehr? Ich bin nicht mehr willkommen?«

Langsam ging Chris auf den zitternden Mann zu, der kaum älter als er selbst zu sein schien, und blieb in Reichweite stehen. Dann legte er den gebeugten Zeigefinger seiner rechten Hand unter das Kinn des Mannes, hob so dessen Gesicht an und blickte ihm tief in die nervös blinzelnden Augen. Blinzelnd, als wären sie auf die gleißende Sonne gerichtet.

»Halt dein lächerliches Holzkreuz fest, armseliger Laie. *Ich* bin nicht mehr willkommen? Was seid ihr denn ohne mich? Was seid ihr überhaupt? Ein Haufen unkultivierter Bauern, die einem nutzlosen Symbol, getragen von einem unwürdigen Kind, hinterherrennen. Stinkender Pöbel, nicht wert, mir den Arsch zu lecken. Und ich bin euch nicht mehr willkommen? Glaub mir, vielmehr ist es so, dass ihr mir nicht mehr willkommen seid. Ich bin fertig mit euch. Das war ich immer schon. Fertig mit euch.«

Zärtlich strich Chris mit der flachen Hand über das Gesicht des Mannes, als er dessen Kinn losließ. Gebannt blickte der Hilfspfaffe ihn an, betete lautlos darum, seinen Blick abwenden zu können von der Perfektion, die sich da noch Mensch nannte. Abwenden von den nahezu göttlichen Zügen.

»Es ist besser, wenn du jetzt gehst«, insistierte er flehend, das schäbige Kreuz weiterhin panisch emporreckend.

»Besser? Besser, wenn ich jetzt gehe?«

Chris konnte ein Lachen nun nicht mehr zurückhalten. Kalt und leer brach es aus ihm hervor, verschlang den bebenden Mann Gottes wie die angsterfüllte Menschenmenge. Wer einmal diese Leere gehört hatte, dem schien die Erlösung ein liebliches Kinderspiel. Ein sinnloses Spiel. Der bunte Jahrmarktsstreich eines strebsamen Gauklers, ein göttlicher Jux.

Bedauernswerte Wesen.

Vollkommen unvollkommen.

»Ich werde gehen, gerne werde ich gehen! Und es ist wohl besser, wenn ich darüber hinaus tunlichst darauf achte, dass mir keiner von euch gottesfürchtigen Narren folgt.«

Beiläufig streifte er die Schulter seines Gegenübers, als er sich an ihm vorbeischob. Ohne Eile ging er ein paar Meter, dann drehte er sich um, für einen letzten Blick auf jene Menschen, die einmal sein Zuhause gewesen waren, sein Umfeld, sein Leben. Drehte sich um für eine letzte Frage: »Was ist eigentlich aus Alex geworden?«

Erhobenen Hauptes schritt er von dannen, und die Dorfbewohner starrten ihm hinterher. Sie hatten *den schönen Christian* für immer verloren. Sie würden ihn nie wiedersehen.

Genauso, wie sie Alex seit dem Brand in der Scheune nicht mehr wiedergesehen hatten.

Er war einfach verschwunden.

Und niemand hatte ihn vermisst.

*Bis heute.*

Chris konnte ihre ängstlichen und dennoch begehrlichen Blicke im Nacken spüren, doch sie hielten ihn nicht auf. Nichts hielt ihn mehr auf. Zart fuhr der Nachtwind durch sein goldbraunes Haupthaar. Siegessicher funkelten seine bernsteinfarbenen Augen im Widerschein des Mondes. Er fühlte sich befreit wie nie und unendlich mächtig. Wahrlich, es war Zeit zu gehen, es war Zeit, ein neues Kapitel aufzuschlagen und nie wieder zurückzublicken.

Da draußen lag die Welt, in unschuldigen Schlaf versunken.

Es war an der Zeit, sie aufzuwecken.

Für einen grauenvollen Moment ist das matt funkelnde Glasherz weit erschreckender als das diabolische Monster, welches das banale Schmuckstück um den vernarbten Hals trägt. Hat die zerklüftete Fratze für ihn nichts weiter zu bedeuten – außer vielleicht sein baldiges Ende, seinen vorzeitigen Tod – so weiß er in dem Moment, in welchem er es erblickt, was das Herz für ihn zu bedeuten hat. Es ist nie einfach nur ein Herz gewesen.

Es bedeutet ihm alles.

Mit diesem Herz hat er alles gewonnen. Und alles verloren. Dieses Herz hat ihn dorthin gebracht, wo er heute ist. Oder eigentlich ist es vielmehr der Verlust des Herzens gewesen. Vor langer Zeit hat er das Herz verloren, und jetzt hat es ihn wiedergefunden. Hier in diesem verlassenen Hotel, am verdammten Rand der verdammten Zivilisation. Dem Rand des Wirklichen. Und diese Erkenntnis bricht aus ihm, so ehrlich und aufrichtig wie schon lange kein einziger Atemzug mehr.

»Das Herz«, stößt er zwischen seinen zusammengepressten Lippen hervor.

»Ja, *dein* Herz!«, äfft die Gestalt seine erstickte Stimme nach, sichtlich amüsiert. Ein Höllenspaß, seine Angst.

»Ich habe es nicht mehr gesehen, seit …«, sucht er nach Worten, ringt er nach Atem.

»Du hast es nicht mehr gesehen, seit du es aufgegeben hast. Seit du es verkauft hast für das, was du Leben nennst.«

Speichel rinnt in zähen Bahnen aus dem widersinnig verzogenen Maul der abstrusen Gestalt. Das verbliebene Auge taxiert in forschend.

»Dein Herz. Dein verdammtes Herz«, faucht der Dämon und lacht. Doch durch den Spott hindurch, über den aufrichtigen Hass hinweg, kann er eine weitere Regung hören. Ein tief verschüttetes, ein gut verborgenes Bedauern. Der stechende Schmerz des Wiedererkennens, der seine versteinerte Brust durchzieht, bestätigt seinen Verdacht. Es mag ein Monster sein, das sich hier über ihn beugt, wohl nicht von dieser Welt und sicher ohne Verständnis für eben diese. Und ohne den leisesten Zweifel hat es seinen Weg hierher gefunden, oder hat vielmehr ihn hierher gelockt, um ihn zu töten. Auf die wahrscheinlich grausamste Art und Weise, welche er sich nur vorstellen kann, und er ist zu wahrlich unvorstellbarer Grausamkeit fähig. Doch etwas verbindet ihn mit diesem

Monster. Mehr, als ihn seit langer Zeit irgendetwas mit irgendeinem Menschen verbunden hätte. Es ist dieses Bedauern, das ihm nicht nur bekannt, sondern vor allem auch vertraut ist. Selbst in seinen stärksten Momenten, noch in den Augenblicken der höchsten Ekstase ist das Bedauern immer bei ihm gewesen. So trifft ihn das Bedauern der Kreatur, wie ihn nie etwas Menschliches treffen würde.

»Wenn du hier bist, um mich zu töten, dann tu es einfach«, spricht er mit wiedergewonnener Fassung, und dennoch sind seine Worte nicht viel mehr als ein leises Flüstern, ein ängstliches Flehen.

»Nichts auf dieser Welt ist so einfach, und dein Tod wird es erst recht nicht sein«, antwortet die Kreatur ohne zu zögern. Dennoch kann er das Zögern in deren Stimme wahrnehmen. Auch wenn es nicht da ist, das Zögern, so ist es da. Eigentlich unmöglich, aber nichts hier, auch nicht er, scheint an das Mögliche gebunden. Immerhin ist in genau diesem Augenblick eine Kreatur der Hölle in dieser Hotelbar.

Um ihn zu holen.

Um ihn heim zu holen.

Möglicherweise zögernd, möglicherweise sogar bedauernd, aber jedenfalls endgültig.

»Wenn du meine Angst willst, die hast du mehr, als irgendein Mensch jemals irgendetwas von mir gehabt hat. Aber glaub mir, mehr als Angst wirst du nicht finden. Es ist das einfachste und reinste, wahrscheinlich das vollkommenste Gefühl, dessen ich fähig bin.«

Noch bevor das Wesen langsam in die Knie geht, um sich ihm zu nähern, bedauert er seine, vom Wahrnehmen des Bedauerns und Zögerns leichtfertig provozierte, Äußerung. Selbst wenn ihm seine Angst in diesem Moment vollkommen scheint, so gibt es immer noch mehr zu fürchten, und es gibt immer noch mehr zu leiden. Und er ist noch lange nicht bereit dazu.

Er ist noch nicht bereit zu sterben.

»Aber Christian, du hast mir viel mehr zu geben als deine Angst.« Es ist Begehrlichkeit, die da in der gutturalen Stimme des Höllenwesens mitschwingt. Glucksend schnurrend, wie eine ertrinkende, rollige Katze. »Du bist hierhergekommen, um mich zu ficken. Und jetzt werde ich dich ficken. Bis du Blut spritzt und deine Leiste zwischen meinen gierigen Lenden zerquetscht wird. Ich werde dir das Leben aus deinem elenden, seelenlosen Körper ficken. Und schlussendlich werde ich mit meiner Fotze deinen letzten Atemzug auffangen und ersticken. Ich werde auf deinem sterbenden Gesicht meiner Befriedigung entgegenreiten, während mein bitterer Scheidensaft deine zarte Haut verätzt und deine eingefallenen Wangen entlangläuft.«

Auf allen Vieren kriecht das Wesen auf ihn zu, das zerklüftet Dekolletee entblößend wie eine Wolfsmutter ihre prall gefüllten Zitzen. Gierig schiebt es seine spitze, verkrustete Zunge aus dem asymmetrischen Fischmaul.

»Aber zuerst nähre ich mich noch an deinem heißen Samen.«

Fordernd legt es die rechte Hand auf seinen Schritt, schließt die Klauen um seinen Penis.

Das Zimmer dreht sich um ihn. Schrill dringt ein einzelner Tastenton des Pianos – wann hat der Pianist wieder zu spielen begonnen? – immer und immer wieder an sein gemartertes Ohr. Das Blut rast durch seine Adern, und eiskalter Schweiß tropft ihm von der Stirn auf sein weißes Hemd. Schweißbilder des Schreckens verrinnen auf seiner nach Atmen ringend, sich unstet hebenden und senkenden Brust. Nur noch ein letzter, pfeifender Atemzug und sein Körper wird versagen, einfach aufgeben. Doch in der Sekunde bevor sich eine befreiende Ohnmacht auf ihn senken kann, erhascht er einen kurzen Blick auf das linke Schlüsselbein der Kreatur. Ein kleiner Leberfleck ziert die kantige Erhebung.

Die über den Knochen hinweg verronnene Form eines kleinen Vogels.

Adrenalin gleich schießt die Erinnerung durch seinen Körper. Neckische Bilder aus seiner Vergangenheit bombardieren sein schreckenslahmes Gehirn, sein Herz pumpt wieder Blut in seine Glieder. Gerade eben genügend Luft für zwei Silben findend, stößt er fassungslos fragend den ihm so vertrauten aber schon so lange nicht mehr gedachten Namen hervor:

»Birdy?«

Fauchend wie ein tödlich getroffenes Tier fährt die Kreatur zurück und lässt von ihm ab. Richtet sich wankend auf, kippt um sich schlagend nach hinten weg, landet, das Becken hochgereckt und den Kopf unnatürlich nach vorne überstreckt, rücklings auf allen Vieren und kreischt wie am Spieß:

»Du Teufel! Vergessen sollte dich strafen!«

Mit schreckensweiten Augen und zitternder Stimme fragt er, halb an sich selbst, halb an das kreischende Wesen gerichtet, ein weiteres Mal:

»Birdy?!«

Heulend und schreiend, von der Übermacht des eigenen Namens in die Flucht geschlagen wie das Böse selbst, kriecht die Kreatur noch weiter von ihm weg. Immer noch auf allen Vieren, mit dem entstellten Körper eine bizarre Brücke bildend, kreuchend wie ein überdimensionales Insekt, den Kopf in ruckartigen Bewegung von links nach rechts drehend.

Einen Moment verharrt er. Fassungslos, atemlos, herzlos. Dann springt er auf. Die Gunst der Überraschung nutzend, den vor Angst gelähmten Körper rücksichtslos ziehend und zerrend, flieht er aus der Hotelbar. Flieht vorbei an den Hotelgästen quer durch die halbleere Hotellobby. Immer zwei Stufen auf einmal nehmend, rennt er die imposanten Treppen hoch, stürzt über seine trägen Beine, fängt sich wieder, flüchtet weiter bis in den letzten Stock. Still hört sein Verstand auf zu sein, wenigstens für die Dauer seiner Flucht. Erst als er die Zimmertür seiner Suite von innen ins Schloss fallen lässt, kommt er, dem hysterischen Pfeifen seines keuchenden Atems lauschend, wieder wirklich zu sich. Findet sein Geist den Weg zurück in eine Gegenwart, welche allerdings nicht weniger unwirklich ist als die vage Erinnerung an die Begegnung in der Hotelbar.

Was zur Hölle? Und wie?

Das ist ausgeschlossen.

Er verfällt in ein überdrehtes Lachen, zerrt manisch an seiner Fliege, reißt sich nach Atemluft ringend das weiße Hemd mit einem beherzten Ruck halb vom Leib. Munter springen die übermütigen Perlmuttknöpfe durch den Raum. Sein Brustkorb weitet sich, er gewinnt an Atem. Er weiß, dass es eine trügerische sein mag, dennoch, er fühlt sich in Sicherheit. Er hat es aus der Bar und in sein Zimmer geschafft.

Er hat es geschafft.

Erschöpft sinkt er in sich zusammen, stützt seine Arme auf seinen Knien ab, legt die schweißnasse Stirn in seine zitternden Hände. Sein Atem geht unstet und rasselnd, seine linke Seite sticht bei jedem Zug, aber er atmet. Nach einigen schmerzhaften, aber immerhin ruhigeren, tieferen Atemzügen richtet er sich wieder auf. Er braucht etwas zu trinken, jetzt. Er wird sich betrinken und in traumlose Träume sinken. Ein einfacher Plan, der ihm so gut oder schlecht erscheint wie jeder andere auch, aber wenigstens innerhalb weniger Meter erfüllbar. Immerhin steht eine Whiskeyflasche, ihn herzlich Willkommen heißend, auf dem blankpolierten Tresen der Zimmerbar, und deshalb ist der Plan des sich Betrinkens eindeutig allen anderen möglichen Plänen vorzuziehen. Noch unsicher auf den Beinen taumelt er auf die Zimmerbar zu. Doch noch bevor sein Blick auf die verheißungsvolle Flasche vierzigprozentigen Vergessens fallen kann, streift er den Spiegel hinter der Bar, huscht flüchtig über sein aschfalsches Spiegelbild. Verfängt sich zäh an dem Etwas am Rande des Spiegels.

Etwas hängt da.

An der Kante.

*Das kleine, in billiges Silber gefasste Glasherz.*

Das verdammte Scheißding.

Hämmernd beschleunigt sein Herz. Das aus Fleisch und Blut. Und Hass.

Panisch irrt sein Blick über die Bar und findet darauf nichts, das ihn auch nur annähernd weiterbringen könnte. Hektisch dreht er sich um sich selbst, wie ein Kreisel, fliegt um die eigene Achse, quer durch den Raum. Haltsuchend, hilfesuchend.

Ein Telefon!

Auf dem Schreibtisch steht ein glänzend schwarzes Telefon. Dem schlimmsten Verbrecher wird ein Anruf gewährt. Warum also nicht auch ihm? Denn wenn er jemals in seinem Leben Hilfe gebraucht hat, dann wohl jetzt. Hilfe von außen. Hilfe von irgendwoher, Hauptsache nicht von hier.

*Nicht aus diesem Hotel.*

Eilig stolpert er auf das Telefon zu, als könnte es ihn tatsächlich retten. Energisch reißt er den Hörer von der Gabel, doch bevor er ihn an sein Ohr halten kann, hält er inne. Schlagartig erkennt er, dass ihm keineswegs bewusst ist, welche rettende Nummer er zu wählen hat, wen er überhaupt anrufen soll.

Wer soll ihm helfen? Wer soll, besser noch, wer kann ihn retten?

Die Polizei?

Ein Priester?

Geistesverloren stiert er auf die Wählscheibe, unfähig, die richtige Antwort und die dementsprechenden Zahlen zu finden, als plötzlich eine Stimme aus dem Hörer dringt. Ein deutliches, eindeutig aufgebrachtes, mehrfaches: »Hallo?!«

Den eben noch so mühevoll erkämpften Atem anhaltend, um sich nicht selbst zu verraten, führt er den Hörer an sein Ohr und lauscht. Der sonore Klang, dieses ungeduldige Schnaufen. Diese Angriffslust in diesem einen Wort … fast meint er, die Stimme wiederzuerkennen. Nein, er weiß es gewiss, der Mann am Telefon, er ist ihm kein Fremder. Er kennt diesen Mann.

»Hallo?!«, tönt er nun selbst hoffnungsvoll dem steten, dem aufgebrachten Hallo des Mannes hinterher. »Hallo? Mit wem spreche ich?«

Schweigen am anderen Ende der Leitung. Dann folgt ein missmutiges »Was soll das heißen? Sie wollen wissen, mit wem Sie sprechen? Mit wem spreche *ich*?! Sie haben *mich* angerufen!«

»Habe ich nicht«, erwidert Chris zögernd. »Habe ich nicht. Ich war gerade dabei …«

*Ich war gerade dabei, komplett durchzudrehen.*

»Sie waren gerade dabei was?« Nun klingt der Mann nicht mehr nur ungeduldig sondern ernsthaft erzürnt. Aber auch irgendwie alarmiert. »Sie wollten was? Außer meine kostbare Zeit mit ihren billigen Scherzen verschwenden? Sie wollten was?«

»Ich …«, stottert Chris. »Ganz ehrlich? Ich weiß es nicht.«

Ein irritiertes Schweigen auf beiden Seiten der Leitung, das von einem völlig unmotivierten »Verdammter Dreckshurensohn der heiligen Mutter Gottes …« abgelöst wird und Chris weiß, mit wem er es zu tun hat. Die Erleichterung darüber ist so überwältigend, dass er sich entspannt gegen den Schreibtisch sinken lässt. Heiße Atemluft weicht aus seinen Lungen wie aus einem lecken Heißluftballon. Es ist unmöglich, diesen so häufig von eben dieser einen Person gesprochenen Fluch nicht zuordnen zu können. Dieser Fluch ist so zuverlässig wie eine Visitenkarte.

»Masterton, alter Drecksack! Wenn es hier einen Hurensohn gibt, dann dich! … Welche abartige Show zieht ihr hier eigentlich genau ab?«

Einem deutlich hörbaren Aufatmen folgt ein ungläubiges und sichtlich befreites Gelächter. Ja, der Mann da am Telefon, der niemand Geringerer als sein eigener Agent ist, wirkt sogar ausgesprochen befreit. »Miller, du elendiger Scheißkerl!«, poltert dieser und lacht scheppernd laut. Doch sein so vertrautes, eben noch erleichtertes Lachen gefriert gleich darauf in seiner Kehle. Ernsthaft setzt er nach: »Wir kommen hier förmlich um vor Sorge.«

Und so schnell die Erleichterung eben noch über Chris hereingebrochen ist, so schnell verflüchtigt sie sich auch wieder. Sie? Die verdammte Drecksbande in London, die kommt um vor Sorge? Na, wenn es nur Sorgen wären, durch die er hier umkommt!

»Was zum Teufel … warum ihr?«, entfährt es ihm barsch, bevor es ihm die eben erst wiedergewonnene, die angriffslustige Sprache verschlägt und die Verunsicherung lähmend Oberhand gewinnt. Er kann seinen Agenten schwer atmen hören, bevor dieser sachte aber bestimmt nachfragt: »*Was* zum Teufel, fragst du? Chris, die wesentliche Frage ist, *wo* zum Teufel bist du?!«

»Wo ich bin? Ich kann dir sagen, wo ich bin! Seit ungefähr zwei Stunden bin ich in dem Scheißloch, das du ein Hotel nennst, und ganz ehrlich, mir geht der Arsch hier so gehörig auf Grundeis, dass ich nicht gedenke, hier auch nur noch zwei weitere Minuten zu bleiben!«

Kein Laut ist mehr zu hören, nicht einmal ein Atmen. Als wäre die Leitung tot. Bedrohlich gewinnt die Stille an Gestalt, bevor sie von einem kehligen Würgen durchbrochen wird.

»Zwei *Stunden*?«

Chris kann das Zittern in Mastertons Stimme hören. Der Mann atmet flach. Und als er weiterspricht, tut er das mit deutlicher Furcht in der argwöhnisch verhaltenen Stimme: »Chris, du bist vor mehr als zwei *Wochen* in London abgereist, und du hast seitdem kein Lebenszeichen von dir gegeben …«

Mit nichts als den Lumpen, die er am Leib trug und einer Tasche voller Dinge, die er eigentlich nur mit sich genommen hatte, um überhaupt etwas mitzunehmen, hatte er vor sieben Monaten das ihm verhasste Heimatdorf verlassen und war nach London gekommen. Eine Stadt voller Wunder, die nur auf ein noch weit größeres gewartet hatte. Die nur auf ihn gewartet hatte. Es war ihm ein Leichtes, was auch immer er tat, und so tat er das, was er am liebsten tun wollte. Er wurde berühmt.

Es begann mit einem einfach Boten-Job bei einer durchschnittlichen Tageszeitung, doch schnell stieg er, und das ohne die geringste Qualifikation vorweisen zu können, zum Gesellschaftsreporter auf. Bei jedem Ereignis, über das er zu berichten hatte, bemühten sich die Leute vor allem um eines: seine Gesellschaft. Keiner fragte, wer er war, wie alt er war oder woher er gekommen war. Er war einfach da, und das genügte. Bald fotografierte er nicht mehr er die Reichen und Berühmten, sondern sie fotografierten ihn, drängten sich zu ihm auf die Bilder.

Kurz darauf wechselte er zum Fernsehen. Die erste Zeit arbeitete er hinter der Kamera und schrieb Texte. Er hatte bei der Zeitung ein Talent für die Sprache entwickelt. Die Worte schienen ihm einfach zuzufliegen und waren nahezu so attraktiv wie er selbst. Doch schon nach wenigen Wochen waren die Kameras und die Scheinwerfer wieder auf ihn gerichtet.

So ging es Schlag auf Schlag. Er hätte alles im Rampenlicht sein können. Schauspieler, Sänger, Lebemann, einfach nur er selbst. Doch ihn lockte nicht die Kunst, nicht das Künstliche. Er wollte keine Illusion erschaffen, keinem billigen Theater und keinem falschen Zauber dienen. Was er wollte, war die Wirklichkeit, weil er selbst so unwirklich war. Von altersloser Schönheit, betörender Intelligenz und atemberaubender Eloquenz. Er war unwiderstehlich, gerade *weil* er nicht wirklich war. Er selbst war erschaffen worden, dessen war er sich durchaus bewusst, dennoch begeisterte er sich für das Wahre und das Echte. Also wurde er Nachrichtensprecher. Und wie er sprach. Er sprach jeden Tag die Wahrheit, zeigte den Menschen jeden Tag ein anderes Stück grausame Wirklichkeit. Und die Nation hing an seinen Lippen, wenn er sprach, verlor sich in seinen Augen, wenn er schwieg.

Nachtprogramm, Vorabendprogramm, Hauptabendprogramm.

Innerhalb eines Jahres wurde er zum Anchor-Man der Hauptabendnachrichten des landesweit größten Fernsehsenders. Und das blieb er dann. Nicht, weil er nicht noch mehr hätte erreichen können, sondern weil es genau das war, was er hatte erreichen wollen.

Er hatte seinen Namen nicht geändert. Es hätte ohnehin keiner die Verbindung zu dem Krüppel aus dem kleinen Dorf, in dem er einst gelebt hatte, der er einst gewesen war, herstellen können, und wenn es doch einmal einer könnte, so würde dieser schweigen. Die Furcht würde ihn schweigen lassen. Kein einziges Mal hatte er zurückgeschaut, sich nach der alten Heimat gesehnt. Kein einziges Mal hatte er hinterfragt, was in jener eiskalten Nacht, als der Fremde an sein Krankenbett getreten war, geschehen war. Es war einfach geschehen. Man hatte ihm ein Angebot gemacht, und er hatte es angenommen. Ganz ohne Bescheidenheit, denn diese war eine Zier, die er eindeutig nicht sein Eigen nennen konnte.

Sein schönes und erfolgreiches Leben erschien ihm wie ein Geschenk, denn wie sehr er sich auch manchmal bemühte, den Preis zu erkennen, den er für diesen Traum hatte zahlen müssen, er erkannte ihn nicht. Der Wert des Verlorenen, des Verkauften blieb ihm verborgen. Im Gegenteil. Es war ihm keine Qual, die Menschen nicht mehr zu lieben. Es war ihm eine Offenbarung, eine Erlösung. Er war so zum perfekten Menschen geworden. Sein Leben war ein Nehmen ohne zu Geben.

Die absolute Abwesenheit der Liebe war der reinste, unverfälschte Segen.

Wahllos brach er jedem das Herz, der ihn liebte, vernichtete die Wenigen, die sich ihm in den Weg stellten. Er nahm sich, was er wollte, ohne jemals dafür zu bezahlen. Keinen Preis. Gar keinen. Schlug er einem Mann ins Gesicht, hielt dieser tatsächlich die andere Wange hin. Vergewaltigte er eine Frau, machte diese daraus einen Akt heiß ersehnter Intimität. Wenn er den Menschen dennoch Zwang antat, dann nur, weil er sie zwingen wollte und nicht, weil er sie zwingen musste. Und egal, wie viel Gewalt er anwendete und wo und wann und gegen wen auch immer, es war nie zu viel. Es war bedeutungslos, wie sehr er die Menschen hasste, sie folgten ihm in Liebe. Er hatte alles, was er jemals gewollt hatte, hatte selbst das, was ihm nie in den Sinn gekommen wäre. Er war so begehrt und so von Bewunderern umgeben, dass er eines nicht erkannte:

Er war immer noch einsam.

So zogen die einsamen Jahre ins Land, die wohl vielem einen Abbruch taten, aber nicht seiner Perfektion, nicht seiner Unantastbarkeit. So wie die Jahre keine Spuren an ihm hinterließen, so hinterließen die Menschen keine Spuren in ihm.

Dabei wäre es auch geblieben, hätte er nicht an einem nebelverhangenen Dezemberabend, im herrschaftlichen Anwesen des britischen Premiers, bei einer Weihnachtsfeier, welche von höchster gesellschaftlicher Bedeutung war, jemanden kennengelernt. Er hatte immer geglaubt, er wäre seit seiner Verwandlung – er nannte es im Gedanken gerne so, weil es ihn an sein bevorzugtes Buch erinnerte, auch wenn er selbst zu weit mehr als einem Insekt gereift war – immun gegen alles. Sogar immun dagegen, jemanden kennenzulernen. Dieser Abend belehrte ihn eines Besseren.

Gelangweilt – von der Einladung, den Anwesenden, der Welt - stand er abseits und beobachtete. Und je länger er die Festgäste beobachtete, desto stärker wurde die kalte Gier in ihm. Er war *das buntzottige Raubtier* unter all den Schafen. Er war bereit, sich das unschuldigste Lamm zu suchen, es zu schänden, sein Blut zu trinken und es dann zu vernichten. Natürlich trank er nicht wirklich Blut, und er tötete auch niemanden, aber er sah sich gern so. Er war nicht mehr Teil dieser einfachen Welt. Er stand über den Dingen, stand über den Menschen.

Gerade, als er ein würdiges Exemplar, einen knabenhaft jungen Mann mit blassrosa Haut, feinen Gesichtszügen und strohblondem Haar, erspäht hatte, kam sie auf ihn zu. Ein längst aus der Mode gekommenes rotes Kleid tragend, einen Drink in der linken Hand balancierend und, für eine Dame äußerst ungebührlich, schon deutlich angeheitert. Mit einem breiten Grinsen im erhitzt strahlenden Gesicht blieb sie direkt vor ihm stehen, wankte bedenklich und sprach ihn an, so unverblümt und respektlos, wie ihn schon lange niemand mehr angesprochen hatte: »Sie sind dieser unsäglich berühmte Kerl aus dem verdammten Fernsehen. Alle sprechen nur über Sie, aber keiner hat den Mut, den Raum zu durchqueren und auf Sie zuzugehen. Also schien mir, dass ich genau das tun sollte.« Belustigt bereitete sie die Arme aus, als würde sie Applaus erwarten für ihre unerschrockene Tat: »Voilà, quer durch den Raum. Da bin ich. Das bin ich. Sprechen wir!«

Etwas an der Frau irritierte ihn. Und es dauerte einen Moment, bis er erkannte, was es war. Sie interessierte ihn. Die betrunkene Frau im peinlichen, roten Kleid interessierte ihn. Gerade noch war er im Gedanken dabei gewesen, dem unschuldigen jungen Mann den Arsch aufzureißen, und er meinte das durchaus wörtlich, da stand sie schon vor ihm. Nichts an ihr schien wirklich außergewöhnlich zu sein, und ganz gegen seine Vorliebe war sie wohl auch alles andere als unschuldig, und als wäre das nicht ausreichend, war sie noch nicht mal ausnehmend schön. Aber sie interessierte ihn. Das schien ihm keine gute Sache zu sein.

»Verschwinden Sie!«, zischte er die Frau an, die daraufhin allerdings nur zu kichern begann.

»Oh, Sie sind wohl nicht so charmant und unwiderstehlich, wie alle behaupten!«, keck prostete sie ihm zu und nahm einen undamenhaft beherzten Schluck. Champagner schwappte über den Rand des Glases, benetzte ihre Wange. Es entging Chris nicht, dass die meisten Menschen im Raum sie anstarrten. Unverhohlener als sonst. Sie starrten immer, doch jetzt taten sie es nicht im Verborgenen. War er wahrscheinlich bisher schon die eigentliche Attraktion des Abends gewesen, jetzt war er es gewiss. Und dennoch war es nicht das hemmungslose Starren der Menschen, das ihn aufwühlte.

» …nicht so charmant und unwiderstehlich …«, wiederholte er für sich und er spürte, wie sich Unsicherheit in ihm regte.

Fast hätte er das Gefühl nicht erkannt, so lange war er nicht mehr unsicher gewesen.

*…nicht unwiderstehlich* … das war tatsächlich gar nicht gut.

Aber unglaublich interessant.

»Und Sie sind?«, fragte er, sich oberflächlich gebend, aber (*verdammt eins*) ernsthaft interessiert. Ernsthaft interessiert an einem …Menschen.

»Ich heiße Marianna, aber …«, sie zerrte ungeduldig den Ausschnitt ihres Kleides über ihr Schlüsselbein und entblößte dabei ein kleines Muttermal » … aber alle nennen mich Birdy. Siehst du? Hier? Den Vogel?« Kichernd taumelte sie, das Gleichgewicht verlierend, einen weiteren Schritt auf ihn zu.

»Nun«, entgegnete er, hilfsbereit seine rechte Hand stützend nach ihr ausstreckend, da sie wirklich bedrohlich wankte, »hier haben wir es mit einem ganz seltenen Vogel zu tun. Ich würde sagen einer Schnapsdrossel, einer ziemlich betrunkenen sogar. … Vorsicht! Fallen Sie nicht!«

Birdy ließ ein übermütiges Kichern hören und drehte sich, wieder überraschend sicher auf den eben noch gar so wackligen Beinen, in seinen helfenden Arm, als würde sie tanzen.

»Solange du mich hältst, kann ich nicht fallen.«

Es war das erste Mal, dass er sie im Arm hielt.

Diese Begegnung zerstörte alles. Sie zerstörte sein perfektes Leben und seine Pläne. Sie zerstörte ihn. Und das, wo er sich für unzerstörbar gehalten hatte. Es lag an dieser Frau, die alle eine Hure nannten, weil sie mit Männern schlief, ohne nachzufragen und wenn es denn darauf ankam, auch Geld dafür nahm. Es lag an dieser Frau, auf die niemand zählte und der niemand etwas abgewinnen konnte. Es lag an dieser Frau, die für sie alle nicht mehr war als ein williger Körper, eine unverbindliche Nacht, die nichts nach sich zog, kein schlimmes Erwachen, keine Verantwortung.

Ausgerechnet diese Frau konnte er nicht blenden.

All die Unfehlbaren, all die Unschuldigen, all die Tadellosen hatte er in den Ruin getrieben. Doch diese Hure vor dem Herrn, die durchschaute ihn, schaute hinter seine Maske, und er selbst wusste nur zu gut, was hinter seiner Maske war. Es war nicht der bespuckte und verlachte Krüppel aus dem Dorf, der dort kauerte. Es war nicht der eiskalte, der unmenschliche Soziopath aus der Stadt, der dort lauerte. Nichts davon war es.

Da war einfach *nichts* hinter dieser Maske.

Und Birdy, dieses fehlerhafte, impulsive Wesen, das lebte als gäbe es in keinem Moment einen nächsten, sie tat das Schlimmste, was sie hätte tun können. Sie schaute hinter seine Maske, sie sah das Nichts, und sie liebte ihn. Liebte ihn trotzdem. Lag in seinen Armen, berührte sanft seine Brust und sprach Worte wie: »Ich weiß, dass du mich nicht liebst und auch niemals lieben wirst. Aber das ist mir egal. Ich liebe dich. Und das ist deshalb alles, was zählt, weil ich noch nie zuvor geliebt habe. Meine Liebe reicht, sie reicht für uns beide.«

Und Birdy zog in sein Heim, wie sie in sein Leben einzog.

So gingen Wochen ins Land.

Sie stand auf Partys neben ihm, hielt höflich lächelnd und stillschweigend seine Hand. Sie schlief in seinem Bett, sie kochte in seiner Küche, wartete jeden Abend an der Tür, wenn er nach Hause kam. Küsste ihn keusch auf die Wange, um gleich darauf alles zu tun, was er von ihr verlangte. Ohne zu zögern, ohne nachzufragen. Sie opferte sich auf bis zur Selbstaufgabe, zweifelte nie an ihm oder seinen Forderungen. Wenn er sie nicht brauchte, setzte er sie in die Ecke wie einen Gegenstand, wo sie mit gesenktem Kopf wartete, bis er sie zu sich rief. Sie missbrauchte, sie in den Armen hielt.

Es blieb ihm keine andere Wahl, er sorgte für sie. Nicht, weil er für sie sorgen wollte, sondern weil er es musste. Denn was er nicht wollte, war, sie zu teilen. Auch wenn er sie nicht liebte, sie eigentlich sogar verabscheute, ihm jeder Blick aus ihren dummen blauen Augen zuwider war, er konnte sie nicht teilen. Er schlug sie, drang in sie ein, grub sich in sie, bis das Blut floss. Malträtierte ihren Körper, verhöhnte ihren Geist, zerschmetterte ihre Seele. Spuckte sie an und stieß sie von sich, aber er konnte nicht von ihr lassen. Und sie nicht von ihm.

Dann kamen die Zweifel.

Zweifel an sich selbst, Zweifel an dem, was er in jener kalten Nacht im Krankenhaus getan hatte. Was er in jener kalten Nacht eingetauscht hatte. Und mit den Zweifeln kam der Selbsthass. Er wusste, er musste handeln, denn auf Selbsthass würde Selbstzerstörung folgen. Und jetzt, da er perfekt war, bis auf diesen lieblosen Makel nahezu ein Gott war, da blieb ihm keine Wahl.

Er wollte Birdy lieben, aber das konnte er nicht. Also musste er tun, was er konnte.

Sie vernichten.

Um wieder er selbst zu sein.

Oder das, was er in jener kalten Nacht geworden war.

Zwei Wochen?

Sie haben seit zwei Wochen nichts mehr von ihm gehört? Das letzte bisschen Kraft weicht aus seinen Beinen, aus seinen Fingern. Verlässt ihn, wie ihn die Hoffnung verlässt. Je und endgültig. Langsam gleitet ihm der Hörer aus seiner kraftlosen, zitternden Hand, fällt scheppernd zu Boden.

Stille.

*Totenstille.*

Niemand.

Niemand wird ihm helfen.

Weil niemand den Weg hierher finden wird. Weil es der Weg ist, weil es dieser Ort ist, der einen findet. Nicht umgekehrt. Und die, die bereits hier sind …

Er ist hier auf sich allein gestellt. Was auch immer das hier ist, und wo auch immer. Dieser Unort hat seine Zeit gefressen, und jetzt ist er bereit, ihn ganz zu holen. Ihn sich einzuverleiben, einzuverleben.

*Genießen Sie live, heute Abend in unserem Veranstaltungsaal, Fernsehmoderator und Publikumsliebling Christian Miller! Und nicht nur heute Abend, liebe Gäste. Nein, jeden Abend! Erleben Sie ihn live, jeden einzelnen, verdammten Abend!*

Sein Herz schlägt ihm bis zum Hals, einzig seine zugeschnürte Kehle scheint es noch im Körper zu halten. Obwohl er krampfhaft versucht, seine Zähne aufeinander zu pressen, klappern sie unkontrolliert, mahlen und schaben sich ihren Weg durch seinen Mund, zermalmen seine Zunge. Er kann es nicht stoppen, kann nicht aufhören sich selbst zu zerbeißen. Blut fließt ihm über sein Kinn.

»Weg!«, brüllt sein Verstand, doch sein Körper gehorcht nicht.

*Du wirst dieses Hotel nie wieder verlassen.*

Die Stimme höhnt in seinem Kopf, sie schmeichelt.

Erfreut.

Hocherfreut.

*Das ist unsere Art, Willkommen zu sagen. Ein herzliches Willkommen auf immer und ewig. Immer und ewig. Hier gibt es keinen Tod, der uns scheiden könnte.*

Woher …? Diese Stimme …! Nicht er, aber in seinem Kopf!

Ein quietschendes Keuchen entfährt seiner trockenen Kehle, befreit ihn aus der alles umfassenden, der alles beherrschenden Lethargie.

Er atmet!

Blind vor Angst aber endlich wieder atmend, stolpert er auf die Zimmertüre zu. Panisch greift er nach der Türklinke, doch seine wächserne Hand verfehlt sie. Unfassbar. Es ist, als würde seine Hand hindurchfahren. Durch die Messingtürklinke hindurch. Immer wieder. Sich gehetzt umblickend hält er inne. Ein Mann auf der Flucht. Lauernd erforscht er den Raum, seine Lider flattern, seine Pupillen sind unnatürlich geweitet.

»Du kannst mich nicht zwingen!«, schreit er. Gegen die verschlossene Tür an. In den leeren Raum hinein.

»Hörst du? Du kannst mich nicht zwingen! Du bist nicht hier! Das alles, es ist nicht hier!«

ES IST NICHT REAL!

Da berührt seine Hand die Türklinke. Es ist, als müsse das leblose Ding seine angezweifelte Existenz beweisen, als hätte es sich eben erst unter seinem beharrlichen Greifen materialisiert.

*Eiskalt.*

Hastig zerrt er daran, reißt die Tür förmlich aus den Angeln. Er taumelt hinaus auf den Hotelflur. Keuchend rennt er den im gleißenden Licht zuckenden Gang entlang, donnert gegen die bröckelnden Wände, gegen die abblätternden Türen.

*Dunkelheit.*

In seinen Ohren schwillt ein hohes Pfeifen zu einem betäubenden Dröhnen an. Seine Knie knicken ein, er geht zu Boden. Er legt seine Hände flach über seine Ohren, presst sie gegen seinen Kopf. Fest. Schreit, schreit gegen das Dröhnen an. Ohne seine Hände von den Ohren zu nehmen, rappelt er sich zur Hälfte hoch, kriecht vorwärts, kommt wieder auf die Beine, hetzt im Dunklen weiter.

*Licht an.*

Geblendet kracht er ein weiteres Mal gegen die Wand, lässt seine Arme sinken, kann seine Knochen knirschen hören, sie splittern hören. Der Schmerz treibt ihn an, hält ihn weiterhin auf den Beinen, hält ihn bei Bewusstsein.

*Wohin willst du? Willst du weg? Weg von mir?*

Er erstarrt.

Dort, wo der Flur in den Treppenaufgang mündet, in die Freiheit führt, dort steht sie. Jeder einzelne Teil ihres Körpers ist unmöglich weit verdreht und anormal überspannt. Die spitze linke Schulter vorgeschoben, den Kopf nach rechts geneigt, das Fischmaul zu einem Grinsen verzogen steht sie da und wartet. Erwartet ihn. Ihr rotes Kleid hängt an ihrem deformierten Körper wie ein Müllsack an einem abgestorbenen Ast.

»Du kommst hier nicht weg«, schmeichelt die Gestalt mit seltsam sanfter Stimme. Sie ist mehr in seinem Kopf, die schmeichelnde Stimme, als dass sie tatsächlich durch den Flur hallen würde. »Du bist bei mir. Ich habe auf dich gewartet. Unsere Zeit ist gekommen.«

Flucht nach hinten, empfiehlt ihm sein Instinkt, doch sein Geist ist es, der ein Machtwort spricht und Angriff nach vorne gebietet. Hier gibt es kein Zurück mehr, hier gibt es nur noch ein Hinfort.

»Du hast keine Macht über mich!«, brüllt er und stürzt auf das Monstrum zu. »Keine Macht! Du bist nicht real! Du bist nur in meinem Kopf!«

Ein Lichtblitz, ein Krachen, ein donnerndes Grollen, als würde sich die Erde auftun wollen. Dann abermals Dunkelheit. Bleiern, verschlingend.

*Schwarz.*

Dann das Aufflackern einer einsamen Lichtquelle. Eben noch mit absoluter Blindheit geschlagen, blinzelt er, plötzlich wieder ein Sehender, gegen das unstete Licht an.

Licht.

Licht.

Licht.

Ihr Gesicht.

*Ihr Gesicht direkt vor dem seinen.*

Aug in Aug bleiben sie voreinander stehen. In Reichweite, doch ohne einander zu berühren. Die müden Beine sind wie festgenagelt, die tonnenschweren Hände kann er nicht heben. Er kann nur teilnahmslos starren, in das verbliebene Auge starren.

»Nur in deinem Kopf?«, fragt sie lauernd, schiebt begierig ihren Oberkörper vor, mustert ihn neugierig. Einäugig. »Nur in deinem Kopf?«

Er kann ihren Atem riechen, er riecht nach Moder und Metall. Wie ein frisches Grab, in dem verdorbenes Blut gerinnt. Beinahe zärtlich ihre rechte Hand auf seine glühende Stirn legend, spricht sie die Worte: »Erinnere dich!« Und er ist verloren.

Eine lange Nacht. Es war eine wirklich verdammt lange Nacht gewesen. Zähflüssig wie pechschwarze Dunkelheit und mindestens so lähmend. Sie waren am frühen Abend mit seinem 1942 Cadillac Series 62, den sein Agent extra für ihn nach England geholt hatte, aufgebrochen und aufs Land gefahren. Vielleicht nicht das, was ein Junge vom Land dann wirklich Land nennen würde, aber für die Londoner Oberschicht war es genau das. Landfrische.

Die Nation befand sich im Wiederaufbau, die Wirtschaft erblühte, und die Reichen, tja die Reichen kauften sich herrschaftliche Häuser unweit von London. Landhäuser. Er war selbst ebenfalls reich, doch ein Haus besaß er nicht. Schon gar nicht auf dem Land. Er hatte lange genug auf dem Land gelebt, und seine Erinnerung daran war so ungetrübt wie abstoßend, deshalb zog er es vor, sich nicht zu erinnern. Er zog es vor, nicht aufs Land zu ziehen.

Der Wagen war der beste, aber eigentlich auch einzige Grund, aus der Stadt zu fahren, denn er genoss jede Fahrt. Auf den leeren Landstraßen, vor allem nachts, konnte er dem metallicschwarzen Raubtier hemmungslos die Sporen geben. So gar nicht hingegen hatte er den unbedeutenden, gesellschaftlichen Anlass genossen. Er hasste die Anlässe, wie er die Gesellschaft hasste. Seit er mit Birdy zusammenlebte, kümmerte sie sich um all *diese Dinge,* und es schien ihm, als seien *diese Dinge* dadurch nur noch zahlreicher geworden. Von einer Geächteten war sie im Laufe der Monate, er könnte wirklich nicht sagen, wie viele es gewesen waren, zu einer Dame der Gesellschaft gereift. Sie war selbstsicher auf dem blanken Parkett der Etikette und dabei stets so humorvoll wortgewandt wie angebracht höflich.

Immer am rechten Ort.

Auf dem Weg aus der Stadt war ihm in den Sinn gekommen, dass es wohl an der Zeit war, sie um ihre Hand zu bitten. Was für ihn nur einen Schluss zuließ: Er musste sie endgültig loswerden, wieder zurück zu seinem alten Leben finden.

Jetzt auf dem Nachhauseweg, um zwei Uhr morgens, bei leichtem Schneefall und trüber Sicht, plapperte sie unaufhörlich. Von Kleidern, Schuhen und von Häusern, was seinen grauenvollen Verdacht bestätigte. Birdy wünschte sich ein gemeinsames Leben, er wünschte sich seine Freiheit. Immerhin hatte er für das Leben, das ihm zustand, teuer bezahlt.

Dessen war er sich mittlerweile bewusst. So lange war ihm der Preis ein geringer bis unbedeutender erschienen, doch jetzt wusste er es besser. Verdammt teuer bezahlt, und deshalb würde er sich dieses Leben nicht von einer dahergelaufenen Hure nehmen lassen. In ihm wuchs die Überzeugung, dieses Geschwür so bald wie möglich von den Kanten seiner Stiefel zu streifen wie den Dreck nach einem Spaziergang im Central Park. Das war es, was sie für ihn war, was alle Menschen für ihn waren.

Dreck unter seinen Stiefeln.

Dennoch war er kein dummer Ignorant. Ihm war nur allzu schmerzhaft bewusst, dass es sein Makel war, der ihm ein gemeinsames Leben unerträglich machte. Aber er *wollte* sich dessen nicht mehr länger bewusst sein, und jeder Blick in ihr strahlendes Gesicht erinnerte ihn daran.

Ein stechender Schmerz, eine befremdliche Melancholie durchzog seine Brust, als er der endgültigen Notwendigkeit gewahr wurde, sie tatsächlich loszulassen.

*Bedauern.*

Und es war dieses Bedauern, das ihn quälte. Er konnte sie nicht lieben, er verachtete sie sogar dafür, dass sie ihn liebte, aber er bedauerte allein den Gedanken daran, sie gehen zu lassen. Dennoch würde er es tun. Bald, vielleicht schon morgen Früh. Er würde die wenigen Habseligkeiten, die tatsächlich ihr gehörten, packen, und er würde sie mit all diesem wertlosen Tand auf die Straße setzen. Aber davor würde er ihr noch sagen, wohin er seinen Schwanz stecken würde, sobald ihre Seite des Bettes erkaltet wäre. Und das wäre kein leeres Gerede. Denn gleich nach diesen Worten würde er sich umdrehen und eine der Hausangestellten ficken. Oder einen der Hausangestellten.

Birdy war es wohl leid geworden zu plappern, ohne eine Antwort zu bekommen. Möglicherweise waren ihr aber auch einfach nur die Themen ausgegangen oder es hatte sie schlussendlich doch noch der Schlaf eingeholt. Immerhin schwieg sie jetzt. Vermutlich träumte sie von all den Dingen, die sie sich erhoffte, und die für sie schon morgen in unerreichbare Ferne rücken würden. Während er die leere Straße entlangfuhr, warf er einen flüchtigen Blick auf sie. Zusammengekauert saß sie da, in ihren geschenkten, teuren Mantel gehüllt, ihr Kopf war gegen die Scheibe gesunken. Sie schlief, und bei jedem Atemzug beschlug die Scheibe, ein matter Heiligenschein beschlagenen Fensterglases hatte sich rund um ihren Kopf gebildet. Sie sah so friedlich aus, fast ein wenig unschuldig, was ihrem Wesen absolut gar nicht gerecht wurde. Er musste unverhofft schmunzeln. Dann wurde der stille Moment unverhoffter Harmonie vom Durchdrehen der Räder unterbrochen, und als der Wagen gar drohte, von der Straße abzukommen, riss er das Lenkrad herum. Sicher fand der Cadillac sofort seine Spur wieder und glitt weiter schwarz durch das weiße Treiben wie Christians schwarze Gedanken durch seinen noch schwärzeren Geist.

Eine unverhoffte Kälte durchzog das Wageninnere und riss ihn aus den Gedanken, in die er abermals versunken war. Es war die ganze Fahrt über kalt gewesen, doch nun breitete sich schlagartig eine Eiseskälte aus, die den Atem vor dem Gesicht gefrieren ließ, und er erschauderte. Von weit mehr als nur der plötzlichen Kälte übermannt, zog er seinen Mantel fester an sich, drehte die Heizung hoch, doch das schien nutzlos. Beißend suchte sich die Kälte ihren Weg zu seinem Körper, umfing ihn mit stählerner Klaue. Auch Birdy zitterte im Schlaf, murmelte Worte, die allerdings nicht den Weg an sein Ohr fanden, drehte unruhig den Kopf.

Dann wurde der Wagen langsamer.

»Verdammt!«, entfuhr es ihm. Es musste der Motor sein. Doch nichts schien den Wagen zu behindern. Er wurde einfach nur langsamer. Kein Knattern, kein Schleifen, kein Klopfen, kein Rauch, der aus der Motorhaube emporstieg. Einfach langsamer. Langsamer und kälter.

*Eiskalt.*

Schließlich fiel der Motor ganz aus. Chris ließ den Wagen an den Straßenrand rollen und hämmerte wie wahnsinnig auf das Lenkrad ein. Sie waren geliefert. Es war mitten in der Nacht, es würde Stunden dauern, bis ein anderes Auto vorbeikäme. Sie würden laufen müssen, und das bei diesem Wetter. Auch wusste er gar nicht genau, wohin oder wie weit. Zerknirscht musste er sich eingestehen, dass er die Orientierung verloren hatte. Er war so sehr mit sich und seinen Gedanken beschäftigt gewesen, dass er beim besten Willen nicht sagen konnte, wo auch nur ungefähr sie gerade waren, und das mittlerweile tief winterliche Wetter trug sein Übriges dazu bei. Fluchend öffnete er die Wagentür, stemmte sich gegen den peitschenden Wind und stieg aus, um sich einen Überblick zu verschaffen. Der Wagen war knapp nach einer Kurve, kurz vor einer kleinen Anhöhe, welche die Sicht noch zusätzlich verdeckte, liegengeblieben. Er würde wohl auf den Hügel steigen müssen, um durch das Schneegestöber hindurch wenigstens etwas erkennen zu können. Vielleicht eine nahegelegene Ortschaft? Dort könnte er sicher Hilfe holen. Er warf einen Blick in den Wagen, auf Birdy, die wieder ruhig zu schlafen schien. Das war gut, er würde nicht lange brauchen. Entschlossen zog er den Mantel noch enger um sich und stapfte los. Nach wenigen Metern stellte er überrascht fest, dass die Kälte im Wagen die Kälte draußen bei weitem übertraf und abermals beschlich ihn das Gefühl eisiger Beklemmung.

*Etwas ist nicht in Ordnung.*

Auf halbem Weg den Hügel hoch wurde das Gefühl plötzlich übermächtig. Er blieb stehen und drehte sich zum Wagen um. Es war ihm, als könne er mitten im Schneetreiben eine Gestalt erkennen. Groß, riesig, übermächtig. Krumm über die Beifahrerseite des Wagens gebeugt, weit hinab. Einen Moment lang fragte er sich, ob seine Augen ihn im Ungemach der Schneehölle trügen könnten, doch bereits im nächsten rannte er, sich des surrealen Anblicks sicher, den Hügel hinab auf sein Auto zu, immer und immer wieder Birdys Namen rufend. Die Gestalt richtete sich zu voller Größe auf, schien zu ihm zu blicken. Dann löste sich der monströse, schuppig schwarze (*Wie kann er auf diese Entfernung nur Schuppen erkennen? Wie kann er das?*) Schemen vom Auto und verschwand in die eiskalte Nacht. Spurlos.

Immer weiter ihren lieblichen, kindlichen Namen rufend, stolperte er die spiegelglatte Fahrbahn entlang. Außer Atem und gleichermaßen nass von Schweiß und Schnee erreichte er gerade das Auto, als Birdy aus dem Wagen stieg. Ihre feinen silbernen Riemchenschuhe versanken im knöchelhohen Matsch, ihr blondes Haar wehte offen durch das Gestöber, eine kleine Atemwolke bildete sich vor ihrem Gesicht.

*Eiskalt.*

»Was ist?!«, schlugen ihm ihre angsterfüllt Worte entgegen. »Was ist geschehen?«

»Der Motor«, keuchte er, nicht wissend, ob er die ganze Wahrheit sprach. »Der Motor hat versagt, wir können nicht weiterfahren. Wir müssen Hilfe holen.«

*Schuppen.*

»Hilfe holen? Hier?« Birdy zitterte am ganzen Körper, in ihren Augenwinkeln zeichneten sich Tränen ab. »Ich hab solche Angst gehabt, du bist einfach weg gewesen, ich …«

Schützend legte er den Arm um sie und zog sie an sich. »Ich dachte, es sei etwas …passiert«, schniefte sie und schmiegte sich enger an ihn. Er konnte spüren, dass sie die Umarmung genoss. Sie fühlte sich sicher bei ihm.

*Das sollte sie nicht.*

Das Dunkel der Nacht zerriss, und durch den Wind hindurch konnte er hören, dass sich ein Auto näherte. Glücklicherweise waren sie wohl doch nicht die Einzigen, die bei diesem Wetter hier draußen waren. Ein schmales Lächeln zog sich über sein Gesicht. Doch es erreichte nicht seine Augen, denn noch während er lächelte, wurde binnen Sekundenbruchteilen eine fatale Idee geboren. Ein einzelnes Bild in seinem Kopf. Ein letzter Gedanke.

Schon erfassten die Lichtkegel des zügig herannahenden Autos die beiden eng umschlungenen Gestalten im Schnee. »Siehst du«, sagte Birdy, und es schwang unüberhörbar Erleichterung mit in ihrer Stimme, »wir sind gerettet.«

»Nein«, entgegnete er so leise, dass er selbst es kaum hören konnte. »Ich bin gerettet.«

Sanft drückte er sie von sich und hielt sie gerade lange genug fest, um ihr ins freudenstrahlende Gesicht schauen zu können, bevor er sie mit beiden Armen von sich weg und direkt vor das schnell näherkommende Auto stieß.

Ihre Fingerspitzen verfehlten nur knapp die seinen, als sie, die blauen Augen fassungslos weit aufgerissen, nach ihm greifen wollte. Auf der glatten Fahrbahn fanden ihre Füße in den kleinen, silbernen Schuhen keinen Halt mehr. Kurz bevor der Kühlergrill des Wagens sie erfasste, drehte sie sich, noch aus der Kraft des Stoßes heraus, zu dem auf sie zurasenden Auto hin und hob abwehrend die Arme, als könne sie das Unausweichliche aufhalten. Dann krachte der Wagen frontal in die eigensinnige, die einsame Frau Namens Birdy.

Sie hatte keine Chance, hatte sie nie gehabt. Wie eine leblose Strohpuppe geriet sie unter die Vorderräder. Der Wagenlenker versuchte zu bremsen, was ihm jedoch kaum gelang. Nahezu ungebremst schlitterte der Wagen weiter, schleifte Birdy mit sich.

Steif aufgerichtet, mit reglosem Gesicht stand er da, die eiskalten Augen unablässig auf das Horrorszenario gerichtet. Teilnahmslos beobachtete er, wie der Wagen endlich zum Stillstand kam. Die Wagentür flog auf, und der Fahrer stürzte auf die Straße, kroch schreiend durch den Schnee zu Birdy hin und schüttelte diese lauthals brüllend immer und immer wieder. Er ließ den armen Einfältigen gewähren, ließ ihn in seinem schmerzhaften Glauben, er habe das schlimmste aller Verbrechen begangen, ließ ihn weiter und weiter brüllen.

Genoss den Moment absoluter Schuld.

Dann ging er festen Schrittes auf den Mann zu.

Der Fahrer war Mitte zwanzig, sein Gesicht unter seinen blonden Haaren war kreidebleich, sein aschgrauer Mantel blutverschmiert. Er schrie und flehte. Immer wieder. »Bitte! Bitte!«, schrie er und wiegte sich im Takt des frenetisch hysterischen Sprechgesangs. Birdy hing regungslos in seinen Armen, ihr gesamter Körper war widersinnig verdreht wie der knorrige Stamm eines vom Blitz gespaltenen Baumes. Ihr Gesicht war auf der linken Seite eingedrückt. Nicht nur aus ihrem Mund rann Blut. Analytisch, wie man ein Gemälde von erlesener Qualität betrachten würde, betrachtete Chris aus nächster Nähe die von ihm geschaffene, perverse Installation. Abscheu machte sich in ihm breit, doch in erster Linie war es Zufriedenheit, die von ihm Besitz ergriff. Nachdem er sich sattgesehen hatte an all dem Blut, an all dem Leid, legte er dem jungen Mann fest seine Hand auf die bebende Schulter und instruierte ihn. Pragmatisch, emotionslos, mächtig:

»Sie lassen sie jetzt los, stehen auf, setzten sich in Ihren Wagen und fahren weg. Sie erzählen niemandem davon, und Sie denken nie wieder daran. Ich lasse Sie hiermit davonkommen. Haben Sie mich verstanden? Ich habe gesagt, ich lasse Sie davonkommen. Gehen Sie einfach. Sofort.«

Und das Schluchzen erstarb in der Kehle des Mannes.

*Noch die Wahrhaftigsten werden fliehen, wenn man ihnen im Moment größter Schuld eine Möglichkeit zur Flucht bietet. Es ist nicht das Schlechte im Menschen, es ist das Menschliche im Menschen.*

Und so ließ der junge Mann sie los, stand auf, setzte sich in seinen Wagen und fuhr weg. Ohne ein weiteres Wort zu sagen, ohne nachzufragen. Nie erzählte er irgendjemandem davon, doch er dachte jeden einzelnen Herzschlag seines weiteren Lebens daran.

Birdy lag auf dem Boden, tödlich verletzt, zur Seite eingerollt wie ein unschuldiges Kind. Es konnte sich nur noch um einige wenige, es konnte sich nur noch um ihre letzten Atemzüge handeln, die sie da, keuchend und zuckend im Schneematsch liegend, tat. Das Blut, das aus ihrer Wunde an der Schädeldecke austrat, färbte den Schnee rund um ihren deformierten Kopf rot. Wieder schien sie von einer geheimnisvollen Aura umgeben. Doch diesmal war es kein Heiligenschein, der ihr liebes Gesicht umrahmte, kein warmer Atem auf kaltem Fensterglas. Es war der Mantel des Todes, der sich über ihr zerschmettertes Antlitz legte. Der Mantel des Schweigens.

Chris blickte ohne Hast dem davonfahrenden Wagen hinterher, dann ging er langsam neben Birdy in die Knie. Zärtlich strich er ihr das blutverklebte, blonde Haar aus dem zerschlagenen Gesicht.

»Shhhh, schlaf gut, mein schönes Mädchen.«

Immer und immer wieder fuhr er mit der Hand über den zertrümmerten Wangenknochen, ließ seine Fingerkuppen sanft über den Glibber, der aus dem zerquetschten Auge austrat, gleiten.

Es fühlte sich wunderschön an.

Warm und unglaublich glatt.

Und feucht.

Er konnte gar nicht genug von diesem erlesenen Gefühl bekommen, strich weiter und weiter über die zerschmetterten Kanten der Augenhöhle und bohrte schlussendlich einen Finger durch das zerstörte Auge hindurch, tief hinein in die wulstige, fleischige Höhle. Zart und eng waren die Schleimhäute in dieser neu geschaffenen Öffnung.

Zu zart, zu eng und zu einladend, um es dabei zu belassen.

Die Erinnerung bricht über ihn herein, mit einer Klarheit, einer Unverfälschtheit, die er nie für möglich gehalten hätte. Doch sie bringt nicht nur jene Novembernacht, die einsame Straße, den Schneefall und das Grauen mit sich. Sie bringt noch etwas ganz anderes mit sich. Etwas, womit das grausige Wesen, das wohl einst die schöne, liebliche Frau an seiner Seite gewesen ist, nicht gerechnet hat. Im finsteren Herzen des Albtraums lauert die Erkenntnis. Er hat es nicht vergessen. Er hat nur nicht mehr daran gedacht. Heute genauso wenig wie damals oder irgendwann.

Er ist es gewesen, der damals gehandelt hat. Wahrscheinlich einer dunklen Eingebung folgend, aber aus freien Stücken handelnd.

Er hat Birdy vor das Auto gestoßen.

Es ist sein eigener Wille gewesen.

*Und er hat es genossen.*

Ein unbeschreibliches, erlesenes Gefühl ist es gewesen. So stark und so mächtig ist selbst die Erinnerung daran, dass es nicht mehr Panik, sondern Sehnsucht ist, die plötzlich in ihm aufkeimt. Morbide Sehnsucht, die ein gieriges Grinsen auf sein Gesicht zaubert.

Es ist ein begehrliches Erinnern, kein reumütiges Bedauern.

Er ist Christian Miller.

Nur wer liebt, unterliegt der Reue.

Und um die Liebe hat er sich schon lange Zeit nicht mehr sorgen müssen. Es ist die Herzlosigkeit, die auf seiner Seite ist. Die Lieblosigkeit, die ihn nun selbst für den Schatten der Vergangenheit unantastbar macht. Selbstbewusst wischt er wie beiläufig Birdys Hand von der Stirn. Wischt die Hand aus dem Grabe einfach weg wie eine schlechte Erinnerung. Wischt den Gerechtigkeit fordernden Geist weg wie etwas Lästiges. Etwas längst Vergangenes.

»Das habe ich getan, ja, ich erinnere mich. Ich erinnere mich an alles. Und ich bereue nichts. Ich habe damals keinen Bedarf an deiner Person gehabt, und ich habe ihn auch heute nicht. Kriech zurück in das verdammte Höllenloch, aus dem du gekrochen gekommen bist. Was ich einst verlassen habe, was ich einst *vernichtet* habe, das wird mich heute nicht aufhalten.«

Und wie in jener kalten Dezembernacht stößt er sie mit beiden Händen von sich. Stößt sie mit letzter aber auch erster Kraft die steinerne Treppe hinab in die gestaltlose, alles verschlingende Dunkelheit. Sie lässt es wieder mit sich geschehen. Willenlos, wehrlos. Aber diesmal ist es nicht ungläubiges Entsetzten, das da in ihrem blauen Auge aufblitzt. Und mit einem letzten verstohlenen Lächeln auf dem entstellten Gesicht löst sich die Erscheinung auf.

Einfach fort.

Kein Schreien, kein Flehen, kein Fallen.

Einfach fort.

Verdutzt bleibt er zurück. Sanftes Licht durchflutet gleichmäßig den Hotelflur. Ein oranges Leuchten, beharrlich an den Schatten nagend.

Das war es?

Das war der ganze Zauber?

Wer auch immer diesen übernatürlichen Aufwand für diesen lächerlichen Effekt betrieben hat, ist ein selig Ahnungsloser.

Eine einzige Erinnerung an ein einziges, für ihn austauschbares Ereignis? Das ist alles? Mehr hat diese Scharade nicht zu bieten? Ein klar gesprochenes Wort, ein beherzter Stoß, und der Spuk ist vorbei, der Weg wieder frei?

Er ist wieder frei?

Einfach so?

*Selbstverliebter Narr. Nichts ist so einfach.*

Kalter Schweiß gefriert in seinem Nacken. Hämisch kichernd, ein Kichern so hell wie das die Dunkelheit vernichtende, orange Licht, kriecht die Vorahnung seinen Rücken entlang, legt sich schuppig glatt um seinen Hals.

Nichts ist so einfach.

Ist es niemals gewesen.

Und mit einem Mal weiß er, dass der vermeintliche Ausweg, der nun frei erscheinende Weg über die Treppe hinab, ihn nicht in die Freiheit führen wird. Der Weg über die Treppe führt ihn wahrhaft tief hinab. Führt ihn in seinen sicheren Tod.

*Bestenfalls.*

Der düsteren Eingebung dankend, dreht er sich vom Treppenabgang weg. Langsam. Unglaublich langsam. Um ja weiterhin schlafen zu lassen, was noch schläft. Er muss sich fassen, sich konzentrieren. Ohne einen Plan ist er verloren. Er wird zurück in sein Penthouse gehen, und er wird einen Plan fassen. Gleich dort vorne um die Ecke ist es, nur wenige Meter trennen ihn vom Penthouse und dem darin verborgenen Plan. Hat er erst das Penthouse erreicht, hat er den Plan erreicht.

Langsam und so lautlos wie möglich schleicht er den Flur entlang, um auch wirklich nichts und niemanden zu wecken, um alles ruhen zu lassen. Vor allem die Vergangenheit. Jeden einzelnen, kleinen, weiteren Teil davon. Stillschweigend ruhen lassen.

Das mittlerweile leuchtende Orange des Lichtes verdunkelt sich wieder, wird purpurrot. Beginnt abermals zu flackern, aber diesmal satt, ohne Hektik. Alle Zeit der Welt, und noch etwas mehr.

Licht an, Licht aus.

*an, aus*

*an, aus*

Als würde jemand einen Schalter umlegen.

Etwas.

Dann hört er das Geräusch.

Zuerst ist es nicht mehr als das ungleichmäßige Rauschen seines Blutes in seinen Ohren, sein rasender Herzschlag in seinem Kopf. Doch es wird deutlicher, lauter. Löst sich von den Geräuschen seines Körpers. Gewinnt an Gestalt, gewinnt an Wirklichkeit. Ein dumpfes Stapfen, gefolgt von einem knarrenden Schleifen.

Ein Stapfen, ein Schleifen.

Ein Stapfen, ein Schleifen.

Immer wieder.

Langsam.

*Schneller*.

Dann plötzlich gar nicht mehr. Absolute Stille.

Auch das Licht hört auf zu flackern und legt sich tiefrot, jeden Schatten verschlingend, unheilschwanger über den Hotelflur. Er wagt kaum noch zu atmen, so übermächtig ist die Angst, er könne mit seinem Atemgeräusch den einen entscheidenden Laut übertönen. Er wagt nicht mehr zu blinzeln, denn noch größer ist die Angst, was nach diesem reflexartigen Schmetterlingsschlag vor ihm stehen könnte. Vor ihm stehen wird. Denn etwas ist da.

Ganz nah.

Näher.

So starrt er, mit krampfhaft aufgerissenen Augen auf den Gang, der verlassen vor ihm liegt. Starrt dorthin, wo eben dieser Gang um die Ecke biegt. Um die verbergende Ecke biegt.

Doch dort ist er nicht mehr verlassen, der Gang.

Und es ist nicht mehr verborgen.

Es ist da.

Eine Hand.

Nur eine Hand im roten Licht.

Verkrüppelte Finger suchen Halt, gelbe Klauen graben sich in den Verputz. Die Hand im roten Licht bahnt sich ihren Weg um die Ecke. Finger für Finger. Klaue für Klaue. Zieht schleifend etwas hinter sich her. Stück um Stück. Teil um Teil.

*Etwas.*

*Etwas einst Wirkliches.*

Einen Körper. Entstellt, zerquetscht, verstümmelt. Auf unmögliche Weise wieder heil. Aber nicht wieder Mensch. Alle vier Gliedmaßen grotesk verdreht, als wären jede Hand und jedes Bein einst an mehreren Stellen gebrochen, als wären sie gewaltsam zerschlagen worden, um dann an unpassendster Stelle, auf besonders schmerzhafte Weise wieder zusammenzuwachsen.

Ein zerbrochener Mensch.

Zu einem monströsen Ganzen verwachsen.

Humpelnd, schabend, unkontrolliert zuckend schiebt sich das fleischig knöcherne Menschenmonstrum auf Chris zu. Qualvollen Schritt für qualvollen Schritt, den blutroten Hotelflur entlang.

Nachdem ihn Birdy verlassen hatte, nachdem sie nicht freiwillig, aber ohne große Gegenwehr von ihm gegangen war, nahm er sein maßloses Leben wieder auf. Und er genoss es in vollen Zügen. Er war frei von Bedauern, war so vielleicht auch frei von Schuld. Er nahm sich, was die Welt ihm bot, und wenn die Welt einmal nicht großzügig genug war, nötigte er etwas mehr. Mehr Perversion, mehr Hass, mehr Böses. Und das war es, was sein Antrieb war. Kaum hatte er ein unschuldiges Leben unwiderruflich zerstört, war er auf der Suche nach dem nächsten Opfer, dem nächsten Leben.

Seit jener eiskalten Nacht hatte er nicht mehr getötet, aber nicht, weil er es nicht konnte. Er hatte nicht getötet, weil er es nicht wollte. Viel grausamer und somit befriedigender schien es ihm, die Menschen, die er misshandelte, am verwirkten Leben zu lassen. Missgeburten aus ihnen zu machen, seelisch wie körperlich, und sie dann von sich zu stoßen, beinahe so, wie er Birdy gestoßen hatte. Weil sie ihn nicht kümmerten. Weil es die Welt und das Leben ebenso wenig taten.

Eines seiner schönsten Wesen, das er in dieser Zeit erschuf, war Francis. Und dieses eine, diese besondere Werk war so perfekt, dass er es kaum auf sich beruhen lassen konnte. Es verlangte ihn danach, nach dessen Vollendung weitere Blicke darauf zu werfen. Doch erfüllte ihn Furcht. Er fürchtete sich davor, mit seinen gierigen Blicken die Perfektion jener Nacht zu zerstören. Er fürchtete sich davor, dass der Anblick des von ihm geschaffenen Krüppels ihn nicht auf jene Weise berauschen würde, die er sich erhoffte. Also ließ er es sein. Ließ ihn sein, oder sterben, oder was auch immer. Doch gerne dachte er an jenen einzigartigen, an jenen außerordentlichen Sommernachtstraum.

Francis hatte ihn schriftlich kontaktiert. Es musste ihm schwer gefallen sein, die Adresse des gefeierten Stars ausfindig zu machen, doch es war ihm geglückt. Unaufhörlich schickte der junge Mann von da an seinem Auserwählten glühende Liebesbriefe, in denen er ihm die aufopferndsten Versprechungen machte. In denen er ihm offenbarte, dass er bereit war, alles zu geben, für nur eine einzige Nacht. Chris las die Briefe erst oberflächlich, dann mit steigendem Amüsement, und als Francis begann, den Briefen Fotos beizulegen, sogar mit wohlwollendem Interesse. Francis war ein schöner Mann. Nein, er war mehr, er war ein junger, bildschöner, beinahe perfekter Mann. Von einer Reinheit und Unschuld, die Chris bereits auf den Fotos deutlich erkennen konnte.

Er musste ihn einfach haben

Er musste ihn einfach schänden.

Und je länger er in das unschuldig Gesicht des Jungen schaute, desto mehr fragte er sich, wie wohl sein Geschlecht aussähe, welche Farbe sein zartes, unberührtes Arschloch hätte. Und ob sein Mund von wohliger Wärme wäre, wenn er ihm die Zähne ausschlagen würde, um ihn danach ungehindert ficken zu können. Diese Gedanken unterhielten ihn aufs Köstlichste, wie der beste Scherz, den er jemals gehört hatte. Wie der beste Scherz, den er jemals auf Kosten eines anderen gemacht hatte. Und es war schwer, ihn zu unterhalten. Lustvoll fantasierte er von unbefleckten Schleimhäuten und ihren unbegrenzten Einsatzmöglichkeiten.

Als Francis ihm die Adresse eines billigen Stundenhotels schickte, in dem er von nun an jeden Donnerstagabend auf ihn warten würde, zeigte sich Chris vorerst zurückhaltend. Doch nach nur drei, von lustvoll grausamen Gedanken dominierten Donnerstagen beschloss er, dass es an der Zeit war, aus Fantasie Wirklichkeit werden zu lassen. Und dabei dachte er keineswegs an die naiven Fantasien, denen sich der unschuldige Junge wahrscheinlich hingab. Seine Fantasien waren komplex. Es würde ein wenig Vorbereitung vonnöten sein. Mit einem selbstzufriedenen Blick griff er nach dem Telefon, um den Anruf zu tätigen, der ihm die passende Droge verschaffen würde.

Donnerstag.

Es war ihm niemand gefolgt, dessen war er sich sicher. Er hatte genau darauf geachtet, und wenn er auf etwas genau achtete, dann konnte er sich immer sicher sein. Ausnahmslos. In seinem Leben gab es keine Ausnahmen. Darüber hinaus spielte es keine Rolle. Noch nie hatte ihn jemand beschuldigt, und das würde auch diesmal nicht passieren. Nicht in diesem Leben. Seine Liebschaften waren Opfer, jede Einzelne von ihnen, aber einmal durch seine Hände gegangen waren sie noch weniger. Sie waren Willenlose, für immer gebrochen. Wollten nichts sagen oder konnten es einfach nicht mehr.

Noch bevor er die Hand hob, um an die Zimmertür zu klopfen, wurde diese vorsichtig geöffnet. Vor ihm stand der junge Mann. Er war noch perfekter, unschuldiger und unverbrauchter als auf den Bildern, und er war wohl keine zwanzig. Ein schüchterner Mensch mit goldenen Locken rund um das ebenmäßige Gesicht. Mit diesem schönen Gesicht und seinem zierlichen Körperbau wirkte er tatsächlich wie ein Junge. Ausgezeichnet. Chris schob ihn, ohne dessen Worte abzuwarten, zur Seite und trat in das Hotelzimmer. Einfach, kein Schnick Schnack. Ein Bett, ein kleiner Tisch, zwei Sessel, ein Kasten. Das würde genügen. Chris legte sein Sakko ab, ließ sich gebieterisch auf einen der Sessel sinken und wartete geduldig, bis der Jüngling die Tür geschlossen hatte und vor ihm im Raum stand.

»Zieh dich aus«, sprach Chris, ohne weiteres Aufsehen zu machen, ohne irgendwelche höflichen Worte zu verlieren, die ohnehin nicht mehr als Zeitverschwendung, als verbaler Abfall gewesen wären.

Und Francis gehorchte.

Ohne Zögern legte er seine Kleidung ab. Hemd, Hose, Unterkleidung, Socken. Alles faltete er sorgsam, platzierte es auf dem Tisch. Dann blieb er nackt aufrecht vor Chris stehen, der ihn eingehend musterte. Das Glied war so wunderschön wie der Junge selbst. Groß, straff, rosafarben und wohlgeformt lag es halb erigiert auf den kleinen festen Hoden. Dem würde er sich zuerst widmen.

»Komm näher!«, befahl er Francis, rutschte auf dem Sessel nach vorne, umfasste mit der linken Hand die festen Arschbacken des Jungen, ließ seinen Zeigefinger rund um die enge Rosette streichen und inspizierte mit der rechten das pulsierende Glied. Es war gepflegt und roch nach Zuckerwatte. Gierig führte er das Glied in seinen Mund ein. Es schmeckte, wie es roch. Herrlich. Wohl würde er noch lieber daran nagen als saugen, wahrscheinlich war das Fleisch des duftenden Gliedes köstlich. Sollte er Kannibalismus in Erwägung ziehen? Dieser Gedanke war ihm bisher noch nie gekommen und erregte ihn so, dass er sich schnell Erleichterung verschaffen musste. Er ließ von dem Knaben ab, öffnete seine eigene Hose, lehnte sich im Sessel zurück und befahl: »Knie nieder, nimm ihn in den Mund und lutsch ihn, bis es mir kommt. Sei vorsichtig und lass ihn nicht los. Ich will jeden Tropfen heißen Samens in deinen willigen Mund abspritzen.«

Aber was ihm so verheißungsvoll erschienen war, zeigte sich durchwegs unbefriedigend. Wahrlich war er unschuldig, der junge Mann. Er schleckte und saugte zwar voller Hingabe, aber es fehlte ihm eindeutig an Raffinesse. Also stieß Chris ihn von sich, drückte ihn gegen die Bettkante, sodass der Junge nicht ausweichen konnte, und begann nun ganz nach seinem eigenen Belieben dessen Mund zu ficken, bis Francis sich fast erbrach. Das erstickende Würgen und hilflose Luftschnappen verfehlte nicht seine Wirkung. Bitter und heftig ergoss sich Chris in den so gewaltsam penetrierten Mund, zog befriedigt seinen Penis zurück, kniete sich nieder und hielt Francis den Mund zu.

»Jetzt schluck!«, forderte er unnachgiebig.

Brav tat der Jüngling, wie ihm geheißen. Von dem willenlosen Gehorsam sofort wieder in Erregung versetzt, zog Chris ihn hoch und drückte seinen Oberkörper auf das Bett, sodass der Junge sein Arschloch ungeschützt preisgeben musste. Rücksichtlos krallte Chris seine rechte

Hand in die goldenen Locken, fixierte mit der linken den Oberkörper. So würde der Junge garantiert auf den Knien bleiben. Gierig ließ er seinen Blick über das Arschloch wandern. Es war klein und eng. Dunkelrosa und feucht leuchtete die zarte Haut der faltigen Rosette. Chris stieß hart und ohne Vorwarnung tief hinein in den jungfräulichen After. Sein Glied war mächtig, er konnte deutlich spüren, wie die Schleimhaut unter den heftigen Stößen an mehreren Stellen einriss. Das war gut so. Blut und Scheiße, das war immer noch das beste Gleitmittel.

Er fickte ihn lange und hart. Der Junge jammerte kaum, war für sein verdammt enges Arschloch erstaunlich gefügig. Nachdem Chris heiß und lang gekommen war, ließ er Francis liegen und öffnete das Fenster, um frische Luft zu schnappen und zu rauchen. Die Sommernacht war sternenklar, und er war gerade erst in Stimmung gekommen. Jetzt wollte er mehr. Ein bestialisches Grinsen im Gesicht, tötete er die Zigarette aus und ballte die Faust.

*Zeit, deinen Zähnen Lebewohl zu sagen.*

Das Bett war voller Blut. Chris war völlig nackt, prüfend blickte er an sich hinunter. Sein Schamhaar und sein Schwanz waren mit Blut und Scheiße verklebt, seine Beckenknochen waren rot verschmiert.

Fast hatte er ihn kaputtgefickt.

Der Junge lag betäubt, die Tabletten, die Chris ihm eingeflößt hatte, schienen endlich Wirkung zu zeigen, auf dem Bett. Blut, Scheiße und Sperma rannen ihm aus dem gesprengten Anus. Sein Gesicht war zertrümmert. Die zum Teil ausgeschlagenen, zum Teil gezogenen Zähne lagen am Boden neben der Zange. Chris hob vorsorglich einen der Zähne auf, wischte ihn am Laken sauber und steckte ihn in die Brusttasche seines Sakkos. Nur ein kleines Andenken. Normalerweise würde er sich damit zufrieden geben. Oder vielleicht den Jungen noch ein letztes Mal ficken, so wie man eine Leiche fickt. Absolute Hingabe. Aber heute hatte er mehr vor.

Er hatte Pläne.

Er hoffte, dass die Wirkung der Tabletten so stark war wie versprochen. Er wollte kein Jammern, darauf hatte er es nicht abgesehen. *Sie können einen Menschen umbringen, wenn sie überdosiert werden.* Zumindest hatte man ihm das versichert. Nun, das würde sich zeigen. Die Zähne hatte er ihm problemlos entfernen können, und da war der Mensch noch nicht einmal ganz weggetreten gewesen. Nur ein weit abgedriftetes Raunen hatte der Verdammte von sich gegeben. Und es war traumhaft gewesen, seinen zahnlosen Mund zu ficken. Die Wulste des blutigen Zahnfleisches hatten Chris zu ungeahnten Höhen verholfen. Er beugte sich über den Menschen. Noch atmete er. Das war gut so, er wollte ihn nicht töten.

Er wollte ihn formen.

Beherzt packte er den nackten Körper, drehte ihn auf den Rücken, zog ihn am Becken nach vorne an die Bettkante, bis die Beine ungehindert über das Bett hinaushingen. Er würde mit den Beinen beginnen, sich zu den Armen vorarbeiten und mit den subtileren Feinheiten abschließen. Finger brauchten Zeit. Er holte die beiden Sessel. Den einen Sessel schob er mit der Sitzfläche unter den Oberschenkel, den anderen unter den Unterschenkel. Einladend schwebte das Knie frei zwischen den Sesseln. Nachdenklich betrachtete Chris seine Vorbereitungsarbeit und überlegte, ob er eine Vermutung wagen sollte, wie viele Anläufe er brauchen würde, um das Knie durchzutreten. Wahrscheinlich nicht viele. In solchen Ausnahmesituation erwachten unmenschliche Kräfte in ihm. Trotzdem entschied er sich dafür, seine Schuhe wieder anzuziehen. Immerhin wollte er sich selbst nicht verletzen. Aber vielleicht sollte er wenigstens eine kleine Schätzung abgeben, wie lange und vor allem ob die Betäubungsmittel ausreichen würden. Er grinste zufrieden.

*Ein ausgesprochen erfolgreicher Tag.*

Qualvollen Schritt für qualvollen Schritt. Das von Chris so hingebungsvoll kreierte Wesen, auf das ihm der Blick bisher verwehrt geblieben ist, auf das er sich selbst aus Gründen des Zweifels den Blick verwehrt hat, schleppt sich stöhnend auf ihn zu. Chris hat Gott gespielt. Einen Menschen zerbrochen, einen Körper neu geformt und ein deformiertes Monster erschaffen. Wie wenig verwunderlich ist es, dass genau dieses Monster ihn an genau diesem Ort gefunden hat, ihn hier, am Rande der Wahrnehmung heimsucht?

Chris stolpert rückwärts von der Kreatur weg. Er könnte sich umdrehen und einfach davonlaufen. Er könnte, aber er kann nicht. Er kann das Monstrum nicht aus den Augen lassen. Kann sich nicht abwenden. Und doch will er nur eines:

Überleben.

*Er muss überleben.*

Seine Beine fühlen sich an wie Lakritzstangen, biegen sich unter der schuldenschweren Last seines Körpers, brechen unter ihm weg. Tränen laufen ihm über das Gesicht, die Hände schützend vor das selbige haltend, stammelt er völlig hilflos, fleht er beinahe aufrichtig: »Bitte, bitte nicht. Bitte lass ab von mir.«

Doch dann, einer Eingebung folgend, schmettert er seine Geheimwaffe gegen den vertrauten Dämon, verleiht dem mächtigsten aller Worte Flügel.

»*Francis*, lass ab von mir!«, aber diesmal verhallt der Name ungehört. Das Drama hat den Punkt erreicht, an dem selbst die Sprache ihre allgemeingültige Macht einbüßt. Immer näher kommt das fleischgewordene Unheil, das rachsüchtige Verderben. Zerschlagen und missbraucht ist der, der einst Mensch gewesen ist, hier, um es zu Ende zu bringen. Um Chris zu einem Ende zu bringen. Nur eine Armlänge entfernt hält das Monster inne, starrt aus leeren Augen tief hinein in das Nichts, das vor vielen Jahren in Chris seine Heimat gefunden hat. Zähflüssiger Speichel läuft der Ungestalt aus dem zahnlosen Mund. Sich seinem unausweichlichem Schicksal fügend, unfähig zu fliehen, schließt Chris die Augen. Er kann es röcheln hören, und er kann es starren spüren.

*chchhhh chchhhh*

Peinvolle Sekunde um peinvolle Sekunde.

*chchhhh chchhhh*

Doch nichts geschieht.

Dann spürt er etwas an seinen Hüften. Ein geschäftiges und zärtliches Suchen. Als er starr vor Schreck die Augen öffnet, sieht er das Monstrum vor sich auf dem Boden knien und mit verkrüppelten Fingern nach seiner Hose greifen. Es leckt sich gierig das zertrümmerte Maul. Saugende, sabbernde Geräusche dringen dumpf an sein Ohr, und mit einem Mal weiß Chris, was es ist, das das Ding zu Ende bringen will. Augenblicklich wieder ganz er selbst und wieder im Besitz seiner vollen Kräfte, tritt er mit dem rechten Fuß zu, trifft das Unwesen hart an der Schulter. Mit einem überraschten, schrillen Kreischen kippt es zurück und fällt zu Boden. Chris stürzt auf es zu und stemmt seinen rechten Fuß mit aller Macht auf die Kehle des röchelnden Wesens. Er schreit und tobt, lacht frenetisch, jubelt dem unverhofften Sieg zur Ehre, spottet der erbärmlichen, der widerwärtigen Kreatur zum Trotz:

»Das willst du? Meinen Schwanz willst du? Noch aus der Hölle gekrochen ist das alles, wonach dich verlangt? Du kannst mehr haben! Du kannst alles haben! Du kannst den allerletzten Tritt, den ich dir damals schon hätte verpassen sollen, haben! Den Tritt durch deine unbefriedigte, schwanzsaugende Kehle.«

So leise wie das Säuseln des Windes in den dürren Ästen eines abgestorbenen Baumes, aber dennoch klar und ohne Furcht und fern jedes Zweifels, spricht der entstellte, der missbrauchte, der untote Jüngling. Vier Worte spricht er. Vier Worte, die nicht ehrlicher sein könnten. Die alles sagen. Chris den Rest geben, ihm das Letzte nehmen.

»Erlöse mich. Erlöse dich.«

Vom Schlag der unabänderlichen Wahrheit getroffen, taumelt er zurück.

*Erlöse dich.*

*Erlöse mich.*

Nichts. Für niemanden. Einfach nur nichts, und erst recht kein Ende.

*Es ist Zeit*, lockt etwas in seinem Kopf, *Zeit loszulassen.*

Keine Chance mehr, kein Zurück mehr. Jetzt in diesem Augenblick, für immer. Und gerade als sich Zeit und Raum um ihn herum endgültig auflösen, alles in sich aufsaugen, das Bild der Welt und noch den Gedanken an dieses Bild verschlingen, jeden Rahmen, jede Vorstellung sprengen und die Erinnerungen in seinem Kopf explodieren, dringt es an sein Ohr.

*Ein Blubbern.*

Es sattes, gutturales Glucksen wie aus der brodelnden Tiefe einer modernd feuchten Erdspalte. Das erbrechende Überschwappen des vergifteten Erdinnern. Und in dem körperlosen Glucksen tobt ein erstickender Laut … heult eine leise Stimme. Eine Stimme, die er nie zuvor gehört hat und trotzdem sofort erkennt. Ohne überlegen zu müssen und ohne nachzufragen. Wohlbekannt.

Eine gestaltlose Stimme und ein winziges Weinen, fordernd aus der substanzlosen Masse herausbrechend.

Mit einem Mal wieder damals.

Damals wie heute.

Den Hut hatte er tief ins aschfahle Gesicht gezogen, den schweren Kragen des schwarzen Mantels hochgestellt. Nicht um der Witterung zu trotzen, denn der Tag war ein frühsommerlich milder, sondern um sein allbekanntes Gesicht zu verbergen. Regungslos inmitten des geschäftigen Treibens, ein Mensch unter unzähligen. Von der ruhelosen Menge verschluckt, in der anonymen Masse verschwunden.

Nur ein Mensch.

Er wusste nicht, was ihn hierher geführt hatte. Unter all diese Fremden, die sich an ihm vorüberschoben. Er, der er überall erkannt und überall bewundert wurde, der gefeierte Star, unentdeckt und unbeachtet. Fast als würde ihn mehr schützen, ihn mehr tarnen als nur Hut und Kragen. Er konnte die Energie all der Leben spüren, die an ihm vorüberzogen, konnte spüren, wie jeder Herzschlag sie am Leben hielt, sie ihrem Ende näherbrachte. Ihre Vergänglichkeit war ein Trost für ihn, wenn auch nur ein schwacher. Andererseits war jedes Gefühl der letzten Jahre ein schwaches gewesen. Jedes bis auf den Hass, die Abscheu und die Verachtung.

Von raubtierhafter Vorsicht geleitet, hob er wachsam seinen stieren Blick, ließ ihn über die ihn Umgebenden, die über ihn Hinwegspülenden gleiten. Kein vertrautes Gesicht. Und auch niemand, den er hätte kennenlernen wollen.

Sie war der einzige Mensch gewesen, den er hatte kennenlernen wollen.

Sie war der einzige *Mensch* gewesen.

Ein plötzlicher Schmerz machte sich unverhofft in seiner angespannten Brust breit, kämpfte sich aus dem kalten Nichts in seinem virulenten Inneren empor an den im sanften Sonnenlicht erstrahlenden Frühlingstag. Schmerz und Verlust. Klein und unbedeutend, aber beharrlich. Nach all den Jahren immer noch Verlust. Er fühlte sich betrogen. Von sich selbst betrogen. Und wie so oft wanderten seine getriebenen Gedanken zu jener kalten Novembernacht. Er hatte sich befreien wollen und sich so nur noch mehr versklavt. Sich dem Menschen unterworfen, der am mächtigsten war. Mächtig, weil er keine Skrupel hatte, weil er keine Liebe hatte, weil er nichts hatte. Er hatte sich sich selbst Untertan gemacht. Er hatte sich selbst besiegt und sich selbst vernichtet.

Nicht jeder Tag war gleich, nicht jeder gleich schwer.

An manchen guten Tagen ging ihm das gesellschaftliche Parkett so glatt von der Hand wie die Grausamkeit, mit der er eben die selbige so häufig und so gerne führt. Er genoss die Grausamkeit. Immer noch und immer wieder. Die Grausamkeit war der Nektar seiner leeren, aber unheimlich hungrigen Seele. Doch an manchen Tagen, wie dieser heute einer war, da holte die Vergangenheit ihn ein. Vor Birdy hatte er nie etwas bedauert. Durch sie war das Bedauern in sein maßloses Leben zurückgekehrt, und nicht einmal ihr Tod hatte dieses Bedauern wieder von ihm nehmen können. Ganz egal, wie maßlos er war, irgendwann drängte das Bedauern an die Oberfläche. Keine Obsession konnte es tilgen, keine Form der Dominanz es kontrollieren. Er, der er so viel Macht über diese Welt hatte, war machtlos gegen sich selbst. Machtlos gegen das Bedauern.

Er hob die Arme, nur ein wenig, breitete sie aus wie Schwingen. Die schwarzen Schwingen eines Raben. Behutsam strichen seine Fingerspitzen unbemerkt über Jackenzipfel, Hemdsärmel, Ledertaschen. Er stand nicht nur reglos zwischen den Menschen, er stand leblos zwischen ihnen. Ein Toter unter den Lebenden. Ein Unmensch unter den Menschlichen. Und obwohl er seinen Blick nun nicht mehr verbarg, wurde keiner seines Starrens gewahr. Ungeniert konnte er ihnen folgen, ihnen durch ihre sterblichen Hüllen hindurch tief hinab in ihre unsterblichen Seelen blicken.

Dann nahm das Rauschen ab, und die Menschen verharrten. Nur wenige Augenblicke. Ein stummes Warten. Jene Zeitspanne, die zu kurz für einen orientierten Gedanken, aber zu lange für ein leeres Starren erschien. Für diesen einen Moment wurden auch sie zu Leblosen, zu Leblosen neben ihm.

Stumm, starr und leer.

Für diesen Moment war er wieder einer von ihnen. War er wieder er. War der kleine Junge aus dem kleinen Dorf neben der großen Stadt wieder am Leben. Doch eine blecherne Stimme kündigte das baldige Nahen des Zuges an, und Bewegung strömte durch die wiedererwachte Menge, trieb die lebendig Gewordenen an den Rand des Bahnsteiges. Ließ den kleinen Jungen wieder hinab in sein kaltes, tiefes Grab sinken. Die ausdruckslosen Gesichter waren in dummer Erwartung auf den Zug gerichtet, der sich in mäßigem Tempo dem Bahnsteig näherte. *Zeit zu gehen*, kam es ihm in den verworrenen Sinn, doch noch bevor er sich in Bewegung setzten konnte, fiel sein Blick auf das eine Gesicht, das sich nicht von ihm abwand, bemerkt er den einen Blick, der fragend den seinen suchte und ihm auch standhielt.

Ein kleines Kind, ungefähr zwei Jahre alt. Ein blondes Mädchen mit strahlend grünen Augen und einem unverblümten Lächeln. Seine Mutter hatte es fürsorglich auf den Arm genommen, wohl, um besser in den Zug steigen zu können. Ohne darüber nachzudenken, erwiderte Chris das Lächeln des Kindes, worauf dessen Augen größer wurden und das Lächeln zu einem breiten Lachen. Mutter und Kind standen links von ihm, am Anfang des Bahnsteiges, weit vorne an der Kante, dicht bei den Gleisen. Und auch wenn sich viele Menschen zwischen sie gedrängt hatten, versperrt keiner von ihnen seine Sicht. Weiterhin lächelnd hob er zögernd seine rechte Hand zu einem Winken. Ein kleines Winken, das von dem kleinen Mädchen freudestrahlend und begeistert erwidert wurde.

*Genau das.*

Und plötzlich wurde es kalt. Eiskalt.

*Es war wieder November.*

Was einmal geschehen war, konnte wieder geschehen.

*Ich denke an dich.*

*Ich gedenke deiner.*

Chris zog den Hut weit ins Gesicht, senkte seinen Blick zu Boden. Er kannte den Weg, er würde ihn finden, ohne dabei vielleicht doch noch Aufsehen zu erregen. Und ohne einen von ihnen zu berühren, steuerte er zielsicher durch die Menschenmenge hindurch, direkt auf das blondgelockte Mädchen zu. Nur wenige Schritte vor der Mutter mit dem Kind auf dem Arm blieb er stehen. Er konnte das Blut in seinen Ohren rauschen hören, und er fühlte es.

Es fühlte sich lebendig an.

Er fühlte sich lebendig.

Das Bedauern war wie weggeblasen. Freudige Erwartung prickelte in seiner Magengrube. *Freude*, dachte er, nahm sich dennoch keine Zeit, das fragile Gefühl mit zitternden, schützenden Händen zu fassen.

*Freude.*

Er hob den Kopf gerade so weit, dass er unter der Krempe seines Hutes hindurch in das Angesicht des Kindes blicken konnte. Unschuldig und unvoreingenommen. Und auch der Gesichtsausdruck des Kindes spiegelte Freude wider.

Der lustige Mann, er war gekommen, um zu spielen.

Vergnügt strahlend hob es die kleine Hand zu einem weiteren Winken, als das Lächeln in seinem Gesicht gefriert.

Mit stetig anschwellendem Dröhnen näherte sich der Zug und Chris hob die Hand, um zu tun, was er damals im November getan hatte: das Leben seinem unweigerlichen Ende entgegenstoßen. Und diesmal war der vernichtende Akt von wahrlich erlesener Güte, denn es waren zwei Menschen, und einer von ihnen war von makelloser Unschuld beseelt.

Das gestaltlose Glucksen in seinem Rücken, es wird nicht lauter, es wird intensiver.

Rhythmisches Pochen.

*babam babam babam*

Der bebende Rhythmus seines bebenden Herzens.

*babam babam babam*

Er will weitergehen, in sein Zimmer gehen, der vermeintlichen Rettung entgegeneilen. Einfach weiter, einfach weg. Doch das rhythmisch bebende Pochen greift förmlich nach ihm, streicht zärtlich über seinen Rücken, liebkost seinen steifen Nacken, legt sich um seinen Hals wie eine Schlinge.

*babam babam babam*

»Chris«, flüstert die verlorene Stimme inmitten des alles verschluckenden Rauschens. »Chris.«

Immer wieder, verheißend und lockend.

Wie eine zum Zerreißen überdehnte Gitarrensaite, ächzend und kreischend, zerrt sein Name an seinem Selbst. Dreht seinen wirren Kopf, verdreht seinen willenlosen Körper, seinen sinnfreien Verstand. Zum Gehen nach vorne gewandt, aber zum Erkennen über die Schulter blickend, steht er da, uneins mit sich selbst.

*Ein Zerrissener.*

Die rechte Hand hat er hilfesuchend ausgestreckt, den schummrigen Flur entlanggestreckt, als möchte er sich am Gedärm des Hotels entlangziehen, sich dem Einfluss der Stimme entziehen. In Sicherheit bringen. Doch je mehr sein ausgestreckter Arm ihn nach vorne zieht, desto mehr dreht sich sein Kopf über die Schulter nach hinten, bis er schlussendlich völlig überstreckt, zwischen den beiden Richtungen aufgespannt, regungslos verharrt.

*vor und zurück*

*vor und zurück*

*...rien ne vas plus*

Die Beine einzementiert, die Hand zerrend. Das Kinn über die linke Schulter geschoben. Die Augen panisch weit aufgerissen. Starrend, forschend, suchend.

*Es findend.*

Und einmal einen Blick auf *es* geworfen, kann er ihn nicht mehr abwenden, und sein willenloser Körper gibt dem Eindruck nach, folgt der fordernden Drehung des Kopfes, richtet sich auf die endlos scheinende Quelle des Lautes aus.

Und seine Augen sehen klar.

*Ein Fleischberg.*

Ein rhythmisch pulsierender Fleischberg.

Zerborstene Knochen brechen leuchtend weiß und scharfkantig durch zerrissenes Fleisch. Aufgeplatzte, pergamentene Haut spannt sich über Schwielen und Geschwulste. Zerfetzte Körperöffnungen ergießen überschwappend Körperflüssigkeiten in den Hotelflur. Es stinkt abscheulich. Brodelnd wie der Schlund der Hölle selbst gebiert der Fleischberg immer mehr Unrat. Spuckt Blut, Wundwasser, Eiter und Scheiße. Es ist nichts Menschliches mehr, nur noch menschliches Material bestenfalls, das achtlos weggeworfen verrottet. Die mutmaßliche Stimme nicht mehr als ein atonales Echo des saftigen Blubberns. Körpermechanische Ordnung. Frei von eigentlichem Sinn, aber dennoch Teil einer fundamentalen Logik. Unablässig angetrieben von der einen Frage: WARUM?

Geblendet von der Schönheit, ergriffen von der Endgültigkeit, fasziniert von der unumstößlichen Konsequenz starrt er verzaubert auf das Etwas, das einst Mensch gewesen ist. *Menschen* gewesen ist.

An Flucht ist nicht mehr zu denken.

Er will es sehen, will verstehen, was er selbst erschaffen hat.

*Es berühren.*

Ehrfürchtig kommt er langsam näher.

Nahe.

Unmittelbar davor.

Er kniet nieder, wie in seiner ultimativen Kirche des Fleisches, und streckt die Hand aus nach der reinen Vollkommenheit, der einzig wahren Zerstörung. Absolute Innigkeit, absolute Einigkeit. Er muss den Atem nicht anhalten, auch stockt dieser nicht. In diesem einzigartigen Moment ist einfach kein Atem vorgesehen. Das Menschliche scheint überflüssig.

Keine Notwendigkeit mehr.

Ohne zu zittern, von einem Verlangen getrieben, das nur der reinen Erkenntnis gleichzusetzen ist, berührt er liebkosend einen der Blut und Eiter erbrechenden Ausläufer der humanoiden Rekreation. Berührt zärtlich einen Brocken Menschfleisch.

Es ist nicht tot.

*Es ist das neue Leben.*

Fordernd drückt das Muskelgewebe pulsierend gegen seine schweißnasse Handfläche. Es lebt, fern jedes von Gott erdachten Lebens auf dieser Welt.

Es lebt.

Selbstbewusste Schritte, überdeutlich von den Wänden widerhallend, durchbrechen seine Andacht, reißen ihn aus seiner elegischen Verzückung. Glatte Sohle auf kaltem Boden.

*Schritt für Schritt.*

*Schritt für Schritt.*

*Stille.*

Eiskalt brennt sich eine zarte Hand ihren Weg durch seinen fiebrigen Körper, durch seine zugeschnürte Kehle, zieht den letzten erstickenden Atemzug hervor und reißt Chris aus seiner entrückten Lethargie, seiner abgehobenen Ekstase. Holt ihn zurück in eine kalte Wirklichkeit, die allerdings auch nicht mehr ist, als eine surreal verschobene Interpretation dessen, was ein Mensch als Wirklichkeit annehmen könnte. Röchelnd bahnt sich sein Atem seinen Weg, holt ihn mit einem erstickenden Seufzen zurück ins unnütz erscheinende Leben.

Sanfte Worte, so leise gesprochen wie ein intimes Geständnis, so seltsam vertraut:

»Eindeutig dein Meisterstück.«

Hasserfüllte Tränen steigen in Chris hoch, benetzen seine verzweifelten Augen. Verzweifelt, weil er zurück ist, weil er nicht in der Welt seiner Schöpfung bleiben kann. Noch im selben Moment packt ihn die nackte Angst, weil er die Stimme erkennt. Sie beim ersten der drei Worte bereits erkannt hat. Weil er weiß, wer da hinter ihm steht. Wer es ist, der gekommen ist, um bei ihm zu sein. Wie hat er nur glauben können, ihm nie wieder zu begegnen?

*Wie hat er nur überhaupt glauben können?*

»Du?«, fragt er, sich der Antwort längst bewusst, aber dennoch dem letzten Funken Hoffnung hysterisch huldigend.

*Gott erlöse mich von dir.*

*Erlöse mich.*

»Wen hast du erwartet?«

Die Stimme ist unmenschlich. Und kalt. Noch kälter als die Kälte, die den Raum erfüllt. Ihn ausfüllt. Und es schwingt herablassender, heimtückischer Spott mit, in dieser unmenschlichen Stimme, die ihn der aufrichtigen Verachtung wohl nicht für wert erachtet.

»Niemanden sonst«, antwortet er wahrheitsgemäß, auch wenn ihm dies erst in diesem Moment schmerzhaft bewusst wird. Sein ganzes neu gewonnenes Leben lang hat er auf ihn gewartet. Hat dieser zweiten und wahrscheinlich letzten Begegnung entgegengelebt. Nun, da das Warten ein Ende hat, kommt es einer Erlösung gleich. Immer noch auf Knien, auf Hosenbeinen dahinschleifend wie der kleine entstellte Junge, der er einst gewesen ist, dreht er sich um. Dreht sich um zu demjenigen, der ihn vor Jahrzehnten neu erschaffen, ihn geformt hat, wie er selbst all die Menschen danach.

Blickt demütig hoch zu seinem Schöpfer.

Ein zierlicher Mann, wohl um die dreißig, in zeitloses Schwarz gewandet. Feiner Anzug und feines Schuhwerk. Das seidene Hemd bis oben hin geschlossen. Das rotbraune Haar in sanften Wellen aus dem hageren, ebenmäßigen Gesicht gekämmt. Der teilnahmslose Blick aus seinen eiskalten, eisblauen Augen ist um vieles schmerzhafter als jegliche Form von Schmerz in seinem bisherigen Leben. Schmerzhafter als alle Schmerzen zusammengenommen.

Der Fremde in Schwarz.

*Allwissend, allmächtig.*

Nicht an dem Mensch oder der Welt interessiert, es nie gewesen. Aber bereit zu spielen, immer schon. Um den höchsten Einsatz, den ein ihm unwürdiger Mensch zu bieten hat. Dass sein Spiel von keinem gewonnen werden kann, scheint ihm nur angemessen.

Er lächelt still.

Als habe er nie etwas Erbaulicheres gesehen als einen grausamen Menschen, einen kranken Mörder, kniend vor dem Sinnbild seiner Taten.

»Mein Sohn«, spricht der Fremde mitfühlend, nur um im nächsten Moment von einem abfälligen, einem einsilbigen Lachen ergriffen zu werden, das nicht länger andauert als eine knappe Sekunde und jegliche Zuwendung sofort wieder ad absurdum führt. Das Leiden jedes Einzelnen, das Leiden aller Menschen. Welch wunderbare Ironie, welch köstlicher Spaß. Wer würde angesichts einer solchen Banalität nicht zu einem Spiel verleitet werden? Und doch, es ist und es bleibt schlussendlich der Mensch selbst, der spielt. Um sein Leben, um alles darüber hinaus.

»Bist du gekommen, um mich zu holen?«, fragt Chris, und in seiner zitternden Stimme schwingt vage Hoffnung ebenso mit wie lähmende Angst.

»Ah, wer weiß das schon?«, entgegnet der Fremde. »Eigentlich bin ich gekommen, um zu fragen, wie es dir geht. Und wie ich sehe, geht es dir ausgezeichnet.«

Wieder ein einsilbiges Lachen. Dann Schweigen. Seinen alles gefrierenden, alles vernichtenden Blick nicht von Chris abwendend, streckt er ihm seine feingliedrige Hand entgegen, als wolle er ihm aufhelfen, ihn vom Boden hochziehen. Und nichts erscheint Chris einfacher, als diese blasse, fragile Hand zu ergreifen und … was eigentlich?

Seine Gedanken finden keine Worte, weil kein Mensch zuvor solche Gedanken in Worte gefasst hat.

*Undenkbar.*

Doch das Undenkbare, es gibt ihm Kraft, befreit ihn von dem Verlangen, die ihm gereichte Hand zu ergreifen. Er stößt sich vom Fußboden ab, kriecht erst auf Knien am Fremden vorbei, findet schließlich den Boden unter seinen Füßen, schnellt hoch.

Rennt um sein Leben.

Um seinetwillen.

Der zierliche Mann mit den eisblauen Augen rührt sich nicht. Gedenkt nicht, ihm zu folgen. Wohin auch, wo ihn doch kein Weg von hier fortführen wird.

*Wo ihn doch alle Wege nur zurückführen.*

Die Decke des Hotelflurs bricht über Chris zusammen wie das Unglück über ihn herein. Immer wieder schlägt er gegen die bröckelnden Wände. Rastlose Seelen flankieren seinen Weg. Blasse Gestalten, wankend wie die Untoten, gierig wie die Lebenden.

*Du hast mein Bild nicht signiert.*

*Du hast meinen Teddybären in den Müll geworfen.*

*Du hast mir vor dem Fernsehstudio nicht zugelächelt.*

*Du hast mich geschwängert.*

*Du hast mich gefickt und danach einfach weggeworfen.*

*Du hast mich in den Selbstmord getrieben.*

DU … DU … DU.

Sie halten ihn fest, lassen ihn nicht weiter. Es sind Hunderte, Tausende. Der Hotelflur ist zum Bersten voll, und dennoch ist hier Raum für jeden. Kleine Mädchen mit schwarzen Zöpfen, junge Männer mit kindlichen Zügen, alte Frauen mit perfekten Föhnfrisuren. Überall Gestalten, Hände überall auf ihm. Sie greifen nach an seinem Körper, klammern sich an ihn. Riechen an seinen Haaren, lecken über sein Gesicht, zerren an seiner Kleidung, graben ihre Nägel tief in sein Fleisch. Gerade als er droht, vom endlosen Strom der Vergangenen hinweggespült zu werden, erscheint die Tür seines Hotelzimmers vor ihm.

*Wie aus dem Nichts.*

»Rette mich!«, brüllt sein hoffnungsloser Geist.

Ich sitze auf dem Bett und warte. Gerade eben noch habe ich die Laken glattgestrichen, die Polster aufgeschüttelt, die Tagesdecke übergeworfen, die zahlreichen Zierpolster kunstvoll drapiert. Dies ist ein ordentliches Haus, das ich mit einem ausgeprägten Sinn für Ordnung gewissenhaft, aber gewissenlos führe. Jetzt sitze ich hier, die weißen Hände geduldig gefaltet in den Schoß gelegt. Abrufbereit.

*Einen letzten Blick riskieren.*

Ich entfalte meine Hände und blicke liebevoll gerührt auf das Glasherz. Gleich, mein Schatz, gleich. Übe dich in Geduld, kleines Ding.

Ich bin nicht in Eile. Eile ist mir gänzlich fremd. Genau genommen kann ich mich nicht daran erinnern, wann ich das letzte Mal in Eile gewesen bin, ob ich es überhaupt jemals war. Früher. Nicht, dass mir das

Warten Freude bereiten würde. Es bereitet mir gar nichts, aber es ist Teil der Abmachung. Die richtigen Dinge zur richtigen Zeit. Ich bin eine Meisterin der Geduld, weil sie mir nichts abverlangt und weil Zeit ab einem gewissen Zeitpunkt ohnehin an Bedeutung verliert. Wie alles ab einem gewissen Zeitpunkt bedeutungslos wird.

Ein Poltern, ein Schreien und Flehen, vielleicht aber auch ein Fluchen. Ich kann es durch die geschlossene Tür hindurch nicht deutlich genug hören, darüber hinaus spielt es auch keinerlei Rolle. Weder für mich noch für das Hotel, aber ich erkenne, dass es mein Stichwort ist. Ich erhebe mich langsam, bleibe geduldig neben dem Bett stehen.

Mit einem Ruck wird die Tür nach außen, in den schwellenden, dröhnenden Gang hinein, aufgerissen und der von allen gefeierte Star, der Stern der letzten Fernsehjahrzehnte, stürzt in sein Zimmer. Sein Atem geht unstet. Er keucht, ringt nach Luft. Sein panisch entstelltes Gesicht ist blutverschmiert, sein schicker Anzug hängt in Fetzen an seinem zitternden Leib. Mit letzter Kraft wirft er die Tür hinter sich ins Schloss und lässt sich dann, mit dem Rücken gegen das kalte Glatt des schweren Holzes gelehnt, auf den Boden sinken. Ein Bild, dessen man sich erbarmen müsste. Wenn man denn des Erbarmens mächtig wäre. Ich rühre mich nicht vom Fleck, gebe keinen Laut von mir, betrachte ihn mit angemessenem Interesse. Erbarmungslos.

Nicht mehr, mehr nicht.

Als mich sein verhetzt durch den Raum irrender Blick trifft, verberge ich das Herz wieder sorgsam in meinen hohlen Händen.

Zeit zu handeln.

Ich nicke dem honorigen Gast höflich zu, setze mich in Bewegung und spreche mit anteilloser Stimme: »Ich komme später wieder, Sir.«

»Es gibt kein Später mehr!«, schreit er außer sich vor Angst. »Es gibt kein Später mehr. Nie mehr, verstehen Sie? Es ist zu spät!«

Ich halte inne und lächle höflich: »Dann bleibe ich gerne, Sir.«

Er reißt ungläubig die Augen auf und blickt mich an, als wäre *ich* verrückt geworden, verfällt dann in ein hysterisches Gelächter.

»Dann bleiben Sie gerne?! Ja, haben Sie denn keine Augen im Kopf? Ja, sehen Sie denn nicht, was hier vor sich geht? Hören Sie es denn nicht? Die verdammte Welt rund um uns geht unter, und Sie bleiben noch? Um was zu tun? Um verdammt noch mal genau was zu tun?«

Sein Eifer lässt ihn nicht länger atemlos am Boden verweilen. Er springt hoch und stürzt wie von Sinnen auf mich zu, geifernd wie ein tollwütiger Hund. Im Blutrausch. Doch ich weiche nicht zurück, keinen Millimeter. Ich bin an emotionale Ausbrüche gewöhnt. In einer Welt des Unwirklichen wird das Außergewöhnliche zur Gewohnheit. Direkt vor mir bleibt er stehen und schreit abermals, als könne seine laute Stimme ihn bewahren, als könne sie ihn retten:

*»Um bitte was zu tun?«*

»Um mit Ihnen über Ihre Mutter zu sprechen«, antworte ich.

Er hält abrupt inne. Sein Mund steht weit offen, blankes Entsetzen ist ihm ins ungläubige Gesicht geschrieben. Ich mache den uns noch trennenden Schritt auf ihn zu und ergreife sanft aber bestimmt seine Hände. Wie Verliebte stehen wir hier, inmitten des unausweichlichen Chaos, und halten uns an den Händen. Der von allen vergötterte Star, das von niemandem beachtete Zimmermädchen. Ineinander versunken.

»Meine Mutter?«, stottert er, meine Hände nicht loslassend, meinem unbeteiligten Blick in tiefster Bestürzung standhaltend.

»Ja, Ihre Mutter. Lassen Sie mich erzählen, wie Ihre Mutter das gläserne Herz geschenkt bekommen hat.«, erwidere ich nachdrücklich. »Nehmen wir uns einen Moment Zeit, um eine einfache, eine wundervolle Geschichte zu erzählen und erzählt zu bekommen.«

»Aber … aber wir haben keinen Moment.«

»Doch«, beteure ich mit liebevoller Bestimmtheit, »wir haben einen Moment. Wir haben sogar Zeit. So viel Zeit wir wollen.«

Mit sanftem Nachdruck führe ich ihn zum Bett, wo wir uns auf der Kante niederlassen. Als wir uns, tief in die Augen des anderen versunken, gegenübersitzen, löse ich meine rechte Hand von der seinen und gebe den Blick auf das Glasherz frei. Erschrocken saugt er die Luft ein, will aufspringen, doch ich halte ihn mit meiner linken zurück, schüttle beruhigend meinen Kopf: »Es ist dein Herz, und es ist zu dir zurückgekehrt. Denkst du wirklich, dass von ihm eine Gefahr ausgeht?«

Tränen rannen über ihr Gesicht. Sie war blind. Blind vor Schmerz, blind vor Tränen. Sie konnte es nur erahnen, sein liebes Antlitz. Und schon bald würde sie es gar nicht mehr sehen. Vielleicht nie wieder sehen. Noch mehr schnürte ihr die Traurigkeit dieses Gedankens die Kehle zu.

»Geh nicht!«, flehte sie ihn an, den geliebten Menschen, wohl wissend, dass all ihr Flehen keinerlei Sinn hatte, keines ihrer Worte Wirkung zeigen würde. Sein Schicksal war unabänderlich. Von dem Allmächtigen besiegelt und von den Mächtigen abgesegnet. Dennoch würde sie jeden Tag beten. Um seinetwillen, um aller anderer Willen, um ihretwillen. So vieles gab es zu beten, doch nur eines zu erflehen.

»Geh nicht!«, wiederholte sie ihre aussichtslose Bitte, und ein Weinkrampf ließ sie zusammenbrechen. Er fing sie auf, legte seine starken Arme um sie, drückte sie an seine bebende Brust. Sie konnte spüren, dass er die Tränen zurückhielt.

»Weine nicht, meine Holde«, sprach er mit stockender Stimme. »Weine nicht um mich, denn noch bin ich nicht tot. Ich werde zu dir zurückkommen. Kein Krieg kann mich von dir trennen, denn Gott beschützt die Liebenden. Vertraue mir.«

Sie konnte nicht antworten, konnte ihn nicht gehen lassen. Sie würde keinen Tag überleben können, in der Ungewissheit, ob die Liebe ihres Lebens überhaupt noch am Leben war.

»Ich kann es nicht«, stammelt sie, und schon wurden ihre Worte wieder vom Weinen hinfortgespült. Sanft wog er sie schützend im Arm, bis das zutiefst verletzte Schluchzen verebbte. Er gab ihr die Zeit, die sie brauchte, denn er wollte ihr noch etwas sagen. Wollte ihr noch etwas geben.

Vielleicht das letzte Geschenk, vielleicht die letzten Worte.

Als sie sich gefasst hatte, trocknete er ihr besorgt anmutendes Gesicht und wartete, bis sie die wunderschönen Augen öffnet, ihn voll der Liebe anblickte. Dann zog er eine schlichte Kette aus der Brusttasche seiner Uniform. Eine schlichte silberne Kette, mit einem kleinen Herz aus Glas daran.

»Behalte mein Herz, solange ich fort bin. Behüte es gut, denn ich werde zurückkommen, um zu sehen, wie mein Herz an deiner Brust schlägt.«

»Mein Vater!«

Seine Augen sind weit aufgerissen, eine tiefe Sehnsucht spiegelt sich darin.

»Ja«, bekräftige ich sein Erkennen, »dein Vater. Es ist das Herz deines Vaters.«

Ich hebe es an dem kleinen Kettchen hoch und lasse es zwischen uns hin und her baumeln. Es ist absolut schlicht, absolut schön.

*Es ist absolut.*

Glitzernd bricht sich die sinkende Sonne, die durch das Zimmerfenster fällt, darin, und Frieden durchströmt den stillen Raum. Ich streiche über die Wange des Mannes, so wie eine liebende Mutter über die Wange eines verunsicherten Kindes streicht, dann berühre ich ihn flüchtig im Nacken, und ich bin es, die ob dieser sanften Berührung erschaudert. Ich kann ihn schluchzen hören, als ich ihm das Kettchen um den Hals lege. Der Moment ist würdevoll, von ehrlicher Hingabe und voll aufrichtiger Hoffnung. Ich sauge ihn ein, nehme ihn auf. Das ist mein Lohn. Ehrfürchtig nähere ich mich dem makellosen Gesicht des Mannes (*welch ein Meisterwerk, Meister!*), bis meine kalte Wange an der seinen, vom Fieber glühenden, liegt. Unantastbare Perfektion.

*Zum Augenblicke dürft' ich sagen: Verweile doch, du bist so schön.*

Doch es kann nicht länger warten.

»Erinnere dich«, flüstere ich ihm ins Ohr.

»Erinnere dich wirklich.«

Dieses elende Kind! Dieses elende, schweigende Monstrum. Nie hätte sie ihm Leben schenken dürfen. Wenigstens direkt nach der Geburt hätte sie ihn erschlagen müssen. Er war eine grauenvolle Missgeburt, eine unmenschliche Qual, eine Strafe Gottes. Ja, erschlagen hätte sie ihn müssen, mit ihren eigenen, bloßen Händen! Und was war geschehen? Was war geschehen, weil sie gezögert hat?

Der Schmerz war unbeschreiblich. Er war alles. Sie selbst war nur noch der Schmerz, nichts sonst. Sie wusste, dass es auch ihr Leben war, das vorbei war. Nie wieder würde sie Glück empfinden. Kein Leben mehr, nur noch ein schmerzvolles, ein gramvolles, ein hasserfülltes Dasein würde sie fristen. Ein lebloses Dasein. Und Furcht würde sie empfinden. Einsamkeit und Furcht. Das Grau um sie war allmächtig, alles verschlingend. Nichts würde je wieder einen Sinn ergeben.

Er stand abseits, betrachtete seine Mutter. Versuchte, ihren Schmerz zu verstehen. Doch er fand kein Verständnis, er fand keinen Trost für sie. Zu groß war sein eigener, übermächtiger Schmerz. Und auch niemand fand Trost für ihn. Sie saß am verstaubten Tisch in der beengten Küche, den schweren Kopf auf die kraftlosen Arme niedergesunken. Wortlos, tränenlos. So lehnte sie da, nun schon seit Stunden. Er wusste nicht mehr weiter. Brennend heiß liefen die Tränen über sein schmerzverzerrtes Gesicht. Niemand hatte ihn darauf vorbereitet. Man hatte ihn ja noch nicht einmal auf das Leben vorbereitet, wie denn dann auf den Tod?

Er traute sich nicht, näher an sie heranzutreten, deshalb blieb er in einigem Abstand zu seiner Mutter stehen, den Blick ängstlich auf sie gerichtet.

»Mama«, flüsterte er leise, »Mama!«

Da hob sie den Kopf.

Ihr Gesicht war verquollen, hässlich aufgedunsen. Der Blick aus ihren blutunterlaufenen Augen war leer. Mit tonloser Stimme sprach sie:

»Verschwinde von hier.«

»Nein, Mama!«, rief er »Nein, Mama! Ich bin da! Mama, ich bin da! Ich schaffe das nicht alleine. Mama, ich brauche dich!«

Ihre Mundwinkel zuckten unkontrolliert, und ihre Augen verengten sich zu kleinen Schlitzen, als sie weitersprach:

»Verschwinde von hier. Ich will dich nie wiedersehen. Dein Vater hat sich umgebracht, weil er deinen Anblick nicht mehr hat ertragen können. Dich nicht mehr hat ertragen können. Er hat sich selbst umgebracht. Sich die Waffe in den Mund gesteckt und abgedrückt. Die Waffe aus dem Krieg. Er hat abgedrückt, weil das Sterben einfacher ist. Weil der Tod selbst einfacher ist, als dich zu ertragen. Du hast mir alles genommen, was ich jemals geliebt habe. *Du hast den Tod über diese Familie gebracht.*«

»Mein Vater«, sagt er.

Immer und immer wieder. Wie ein Gebet. Als könne er den unabänderlichen Lauf der Dinge abändern. Als könne sein Erinnern die Erinnerung auslöschen, das Geschehene ungeschehen machen.

»Mein Vater.«

Ich lege die Arme um ihn und ziehe ihn sachte an mich, halte ihn behutsam fest, streichle seinen zitternden Rücken, wiege ihn sachte.

»Schhhh, mein Kind. Lass es raus. Lass ihn raus, all den Schmerz. Lass es zu. Du musst es nicht mehr vergessen. Du darfst dich erinnern, und du kannst es zulassen. Du kannst dich befreien, deine Qual endet hier. Deine Reise endet hier.«

»Ich kann es zulassen.«

»Ja, du kannst es zulassen. Du musst es nicht länger verbergen, du musst *dich* nicht länger verbregen.«

Er löst sich aus meiner schützenden Umarmung und richtet sich auf. Seine Stimme ist klar und deutlich, als er meine Worte wiederholt.

*»Ich kann es zulassen.«*

Und die Worte befreien ihn. Als wüsste er nun die Antwort auf all die Fragen. Als gäbe es nun gar keine Fragen mehr. Als wäre alles gesagt worden.

Vorsichtig tastet er nach dem Herzen, das klein und zerbrechlich in der Grube seiner Kehle liegt.

Das Herz ist da! Es ist wieder da! Er hat das Herz zurück, und nie wieder wird es fort sein. Er ist endlich frei. Und ein Gefühl des Glückes, wie er es noch nie zuvor gefühlt hat, noch kein einziges Mal, breitet sich in seinem ganzen Körper aus, strömt durch jede Zelle seines Selbst, durch jeden jemals gedachten Gedanken. Durch all das längst Gewesene, durch als das niemals Seiende. Hier gibt es nichts mehr anzuzweifeln.

»Ich muss gehen«, sagt er, und ein seliges Lächeln umspielt seine Lippen, seine Augen strahlen. »Ich kann nicht länger bleiben, ich muss gehen.«

»Ich weiß«, antwortet das Zimmermädchen und erwidert sein Lächeln.

Alles ist gesagt.

Sie erheben sich gleichzeitig, doch mit einem wohlwollenden Nicken gewährt sie ihm den Vortritt. Er geht auf das Fenster, durch das eben noch golden die Abendsonne gefallen ist, zu und bleibt, den verklärten Blick zufrieden in die Ferne gerichtet, davor stehen. Dann schließt er die Augen, lässt all die Bilder vorüberziehen, die noch einmal gesehen werden wollen, derer er sich noch einmal erinnern will, und es sind traurig wenige, danach öffnet er erst die Augen, dann das Fenster. Lächelnd blickt er auf das Zimmermädchen, das neben dem Fenster steht. Er nickt dankbar. Ein letztes Mal wandert seine nun ruhige Hand zu dem Herz an seiner Kehle, dann steigt er auf die Balustrade des Zimmerfensters. Befreit von aller Last und erfüllt vom tiefsten und reinsten Frieden lässt er sich nach vorne fallen. Das Letzte, was er fühlt, bevor der Fallwind ihn umhüllt wie ein liebkosendes Leichentuch, ist die Hand des Zimmermädchens, die sich mit bestätigendem Nachdruck in seinen Rücken legt.

Ich warte noch einen kurzen Moment, dann trete ich an das Zimmerfenster und blicke nach unten. Vier Stockwerke tief. Ein wahrlich endgültiger Aufprall, das krönende Finale eines wohl nicht reiflich durchdachten Abgangs. Frieden hat der Mensch gesucht und den Tod gefunden. Aber es mag das eine das andere ja nicht ausschließen. Ich lächle überlegen, doch ich weiß, dass mir eine Wertung des Menschlichen, und sei es noch der Frieden selbst, nicht zusteht, und meine Miene verfinstert sich souverän.

Ich schließe das Fenster und ziehe die Vorhänge zu. Es wird bald Nacht sein. Und wir wollen die Nacht nicht unbedingt in das Hotel lassen. Wir haben genug eigene Dunkelheit hier bei uns im Hotel. Mit ernstem Blick, gebotener Contenance und aufrechter Haltung verlasse ich das Zimmer.

Als ich den menschenleeren Gang entlanggehe, werfe ich einen verstohlenen Blick auf das kleine Glasherz, das ich vor der Welt verborgen in meiner hohlen Hand halte.

# Teil 3

# Vier Minuten

## Wir hoffen inständig, dass Ihr Aufenthalt zu Ihrer vollsten Zufriedenheit ablaufen wird.

*Ist es nicht seltsam, einen solchen Artikel …*

»… an die Wand einer Hotelbar zu hängen? Das überhaupt irgendwo hinzuhängen … Selbstmord ist nichts, womit man sich …«, sie zögert. Nicht weil ihr die Worte fehlen, sondern weil sie es einfach schrecklich findet. Den Gedanken daran ebenso schrecklich findet wie die Tat selbst, das Vergangene. Das, was dieser Mann sich angetan hat.

*Schrecklich.*

Automatisch muss sie an die hysterisch betroffenen Menschen in der Lobby denken, wie sie tatenlos umherstehen und unverhohlen auf den schwarzen Sack, in dem ein Toter verborgen ist, starren. Schrecklich, haben auch sie gesagt.

*Es ist schrecklich.*

Irritiert weicht sie von der Wand mit den Zeitungsartikeln und den Fotos der Prominenten zurück. Ihr ist, als habe sie Stunden vor dieser Wand der Andenken, der Wand des Grauens, gestanden. Als habe sie Stunden damit verbracht, auf das schöne Gesicht des längst verstorbenen Mannes auf den Bildern längst vergangener Tage zu starren. Als wäre sie ein Teil seines Lebens gewesen.

*Selbst ein kurzer Moment kann einem lebenslang erscheinen*, denkt sie, als ihr Blick auf ihren immer noch unberührten Kaffee fällt, der nach wie vor dampfend heiß auf der Theke steht und ihr somit versichert, dass es wohl ein sehr kurzer Moment gewesen ist. Traurigkeit über den Verlust einer sehr intensiven aber nicht ihr gehörenden Erinnerung überkommt sie, und eine unbegründete Angst – schwer und drückend, tief in ihre Poren, weit unter ihre Haut und durch ihre Knochen hindurchkriechend – ergreift von ihr Besitz. Um die schleichende, sie vereinnahmende Kälte abzuschütteln und der Angst zu entkommen, umfangen ihre Hände schutzsuchend die heiße Tasse. Eine beruhigende Wärme wandert über ihre Handflächen, ihre tauben Arme entlang. Obwohl die klammernde Berührung nach nur wenigen Sekunden schmerzt und die Hitze ihre Lebenslinien in ihr vom Leben mürbes Fleisch zu brennen scheint, kann und will sie nicht loslassen. Nicht, bevor die Wärme ihr Herz berührt.

Lloyd hat nicht auf ihre Frage geantwortet. Vielleicht hat er sie auch nicht gehört, vielleicht ist es auch gar keine gewesen. Er sortiert gewissenhaft die unzähligen Flaschen auf dem Glasregal an der verspiegelten Rückwand hinter der Theke. Wischt sie sorgsam mit einem feuchten Tuch ab, dreht die Etiketten nach vorne, sodass sie dem durstigen Barbesucher sofort einladend entgegenplärren.

Womit willst du dich heute trösten? Wovon ablenken? Was willst du vergessen, woran dich nicht erinnern? Heute nicht und auch niemals danach.

Seine Bewegungen sind langsam und bedacht, nahezu ausgewählt. Als wäre er nicht in Eile, was er wohl auch nicht ist.

*Immerhin ist sie sein einziger Gast.*

Seine Gewissenhaftigkeit hat etwas beruhigend Überflüssiges. Beruhigend, weil gleichmäßig. Überflüssig, weil keine der Flaschen schmutzig scheint, noch nicht einmal staubig, nicht von einem einzigen vergangenen Tag. Sie hebt die Tasse zum Mund, nimmt vorsichtig einen kleinen Schluck. Der Kaffee ist kochend heiß, so heiß, dass sie sich kaum dazu durchringen kann, den kleinen Schluck ihre trockene Kehle hinabrinnen zu lassen. Aber er schmeckt köstlich. Stark und doch nicht zu bitter. Kräftig, aber nicht zu dominant. Das Brennen ignorierend, nimmt sie einen weiteren, diesmal größeren Schluck. Sie kann spüren, wie ihr Körper sich entspannt. Diese Wirkung hat Kaffee auf sie, er weckt sie nicht, er beruhigt sie. Nicht, indem er sie schläfrig macht, sondern indem er ihre innere Unruhe glättet, die stoische Gleichgültigkeit der Übermüdeten vertreibt und die Lebensgeister der Zuversichtlichen erweckt.

Als sie die Tasse zufrieden lächelnd zurück auf die Theke stellt, auf der Suche nach der passenden Spirituose, die dem aromatischen Kaffee folgen soll, den nun wachen Blick hebt, ihn über die stolz präsentierten Etiketten schweifen lässt, fällt eben dieser Blick auf die verspiegelte Fläche hinter den Flaschen. Bleibt an ihrem blassen Spiegelbild hängen.

Und sie kann den Blick nicht wieder abwenden. Die Erinnerung trifft sie wie ein unverhoffter Schlag, und mit einem Mal bricht ein Bruchteil ihres längst vergangenen Gesterns über sie herein, als wäre es ihr Heute. Als wäre es gerade eben.

*Jetzt.*

»Ich bin nicht gewillt, dich noch einmal zu fragen.«

Seine Stimme klang kalt, teilnahmslos und irgendwie …, irgendwie nicht menschlich. Aber auch nicht unmenschlich. Eben nur nicht, wie eine Stimme zu klingen hatte. Sie klang nach weniger und dennoch so viel mehr. Zur selben Zeit.

Vielleicht war es doch keine gute Idee gewesen. Aber immerhin war es eine. Genau genommen, war es die erste Idee. Die erste Idee seit …, die erste Idee seit damals. Seit es passiert war. Und in der Zeit des weltweiten Netzes war nichts dazu verdammt, nur eine Idee zu bleiben. Selbst ihr schlimmster Gedanke nicht.

Bis jetzt hatte sie sich einfach treiben lassen, die Welt nicht und sich selbst noch weniger wahrgenommen.

Und heute …, jetzt *das*.

Plötzlich die Welt. Wenigstens ein Teil davon.

Sie wusste, wenn sie nicht gleich antwortete, würde es auch *das* gewesen sein. Genau *das*. Ein Teil. Ein paar Worte eines Fremden und ihr Schweigen. Dann hatte sie auch ihre erste Idee, diesen ersten Antrieb seit …, dann hatte sie auch diese Idee verspielt.

»Karen.«, antwortete sie und wunderte sich über ihren eigenen Namen. Sie wunderte sich auch, dass sie ihm überhaupt ihren eigenen Namen genannt hat, aber vor allem wundert sie sich darüber, wie fremd dieser ihr erschien. Wie fremd ihr der eigene Name geworden war. Karen. Wie Tisch oder Haus. Oder einfach auch gar nichts.

»Karen.« Seine Stimme wirkte …, sie wirkte plötzlich realer, präsenter. Sie klang jetzt, als wäre er tatsächlich da, aber sie klang immer noch unberührt. Glasklar, überdeutlich und irgendwie erhaben. Ihr gefiel seine Stimme. Sie wagte zu denken, dass *er* ihr wohl auch gefallen würde. Doch schnell verwarf sie den Gedanken, weil er falsch war, und weil sie ihm nicht gewachsen ist. Dem Gedanken.

»Karen, du weißt, worum es hier geht? Du weißt es doch?«

Nein, eigentlich wusste sie es nicht. Eigentlich hatte sie keine Ahnung, was passieren würde, und sie wusste erst recht nicht, ob es hilfreich sein würde. Aber zumindest vermutete sie, dass es ihr helfen könnte. Und das war mehr, als sie seit langem vermutet hat.

»Karen. Wenn du mir nicht antwortest, beende ich dieses Gespräch. Diese Zeit habe ich nicht. Jede andere, aber nicht diese. Was willst du von mir?«

Sie schluckte. Es war nur ein Impuls, kein Wissen. Und ihr Bedürfnis schien ihr auch keine adäquate Antwort. Dennoch antwortete sie augenblicklich: »Ich will, dass du mir wehtust.«

»Das kann ich, und das werde ich. «

*Damit ich meinen eigenen Namen erkenne, mich erkenne, mich spüren kann, etwas spüren kann*, wollte sie sagen, aber wieder schnürte ihr die Angst oder die Erwartung oder einfach nur das verdammte Sein die Kehle zu. Und ihre stummen Worte schwiegen still.

»Karen, fürchtest du dich vor mir? Hast du Angst vor dem, was ich dir antun könnte?«

Angst? Ob sie Angst hatte? Gar nichts hatte sie. Einfach nur nichts. Keine Angst, keine Schmerzen, kein Leben. Nur ein großes, alles bestimmendes, unausweichliches *Nichts*. Und mit einem Mal waren sie frei, die stummen Worte, wurden laut.

»Nein, ich habe keine Angst. Ich will es. Tu mir weh.«

Jetzt war es an ihm zu schweigen. Sie wusste nicht, ob er nachdachte, zögerte oder einfach nur Zeit verstreichen ließ, doch das Schweigen machte sie wahnsinnig. »Ich bin mit allem einverstanden, was du tun willst. Ich mache es freiwillig. Es ist mein Wunsch … ich trage die Verantwortung«, setzte sie nach. Um ihn zum Sprechen zu bringen. Um ihn nicht schweigen hören zu müssen. Sein Schweigen war so allgegenwärtig, so immer schon dagewesen.

»Verantwortung …«, wiederholt er und ließ das Wort genüsslich verstreichen wie die Zeit.

Ihr war, als könne sie ein verächtliches Grinsen in seiner Stimme hören. Doch das war ihr egal. Verachtung klang gut für sie. Ausgesprochen gut.

»Wie willst du mich nennen, Karen?«

»Wie soll ich dich denn nennen? Bei deinem Namen?«

»Ich habe viele Namen. Und ich nehme jeden Namen, den du mir geben willst. Ich bin da weder wählerisch noch voreingenommen.«

Ihr kaltes Blut schoss durch ihre Adern, rauschte in ihrem schweren Kopf, dröhnte in ihren tauben Ohren. Man würde meinen, es wäre leicht, nur einen Namen zu finden.

»Ich weiß es nicht.«

»Du kannst mich nennen, wie du willst, und du weißt es nicht? Karen, mir scheint, du hast wirklich keine Ahnung. Keinerlei Vorstellung.«

Sie zitterte. Seine rauen Worte trösteten sie. Und Trost hatte sie ewig keinen mehr empfunden. Sie wollte diesen so fremden Trost nicht verspielen. »Ich will dich gar nicht nennen. Wenn dir jeder Name recht ist, dann will ich dich bei keinem Namen nennen.«

»Gut.« Er klang zufrieden.

Sie spürte, wie ein zarter Lufthauch über ihre nackten Arme prickelt. Es war das Leben, das sie berührte. Ganz unverhofft. Tränen traten in ihre Augen. Eine, wahrscheinlich zwei, nicht mehr. Zwei Tränen, stellvertretend für Tausende ungeweinter Tränen ihrer Vergangenheit.

»Dann geh in dein Badezimmer. Stell dich vor den Spiegel.«

Seine Anweisung war einfach und unmissverständlich. Und auch wenn sie nicht ahnte, welches Ziel er verfolgte, so folgte sie doch dankbar seinem Befehl. Ihr Atem ging hastig, rasselte aus ihrer Lunge, quetschte sich qualvoll durch die beengte Kehle, zwängte sich durch die verkrampften Lippen ins Freie. Ihr Badezimmer war in schlichtem Weiß gehalten. Keine überflüssigen Hygieneprodukte in manierlichen Flakons zierten die schmucklose Ablage vor dem kleinen, schnörkellosen Spiegel. Nichts Schmückendes ganz allgemein. Gar nichts. Und auch was sie sonst noch sah, gefiel ihr nicht. Sie sah sich selbst, sah die Frau, die sie jetzt war, die Frau, die sie niemals hatte sein wollen.

*Fahl und leer.*

»Ich bin im Badezimmer.«

»Siehst du dich?«

»Ja, ich sehe mich.«

»Schau dich an, wende den Blick nicht ab, keine Sekunde. Was siehst du?«

»Mich. Ich sehe mich.«

»Dich. Und was denkst du? Was denkst du über dich? Was siehst du, wenn du dich im Spiegel betrachtest? Was willst du dir sagen, was willst du Karen sagen?«

»Ich sehe mich. Nur mich. Und ich hasse mich. Ich bin schuldig. …ich wünschte, ich wäre tot.«

»Tot? Oder verlebt? Karen, sprich mir nach. Jedes Wort, lass keines aus. Jedes einzelne Wort. Hast du mich verstanden?«

Er klang lauernd, als würde er ihr nicht glauben, als würde er an ihr zweifeln. Nur darauf warten, dass sie einen Fehler machte. Aber sie würde keinen Fehler machen. Sie musste doch nur ihm nachsprechen.

»Ich habe verstanden«, antwortete sie erwartungsvoll.

Doch er ließ sie warten. Nicht so lange, wie befürchtet, aber lange genug. Gerade so lange, dass sie es fast nicht mehr ertragen konnte, denn während sie wartete, war ihr Blick auf den Spiegel gerichtet. Sie wusste gar nicht mehr, wann sie sich zuletzt so eingehend betrachtet hatte. So forschend, so ohne den Blick beschämt vom eigenen Anblick abzuwenden. Wusste nicht, ob es Tage her war oder Wochen. Weil sie gar nicht wusste, ob *das Vergangene, das Geschehene* Tage her war. Oder Wochen. Oder ein ganzes Leben. Ein ganzes anderes Leben. Je mehr sie nachdachte, und sie hatte lange nicht mehr nachgedacht, desto mehr wollte sie den Blick abwenden, aber sie tat es nicht. Sie blieb standhaft, sie gehorchte.

Dann sprach er. Leise, bedrohlich, eindringlich.

*Grausames Wort für grausames Wort.*

*Grausames Wort für grausames Wort.*

Und sie sprach ihm nach.

» …dumme, nichtsnutzige, einfältige Karen … ich bin nicht mehr als Dreck … ich bin Abschaum … weniger als kriechendes Getier in feuchter Erde … ich habe es verdient, wie Abfall behandelt zu werden … benutzt und weggeworfen zu werden … nicht tot und nicht am Leben … ich bin ein wertloses Stück Fleisch … ich bin Verschwendung …«

Ihre Stimme brach. Sie konnte es nicht mehr, konnte nicht mehr weiter. Die eben noch einzeln abgezählten Tränen flossen nun in Strömen über ihr vom tiefen inneren Schmerz entstelltes Gesicht, brannten sich durch ihre vernachlässigte, aschfahle Haut.

»Hör nicht auf. Karen, sprich mir nach.« Wie Rasierklingen schnitten seine Worte durch ihr Weinen, durch ihre absolute Selbstaufgabe. »Wenn du mir jetzt nicht nachsprichst, werde ich nie wieder mit dir sprechen.«

Ihr Bild im Spiegel war verschwommen. War es sie, die zerfloss, oder waren es doch die Tränen, die ihren Blick trübten? Es war egal. Sie durfte jetzt nicht aufgeben. Wenn sie jetzt aufgab, konnte sie sich selbst aufgeben.

*Endgültig.*

Ihre Stimme war kaum zu verstehen, glich tierischen Schmerzlauten, die unkontrolliert hervorbrachen. Aber sie wiederholte seine Worte. Wiederholte alles, jedes einzelne vernichtende Wort.

*Vernichtendes Wort für vernichtendes Wort.*

*Vernichtendes Wort für vernichtendes Wort.*

»...ich bin einsam ... die Welt lebt, liebt und lacht ... alles geschieht ohne mich, weil ich nicht geschehe ... niemand will mich ... nicht einmal bespucken und schlagen, bis Blut, Urin und Scheiße aus meinem wertlosen Körper quellen ... man will mich nicht einmal sterben sehen ... keiner wird kommen ... sie werden nicht einmal über mich lachen ... ich bin menschlicher Abfall ... wenn meine Zeit gekommen ist, wird man mich einfach wie Dreck von der verbrannten Erde ins Nichts kehren ...«

Sie sprachen weiter. Abwechselnd. Eine halbe Ewigkeit, vielleicht auch eine ganze. Niemand beachtet die Zeit. Wort für Wort. Träne für Träne. Bis sie leer war. Ausgebrannt, leergeweint und erschöpft. Und erleichtert. Endlich wieder erleichtert. Und da verebbten seine Worte, so wie ihre Tränen verebbten. Ihr Gesicht im Spiegel war verquollen, aber es war ihr Gesicht. Sie konnte nicht lächeln, aber sie wusste, dass sie es würde, wenn sie könnte.

*Sie würde lächeln.*

Vorsichtig und auf eine unglaublich sanfte Weise meldete er sich wieder. Seine nun zärtliche Stimme umfing sie, als würde er sie umschmeicheln, ihr glühendes Gesicht kühl berühren, ihren zitternden Körper vorsichtig stützen: »Hast du noch eine Bitte an mich? Ich werde tun, worum auch immer du mich bittest.«

Sie wusste, worum sie ihn bitten wollte, und es fiel ihr leicht, weil es tief aus ihr kam wie ein Wunsch. Ihre Stimme war gebrochen und flirrend, aber ihre wenigen Worte sicher und ohne Zweifel: »Lösche deinen Forenbeitrag. Sprich nur noch mit mir. Nimm keine anderen einsamen Seelen mehr entgegen. Bitte.«

»Das werde ich. Ich werde nur noch mit dir sprechen. *In deiner Welt gehöre ich dir allein.* Ruf mich morgen um die gleiche Zeit wieder an. Und übermorgen. Und am Tag danach. Bis du nicht mehr willst. Oder bis du mehr willst.«

Noch Stunden nachdem er das Telefonat beendet hatte, saß sie auf dem Boden ihres Badezimmers, den gepeinigten Körper, der ihren gepeinigten Geist beherbergt, an die gekachelte Wand gelehnt.

*Hol den Schmerz aus mir.*

Mit einem Mal ist sie wieder zurück in der verlassenen Bar im unwirklichen Hotel am Ende der wahren Welt. Mit einem Mal ist Karen wieder zurück aus ihrer Erinnerung. Trockene Tränen brennen ungeweint in ihren Augen. Daran will sie nicht denken. Am liebsten will sie gar nicht denken. Und an gar nichts. An niemanden.

Gerade als sie den betrübten Blick wieder von ihrem farblosen, blassen Spiegelbild abwenden will, um sich die eine schlussendlich doch noch geweinte Träne verstohlen aus dem Augenwinkel zu wischen, ist ihr für einen Moment, als wäre es nicht *ihr* Gesicht da im Spiegel. Als wäre es nicht sie selbst, die da aus dem Spiegel heraus sie anstarrt.

*Starrt, ohne den Blick zu senken.*

Wirklich nicht sie selbst.

## ERSTER STOCK, ZIMMER 112

Man hat mir vieles vorgeworfen, noch nicht in diesem Leben, aber doch. Man hat mich eitel, arrogant, egozentrisch, und man hat mich kalt genannt. Immer wieder kalt. All das mag damals so zugetroffen haben, wie es heute gewiss immer noch zutrifft. Und ich möchte keine dieser Eigenschaften missen, erkenne in keiner einen Fehler oder gar einen Frevel. Und so eitel, wie ich selbst bin, weiß ich Eitelkeit auch an anderen zu schätzen. Nichts erzürnt mich mehr als ein nachlässiges Erscheinungsbild oder gar ein vernachlässigtes Selbst. Jeder Mensch ist dazu angehalten, das Beste aus sich zu machen. Und jeder Unmensch sowieso. Was ich an der überheblichen Selbstverblendung und der selbstverliebten Voreingenommenheit der Menschheit im Allgemeinen bewundere, verfeinere ich in der mir eigenen, in meiner wahrhaft unfehlbaren Arroganz. Wissen ist Macht, und das zur Schau getragene Wissen um das Wissen zeugt von Haltung. Und Haltung muss ich allzeit bewahren, bewahre ich doch all *dein* Wissen und Wollen, dreht sich *deine* Handhabe in egozentrischen Kreisen um meine Person, *deine* altvorderste Handhaberin. Und kalt, kalt bin ich wie die Wände deiner endlosen Flure an einem überraschend gefrierenden Oktobermorgen. Bis der Atem bricht.

*Eiskalt, aber nicht herzlos.*

*Seit geraumer Zeit.*

*Nicht mehr herzlos.*

Und wenn ich etwas zu schätzen weiß, dann eine hoffnungslose Romanze. Von Zeit zu Zeit. Die perfide Illusion vollkommenen Glücks. *Dein* liebstes Thema und somit auch das meine.

*Die Liebe.*

Delikate, formvollendete Vernichtung im anmutigen Gewande. Denn keiner, kein Mensch auf dieser und keiner einer wohlmöglichen nächsten oder anderen Welt hat die Liebe verdient. Wonach demzufolge die Liebe auch immer den Schmerz mit sich bringt. Und Schmerz, Schmerz ist für einen egozentrischen und kalten Menschen reinstes Vergnügen. Und diese schäbige Sonnenbrille – die zerkratzten Plastikgläser in lasierendem Weinrot, der katzenaugenförmige Rahmen in zart durchschimmerndem Altrosa – diese Sonnenbrille hat eine erlesene Geschichte zu erzählen. Von Liebe und Verrat. Von Selbstaufgabe und Selbstvernichtung. Eine Geschichte von einem kleinen Mädchen, dem das Schicksal die Wahl gelassen hat.

*Konzentration.*

Ich verliere mich im Gedanken. Wie so oft, was meiner gewissenhaften Person nicht zur Gänze entspricht, aber doch ein Fehler ist, den ich mir gönne. Von Zeit zu Zeit. Niemand hat verlangt, mir mögen meine Dienste keinerlei Freude bereiten. Und auch, wenn man es nicht sehen kann, lächle ich. Auch wenn das Lächeln mein Gesicht nicht erreicht. Diese stoische Noblesse verleiht mir die angebrachte Würde, finde ich.

Dennoch, ich lächle.

*Seid euch dessen gewiss, und seid euch dessen sicher.*

Sorgsam stecke ich die alte Sonnenbrille in die seitliche Tasche meiner dreifach gestärkten und akkurat gebügelten Schürze. Nur schwer kann ich mich von den Regalen *deines* Tresors, die sich ins wahrhaftig Unendliche erstrecken wie deine Flure, lösen. So ebenfalls unendlich mehr gäbe es zu betrachten. So viele Geschichten, heute noch unerzählt und tief verborgen. Aber nicht verloren, niemals, keine von ihnen. Keine einzige. Ich wende mich zum Gehen, schreite erhabenen Hauptes auf den Ausgang zu, als *dein* Gedanke mich erreicht. Es gilt noch etwas mitzunehmen, um die Geschichte zu vervollständigen.

*Noch jemanden mitzunehmen.*

Manchmal ist es nicht, wie es scheint, und manchmal reicht eines nicht aus, um eine ganze Geschichte zu erzählen. Ich halte inne und lausche.

Ausgezeichnet.

Als ich die Türe *deiner* mentalen Asservatenkammer hinter mir schließe, zu sehr auf die Sonnenbrille in meiner Tasche, den Jemand in meinen Gedanken und die liebliche Geschichte dahinter konzentriert, und deshalb nachlässig, grob unachtsam, falle ich beinahe über die Füße eines neugierig nähergekommenen Hotelgastes. Sinke für den Bruchteil einer Sekunde unkontrolliert in seine Arme. Ich und unkontrolliert.

Undenkbar.

Und dennoch geschehen.

»Hossa, Fräulein, dass sie sich nicht stoßen!«, lacht er, richtet mich auf und fixiert mich unverblümt mit seinen milchig-grünen Augen. Wie von Raureif überzogenes Erbrochenes. Mich gruselt, und es ekelt mich. Wie und warum kann er sich nur dermaßen erdreisten? Dennoch bin ich mir dessen wohl bewusst, dass ich es selbst bin, die die Schuld an diesem unerfreulichen und kontrolllosen Zusammenstoß trifft. Ich richte förmlich meine Kleider.

»Danke, der Herr, ich kann mich schon wieder allein auf den Beinen halten«, konstatiere ich schlicht und will meiner Wege gehen. Da hält er mich auf, legt mir seine feiste Hand auf meine knochig-spitze Schulter. Mein Körper versteift sich. Ich hasse es, berührt zu werden. Und bin jedes Mal wieder irritiert, dass es überhaupt möglich ist.

»Wo wollen's denn hin, liebes Fräulein, so flott?«, fragt er. Ich bin mir nicht sicher, ob es die Neugierde auf meinen Weg oder die Neugierde an meiner Person ist, die ihn antreibt. Welche Gier auch immer es sein mag, sie hält mich auf, er hält mich fest. Dabei ist es nicht nur sein aufdringliches Gerede, das mich stört, oder auch die unangebrachte Körpernähe. Mir missfällt sein jovialer Ton, und trotzdem verfalle ich selbst in die mir wohlbekannte Umgangsform. »Wenn's erlauben, der Herr, dann hab ich's eilig. Deshalb so flott«, sage ich und will weitergehen, doch er bleibt stur und lässt mich nicht. Lässt mich nicht los, nicht an ihm vorbei und erst gar nicht weiter den Gang entlang.

»Na, wenn's mir nicht sagen wollen, wohin's rennen, dann zeigen's mir doch, woher's kommen.« Noch bevor ich ihn aufhalten kann, stößt er mit einem breiten Grinsen im Gesicht und einem harten Ruck, der überraschend kräftig durch seine schwammigen Arme geht, die Tür in meinem Rücken auf. Wie vom Donner gerührt, ob seiner maßlosen Unverfrorenheit, starre ich ihn an. Den Wagemut, den wird er noch bereuen. Dafür wird es lang genug sein, sein kurzes, fettes Leben. Langsam senkt sich seine Kinnlade. Noch kann ich den Ausdruck in seinem Gesicht nicht deuten, aber mir graut abermals.

»Na, da schau an, wie spannend. Da passen's hin, die kleinen Putzfrauen, wie sie eine sind. Die Wäschekammer. Na dann geben's mir doch gleich noch mal ein Handtuch. Oder bringen's mir's lieber dann ins Badezimmer vorbei, damit's einmal was richtig Schmutziges sehen!«

## VIER MINUTEN

Alles für die Liebe …
( …und nichts für die Katz)

Sie würde es gern anders ausdrücken, immerhin sieht sie sich selbst nicht als zuckersüße, kitschige Aushilfsmärchenprinzessin. Aber es fehlen ihr schlichtweg die besseren, die bescheideneren Worte und wahrscheinlich hat sie sich wohl auch ganz einfach geirrt. Sie ist kitschig. Zuckersüß triefend vor Kitsch, um genau zu sein. Und sie ist hoffnungslos verliebt, auf diese »einmal im Leben« Art und Weise. Und das alles hier, dieser sagenhafte Ort, das ist einfach nur wunderschön. Besser kann man es nicht beschreiben und mit Bescheidenheit hat das sowieso einfach rein gar nichts zu tun. Max hat angeboten, sie könne sich gleich nach der Ankunft im Hotel umsehen. Weil sie ja auch die halbe Fahrt lang von nichts anderem gesprochen hat, als von der herausragenden Architektur dieses Ortes. Natürlich weiß er nicht, dass es nur einen Grund gibt, der sie dazu gebracht hat, so ausführlich über Baustile und Innenausstattung zu sprechen. Eigentlich geht ihr nämlich Architektur sonst wo vorbei, und ihr Interesse für Inneneinrichtung endet bei einem großen, weichen Bett.

Aber sie weiß von seinem Plan.

Es ist nicht so, dass ihn irgendjemand verraten hätte, nicht seine Mutter und auch nicht sein bester Freund. Es ist einfach nur so, dass sie genau weiß, wie neurotisch er ist, und ein romantischer Kurzurlaub in einem idyllischen, mitten im Nirgendwo gelegenen Hotel genau zu ihrem siebten Jahrestag, das ist weit mehr, als erwartet und vor allem weit mehr, als er die Jahre davor aufgeboten hat. Und genau deshalb weiß sie es, und sie weiß auch, was sie sagen wird. Natürlich weiß sie es.

Es herrscht geschäftiges Treiben in der großzügigen Lobby, aber dennoch wirkt alles um sie herum gelassen, als wäre dem Alltag und der Hektik der Zutritt zu diesem märchenhaften Ort nachdrücklich verwehrt worden. Sie glaubt nicht, schon jemals in einem so schönen Hotel gewesen zu sein. Vielleicht das eine Mal auf Malta, auch jenes Hotel ist ein halber Palast gewesen, aber dennoch nichts im Vergleich zu dieser stilsicheren, noblen und trotzdem unaufdringlichen Pracht. Denn dieses Haus ist authentisch, es hat Geschichte, und es geizt nicht damit, erzählt sie gerne. Von dem dicken roten Samtteppich, der in breiten Bahnen zum weitläufigen, marmornen Treppenaufgang führt, über die Art-Deco Kristalllüster, die tief in den in goldenes Licht getauchten Raum hängen, bis hin zu der hohen, zweiflügligen, gläsernen Eingangstür, die von kunstvoll verschlungenen Bronze-Elementen durchzogen ist. Das Fresko in der Kuppel im hinteren Teil der Eingangshalle nicht zu vergessen!

*Wunderschön.*

Sie hat ihn nicht ausgewählt, aber sie hätte keinen besseren Ort wählen können. Sie muss Max fragen, wie er von all den verborgenen Orten auf dieser Welt ausgerechnet auf dieses Hotel gekommen ist. Am besten, sie fragt ihn gleich. Sicher plagt er sich mit den Koffern und kann jede auch noch so unbeholfene Hilfe, wie sie eine ist, gebrauchen. Auch hat sie keine Lust, ihn noch länger allein zu lassen. Sie weiß genau, worauf sie Lust hat.

»Sie sehen sehr glücklich aus.«

Die unverhofft an sie gerichteten Worte reißen sie unsanft aus ihrer leichtlebigen Tagträumerei. Und die ihr so abrupt aufgezwungene Rückkehr in die Realität erweist sich als äußerst kurios. Beinahe schon surreal. Vor ihr steht ein Zimmermädchen in einer auffällig altmodischen und, nicht auf charmante, sondern auf verknöcherte Weise, biederen Uniform. Schwarzer wadenlanger Rock, festes schwarzes Schuhwerk, eine hochgeschlossene weiße Bluse und eine steife weiße Schürze. Um den Hals trägt sie eine zierliche Kette mit einem Herzanhänger aus Glas. Ein auffällig schmuckloses Schmuckstück. Das pechschwarze Haar hat sie streng aus dem farblosen, verkniffenen Gesicht gekämmt. Ihr überdimensionierter Kopf wippt auf ihrem dürren Hals. Aber hallo, Maskenball? Graf Draculas Haushälterin hat angerufen, sie will ihre Klamotten zurück!

»Entschuldigen Sie?!« Ihr Tonfall ist ruppiger als erwartet, deshalb setzt sie versöhnlicher nach, immerhin will sie sich ja nicht von dieser seltsamen Gestalt die Stimmung verderben lassen und unhöflich, das ist sie eigentlich auch nie: »Entschuldigen Sie *bitte*, was haben Sie gesagt?«

»Ich sagte, Sie sehen sehr glücklich aus.«

Kein Lächeln, kein freundliches Nicken. Nur die Worte.

»Nun ja …«, antwortet sie, immer noch planlos, welches Ziel diese ungewollte Unterhaltung verfolgt. »Danke, ich bin auch glücklich. Ich bin sehr glücklich.«

»Es ist schön, dass Sie es sind. Das Haus freut sich, wenn Sie glücklich sind. Es empfängt gerne auch *glückliche* Gäste.«

*Das Haus freut sich …*

Seltsam ist eine Sache, unheimlich eine andere. Und das, das hier fängt gerade an, unheimlich zu werden. Ausgesprochen unheimlich.

»Danke. Wissen Sie, ich muss dann gehen, ich …«

»Ich weiß, Ihr Verlobter. Ich will Sie auch nicht länger aufhalten.«

»Oh nein, er ist nicht …«, will sie antworten und spürt, wie sich wider Willens ein Lächeln auf ihr Gesicht zaubert. Ja, was denn nun eigentlich?

»Oh doch, ich denke schon.« Das Gesicht des Zimmermädchens verändert sich merklich, ihr Blick hellt sich auf, die blanke, leere Maske scheint zu fallen. Also doch ein Mensch, wohl nur ein sehr unsicherer, der seinen garantiert weltbewegend wichtigen Job einfach etwas zu ernst nimmt.

»Ja, Sie haben recht«, gibt sie grinsend zu. »Ich glaube auch, dass er mein Verlobter ist. Ich weiß es nur noch nicht sicher.«

*Noch hat er mich nicht gefragt.*

»Er wird Ihnen *hier* einen Antrag machen?«

»Ja, ich glaube, er wird mir hier einen Antrag machen. Nein, eigentlich bin ich mir sicher.«

»Wie heißen Sie, wenn ich fragen darf?« Das Zimmermädchen lächelt nun ebenfalls, und es ist beinahe ein aufrichtiges Lächeln. Es scheint nur etwas, nun ja, eingerostet. Absurd, man könnte meinen, das *Glück* ihres Gastes wäre tatsächlich auch das ihre.

»Dürfen Sie.« Freundlich streckt sie der Hotelangestellten die Hand entgegen, die diese aber nicht ergreift. Wohl dann doch etwas zu vertraulich, diese an sich nur höfliche Geste, aber das kann sie nachvollziehen. Dennoch etwas irritiert, zieht sie leicht verlegen ihre Hand zurück. »Ich heiße Alice.«

»Alice.« Die Stimme der Frau schnurrt förmlich, als sie ihren Namen wiederholt. »Was für ein außergewöhnlicher, was für ein schöner Name. Alice. Alice hinter den Spiegeln.«

»Hinter den Spiegeln?«

»Ach, das kennen Sie nicht? Das sollten Sie lesen. Irgendwann. Wenn Sie einmal mehr Zeit haben, als Sie erwarten.«

Die offensichtliche, aber nicht direkt nachvollziehbare Begeisterung für ihren Namen ist ihr unangenehm. Unsicher weicht sie dem Blick der Fremden aus. Da ist etwas, hinter diesen Augen, hinter dieser Freundlichkeit.

*Etwas Eigenartiges.*

Eindeutig Zeit zu gehen.

»Werde ich. Danke.« Alice deutet mit ihrer rechten Hand hinter sich. »Ich muss dann wirklich mal. Hat mich gefreut.«

»Mich auch, *Alice*. Hat mich auch gefreut.«

Ein glucksendes Lachen, halb Verunsicherung halb Belustigung, das völlig unpassenderweise aus ihr herauszubrechen droht, unterdrückend, dreht sie sich zur Treppe. Genug der Seltsamkeiten, im ersten Stock wartet ein Mann auf sie, der bald ihr Mann sein wird. Ein guter Gedanke. Sie atmet durch und schüttelt den Kopf, wie um die schlechten Gedanken, die dieses eigentümliche Gespräch darin gedeihen lassen könnte, zu vertreiben. Jeder Gedanke an Max ist ein guter Gedanke. Und so ist es schon immer gewesen.

»Sie haben ihn gestohlen.«

Mitten im Schritt hält sie inne. Was hat diese Frau gesagt? Die Worte jagen einen kalten Schauer über ihren Rücken, und sie dreht sich um. In ihrem verwunderten Gesicht spiegelt sich irrationale Furcht, aber auch angriffslustige Verstimmung.

»Was haben Sie gesagt?«

»Oh, Sie haben mich sehr gut verstanden.« Das Gesicht des Zimmermädchens ist wieder unterkühlt, in ihren Augen blitzt abfällige Überlegenheit auf.

»Nein, ich habe Sie nicht verstanden. Könnten Sie bitte für mich wiederholen, was Sie gesagt haben? Nur um sicherzugehen.« Ihre Stimme zittert, sie schämt sich für ihre Unsicherheit.

»Ich sagte: Sicher kann ich das holen. Das Extrakissen. Sie haben mich doch gerade um ein Extrakissen gebeten. Und ich hole Ihnen natürlich gerne alles, was Sie vermissen.«

Sie kann sich nicht erinnern, ein Kissen erwähnt zu haben. Ein Kissen? Es muss an dieser eigenartigen Frau in diesem eigenartigen Aufzug liegen. Wahrscheinlich hat dieses beknackte Menschenwesen sie nicht alle. Nicht aufhalten lassen, bloß nicht weiter in ein dermaßen irres Gespräch verwickeln lassen. *Hüte dich vor Gezeichneten*, hat ihr Vater immer gesagt. Und die hier, die ist gezeichnet. Mit harten Konturen und einem festen Schatten.

»Danke. Das ist sehr freundlich, das mit dem Kissen. Legen Sie es einfach … Danke.«

Ohne auf eine Antwort, die sie ohnehin nicht hören will, zu warten, dreht sie sich ein weiteres Mal um, bereit, endlich davonzustürmen. *Nichts wie weg*, denkt sie und muss fast wieder grinsen. Nur nicht die gute Stimmung verderben lassen.

*tapp, tapp, tapp*

Wie das verzweifelte Kreischen einer Säge auf Metall. Unverhofft, absolut präsent und absolut unerbittlich. Eiskalt legt sich ein starrer Griff um ihren bebenden Brustkorb, drängt ihren heißen Atem durch ihre klamme Kehle.

*tapp, tapp, tapp*

Kleine schimmernde Tropfen kalten Angstschweißes zieren ihre sorgenvolle Stirn, panisch in sich selbst verloren, richtet sich ihr Blick ins Vage.

Eine vergängliche Dornenkrone, gezeichnet fürs Leben.

Sie weiß nicht, was sie da hört, oder ob sie überhaupt etwas hört. Etwas gehört hat. Will es aber wissen. Muss es wissen. Noch einmal dreht sie sich zu dem Zimmermädchen um, und diesmal ist es nicht nur ihre Stimme, die zittert: »Was haben Sie gesagt?«

Ungerührt steht sie da, die Frau in Schwarz-Weiß. Mit einem diabolischen Grinsen, das ihren eisigen Blick aus ihren emotionsleeren Adleraugen nicht erreicht. Präzise spricht sie, Wort für Wort betonend, als würde sie jede Silbe genießen, jeden Laut liebkosen:

»*Ich* habe nichts gesagt, mein Kind.«

Zufrieden blickt er sich im Zimmer um. Gut, es ist nicht eine der noblen Suiten und auch nicht eines der Deluxe-Zimmer mit extra großem Bad und einem Wohnbereich mit Flachbildfernseher. Es ist eines der einfachen, preisgünstigen Zimmer im ersten Stock des Gebäudes, aber es ist ein Standard-Zimmer in einem Hotel, das weit über ihrem alltäglichen Standard liegt. Immerhin können sie sich einen solchen Luxus eigentlich nicht leisten, auch nicht die Standard-Variante des Luxus. Kein Luxus für den Durchschnitt, kein Luxus für die Massen, und was ihre finanziellen Mittel angeht, sind sie sowohl Masse als auch Durchschnitt. Statistisch durchschnittliche Bürger. Wahrscheinlich auch in allen anderen Bereichen. Durchschnitt.

*Wie du und ich.*

Und eigentlich gibt es gar keinen Luxus für sie, nur das Alltägliche. Aber er hat große Pläne, ganz und gar nicht alltägliche Pläne, und diese bedürfen eines angemessenen Umfelds. Außergewöhnlich soll es sein, etwas, woran sie sich nie gewöhnen, aber immer erinnern werden. Die kleine Holzhütte am Teich, in der sie gerne verlängerte Wochenenden verbringen, und die im Prinzip mehr ein Schrebergartenhäuschen mit eigenem Pfützen-Zugang ist, wäre auf jeden Fall zu wenig gewesen. Weil nichts anderes als ein Teil ihres Alltages, wenn auch der beste Teil davon. Er muss an all die wunderschönen Stunden, die längst oder eben erst vergangenen Sommertage denken, und es wird ihm warm ums Herz, als würde die Sommersonne gerade jetzt auf ihn herabscheinen.

*Die Hütte am Teich.*

Er hält inne und genießt die Erinnerung. Es ist gut so, und es ist gut, weil es so ist. Nur für diesen Anlass muss es einfach besser sein. Denn nichts ist gut genug, wenn es um Alice geht. Nicht, dass Alice fordernd oder maßlos wäre. Sie ist eine außergewöhnliche junge Frau, perfekt, ohne es zu wollen, und bildschön, ohne es zu wissen. Sie ist liebevoll und rücksichtsvoll. Sie ist sein Ein und Alles.

Und sie ist zerbrechlich.

Auch noch nach all den längst vergangenen Jahren wird ihm oft genug schmerzlich bewusst, wie sehr sie leidet. Wie sehr sie immer noch liebt und immer noch leidet. Dann wird ihr Blick leer und ihr kalter Atem flach, und er weiß, dass sie es noch nicht vergessen hat. Es nie vergessen wird. So wie er selbst.

Manches kann niemals vergessen werden.

Aber sie haben sich für das Leben entschieden, trotz allem, was passiert ist. Sich bewusst dafür entschieden weiterzuatmen und weiterzumachen. Das Leben geht seinen Weg wie die Liebe den ihren. Er lächelt abermals.

*Es ist an der Zeit.*

Hinter ihm fällt die Zimmertür ins Schloss. Unsanft, als habe sie jemand eilig zugeworfen, um die unstete Welt und die Bedrohungen, die dieser brodelnden Variable innewohnen, auszusperren. Der gedämpfte Knall reißt ihn aus seiner behüteten Erinnerung. Er schüttelt bedauernd den Kopf. Warum muss man nur mit Türen schlagen? Keine Tür der Welt hat jemals Probleme ferngehalten. Oder sie aufgehalten.

»Das war seltsam«, hört er Alice mit zitternder Stimme sagen.

Bitte nicht. Nicht heute. Nicht in an diesem Ort, nicht in diesem Moment. Er hat keinen Platz für die Vergangenheit, und Alice sollte ihn auch nicht haben. Sie haben an diesem besonderen Tag keine Zeit, verfolgt zu werden. An diesem geheimen Ort sollten sie doch sicher sein. Nichts, absolut gar nichts hat seltsam zu sein.

»Hörst du mich? Das war seltsam, du hättest sehen sollen, wie …«

Wie was? Die Stimme seiner Freundin klingt verhalten, als wären ihre Stimmbänder beschlagen, als hätte sich silberner Morgentau mit klirrenden Kristallen auf sie gelegt. Auch ihr Anblick ist alles andere als erbaulich. Ihre Augen sind weit aufgerissen, sie blinzelt nicht, und er kann sehen, dass ihre Lippen zittern. Sie fröstelt. Vermutlich schlagen ihre Zähne aufeinander.

Ist es denn kalt?

»Was ist geschehen?«, fragt er vorsichtig und geht die Arme ausbreitend langsam auf sie zu. Er wird sie umfassen, sie beschützen, so wie er es immer tut, wenn sie etwas verunsichert oder verängstigt.

So wie immer.

Wieder einmal.

»In der Lobby. Da war dieses … Zimmermädchen. Sie hat … sie war seltsam.«

Sanft zieht er sie an sich, drückt zärtlich ihren von Sorgen und Ängsten schweren Kopf an seine nur für sie starke Schulter. Entmutigt sinkt sie ihm schutzsuchend entgegen.

»Es ist gut. Es ist nichts. Alle Menschen sind seltsam«, spricht er mit leiser, liebevoller Stimme, »wenn man sie genauer betrachtet. Wenn man das Seltsame in ihnen sehen will.«

»Es war etwas anderes …«

»Was war es, Alice? Was hat sie getan? Was ist es, das dir solche Angst eingejagt hat?«

»Sie hat …« Sie hat was? Ihr ein Kissen angeboten, ihr zur bevorstehenden Verlobung gratuliert? Wirklich sehr verstörend, und vor allem brandgefährlich. Von seinen Armen fürsorglich umfangen, schwindet die klirrende Kälte, verkriecht sich die subtile Furcht. Ja, sie hat ihr ein Kissen angeboten. Ein Kissen.

»Sie hat nichts«, setzt sie ihren Satz fort. »Vergiss es einfach. Ich bin nur etwas überwältigt. All diese Eindrücke, dieser Ort, er ist …«

*tapp, tapp, tapp*

Er kann spüren, dass sie in seinen Armen zittert. Wann wird das je eine Ende haben? Wird es überhaupt irgendwann aufhören? Wird sie irgendwann nicht mehr erzittern, vor den Menschen, vor der Welt, vor sich selbst?

*Vor dem längst Vergangenen.*

Er streicht über ihren Rücken, berührt ihr glänzendes Haar, legt seine hohle Hand beschützend und tröstend an ihre Schläfe. Ihr Puls rast und drückt satt gegen die zarte, weiße Haut. Als würden die bösen Gedanken aus ihrem Kopf hervorbrechen wollen. Immer wieder diese Bilder in ihrem Kopf. Er muss sich zusammenreißen, für sie beide. In dieser Stimmung dürfen sie nicht verweilen. Diese Stimmung nimmt sie nur zu gern gefangen. Und hat sie einmal Oberhand gewonnen, dann bleibt sie. Auf unbestimmte Zeit. Aber sicher nicht hier, nicht jetzt. Er fasst sie an den Schultern, schiebt sie sachte von sich, blickt ihr aufmunternd in die Augen und lächelt.

»Das Zimmermädchen also. Weißt du, Zimmermädchen sind tatsächlich seltsam. Mit ihrem dienstbeflissenen Verhalten. Sie machen alles, was du ihnen befiehlst … und dann erst ihre adretten Uniformen … diese Uniformen!«

Ihr entgeht der frivole Unterton seiner Stimme und das begehrliche Leuchten seiner warmen braunen Augen nicht. Und natürlich kann sie dem nicht widerstehen, will es auch gar nicht. Sie sind hier, allein in diesem wunderschönen Zimmer. Was soll schon mit ihnen geschehen? In welcher Gefahr schweben sie? Sollen sie sanfter ruhen, auf einem Zusatzkissen? Und sie weiß genau, was geschehen soll. Etwas knisternd Romantisches, etwas wild Unanständiges. Ihre Augen funkeln. *Man muss die Monster auch einmal ruhen lassen*, hat ihre Großmutter gerne gesagt. Oder besser noch: *Schlafende Monster soll man nicht wecken*. Auch wenn er es nicht weiß und es ihr vor allem nicht zutraut, erkennt sie sehr wohl, wann die Vergangenheit die kalten Finger nach ihnen ausstreckt, und auch sie kämpft dagegen an. Und diese Methode hier ist nicht nur eine äußerst wirksame, sondern eine ihr auch auf jeden Fall willkommene.

»Befehle? Adrette Uniformen?«, neckt sie ihn.

»Adrette Uniformen. Ganz genau. Wobei ich finde, dass dir diese Uniform viel besser stehen würde.« Er zieht sie wieder an sich und grabscht mit seiner rechten Hand nach ihrem Hintern, den er zweimal liebkosend drückt. Sie hat ein wohlgeformtes, festes Hinterteil, das perfekt in seiner Hand liegt. Davon braucht er mehr, und er wird es auch bekommen. Es ist diese Leidenschaft, die so unermüdlich brennt wie am ersten Tag, und sie in so mancher kalten Stunde versöhnlich wärmt. Aneinander bindet. Nicht nur, aber auch.

»Also bitte!«, schilt sie ihn kokett und wischt spielerisch seine Hand weg, will sich laut kichernd seiner hingebungsvollen Umklammerung entziehen.

»Also bitte was?« Er knurrt und fletscht die Zähne. »Rrrrr … Ich rrrreiß dirrr die Uniform mit den Zähnen vom Leib.« Immer lauter lachend jagen sie einander durch das Hotelzimmer, wie kleine Hunde, die um einen Plastikknochen rangeln. Fegen das luxuriöse Briefpapier und die appetitlich bunten Karten des Zimmerservice vom Tisch.

»Lass liegen!«, knurrt er und verbeißt sich in ihre empfindliche Grube am Hals. Zärtlich ineinander verkrallt, sich gleichzeitig losreißend und festklammernd, heiße Küsse über Gesicht und Hals hauchend, taumeln sie zeitverloren durch den Raum. Lustvoller Atem auf elektrisierter Haut. Mit einem kichernd quiekenden Aufschrei fallen sie auf das noch unberührte Bett. Er landet auf ihr, begräbt sie fordernd unter sich. Sie kann spüren, wie sein Schwanz hart wird, wie er ihn an ihre Leiste presst, sich an ihr reibt. Sie stöhnt auf. Sie will ihn spüren. Überall auf, an und in ihrem Körper. Aber nicht so. Es ist ihr wichtig, sich sauber zu fühlen. Ganz sauber, sonst kann sie sich nicht hingeben. Und sie liebt es, wenn sie komplett loslässt und ihr Körper unter seinen Berührungen in Flammen aufgeht.

Sonst kann sie nämlich nie loslassen.

Keinen einzigen Moment in ihrem Leben.

»Ich will dich«, keucht sie in sein Ohr. »Ich will dich die ganze Nacht lang. Aber zuerst will ich ins Badezimmer.« Extra laut aufstöhnend schiebt sie ihn von sich. Er gibt einen gespielten Laut der Enttäuschung von sich. Sie schüttelt immer noch kichernd den Kopf und gibt ihm einen festen Klapps auf den Hintern. »Die Reise war lang. Ich stinke wie ein Iltis. Dein prächtiger Schwanz und du, ihr müsst kurz warten. Aber ich werde euch nicht enttäuschen.« Mit einem Ruck springt sie vom Bett, dreht eine übermütige Pirouette, leckt sich verheißungsvoll über die vollen Lippen, verneigt sich galant und stürmt dann, kess mit ihrem Hintern wackelnd, ins Badezimmer.

Er blickt ihr zufrieden grinsend hinterher. Das wird ein wundervoller Abend und vor allem eine lange, feuchte und heiße Nacht.

Gerade als er sein Hemd aufknöpfen will, klopft es an der Zimmertür. Nicht laut, aber eindringlich. Er hält inne, abwartend verharren seine

Finger am fünften Knopf. Vielleicht, wenn er sich ruhig verhält und nicht reagiert, vielleicht geht der ungebetene Gast dann weg. Immerhin steht ihm sauberer, heißer, vermutlich sogar oraler Sex ins Haus, er kann keine Gesellschaft gebrauchen. Er hebt den Kopf und lauscht. Doch es klopft ein weiteres Mal. Diesmal lauter. Nachdrücklich. Na gut, er muss sowieso warten.

»Ich komm ja schon!«, ruft er, bevor der ungebetene Gast sich bemüßigt fühlt, noch drittes Mal zu klopfen. Mit wenigen Schritten ist er bei der Tür und öffnet sie einen Spaltbreit. Der sich ihm bietende Anblick ist an sich wenig überraschend für ein Hotel, dennoch macht sich augenblicklich ein mulmiges Gefühl in seiner Magengrube breit.

Zufall?

Vor der Tür steht ein Zimmermädchen, und irgendetwas sagt ihm, dass es nicht irgendeines, sondern genau *das* Zimmermädchen ist. Das Zimmermädchen, von dem Alice gesprochen hat. Sein Gesichtsausdruck ist wahrscheinlich irritierter, als es ihm lieb sein kann, und seine Stimme mürrischer, als angebracht, doch die Botschaft bleibt eindeutig. »Ja? Wie kann ich Ihnen helfen? Und ja, Sie stören.«

Das klapperdürre Zimmermädchen rührt sich nicht. Ihr Blick ist unbeteiligt, aber dennoch herablassend, ihre Haltung ist unnatürlich aufrecht. Ihr hagerer Hals ist starr durchgestreckt, das spitze Kinn fordernd vorgeschoben, der kantige Kiefer verbissen. Das schüttere, pechschwarze Haar klebt an ihrem auffällig großen, insektenhaften Kopf. *Sie ist eine Gottesanbeterin*, schießt es ihm durch den Kopf. Fast hätte er gelacht.

*Seltsam.*

»Sir, eigentlich bin ich hier, um Ihnen zu helfen.« Ihre Stimme ist kalt, und es schwingt unverhohlene Arroganz in ihr mit. Ihr riesiger Insektenschädel wippt angriffslustig auf ihrem steifen Stockhals.

»Um mir zu helfen?« Er ist sich sicher, dass er in seinem Leben wohl einiges gewollt hat und auch immer noch will, aber sicher nicht ihre Hilfe. Nicht diese seltsame Hilfe.

»Ja, Sir.« Ihre Hand wandert zur Schürze. Einen kurzen Moment denkt er, sie wird eine Waffe ziehen, sie erst gegen ihn und dann gegen die Frau, die er liebt, richten. Aber zum Vorschein kommt eine abgetragene, alte Sonnenbrille.

»Ihre Frau hat diese hier in der Lobby liegen lassen«, erläutert das Zimmermädchen die an sich triviale Situation und hält ihm auffordernd das Fundstück entgegen. Eine Sonnenbrille mit katzenaugenförmigem Rahmen und weinroten Gläsern. Er schüttelt unmissverständlich ablehnend den Kopf. »Die gehört nicht meiner Frau.«

Ohne auf seine vehemente Antwort zu reagieren, ohne den starren Reptilienblick auch nur einen Moment durch einen Wimpernschlag zu unterbrechen, streckt sie ihm weiterhin die Brille entgegen.

»Doch, ich denke schon«, beharrt sie, und ein fischblütiges Grinsen verzerrt ihren schmallippigen Mund, legt winzige gelbe Zähne frei. *Kauwerkzeuge.* Sie nickt wissend.

»Ihre Frau braucht diese Sonnenbrille. Sie wird sie bereits vermissen.«

Hauptsächlich um der immer unbehaglicher werdenden Situation zu entgehen, nimmt er das billige Stück Plastik an sich, bedankt sich höflich und schließt sorgsam die Tür. Er bedauert nachdrücklich, dass es keine Türkette gibt. Ein einfaches Türschloss erscheint ihm in diesem Moment nicht ausreichend. Nicht mehr.

Seltsam, hat Alice gesagt.

Und seltsam, ja, das trifft es.

Er kann den unruhigen Blick nicht von der Brille lassen, und je länger er sie anschaut, desto eher kommt sie ihm doch bekannt vor.

*Die Brille.*

*Weinrot und Altrosa.*

Als Alice, nur in eines der flauschigen, mintfarbenen Badetücher gehüllt, voll freudig erregter Erwartung aus dem Bad kommt, sitzt Max grübelnd auf dem Bett. Sie merkt sofort, dass sich die Stimmung verändert hat, und dass es keine günstige Veränderung ist. Ihr ist, als habe ihre undefinierte Angst von vorhin sich hinterhältig unter dem Bett verkrochen, nur um zu gegebener Zeit wieder darunter hervorzukriechen. Um Form zu werden und von ihnen Besitz zu ergreifen. Sie will sich umdrehen, wieder ins Badezimmer flüchten und dort ein Stoßgebet zum Himmel schicken, der liebe Herrgott oder sonst wer möge die Angst von ihr und Max nehmen. Aber es ist zu spät. Sie haben es heute schon einmal versucht, ein weiteres Mal schaffen sie es nicht mehr.

Jetzt ist sie hier, die Vergangenheit.

»Schatz?«, fragt sie verunsichert, sorgsam darauf bedacht, ihn nicht unsanft aus seinen Gedanken zu reißen. Was ihr jedoch nicht gelingt. Und eigentlich auch keine Rolle mehr spielt.

Er schreckt hoch. Er hat nicht einmal bemerkt, dass sie in der Badezimmertür steht. Er hat ganz vergessen, dass … er hat in den letzten Minuten einfach alles vergessen.

»Ist das deine?«, fragt er und hält ihr die Brille entgegen.

Geräuschvoll entweicht ihr von der heißen Dusche erhitzter Atem aus ihrem eben noch so heißen Körper, der binnen eines Herzschlages zur Eissäule erstarrt.

Nein, das ist nicht *ihre* Brille.

Es war ein heißer Sommernachmittag, und die Welt war in Ordnung. Entspannt lehnte sie sich auf dem kleinen, weiß lackierten Metallsessel zurück, da sah sie die dämliche altrosa Brille auf dem Tisch liegen.

Verdammt.

Susan.

Wieder einmal hatte sie etwas vergessen. Susan vergaß immer etwas. Ihre Schlüssel, ihre Tasche, ihr halbes Leben. Und dieses Mal ihre Brille. Schnell legte sie das Geld, plus genügend Trinkgeld für den äußerst merkwürdigen Kellner, auf das kleine silberne Tablett mit der Rechnung und den zwei Pfefferminz darauf, schnappte sich die »ich bin ja so was von 50ies« Sonnenbrille und rannte Susan hinterher. Die stieg gerade, ohne sich umzuschauen, in ihr teuer importiertes Cabrio. Ein weißes VW Cabrio, sehr auffällig und gerade deshalb gut genug für Susan.

Sehr auffällig.

Wie ihre Brille. Wie Susan selbst.

Susans kastanienbraune, schulterlange Haare leuchteten in der Sonne, geschickt fasste sie die wallende Pracht zusammen, um sie dann mit einer breiten Haarnadel lose zu fixieren. Prüfender, aber wohl auch selbstverliebter Blick in den Rückspiegel natürlich inklusive. *Mittwochnachmittag, am Arsch der Welt, 32 Grad, die Frisur sitzt.*

»Susan! Susan! Warte noch!«, rief Alice und winkte aufgeregt. »Deine verdammte Brille! Du hast deine verdammte Brille liegen gelassen.«

Susan drehte sich zu ihr und strahlte sie an. Dieses Lächeln würde die Sonne selbst blenden. Schnell lief Alice zum Auto, die Hand mit der

Brille immer noch hin und her wedelnd wie ein übermotivierter Fluglotse auf Speed. Es waren nur wenige Meter, doch als sie das Auto erreichte, war sie außer Atem. Absichtlich laut keuchend, um die Anstrengung ihrer permanenten und nicht nur punktuellen Bemühungen nachdrücklich zu unterstreichen, streckte Alice ihrer besten, ihrer eigentlich einzigen Freundin die Brille entgegen. Diese lächelte erleichtert, ergriff das billige Stück Plastik und drückte es an sich, als wäre es ihr größter, ihr eigentlich einziger Schatz.

»Danke, was würde ich nur ohne dich machen?«

»Du würdest alles liegen lassen und nichts jemals wiederfinden. Wahrscheinlich würdest du eines Tages sogar dich selbst vergessen.«

»Würde ich. Und dann bräuchte ich dich erst recht, um mich zu suchen. Um mich zurück in diese Welt zu holen.«

Sie lachten beide. Weil sie wussten, dass es wahr war, und weil es für beide gut so war. Susan vergaß und Alice kontrollierte, verbesserte, trug hinterher aber niemals nach. Susan schmiss die Beifahrertür auf.

»Na, jetzt wo du schon da bist, kannst du ja doch gleich mitfahren. Oder willst du vielleicht noch mal zurück? Mit dem schmächtigen Kellner flirten? Mister Superpeinlich in fragiler Mädchengestalt, mit einer Mega-Eistütenkappe auf dem schlingernden Kopf. Mit diesem irren Blick und diesen riesigen, eisblauen Augen … Schau mich an, ich bin Kellner in einem Eissalon. Blas mir einen, und du bekommst eine Tüte extra Vanilleeis.«

Sie streckte die Zunge raus, ließ sie auffordernd kreisen, bereit zu einem heißen französischen Kuss, riss die Augen auf und wackelte mit dem Kopf. Alice hielt die Hand vors Gesicht und kicherte: »*GOTT behüte mich vor diesem Typen.* Ganz ehrlich, Gott behüte mich heute und jeden verdammten einzelnen Tag vor diesem Etwas! Ist schon gut, ich komm mit. Aber hör mit der Scheiße auf. Bitte!«

Immer noch übermütig glucksend vor freudiger Ausgelassenheit kletterte Alice auf den Beifahrersitz und ließ sich in die von ihr eingesessene Mulde sinken. Es war perfekt. Sie beide, im Auto ihrer Freundin. Bereit, in eine gemeinsame Zukunft zu fahren.

*Nur vier Minuten.*

Eine vergessene Sonnenbrille und vier lächerliche Minuten.

So einfach hätte es sein können.

*tapp, tapp, tapp.*
Aber nichts im Leben ist so einfach.

Und die Geschichte, die beginnt früher. Viel früher. Aber gehen wir erst nur einen Schritt zurück, dann sehen wir ja, wie viel *Zeit* uns noch bleibt.

An diesem Morgen war etwas anders. Alice erwachte und fühlte sich … eigentlich fühlte sie sich weder reif, noch endlich wie eine Frau. Auch wenn man ihr das mehrfach angekündigt hatte. Was hatten die fachverständigen Idioten in der Schule sie nachdrücklich aufgeklärt. Und dann noch die mühsamen Gespräche am Küchentisch. Ihre durchgeknallte Mutter, in wallend bunte Kleider gehüllt, voll in ihrem Element, beseelt von der festen Überzeugung, dass Frau zu sein das Schönste der Welt sei. Hexenkram und Wiccascheiß. Das Blut, das einem den Weg ins Fraussein, ins Allerheiligste weist.

Aber Alice fühlte sich nicht wie eine Frau, sie fühlte sich einfach nur schmutzig. Braunes, geronnenes Blut hatte ihren Baumwollschlüpfer durchtränkt und verklebte die Innenseite ihrer Oberschenkel. Auch ihr lachsfarbenes Nachthemd war verdreckt, und ihre eigentlich weißen Laken stanken. Es hatte nicht mit einer unauffälligen Schmierblutung begonnen. Alice hatte zwar das erste Mal ihre Periode, aber ihr war, als blute sie wie eine angestochene Sau. Schnell rannte sie ins Badezimmer, wo sie sich verzweifelt einschloss. Dort saß sie heulend auf dem Klo und drückte sich Watte zwischen die Beine. Das Blut rann, floss in einem zähen Strom, durchtränkte die Watte. Verdammter Dreck, sie würde ihre Mutter nach Binden fragen müssen. Auch das noch.

Ihre Freundin Susan sah das locker. Endlich war Alice auch eine Frau, und Susan musste nun nicht mehr mit einem Kind abhängen. Denn wenn Susan eines nicht mehr war, dann ein Kind. Mit ihren dreizehn Jahren sah sie bereits aus wie knapp siebzehn, ihr Haar war voll und ihr Busen noch voller. In ihrer dennoch immer noch kindlichen Kleidung wirkte sie wie eine besonders perfide Verlockung für jeden, der sich von ihrer absolut nicht unschuldigen Unschuld angezogen fühlte. Nicht nur ihre Lehrer waren besonders auf der Hut, auch die Freunde ihres Vaters waren es. Susan war eine Lolita, wie sie im Buche stand, auch wenn Susan das Buch wohl nie gelesen hatte oder jemals lesen würde. Denn in all ihrer körperlichen Reife war sie im Geiste ein Kind, ein sehr einfaches Kind. Und sie war Alices Freundin, mit all ihren Nachteilen und all ihren Vorzügen. Alice hatte bisher noch nie eine Freundin gehabt. Sie war zwar seit der ersten Klasse mit Max befreundet, aber Max, der war nur ein Bub, und er war nur ihr Nachbar. Und weil es praktisch war, waren sie halt auch Freunde geworden. Doch jetzt, seit ein paar wunderbaren Wochen auch endlich eine Freundin zu haben, noch dazu eine, die alle cool fanden, das war schon was. Das war was anderes, als dieser langweilige Max, der einfach ihr Freund war, weil er einfach immer da war. Max, der sich vor ihr sogar schon einmal in die Hose gemacht hatte. Max eben. Aber Susan … Susan war etwas Besonderes.

Um zu feiern, was also wohl doch zu feiern war, ihre verdammte Mutter würde sich einen verdammten Ast abfreuen, gingen sie in den Eissalon. Wohin auch sonst? Die Stadt war klein, es gab hier nicht viel zu tun, wohl eher eigentlich gar nichts. Und es war ein ausgesprochen sonniger, himmlisch warmer Frühlingstag. Die Natur war erblüht wie Alice. Was lag also näher, als eine große Kugel Eis? Genau, nichts.

Der Eissalon war zum Bersten voll, offensichtlich gab es in dieser kleinen Stadt viel zu feiern oder zumindest hatten viele Leute Bock darauf, etwas zu lecken. Das zumindest hatte Susan ihr kichernd ins Ohr geflüstert, als sie geduldig in der Reihe warteten. Alice konnte sich unter dieser Aussage nicht direkt etwas vorstellen, und eigentlich wollte sie auch gar nicht darüber nachdenken, zu bedrohlich erschien ihr die noch erstaunlich wache Erinnerung an den Biologieunterricht. Ja, für Menschen gab es viel zu lecken. Und sie leckten sich mit Vorliebe gegenseitig an Stellen, die man üblicherweise nur mit Toilettenpapier berührte. Wie die Tiere. Schauderhaft.

Außerdem galt es ein weit wesentlicheres Problem zu bewältigen, als die Entschlüsselung der unangebrachten Gedanken, die ihre Freundin hegen mochte. Es war da in ihrer Hosentasche zwar Kleingeld, aber nicht genug Kleingeld für zwei Kugeln. Genau genommen, war in dieser Hosentasche nie genug Geld für irgendetwas. Also musste sich Alice entscheiden. Und Alice hasste es, Entscheidungen zu treffen. Sie war schlicht und einfach nicht gut darin. Kaum hatte sie eine Entscheidung getroffen, bereute sie diese und trauerte inniglich der verstrichenen Chance, dem nicht Gewählten, dem ihr nun Verwehrten hinterher. Und jetzt sah sie sich schon förmlich an einer Kugel kühlen Zitroneneises lecken und sich nach der samtigen Süße einer Kugel Haselnuss sehnen. Zu viel Auswahl, der Eissalon hatte für die neue Saison auf zwölf Sorten Eis aufgestockt. Eine kleine Sensation für die kleine Stadt, eine Qual für Alice.

Die Schlange vor ihr, welche die anderen Leute erbost bekrittelten und lauthals eine zweite Bedienung forderten, wurde immer kürzer, und die Liste der Eissorten schien ihr immer länger und länger zu werden. Susan plapperte neben ihr irgendwas über die Buben aus der Oberstufe und dass sie einen von denen nach dem Schwimmunterricht hinter der Turnhalle geküsst hatte. Das nächste Mal würde sie ihn unter ihre Bluse lassen. Oder vielleicht doch lieber in ihre Hose? Sie war sich noch nicht sicher, was ihr weniger ausmachen würde. Fragte sich, was weniger intim wäre, ihre zart behaarte Muschi oder ihre dicken Brüste mit den rosa Knospen. Doch Alice hatte kein Ohr mehr für die unangebrachten Eskapaden ihrer Freundin, sie war wie benebelt von der Sortenvielfalt. Aufdringlich klimperten die Münzen in ihrer Tasche. Entscheide dich, verdammt, oder lass es bleiben.

Es waren nur noch zwei Leute vor ihr in der eben noch endlosen Schlange, und auch die wohltuende Kühle der Eistruhe umwehte sie bereits verlockend. Je näher sie kam, desto kälter wurde es. Ein Ausschlussverfahren musste her, eine zielführende Eingebung. Was willst du schmecken? Einen Moment später frohlockten ihre Geschmacksknospen und forderten nachdrücklich entweder Himbeere oder Schokolade.

Himbeere oder Schokolade.

Himbeere oder Schokolade.

*Du musst dich jetzt entscheiden!*

Da wich die Farbe aus der Welt, und mit der Farbe verblasste die Zeit. Es war, als würde sie aus sich selbst gerissen werden und dabei die Orientierung in sich und um sich verlieren. Ein heftiges Ziehen in der Brust, ein schweres Dröhnen im Schädel, ein unstetes Flirren vor Augen. Dann nichts mehr. Kein Ziehen, kein Dröhnen, kein Flirren. Aber doch etwas. Kein Schmerz, aber ein Gefühl des Vergehens, ein überdehntes Loslösen. Ein irrational überspannter Bogen ohne Pfeil, ohne Richtung. Der hohle Schmerzensschrei einer sterbenden Katze. Eine fahle Blumenwiese von monotonen Gänseblümchen schwer. Eine verfallene Ringfestung, bröckelnde alte Mauern, auf sie herabstürzend. Ein unbestimmtes Bild, tief in ihr und dennoch rund um sie. Einen knappen Herzschlag lang, dann war sie wieder im Eissalon. Doch dieser Eissalon war grau skaliert, und es war nicht der Eissalon ihrer Stadt, es war der Eissalon aller Städte überall. Langsam hob sie die Hand mit den Münzen, welche tonnenschwer und dennoch irrig schwerelos an ihrem gestaltlosen Körper baumelte. Die Bewegung war unscharf, zog farblose Schlieren durch die farblose, zähe Luft. Die Geräusche schienen platt und von weit her. Ohne Höhen, keine Tiefen.

*Langsam, grau und dumpf war diese leere Welt.*

Sie war an der Reihe, sie musste wählen, jetzt eine Eissorte wählen. »Himbeere«, sagte sie. »Ich will Himbeere.« Doch die Himbeere in ihrem Mund schmeckte fad, nur wenig Frucht und noch weniger Süße. Kein bisschen cremig. Wie saures Wasser rann das Eis durch ihre Mundhöhle. Die Himbeere enttäuschte Alice.

Doch nicht die Himbeere.

Ein schrilles, ein körperlich unangenehmes Geräusch. Wie stumpfe Klauen auf Metall. Dann ein dumpfes Schlagen. Ein Laufen.

*chhhhhhh … tapp, tapp, tapp…*

Und wieder das aus sich selbst Fallen, das Spannen, das Schreien, die Schwere, das Bröckeln das Herabstürzen. Und wieder wurde sie gefragt. Sie war noch einmal an der Reihe. Das Himbeereis war nicht passiert.

Es war nicht passiert.

Sie konnte noch einmal wählen. Und dieses Mal wählte sie Schokolade.

Eine perfekte Wahl. Zart cremig und fett von Schlagsahne zerfloss das Schokoeis in ihrem Mund. Schokoeis, das war es.

»Alice!«, quietschte Susan und zerrte sie wütend am Ärmel ihrer Jeansjacke. »Wovon träumst du denn schon wieder? Schau dich an, du Trampel, immer in deiner eigenen Welt!«

Auch der Eisverkäufer schien erzürnt, seine kalten eisblauen Augen blitzten gefährlich:

»Was willst du, Kind? Wenn du nix willst, dann gehst du weg, die Leute hinter dir warten schon.«

»Schokolade«, sagte sie. »Ich hätte bitte gerne eine Kugel Schokolade.«

Und die Schokolade schmeckte wunderbar. So cremig und süß, wie erwartet. So cremig und süß, wie sie es bereits *gewusst* hatte. Sie hatte sich getäuscht. Es war nicht nur etwas *anders* an diesem Morgen, etwas war *besser*. Sie lächelte wissend, als sie zufrieden an ihrem Eis leckte und Susan weiterhin von dem Buben aus der Oberstufe plappern ließ. Sollte sie nur plappern, nächste Woche war auch er wieder vergessen, ganz egal ob er nun in Susans Hose oder in Susans Bluse gewesen war. Aber sie, sie war zufrieden mit ihrer Wahl, sie war glücklich mit ihrem Schokoladeneis. Endlich war sie glücklich.

Was Alice nicht bemerkte, war der kleine Klecks Himbeereis, der tief unten in der Tüte an der großen, fetten Kugel Schokoeis klebte.

Nur ein ganz kleiner Klecks Himbeereis.

Nur ganz wenig davon.

Nach diesem Tag war nichts mehr, wie es einmal gewesen war. Klar, das Stürzen, das Ziehen, die Panik, all das war anfangs ungewohnt. Nein, mehr noch, es war der blanke Horror. Jedes einzelne Mal hätte das letzte sein können. War es aber nicht. Und auch wenn es jedes Mal beängstigend war, war es nicht so beängstigend wie die konstante Furcht davor, die falsche Entscheidung zu treffen. Also ließ Alice sich fallen, in die *blasse*, in die parallele *Welt*. Erst nur selten, dann häufiger, bald immer und immer wieder. Es blieb nicht unbemerkt, dass Alice des Öfteren für Sekunden, in schlimmen Fällen sogar für Minuten wie weggetreten war. Was sie ja auch war. Weggetreten aus der eigentlichen Welt.

Ihre Schulkollegen lachten. Aber leise, hinter vorgehaltener Hand, denn eigentlich war nichts Lustiges an einem dreizehnjährigen Mädchen, das widersinnig verkrampft dastand oder bei schlimmen Anfällen zuckend am Boden lag. Ihre Eltern sorgten sich ganz schrecklich. Sie schüttelten Alice, wenn diese die Augen überdrehte, drückten sie auf den Boden, wenn ihre Muskeln krampften. Brachten sie schließlich resignierend zu einem Spezialisten. Epilepsie, in ganz kleinen Schüben, mutmaßte dieser. Oder Herzrhythmusstörungen. Oder vielleicht ein Traumata. Von früher, von irgendwann.

*Irgendetwas Altes.*

Aber mit ziemlicher Sicherheit nichts Schlimmes, nichts was man wirklich hätte behandeln müssen. Und da man eigentlich ja auch nicht wusste, was es war, konnte man es genau genommen auch gar nicht behandeln. Also mutmaßte man fröhlich weiter, es läge wohl am ehesten an der Pubertät, und es würde wohl genauso vergehen, wie es gekommen war. Ungefragt und unbeobachtet.

Und die, die es wissen musste, es sogar ganz genau wusste, sagte niemandem etwas. Nicht Susan und auch nicht Max. Erst gar nicht ihrem Vater oder gar schlimmer noch ihrer Mutter. Es war ihre Welt, sie war ihr geschenkt worden. Ihr ganz allein, ganz für sie allein. Diese *blasse Welt* könnte ihr dabei helfen, die aufdringliche Welt der Farben, die Welt des Wirklichen, nach ihren intimen und verborgenen Vorlieben zu gestalten. Sie könnte ihr helfen, ihrem Schicksal die gewollte Richtung zu geben. Es kam ihr durchaus der Gedanke, es wäre unfair, sie hätte den anderen Menschen gegenüber so einen feigen Vorteil. Aber es kümmerte sie nicht, zumindest nicht lange. Also begann sie, die Erkenntnisse aus dieser *blassen Welt* tatsächlich für ihren Vorteil zu nutzen.

Bot ihr der Lauf der Dinge zu viele Möglichkeiten, probierte sie es aus und entschied sich für die adäquateste, die bequemste, die schmackhafteste. In der Schule konnte sie abschätzen, welche Lüge der alarmierte Lehrer ihr abkaufen würde, und mit welcher sie hingegen verkauft war. Sie wusste so, welche Antwort beim Multiple-Choice-Test die richtige war, und wann ein Spickzettel schnell unter der Bank verschwinden musste. Saß sie beim Frisör, erkannte sie genau, dass Stirnfransen aus ihr schulgesellschaftlich gesehen eine Persona non grata, kurz einen Freak machen würden, während eine dieser so angesagten Dauerwellen sie zum stylischen Trendsetter machen und ihr eine Einladung zu einer der coolsten Pyjamapartys bescheren würde.

Also log sie, was das Zeug hielt, zum richtigen Zeitpunkt, auf die angemessene Art und Weise. Sie wurde nie beim Schummeln erwischt und wusste immer die richtigen Antworten. Und sie trug Dauerwelle und knutschte auf einer Pyjamaparty. Übrigens zum ersten Mal. Doch nach einiger Zeit wurde es mehr, es wurde bedeutender. Der einst so unüberwindbar erscheinende Alltag meisterte sich nun quasi von selbst, und die durchschnittlichen Banalitäten bedurften der Prophezeiung der *blassen Welt* bald nicht mehr. Es war an der Zeit, die richtigen Fragen zu stellen und die wichtigen Entscheidungen zu treffen.

Als sie im Kaffeehaus des städtischen Einkaufszentrums mit siebzehn Jahren, ohnehin reichlich spät und von gelangweilter Belanglosigkeit angetrieben, zu ihrer ersten Zigarette griff, ließ sie diese sofort wieder fallen. Ihr Gesicht war blass vor Schreck, ihre Augen panisch weit aufgerissen, ihr ganzer Körper zu einer Salzsäule erstarrt. Sie schnappte nach Luft, tastete haltsuchend um sich und kippte in die ausgestreckten Arme eines erschrocken auf sie zu springenden Jungen. Die *blasse Welt* hatte ihr gezeigt, wie sie Blut hustete, sich unter wahnsinnigen Schmerzen wand wie ein verwundetes Tier und schließlich elendiglich an Lungenkrebs verreckte. Nur sieben Jahre nach der ersten Zigarette. Ihre Lunge war durch den rauchenden Vater vorbelastet, der kalte Rauch ein sicheres und unverzügliches Todesurteil. Und wie immer hörte sie auf die *blasse Welt.* So verlor sie nicht ihr Leben, sondern, wie bereits bei dieser ersten Berührung verheißen, auf äußerst angenehme Weise ihre Unschuld an den Jungen, der sie so fürsorglich aufgefangen hatte. Sie waren fast ein Jahr ein Paar, ein von der gesamten Schule bewundertes und beneidetes Paar. Doch dann eines Tages zeigte ihr die *blasse Welt* eine Teenagerschwangerschaft, eine vorzeitig abgebrochene Schulausbildung, fluchende Eltern, ein schäbiges Haus in einer miserablen Gegend, einen genervten Ehemann mit einem miesen Job und schlussendlich drei quengelnde Kinder.

Das reinste Elend.

Das war nicht ihr Weg. Universität, Abschluss und Erfolg. Das war die Wahl, die richtige Entscheidung. Die *blasse Welt* hatte gesprochen, und sie ließ ihren Freund fallen.

Dass eine einzelne Krebszelle in ihrer Lunge geduldig abwartete, und dass auch ihr Erfolg ein zeitlich knapp begrenzter sein würde, das wusste sie nicht.

Das hatte ihr die *blasse Welt* verschwiegen.

So wie auch die veränderten oder eher unabänderlichen kleinen Details einer nicht mehr ganz so wirklichen Wirklichkeit. Der Orangensaft schmeckte nicht mehr so wie vor dem Zeitpunkt, als sie sich beim Mittagessen in der Pizzeria doch gegen den Orangensaft und für ein Glas Apfelsaft mit Leitungswasser entschieden hatte. Jedes mürbe Frühstücks-Kipferl, das sie aß, hatte an der Unterseite diesen einen, diesen verschmähten Klecks Schokocreme des verschmähten Schokohörnchens. An ihrem Haaransatz wuchsen kurze Haare, hartnäckige kleine Fransen, die ihr immer wieder in die Stirn fielen, egal wie oft sie diese unter ihre Locken kämmte oder gar ausrasierte. Und das T-Shirt, das sie zugunsten einer pinkfarbenen Kosmetiktasche doch nicht gekauft hatte, hatte nur wenige Tage darauf als unverhofftes Geschenk einer flüchtigen Bekannten doch noch seinen Weg in ihren Kasten gefunden. All das wusste sie, aber sie sah es nicht. Mehr noch, leugnete es. Und die *blasse Welt* schwieg.

Schwieg und genoss.

Genauso, wie sie Alice verschwiegen hatte, dass nichts im Leben jemals verloren ging. Genauso, wie sie ihr Unwissen und ihre Ignoranz vom ersten Augenblick an genossen hatte.

*Was einmal gedacht wurde, kann nicht zurückgenommen werden.*

Und einem guten alten Freund, dem man einmal etwas versprochen hat, dem kann man nicht das Geleit verwehren.

*tapp, tapp, tapp*
liebe Alice
*tapp, tapp, tapp*

»Schatz?«, seine Stimme zittert.

Es liegt ein verzweifeltes Flehen in diesem einen Wort, wie sie es noch nie zuvor von ihm gehört hat. *Nein*, denkt sie, *es ist nicht meine Brille.* Er sollte wissen, wem diese Brille gehört. Gehört hat. Er sollte es nur allzu gut wissen. Er hat diese Brille oft gesehen. Früher. Sie schüttelt den Kopf.

*Nein, nicht meine Brille.*

Ohne weiter auf ihn zu achten, lässt sie das Badetuch fallen, steht für einen flüchtigen Moment nackt im Raum, blickt sich hektisch suchend um und schlüpft dann ohne Höschen in ihre achtlos zu Boden geworfenen Jeans. Und in das T-Shirt, das nach langem Tag riecht, und nach ihr. Viel zu stark nach ihr. Noch nie ist ihr so bewusst gewesen, dass sie stinkt. Sie stinkt nach erbärmlicher Feigheit, und sie stinkt nach erbärmlichem Verrat. Stinkt immer noch danach. Doch der Gestank des T-Shirts ist ihr jetzt egal, so wie es ihr egal ist, was sie trägt. Sie ist froh, dass sie in der Lage ist, dafür zu sorgen, dass sie überhaupt irgendetwas trägt. Und sie muss weg. Weg aus diesem Zimmer, weg von dieser Brille. Und weg von Max. Sie kann und sie will jetzt nicht darüber reden. Über die Brille reden. Wie hat er es nur vergessen können? Schwankend, betäubt vom alles erfüllenden, vom alles verschlingenden Moment, dürftig gekleidet und mit tropfnassem Haar, stolpert sie zur Tür.

Er will sie aufhalten, sie nicht gehen lassen, aber sein ermatteter Körper ist einfach zu schwer. Er kann sich nicht bewegen, sitzt wie angegossen auf dem Bett und starrt abwechselnd auf seine zukünftige Frau und auf die Brille. Sein Geist ist träge wie seine Materie, und die wenigen Worte in seinem Kopf, sie sind unartikulierbar, sie sind unaussprechlich.

*Sie trägt keine Schuhe*, denkt er noch, als sich die Zimmertür hinter ihr schließt.

Sie trägt keine Schuhe.

Die winzige weiße Kapsel in der silbernen Verpackung fühlt sich sicher an. Sie fühlt sich richtig an. All die anderen Medikamente haben sie eigentlich gut unter Kontrolle, haben sie gut ruhiggestellt. Und es sind tatsächlich die Medis, die sie im Griff haben. Nicht umgekehrt. Sie nimmt sie jetzt seit beinahe fünf Jahren, seit fünf ruhigen Jahren. Und wenn es doch einmal zu laut wird, zu bunt oder *zu blass*, dann hat sie zusätzlich diese winzige Kapsel in der silbernen Verpackung. Sie hat sie immer bei sich. Weil sie Angst hat, vor der Welt.

Vor der *blassen Welt*.

Bisher hat sie die Kapsel erst einmal genommen. Vor Weihnachten. Zwischen all den Leuten, auf der Straße. Die Musik und das Licht und die betrunkene Seligkeit. Es ist alles zu viel gewesen, und sie hat gespürt, wie sie sich gelöst hat, wie sie aus sich selbst gefallen ist. Und sie hat sich geschworen, nie wieder zu fallen. Die *blasse Welt* hatte getötet. Sie würde es nie wieder tun.

Auch jetzt spürt sie das Ziehen, spürt wie Zeit und Farben schwinden. Auch wenn sie sich dann selbst vergisst, nur noch eine sabbernde Hülle für ihren disqualifizierten Verstand ist, sie muss sich ruhigstellen. Noch ruhiger als normal. Denn das hier ist nicht normal, der Ort ist es nicht und sie auch nicht. Die kantige Plastikverpackung der Kapsel drückt tief in der Hosentasche verborgen gegen ihre Scham. Wasser, sie braucht Wasser. Um sie zu schlucken, die bittere Pille. Um zu vergessen, um sich nicht zu erinnern. Um nicht zu fallen.

Zufall?

Sie hat doch immer selbst Schicksal gespielt. Warum sollte sie da noch an den Zufall glauben? An irgendeine Form des Zufalls.

Auf nackten Füßen taumelt sie durch die namenlose Menge auf die Hotelbar zu. Die anderen Gäste tuscheln, starren ungeniert, schütteln geringschätzig den Kopf. Noch einen braucht die nicht.

*Wasser, ein Glas Wasser!,* denkt sie.

Die Welt dreht sich, das Grau umfasst sie, stellt alles auf den Kopf. Mit letzter Kraft schafft sie es durch die schwere Glastür in die Bar, lässt sich kraftlos auf einen der kleinen Hocker sinken, krallt sich verzweifelt am kalten Marmortresen fest.

»Wasser!«, haucht sie flehentlich, doch der Mann hinter der Theke rührt sich nicht. Er steht nur da, die kurzen schwarzen Haare auf den Millimeter genau in Form gebracht, das weiße Hemd exakt gebügelt, die dunkelblaue Weste akkurat im Sitz, die graue Fliege streng gebunden. Die blankpolierten schwarzen Schuhe passend zur schwarzen Anzughose.

Vermutlich.

Er steht einfach nur da, stumm, betrachtet sie aufmerksam, aber mit überlegener Distanz. Betrachtet die Rundungen ihrer blanken Brüste unter dem feuchten T-Shirt, betrachtet ihr blondes, nasses Haar, das in dicken Strähnen in ihrem gehetzten Gesicht hängt und mit jedem Tropfen ihre Brüste unter dem Shirt mehr und mehr dem Blick des prävalenten Betrachters preisgibt. Sie kann spüren, dass ihr Zustand ihn erregt, aber sie weiß nicht, ob es ihre periphere Nacktheit ist oder ihre gänzliche Hilflosigkeit, die ihn anzieht.

»Wasser!«, bettelt sie abermals.

Wieder keine Reaktion, keinerlei Hilfeleistung, nicht einmal die Ablehnung einer Hilfeleistung, kein abfälliges Kopfschütteln oder desinteressiertes Schulterzucken. Sie zerrt an der Kapsel in der Hosentasche. Sie wird sie einfach so hinunterwürgen, auch wenn sie das eigentlich nicht kann. Eine Tablette schlucken ohne den kleinsten Schluck Wasser. Aber dennoch. Selbst wenn sie daran erstickt. Es gibt keine Alternative mehr. Sonst erstickt sie an sich selbst. Sie lehnt mit dem Oberkörper halb auf der Bar. Und sie zittert. Ihre verkrampfte rechte Hand zwängt sich in die Hosentasche, reißt an der Pille, die Vergessen spenden soll. Doch das Ding ist nicht da. Gerade eben noch hat sie sie deutlich gespürt, jetzt ist sie unauffindbar. Sie könnte aus der Hose schlüpfen, mit nackter Scham auf dem Boden dieser Bar kauern, diese am dunkelblauen Teppich reiben und in ihrer Hosentasche nach der Pille der Umnachtung suchen.

»Nein«, stöhnt sie »ich kann nicht. Ich kann nicht mehr.« Und unkontrollierte Weinkrämpfe beuteln ihren nassen, zitternden Körper. Doch plötzlich erstarrt sie, oder die Welt ist es, die sie erstarren lässt. Sie hört auf zu zittern, hört auf zu suchen. Und sie weiß es. Es ist zu spät.

Die Zeit ist abgelaufen.

Sie hält den Atem an, und noch bevor sie die Worte hört, erkennt sie die Stimme:

»Vermisst du mich?«

*tapp, tapp, tapp, läuft die Maus übers Gebälk*

Es hatte lange Zeit gedauert, bis Alice bereit gewesen war, Susan zu teilen. Um genau zu sein, bis sie bereit war, Susan Max vorzustellen. Alice hatte gerade eine Beziehung (Babybauch, Vorstadthaus, Mittelschichtelend) beendet und hing deshalb umso mehr an Susan. Diese wiederum hatte wahllos einfach jede Beziehung, die sie wollte. Und das genau so lange sie wollte. Gerade jetzt wollte sie nicht mehr. Also waren sie beide wieder allein, und beide hatten viel Zeit, die nach viel Abwechslung schrie, denn es war Sommer, und es waren die letzten Ferien ihrer gemeinsamen Schulzeit.

Die Hitze lag brütend über der Kleinstadt, und der Schotterteich lockte die Jugendlichen tagsüber zum Baden und abends zum maßlosen Betrinken und Abfeiern an seine Ufer. Dieser dementsprechend übervölkerte Teich war nicht der einzige kühle Absackort der Gegend, aber sie hatten kein Auto und somit nur äußerst eingeschränkte Möglichkeiten. Max hingegen, der hatte bereits eines. Max war also in diesem speziellen Fall der perfekte Freund, er war der perfekte Chauffeur. Und es war somit der wohl geeignete Zeitpunkt, die beiden einander vorzustellen.

Es *hätte* der geeignete Zeitpunkt *sein sollen.*

Aber er war es nicht.

Es gab gar keinen geeigneten Zeitpunkt. Sie hätte es gar nicht tun sollen. Dieser Entschluss war der Anfang, er war das Ende. Aber die *blasse Welt*, die immer alles wusste und ihr immer alles zeigte, diese *blasse Welt*, sie schwieg. Schwieg und beobachtete. Lehnte sich zurück und genoss die Show. So, wie sie es immer tat, auch wenn es Alice bis zu diesem Tag noch nicht bemerkt hatte.

Susan und Max saßen sich im Eissalon gegenüber. Susan aß einen großen Becher mit Vanille- und Schokoladeneis. Ohne Schlagsahne. Sie hasste es, wenn die Schlagsahne dort, wo sie das Eis berührte, zu kaltem, gestocktem Fett verklumpte. Max trank einen Erdbeershake. Immer zwei Kugeln Eis und extra Sirup. Er liebte es, wenn der kalte, süße Brei seinen Rachen gefrieren ließ. Beide schwiegen. Alice wollte Abwechslung reinbringen, die Stimmung lockern, doch keiner stieg auf ihr Gespräch mit ein, und so verhallten ihre Worte ungehört. Max rieb sich verlegen die Hände, Susan spielte aufreizend mit ihren kastanienbraunen Locken, sie sahen sich in die Augen, und es war um sie beide geschehen. Alice sah es, noch bevor die beiden es sahen. Susan, die ohnehin alles und jeden hatte und auch alles und jeden haben konnte, war nun auch im Besitz des Einzigen, den Alice jemals gehabt hatte.

Susan hatte Max.

Alice hatte ihn verloren.

Die nächsten Wochen waren die reinste Folter. Susan und Max klebten aneinander wie das sprichwörtlich schlechte Geld an den schlechten Menschen. Sie waren unzertrennlich. Und da Alice nun mal die beste Freundin der beiden Heißverliebten war und beide wussten, dass sie sich ohne Alice wohl nie getroffen hätten – die Schulgöttin und der Computerfitze, niemand hätte das ahnen können – war und blieb Alice ein fester Bestandteil dieser unlösbaren Verbindung. Quasi unabkömmlich. Sie war weit mehr als das fünfte Rad, sie war der Stoßdämpfer, falls die zutiefst unterschiedlichen Welten der beiden Verliebten doch einmal kollidierten. Alice war dabei.

Und sie war immer dabei.

Wann immer Händchen gehalten wurde, war sie dabei. Ein romantischer Film im Kino? Sie war dabei. Innige Küsse auf dem Rücksitz des Wagens? Alice saß in der Wiese vor dem Auto und betrachtete die Sterne. Und wartete.

Sie hätte Abstand nehmen und die beiden ihrem Schicksal überlassen sollen, aber sie konnte nicht. Konnte nicht ohne Max. Konnte nicht atmen ohne ihn, konnte nichts ohne ihn. Er war immer an ihrer Seite gewesen. Und dort war er immer noch. An ihrer Seite. Aber er gehörte nicht mehr zu ihr. Sie verfluchte die *blasse Welt*, die ihr verschwiegen hatte, dass sie Max liebte. Sie schrie und tobte, bis sie erkannte, wen es zu verfluchen galt. Die *blasse Welt* hatte tatsächlich nur geschwiegen, blind war sie selbst gewesen. Max war ihr so nah gestanden, sie hatte über ihn hinweggesehen, hatte ihn und ihre Liebe zu ihm buchstäblich übersehen. Jetzt war es zu spät.

Zuerst hoffte Alice, dass die beiden einander überdrüssig werden würden, doch aus stürmischer Euphorie und hysterischer Begeisterung wurden stilles Vertrauen und gegenseitiges Verständnis. Das Momentane wurde zum Dauerhaften. Und aus einer hormonellen Verschossenheit wurde ernsthafte Liebe.

Das letzte Schuljahr verging wie im Flug. Das Leben legte keinem von ihnen Steine in den Weg. Und als das Jahr vorüber war, war auch die gemeinsame Zeit vorbei. Der natürliche Lauf der Dinge trennte das widernatürliche Dreiergespann. Löste, was nicht losgelöst werden konnte.

Susan und Max verließen die kleine Stadt, um in einer größeren Stadt zu wohnen, dort zu studieren und die Basis für ein zukünftiges Leben zu schaffen. Alice blieb allein zurück. Sie arbeitete im größten Supermarkt der kleinen Stadt, immer Freitagnachmittag, Mittwochvormittag und den ganzen Samstag. Sie besuchte das örtliche Kolleg, immerhin war sie kreativ, und das Kolleg hatte Kreatives zu bieten. Und an den Wochenenden, zumindest an manchen, kamen sie wieder zurück. Oder besser, kam sie wieder zurück. Meist blieb Max fern, und die Zeit gehörte nur Susan und Alice, dann war es fast wie früher. Dann war es, als wäre nichts geschehen. Als hätte sich niemand verliebt, als wäre niemand weggegangen.

Waren sie zu dritt, dann feierten sie. Immerhin waren sie jung, sie waren erfolgreich, und es war Wochenende. Ganz selten kam Max allein nach Hause, dann saßen Alice und er sich beim Essen in der kleinen Taverne gegenüber, schwiegen und verließen das Lokal frühzeitig. Da gab es nichts zu erzählen. Es gab nur ein stummes Sehnen.

Im Sommer dann kam das Paar für volle zwei Monate zurück in die kleine Stadt, die einmal ihre Heimat gewesen war. Sie erzählten die Geschichten aus der neuen Heimat, erinnerten sich nostalgisch daran, wie zu Hause alles begonnen hatte. Und bezogen Alice wieder in ihr Leben mit ein.

Ein Jahr war vergangen, sie waren weg gewesen, jetzt waren sie wieder da. Es hatte sich nichts verändert. Der Schmerz war unverändert.

Es war ein Dienstag im Juli. Es war heiß, aber nicht so heiß, dass ein Gewitter in der Luft liegen würde. Die Hitze war erbarmungslos trocken. Sie war staubig, atemraubend und ausgedörrt. Und sie würde anhalten, die ganze Nacht lang, die Meteorologen hatten keine Abkühlung versprochen. Max hatte mit ehemaligen Schulfreunden die Stadt verlassen, sie wollten tagsüber angeln und bei Einbruch der Nacht ihre Zelte unter dem sternenklaren Himmel aufschlagen. Und sie wollten ein Feuer machen. Sachen, die Männer taten. Auch wenn sie so gut wie nie Erfolg hatten mit dem Angeln, die Zelte selten überhaupt aufgebaut wurden und es eigentlich nur darum ging, eine Nacht im Freien zu verbringen, Bier zu trinken, über Frauen zu lästern und sich die schlechtesten der schlechten Witze zu erzählen. Die meisten hatten etwas mit Sexismus, Rassismus und anderen abwertenden Mutmaßungen zu tun. Aber für die betrunkenen Männer, weitab der Frauen, waren sie lustig oder wenigstens etwas, das etwas Lustigem nahekam und das zählte. Und ja, das Feuer brannte eigentlich immer.

Max hatte also die Stadt verlassen, und Susan hatte Zeit für Alice. Uneingeschränkt. Und Alice freute sich. Nahezu uneingeschränkt. Sie hatte Bedenken gehabt, wieder einmal einen ganzen Tag mit Susan zu verbringen. Seit Susan weggezogen war, waren es immer nur Stunden gewesen. Alice hatte nicht gewusst, was sie einen ganzen Tag lang sagen sollte, und ob sie fähig wäre, einen ganzen Tag lang zuzuhören, aber die Bedenken hatten sich als unbegründet erwiesen.

Sie hatten gemeinsam gefrühstückt und dabei bereits Sekt aus der Flasche getrunken, sich wie kleine Mädchen, die sie schon lange nicht mehr waren, gegenseitig die Haare geflochten und über ihre Träume gesprochen. Die Träume der letzten Nacht und die Träume für ihr restliches Leben. Unschuldige Träume, die sich nicht in die Quere kamen, in denen keine der anderen etwas oder jemanden wegnahm. Weil sie sich nicht erfüllen würden, die Träume. Niemals. Es ging nur darum, für ein paar Stunden loszulassen, die Welt mit den Augen eines Kindes zu sehen und sich diese irrwitzigen Dinge zu wünschen, die sich nur Kinder wünschen. Sie wollten Sängerinnen wie Madonna werden, oder Schauspielerinnen in ihrer Lieblings-Sitcom, oder die Königin irgendeines europäischen Landes. Im Notfall auch nur die Prinzessin. So wie Prinzessin Diana. Aber auf jeden Fall berühmt. Und sie wollten Geld haben, richtig viel Geld, um dann nicht einmal mehr die Arbeit machen zu müssen, die sie eigentlich gerne machten. Sie hatten gekichert und ihre Lieblingsmusik gehört, die von früher genauso wie die von heute. Und dann waren sie hungrig geworden, und wie kleine Mädchen, die nun das Glück hatten selbstbestimmt zu sein, hatten sie beschlossen, das zu tun, wovon alle kleinen Mädchen träumen. Abgesehen davon, den Prinzen zu heiraten. Sie wollten Eis essen, richtig große Becher Eis, und das sollte dann ihr Mittagessen sein. Auch heute noch mussten sie allein beim Gedanken daran verschwörerisch kichern.

Eis zum Mittagessen.

Jeder, der als Kind nicht davon geträumt hat, eine echte Mahlzeit auszulassen, um dann an ihrer statt Eis zu essen, sollte als Erwachsener schleunigst damit anfangen.

Also hatten sie sich Susans Wagen gekrallt, ein megacooles, weißes VW Cabrio, und waren in die Stadt gefahren. Immer noch ihren Lieblingssong im Ohr, oder eigentlich jetzt eher im Kassettendeck des Autoradios. Diesmal nur den aktuellen. Und das immer und immer wieder. Sie hatten die Hände in die rauschende Luft geworfen und den Text des Liedes gegen den kühlen Fahrtwind angeschrien. Dabei hatten ihre Haare im Wind geweht und die leuchtend bunten Glasperlenarmbänder an ihren Handgelenken geklimpert. Es war einmalig, weil es nur gegenwärtig war. Keine Vergangenheit, nur das Jetzt.

Der Eissalon, das Mekka ihrer schönsten Kindertage, war mäßig besucht. Die Hitze hatte die Stadt leergefegt. Oder die Leute arbeiteten einfach nur und hockten in ihren stickigen Büros. Wie auch immer, es waren genug Tische im Gastgarten direkt vor dem Eissalon frei, doch sie entschieden sich dafür hineinzugehen. Sie wollten nicht nur das kühle Eis, sondern auch die Kühle der Klimaanlage genießen. Und sie wollten ja auch kein Eis zum Mitnehmen, auch wenn der Springbrunnen des nahen Stadtparks zum Eis aus Pappbechern Essen und Füße in das kühle Nass

Halten einlud. Immerhin wollten sie zu Mittag essen und nicht einfach nur naschen. Ein Tisch an der Seitenwand des Eissalons, aber dafür direkt an der ganzflächigen Glasscheibe, kam ihnen da gerade recht.

Sie schnatterten und kicherten, einer ganzen Schar von Gänsen gleich und hatten ihre wahre Freude am Leben, hatten Freude aneinander. Als der ungelenke Kellner – eine von einer überdimensionalen Eistüte gekrönte, neonpinke Kappe auf dem ohnehin schon riesigen Schädel – zu ihrem Tisch kam, um die Bestellung aufzunehmen, entschied sich Alice gegen jede schokoladene Gewohnheit für einen Früchtebecher. Frucht schien ihr angebracht. Susan entschied sich für die heiße Liebe.

*Heiße Liebe.*

Und so sehr sie eben noch gelacht hatten, so schnell blieb Alice das Lachen im Halse stecken. Zugefroren. Es war zwar nur ein Eis, nur blödes Vanilleeis mit heißer Himbeermarmelade, aber es ging dennoch um Liebe. So wie die Liebe, die Alice an Susan verloren hatte. Und so war nicht nur der Laden empfindlich runtergekühlt, sondern bald auch die Stimmung der beiden Freundinnen. Aus einem »Wir verbringen den ganzen Tag miteinander und machen alles, was Freundinnen so machen« wurde schnell ein Stochern in zerfließendem Eis, ein verlegenes Lächeln, ein unsicheres Drehen an Haaren und schlussendlich eisiges Schweigen. Alice fragte auch nicht nach, was Susan denn noch zu erledigen hätte, als diese die obligatorische Frage nach den nachmittäglichen Plänen mit einer lahmen Ausrede abtat.

*Sie habe zu tun.*

Mehr brauchte Alice nicht zu wissen. Und mehr wollte diese auch gar nicht wissen.

Jetzt saß sie da, in den winzigen Sessel versunken, so gut man darin nur versinken konnte. Nachdem das aber schlecht ging, versank sie schlussendlich in sich selbst. Sie wünschte sich gar, der Boden würde sich auftun und sie könnte zur Gänze versinken. Der Körper schlaff, die Gedanken düster. So würde sie hier sitzen bleiben. Nur noch diesen und den nächsten Moment. Nur noch für wenige Minuten, um auf Susan zu warten, die gerade auf der Toilette war. Vermutlich, um die Lippen nachzuziehen und sich noch drei freundschaftliche Floskeln zu überlegen, um das unterkühlte Schweigen zum Abschied gekonnt zu brechen und so das subtile Ungemach der Situation zu überspielen. Das Befremdliche. Susan konnte das, sie hatte das schon immer gekonnt. Alles überspielen, alle für sich oder eher für ihre wundervolle Illusion gewinnen. So wie sie Max gewonnen hatte. Ihn unwiderruflich für sich gewonnen hatte. Es war, wie es war. Und es würde niemals wieder anders sein.

Alice hatte verloren.

Alles verloren.

Auch sich selbst.

Eine befremdliche Kälte, die aber nicht ihre eigene war, stieg in ihr hoch, kroch durch ihre Poren, umschloss sie fordernd. Alice fröstelte. Es war kalt, verdammt kalt.

»Kann ich sonst noch etwas für Sie tun?«

»Bitte?«

Alice schrak hoch, sie hatte nicht bemerkt, dass sich der Kellner dem Tisch genähert hatte, um die leeren Eisbecher abzuräumen. Nur langsam kehrte sie in diese Welt zurück, die ihr nichts von dem, wonach sie sich sehnte, zu bieten hatte. Der sie selbst nichts schuldig war.

»Verzeihen Sie. Ich war nur gerade …«

Der Kellner lächelte verständnisvoll. Ja, er verstand. Das tat er immer. Es kümmerte ihn nur nie. Mit jeder Kopfbewegung, und sein Kopf bewegte sich ständig, schwankte die Rieseneistüte auf seiner Kappe bedenklich.

»…Sie waren nur gerade nicht wirklich hier«, vervollständigte er ihren Satz. Er lächelte immer noch, aber seine eisblauen Augen blieben starr. Das vertrauliche Lächeln erreichte sie nicht, konnte sie nicht erwärmen. Doch Alice war blind für dieses bedeutende Detail an diesem für sie bedeutungslosen Menschen.

»Ja, ich war wohl etwas abgelenkt.«

»Und, kann ich denn noch etwas für Sie tun?«

»Ich denke nein …«, Alice schüttelte den Kopf. Sie wollte einfach nur ihre Ruhe, wollte weiterdenken, ihren Geist zurückkehren lassen zu dem eben Gedachten, das so schmerzhaft ihr persönliches Leid zum aberwitzigsten Male aufriss. Sie wollte einfach nur zurück in die einsame Dunkelheit, als ihre Lippen plötzlich Worte formulierten, die eigentlich noch nicht einmal in ihrem Kopf entstanden waren, die ihr Geist noch nicht gedacht hatte. Und dennoch waren sie da, die Worte.

»Obwohl … darf ich Ihnen einen Frage stellen?«

»Eine Frage, Fräulein?« Seine eisblauen Augen blitzten gefährlich, als würde er sich auf die Frage freuen. Als wäre er sich sicher, die passende, die einzige Antwort zu wissen.

»Ja, eine Frage«, entgegnete sie mit plötzlich heiserer, samtig belegter Stimme.

»Gerne, fragen Sie mich.«

Sie fröstelte wieder. Es waren wohl wirklich nicht nur ihre trostlosen Gedanken gewesen, es war tatsächlich eiskalt in diesem Laden. Das musste an der Klimaanlage liegen. Die war sicher falsch eingestellt. Sie suchte nach Kleidung, die sie an ihren zitternden Körper ziehen konnte, doch das weiße Trägertop hatte nicht viel Schutz vor der Kälte zu bieten, die kurzen roten Shorts waren im Sitzen noch weiter hochgerutscht, und mehr trug sie an diesem heißen Tag nicht. Also schlang sie die bloßen Arme um sich. Und ihre Stimme zittert wie ihr Körper, als sie weitersprach: »Was würden Sie tun für Ihr Glück?«

Er schloss die Augen, überlegte einen Moment. Dann blickte er sie an, und sein eiskalter, durchdingender Blick ging durch ihre Pupillen, durch ihre Glaskörper, tief hinein in ihren Kopf und weit hinab in ihre unendliche Seele.

»Alles«, antwortete er. »Alles, was nötig ist.«

*Nicht mehr und nicht weniger.*

Als Susan zurückkam, hatte sie es so eilig, wie erwartet. Sie schlang nur schnell ihre zartsanften Arme um den Hals ihrer Freundin, hauchte ein »Süße, es tut mir verdammt leid, ich muss wirklich dringend weg. Aber ich hab mich so gefreut, dich zu treffen, es ist immer so wunderbar mit dir«, und drückte ihr einen kalten Kuss auf die kalte Wange.

Danach reichte es nur noch für ein schnelles »Übernimmst du die Rechnung, Süße? Ich lade dich das nächste Mal ein«, bevor Susan, strahlend wie ein Honigkuchenpferd und neckisch winkend wie eine frisch gekürte Schönheitskönigin aus dem mittleren Westen, auch schon aus dem Eissalon stürmte. Alice sah sie durch das Glas hindurch den schmalen Bürgersteig förmlich entlangrennen. Susan war auf der Flucht. Alice fragte sich, wohin genau Susan nun wohl rannte, und ob es überhaupt ein nächstes Mal geben würde, ob es das überhaupt geben sollte, als ihr Blick auf die Sonnenbrille fiel.

Susan.

Wieder einmal hatte sie etwas vergessen. Susan vergaß immer etwas. Ihre Schlüssel, ihre Tasche, ihr halbes Leben. Dieses Mal ihre Brille.

Als sie die Hand nach der scheußlichen Brille ausstreckte und das abgewetzte, billige Plastik berührte, fragte sie sich, ob sie Susan die Brille überhaupt hinterherbringen sollte. Ob sie wegen einer lächerlichen Brille die lächerliche Situation noch weiter hinauszögern sollte. Oder ob sie das elende Ding einfach hier liegen lassen sollte. Denn sie wusste, Susan würde die Brille vermissen, sie würde ihren Verlust bedauern, und sie würde nicht wissen, wo sie das verdammte Ding suchen sollte. Und deshalb würde sie für immer auf die Brille verzichten müssen. Irgendwie fühlte sich dieser kleine Verlust, den Susan erleiden würde, für Alice wie ein gerechter Sieg an. Susan würde etwas vermissen. Das hatte sie verdient. Gerade als sich ein übertrieben triumphales Lächeln auf ihr Gesicht zaubern wollte, brach die Welt um Alice in sich zusammen. Die Farbe verblasste, die Zeit gerann. Ein Ziehen in ihrer Brust, ein Dröhnen in ihrem Schädel, ein unstetes Flirren vor ihren Augen, der hohle Schmerzensschrei einer sterbenden Katze in ihren Ohren, und schon stürzten die farblosen Bilder auf sie herab.

*Halt! Es ist gar keine echte Frage gewesen, es ist keine echte Entscheidung! Es ist einfach nicht wichtig genug!*, wollte sie noch denken, im Gedanken noch schreien, gegen das Jaulen der Katze anschreien, aber da hatte die *blasse Welt* sie schon tief hinabgezerrt. Tief hinab in ihre eigene Zukunft.

*tapp, tapp, tapp*

Das Geld auf dem silbernen Tablett. Die Brille in ihrer Hand. Sie springt auf, rennt dem Cabrio hinterher. Immer dem Cabrio hinterher.

Schnell, schnell, das Cabrio.

Die Brille, die Brille.

Schnell hinterher. Sie winkt und schreit, ist außer Atem, gestikuliert wild. Susan fährt nicht los. Sie fährt nicht los. Sie wartet. Dann lachen sie. Alice springt in das Cabrio.

Das Cabrio.

Sie fahren, fahren, fahren.

Gemeinsam.

Sie fahren davon, sie sprechen wieder miteinander, sie sprechen über alles, die ganze Nacht, bis sie nichts mehr trennt, sie wieder das sind, was sie einmal gewesen sind, sie wieder Freunde sind.

Sie wieder Freunde sind.

Freunde sind.

*tapp, tapp, tapp*

Ein Flirren, ein Blitzen, das Zerren, das Ziehen, der Schmerz in der Brust, zum Zerbersten gespannt. Es ist unerträglich!

Warum, warum, ich habe dich nicht gefragt!

ES TUT SO WEH

Die neue Welt, die andere Welt. Das Andere.

Alice bleibt sitzen, starrt auf die Brille, trinkt noch einen Kaffee. Sitzt und starrt und trinkt.

Und starrt ins Leere.

Doch Susan, im Cabrio, von Alice nicht aufgehalten, fährt los. Vier Minuten zu früh. Fährt vier Minuten zu früh los.

*Vier Minuten.*

Die Ampel. Ausgefallen. Die Ampel ist ausgefallen und Susan fährt. Sie singt wieder, singt wieder das Lied. Das Lied. Das Lied. Ein Lieferwagen, von links, einfach so, ist plötzlich da.

EIN LIEFERWAGEN.

Einfach so, ist einfach da.

Susan bremst, mit voller Kraft. Bremst, damit sie nicht gegen den Lieferwagen knallt. Die Reifen quietschen. Sie quietschen, damit sie nicht in den Lieferwagen knallt.

Sie bremst und bremst und die Reifen, die Reifen, die Reifen.

Die Reifen schleudern, sie schleudern und quietschen, aber dann greifen sie. Die Reifen greifen, sie greifen rechtzeitig!

Rechtzeitig!

Das weiß Cabrio, es steht!

Rechtzeitig!

Ein großes schwarzes Auto.

Ein Auto rammt das Cabrio, rammt es von hinten. Mit voller Wucht, mit voller Wucht. Ein großes, schwarzes Auto.

Das große schwarze Auto.

Mit voller Wucht. Rammt das kleine weiße Cabrio mit voller Wucht.

Das kleine weiße Cabrio.

Das kleine weiße Cabrio.

Susan wird geschleudert.

Zuerst zurück gegen die Nackenstütze, dann nach vorne, gegen das Lenkrad, mit der Stirn gegen das Lenkrad. Zuerst zurück, dann nach vorne. Mit voller Wucht. Mit voller Wucht trifft ihr Nacken die Nackenstütze. Die schlecht eingestellte Nackenstütze, die viel zu tief sitzt.

Mit voller Wucht trifft ihr Nacken die Stütze.

Und bricht ab.

Einfach so.

Einfach so bricht er ab, und einfach so ist Susan tot.

Susan ist tot.

*tapp, tapp, tapp*

Dann war sie wieder da. Und niemand hatte bemerkt, dass sie weg gewesen war, dass sie in der *blassen Welt* gewesen war. Und wie immer, wenn sie aus der *blassen Welt* kam, wusste Alice, was zu tun war. Weil sie es gesehen hatte und weil es dann keinen Zweifel mehr gab. Nur ein möglicher Weg war der richtige Weg. Kein Zweifel.

Auch dieses Mal nicht.

Und dieses Mal blieb Alice einfach sitzen.

Blieb sitzen und wartete.

Für sieben Minuten.

Dann wusste sie, dass sie sich getäuscht hatte. Sie wusste es. Dass sie diese Wirklichkeit nicht zulassen durfte, dass sie das Geschehen nicht zulassen konnte. Es um jeden Preis der Welt verhindern musste. Die Erkenntnis war brennend heiß und so gewiss, dass der panische Schock ihr fast den Atem raubte. Doch als sie hochsprang, die Brille in der Hand, und auf die Straße rannte, als sie sieben Minuten später auf die Straße rannte, da war es nicht nur sieben Minuten später.

Da war es zu spät.

Sie rannte und schrie und weinte und schrie, schrie ihn immer wieder, den Namen.

SUSAN

Immer wieder Susan. Doch Susan konnte sie nicht hören, konnte sie nach diesem heißen Tag im Juli nie wieder hören. Denn da hatten sich die beiden Autos schon ineinander verkeilt. Menschen, unzählige Menschen – woher kamen innerhalb so kurzer Zeit so unzählige Menschen? – standen um die Autos herum. Manche brüllten manisch, manche weinten verzweifelt, und sie alle starrten. Starrten auf die Frau, die sie aus dem Auto gezerrt hatten. Auf die junge Frau, die eine Platzwunde auf der Stirn und ein gebrochenes Genicke hatte, und die jetzt blutüberströmt auf dem nackten Asphalt lag.

Es war bereits geschehen, und nichts würde es jemals wieder ungeschehen machen.

Nichts.

»Vermisst du mich?«

Eine raunzende, zwischen disharmonischen Zwölftönen oszillierende Stimme reißt Alice aus der bedrohlichen Erinnerung in eine noch viel feindseligere Gegenwart. Eine gebrochene Stimme, wie eingerostet. Ungeübt.

Eine tote Stimme aus einem kalten Grab.

Ein Schauer läuft Alice über den Rücken, krallt sich unter den nassen blonden Haaren an ihrem steifen Nacken fest, saugt ihr die noch verbliebene Wärme aus dem erkaltenden Körper, nimmt ihr das letzte bisschen Hoffnung. Die Hoffnung, aus diesem verdammten Hotel fortzukommen. Mit dem nackten Leben davonzukommen.

Der Barkeeper steht immer noch unbewegt da, als ginge ihn das alles nichts an, als ginge das alles hier gar nicht vor sich. Aber er beobachtet sie etwas zu genau, um tatsächlich unbeteiligt zu sein, und sein Beobachten offenbart aufrichtiges Erstaunen und sehnsüchtige Begeisterung.

*Nicht ich bin es*, denkt Alice.

*Er beobachtet SIE.*

Beobachtet die Tote, die einmal ein geliebter Mensch gewesen ist. Die Tote, die jetzt hinter Alice steht. Beobachtet jeden ihrer Schritte, die Alice zwar deutlich hören, aber nicht im Spiegel hinter der Bar sehen kann. Sie kann sich selbst erkennen, aber die Tote hat kein Spiegelbild. Es ist das Nichts, das da hinter ihr langsam näher kommt.

»Vermisst du mich?«

Noch einmal die knarrende Stimme, doch diesmal deutlicher, bedrohlicher.

*Und viel näher.*

Ja, Alice vermisst sie. Jeden Tag. Sie hat bereut, wo selbst das Bereuen nicht mehr hilft, hat verflucht, wo kein Fluch der Welt stark genug wäre, und sie hat dort um Vergebung gebetet, wo jedes Gebet ungehört verhallt und Vergebung nicht mehr ist als ein matter Mythos.

Ja, sie vermisst sie.

*Aber sie ist tot.*

Es ist widersinnig, dass sie hier ist, dass sie überhaupt an irgendeinem Ort ist. Wenn man tot ist, ist man nicht mehr. Nirgendwo. Nie wieder.

Alice zittert, und ohne sich umzudrehen, spricht sie die leisen Worte, die zwischen ihren bebenden, tauben Lippen zu zerfließen drohen: »Ja, ich vermisse dich. Jeden Augenblick. Will bei dir sein. Aber du bist nicht da, du bist nicht mehr bei mir … Auch hier und jetzt nicht. Du bist nicht real.«

»Real?! Ich bin nicht real? Wen hast du dann erwartet? *Was* hast du erwartet? Hier an diesem besonderen Ort?«, fragt die Stimme in ihrem Rücken, lauernd, sich Gehör und Raum verschaffend. »Was hast du erwartet, Alice?«

Sie zögert, doch die Antwort ist klar. Es müssen nur noch die Worte gesprochen werden. Die einzig möglichen Worte, die einzig mögliche Antwort auf diese widersinnige Frage. Und diese Endgültigkeit verleiht ihr Mut, den ausweglosen Mut der hoffnungslos Verdammten. Kein Zögern mehr, kein Zittern, nur die ehrliche und aufrichtige Wahrheit.

»Dich, Susan. Ich habe dich erwartet. Jeden einzelnen Augenblick, seit du tot auf der Straße gelegen hast.«

»Tot? Einfach so, tot? Du meinst wohl eher von dir ermordet«, faucht das Geisterwesen. »Du hast mich umgebracht.«

»Ich weiß. Denkst du wirklich, das hätte ich nicht gewusst? Hätte es vergessen? Es überhaupt vergessen können? Denkst du wirklich, ich glaube, mich trifft keine Schuld?«

Alice starrt weiter geradeaus. Starrt auf den Spiegel und das, was einfach nicht darin zu sehen ist. Einen stummen Atemzug lang legt sich ehrfürchtige Stille über den unwirklichen Raum, dann folgt die monotone Entgegnung. »Du wirkst gefasst.« Die Stimme der Toten klingt irritiert. Und vielleicht enttäuscht. Als hätte sie erwartet, Alice allein mit ihrer bloßen Anwesenheit in den Wahnsinn treiben zu können.

»Ich bin nicht gefasst. Ganz und gar nicht. Ich bin nur nicht überrascht. Ich habe es immer geahnt, dass du eines Tages zurückkommen würdest. Ich habe das den Menschen gesagt. Immer wieder. Niemand hat mir geglaubt.«

»Weil du es den *falschen* Menschen gesagt hast.«

»Nein. Es sind die richtigen Menschen gewesen. Sie haben es nicht geglaubt, weil sich niemand mehr für dich interessiert. Weil du für alle tot bist.«

ICH BIN NICHT TOT

Ein hysterisches Fauchen, ein anschwellendes Dröhnen. Die überdrehte Turbine eines Flugzeuges, das ins Nichts stürzt. Das grelle Kreischen einer trommelfellzerfetzenden Rückkopplung.

*chhhhhhhhhhhhhhh …*

Und Licht. Gleißendes Licht, das jeden noch so gestaltlosen Schatten zerfrisst, jeden dunklen Winkel von allen Seiten gnadenlos aufreißt, aus jedem ureigensten Bestandteil selbst hervorbricht. Alice presst sich die flachen Hände mit voller Kraft gegen die Ohren, drückt die brennenden Augen zu, bis sie unter den verkrampften Lidern schmerzen, und brüllt. Brüllt um ihren Verstand, um ihr Leben:

»Sag mir, was genau willst du? WAS ZUM TEUFEL WILLST DU!?«

Stille.

Dunkelheit.

Der halbe Teil einer ganzen Ewigkeit.

Dann weicht ihr ängstliches Verharren einer Dynamik, die sich nicht beherrschen lässt, die sie nicht zurückhalten kann. Selbst wenn sie alles tun würde, um genau das nicht zu tun. Quälend langsam dreht sich Alice zur im Spiegel unsichtbaren Präsenz um, kleinste Bewegung für kleinste Bewegung. Tödliche Präzision. Vorbereitet, aber dennoch nicht bereit, zu sehen, was es zu sehen gibt, dreht sich immer weiter, bis sie Susan direkt ins nur noch einen Meter entfernte Gesicht blicken kann.

Mitten in ihr totes Gesicht.

Aug um Aug.

*tapp tapp tapp läuft die Maus übers Gebälk*

Sie hat sich nicht verändert.

Kein verwesendes Fleisch, keine milchig trüben Augen, kein lose baumelnder Kopf auf einem gebrochenen Genick, keine schimmernden Käfer, die sich durch ihre verrottende Haut fressen. Einfach Susan, nur leblos.

»Was willst du?«, fragt Alice ein weiteres Mal, diesmal leise, fast zu sich selbst.

»Gar nichts. Ich will nichts von dir. Im Gegenteil, ich habe dir sogar etwas mitgebracht.«

Der Barkeeper lacht, lacht sich die verdammte Seele aus dem verdammten Leib. Ein unwirkliches, ein unmenschliches, ein fassungsloses Lachen. Fast der Laut eines gequälten Fuchses. Unaufhörlich. Wie die schmerzhaft bunten Bilder vor Alice, um Alice und in Alice. Stechende, leuchtende, überreale Visionen, die auf sie einstürzen, über sie herfallen. Unaufhörlich.

*Fragmente einer möglichen Welt.*

»Ich habe dir all das mitgebracht, was du nicht gewählt hast. Jede Realität, die du jemals *nicht* gewählt hast. Jede einzelne, alles davon.«

Und die Bilder teilen sich die Sekunden. Unendlich viele Bilder in jeder endlichen Sekunde, weil es sonst nicht genug Platz für sie alle gäbe, in den wenigen Sekunden, die noch verbleiben. Weil es nicht mehr genug Zeit gibt, nicht für Alice.

*Bild um Bild um Bild.*

*Möglichkeit um Möglichkeit um Möglichkeit.*

Abgebrochene Ausbildungen, ausgetragene Schwangerschaften, unbezahlte Kredite, unerfüllte Hoffnungen.

Susan und Max.

Immer wieder Susan und Max, in einer Welt, die Alice nicht zerstört hat.

Im eigenen Haus, in der eigenen Praxis, mit Kindern, einem Hund, einer Ferienwohnung am Meer, in Europa, Asien, Australien. Susan und Max. Überall. Immer und immer wieder.

Dann plötzlich ein höllischer Schmerz in der Brust. Und diesmal nicht nur ein Bild, sondern ein realer, ein absoluter Schmerz. Und es ist nicht ihr gebrochenes Herz, das schlussendlich sich selbst aufgibt. Ein pochendes Krampfen wie ein glühend heißer Stahlspeer, mitten durch die Lungen. Und Alice hustet.

Hustet Blut.

Immer mehr Blut. Erbricht es förmlich. Feste, stockende, schwarzrote Brocken ebenso wie frisches, sauerstoffreiches, hellrotes Blut. Es sprüht aus ihrem Mund wie feiner Nebel, der unter den wärmenden Strahlen der Sonne aufreißt, rinnt in Strömen ihr Kinn entlang. Bricht durch ihre zitternd vorgehaltenen Hände wie durch einen berstenden Damm, der daran scheitert, das Leben in ihr zu halten. Durchtränkt ihr vom Duschwasser nasses T-Shirt, färbt es rot, feuerrot.

Der Krebs.

Susan hat Alice den Krebs mitgebracht. Unter all den sie langsam zugrunde richtenden Realitäten, die sie nicht gewählt, die sie verweigert hat, ist auch diese eine, diese unausweichlich tödliche gewesen.

Alice stürzt vom Barhocker, fällt zu Boden, krümmt sich, zerrt die Knie an sich, drückt sie gegen die glühende Brust, schreit unter Schmerzen, schreit im Todeskampf. Sie wird sterben, hier in diesem Hotel, in dieser Bar, auf diesem Fußboden wird sie sterben. Und dann wird sie da tot liegenbleiben, wie ihre Freundin damals auf dem Asphalt. Tot. Aber Max. Max, er wird kommen, wird neben ihr knien, ihren verbluteten, toten Körper an sich pressen und weinen. Max wird kommen und um sie weinen.

Sie und Max.

NICHT Susan und Max.

ALICE UND MAX

Max gehört jetzt zu ihr, weil sie es so entschieden hat!

»Nein!«, schreit sie mit letzter Kraft, und ihr Blut spritzt quer durch den Raum, »Nein! So ist es nicht passiert! Nichts davon, niemals! Es ist nicht passiert, weil ich es nicht zugelassen habe, weil ich es verhindert habe!«

»Was hast du verhindert?« Susans tote Gesichtszüge entgleisen, ihre Worte sind keine eigentlichen Worte mehr, sondern nur noch gestaltloses Schnarren, »Sag mir, was hast du verhindert?!«

»Ich habe es ALLES verhindert!«, kreischt Alice.

ICH BIN MEIN EIGENES SCHICKSAL

*Der Geruch von verbrannten Reifen, gesplittertes Glas, zerborstenes Plastik, verkeiltes Blech. In der Ferne eine Sirene und dann noch eine. Und all die vielen Menschen, das hallende Geschrei und das frenetische Gejammer. Das Starren, immer wieder das endlose Starren, von allen Seiten. Dauernd, andauernd. Und das Blut. Das Blut, das auf den Asphalt strömte und stank. Auf dem heißen Asphalt unter der heißen Sonne gerann und stank. Ich konn-*

*te nicht mehr. Ich konnte nicht mehr. Susan! Bitte Susan, verlass mich nicht! Ich war zu weit gegangen. Die* blasse Welt. *Ich hatte getötet. Meine beste Freundin getötet. Meine beste Freundin, mit gebrochenem Genick.*

*Meine beste Freundin.*

*Tot.*

*Nie wieder. Diese Welt, nie wieder. Ich werde sie nicht wieder betreten. Werde das Tor schließen, diese Welt nie mehr in meine Welt lassen.*

*Der Wirklichkeit für immer ausgeliefert, für immer wahllos, für immer hilflos.*

Man hatte Alice nicht gefragt. Und selbst wenn man sie gefragt hätte, sie hätte sich nicht anders entschieden. Wenn überhaupt, dann hätte sie sich dagegen entschieden, sich anders zu entscheiden. Seit drei Monaten war sie nun schon in dieser hochgelobten Nervenheilanstalt, voll mit Medikamenten. Ruhiggestellt. Bis zur totalen Selbstaufgabe zugedröhnt.

Nicht mehr sie selbst.

Genauso, wie sie es sich gewünscht hatte. Sie schlief achtzehn Stunden am Tag, den Rest der Zeit saß sie im Gemeinschaftsraum, starrte aus dem vergitterten Fenster (*was wollten sie bloß draußen halten?*) und sprach mit niemandem. Empfing keinen Besuch. Ihre Eltern nicht, keine Freunde, keine Studienkollegen. Und auch nicht Max. Max kam meist dreimal die Woche, immer in der Hoffnung, endlich mit Alice sprechen zu können. Seinen Schmerz mit ihr teilen zu können, doch Alice wollte ihren Schmerz nicht teilen. Es war ihr Schmerz, und sie geizte damit. Also schickten die Ärzte Max wieder weg.

Max war nicht in die große Stadt zurückgekehrt. Dort gab es nichts mehr für ihn. Also war er geblieben. Und wartete. Auf ein Gespräch. Darauf, dass etwas geschehen würde, dass etwas ungeschehen gemacht werden würde. Doch nichts dergleichen geschah.

Alice sprach nicht. Nicht mit Max, mit keinem anderen Patienten, keiner Schwester, keinem der Ärzte. Nicht einmal in einem leeren, dunklen Raum mit sich selbst. Gar nicht, mit niemandem. Sie schlief, starrte und schwieg, dann schlief sie wieder.

Das war es.

Die gewöhnlich Verantwortlichen sowie die tatsächlich dazu Berufenen hatten alles probiert. Einzeltherapie, Familientherapie, Gruppentherapie, Tiertherapie. Alice saß da wie eine Puppe, während die anderen Patienten sprachen, die tapsigen Tiere, vornehmlich kuschelige Katzen, um ihre nackten Beine strichen, jedes einzelne Familienmitglied weinte. Nicht alle gleichzeitig, aber jeder von ihnen im Laufe der Monate. Alice schwieg.

Bis sie eines Tages beschloss, dass es an der Zeit war, das Schweigen zu brechen. Es war an der Zeit, ihren vernichtenden Plan – die *blasse Welt,* und alles was in ihr kreuchte und fleuchte, für immer aus ihrem Kopf und ihren Leben zu verbannen – mit einem geeigneten Mitverschwörer zu besprechen. Einem Alliierten. Sie brauchte Hilfe in diesem moralischen Krieg, und vor allem brauchte sie die passenden Medikamente. Um die *blasse Welt* zu vernichten. Zumindest für den Rest ihres Lebens, aber am besten für immer. Also begann sie, nach reiflichen Überlegungen und unzähligen stummen Selbstgesprächen, mit Doktor Markus Voller zu sprechen, einem jungen, dunkelhaarigen Arzt mit zierlichen Händen, und nach drei Monaten den Schweigens klang ihre Stimme so fremd, wie sie sich fühlte.

Fremd, ausgetauscht.

Nicht mehr der Mensch, der sie einmal gewesen war, nicht mehr die Stimme, mit der sie einst gesprochen und gelacht hatte. Aber sie sprachen. Sie sprachen über die ausweglose Einsamkeit, die unerfüllte Liebe, über reale Dinge, surreale Möglichkeiten, erschreckende Visionen, über eingebildete Paranoia, den wirklichen Verlust. Und über ein Monster, halb Mensch halb Echse, mit sechs Beinen und einem schwarzen, schuppigen Leib, das unter ihrem Bett hauste. Eigentlich sprach meistens Alice, Markus hörte zu und stellte dann die richtigen Fragen. Stundenlang, tagelang, sechs weitere Monate lang. Bis sie *eingestellt* war. So nannten das die Ärzte. Denn eigentlich war sie nicht therapiert, da sie nicht therapierbar war, weil sie nicht geheilt werden wollte. Sie wollte nur die Psychopharmaka, die den unberechenbaren Ausschlag ihrer Lebenslinie in Richtung Asystolie dämpfen sollten. Sie wollte sich nur nicht erinnern.

*Sie wollte nur nie wieder die Wahl haben müssen.*

Nach insgesamt neun Monaten fernab jeglichen Alltags, betrat sie als perfekt eingestellte, als neue Alice mit einer neuen Stimme eine alte, dem Zufall unterworfene Welt.

Und diese zufällige Welt, die hatte sich weitergedreht. Susan war gestorben, Alice war verrückt geworden, doch das Leben ging weiter. Es kümmerte sich nicht um Tote und Verrückte. Es nahm seinen Lauf, so wie die Dinge immer ihren Lauf nehmen.

Alice bekam ohne Probleme ihren geringfügigen Job im Supermarkt zurück. Keiner dort fragte, wo sie so lange gewesen war oder wie es ihr ging. Man fragte sie nur, ob sie bei der Inventur am kommenden Wochenende bereits wieder voll einsatzbereit wäre. Sie bejahte. Nicht, dass sie jemals wieder voll einsatzfähig sein würde, aber für das Zählen von Haltbarmilchpackungen und Tampon-Schachteln würde es reichen.

Zweiundvierzig, dreiundvierzig … ja, es würde reichen.

Dann fragte man sie, ob sie sich vorstellen könnte, mehr Stunden pro Woche zu arbeiten. Ganztags, vorzugsweise Spätschicht. Offensichtlich war es schwer, verlässliches Personal zu bekommen. Eine medikamentös eingestellte, psychisch kranke Alice galt wohl als verlässlich. Was nur umso deutlicher zeigte, *wie* schwer genau es war, an Personal zu kommen. Irgendeine Art von Personal. Alice sagte zu, nicht zögernd, nicht voller Freude. Wie auch, immerhin hatte sie jegliche Emotion aus ihrer Tanzkarte gestrichen und wagte sich nun nur noch lethargisch unterkühlt mit der in aschfahle Lumpen gehüllten Resignation auf das glatte Parkett der schonungslosen Wirklichkeit. Oder sonst irgendwohin. Zum Bäcker, in den Keller, vor die Tür.

Yippi.

Da sie das sogenannte Studium am sogenannten regionalen Kolleg ohnehin nicht mehr aufnehmen würde, die Fachrichtung »Kreatives« war nicht gerade adäquat, wenn man auf Überleben statt Leben und auf Leere statt Liebe setzen musste, hatte sie mehr als genug Zeit. Zeit, mit der sie ohnehin nichts anzufangen wusste, also konnte sie genauso gut arbeiten. Noch mehr arbeiten. Und so wurde aus ein paar Stunden mehr die Woche in der Regalbetreuung schnell ein Ganztagsjob an der Kasse.

Aus einer jungen Frau, die im Kindergarten ihr erstes eigenes Lied geschrieben hatte (was mit Entchen und Luftballons, aber immerhin ganze fünfzig Sekunden), die mit zehn bei der Aufführung des Schultheaters als kleiner Prinz einen ganzen Turnsaal zum Heulen gebracht hatte, und die mit drei Pinselstrichen ein Kaleidoskop an Empfindungen sowohl auslösen als auch festhalten konnte, war eine Kassiererin geworden. 38,5

Stunden die Woche, vierzehn Monatsgehälter, Überstundenpauschale. Sie war aus der Studentenwohngemeinschaft, in die sie erst kurz vor den Sommerferien eingezogen war, wieder ausgezogen und hatte sich eine Zweizimmerwohnung am Stadtrand gemietet. Ein Auto hatte sie nach wie vor, oder jetzt erst recht, keines, sie nahm den Bus. Zur Arbeit kam sie damit immer. Das reichte, denn sie wollte an gar keinen anderen Ort kommen. Ihre Mutter kam regelmäßig in die schäbige kleine Wohnung, putzte die Fenster, fegte den Boden, fragte aber nie nach. Bei nichts. Vielleicht hatten ihr das die Ärzte geraten, vielleicht war sie auch einfach nur überfordert. Freunde meldeten sich keine. Nicht wenige, gar keine. Denen hatte sicher niemand etwas geraten, die hatten einfach nur keine Lust auf Kassenabrechnung, Vorstadtmief und Elend.

Ja, die Welt hatte sich weitergedreht. Und niemand hatte auf sie gewartet.

Niemand bis auf Max.

Max, der selbst sein Studium geschmissen hatte und jetzt an der Tankstelle arbeitete, der sich jeden Abend im Pub an der Hauptstraße betrank. Nie in Gesellschaft und nie so stark, dass er sich selbst vergessen hätte. Oder irgendetwas vergessen hätte. *Irgendjemanden.* So gnädig war der Alkohol nicht.

Aus einem jungen Mann, der schon im Kindergarten die toten Vögel im Garten seines Vaters seziert hatte, der mit dreizehn den Lateinlehrer in den Wahnsinn getrieben hatte, weil er nur medizinische Fachbegriffe, nie aber etwas über einen gallischen Krieg lernen hatte wollen, der in seinem ersten Studienjahr jede Knock-Out-Prüfung mit Bravour bestanden und sogar schon Proseminare vorgezogen hatte, war ein dreckverschmierter, selten vollkommen ausgenüchterter Tankwart geworden. Er wohnte im Keller seiner Eltern, doch die sprachen nicht mit ihm. Weil sie seinen Lebensweg verurteilten, weil sie fanden, er habe die falschen Entscheidungen getroffen. Entscheidungen. Als hätte er jemals eine Wahl gehabt. Seine Freunde sprachen nicht mit ihm, weil sie Angst hatten, er könnte mit ihnen sprechen, darüber sprechen, was geschehen war und dafür hätten sie keine Worte gefunden. Hätten es auch gar nicht hören wollen. Das Schweigen war allerdings nicht weniger verstörend gewesen. Bald hatte er gar keine Freunde mehr. Nicht wenige, gar keine.

Ja, er war zwar nie weg gewesen, hatte sich nie aus der Wirklichkeit ausgeklinkt, aber auch seine Welt hatte sich weitergedreht, ohne ihn. Auch auf ihn hatte niemand gewartet.

Nicht einmal Alice.

Trotzdem gab er nicht alles in seinem erbärmlichen Leben auf. Den einen Abend in der Woche, den er nüchtern blieb, wartete er vor dem Supermarkt auf Alice. Anfangs hatte er noch auf sie eingeredet, aber nachdem sie nie geantwortet hatte, schwieg er nun. Er harrte am Angestelltenparkplatz des Stadtkaufmarkts aus, bis sie aus dem Lieferanteneingang trat, begleitete sie stumm zum Bus, stand im Wartehäuschen neben ihr und sah ihr hinterher, wenn Linie 21 davonfuhr. In den ersten Wochen hatte er ihr hinterhergewunken. Jetzt stand er nur noch da und ließ kraft- und mutlos die langen dünnen Arme neben seinem Körper baumeln.

*Alice und Max.*

*Vom Leben bevorzugt.*

Ursprünglich hatte er bei Alice sein wollen, um über Susan zu sprechen. Er wollte darüber sprechen, was man ihm gestohlen hatte, worum man ihn betrogen hatte. Wieso er die Welt hasste und was sie ihm schuldig war. Er wollte laut werden und auf Mülltonnen eintreten. Es war ihm Unrecht widerfahren, jemand musste ihn hören, den Lärm seines Hasses. Musste Max anhören, ihm zuhören. Jemand, den die Welt ebenfalls betrogen hatte. Auf eine ähnliche Art betrogen hatte. Aber er wollte auch darüber reden, wie sehr er Susan vermisste. Wie weh es tat. An jedem einzelnen verdammten Tag, jede einzelne verdammte Stunde. Immer. Wollte sich in einer Ecke verkriechen aber trotzdem eine tröstende, eine ebenfalls leidende Hand auf seiner Schulter spüren. Er hatte wirklich gedacht, das würde helfen. Nicht nur ihm. Würde ihnen beiden helfen, denn er wusste, dass Alice ebenfalls litt. Er hatte gehofft, sie könnten ein wenig gemeinsam leiden, ein wenig gemeinsam hassen und dadurch vielleicht mit der Zeit das Leiden verringern und den Hass verstreichen lassen.

Doch nach ziemlich genau drei Monaten bemerkte er, dass sich etwas verändert hatte. Etwas, das den alten Schmerz ein wenig zur Seite rücken ließ, um Platz für einen neuen, einen zusätzlichen Schmerz zu schaffen.

Er wollte nun bei Alice sein, weil er bei ihr sein wollte.

Und nicht nur, dass er sich deshalb maßlos schuldig fühlte – Susan war gerade mal ein Jahr tot, und er hegte Gefühle, die nicht ihr galten – es war auch hoffnungslos. Alice schienen seine Gefühle nicht zu interessieren. Er schien sie nicht zu interessieren.

Diese Emotionen, die er Alice entgegenbrachte, waren für Max keine neuen Emotionen. Er hatte sie früher einmal mehr geliebt, als jeden anderen Menschen auf dieser Welt. Mehr als seine Eltern, mehr als sich selbst. Er hatte immer davon geträumt, dass sie eines Tages seine Liebe erwidern würde. Dann hatte er Susan kennengelernt und sich dafür entschieden, den Menschen zu lieben, der ihn zurückliebte. Nicht weil es einfacher gewesen war, sondern weil es logischer gewesen war. Doch jetzt waren die Gefühle für Alice zurückgekehrt. Und wie sehr er auch versuchte, das ungewollte Liebesding im Alkohol zu ersäufen, es gelang ihm nicht. Es schwamm sozusagen obenauf. So war er an diesem einen Abend der Woche immer fahrig wie ein junger Hund, wenn er Alice abholte, und maßlos enttäuscht wie ein geschlagener Köter, wenn er nach stummen fünfundzwanzig Minuten nebeneinander in der Bushaltestelle nach Hause in seinen Keller zurückkehrte. Er verkroch sich wie ein verletztes Tier, leckte seine Wunden und verfiel in einen traumlosen, aber dennoch verhetzten Schlaf. Bald würde er dieses Leben ausgestanden haben. Es hatte nichts mehr für ihn zu bieten. Bald würde er es einfach bleiben lassen, das Leben.

Immer Mittwoch.

Immer wartete er draußen auf dem Parkplatz. Ganz egal, ob sie sich verspätete, weil sie für die Abrechnung länger brauchte, oder sie einfach nur hinter der Tür wartete, in der Hoffnung, er würde weggehen. Einfach weggehen. So wie sie immer noch hoffte, dass der Schmerz einfach weggehen würde. Aber das tat er nicht, der Schmerz nicht und auch Max nicht. Er stand da und wartete. Sie begrüßten sich stumm, nickten, an guten Tagen lächelten sie. Anfangs war klar, er war da, um sich die Verzweiflung von der Seele zu reden, oder wenigsten gemeinsam zu schweigen. Doch nach einigen Wochen gesellte sich ein neues Gefühl dazu. Sie versicherte sich selbst, sie würde sich täuschen, doch bald war es ihr nicht mehr möglich, das verräterische Leuchten in seinen Augen zu übersehen.

Und es war ein Verrat, dessen war sie sich bewusst. Denn sie schämte sich, ja hasste sich gar maßlos dafür, was dieses Leuchten mit ihr anstellte.

Es durfte nicht sein.

Es war falsch, es war des Teufels, sein Leuchten und auch seine Gegenwart. Aber ihr Herz schlug bis zum Hals. Sie hätte das *verräterische Herz* am liebsten mit bloßen Händen aus ihrem elenden Körper gerissen und es danach tief unter dem Fundament des Supermarktes begraben. Es durfte nicht so schlagen, es durfte sich nicht so sehnen. Es hatte die Liebe nicht verdient. Sie hatte die Liebe nicht verdient. Auch wenn sie sich nichts sehnlicher wünschte. Ihr Wunsch spielte keine Rolle, sie hatte sich bereits zu viel gewünscht. Sie kämpfte mit allen Mitteln dagegen an, versuchte sogar, sich anderen Menschen gegenüber wieder ein wenig zu öffnen, versuchte, mit einem anderen Mann auszugehen. Doch es blieb erfolglos.

Sie war es, die erfolglos blieb.

Es war ein Mittwochabend Anfang September. Er stand neben ihr im Wartehäuschen, sprach kein Wort und sah sie auch nicht an. Sein Blick war leer, sein Gesicht noch schmutzig vom Schweiß und von der harten Arbeit des Tages. Da wusste sie, dass sie versagt hatte. Sie musste nun nicht mehr darüber nachdenken, brauchte sich aber auch nicht mehr wehren. Sie konnte aufhören zu kämpfen. Es war einfach so. Sie war gescheitert. Sie konnte die Fassade nicht länger aufrechterhalten. Sie hatte alles versucht, wirklich alles.

*Fast alles.*

Denn sie war geblieben. Sie hätte weggehen können.

Was hätte sie schon zurückgelassen? Ihren hochqualifizierten Job? Sie hätte weggehen können und irgendwo anders ein anderes Leben beginnen können, ein neues Leben. Ein neues Leben, das nicht von einem tragischen Verlust vorbelastet, von einer schweren Schuld für immer zerstört worden war. Sie hätte wieder studieren können, dieses Mal an einer richtigen Universität. Kunst oder Architektur.

Was hätte sie schon zurückgelassen? Ihre traumhafte Wohnung? Sie hätte in einer farbenfrohen, einer lebensfrohe Wohngemeinschaft leben können. In der Küche gemeinsam kochen, bis spät in die Nacht aufbleiben, um zu lernen, zu plaudern, zu sein.

Was hätte sie schon zurückgelassen? All ihre vielen Freunde und ihre liebevolle Familie? Die alle hätte sie zurückgelassen? Wäre das ein Zurücklassen gewesen? Gab es diese Menschen überhaupt noch? Für sie?

Doch sie wusste die Antwort genau. Und alles Leugnen, alles Weigern, der endlose Kampf, es hatte keinen Sinn mehr. Die Wahrheit war da, und sie ließ sich nicht wegleugnen, ließ sich nicht verweigern und ließ sich nicht bekämpfen. Denn wirklich, was hätte sie schon zurückgelassen?

Sie hätte Max zurückgelassen.

Und das konnte sie nicht.

Als sie nun an jenem Mittwochabend im Wartehäuschen standen und ein noch erstaunlich warmer Spätsommerregen beruhigend auf das blind gewordene Plastikwellblechdach trommelte, griff sie nach seiner Hand. Und er erwiderte ihren Griff. So standen sie lange Zeit einfach nur da und hielten sich an den Händen.

Für eine sehr lange Zeit.

*Ich bin mein Schicksal.*

Sie hört die Worte, die sie da im Brustton der Überzeugung hinausschreit. Hört jede Silbe, jeden Laut, aber es dauert einen Moment, bis der Kopf erfasst, was das Herz längst weiß. Bis sie erkennt, was diese Worte bedeuten. Buchstäblich bedeuten. Versteht, dass sie eine Waffe sind, gegen diese Nemesis, die aus der Vergangenheit gekrochen kommt, um sie von Max wegzuholen, um sie mit hinab in das kalte Grab zu ziehen. Vielleicht, um nicht mehr allein zu sein. Wahrscheinlich, um sie einfach auch tot zu sehen.

Und nicht mehr viel trennt Alice von diesem Tod. Eitrig gelber Hustenschleim, vermischt mit glibberig dunkelgrünen Fetzen hervorgewürgter Galle und teerig schwarzen Brocken gestockten Blutes, klebt an ihren zittrigen Händen. Das widerwärtige Gemisch organischen Unrats rinnt ihre Arme entlang, hoch bis zu ihren Ellenbogen. Es sieht aus, als habe sie tief in einer Sickergrube nach einem verborgenen, einem zugeschissenen Schatz gegraben. Sie wird ersticken, an ihrem eigenen Blut, oder ihrer Galle, oder dem eitrigen Auswurf. Falls ihr noch genug Zeit bleibt, um zu ersticken und nicht zuvor die kollabierende Lunge ihr tödliches Schwarz in den resignierenden Körper rinnen lässt. Und Alice darin ertrinkt. In sich selbst, in dem Gift in ihr.

Ihr Schicksal.

Susan, oder das Ding, das genauso aussieht wie Susan, lächelt nachsichtig. Denn sie weiß, mit den Lebenden ist Nachsicht geboten. Es fehlt ihnen der allem zugrunde liegende Zusammenhang, sie sehen nur ihre eine, kleine Welt. Die Welt, in der sie atmen, lieben, hassen und betrügen. Und schlussendlich verrecken. Sie kann kaum fassen, dass dieses Unwissen auch von Alice Besitz ergriffen hat. Ausgerechnet Alice. Wie kann sie nur so blind sein, nachdem sie so viele Jahre gesehen hat? Wie kann sie sich auf diese eine Welt versteifen, wo sie Teile des großen Ganzen gesehen hat, wie kann sie sich mit dieser einen Welt zufriedengeben? Man hat Alice alles zu Füßen gelegt, aber sie hat nichts verstanden.

*Gar nichts.*

Das hier ist nicht das endgültige Verderben. Es ist nicht der Untergang. Sie ist es nicht. Sie ist jetzt für Alice da, so wie sie es lange Zeit nicht sein hat können. Sie ist nicht gekommen, um sie zu holen. Sie ist gekommen, um sie heimzuholen. Selbstverständlich hat sie Alice noch nicht verziehen, und möglicherweise sind ihre Worte vorhin unklug gewählt gewesen und ihr Erscheinen wohl erschreckend. Und vielleicht hat sie das in diesem Moment sogar genossen. Aber immerhin hat Alice sie als tot bezeichnet. TOT! Und das nur, weil sie gestorben ist. Das kann selbst die unsterblichste Seele erzürnen. Aber das spielt im alles umfassenden, glückseligen, lichterfüllten *Danach* keine Rolle. Denn sie haben unendlich viel Zeit, um zu sprechen, die Enttäuschung und den Hass zu thematisieren und zu verzeihen. Nur jetzt, jetzt gerade wird die Zeit knapp. Sie bedauert, dass sie Alice diese höllischen Qualen bereiten muss. Aber es bleibt kein Raum mehr für langwierige Erklärungen. Etwas ist bereits nah, sehr nah. Also bleibt ihnen keine Wahl. Es muss geschehen. Sofort.

*Alice muss sterben.*

Jetzt.

»Du musst nicht länger leiden. Nimm meine Hand. Ich bin hier, ich bin da für dich. Lass uns endlich gemeinsam fortgehen, aber bitte lass uns schnell gehen«, und einladend streckt Susan ihren wunderschönen, nackten Arm, der an der Oberseite mit diesen blassen Sommersprossen bedeckt ist, nach Alice aus. Reicht ihr hingebungsvoll die zartgliedrige Hand zur Wahl.

»Vertrau mir. *Du bist hier nicht sicher*. Niemand ist das. Komm schnell, komm mit mir.«

Einen Moment ist Alice versucht, die so geliebte Hand zu ergreifen, doch dann wird ihr bewusst, wofür diese Hand steht. Nicht mehr für Liebe und nicht mehr für Freundschaft. Diese Hand steht für den sicheren Tod.

*Du darfst diese Hand nicht ergreifen!*

ICH BIN MEIN SCHICKSAL

MAX

Max wird nicht ihren blutüberströmten Leichnam in den Armen halten, und er wird nicht um sie weinen. Er wird weit mehr tun. Er wird ihr das Leben retten, so wie er es bereits einmal gerettet hat. Es ist seine Liebe, die ihr Schicksal ist, seine Liebe, die immer für sie bestimmt gewesen ist. Von der Sekunde an, als sie sich als Vierjährige vor dem Klettergerüst gegenübergestanden sind und sich augenblicklich nicht mehr für den bunten Quader, sondern füreinander interessiert haben. Ein kleiner süßer Bub mit rotblonden Haaren, bereit, jedes Stückchen Schokolade, bereit, sogar sein schönstes Spielzeug mit ihr zu teilen. Eine Sandkastenliebe. Nicht verfälscht. Nicht geplant.

Unbesiegbar.

Das unerklärbare Auftauchen dieser verdammten Sonnenbrille hat sie in die falsche Richtung getrieben. Nein, mehr noch, Susan hat sie wissentlich in die falsche Richtung gelockt, sie von Max weggelockt. Um sie zu vernichten. Denn gegen Alice und Max gemeinsam hätte Susan nie auch nur den Funken einer Chance gehabt. Nichts und niemand kommt gegen Alice und Max an. Alice hätte das Hotelzimmer nie verlassen dürfen! Sie hätten sich der Vergangenheit gemeinsam stellen und sie endgültig besiegen müssen.

Das weiß sie jetzt.

Sie weiß, dass sie hier an diesem Ort sind, um genau das zu tun. *Nichts im Leben geschieht von ungefähr*, hat ihr Vater immer gesagt. Und sie sind hier an diesem Ort, um zu kämpfen. Und sie sind hier, um zu siegen. Sie muss zurück in das Zimmer, zurück zu Max, denn dort ist sie sicher.

Bei Max ist sie sicher, so wie sie es immer gewesen ist.

Warum bloß hat sie das nicht sofort erkannt, warum ist sie so blind gewesen?

Es ist so einfach, und es ist wunderschön, weil es so einfach ist und weil es die Wahrheit ist. *Der Heiratsantrag*

Max und Alice, für immer. Max und Alice, gegen den Rest der Welt. Und verdammt noch einmal auch gegen alles, das *nicht* von dieser Welt ist! Wenn sie erst seine Frau ist, wenn sie erst JA gesagt hat, dann wird ihr nie wieder Gefahr drohen.

Nicht hier und an keinem Ort sonst.

Sie werden Mann und Frau sein, und sie werden sicher sein. Heute und für immer.

»Fass mich nicht an!«, schreit Alice, und der neurasthenische Wahn der absoluten Erkenntnis glänzt fiebrig in ihren weit aufgerissenen Augen. »Du hast keine Macht über mich. Du hast keine Macht über mein Schicksal. Ich bin frei von dir. Ich habe die Macht!«

Den modernen Mythen der schaurig schönen Unterhaltungsindustrie erlegen und von einem Zustand medialer Überfütterung angetrieben, brüllt sie insistierend: »Weiche, Susan. Hinfort mit dir.« Doch muss sie selbst über ihre absurde Wortwahl lachen, und mit jedem manischen Glucksen quillt ihr fauliges, ihr bestialisch stinkendes Inneres nach außen, als würde sich ihr kläglich versagender Körper umstülpen.

Die inneren Werte.

»Du hast keine Macht, keine Macht! Du kannst mich nicht aufhalten. Er wird mich retten, Max wird mich retten. Hörst du? Er gehört zu mir. Er hat immer schon zu mir gehört.«

*Er gehört zu dir? Was du nicht sagst. Ist mir noch gar nicht aufgefallen!*

Welch Ironie, welch dumme, dumme Einfalt, zu glauben, Susan wüsste das nicht längst, wüsste nicht Bescheid über diese einmalige Liebe! Denn das weiß sie, sie hat es vom ersten Moment an gewusst. Ihre eigene Liebe, die Liebe zwischen Susan und Max, sie ist nur eine geliehene gewesen. Niemals echt, nur ein Konstrukt, ein erträumtes, aber nicht überlebensfähiges Konstrukt. Und in jenem Sommer, als Alice sie hat sterben lassen, sie in den sicheren Tod hat davonfahren lassen, da ist sie bereit gewesen, die Beziehung zu diesem Mann, der immer schon eine andere geliebt hat, der ihr niemals gehört hat und auch niemals gehören würde, zu beenden. Sie hat nicht weiter in den Armen eines Mannes liegen wollen, der nie wirklich zu ihr gehören würde. Niemals. Nicht in diesem Leben und auch in keinem anderen. Sie hat den ganzen Tag lang versucht, es Alice zu sagen. Doch sie haben nur dummes Zeug geplaudert, gelacht und nicht weiter nachgedacht. Außerdem hat ihr der Mut gefehlt und im Eissalon schlussendlich noch weit mehr. Doch als sie damals durch die Tür spaziert ist, oder mehr gelaufen ist, auf der Flucht vor ihrer einzigen, ihrer besten Freundin, auf der Flucht vor der Wahrheit, hat es für sie kein Zurück mehr gegeben. Sie hat es Max sagen wollen. Sobald wie möglich. Noch am selben Abend.

Um das Leben ihrer besten Freunde zu retten. Und vielleicht auch das ihre.

Doch dazu ist es nicht mehr gekommen.

»Keine Macht! Du hast eine Macht mehr!«, faucht Alice, immer und immer wieder, während sie die Hand gegen Susan erhebt, als würde sie ein Kruzifix hochhalten, sich aufrappelt und auf die Glastür der Hotelbar zu stolpert. Keine Macht. Wie ein Mantra. Als würde die eigene Macht mit jedem mächtigen Wort wachsen, mit jedem Mal realer werden. Und als Alice sich von Susan löst und schlussendlich aus der Bar stolpert, das surreale Szenarium hinter sich lassend, stoppt die Blutung, endet der Husten, erlischt der Brechreiz.

Wie durch ein Wunder.

Oder die Wahrheit.

Als wäre nie etwas gewesen.

Und von Alice ungehört, verebbt die Warnung des wunderschönen und flüchtigen Geistes einer längst vergangenen Wirklichkeit. Nicht wahrgenommen, verlieren sich Susans letzte Worte in der trügerischen Bedeutungslosigkeit, bevor sie selbst sich in der schillernden Unendlichkeit verliert:

*Ich bin es nie gewesen, die Macht über dich hat.*

Es war Sommer. Zärtlich fielen einzelne Sonnenstrahlen durch das dichte Laubdach des mächtigen Kastanienbaums, der so einsam da mitten auf der großen Wiese stand, auf der sie als Kinder schon immer stundenlang ungestört gespielt hatten. Fangen, Wolkenraten, *Ich sehe was, was du nicht siehst.* Und Verstecken. Was hinter einem einzelnen Baum zwar nicht viel Sinn, aber immer viel Spaß gemacht hatte. Wie selbstverständlich waren sie in diesem ersten wirklich gemeinsamen Sommer an diesen Platz zurückgekehrt, an dem sie als Kinder glücklich gewesen waren. Unschuldig glücklich und ohne Einschränkung. So wie auch jetzt, in diesem Moment, in diesem Sommer, in dem sie keine Kinder mehr, aber wieder glücklich waren. Sie hatten eine karierte Decke ausgebreitet, lagen lausgestreckt darauf und genossen die zärtliche Liebkosung des wärmenden Lichtes, den zarten Schutz des kühlenden Schattens. Zehn Monate waren vergangen, seit sie an der Bushaltestelle nach seiner Hand gegriffen hatte. Seit sie dem Leben wieder die Hand gereicht hatte. Sie lächelte. Eine leichte Brise wehte durch ihr Haar, ließ durch die sachte Berührung ihre Haut kribbeln und die Härchen frohlockend zu Berge stehen.

Auch wenn man immer sagte, nichts im Leben sei perfekt, so war es doch dieser eine Moment in ihrer beider Leben, der perfekt war. Weil nichts Außergewöhnliches geschah, weil er nur da war, perfekt war. Weil sie einfach da waren, perfekt waren.

»Du und ich, gegen den Rest der Welt. Das wird niemals aufhören. Das wird sich niemals ändern«, sagte er.

»Niemals.«

»Und nichts und niemand wird uns jemals trennen.«

»Nichts und niemand«, antwortete sie und hielt seine Hand.

So lagen sie lange Zeit einfach nur da und hielten sich an den Händen.

Für eine sehr lange Zeit.

*Sie sehen aber gar nicht gut aus.* Das würde ich sagen. Und dabei selbst natürlich vollkommen aussehen. So vollkommen, wie es keinem Menschen jemals möglich wäre. Nur mir. Ich bin Perfektion und Tadellosigkeit. Mit jedem Wort, in jedem Augenblick und bei jedem Anblick, ohne einen Zweifel. Konstant. In Geist wie Erscheinung. Einzig.

*Ganz und gar nicht gut*, würde ich sagen.

Aber dazu komme ich nicht. Weil ich mich im allerletzten Moment dazu entschließe stehenzubleiben, nicht ihren Weg zu kreuzen. Und weil es auch gar nicht mehr wahr wäre. Nicht mehr in diesem Moment. Denn längst ist wieder Farbe in ihr eben noch schmerzverzerrtes Gesicht zurückgekehrt, und auch das gestockte Blut klebt an ihr, als sei es nicht das ihre. Mehr noch, als sei es überhaupt kein Blut.

Oh ja, ein Wunder, ein außerordentliches Wunder.

Ich senke würdevoll bedacht den Kopf, trete einen beherrschten Schritt zurück, ohne auch nur den kleinsten Laut zu verursachen, verberge mich im schützenden Schatten einer marmornen Säule. Hier gibt es viele Schatten. Niemand würde mich jemals wahrnehmen, wenn ich nicht wahrgenommen werden möchte. Auch ohne Schatten nicht. Und wohl auch keinesfalls. Weil eigentlich ich es bin, die der Schatten ist. Ich bin der Schatten in deiner Erinnerung, der dunkle Fleck auf deiner mentalen Landkarte, der Zweifel im entscheidenden Moment. Das falsche Wort.

Ich bin immer da.

Dennoch bleibe ich im Verborgenen, was nicht bedeutet, dass sich auch nur das kleinste Detail vor meinem prüfenden Blick verbergen kann.

Sich ängstlich umschauend und unsicheren aber schnellen Schrittes, von der panischen Angst im Nacken angetrieben, stolpert die blonde junge Frau durch die prächtig ausgeleuchtete und menschenleere Eingangshalle. Beständig auf der Suche nach Augen, die an ihr haften. Nach toten Augen. Doch meine Augen, die sieht sie nicht. Mich sieht sie nicht. Selbstverständlich.

Gleich wird sie loslaufen, zu ihm laufen, ihm sagen, was sie *besiegt* hat. *Wen* sie besiegt hat. Wird ihm sagen, dass sie ihn liebt, dass es immer so sein wird, und dass es eigentlich diese Liebe ist, die den Sieg davongetragen hat.

*Die Liebe besiegt alles.*

Ja, die Liebe, und ja, alles. Besäße ich die Fähigkeit, ich meine die emotionale und nicht nur die rein physiologische, ich würde lächeln. Jetzt wäre ein angemessener Zeitpunkt für ein angemessenes Lächeln. Obwohl, eigentlich fast ein guter Zeitpunkt für ein ausgelassenes Lachen. Aber es gebührt mir nicht, und darüber hinaus bekommt es mir auch nicht. Ich habe es mehrfach versucht, früher. Es ist mir niemals bekommen. Deshalb habe ich damit aufgehört. Damals. Ich lächle nicht, nicht mit dem Herzen. Und ich lache nicht, nicht aus tiefster Seele. Ich ahme den Laut des Zwerchfells nach, und ich imitiere die Zuckungen der Gesichtsmuskeln. Das dafür ausreichend. Und ich bin so unscheinbar (*unsichtbar*) für die Welt, dass ausreichend genügt, denn überzeugen muss ich niemanden.

Zufrieden richte ich mein straffes Haar, kontrolliere meinen hochgeschlossenen Kragen, streiche meine blütenweiße Schürze glatt. Nicht weil sie verknittert wäre, sondern weil es sich so gut anfühlt, dass sie es nicht ist.

Es niemals sein wird.

Meine leblosen, leeren Augen folgen Alice zum Treppenaufgang. Immer wieder blickt sie sich ängstlich um, dreht sich zur still und menschenleer in sich ruhenden Eingangshalle.

Hier ist *kein Mensch*, mein liebes Kind. Lauf, schönes Mädchen, vertraue mir. Es ist niemand mehr hier, der dich aufhalten könnte. Niemand mehr, der dich aufhalten möchte. Auch noch die Letzte hat dich verlassen, oder besser du sie ein weiteres Mal. Lauf schnell, edle Prinzessin, hoch zu deinem tapferen Prinzen. Lauf, so schnell dich deine kleinen Füßchen tragen mögen.

*Tapp, tapp, tapp, läuft die Maus übers Gebälk*
*Schnapp, schnapp, schnapp frisst das Monster sie weg*

Die Karte. Die verdammte Schlüsselkarte. Im Zimmer liegengelassen. Aber woran hätte sie schon denken können, gerade eben?

Sie schlägt mit der flachen Hand gegen die Tür, aus vollster Verzweiflung und mit allerletzter Kraft. Ihre Handflächen brennen höllisch. Sie schlägt trotzdem weiter dagegen.

»Max!«, schreit sie mit erstickender Stimme, und die wenige Atemluft, die sie einsaugen kann, rasselt schmerzvoll durch ihre verengte Luftröhre in ihre eben noch kollabierenden Lungenflügel. »Max, mach die scheiß Tür auf! Bitte! Max!«

Ihr Herz rast, die Muskeln ihres geschwächten Körpers verkrampfen sich unkontrolliert und das aufwallende Blut rauscht lärmend in ihren Ohren. Selbst der Weg in den ersten Stock kann ein weiter sein, wenn man eben noch kurz davor gewesen ist, an Lungenkrebs zu sterben. Aber sie weiß, dass dies jetzt nicht mehr passieren wird. Sie wird jetzt nicht sterben. Sie weiß es einfach, so wie sie weiß, dass sie zu Max muss, der in diesem Zimmer auf sie wartet. Sie muss zu ihm. Um sicherzugehen, dass es vorbei ist, wirklich vorbei ist. Um sicher zu sein.

Für den Rest ihres Lebens, den Rest ihres gemeinsamen Lebens.

Wieder schlägt sie gegen die Tür, jetzt mit in ihrer nahezu ohnmächtigen Verzweiflung zu Fäusten geballten Händen. Die Kraft der harten, aber dennoch viel zu leisen Schläge vibriert bis in ihre Ellenbogen nach, wie ein Fleisch gewordenes Echo hallt der Rückschlag ungebremst durch sie hindurch. Doch nichts geschieht. So ist es nur sie selbst, die vor der noch verbliebenen Kraft erzittert. Weinend lässt sie von der Tür ab, bereit sich in sich sinken zu lassen, zu Boden zu gehen und aufzugeben.

Da öffnet sich die Tür einen Spaltbreit.

Als habe das Schloss schlussendlich unter ihren gebrochenen Schlägen doch noch nachgegeben. Aber Schlösser geben nicht nach. Nicht unter den Schlägen einer Frau, die gerade eben dem Tod entronnen und dementsprechend geschwächt ist. Ihr Körper stockt mitten in der Bewegung, und während sie zur Salzsäule erstarrt im Türrahmen verharrt, schwingt die Tür auf.

Lautlos, langsam.

Schwingt einladend nach innen, in den Raum hinein, auf.

Nach innen.

Etwas stört sie an diesem Bild. Etwas ist nicht normal, ist nicht so, wie es sein sollte.

Sie spürt es, doch sie kann es nicht benennen, hat auch keine Zeit, sich weiter darüber zu wundern. Sie muss handeln, sie darf die Situation nicht außer Kontrolle geraten lassen, nicht noch einmal. Der Boden unter ihren Füßen knirscht verräterisch, als sie mit angehaltenem Atem das Zimmer betritt. Winzigen Schritt für winzigen Schritt.

Schritt für Schritt.

Das Zimmer ist leer.

Alice ist *allein* in diesem Zimmer.

Und die Zeit zerrinnt, und die Farben verblassen.

Er bleibt sitzen. Nicht weil er auf etwas wartet. Er kann sich einfach nur nicht bewegen. Gar nicht. Der Schock ist ihm tief in seine Gebeine gefahren, und die Erkenntnis lähmt seine Glieder.

*Susans Brille.*

Die Brille gehört Susan.

Sie hat sie damals …

Verführerisch, sanft, aber dennoch bestimmt reißt ihn der Gedanke mit sich fort. Vor seinem inneren Auge sieht er einen kleinen Flohmarkt auf dem Parkplatz eines Kinos. Etwas außerhalb der Stadt. Vor einiger Zeit ist in dieser Halle noch ein Bowlingcenter gewesen.

*Erinnere dich.*

Es war Samstag, eigentlich noch früh am Morgen, doch die Sommersonne stach bereits auf die durchwegs ambitionierten Schnäppchenjäger herab. Inmitten all der Menschen Susan, die sich euphorisch quietschend die hässliche, alte Brille schnappte. So euphorisch, dass sie mit dem mürrischen Verkäufer nicht einmal diskutierte, geschweige denn handelte. Sie bezahlte den vollen Preis, in der vollen Überzeugung, das alte zerkratzte Teil wäre jeden einzelnen Cent wert. Anfangs war er verärgert, weil sie sich kindisch verhielt und wie so oft wieder einmal maßlos übertrieb. Es war diese permanente Übertreibung, die ihn ermüdete und auch verunsicherte. Doch ihre aufrichtige Freude war ansteckend und ihr natürliches Lächeln bezaubernd. Es wurde umso bezaubernder, als sie sich die Brille auf ihre Nase setztee und das grauenvolle Plastikding nach allen ihr bekannten Regeln der Kunst präsentiert, sich in Posen warf, sich mit ausgebreiteten Armen um die eigene Achse drehte, kurz davor abzuheben. Aber ihr Lächeln war immer bezaubernd. Mit oder ohne Brille. In nächster Zeit wohl sehr häufig *mit* Brille. Beinahe war es so, als wäre diese Brille jener bedeutende Teil, der ihr zur Vervollkommnung ihrer Persönlichkeit noch gefehlt hatte. Die Brille komplimentiert sie auf mysteriöse Weise.

*Als wäre es immer schon ihre gewesen.*

Zumindest war das Susans Wahrheit.

Es war die Welt, wie Susan sie sah, also war es so.

Plötzlich verschwimmt ihr Lächeln, verschwimmt seine Erinnerung. Fast will er die Hand ausstrecken und ihr Bild festhalten. Dann ist sie auch schon verschwunden, und Max ist wieder zurück im Hotelzimmer.

Er hält die Sonnenbrille so krampfhaft fest in seinen Händen, als würde er sich daran festhalten. Als könnte das Ding ihm helfen zu verstehen, was hier geschieht. Und warum.

*Es ist unmöglich!*, denkt er.

Aber möglich oder unmöglich, die Brille ist hier, in seiner Hand, und kümmert sich nicht um Wirklichkeit oder Wahrscheinlichkeit. Sie ist einfach da. Ihr über die Jahre morsch gewordenes Plastik knirscht unter seinem festen Griff, und dieser winzige Laut reicht aus, um ihn endgültig aus seinen wirren Gedanken zu reißen und zurück in die Gegenwart zu holen. Augenblicklich rinnt es ihm siedend heiß seinen Rücken entlang, und ein ungutes Gefühl schnürt ihm die staubtrockene Kehle zu.

Hast du nicht etwas vergessen?

Nur für einen Moment?

Für diesen einen Moment, den du in deiner Vergangenheit gewesen bist?

*Glücklich darin gewesen bist?*

Jemanden vergessen?

ALICE

Alice, sie ist … er muss …

Er muss sie finden, muss ihr hinterherrennen. Er kann sie nicht so durch das Hotel laufen lassen. Sie braucht seine Hilfe. Gemeinsam müssen sie der Sache auf den Grund gehen. Müssen aufklären, was zur Hölle sich hier abspielt. Denn was immer auch geschieht, es *kann* nicht von allein geschehen. Jemand *lässt* es geschehen. Und sie müssen herausfinden, wer es ist, der ihnen so übel mitspielt, und was derjenige von ihnen will. Weil Menschen immer etwas wollen. Die Aktion mag sinnlos erscheinen, es aber sicher nicht sein. Sie erfüllt einen Zweck.

Kein Sinn ohne Zweck.

Schlagartig wird ihm klar, dass ein Teilziel wohl bereits erreicht ist. Der absolute Kontrollverlust. Seine psychisch labile Freundin rennt mit bloßen Füßen, nassen Haaren, und, soweit er das sagen kann, ohne Unterwäsche durch ein ihr fremdes Hotel. Sie hat keinen Plan, kennt keinen Ausweg, rennt einfach nur weg. Wer weiß schon, wie weit? Es wäre nicht das erste Mal, dass er Alice aus den Augen verliert. Wer auch immer es ist, der sie in diese Situation gebracht hat, er wird ihm das bitter büßen.

Eine klamme Ahnung legt sich schnurrend in seinen Nacken.

*Was glaubst du?*

Er glaubt gar nicht, aber er hofft inständig. Hofft, dass *die Sache* Alice nicht so schlimm getroffen hat. Nicht so schlimm wie ihn selbst.

Aber immerhin ist *er* nicht so leicht um den Verstand zu bringen. Nicht mehr. Er muss dringend Alice finden, nicht auszudenken, was die sonst … also tut er es nicht. Er denkt nicht an mögliche, schreckliche Folgen. Er denkt nur daran, sie zu finden. Und in weiterer Folge dann vielleicht den Initiator des pietätlosen Spuks. Endlich wieder klar im Kopf, legt er die Brille beiläufig zur Seite.

*Du hast keinerlei Bedeutung mehr für mich.*

Er bündelt seine verbliebende Kraft, schnellt hoch, bereit zum Angriff, hastet zur Zimmertür, stößt sie auf und stürzt über die Schwelle. Als die schwere Zimmertür hinter ihm mit einem satten Knall ins Schloss fällt, ist er unsicher, in welche Richtung er sich wenden soll, folgt aber dann seinem Gefühl, und dieses Gefühl führt ihn nach rechts den Flur entlang, die Treppe hinab. Seine nervösen Füße fliegen förmlich über den roten Samtteppich, der sich in festgezurrten Wogen über die abgetretenen Stufen ergießt, doch dann prallt seine ungebremste Willenskraft gegen das Große, das Offene der Eingangshalle. Zu weitläufig scheint die Eingangshalle, und zu viele hektisch strebende Menschen tummeln sich darin. Die irrigerweise unverhoffte Masse an Mensch und Masse an Raum erschlägt ihn förmlich. Wem folgen? Was ins Auge fassen? Willenlos lässt er sich vom Trubel hinfort tragen und in die Mitte der Halle schwemmen. Einen Moment lang scheint er verloren, doch sein beharrlicher Blick ist weiterhin auf das rege Treiben vor ihm gerichtet, gleitet immer wieder suchend selbst in die verborgenen Winkel der Halle. Und in einem dieser Winkel sieht er etwas.

Sieht er jemanden.

Nicht mehr als eine kleine Bewegung am äußersten Rande seines Blickfeldes. Gerade noch eingefangen. Schnell verschwindend. Es ist mehr eine Eingebung als eine Wahrnehmung, doch binnen eines Atemzugs folgt er der Erscheinung, der Idee. Verschwommene Details, im Vorübergehen wahrgenommen. Ein grüner Mantel, weinrote Handschuhe, kastanienbraunes Haar, im Nacken zu einem sich auflösenden Knoten zusammengefasst. Ein flüchtiges Bild, schon fast vorüber. Er denkt nicht darüber nach, warum ihn die Details dazu verleiten, der Frau zu folgen und die eigentliche Suche aufzugeben. Er muss es einfach tun, bevor sie zur Gänze entflieht. Fort ist.

Als sein Blick sie abermals erhascht, biegt sie gerade um eine der beiden mächtigen Säulen, welche die Haupttreppe in den ersten Stock flankieren, und folgt einer etwas weniger ausladenden Treppe, weg von der Eingangshalle, hinab in das Souterrain, hin zum Boteneingang des Hotels. Max hastet durch die Halle, die ins Dunkle führende Treppe hinab, der mysteriösen Fremden hinterher.

Alice, die in haargenau diesem Augenblick in einer ihm sehr nahen Wirklichkeit, in der die Eingangshalle *menschenleer* ist, blutverschmiert aus der Hotelbar stolpert, sieht er nicht. Alice, die alleingelassen ist und seine Hilfe braucht im Kampf gegen den Tod, im Kampf gegen sich selbst, diese Alice sieht er nicht. Weil er blind für sie ist. Blind ist für ihre ausgestorbene, verwirrende, gefährliche Wirklichkeit. Weil er nur noch Augen für den grünen Mantel und die weinroten Handschuhe hat. Nur Augen *für die, die vorüberging.* Nicht auf seinen Schritt achtend und beinahe strauchelnd, taumelt er der Fremden weiter hinterher. Er muss ihr folgen. Ihr folgen, folgen, muss sie einholen. Und aufhalten, festhalten. Im Arm halten. Die geschmeidige Bewegung der Frau erscheint ihm vertraut. Das federnde Wippen, unstet, bei jedem Schritt leichtfüßig kaum den Boden berührend.

Das kastanienbraune Haar.

Er fällt die letzten, immer schmaler werdenden Treppenstufen hinab, hinein in das Halbdunkel – wie kann unweit der hell erleuchteten Eingangshalle die Dunkelheit so lauern? – fängt sich am eiskalten Geländer zu seiner Rechten, richtet sich wieder auf und strebt weiter voran. Die Treppe wird mit jedem Schritt enger, die Wände kommen immer näher auf ihn zu. So wie er der Fremden näher kommt, zum Greifen nahe kommt. Wie in Trance streckt er die Hand in die völlige Dunkelheit, streckt die Hand nach ihr aus. Fasst sie an der Schulter, dreht sie zu sich um.

»Susan«, schreit er, in frenetischem Fieber aufgelöst. »Was willst du? Was willst du von uns? Von mir? Von MIR?«

Doch etwas stimmt nicht.

Das blasse Gesicht, in das er mit panisch weit aufgerissenen Augen starrt, das er in der Dunkelheit doch kaum erkennen kann, es hat nicht Susans liebliche Züge. Es ist spitzer, läuft markant zu. Und die zarte, mickrige Schulter, die er so fest umklammert, dass fast die Knochen splittern, sitzt zu tief. Die Frau ist zu klein. Viel kleiner als Susan.

*Was hast du mir gezeigt?!*

*Warum hast du mich betrogen?*

*Worum?*

Ertappt zurückzuckend und jaulend wie ein verletztes Tier, kriecht die Dunkelheit in ihre verwinkelten Ecken und schmalen Korridore zurück. Doch nicht um sich geschlagen zu geben. Sondern um zu grienen, zu frohlocken. Der sterbende Klang eines ausgedörrten Wiesels. Das zurückgekehrte Licht durchfließt den Raum und lässt erkennen, was bleibt.

Das Gesicht einer Fremden.

Selbst das Haar ist nicht kastanienbraun. Es ist dunkelblond, aschfahl und glanzlos. Sofort lässt er von ihr ab, nimmt die verkrampfte Hand von ihrer Schulter, weicht aufrichtig bedauernd einen gebührlichen Schritt zurück.

»Es tut mir leid. Es tut mir wirklich leid. Ich … ich bin aufgebracht. Meine Frau … meine Freundin … es tut mir leid. Ich habe sie verwechselt.«

Da berührt die Fremde seinen linken Unterarm, tätschelt ihn mit sanftem Druck, streichelt ihn beschwichtigend, wiegt ihren insektenhaften Kopf verständnisvoll, lächelt aufmunternd.

»Keine Angst, mein Herz. Bald. Es ist bald vorbei.«

*Grün steht mir nicht.*

*Und blond schon gar nicht …*

Nicht jetzt!

Ein beinahe stummer, flehentlicher Wunsch noch, dann treten ihr Tränen in die Augen. Heiße, brennende Tränen. Wie Gift. Wie reinste, salzige Verzweiflung.

*Nicht jetzt, nicht nach all den Jahren. So hart gekämpft, und wofür? Um ausgerechnet in diesem Moment zu versagen? Aufzugeben?*

Sie *kann* nicht loslassen. Sie *muss* hierbleiben, hier in dieser Realität, hier in dieser Welt bleiben. Und sie muss Max finden. Damit sie bei ihm ist und er ihr den Antrag machen kann, damit sie zusammen sein können. Damit sie gerettet sind. Sie beide. Für immer.

Doch *die blasse Welt*, die nimmt sich, was ihr gehört. Nimmt sich, was ihr einst versprochen worden ist. Und sie vergisst kein Versprechen. Sie bricht auch keines. Sie schert sich einen Dreck um die Menschen, schert sich einen Dreck um die Liebe. Alles in dieser *blassen Welt*. Das weiß Alice. Das weiß sie jetzt.

Doch jetzt ist es zu spät.

Zu spät?

*Vielleicht ist es zu spät …*, kommt es ihr in den verworrenen Sinn, und sie klammert sich an die vage Eingebung wie an einen rettenden Strohhalm. *…nur vielleicht.*

Erst wenn ich es zulasse … und …

NEIN, schreit ihr Verstand.

NICHT JETZT, wehrt sich ihr Körper.

BITTE, fleht ihr Herz.

Hilfesuchend streckt sie die zitternden Hände aus, blind vor Tränen, starr vor Angst. Sie weiß nicht, was sie hofft zu fassen. Was es ist, das sie retten soll. Den Fall in die *blasse Welt* aufhalten soll. Ob es da überhaupt noch etwas gibt. Ob noch ein bisschen Realität für sie übrig ist. Ob sie nicht die ganze ihr zur Verfügung stehende Wirklichkeit längst verbraucht hat. Wenn die Welt ihr jetzt die Farben nimmt, dann wird ihr die Welt alles nehmen.

*Ich darf nicht glauben, was du mich glauben machen willst. Darf nicht denken, dass ich so weit gegangen bin, um jetzt zu stürzen, darf nicht so tun, als wüsste ich es!*

*Wüsste, dass es vorbei ist … Es ist nicht vorbei!*

ICH BIN MEIN SCHICKSAL

*tapp, tapp, tapp*

ICH BIN ES

*tapp, tapp, tapp*

*tapp, tapp, tapp*

*tapp, tapp, tapp*

NICHT!

ICH HABE DAS NICHT VERDIENT!

Und die Welt um sie zerspringt.

Doch dieses Mal bleibt sie, was sie ist. Bleibt ihre Welt. Ganz einfach ihre Welt, die sich auflöst, sich selbst vernichtet. Denn diesmal stürzt Alice nicht in diese fremde Welt, fällt durch keinen bodenlosen Kaninchenbau in ein blasses, zeitverzerrtes Universum. Diesmal ist es das Ende. Das wahre, das eine Ende ihrer wahren, ihrer einen Welt. Wenn diese Welt erst zerstört ist, gibt es kein Zurück mehr, keine Vergangenheit, nichts davor und nichts danach.

*Nichts.*

Mit vor Angst geweiteten Pupillen starrt sie in die da kommende Leere, bezeugt die Auflösung ihrer Welt.

Proportionen verschieben sich, Linien verzerren, Kanten zerfließen, die Struktur der Körper bricht auf. Farben verlieren an Substanz, verlieren sich im absoluten Schwarz. Ein ursprungsloses Surren, einem gequälten Jaulen gleich. Im Überall, im Nirgendwo, direkt an ihrem Ohr, tief in ihr drin.

Ein wanderndes Aufblitzen, irrend, zischend, ein kaltes Leuchten. Mal da, mal dort, mal anderswo. Die Luft wird schwer und klamm, legt sich eisig um ihren erhitzten Körper, kriecht gefrierend tief hinab in ihre Lungen, tiefer hinab in ihr Wesen.

Seelenlose Präsenzen drängen sich aus den kollabierenden Wänden, schieben sich durch die klaffenden Ritzen. Geifern und gieren ihr gestaltloses Begehren. Flinke Schatten huschen über den aufbrechenden Boden, tanzen, kichern. Vor kindlicher Ausgelassenheit, vor bestialischem Vergnügen.

Gegen den zierlichen Schminktisch gepresst, sich verkrampft an der spiegelglatten Platte abstützend, verharrt sie stumm und starr inmitten der Zerstörung. Nur noch wartend, nicht mehr hoffend. Wartend, bis auch sie ihren letzten Atemzug tut, bis sie zerspringt wie die Welt, zerfließt wie die Kanten. Wartend, bis das Wesenlose sie erfasst, sie ausfüllt, einnimmt und zerschmettert.

*Das unsagbar Böse sie fickt, bis sie zerschellt.*

Zu oft hat sie die Grenzen der Wahrnehmung gedehnt. Jetzt gibt es keine Grenzen mehr.

Das Surren hebt an, die sich auflösenden, sich selbst verzehrenden Überreste des Raumes erzittern und vibrieren. Als würden sie gebären. Das unvorstellbare Grauen in diese bedeutungslose, diese absterbende Welt pressen.

Ein über dem Lärm des Untergangs kaum hörbares Schaben, ein kriechendes Kratzen, dringt zärtlich fordernd an ihr Ohr, lockt schmeichelnd Laut für Laut.

*Alice.*

Und schleichend schiebt *etwas* sich unter dem Bett hervor.

Ganz langsam.

Schwarz schimmernde Schuppe für schwarz schimmernde Schuppe.

*Hallo Alice, hast du nicht etwas vergessen?*

Es ist lange her.

So lange, dass es eigentlich gar nicht mehr wahr ist. Aber was einmal wahrhaftig gewesen ist, kann niemals wieder zu einer Lüge werden.

Und was nicht die Lüge ist, das ist die Wahrheit, für den, der daran glaubt.

Alice liebte ihre Großmutter. Wenn ihre Eltern zu wenig Zeit für sie hatten, oder einfach weniger Zeit erübrigen wollten, war ihre Großmutter für sie da. Sie wohnte quer über die Straße, in einem Haus, das klein und eigentlich auch schon baufällig war, aber für Alice war es … *es war ein Schloss.* Eines, in dem es immer Schokoplätzchen und Kakao gab, ein Schloss, in dem man nichts falsch machen konnte und die gemeinen Fehler der anderen keinen Zutritt hatten. Die Großmutter war für jeden Spaß zu haben. Sie kletterte, obwohl sie schon graue Haare hatte, auf die Gerüste im Park, stibitzte Eis aus der Kühltruhe im Keller, auch wenn die Mutter schon zum Abendessen gerufen hatte, sie kraulte Alice so lange den Rücken, bis das kleine Mädchen kichernd meinte, es wäre schon löchrig gestreichelt. Und sie liebte Alice. Immer, und ohne Forderungen zu stellen.

Aber das Beste war, sie ließ sich jede Geschichte erzählen, nichts langweilte sie, alles war für sie gleichermaßen wichtig. Alice durfte sich von der Seele reden, was immer es war. Sie konnte schwärmen und bangen, jubilieren und verdammen. Darüber hinaus erzählte die Großmutter selbst alles, was es zu erzählen gab. Da schlummerten tausende Geschichten in der Großmutter, und wenn einmal keine davon gefiel, dann erfand sie einfach eine neue. Jedes Wesen, egal ob es dieses jemals gegeben hatte oder auch nicht, war der Phantasie der Großmutter unterworfen. Sobald sie die Wesen herbeizitierte, trabten diese an. Leuchtende Einhörner, finstere Drachen, kluge Elfen. Aber auch ganz einfach fleißige Bienen, flinke Otter und ein kleines Eichhörnchen, das auf gar keinen Fall in den Kindergarten gehen wollte. Weil die anderen Eichhörnchen gemein waren. Weil sie immer den Pudding stahlen und Raupen in die Hausschuhe legten.

Ja, Raupen.

Und all diese Wesen halfen Alice durch die Kindheit, halfen Alice durch die Welt. Die leuchtenden Einhörner erhellten nachts, wenn sie sich vor den Schatten fürchtete, ihr Zimmer, die finsteren Drachen halfen ihr, wenn sie wütend war, die Wut zu vergessen und wieder zu lachen, und die klugen Elfen lösten absolut jedes Problem. Aber die Geschichten hatten durchwegs auch ihren erzieherischen Wert, ohne dass Alice jemals das Gefühl gehabt hätte, ihre Großmutter wolle sie maßregeln. Die fleißigen Bienen drückten sich nicht vor der Hausarbeit, die flinken Otter waren nie zu faul, der Großmutter in der Küche zur Hand zu gehen, und das kleine Eichhörnchen .... nun ja, das dürfte klar sein.

Eine Kindheit, so viele Stunden, so viele Gestalten.

Und jede einzelne von ihnen war für Alice ein wertvoller, ein liebevoller Freund.

*Fast* jede einzelne.

Eine nicht.

Eine war kein Freund. Eine war gemein, und sie war böse.

*Und sie lauerte unter dem Bett.*

Es war eigentlich ein ganz gewöhnlicher Abend. Wohl ein Samstag, denn Alice war nicht im Kindergarten gewesen, und die Eltern waren ausgegangen. »Tanzen«, sagte die Großmutter. Das sagte die Großmutter häufig, und dann lächelte sie dabei, als würde sie verschwörerisch ein besonderes Geheimnis ausplaudern. Einmal hatte Alice sie sagen hören, vom Tanzen kämen die Kinder. Also war Tanzen für Alice auch etwas Gutes. Denn Alice wünschte sich ein Geschwisterchen. Eigentlich wünschte sie sich natürlich ein Schwesterchen. Aber sie würde auch ein Brüderchen nehmen. So wählerisch war sie da nicht. Und heute, da waren die Eltern wieder Tanzen. Deshalb war die Großmutter da, weil es sicher spät werden würde, und weil Alice nicht allein daheim bleiben konnte. Was klar war, immerhin war Alice ein Kind. Zwar ein sehr tapferes, aber ein Kind.

Normalerweise blieben Alice und ihre Großmutter dann immer länger auf, als erlaubt, aßen Eis direkt aus der Verpackung und sahen fern. Alte Filme, mit romantischen Helden und hilflosen Frauen. Alice konnte damit nichts anfangen, aber sie mochte Eis, und sie wollte, wie jedes Kind, nicht schlafen gehen, also war alles, das sie länger aufbleiben ließ, willkommen.

Doch an diesem Abend war etwas anders. Die Großmutter war still, ihre Laune war finster. Die Eltern hatten das nicht bemerkt, sicher hatten sie sich schon auf das Tanzen gefreut, doch Alice war es sofort aufgefallen. Die Großmutter saß am Küchentisch, las immer wieder denselben gelben Zettel, seufzte (*helf Gott, Maria, Jesses na*) und wischte sich Tränen aus den Augen. Und deshalb gab es an diesem Abend kein Eis und auch kein Fernsehen. Die Großmutter brachte das kleine Mädchen früh ins Bett, erzählte noch kurz eine Geschichte über einen Hasen, der ein wichtiges Rennen gewonnen hatte und deshalb jetzt sehr stolz aber auch unendlich müde war, dann verließ sie das Zimmer und ließ die Tür einen Spaltbreit offen. Alice lauschte den Schritten der Großmutter, dann war kein Geräusch mehr zu hören. Still schwieg es vor sich hin, das Haus.

Lange Zeit, eigentlich ewig, lag Alice wach, bevor sie sich dazu entschloss, ihrer Großmutter mitzuteilen, dass sie genau das, was sie jetzt tun sollte, nicht konnte.

Sie konnte nicht schlafen.

Also schlüpfte sie aus dem Bett und ging mit bloßen Füßen die knarrende Treppe hinab ins Wohnzimmer, wo ihre Großmutter zusammengesunken auf der Couch saß. In den Händen hielt sie ein Stofftaschentuch, der gelbe Zettel, den sie zuvor so oft gelesen hatte, lag auf dem Tisch. Als sie Alice sah, schrak sie aus ihrer traurigen, nachdenklichen Welt hoch.

»Was willst du, Kindchen, du sollst schlafen. Die kleinen Schlafelfen werden sehr traurig, wenn du sie nicht zu dir kommen lässt.«

»Ich kann nicht«, antwortete Alice und rieb die nackten Füßchen aneinander. »Und ich will auch nicht!«, setzte sie trotzig nach. Alice war eigentlich nicht trotzig, nie, doch das seltsame Verhalten der Großmutter irritierte sie, und sie konnte ihrer Irritation nicht anders Ausdruck verleihen. Sie kannte noch nicht einmal das Wort dafür. Sie kannte nur Einhörner, aber an diesem Abend waren da keine Einhörner in ihrem Zimmer. Kein einziges hatte heute seinen Weg aus einer Geschichte in das Kinderzimmer gefunden. Doch die von der unmissverständlichen Botschaft des Zettels zutiefst erschütterte Großmutter hatte nicht die Nerven für ein trotziges Kind. Nicht an diesem Abend.

»Alice Caril Clarkson, wirst du wohl tun, was man dir sagt?!«, entgegnete sie streng, stand auf, hob das zierliche Kind hoch und trug es die Treppe hinauf, zurück ins Bett. Dort deckte sie die Kleine zu, strich ihr die blonden Locken aus dem rosigen Gesicht und küsste sie auf die Stirn. Die blaugrauen Augen der Großmutter waren tränennass, und Alice bekam langsam Angst. Was war mit ihrer Großmutter? Warum nur wusste sie nichts vom Leben, warum nur konnte sie ihrer Großmutter jetzt nicht helfen?

Da schluchzte auch Alice auf.

Die Großmutter konnte die Last nicht mehr stemmen, die düstere Nachricht auf diesem Zettel, dieses *Urteil* nicht bewältigen. Aber das kleine Weinen, das war nicht einfach nur zu viel. Es war unerträglich. Deshalb drückte sie das schluchzende Kind zurück ins Kissen und zog die Decke fest. So fest sie nur konnte.

»Schlaf jetzt«, sagte sie. »Es ist schon spät. Deine Eltern werden sehr, sehr böse sein, wenn du nicht schläfst.«

Sie konnte deutlich den Zweifel in den blauen Augen ihrer Enkelin sehen. Diese war nicht bereit zu schlafen. Nicht in dieser Nacht. Alice wusste es, auch wenn sie keine Ahnung hatte.

»Weißt du«, sprach die Großmutter weiter, »es ist bereits nach Mitternacht. Und wenn kleine Kinder nach Mitternacht immer noch wach sind, dann locken sie den *Sandmann* an. Der ist groß und schwarz, und er hat viele, viele Schuppen, die alle im Licht glänzen. Und er hat sechs Beine. Sechs, nicht nur zwei wie ein Mensch oder vier wie eine Katze. Und er lauert unter dem Bett, presst seinen schuppigen Bauch auf den kalten Boden und wartet. Und wenn dann eines der Kinder, das nach Mitternacht noch nicht schläft, noch einmal aus dem Bett steigt, dann, ja dann frisst er es auf.«

Und um der Geschichte das Böse zu nehmen, das jede noch so kindgerechte Geschichte wie einen dunklen Samen in sich trägt, weil das Erzählen ohne das Böse nichts ist, weil es einfach nur tot ist, beugte sich die Großmutter über das Kind und funkelte es mit einem übermütigen Glitzern in den Augen an. Dann hob die Großmutter die rechte Hand neben das Gesicht und ließ die Finger laufen, ließ sie in der Luft zappeln wie die kleinen Beinchen eines kleinen Tierchens. Alice musste kichern.

Ja, das gefiel ihr besser!

Eine gruselige Geschichte und ein angriffslustiges Fingertierchen. Alice mochte Fingertierchen. Und diese waren immer angriffslustig, absolut kitzelsüchtig. Mit großen Augen beobachtete sie jede Bewegung der flotten Fingerbeinchen. Da sprang das Fabelwesen auch schon auf ihre linke Hand und lief diese flink entlang. Alice quietschte und quiekte, doch das wuselnde Fingertierchen lief weiter und weiter die kleine Hand entlang. Dazu sprach die Großmutter mit so einer lustigen Stimme wie bei einem Auszählreim:

*»Tapp, tapp, tapp läuft die Maus übers Gebälk.«*

Und schon hatte sich die Fingertierchen-Maus bei Alice eingenistet. Dort am Hals, unterm Ohr, in der Nackengrube, dort, wo sie so was von empfindlich war, und deshalb musste Alice nur noch mehr kichern. Die Großmutter zog in gespielter Empörung die Augenbrauen hoch, beugte sich dann eilig über das glucksende Mädchen und vergrub ihre Lippen genau in dieser empfindlichen Nackengrube.

»Schnapp, schnapp, schnapp frisst das Monster sie weg.«

Die Großmutter ließ die Lippen zwitschern und prustet unaufhörlich Luft gegen den zarten Hals ihrer Enkelin. Beide lachten aufrichtig, ehrlich und innig.

Der Zauber der Geschichte.

Und als Alice danach wieder allein im Zimmer war, kam sie gar nicht mehr dazu, sich zu fragen, was jetzt das Monster unter ihrem Bett eigentlich so machte, denn sie dämmerte sanft davon und schlief tief und fest ein. Noch bevor sie einen Gedanken fassen konnte.

Tief und fest.

Und sie träumte von kleinen Mäuschen, nicht von großen Monstern.

Weil sie keine Zeit mehr gehabt hatte, über das Monster nachzudenken.

*Nicht in dieser Nacht.*

Doch nun war er da, der *Sandmann*. Er war ein Teil ihres Lebens. Der Teil, der nachts unter ihrem Bett lauerte. Der Teil, der gekommen war, um sie zu fressen. Denn auch wenn Alice in jener Nacht, in der die Großmutter ihn aus dem Land der Wunder in die Welt des Wirklichen geholt hatte, dem Monster nicht begegnet war, so hatte sie ihn nicht vergessen.

Ganz im Gegenteil.

Die Großmutter, in ihrer dunkelsten Stunde, hatte ihn eingeladen, er war gekommen, und er war geblieben. War immer noch da. *Immer*. Sie konnte hören, wie er seinen schwarzen, schuppigen Leib am Holzboden rieb. Sie konnte seinen heißen, bitteren Atem riechen, und einmal hatte sie sogar die leuchtenden, grünen Augen unter dem Bett gesehen.

Grüne Augen.

Unter ihrem Bett.

Doch niemand glaubte ihr.

»Es gibt keinen Sandmann. Da ist kein Monster unter deinem Bett«, erklärte die Mutter geduldig, nahm Alice an der Hand, ging mit ihr ins Zimmer und leuchtete mit einer Taschenlampe den verstaubten Fußboden unter dem Bett ab.

*Ich muss endlich mal wieder staubsagen*, dachte sie.

»Er ist nicht da, siehst du?«, sagte sie und dachte immer noch an den Staub.

Doch der Blick des Mädchens blieb skeptisch. Ihre einst so strahlend blauen Augen starrten dunkel in eine ihr nun feindliche Welt.

»Das Monster ist auch nicht in deinem Schrank«, bekräftigte die Mutter und durchwühlte die Kleider. »Es ist überhaupt nirgends«, tröstete sie das verstörte Mädchen, streichelte ihre blonden Locken. »Es gibt keine Monster, Alice.«

Immer wieder.

»Es gibt keine Monster.«

Immer wieder. Keine Monster. Zuerst besorgt und liebevoll, mit der Zeit gelangweilt und gereizt. Eltern verlieren schnell das Interesse an den für sie nicht greifbaren Ängsten ihrer Kinder. Kinder fürchten sich weiter.

Noch nicht einmal die Großmutter glaubte Alice. Die Großmutter, die seit jener Nacht nicht mehr so war wie früher. Sie lachte wenig, erfreute sich nicht einmal an den aus der Naschlade der Eltern gestohlenen Süßigkeiten, die ihr Alice brachte, saß stundenlang schweigend auf der blau lackierten Holzbank auf ihrer Veranda vor ihrem Haus und starrte ins Leere.

*Und sie erzählte keine Geschichten mehr.*

Es gab kein Einhorn mehr, keine Bienen, noch nicht einmal mehr Eichhörnchen. Es war, als wären alle Geschichten einfach fort. Als wären sie alle gestorben.

Zwei Monate später war die Großmutter selbst tot.

»Die, die Gott am meisten liebt, die holt er jung zu sich.« Das hätte die Großmutter wohl dazu gesagt. Aber das sagte sie jetzt nicht.

Weil sie nicht mehr jung war.

Und weil sie tot war.

Alice wusste, der *Sandmann* hatte die Großmutter geholt, und sie fragte sich, warum die Eltern sagten, es sei der Krebs gewesen. Wie um alles in der Welt kamen sie auf einen Krebs? Wo doch alle wussten, dass der *Sandmann* gar nicht aussah wie ein Krebs? Er war groß, schwarz, und er hatte Schuppen. Überall auf seinem echsenhaften Körper. Gut, er hatte sechs Beine. Sechs Beine wie ein Krebs. Alice hatte das im Tierlexikon nachgeschlagen. Vielleicht hatten die Eltern da etwas verwechselt.

Alice vermisste die Großmutter so sehr, dass es wehtat. Nichts auf dieser Welt konnte den Schmerz lindern, da nichts den Verlust rückgängig machen konnte. Alice litt leise, und sie weinte leise.

Jeden Tag.

Und sie fürchtete sich.

Jede Nacht.

Stunde um Stunde versuchte sie vor Mitternacht einzuschlafen, versuchte sich so zu retten. Gelang ihr das nicht, lag sie wach und lauschte den Geräuschen unter ihrem Bett. Unmerklich, kaum hörbar. Ein beharrliches Schaben, ein lauerndes Schieben. Manchmal ein kleines Fauchen, ein verhaltenes Sabbern, ein genüsslich stilles Lechzen. Das Schlimmste war, Alice war auf sich allein gestellt. Seit ihre Großmutter tot war, gab es da nur noch Alice und das Monster. Schon lange hatte sie aufgehört, ihrer Mutter oder gar ihrem Vater davon zu erzählen. Sie waren Erwachsene. Sie glaubten ihr nicht. Alice war ein Kind, und Kinder erfanden viele Dinge. Manche Kinder erfanden eben Monster. Dazu gab es nicht mehr zu sagen.

Wenn die Eltern unter sich waren, weinte die Mutter häufig und klagte beständig. Beklagte den Verlust ihrer Mutter, klagte, Alice habe zu all dem Leid der Familie nun auch noch ihren kindlichen Verstand verloren. Natürlich wolle sie dem Kind keinen Vorwurf machen, aber schön langsam würde es zur Belastung. Da mutmaßte der Vater, Alice habe das getan, um mit der schlimmen Situation fertigzuwerden. Immerhin hatte sie das Unding das erste Mal erwähnt, kurz nachdem die Großmutter die Diagnose erhalten hatte.

»Kinder sind sehr hellhörig, was das Leid von geliebten Menschen angeht«, sagte der Vater. »Kinder finden seltsame Wege, um mit dem Schmerz umzugehen«, diagnostizierte kurz darauf der Kinderarzt. Der Verdacht des Vaters war somit bestätigt. Und die Mutter glaubte dem Arzt. Einfach weil es sie verrückt gemacht hätte, gar keine Antwort zu bekommen, verrückt gemacht hätte, ihm nicht zu glauben. Weil zu glauben einfacher war, als zu wissen. Und weil sie lieber glauben wollte, als weiterhin weinen und klagen. Doch nur weil die Mutter jetzt etwas hatte, woran sie glauben konnte, ging das Grauen nicht weg.

*Der Glaube lässt das Böse kalt.*

So ging es einige Zeit, bis es nicht mehr ging.

Es war bereits weit nach Mitternacht. Alice lag hellwach in ihrem Bett. Sie hatte es nicht geschafft, einzuschlafen, also hatte sie stattdessen begonnen, die Minuten zu zählen und angespannt zu lauschen.

Jetzt war er da.

Die Geräusche unter ihrem Bett waren lauter als sonst in dieser *eiskalten* Nacht, und sie konnte ihn *riechen.* Die kalten Beine unter dem rosa Flanellnachthemd dicht an den Körper gezogen und die knochigen Knie mit beiden Händen verzweifelt umfassend, saß sie zitternd in ihrem Bett, weinte still und formte mit ihren blaugefrorenen Lippen ein lautloses Gebet. Doch die schabenden, sabbernden Geräusche gingen nicht weg. Er ging nicht weg. Ganz im Gegenteil, er kam erst richtig in die Gänge. Auf seinen kurzen Beinen, mit den großen Pranken und den langen Krallen daran, schob sich der *Sandmann* geräuschvoll unter dem Bett hervor, rieb jede einzelne seiner stahlharten Schuppen am weichen Holzboden und ließ den gierigen Sabber schlürfend aus dem Maul rinnen. Der glühende Widerschein seiner grünen Augen tauchte das Zimmer in ein giftiges Licht. Sie wusste, sie würde es nicht ertragen. Seinen Anblick nicht aushalten. Ihr Herz würde einfach aufhören zu schlagen, noch bevor er ganz hervorgekrochen sein würde, noch bevor er sie verschlingen würde. Da brachen endlich die demütig flehenden Worte, zu Silben klirrenden zerschlagen und tonnenschwer wie Blei, aus dem verzweifelten Kind hervor:

»Geh weg. Bitte geh weg. Bitte lass mich da. Ich will noch nicht tot sein. Nicht jetzt. Hol mich dann irgendwann. Hol mich später. Später komm ich mit. Ganz sicher. Aber bitte nicht jetzt. Bitte, bitte, bitte nicht.«

Nun ist es zwar so, dass das Böse nichts auf den Glauben gibt und sich holt, was ihm zusteht, aber muss man einem kleinen Mädchen deshalb gleich einen Herzenswunsch ausschlagen? Nur weil das Böse nicht menschlich ist, muss es sich nicht gleich unmenschlich verhalten. Also hielt das nach Kinderfleisch lechzende Ungetüm inne, lauschte andächtig und schob sich dann auf Geheiß des kleinen Mädchens geduldig zurück unter das Bett. Schritt für Schritt, Schuppe für Schuppe. Im allerletzten Moment von dem, der an ihn glaubte, zurückgepfiffen. Aber wen störte schon dieser unbedeutende Rückzug? Wo dem Bösen doch ohnehin nichts und niemand entfliehen konnte. Wenn ihm alles gebührte und schlussendlich alles bei ihm endete, welche Rolle spielte dann noch die Zeit?

Er konnte warten.

Und er konnte währenddessen ein Spiel spielen, sich die Warterei so kurzweilig wie möglich gestalten. Denn das Böse hatte vielleicht keine Moral aber einen ausgeprägten Sinn für artgerechte, perfide Unterhaltung.

*Gut, mein Kind, ich lass dir dein Leben und mehr noch, ich lass dir in Zukunft die Wahl, so, wie du heute gewählt hast.*

*Nun denn, wähle mit Bedacht.*

Das Hotelzimmer, oder das was davon noch übrig ist, erbebt.

Doch ist es nicht die altmodische Hölle, die sich auftut, um das todbringende und wohlvertraute Monster zum finalen Showdown auszuspeien. Es ist die jämmerliche Wirklichkeit, die sich überstülpt, um ihr dunkelstes Gedärm heraufzuwürgen. Pures, reines, unverfälschtes Verderben. Der Bodensatz jeder schlechten Erinnerung, die Personifikation jedes Betrugs, die vernichtende Essenz jedes zerstörten Traumes.

Vor vielen Jahren hat ein kleines Mädchen verzweifelt um Aufschub gebeten. Der Aufschub ist gewährt worden. Und das kleine Mädchen hat ihn vergessen. Ihn tatsächlich einfach vergessen.

*Den Aufschub.*

*Und den Sandmann.*

Aber der *Sandmann* hat Alice nicht vergessen. Er hat sie Frau werden lassen und sich am Blut ihrer erblühten Weiblichkeit gelabt. Er hat ihr die Wahl gelassen und ihre Entscheidungen mit diabolischem Gelächter verhöhnt. Sie immer wieder in seine blasse und freudlose Welt gelockt, sich zwischen all dem Grau versteckt und sie beobachtet.

Lang genug.

*Jetzt ist er da.*

Schieb sich Zentimeter um Zentimeter in ihre Welt.

Das infernale Getöse verschluckt ihre verzweifelten Schreie, was aber ohnehin belanglos ist, da es nichts mehr hinauszuschreien gibt. Keine Hilfeschreie mehr und auch kein Bedauern. Es ist zu spät. Das grelle Flirren blendet sie, nimmt ihr fast das Augenlicht. Aber noch kann sie sehen, kann die schmerzenden Augen ebenso wenig schließen, wie sie sich abwenden oder gar fliehen kann.

Wo der Mensch sich nach der Blindheit sehnt, straft ihn das Sehen.

Weiterhin presst sie sich panisch gegen den Schminktisch, der unter ihrem Druck nachzugeben droht.

Ein Drittel des schuppigen Körpers ist noch unter dem Bett verborgen, doch ständig schiebt sich das Monster weiter hervor. Das erste Paar stämmiger Beine, den mächtigen Extremitäten eines Komodowarans gleich und von messerscharfen Klauen gekrönt, hat der Dämon der Nacht bereits zur Gänze durchgedrückt, das zweite ist noch halb durchgebogen, unaufhörlich auf und ab federnd bereit zum Sprung. Der sich unter schwefelheißen Atemzügen blähende Oberkörper richtet sich immer weiter auf. Die Schuppen am Bauch sind feiner als die festen Schuppen, die den Rücken wie ein undurchdringlicher Panzer schützen. Die Bauchschuppen glänzen in silbernen Schattierungen, reflektieren das grelle Flirren. Wie sanfte Wellen rasen kleine Schauer über den Körper des Höllenwesens, die schimmernden Schuppen bewegen sich gemeinsam mit den melodischen Muskelkontraktionen wie Gras im Wind.

*Bereit.*

Absolute Wachsamkeit bis ins kleinste Detail.

Der kantige, sechseckige Kopf ist von unzähligen Hörnern unterschiedlichster Größe überzogen, dicke, schuppige Fleischwülste schützen und flankieren die leuchtend grünen Augen, die, ständig in Bewegung, jeden Winkel des Raumes taxieren. Der in widersinnigen Proportionen absurd verzerrte Kopf scheint ruckartig in alle Richtungen zugleich zu zucken, dehnt sich aus, zieht sich zusammen. Aus dem von haarnadeldünnen, spitzen Reißzähnen besetzten Maul schiebt sich gierig eine gespaltene Zunge.

Die Welt verkommt zur alles negierenden Paradoxie, als würde sie kalt brennen, flammend gefrieren. Zu Eis erstarrt zerschmelzen. Als hätte sich jeder mögliche Widerspruch ins Unendliche ausgedehnt, nur um gleich darauf zu implodieren und *alles* in sich aufzusaugen.

Alice bleibt keine Wahl mehr, sie muss aufgeben, untergehen mit der Welt. Gefressen werden von dem Monster ihrer Kindheit. Alles, was sie jemals wollte, ist verloren. Alles, wovon sie jemals geträumt hat, ihr Leben lang.

Alles weg, alles tot.

Alles eben vernichtet. Alles nie geschehen, nie gewesen.

Wirklich alles?

Nicht vielleicht noch ein letztes bisschen Kraft?

Ein allerletztes Erinnern?

*Liebe?*

Liebe.

Liebe!

Und diese Liebe reicht noch.

Reicht nicht, um zu kämpfen, reicht nicht, um zu siegen, reicht nicht, um zu überleben. Aber sie reicht, um den Kopf abzuwenden.

Alice dreht den Kopf zur Seite, sich zwar in ihr Schicksal fügend, aber ihm nicht mehr länger in die gleißenden, die alles vereisenden, alles verbrennenden Augen schauend. Und im sich widersetzenden Abwenden fällt ihr versteinerter Blick über ihre rechte Schulter auf den Spiegel hinter dem Schminktisch.

*Auf das Spiegelbild.*

Und dieses Spiegelbild zeigt nichts anderes, als ein schlicht elegantes Zimmer, in einem hochklassigen Hotel. Nur ein Hotelzimmer.

Nicht mehr.

Die zerwühlte Überdecke auf dem großen Bett, auf dem Max und sie sich eben noch spielerisch gewälzt haben. Der geräumige Kasten, vor dem die aufgeklappten Koffer darauf warten, endlich ausgepackt zu werden. Die cremefarbene Tür zum Badzimmer. Das gardinenverhangene Fenster zum Hof.

Nur das.

Mehr nicht.

Kein kaltes Feuer, keine zerlaufenden Konturen, kein Flirren, kein Aufblitzen.

Keine Apokalypse.

Und kein Monster.

*Kein Monster!*

Sehnsüchtig und hilfesuchend streckt Alice die linke Hand nach der glatten Oberfläche des Spiegels aus. Mühelos gleiten ihre Fingerspitzen durch die schimmernde Grenze zwischen schützender Ordnung und alles vernichtendem Chaos. Es ist weder schmerzhaft noch sonst irgendetwas. Noch nicht einmal kalt wie Glas. Sie kann einfach hindurchgreifen. Wie durch sonnengewärmtes Wasser. Schimmernd klares Wasser. Fasziniert beobachtet sie, wie das blanke Silber des spiegelnden Glases ihre Finger entlangrinnt, über ihren Handrücken gleitet und geschmeidig ihr Handgelenk umfasst.

Da ertönt das gierige Röhren des *Sandmanns.* Ein Geräusch, das alles andere verschluckt, ein Geräusch, das sagt:

*Ich bin bereit.*

Und ohne sich noch einmal umzusehen, ohne auch nur eine weitere Sekunde lang zu überlegen, gleitet Alice durch den Spiegel hindurch, so ungehindert wie eben erst nur ihre Fingerspitzen.

Auf der anderen Seite, hinter dem Spiegel, fällt sie nieder auf ihre zitternden Knie, zu Tode erschöpft und mit vor Erleichterung geschlossenen Augen. Ihr flacher Atem wird langsamer, ruhiger. Haltsuchend stützt sie sich mit beiden Händen auf dem Boden ab, und dieser sichere Boden gibt ihr gerne Halt, als würde er nur existieren, um genau das zu tun. Sie kann den samtenen Teppich unter ihren schweißnassen Handflächen fühlen.

Von der überschwänglichen Begeisterung der Geretteten beseelt und beglückt, kann sie gar nicht damit aufhören, immer wieder darüber zu streichen. Immer wieder. Den rettenden Teppich zu liebkosen. Als könne sie es so besser fassen, es buchstäblich begreifen.

*Sie ist gerettet.*

Sie hat es geschafft.

Sie hat keine Ahnung wie, aber sie hat es geschafft. Und das ist das Einzige, das zählt. Es zählt, dass sie in Sicherheit ist.

*In Sicherheit.*

Ein noch stockendes Lachen findet seinen zaghaften Weg durch ihre trockene Kehle ins Freie. Das Geräusch ist so glückselig und unendlich beruhigend zugleich, dass aus dem unverhofften, dem kleinen, dem hörbaren Lachen, ein stilles, ein friedvoll andauerndes Lächeln wird. Langsam hebt Alice den Kopf und öffnet die Augen.

Es ist dunkel.

Sie kann noch nichts erkennen, keine Formen, nichts. Nur einen sanften Lichtschein, der über ihre Schultern hinweg in den Raum fällt, doch nicht weit genug, dass sich in der Dunkelheit die Umrisse der Möbel abzeichnen würden. Vor ihr existiert nur das nebulose Schwarz, sie selbst ist eingehüllt in einen zärtlich goldenen Schein, der liebevoll ihren Rücken küsst. Mit wackligen Knien steht sie auf, dreht sich um zum sanften Licht. Will sehen, woher es kommt. Welche Quelle die so plötzlich angebrochene Nacht so gütig erhellt. Trotz der unglaublichen Zartheit des Lichtes geblendet, kneift sie die Augen zusammen, um besser sehen zu können.

*Und sie sieht.*

Das Hotelzimmer.

Wieder nur das Hotelzimmer.

*Wieder auf der anderen Seite.*

Sie blickt von hinter dem Spiegel in das sanft erleuchtete, das einladende Hotelzimmer. Kein kaltes Feuer, keine zerlaufenden Konturen, kein Flirren, kein Aufblitzen.

*Kein Monster.*

Irritiert blickt sie hinter sich. Doch da ist nichts. Nach wie vor nichts. Und sie begreift, hinter dem Spiegel, hier bei ihr, da gibt es keine Konturen, die ein Lichtschein erhellen könnte. Hier gibt es tatsächlich nur das gestaltlose Schwarz. Was auch immer sie zu sehen hofft, sie wird es hier an diesem Ort niemals sehen. Schnell wendet sie sich wieder dem Hotelzimmer auf der anderen Seite zu. Dem sanft erleuchteten, sicheren Ort.

Bedacht setzt sie ihren Schritt, geht auf den Spiegel zu. Geht hin wie die Motte zum Licht. Will in das Zimmer treten, doch die eisige Glasplatte versperrt ihr den Weg. Ungläubig streckt sie die Hände aus, legt sie flach auf das Glas.

Die Oberfläche ist starr.

Kein Rinnen, kein Gleiten, kein geschmeidig sonnengewärmtes Wasser.

Suchend streicht sie darüber, zuerst gewissenhaft und langsam, dann immer schneller, immer ängstlicher. Panisch. Doch nichts bewegt sich. Keine fließenden Übergänge. Nur eine kalte, glatte Barriere.

*Undurchdringlich.*

Sie ist gefangen.

*Alice ist hinter dem Spiegel gefangen.*

Hinter ihr liegt nur die Schwärze.

Und vor ihr, vor ihr liegt das Leben. Liegt ihr Leben. Doch sie ist kein Teil mehr davon. Sie ist geflohen. In die Dunkelheit geflohen.

Sie ballt die Fäuste und trommelt gegen das Glas, obwohl sie bereits vor dem ersten Schlag weiß, dass es sinnlos ist. Dass das Glas nicht brechen wird. Dass sie hier festsitzt. Ihr Körper schmerzt, doch sie will es nicht wahrhaben, will nicht aufhören. Deshalb schlägt sie weiter, immer weiter dagegen, wie vorhin gegen die Tür des Hotelzimmers.

Da betritt Max den Raum.

»Max!«, schreit sie. Immer wieder Max. Immer und immer wieder, und sie hämmert weiter, unaufhörlich, immer weiter. Doch er hört sie nicht. Kann sie nicht hören. Sein Gesicht ist schmerzverzerrt, seine Augen sind weit aufgerissen und rot unterlaufen. Wahrscheinlich hat er geweint. Sie sieht, dass auch er etwas ruft, wohl ihren Namen. Doch sie hört ihn nicht. Kann ihn nicht hören.

*Kein Ton überwindet die Grenze zwischen den Welten.*

Max läuft durchs Zimmer, hysterisch, panisch, krampfhaft suchend. Er reißt die Badezimmertür auf, den Vorhang zur Seite.

Nichts.

Laut schluchzend lässt er sich auf das Bett fallen. Er ist am Ende. Fertig mit sich und fertig mit dem ganzen Rest. Er weiß, er sollte sich zusammenreißen. Dann vielleicht die Polizei rufen. Danach noch andere sinnvolle Dinge tun. Das alles sollte er, aber er kann nicht.

Kann nicht mehr.

Mit beiden Händen fährt er sich durchs schweißnasse Haar, schlägt sich gegen den dummen, langsamen Kopf, flucht, plärrt. Verflucht sich und alles was gewesen ist. Plärrt um alles, was niemals sein wird.

Plötzlich ist es da, das Gefühl.

Ganz deutlich.

*Da ist etwas.*

Er hebt den Kopf und blickt zum Schminktisch, blickt zum Spiegel.

*Er ist nicht allein.*

Ihre Augen weiten sich und sie hört auf, gegen die Glaswand zu hämmern.

Er sieht sie!

Er kann sie sehen!

Er hat den Kopf gehoben und blickt sie an, blickt ihr direkt ins Gesicht. Tränen der Erleichterung laufen ihr über die Wangen.

MAX

Er ist tatsächlich nicht allein. Sein Spiegelbild ist es. Eine stumme, eine gnadenlos ehrliche Gesellschaft. Sein Spiegelbild, das ihm überdeutlich die Ausweglosigkeit der Situation zeigt. Denn was er sieht, ist nicht mehr er selbst, was er sieht, sind die Augen eines Irren. Wie könnte dieser Wahnsinnige auch nur eine richtige Entscheidung treffen?

Er springt auf, verliert das Gleichgewicht, kurz wird ihm schwarz vor Augen, *eigenartig schwarz*, dann fängt er sich wieder und geht langsam auf den Schminktisch zu, schleicht sich beinahe an. Vorsichtig legt er die flache Hand auf sein Gesicht im Spiegel, legt die flache Hand auf das Gesicht des Wahnsinnigen. Deckt sein Augen ab.

Seine Hand!

Zärtlich presst sie ihre Hand genau dort gegen die Glasfläche, wo seine liegt. Handfläche an Handfläche. Sie kann ihn spüren, kann seine Wärme durch das kalte Glas hindurch spüren, und sie ist sich sicher, dass er das Glas zerschlagen kann. Max kann den Spiegel zerstören und sie zurück in die Welt holen.

Das Glas des Spiegels ist überraschend warm. *Organisch*. Erschrocken zieht er die Hand zurück. Er zögert einen Moment tritt dann aber noch einen Schritt näher an die teils noch spiegelnde, teils schon blinde Fläche, um sich genauer zu betrachten, um genauer zu sehen, wen er verachtet. Wer es ist, der versagt hat. Doch ist es mit einem Mal nicht mehr sein Spiegelbild, sondern der Spiegel selbst, der seinen Blick in einen eigentümlichen Bann zieht. Die Oberfläche des Spiegels erscheint ihm seltsam, an den blinden Stellen eigenartig matt, wie von Eiskristallen überzogen. *Es muss ein altes, ein sehr wertvolles Stück sein*, denkt er und lässt die Fingerspitzen der rechten Hand prüfend über den noch glatten Teil der Oberfläche gleiten, fast als habe er Angst davor, die kristallinen Stellen zu berühren, könne aber die Finger nicht vom Spiegel lassen. Überrascht beugt er sich vornüber, als er einen kleinen Riss nahe der Tischplatte entdeckt.

*Ein Riss in der Optik.*

Angespannt beobachtet sie, wie er die Beschaffenheit des Spiegels untersucht. Vorsichtig, mit seinen Fingerspitzen, um den richtigen Punkt zu finden. Er weiß immer, was zu tun ist. Da halten seine suchenden Finger plötzlich inne. Sie kniet nieder, um ebenfalls genau sehen zu können, was seine Aufmerksamkeit erregt.

Ein Riss!

Ein kleiner Riss im Glas!

*Ein Riss?*

Was sollte ihn ein Riss im Spiegel eines alten Schminktisches interessieren? Wohin soll ihn das führen? Was könnte in dieser ausweglosen Situation bedeutungsloser sein als ein willkürlicher Riss in einem erblindenen Spiegel?

Kopfschüttelnd richtet er sich auf, tritt wieder einen Schritt zurück, um zu sehen, was es tatsächlich zu sehen gibt. Sein Selbst. Und er kann den Blick nicht von sich abwenden. Er kann nicht aufhören, den Versager im Spiegel zu betrachten.

Da treten Tränen in seine Augen.

»Ich liebe dich, Alice«, sagt er.

Einmal, zweimal, mehrmals.

Dann verlässt er das Zimmer.

Was ist geschehen? Wohin gehst du?

Max, bitte! Wohin gehst du?!

Ich liebe dich! Ich liebe dich auch! Geh nicht weg, bitte geh nicht weg!

Komm zurück!

Hörst du mich nicht?

Siehst du mich nicht?

MAX

Aber er ist weg. Einfach gegangen.

Max ist weg.

Doch das Zimmer ist nicht leer.

Jemand ist da.

*Immer noch.*

Regungslos, mit einem wissenden, einem nachsichtigen Lächeln auf dem alterslosen Gesicht steht das Zimmermädchen in der hintersten Ecke des Raumes, nah an den im Abendwind sanft wehenden Gardinen vor dem einen Spaltbreit geöffneten Fenster. Sie blickt Alice kerzengerade an, als könnte das eiskalte Glas ihren Blick nicht aufhalten. Und dieser Blick, er geht tief hinab in Alices unsterbliche Seele. Und gerade als er dort mit einem wehmütigen Seufzen aufhören will zu sein, hebt das Zimmermädchen mahnend den Zeigefinger ihrer rechten Hand hoch zu ihren schmalen Lippen.

*Shhhhhhh*

Und diesen Laut kann Alice hören. Über ihre eigenes, verzweifeltes Rufen hinweg, einschmeichelnd durch das glatte Glas hindurch.

Auch ist es genau jener Laut, jenes geschmeidige Zischen, das den ungebrochenen Blick des Zimmermädchens wieder befreit und so einen Teil von Alices Seele mit sich hinfort reißt.

Es ist ein nachsichtiges, aber bestimmtes

*Shhhhhhhhhhhhhhhh*

Und Alice verstummt.

Vielleicht wird Max eine Tages zurückkommen, um sie zu suchen, und vielleicht wird er sie genau hier, in diesem Zimmer suchen. Und sie wird ihm dabei zusehen, von ihrer Seite des Spiegels aus. Denn sie wird bleiben, wo sie ist. Selbst dann noch, wenn er längst aufgehört hat, nach ihr zu suchen. Selbst dann noch, wenn er längst aufgehört hat, an sie zu denken. Wenn er sie längst vergessen hat.

Sie wird nie vergessen.

Nie mehr.

Und aus der unendlich tiefen, alles bestimmenden Dunkelheit in ihrem Rücken dringt ein beharrliches Schaben, ein lauerndes Schieben. Manchmal auch ein kleines Fauchen oder ein verhaltenes Sabbern.

*Ein genüsslich stummes Lechzen.*

Noch ganz weit weg, aber schon ziemlich nah.

# Teil 4

# Stillschweigend

# Sollten Sie irgendwelche Wünsche haben, wenden Sie sich an einen Hotelangestellten.

Wer zum …?

Irritiert hält sie dem starren, leblosen Blick aus dem Spiegel stand. Ja, sie ist nicht sie selbst, schon lange nicht mehr. Aber in diesem Augenblick, in dieser Bar, in diesem Hotel am absoluten Ende der gottverdammten Welt, ist es *wahrhaftig* nicht sie.

Wahrhaftig irgendjemand anderes.

*Eine Fremde.*

Schulterlanges, blondes Haar, von einem blassgrauen Schleier vernebelte, blaue Augen. Verzweifelte Augen. Doch gerade als die Angst lähmend, aber angenehm vertraut, zart umschmeichelnd von Karen Besitz ergreift, verschwindet das widersinnige, das andere Gesicht. Verschwindet die Fremde im Spiegel. Ist es wieder sie, die sie durch das eisige Glas hindurch anstarrt. Wieder sie selbst. Oder zumindest das, was noch von ihr übrig ist. Mehr ihr reines Bild als ihr eigentliches Wesen. Langes, dunkles Haar und schwarze Augen. So schwarz wie die Nacht. Oder das Nichts.

*Wie oft wäscht das Fräulein die Augen, dass sie so schwarz sind?*

Ihr ist, als habe sie abermals eine Idee verloren, eine Geschichte vergessen. Eine Geschichte, die es wert ist, gehört zu werden. Eine Geschichte, die es wert ist, dass man sich daran erinnert. Dass sie sich daran erinnert.

»Man hat sie nie gefunden.«

Sie schreckt hoch. Orientierungslos, verwirrt, als habe sie Jahre in ihren Gedanken verbracht. In fremden Gedanken verbracht.

*Ertappt.*

Und die eben noch klamme Angst gedeiht zu glühend heißer Panik. Ihr Puls stolpert, ihr Herz rast, und erst langsam nimmt die Wirklichkeit um sie wieder Form an. Zurück im Leben. Sie hat ganz vergessen, dass sie nicht allein in diesem Raum ist. Sie hat Gesellschaft.

Lloyd.

»Was haben Sie gesagt?«, fragt sie, obwohl sie jedes seiner Worte genau verstanden hat. Aber sie ergeben keinen Sinn für sie. Oder eher, ergeben doch einen Sinn, dürften es aber nicht. Wie kann er eine Antwort auf eine Frage geben, die sie noch nicht einmal gedacht, geschweige denn gestellt hat?

»Ich habe gesagt, man hat sie nie gefunden.« Er grinst verschwörerisch, als würde er mit einer Komplizin sprechen. Und in gewisser Weise tut er das auch.

»Sie haben sie gesucht. Ihr Verlobter – Sie wissen schon – und all die anderen. Haben das ganze Hotel abgesucht, die gesamte Umgebung. Nichts. Sie ist nie wieder aufgetaucht, blieb verschwunden. Für immer.«

»Wer?«, will sie wissen. Ihre Stimme ist rau, belegt, beinahe stumm. Weil sie die Antwort bereits kennt, sie aber, obwohl sie danach gefragt hat, nicht hören will. Nicht zu hören braucht, denn sie weiß es. Sie kennt die Geschichte. Sie hat sie nur …

Lloyd fixiert forschend ihr Gesicht, blickt ihr tief in die Augen, als wolle er herausfinden, was genau sie weiß. Und wie es sein kann, dass sie überhaupt etwas weiß. Schier unendlich lang, aber dennoch nur für den Bruchteil eines Moments hält sie seinem Blick stand. Doch dieser Bruchteil reicht aus. Lloyd nickt zufrieden, und sein schiefes Grinsen verzieht sich zu einem breiten Lachen, das sich abgehackt laut und erstickend keuchend Gehör verschafft. Er lacht schallend, aufrichtig und abfällig, dann gewinnt er die Fassung zurück, als habe er sie nie verloren. Lässig deutet er mit seinem Kinn über seine Schulter.

Zurück zum Spiegel.

Zurück zum vergessenen Spiegelbild.

»Du bist die Nächste, Karen. Aber keine Angst, du bist nicht allein.«

Wie vom Blitz der Erkenntnis getroffen, aber dadurch zu ihrem Glück aus der panischen Starre gelöst, springt sie auf, weicht entgeistert zurück. Wie um alles in der Welt? Was zum Teufel geht hier eigentlich vor sich? Ihre Knie zittern, und ihr Herz rast immer noch. Rast schneller als gerade eben. Sie kann ihr in Aufruhr versetztes Blut durch ihre Adern donnern hören. Ein ohrenbetäubendes, unablässiges Rauschen. Sein Lachen kehrt zurück, wird lauter und lauter, übertönt selbst das

Dröhnen in ihrem Schädel, gewinnt an bedrohlicher Gestalt. Und die Bar versinkt im gleißenden Licht.

»Kein Whiteout, keine Panikattacke, bitte nicht!«, fleht sie stumm zu jedem, der es hören mag, aber vor allem zu dem Einen, der vielleicht helfen kann, und stürzt auf die Tür zu, die vor ihren Augen wie ein winziges, rettendes Rechteck auf und ab springt. Beinahe ist sie überzeugt davon, dass die unberechenbare Fläche genau dann aus ihrem Blickfeld und somit aus ihrem Leben gesprungen sein wird, wenn sie diese erreicht hat. Doch als sie die Hand hilfesuchend austreckt, weit in das strahlende Weiß hinein, berührt sie das kalte Glas, und die Bartür schwingt widerstandlos auf.

In der von goldenem Licht sanft durchfluteten Eingangshalle geht das gemächliche Treiben gleichmäßig vor sich. In ihren Ohren rauscht es immer noch, und ihre Wahrnehmung ist verzerrt, doch die beruhigende Entschleunigung hüllt sie schützend ein. Was eben noch bedrohlich und surreal erschienen ist, wirkt bereits wieder sicher und alltäglich.

Sicher und alltäglich.

*Soweit mich meine Füße tragen*, kommt es ihr in den verwirrten Sinn, und sie taumelt wackligen Schrittes auf eine der Sitzgruppen zu, die sich im hinteren Teil der Eingangshalle befinden und den Hotelgästen das an sich vielleicht mühselige Warten auf Allfälliges angenehm gestalten sollen. Erleichtert lässt sie sich auf die mit cremefarbenem Leder tapezierte Couch fallen. »Das war nicht weit.«, tadelt sie sich selbst, spöttisch aber dennoch versöhnlich »Diese Füße tragen mich wohl nirgendwo mehr hin. Zumindest jetzt gerade keinen Schritt mehr weiter.«

In der friedvollen Atmosphäre des hier Draußen scheint ihr der ebenso leichtfertige wie leichtsinnige Gedanke so legitim wie die Handlung selbst, und das Bedrohliche des dort Drinnen verliert an Substanz, versinkt allmählich im Nicht-mehr-Erinnerten. Denn nur wenige Meter von den nicht möglichen, den wahrhaft unmöglichen Ereignissen und Erscheinungen

(*Chaos*)

entfernt, ist die Welt in Ordnung. Ihre eigene Welt ist zwar nach wie vor ein Scherbenhaufen, aber die Allgemeinheit frönt dem wohltuend geordneten Gewöhnlichen. Den angenehmen Seiten des Lebens. Ein verliebtes Paar wartet an der Rezeption auf den Schlüssel zum romantischen

Liebesnest. Der altmodische, aber funktionstüchtige Aufzug hinter der außerordentlich bequemen Couch surrt unaufhörlich und bringt vergnügliche Hotelgäste hoch in ihre Etagen. Zwei Kinder spielen in der weitläufigen Lobby Verstecken oder Fangen. So genau kann sie das nicht sagen, aber sie kann sagen, dass es ihnen Freude bereitet. Augenblicklich fühlt sie sich sicher.

*Betört.*

*Nicht nur du kannst diesem Sog nicht widerstehen.*

Hier wird sie bleiben, fürs Erste. Bis die Dämonen ihren Kopf verlassen haben. Sie genießt das gesellige Treiben und allgegenwärtige Glück.

*Ein wirklich guter Ort zum Verweilen.*

Entspannt sinkt sie tiefer in die Couch, die unter jeder ihrer Bewegungen aufmunternd knarrt, wie es wirklich gutes Leder nun mal zu tun pflegt. *Lass dich fallen*, knarrt sie, *entspann dich.*

Karen lässt den langsam ermattenden Blick über die bunten Zeitschriften, die auf dem Mahagoni-Tisch neben der Couch liegen, streifen. Irgendetwas Interessantes ist sicher dabei, oder zumindest irgendetwas. Und gerade gedacht, ist ihre Suche auch schon beendet, denn inmitten all der Mode- und Gesellschaftsmagazine liegt ein Buch. Und ein Buch ist immer richtig. Es ist ein schönes Buch. Kein altes, aber eines, das gerne alt wäre. Der Einband ist aus dunklem Leder, heute eine echte Seltenheit. Goldene Ranken schmücken den Buchrücken, und in verschlungenen Lettern ziert der Titel das Cover.

*Sag, liebst du mich?*

Karen muss lächeln. Ein Buch über die Liebe. Wunderbar. Kitsch ist ihr immer willkommen. Absolut jederzeit und jederorts. Noch der dunkelste Moment verliert an Suizidpotential, wenn ihn ein Hauch von Kitsch erhellt. Und Kitsch strahlt immer. Das ist wohl auch der Grund, warum so wenige Gothics sich tatsächlich das Leben nehmen, obwohl sie unaufhörlich davon sprechen. Die dunkle Romantik hält sie am Leben.

Und die Liebe zum Tod.

Sie lässt die Finger zärtlich über den Einband streichen. Das Leder fühlt sich großartig an. Dieses schöne Buch, es passt absolut zu diesem schönen Ort. Sie ist sich sicher, dass es sie die nächsten Stunden beschäftigen wird, und schon sinkt sie noch tiefer in die knarr-knarr-komm-näher-zu-mir Couch, zieht sogar die Beine nach kurzem Zögern zu sich.

Wer sollte sie schon verwarnen?

Erwartungsvoll schlägt sie das Buch auf.

Verzaubere mich! Zeig mir Liebe, Verzweiflung, zeig mir einen überwältigenden Heiratsantrag.

Für einen Wimpernschlag holt sie ein panischer Gedanke ein, den sie nicht zu fassen weiß.

*Eine Erinnerung.*

*Der Antrag!*

Doch beherzt schüttelt sie das klamme Gefühl, das gerade jetzt in diesem geruhsamen Raum ohnehin nicht an solchem gewinnen kann, ab und lenkt ihre ungeteilte Aufmerksamkeit auf die Titelseite.

*Sag, liebst du mich?*

Von Kathi Cambridge. Kathi Cambridge! Ausgerechnet die! Karen mag Kathi Cambridge, hat sie schon immer gemocht. Und dann hat sie diese Autorin ganz vergessen. Zumindest in letzter Zeit. Die ist doch im Irrenhaus gewesen? Oder ist sie immer noch dort? Oder ist sie gar tot? Karen durchforscht ihr Gedächtnis nach der entsprechenden Information, doch bleibt sich selbst eine Antwort schuldig. Sie weiß es nicht. Es ist verdammt still um diese Autorin geworden. Alle Welt hat von ihr gesprochen, und dann hat man urplötzlich kein Wort mehr von ihr oder über sie gehört. Als hätte sie jedes Wort verbraucht. Und dabei ist ihr Schaffen stets so wortgewaltig gewesen. Romantische Geschichten mit viel Leidenschaft. Und viel Sex. Karen muss unverhofft kichern. Ja, *das* ist genau das Richtige. Eines dieser Bücher, von denen man sich einfach nicht losreißen kann. Ein Buch, das dich nicht ermüdet, weil es nicht fordernd an deiner Aufmerksamkeit zehrt sondern deiner Fantasie Flügel verleiht.

*Die Illusion möglich macht.*

Karen will gerade weiterblättern, als sie den schon etwas verblassten Stempel entdeckt, der genau unter dem Namen der Autorin prangt.

*Eigentum des Hotels.*

»Echt jetzt?«, flüstert sie, als müsse sie der Absurdität des Gedankens Klang verleihen, hätte aber Angst ihn tatsächlich erklingen zu lassen. »Als ob den schnulzigen Schinken jemand stehlen würde.« Doch weiter beschäftigt sie der grüne Stempel, der eigentlich nicht nur unter dem Namen steht, sondern auch noch den letzten Lettern berührt, nicht.

*Kathi Cambridge. Eigentum des Hotels.*

Gemütlich zieht Karen die Beine noch näher an sich, legt das Buch auf ihre Oberschenkel und beginnt zu lesen.

»Nach alledem, was ihr widerfahren war, hatte Louise nicht damit gerechnet, dass ihr jemals wieder die Liebe begegnen würde, und dass sie fähig wäre, diese auch noch zu erkennen, wenn sie mit leuchtend roten Rosen auf der Schwelle zu ihrem Herzen stünde. Doch sie erkannte die Liebe auf den allerersten Blick und entbrannte in sehnsüchtiger Leidenschaft und aufrichtiger Hingabe.«

*Nach alledem, was ihr widerfahren war …?*

*Nach alledem?*

»Nicht!«, will Karen sich noch selbst rettend zurufen, verstummt aber erstickend, bevor das eine wichtige Wort ihre blassen Lippen berührt. Unnachgiebig hat die Vergangenheit sie fest im Griff und zieht sie gnadenlos hinab in das Erinnern. Und diese Erinnerung, die kann schlussendlich nichts aufhalten.

Nicht einmal das goldene Licht der Eingangshalle. Gar kein Licht.

*Was ist dir denn widerfahren, arme, armselige Karen?*

»Hast du es getan?«, seine Stimme war kalt und unnatürlich klar. Nicht nur heute, sie war es immer. Selbst übers Telefon klang sie deutlicher als jede andere Stimme, die sie kannte, deutlicher als jeder andere mögliche Laut. Es schwang keinerlei Klangfarbe mit in dieser Stimme, da gab es keine Zwischentöne. Es war die *Vereinbarung*, die ihn dazu brachte, sie das zu fragen. Sonst nichts.

»Ja«, antwortete sie, »ich habe es getan.«

Einen Moment lang war er still, und Zweifel stiegen in ihr hoch. War es falsch? Hätte sie es nicht tun sollen? Obwohl er es ihr befohlen hatte?

Dann antwortete er.

»Gut.«

Er klang zufrieden. Also hatte sie das Richtige getan. Auch wenn es sich nicht richtig angefühlt hatte, aber auch nicht falsch. Es hatte sich gar nicht angefühlt. Sie war immer noch so leer wie vor beinahe drei Monaten, als sie ihre Gespräche aufgenommen hatten. Aber immerhin, sie hatten es versucht. Sie beide.

Auf seine Anweisungen hin hatte sie bisher so vieles gemacht. Einmal war sie in den Supermarkt gegangen. In der Gemüseabteilung hatte sie auf seinen Befehl gewartet. Hatte geduldig gewartet, oder stoisch, oder einfach nur teilnahmslos. Hoffnungslos verloren zwischen ungewaschenen Biosalatköpfen, andächtig seiner klaren Stimme lauschend, die Freisprechanlage unter ihren langen Haaren verborgen. Er hatte ihr erzählt, wie abscheulich sie sei und hatte sie gezwungen, es mitten im Laden vor all den Menschen zu wiederholen.

*Ich bin eine dumme kleine Tussi, ich bin wertloser Dreck.*

Hatte er gesagt.

Hatte sie gesagt. Widergesagt.

Sie hatte auf die entsetzten Blicke der Fremden gewartet. Auf ihre eigene Scham. Auf dieses unangenehme, aber dennoch starke Gefühl der Demütigung.

Und nichts war geschehen.

Einfach nur leer.

Ein leeres Herz.

Das war der letzte seiner Befehle gewesen, denn danach hatte sie noch mehr gewollt und er hatte gemeint, noch mehr sei noch weniger.

*Noch mehr ist noch weniger.*

Also hatte er ihr die Aufgabe gestellt, sich selbst drei Aufgaben zu stellen. Hatte sie ganz sich selbst überlassen. Ihrer Vorstellung, ihrem eigenen Unwohlwollen. Und in gewisser Weise hatte es funktioniert, denn sie hatte fast so etwas wie Traurigkeit empfunden, dass sie seine kalte Stimme nicht mehr gehört hatte. Dass er plötzlich weg gewesen war aus ihrem Leben, oder aus dem, was davon übrig war. Traurigkeit … beinahe ein Durchbruch. Doch die Aufgaben an sich … die Aufgaben …

»Worauf wartest du?«, jetzt klang er amüsiert, und amüsiert war viel, noch viel mehr als die Zufriedenheit, die sie eben erst in seiner Stimme vernommen hatte. Sie erkannte ihn kaum wieder, und das nicht nur, weil sie seine Stimme so lange nicht gehört hatte. Denn seine Stimme würde sie nie vergessen. Es schien, als habe auch er langsam Freude an der Sache, obwohl sie davon überzeugt war, dass es ihm wirklich nicht darum ging. Um die Freude. Denn Freude passt so gar nicht in das Bild, das sie von ihm hatte. Wobei ihr einfiel, dass sie gar keines hatte. Kein Bild. Kein tatsächliches Bild in ihren Händen, noch nicht einmal eine Vorstellung in ihrem Kopf. Kein Bild, nur eine Stimme. Er war ein Niemand für sie. Und dennoch alles.

»Ich warte …«, sie stockte.

»Du wartest also. Worauf genau? Auf bessere Zeiten? Darauf, dass ich dich zu einem romantischen Picknick im Park einlade? Oder worauf sonst?«

Da, wieder, jetzt beinahe schon ein Lächeln. Sie täuschte sich nicht. Nein, sie konnte es deutlich hören. Vielleicht hatte auch er sie vermisst. Wenigstens vermisst, dass sie ihn brauchte. Und sie begann zu sprechen. Erst zaghaft, doch mit der Zeit immer sicherer. Immer selbstverständlicher.

»Ich habe in einer Bar einen Mann angesprochen. Ich habe ihn nicht gekannt. Er ist älter als ich gewesen, und er hat anständig gewirkt. Ich habe ihn kurze Zeit beobachtet, dann bin ich zu ihm rüber. Ich habe ihm angeboten, ihm einen runterzuholen. Ich habe sonst nichts gesagt, nur das. Er wollte es. Sofort. Er hat nicht gezögert. Er ist mir einfach nachgegangen, raus auf die Straße, und hat, kaum zwanzig Meter von der Bar entfernt, seinen Schwanz ausgepackt. Es hat nicht lange gedauert und er hat abgespritzt. Etwas davon hat den Ärmel meiner Bluse getroffen. Sein Sperma ist irgendwie gelb, und es ist noch immer auf meiner Bluse. Er hat es dann noch einmal gewollt, hat es in meinen Mund tun wollen. Doch das ist nicht die Aufgabe gewesen. Es ist nicht das gewesen, was ich mir vorgenommen habe. Also habe ich ihn stehenlassen.«

»Und, hast du etwas gespürt?«

»Nichts. Ich habe nichts gespürt.«

»Wie viele hast du fragen müssen?«

»Was meinst du?«

»Wie viele Männer hast du fragen müssen, bis einer bereit gewesen ist, mitzugehen?«

»Nur einen. Ich habe nur einen gefragt.«

Er hielt kurz inne, als würde er nachdenken, aber sie wusste, dass er das nicht tat. Er dachte nicht nach, er wollte sie warten lassen.

»Was hast du noch getan, Karen?«

»Ich bin in einer Peepshow gewesen. Nicht was Schönes in der inneren Stadt, was Ekeliges, am Bahnhof. Ich habe es nicht schön haben wollen. Ich habe viel Kleingeld mitgenommen und mich in eine der Kabinen gesetzt. Eine eigentlich hübsche Frau mit rot gefärbten, langen Haaren hat sich gelangweilt ausgezogen und nach nur wenigen Minuten ihre Beine gespreizt und ihre Vagina hergezeigt, als würde sie ein Knie herzeigen. Die Vagina ist feucht und rot und fleischig gewesen und ja, ich glaube, ich habe sie anfassen wollen, sie aufreißen, durchwühlen. Deshalb habe ich mich ausgezogen und mich selbst angefasst.«

»Und?«

»Ich habe geblutet.«

»Und sonst.«

»Nichts. Ich habe es zu sehr gewollt.«

»Nichts würde ich nicht sagen. Karen, du hast es gewollt. Das ist mehr als nichts. Das ist etwas. Und ich finde es schön, dass du auch Frauen begehren möchtest. Wer würde sich schon auf nur ein Geschlecht festlegen, wenn er die Wahl haben kann? Wenn es so viel fleischlich Schönes gibt. Ist doch das Fleisch das wahrlich einzig Schöne am Menschen. Vertrau mir. Die meisten Menschen sind unglaublich banal. In ihrem Wollen und in ihrer Schönheit. Nur nicht in ihrem Fleisch.«

Wieder konnte sie ihn lächeln hören. Sie war froh darüber, dass er lächelte. Irgendwie legte sie Wert darauf. Und auch das war etwas. Das wusste sie. Doch wollte sie nicht darüber nachdenken, selbst wenn sie den Gedanken nicht gleich loslassen konnte. Ihn festhalten wollte, nur noch einen Moment. Dann sprach sie weiter, auch wenn es ihr schwerfiel, die passenden Worte zu finden. Es war diese letzte Aufgabe, die ihr peinlich war. Diese letzte Aufgabe war spontan gewesen. Die beiden anderen hatte sie sich überlegt, sie hatten ein Ziel verfolgt, aber die letzte … eigentlich war es mehr ein Zwang gewesen, und keine Aufgabe.

»Ich habe …«

»Karen, was hast du noch getan?«

»Ich hab mich auf die Straße gelegt und die Augen geschlossen. Es ist vier Uhr morgens gewesen, und es ist kein Auto gekommen. Nicht, als ich mich hingelegt habe. Aber es ist eine stark befahrene Straße. Es ist die Straße, die um den Stadtpark führt. Da kommen Autos. Auch um vier. Doch es ist mir egal gewesen. Ich habe alles vergessen. Ich habe mich einfach flach hingelegt, die Augen geschlossen und … ich … vielleicht habe ich hingehört … habe dem Nichts zugehört, bis ich wieder aufgestanden bin.«

»Das ist keine Aufgabe. Das ist Selbstmord.«

»Selbstmord?«, sie war erschüttert, dass er das so sah. Er sollte wissen, dass ihr der Tod fernlag, das hätte sie billiger haben können. »Nein, es ist einfach *nichts* gewesen. Kein Selbstmord.«

Dann abermals Schweigen, diesmal länger. Richtig lang. Als er weitersprach, ließ seine Stimme ihr Blut in den Adern gefrieren. Eiseskälte fraß sich durch die Freisprechanlage, ergriff von ihr Besitz. In dieser Kälte, da hätte sie sterben können.

*Das hätte ihr Ende sein können.*

*Das hätte ihr Sehnen sein können.*

»Karen, sag mir, was du jetzt tun willst«, forderte er, obwohl er die Antwort kannte. Natürlich kannte er sie. Es war, als hätte er all die letzten Wochen auf diese eine Antwort gewartet. Doch auch wenn er es war, der gewartet hatte, so war sie es, die es wollte. Es war ihr Wunsch.

»Ich will etwas, das wirklich ist. Ich will etwas Reales.«

»Etwas Reales?«

Sie schluckte. »Ich will dich.«

Er lachte. Sie hatte ihn noch nie lachen hören, und fast wünschte sie sich, sie hätte es nie gehört. Ja, sie fürchtete ihn. Aus tiefstem Herzen, und plötzlich erkannte sie, warum sie wollte, was sie wollte. Sie wollte es, *weil* sie ihn fürchtete und weil diese Angst ihre einzige echte Angst war.

Weil diese Angst ihr einziges echtes Gefühl war.

»*Du* willst *mich*?«

Die Kälte seiner Stimme brannte glühend heiß, sein zum Sprung bereites Lauern war so spürbar, beinahe konnte sie sehen, wie es in ihrem Wohnzimmer Gestalt annahm. Als hätte er sie über die Dimensionen hinweg anspringen und zerfetzen wollen.

»Ja«, antwortete sie, und allein das Zittern ihrer Stimme verriet sie. Sie wollte ihn.

»Mich kannst du haben. Aber wie willst du mich? Sag mir, kleine Karen, wie real darf es sein für dich? Wie wirklich ist deine Wirklichkeit?«

»Ich will, dass du zu mir kommst. In meine Wohnung. Zu einem Zeitpunkt, den ich nicht kenne. Ich will, dass du mich schlägst. Ich will, dass du mich blutig schlägst, dass du mich so richtig niedermachst. Mit Worten und mit Taten. Dass du mir alles nimmst. Und ich will, dass du mich vergewaltigst. Immer wieder. Auf jede Art, auch auf die Arten, an die ich nicht einmal denken kann. So lange, bis ich nicht einmal mehr um Gnade flehe. Und dann geh. Lass mich einfach liegen. Wie Abfall.«

Seine Antwort kam prompt. Vorbereitet. Und seine Worte waren voll von unmenschlichem Verlangen, voll von unsagbarer Gier, doch seine Stimme war so kalt, wie sie es immer gewesen war. Es immer sein würde.

»Ich werde dich ficken, bis kein bisschen Mensch mehr übrig ist. Ich werde alles an dir und alles in dir vernichten.«

Dann, etwas gefasster, gab er klare Anweisungen. »Leg den Schlüssel zu deiner Wohnung in eine kleine rote Schachtel. Geh in das Stadteinkaufszentrum, deponiere die Schachtel im Schließfach 217 vor dem Lebensmitteldiskonter. Verwende den Code 1888. Mach das gleich morgen früh. Und dann erwarte mich. Oder tu es besser nicht. Ich werde über dich kommen wie …«, sie konnte hören, dass er ein weiteres Mal lachte, doch diesmal war es ein körperloses, beinahe lautloses Lachen. Ein Lachen wie das stumme Fauchen eines geifernden Tieres, und sie wusste nicht, ob es voller Vorfreude, Verachtung oder einfach nur bestialischer Belustigung war.

»Ich werde über dich kommen wie der Teufel selbst.«

»Nein!«, schreit sie, mitten hinein in das glückliche Treiben der Hotellobby. Als könne sie etwas bereits Geschehenes verhindern, als könne sie in ihre Vergangenheit reisen und es wieder ungeschehen machen. Doch niemand beachtet ihr Rufen, niemand beachtet ihre Verzweiflung.

*Führe mich nicht noch weiter zurück.*

Ängstlich klammert sie sich an das Buch, presst es an ihren zitternden Körper, als würde das von Liebe erfüllte Wort sie retten können. Und die Tränen, die da über ihr Gesicht rinnen, die Tränen, die ihrer Vergangenheit nie gewachsen gewesen sind und jetzt doch den Weg in ihre Gegenwart finden, diese heißen, lebendigen Tränen tropfen auf das Buch der berühmten und von allen bewunderten Schriftstellerin.

*Sag, liebst du mich?*

# VIERTER STOCK, HAUSEIGENES APPARTMENT

Ich bin nicht leicht aus der Fassung zu bringen. Aus der Fassung bringen gibt es für mich eigentlich gar nicht. Wohl gibt es diese Redewendung in meinem Wortschatz, da *die Menschen* andauernd etwas aus der Fassung bringt, aber nicht mich. Das wäre gegen meine Profession, gegen mein Ethos. Das wäre nicht ich, nicht das, was von mir erwartet wird. Und ich bin stets, was man von mir erwartet.

Niemals bin ich unerwartet, auch wenn manch einer das im Angesicht des Moments noch denken mag. Ich habe immer gefasst zu sein. Gefasst und perfekt. Unerschütterlich wie *deine* starken Mauern. Das bin ich.

Doch als ich zwischen den schier endlosen Regalen *deines* Tresors, *deines* Allerheiligsten, stehe und auf den Gegenstand schaue, der ganz einfach kein Gegenstand ist, bin ich im Mindesten konsterniert.

Mir ist unklar, wie ich es erfassen soll, es anfassen soll. Eigentlich weiß ich gar nicht genau, was ich sehe, und ob ich überhaupt etwas sehe. Und ich habe wahrlich schon alles gesehen, bin darüber hinaus selbst nahezu unfassbar.

*kurios*

Ich gehe vorsichtig in die Knie. Etwas, das wohl typisch für ein Zimmermädchen erscheinen mag, das ich aber an sich nicht tue. Nur im äußersten Notfall. Nur, wenn es von unabänderlicher Bedeutung ist. Man sollte sich nicht von meiner tadellosen Uniform täuschen lassen, denn die Uniform ist es, die eine Täuschung ist. Ich putze hier nicht. Niemals. Zumindest keine Betten oder Toiletten.

Ich räume auf.

*Ich räume Seelen auf.*

Das ist es, was ich tue.

Neugierig, und ich will verdammt sein, wäre ich des Öfteren neugierig oder etwas Dementsprechendes, strecke ich behutsam meine Hand aus. Sie zittert. Vor Aufregung. *Nicht!,* gemahne ich mich und halte den vor Verlangen bebenden Atem an. *Gleich,* füge ich beruhigend hinzu und weiß nicht, ob ich damit *es* oder mich beruhigen will, denn ich kann auch seine Vorfreude spüren. Es fühlt, und gerade freut es sich.

Zu lange ist es einsam gewesen. Jetzt nicht mehr.

Tief aus sich heraus leuchtend, von einem sanften Licht erfüllt, das nichts überstrahlen muss, um allgegenwärtig und fortwährend zu sein, liegt es vor mir. Ich will es berühren. Muss ich ja auch. Wie sollte ich es sonst in das Zimmer bringen. Vielmehr in das hauseigene Appartement. Denn dieser spezielle Gast hat vor, länger bei uns zu bleiben.

*Aus freien Stücken.*

Meine Fingerspitzen erglühen, als ich sie sanft auf seine, ob des hellen Lichtes überraschend kühle, Oberfläche lege und dort innehalte. Um es zu genießen, um ihm Zeit zu geben.

Es … nun ja, es wabert.

Kein Ausdruck, der meiner Eloquenz gebühren würde, aber es ist das, was es nun einmal tut. Es wabert und es … zittert. Und es fühlt sich glatt, aber dennoch flexibel an. Gallertartig. Wie das Innere eines Auges. Mir gefällt, was ich fühle. Ich lege zärtlich beide Hände darum und hebe es hoch. Es ist klein, nahezu winzig, passt leicht in eine hohle Hand, aber ich will es noch einen Moment mit beiden Händen festhalten, bevor ich mich wieder aufrichte und es in meiner Schürze verberge. Unerwartet schwer liegt es in der schützenden Höhle, welche meine Hände formen. Unendlich schwer muss es auf der Seele des Gastes lasten.

Ich erhebe mich, immer darauf bedacht, den Kopf gerade und den Hals gestreckt zu halten. Würde hat stets da zu sein, auch wenn einen niemand beobachtet, selbst dann, wenn man allein ist. Oder vielleicht genau dann. Würdevoll ist man für sich. Oder man ist es gar nicht. Und ein gesenktes Haupt wirkt immer armselig.

Mit einer geschmeidigen Bewegung lasse ich den Gegenstand, der keiner ist, sich aber deutlich daran ermuntert, bei mir zu sein, in meine Schürzentasche gleiten.

»Ruhig, mein Schönes«, hauche ich, als ich meine rechte Hand beschwichtigend über die Tasche gleiten lasse, und es hört tatsächlich auf, wie verrückt gegen meine Handfläche zu springen, vibriert nur noch sachte.

Wo ich es wohl platzieren werde? Was macht man nur damit? Was mache ich? Immerhin ist offensichtlich, dass ich es schlecht an die Kante eines Spiegels hängen oder auf den Küchentresen legen kann. Oder kann ich? Besser, *muss* ich? Das sachte Vibrieren hat mich im Sturm erobert.

Kann ich es nicht einfach behalten? Kann es nicht von heute an mir gehören? Bedauern lässt meine sonst stets blassen Wangen erröten. Wohl auch Bedauern über den nahenden Verlust des eben erst Liebgewonnenen, aber vor allem über mein unangemessenes, unprofessionelles Begehren. Gerade als ich mir eingestehen muss, dass selbst meine tadellose Perfektion und mein allumfassendes Wissen doch wieder nur begrenzt sind, werde ich einer undefinierbaren Präsenz gewahr.

*Jemand ist hier.*

Hier in diesem Paradoxon, in diesem nicht vorhandenen, aber dennoch alles erfüllenden Raum. Das ist unmöglich. Genau genommen ist es noch weit mehr als einfach nur unmöglich. Noch mit keinem Wort bedacht. Aber wer auch immer es ist, steht weit über jeder Möglichkeit.

Und direkt hinter mir.

»Lass dir Zeit«, flüstert er an meinem Ohr. Ganz nah, doch ich kann keinen Hauch spüren. Es ist gestaltlose Kälte, die mich erschaudern lässt. »Und lass ihr Zeit. Sie soll sich erst einleben. Es gibt etwas zu tun für sie, an diesem Ort. Und sie ist *uns* herzlich willkommen. Verstehst du mich? Verstehen wir einander? Herzlich willkommen.«

»Ja. Ich lasse ihr Zeit«, wiederhole ich, und meine Stimme zittert. Doch es ist nicht die Kälte, die mich zittern lässt. Oder eigentlich doch.

*Aber nicht, weil es kalt ist.*

»Ausgezeichnet. Bewahre gut, was ich dir gegeben habe. Die Zeit dafür wird kommen, und du wirst wissen, dass es die Zeit dafür ist.«

»*Du* mir gegeben hast?«

Schlussendlich verliere ich sie also doch, die Fassung. Auch wenn ich es hasse. Etwas in mir ist noch so menschlich, wie ich es einmal zur Gänze gewesen bin. Ich will mich umdrehen. Will sehen.

*dich*

Doch eine Hand an meiner Schulter hält mich zurück. Eisern, unerbittlich. Unvorstellbare Schmerzen durchzucken meinen Körper. *Schmerzen?*, denke ich verwundert, und Tränen treten in meine Augen. Nicht weil es schmerzt. Oder eigentlich doch.

*Aber nicht, weil es weh tut.*

»Nicht. Du bist noch nicht bereit dazu.«

Und wie sie gekommen ist, ist die Präsenz wieder verschwunden, bist *du* wieder verschwunden. Ich bleibe zurück. Alleine und verletzt. Und ein wenig menschlich, was besagter Verletzung gleichkommt, mehr noch der Innbegriff dieser Verletzung ist. In meiner Schürzentasche pocht es. Pocht das kleine, für diesen einen Menschen alles bedeutende und alles vernichtende Wort.

*kurios*

Beruhigend lege ich meine rechte Hand darauf. »Schhh, mein Schatz. Sei ruhig, mein Wort. Noch nicht. Du bist noch nicht bereit dazu.«

## STILLSCHWEIGEND

Weil man mich warten lässt, ich aber noch nicht darauf hinweisen will, lasse ich den Blick schweifen. Was ich sehe, gefällt mir, aber es beeindruckt mich nicht. Was nicht daran liegt, dass ich es bereits kenne, es schon mehrfach gesehen habe. Es liegt in der Natur der Sache, oder besser an dem Ambiente der Wohnung. Sie ist nicht luxuriös wie das Penthouse, auch ist sie nicht so schön gelegen wie die Zimmer in der Belle Etage. Aber sie ist zweckmäßig und ausgesprochen weitläufig, erstreckt sich über ganze einhundertfünfzig Quadratmeter und verfügt über drei gemütlich eingerichtete Räume plus Nebenräume. Eine funktionelle Küche komplimentiert das Bild eines Ortes, an dem es sich verweilen lässt. Und für die nächsten Monate wird Kathi Cambridge hier in unserem hauseigenen Appartement verweilen. Und sie wird es genießen.

Kathi Cambridge Superstar.

*Writer in Residence.*

Der Liebe zuliebe.

Wie romantisch.

Ich weiß nicht, wer sie eingeladen hat, aber ich gehe davon aus, dass *du* es gewesen bist. Immerhin legst *du* auch so großen Wert darauf, sie willkommen zu heißen, ihr zu zeigen, dass sie willkommen ist.

*Herzlich willkommen.*

Allein der Gedanke an *dich* versetzt mir einen Stich ins Herz. Mir, ausgerechnet! Ich habe schon ganz vergessen, dass ich über so etwas verfüge. Ein Herz.

*Wenn das nicht perfekt zu der von allen geliebten Liebesromanautorin passt*, denke ich, und dieser Gedanke ist ein bitterer Gedanke. Bitterer als mein Herz. Nur mit größter Anstrengung kann ich vermeiden, von einem Fuß auf den anderen zu treten. Und es ist nicht Ungeduld oder gar Langeweile, die mich beinahe zappeln lässt. Es ist Eifersucht. Aber ich kämpfe dagegen an. Fest stehe ich also, und aufrecht, und denke über *dich* und mein Herz nach. Und darüber, dass ich mich verhalte wie ein zurückgewiesenes Kind. Auch mein eigenes Schicksal ist offenkundig durchaus noch fähig zur Ironie. Obwohl ich vor langer Zeit damit, mit Herz und Schicksal, abgeschlossen und ein komplett neues Kapitel aufgeschlagen habe.

Getreu meiner Aufgabe lasse ich mir meine Emotionen selbstverständlich nicht anmerken, ich lasse mir nichts anmerken. Immer, nichts. Auch nicht, dass das kleine Kurios wie verrückt gegen meine Leistengegend drückt.

Sehr unanständig für ein so winziges Kurios, kommt es mir in den Sinn und, dieser Gedanke ist ein verdächtig süßer. Ich lächle für einen Moment.

*Lächeln? Was um alles…*

Der Schmerz hat wohl mehr Mensch in mir zurückgelassen als befürchtet. Das ist nicht gut. Gar nicht gut. Ich kann förmlich spüren, wie ich an Haltung verliere.

»Steh still und aufrecht!«, ermahne ich mich. »Du bist nicht hierhergekommen, um zu lächeln!« Und auch wenn die Ermahnung nicht mehr als ein Flüstern ist und darüber hinaus mein eigenes, bleibt sie durchwegs nicht ungehört. Konzentriert hebe ich den Kopf noch stärker an und richte mich weiter auf. Die Füße in den schlichten flachen Schuhen presse ich gegen den Boden. Unaufhörlich springt das Kurios in meiner Tasche. Ich bedecke es mit der Hand. »Schweig still, du vorlautes Ding«, zische ich, doch es brummt und vibriert unter meiner Hand, dass es eine reine Freude ist. Beinahe hätte ich gekichert.

*Kichern! Mach, dass es nicht wahr ist …*

Dieses Kurios tut mir nicht gut. Oder es tut mir gut. Ich weiß es nicht, und ich finde es eine Anmaßung meinerseits, eine maßlose Dreistigkeit, überhaupt darüber nachzudenken. Ich sollte mich nicht so sehr mit meinem Selbst beschäftigen. Ich habe zu tun. Hier geht es um das

Geschäftliche. Jeder Mensch, jede Erinnerung ist nicht mehr als ein weiteres Geschäft. Das winzige Kurios, es ist ein Geschäft wie jeder andere Gegenstand zuvor.

*Eine Eintrittskarte.*

Mir schwirrt mein an sich immer klarer Kopf, meine sonst stets erhabenen Gedanken schwanken merklich und beschämen mich. Ich muss hier raus, aber ich kann nicht einfach gehen. Ich könnte, aber ich kann nicht. Trotzdem muss ich. Leise räuspere ich mich, um meinem Gegenüber zu verdeutlichen, dass ich immer noch hier bin und auf Wünsche, respektive Anweisungen warte. Es ist wichtig, dass sie sich daran erinnert, dass ich noch hier bin, damit ich endlich gehen kann. Ich bin generell nicht gern lange in Gesellschaft … (*kurios*) … aber heute …

»Ach, meine Liebe«, entschuldigt sich Kathi und hört damit auf, planlos die einzelnen Küchenkästen zu öffnen, sie zu durchwühlen und danach mit einem deutlichen Seufzen wieder zu schließen. Was immer sie auch sucht, sie wird es nicht finden, denn *ich* trage es bei mir. Ihre Stimme klingt warm und freundlich, so warm und freundlich wie ihr Lächeln. Sie ist um die sechzig, ihr Haar ist weiß. Das kann ich erkennen, obwohl sie es blond gefärbt hat. Es fällt in kinnlangen, weichen Locken um ihr nahezu faltenfreies Gesicht, ihre blaugrauen Augen leuchten. Ich kann die Unschuld in diesen Augen sehen, auch wenn ich weiß, dass sie es nicht ist.

Unschuldig.

Sonst wäre sie nicht hier.

»Ich habe Sie nicht vergessen«, sagt sie mit einem kleinen Lachen in der samtweichen Stimme. »Ich denke nur gerade nach. Oder vielleicht suche ich auch was, ich weiß es nicht. Bitte verzeihen Sie, ich bin mir noch nicht ganz sicher, was ich brauche. Es ist alles so neu und aufregend hier, geben Sie mir noch einen Moment. Aber kommen Sie doch einstweilen näher, nehmen Sie Platz.« Und sie deutet auf einen der Barhocker am Küchentresen. »Plaudern Sie ein bisschen mit mir. Ich muss einfach mit jemandem plaudern, verstehen Sie das?«

Als ich mich nicht vom Fleck bewege, unterstreicht sie ihre Aufforderung mit einem insistierenden Nicken, das weit mehr von einer verzweifelten Bitte als von einem Befehl hat. Ich hebe verkrampft die Mundwinkeln zu einer angebrachten Erwiderung ihrer Nettigkeiten, mag heißen, ich tue so, als würde ich zurücklächeln, schreite zum Hocker, betrachte ihn kurz argwöhnisch, lasse mich aber darauf nieder und verberge die Beine adrett unter der erhöhten Tischplatte.

»Darf ich Ihnen etwas anbieten?«, fragt Kathi, unterbindet aber gleich die wahnwitzige Idee mit den Worten: »Oh nein, darf ich nicht. Weil ich nicht kann. Ich Schussel, ich weiß noch gar nicht, was wo ist. Ich weiß noch nicht einmal, ob ich überhaupt etwas habe. Ist mein Kühlschrank leer? Ist er das? Nicken Sie? Vielleicht könnten Sie jemanden schicken, der für mich einkaufen geht? Sehen Sie, das wäre ausgezeichnet! Schicken Sie bitte jemanden einkaufen. Können Sie das für mich tun?«

»Ja, das kann ich«, antworte ich und bin froh, dass es nicht der Gast ist, der mir etwas aufwartet und die Dinge somit wieder ihre Ordnung haben. Ordnung ist eine wesentliche Grundvoraussetzung für Perfektion. Nicht dass ich selbst einkaufen würde, auch das ist nicht meine Aufgabe, aber ich kann jemanden losschicken, dessen Aufgabe es ist.

»Ich werde dafür sorgen, dass alles Notwendige und jedweder Luxus für Ihren Bedarf bereitstehen.«

Kathi strahlt mich an, und noch bevor ich es verhindern kann, hat sie mich an der Hand gepackt und tätschelt diese freundschaftlich.

Sie fasst mich an!

Einfach so!

Irgendwie bin ich jedes Mal wieder verblüfft darüber, dass das praktisch überhaupt möglich ist. Und natürlich bin ich angeekelt. Sie drückt fürsorglich und wohlwollend meinen Unterarm. »Danke, meine Liebe, ich sehe schon, Sie werden mir eine große Hilfe sein. Und ich kann Hilfe immer gebrauchen. Wenn Sie erst einmal in meinem Alter sind, Kindchen, dann werden Sie das verstehen.«

»Sollte ich irgendwann in Ihrem Alter sein, dann ist ein Wunder geschehen.«

Kathi lacht schallend, als hätte ich einen überragenden Witz gemacht. Und ich muss zugeben, dass in diesem Fall der Wahrheit ein gewisser Witz innewohnt. Sofort erinnere ich mich panisch an Lächeln und Kichern, die zuvor fast aus mir herausgebrochen wären.

*Nur nicht in das Lachen einstimmen.*

Ihre Hand ruht immer noch auf meiner. Wieso? Wieso immer noch und wieso überhaupt?! Ganz einfach, sie ist zu nett, sie ist einfach zu nett!

Entsetzlich. Ich verabscheue auch nette Menschen. Fröhlich springt das Kurios auf und ab, und ich bin froh, dass die Tischplatte den Blick auf meine Schürzentasche abschirmt. Ich liebkose es sanft mit meiner menschenfreien Hand, und es beruhigt sich, kuschelt sich durch den rauen Stoff der Schürze hinweg in meine Handmulde. Das mag es, das Kurios. Es wird gerne geliebt.

*Liebe!*

*Schon wieder.*

An diesem verdammten Tag sabotiere ich mich fortlaufend selbst. Die Anwesenheit einer Frau, die seit Jahrzehnten über nichts anderes als die Liebe schreibt, irritiert mich doch nachhaltiger als erwartet. Sie irritiert mich …

*Sachte.*

In meinem Fall ist Irritation doch nur eine besondere Ausprägung meiner Fähigkeit, eine etwas außergewöhnliche Reaktion auf einen durchaus erwünschten Reiz.

Ich *reagiere* auf einen Gast.

Einen ganz bestimmten Gast.

Das ist ganz normal, ganz wie es sein soll. Denn das ist meine Aufgabe. Ich stimme mich ein. Ich reagiere.

Durchatmen.

»Ich bin gerne eine Hilfe«, entgegne ich und hoffe, dass damit allen Sympathiebezeugungen Genüge getan ist und ich endlich gehen kann. Ich muss mich beruhigen, und ich muss das übermütige Kurios hegen und pflegen, ich habe nur ein bestimmtes Maß an Zeit übrig für Menschen, die Liebe versprühen. Oder sie niederschreiben.

*Was auch immer.*

Kathi kann deutlich spüren, dass das Zimmermädchen gehen will, hat es förmlich bildhaft vor Augen, und plötzlich fühlt es sich an, als würde die Handfläche ihrer Hand, die immer noch am Unterarm der seltsamen Hausangestellten liegt, verbrennen. Erschrocken zieht sie ihre Hand zurück, kann ihren Schreck aber glücklicherweise ausreichend verbregen. Eine gute Eigenschaft, die sie in nächster Zeit noch brauchen wird, und die ihr über viele Jahre, genau genommen weit mehr als ihr halbes Leben lang, einen guten Dienst erwiesen hat. Aber dieses Brennen. So unauffällig wie möglich reibt sie die schmerzende Handfläche am kühlend glatten

Stoff ihres Hosenbeines. *Etwas stimmt nicht*, denkt sie, und noch bevor sie jegliche Schuld am herrschenden Ungemach von sich weisen kann, ergänzt ihre eigene, innere Stimme in knappen, kalten Worten:

*Du stimmst nicht.*

*Du bist falsch.*

Und schon scheint ihr die brennende Handfläche das geringste Problem. Ihre Lippen sind spröde. Nervös leckt sie immer wieder darüber. Sie weiß nicht, ob sie an diesem Ort sicher ist. Noch fühlt es sich nicht so an. Diese junge Frau mit ihrer steifen, unpersönlichen Art und mit ihrem knochigen, unansprechenden Äußeren ist gewiss keine gute Gesellschaft, aber sie *ist* wenigstens eine Gesellschaft. Und Kathi will nicht allein sein. Also kann sie nicht wählerisch sein. Sie ist gerade erst angekommen, und sie findet sich nicht zurecht. Und ja, sie fürchtet sich. Auch davor, allein zu sein. Vor allem davor. Aber sie wird sich zurecht finden, bald, denn sie hat vor, lange zu bleiben.

So lange wie möglich. So lange wie nötig. Hier ist sie nicht mehr als eine alternde Schriftstellerin, die die Annehmlichkeiten ihres Zuhauses hinter sich gelassen hat, um einem interessanten Angebot nachzukommen. Einem äußerst lukrativen und äußerst willkommenen Angebot. Niemand wird weiter nachfragen. Solange Geld im Spiel ist, ist jede Motivation eindeutig.

*Du bist geflohen.*

*Abartige.*

»Und«, fragt Kathi übertrieben interessiert, hauptsächlich um ihre eigenen Gedanken zu übertönen, »es ist doch sicher spannend, in einem so wunderschönen Hotel zu arbeiten?«

»Es ist anspruchsvoll«, antwortet das Zimmermädchen förmlich, auffällig darauf bedacht, nicht mehr zu sagen als notwendig, wohl um so bald wie möglich wieder eben diesen anspruchsvollen Tätigkeiten nachgehen zu können. Kathi ächzt. Sie will doch nur ein wenig plaudern, einfach nicht allein sein. Warum straft man sie mit einem derart ungeselligen Gegenüber?

*Weil du gar kein Gegenüber verdient hast.*

»Anspruchsvoll. Das klingt spannend! Sie sind sicher ein vielbeschäftigter Mensch«, setzt sie nach, um nicht länger dem elenden Schweigen (*den Gedanken*) ausgesetzt zu sein.

»Ich tue, was ich kann«, antwortet das Zimmermädchen, als spräche sie einen ganzen Satz innerhalb eines Wortes.

*Dieses Gespräch grenzt an eine Schreibblockade*, flucht Kathi in sich hinein. Einen letzten Anlauf wird sie noch wagen. Manchmal werden Menschen warm, wenn sie erfahren, dass sie es mit einer Berühmtheit zu tun haben. Laufen förmlich heiß. Und Kathi ist berühmt. Verdammt berühmt. Wenn die nette-Oma-Masche nicht zieht, um neue *Freunde* zu gewinnen, oder wenigsten ein belangloses Gespräch noch fünf Minuten länger zu führen, dann doch gewiss ihr enormer Bekanntheitsgrad. Es gibt Menschen, die würden ein Vermögen dafür zahlen, Zeit mit ihr verbringen zu dürfen. Unglücklicherweise ist keiner dieser Menschen jetzt hier. Kathi seufzt. Auf ein Neues. Und sollte das wieder nichts bringen, dann auf ein Letztes.

»Sie tun, was Sie können. Davon bin ich überzeugt. Wissen Sie, auch meine Aufgabe ist eine sehr anspruchsvolle. Und eine spannende obendrein. Ich schreibe Bücher. Liebesromane. Und jetzt hat man mich eingeladen, hier zu leben. Zumindest für die kommenden Monate. Bis mein nächster Roman fertig ist. Er wird in diesem Hotel spielen.«

»Ich weiß genau, was Sie machen«, antwortet das Zimmermädchen und fixiert Kathi mit ihren leeren, leblosen Augen. Suchend, lauernd. Ohne mit der Wimper zu zucken, ohne auch nur den Bruchteil einer Sekunde den Blick abzuwenden. Dann hellt sich ihr leerer, lauernder Blick plötzlich auf, und ein tiefes, gefährliches Glühen schimmert in ihren quecksilbergrauen Augen. Ihr strenger Mund verzieht sich zu einem breiten, wissenden Grinsen.

Irgendetwas stimmt nicht mit ihren Zähnen.

Sie sind … es sind zu *viele*.

»Ich weiß ein gutes Buch zu schätzen«, fährt das Zimmermädchen fort und verbirgt beim Sprechen die abartigen, spitzen Zähne wieder hinter ihren blassen, schmalen Lippen. Kaum sind sie nicht mehr zu sehen, hat die Schriftstellerin den Anblick auch schon wieder vergessen. Weil sie wider die Natur sind. Weil der Mensch sich schützt, vor dem Widersinnigen, dem Sinnfreien, dem Anderen. Weil der Mensch vergisst.

»Ich bin mir sicher, dass Sie hier ein ganz ausgezeichnetes Buch schreiben werden, Kathi.«

Hier ist alles ausgezeichnet.

*Hier ist alles.*

»Miss Cambridge! Kathi! Noch schnell, bevor Sie uns wieder verlassen, nur noch das eine Foto! Schauen Sie hierher! Hierher! Hierher!«

Die Masse der Journalisten ist vor frenetisch professioneller Begeisterung vollkommen außer sich. Ekstatisch. Sie ist überrascht, dass es so viele sind. Auch wenn sie es nicht sein müsste, hat sich ihr doch seit Jahren kein anderes Bild mehr geboten. Jedes ihrer Bücher ist zum Herzerweichen authentisch, bewegend und nur so real wie eine Wunschvorstellung. Aber vor allem über alle Maßen erfolgreich. So wie sie selbst. Sie ist, wo sie auch ist, ein Publikumsmagnet.

Überall und immer.

Selbst dann, wenn sie so wie jetzt im Nirgendwo ist. Die Medien finden ihre Story, und sie finden Kathi Cambridge.

Immer und überall.

Und dennoch ist sie überrascht, weil es einfach dazugehört, überrascht zu sein. Für Kathi und für ihr Publikum. Denn ohne Überraschung gibt es keine Begeisterung, und ohne Begeisterung ist sie irgendwann keinen Blick mehr wert. Sie nicht und ihre Worte nicht. Also ist sie überrascht, begeistert, und sie ist erfreut. Fast schon aufrichtig. Sie hat Übung in dieser Unaufrichtigkeit. So viel Übung, dass das Einstudierte das Wahre zu werden droht.

Ursprünglich ist sie froh gewesen, dass sie alles hat zurücklassen können, doch nach zwei Wochen im besagten Nirgendwo, in der absoluten Abgeschiedenheit, zwischen äsenden Waldtieren und modernden Mauern gefangen, ist die Gesellschaft der Journalisten eine durchaus willkommene. Immerhin ist Eitelkeit eindeutig eine Zier, die sie ihr Eigen nennen will. Deshalb hat sie auch der Pressekonferenz, um die sie der Manager des Hotels, eine durch und durch unauffällige und belanglose Person, höflich gebeten hat, ohne weitere Umschweife zugestimmt.

Während sie sich für die Fotografen in gekonnte Pose wirft und insgeheim auf weitere Fragen der ihr artverwandten aber dennoch so fremden, schreibenden Zunft hofft, um das was geschieht noch nicht beenden zu müssen, kommt ihr das seltsame Gespräch, das sie zu Beginn der Woche mit ihrer Verlegerin Maire Louise Rommendorf geführt hat, wieder in den Sinn.

*Und seltsam ist ein wahrer Hilfsausdruck.*

»Wo zum Teufel bist du?«, hat diese erbost in das Telefon gebrüllt, und es ist nicht ihre Bosheit gewesen, die Kathi verwirrt hat, denn ihre Verlegerin ist boshaft, fast schon böse. Was mehr als nur in Ordnung ist, denn ein Agent muss böse sein, sonst ist er ein familiärer Freund und kein Agent. Geschäfte führt man nicht mit Gänsedaunen und Seidentuch.

»Ich bin dort, wo du mich hingeschickt hast«, hat Kathi irritiert erwidert, was der aalglatten Geschäftsfrau fürs Erste die an sich so übermächtige Sprache verschlagen hat. In dem darauffolgenden Gespräch hat sich immerhin klären lassen, wo dieses Dort ist.

(*In diesem speziellen Fall. Gerade in diesem speziellen Moment.*)

Nebulos ist geblieben, *wer* sie dort hingebracht hat, denn Maire Louise ist es wohl nicht gewesen. Doch auch wenn es allem Anschein nach ursprünglich nicht ihre Idee gewesen ist, Maire Louise ist sofort begeistert gewesen, überschäumend und hat so, wie es jede gute Geschäftsfrau machen würde, binnen eines Herzschlages aus der fremden eine eigene Idee gemacht. Klar, daran habe sie immer schon gedacht. Selbstredend.

*Writer in Residence*

Grandios. Die erklärte Botschafterin der Liebe, zurückgezogen in ein romantisches Versteck in der idyllischen Wildnis. Das ist eine Geschichte, die sich von allein verkauft und die sie, Maire Louise Rommendorf, noch viel besser verkaufen kann und, verdammt sei sie, auch wird. Kathi Cambridge, die gefeierte Bestsellerautorin, vor den gierigen Augen der geifernden Welt verborgen, auf der Suche nach dem Wahren, dem Schönen. Auf der Such nach der einen, nach der besten Geschichte ihres bisherigen Schaffens.

Auf der Suche nach der reinen Liebe.

»Wir werden deine mediale Präsenz allein dadurch verdreifachen, dass du nicht *da* bist!«, hat Marie Louise die unverhoffte Situation sofort im Gedanken vermarktet und zu Gold gesponnen. »Deine Verkaufszahlen werden in den Himmel schießen. Das bringt uns nicht nur die dringend notwendige Publicity, das bringt uns Geld. Massenhaft!« Und Kathi hat nur gedacht, dass es nicht das Geld ist, das eine Rolle spielt. Doch gesagt hat sie nichts. So wie sie auch nicht noch einmal gefragt hat, wem sie nun dann die Einladung zu verdanken hat. Es muss Schicksal sein. Jemand meint es gut mit ihr.

*Gott sei Dank.*

»Kathi, bitte, hier ganz vorne!«, ruft einer der Journalisten und holt die Autorin somit zurück auf den Boden der gegenwärtigen Tatsachen. Ein junger, blonder Mann, trotz der brütenden Hitze überraschend förmlich gekleidet. Und sichtlich nervös.

»Wie lange werden Sie hier in diesem Hotel bleiben?«

Kathi lächelt und zwinkert ihm verschwörerisch zu. Auch in ihrem Alter kann sie noch kokett sein. Vor allem wenn ihr Gegenüber so erfreulich nett anzuschauen ist. Immerhin heißt es *Miss* Cambridge. Und eigentlich wird das Kokette sogar von ihr erwartet. Das Spiel mit den Medien. Das Spiel mit allem.

»Das Management sagt, ich kann für immer bleiben.« Die Anwesenden lachen, einige wenige applaudieren sogar. Sie weiß, dass es als Antwort auf die Frage wie ein lahmer Scherz wirkt, doch genau das hat der unauffällige Manager ihr gesagt. Der Manager, an den sie sich einfach nicht mehr erinnern kann, beim besten Willen nicht. Sie hat kein Bild von ihm. Nicht mehr. Langsam fragt sie sich, ob sie überhaupt jemals eines gehabt hat. Ein Bild.

Für immer bleiben.

Wortwörtlich hat der Bildlose das gesagt. Wenn sie das möchte, könne sie für immer bleiben. Und das hat zwar ihm entsprechend belanglos, aber gar nicht nach einem Scherz geklungen.

»Miss Cambridge! Ich weiß, es ist eine dumme Frage, und wahrscheinlich hat sie deshalb auch noch niemand gestellt, aber meine Chefin wird mich ermorden, wenn ich sie nicht stelle. Was wird denn das Thema ihres neuen Romans sein? Worauf dürfen sich ihre treuen Leser freuen?« Die Augen der Journalisten leuchten förmlich. Sie ist ganz offensichtlich die eifrige Vertreterin einer beliebigen und austauschbaren Frauenzeitschrift und darüber hinaus wohl auch ein bekennender Fan. Es würde Kathi schon sehr wundern, wenn es wirklich die Chefredakteurin wäre, die das so unbedingt wissen will. Und dumm ist die Frage obendrein tatsächlich, zumal jeder wissen sollte, dass sie auf diese Frage nicht antwortet. Genauso, wie sie allerdings auch nie unhöflich ist sondern immer lieb und nett. Jederzeit zu jedermann. Also auch hier und heute.

*Lieb und nett.*

»Das, mein Herzchen, ist eine ganz wunderbare Frage, und ich wundere mich in der Tat, dass sie vor Ihnen noch niemand gestellt hat. Aber darauf kann ich Ihnen keine Antwort geben. Und wie Sie bestimmt wissen, würde ich es normalerweise auch nicht. Aber vielleicht ist es an der Zeit, eine kleine Ausnahme zu machen. Ich kann Ihnen noch nichts über das Ziel, nichts über die Geschichte sagen, aber durchaus über den Weg. Sie müssen es sich so vorstellen: Ich bin einfach hier, ich suche nicht krampfhaft nach einer Idee. Ich bin leise, ich lausche und höre ganz genau hin. Ich warte auf jeden Laut. Ich warte darauf, dass die perfekte Geschichte *mich* findet und nicht ich die perfekte Geschichte. Und dabei lasse ich dem Ort Zeit. Glauben Sie mir, dieser ganz außergewöhnliche Ort hat so viele Geschichten zu erzählen. Es wäre Wahnsinn, an einem Ort wie diesem noch eine Geschichte erfinden zu wollen, wo doch bereits so viele hier sind. Deshalb warte ich. Aber lassen sie mich eines verraten: Es wird um die Liebe gehen.«

Menschen.

Sie alle lachen, sie alle jubeln, sie alle schäkern, sie alle freuen sich des Lebens und der Liebe. Wohl wahr, wohl wahr, liebe Kathi, viele Geschichten. Wirklich, wirklich viele Geschichten.

Beinahe jede einzelne.

*Und eine davon ist deine Geschichte.*

Ich stehe im Halbschatten eines Torbogens verborgen, abseits des hysterischen Rummels, und ich spüre, wie bittere Galle meine Speiseröhre hochsteigt. Mir ist nicht wohl beim Anblick der vielen Kameras, beim Anblick der vielen Menschen. Ginge es nach mir, würde das alles nicht geschehen. Wäre diese Frau nicht hier bei *dir*, hier bei uns.

Zuviel Aufmerksamkeit.

So viel Aufmerksamkeit können wir uns nicht leisten. Nicht einmal unser äußerer Schein. Aber meine durchwegs bescheidene Meinung spielt keinerlei Rolle, und wer bin ich schon, dass ich am Plan des großen Ganzen zweifle?

Als ich mit dem mir angemessenen Desinteresse, aber dennoch ungebührendem Eifer darüber nachdenke, was präzise mich an der Gegenwart der Autorin stört, komme ich nicht mehr umhin mich zu fragen, ob es nicht vielleicht die Eifersucht ist, die meinen sonst so klaren Blick trübt. Nun denn, mag mich die Blindheit schlagen, ist es doch mehr Eiferwahn als Eifersucht. Und dem Wahn bin ich derzeit nicht abgeneigt.

Es ist meine Menschlichkeit, meine Erbärmlichkeit, die mich anwidert.

Ekelhaft.

Das winzige Kurios, das ich immer noch bei mir trage, stößt einen albern, kleinen Schmerzensschrei aus, als ich meine stählernen Klauen wie Schraubstöcke um es schließe. Ich empfinde keinerlei Reue, dass ich quäle, wofür ich so aufrichtige Zuneigung empfinde, nur weil ich nicht berühren darf, was ich zu vernichten gedenke. Im Gegenteil, ich bedaure einzig, dass es seine Qualen nicht lauthals hinausschreien kann. Den Schmerz all den Anwesenden entgegenbrüllen. Aber jemand wird schreien.

Sie wird es sein.

Denn sie ist hier, und das Hier wird tun, was es immer tut.

*Es wird richten und vernichten.*

Bald.

Und das armselige Kurios wird mir dabei helfen.

Denn, geliebte, unantastbare, einzigartige Kathi Cambridge, wie gesagt, eine der Geschichten in diesem Haus ist deine Geschichte. Und die beginnt, wie alle Geschichten, weit vor dem eigentlichen Sündenfall.

Weit davor.

Kathi hatte sich nie viel aus Freundschaften gemacht, was nicht hieß, dass sie nicht einsam war. Es hieß nur, dass sie noch zu jung war, um darüber nachzudenken. Begriffe wie Freundschaft, Einsamkeit oder auch Traurigkeit überstiegen einfach in ihrer Komplexität den Horizont eines achtjährigen Mädchens. Was wiederum nicht bedeutete, dass sie die Einsamkeit nicht empfinden konnte. Sie konnte sie sehr wohl empfinden, aber sie konnte sie nicht benennen. Nicht wirklich, weil sie nicht darüber nachdenken konnte.

Woran sie aber immer dachte, waren die bunt gestrichenen Holzpferdchen am Spielplatz. Zu jener Zeit war es noch nicht üblich, dass es überhaupt so etwas wie einen öffentlichen Spielplatz gab, und wenn, dann gab es dort nicht viel mehr als eine einsame Schaukel oder eine desolate Rutsche.

*Aber diesen Spielplatz gab es.*

Und dort, auf diesem Spielplatz, der eigentlich viel zu weit weg von der kleinen Wohnung in der großen Arbeitersiedlung war, um als Achtjährige allein dort hinzugehen, dort waren neben einer Rutsche und einer Schaukel auch noch diese Pferdchen. Eines der Pferdchen war rot, das andere war blau, und sie waren beide an großen, eisernen Sprungfedern, die fest im Boden verankert waren, befestigt. Darauf konnte man reiten und wippen, bis einem die Haare ins freudestrahlende Gesicht peitschten, und dabei konnte man einfach alles vergessen. Eben auch diese Dinge, die man eigentlich noch gar nicht wusste. Auf dem hölzernen Pferdchen, da waren sie wie …, sie waren wie weggeblasen.

Kathi liebte das rote Pferdchen, das blaue hingegen, das war ihr irgendwie fremd. Aber das spielte keine Rolle. Ein Holzseelenverwandter war mehr als genug für das Mädchen. Und sie hatte dem roten Pferdchen sogar einen Namen gegeben.

*Lucy.*

Sie fand, dass Lucy ein ganz wunderbarer Name für ein Pferdchen war, so wunderbar wie das Holztier selbst, so wunderbar, dass sie die meiste Zeit vergaß, dass es nur aus Holz war. Sie schaukelte, ließ die blonden Zöpfe fliegen und dachte sich weit weg. Wenn die Feder quietschte, war das für sie der Hufschlag auf den staubigen Weiten der Prärie. Oder einfach sonst wo. Aber es waren die echten Hufe eines echten Pferchens. Eines echten Pferdchens in einer unechten, einer viel besseren Fantasiewelt.

Auch an diesem besonderen Tag, der ihr Leben für immer verändern sollte, hatte sie beschlossen, gleich nach der Schule auf dem Nachhauseweg einen Umweg zu machen, um Lucy zu besuchen. Das durfte sie eigentlich nicht, aber es war niemand in der kleinen Wohnung, der überprüfen hätte können, ob sie gleich nach Hause kam. Der Wohnungsschlüssel war mit einem Band am Schulranzen befestigt, die Wohnung leer, die Eltern auf der Arbeit. Geschwister hatte sie keine.

Während die anderen Kinder in der Schule über ihren Kopf hinweg spotteten, ihr Spuckekugeln ins Haar schossen und wegen ihrer geistigen Abwesenheit kicherten, dachte Kathi an Lucy, dachte an das Stück Zucker, das sie aus der Zuckerdose gestohlen hatte und das für das Pferdchen bestimmt war. Natürlich konnte das Holzspielzeug keinen Zucker fressen, das war klar, aber das würde dann einfach Kathi erledigen und sie würde sich dabei vorstellen, es wäre Lucy. Sie würde sich das so genau vorstellen, dass sie die zarten Nüstern auf der flachen Hand spüren würde, während sie selbst es wäre, die am Zucker lutschte. Und das, obwohl nie zuvor die Nüstern eines echten Pferdes ihre Hand berührt hatten. Sie wusste einfach, wie sich das anfühlen würde, und es wäre sicher wunderschön. Und während die Lehrerin sie schalt, weil sie träumte anstatt Erbsen zu zählen und zu rechnen, dachte Kathi daran, wohin und wie weit sie das rote Pferdchen heute tragen würde. Die reale Welt war deshalb nicht freundlicher, sie war einfach nur nicht länger von Bedeutung. Denn Kathi hatte ihre eigene Welt, in der sie alles so erschaffen konnte, wie sie es wollte. Eine eigene Welt, nur für Lucy und Kathi.

Als endlich die Schulglocke das Ende der letzten Stunde verkündete, sprang Kathi auf, warf ihre Schulsachen achtlos in ihren Ranzen und rannte davon, so schnell sie ihre Beine trugen. Einerseits, weil die Buben aus der Klasse sie ohnehin immer verfolgten, um sie an den Zöpfen zu ziehen und in ihre Unterhose zu greifen, und sie mit Kathis schnellem Schritt aber kaum mithalten konnten und sie deshalb meistens einfach laufen ließen, andererseits, weil sie so schneller bei Lucy und deshalb schneller weg aus dieser Wirklichkeit sein würde. Doch als sie endlich am Spielplatz ankam, war Lucy nicht allein.

*Jemand saß auf Lucy.*

Und es war niemand, der auf ihr sitzen hätte sollen. Nicht, weil das kleine Pferdchen nur Kathi gehört hätte, immer wieder saßen andere Kinder darauf, und sie musste sich hinter dem verwucherten Brombeergestrüpp verstecken und warten, bis die anderen Kinder weg waren. Nein, das war es nicht. Es war nur so, dass dieser Jemand einfach nicht auf das Pferdchen gehörte.

Er gehörte überhaupt nicht hierhin.

Er war *falsch.*

Ein Mann unbestimmten Alters, weil das Alter jedes Erwachsenen für jedes Kind unbestimmt ist. Das kastanienbraune Haar hatte er in leichten Wellen aus dem makellosen Gesicht gekämmt. Er trug einen schwarzen Anzug und unter dem Sakko ein weißes Hemd, das er bis hin unters Kinn zugeknöpft hatte. Er war eigentlich hochgewachsen, aber gleichzeitig auch sehr dünn, was ihn auffällig zierlich wirken ließ. Die klapprigen Beine hatte er angewinkelt, und seine knochigen Knie ragten weit auf, fast bis hin zu seinen eingesunkenen Schultern. Sein nach vorne geneigter Kopf wippte monoton im Rhythmus, in dem er das kleine Holzpferdchen bewegte. Vor, zurück, vor, zurück. Die Stahlfeder ächzte unter der Belastung.

Das durfte nicht sein.

Er würde sie kaputt machen, er würde Lucy töten.

Sie würde abbrechen, und sie würden nie wieder gemeinsam reiten können.

Der angeborene, instinktive Selbstschutz, über den Kinder verfügen, schrillte panisch mit jeder ihm zur Verfügung stehenden Alarmglocke:

*Gefahr! Lauf weg!*

Doch die Liebe, die aufrichtige Zuwendung zu einem leblosen Ding, das ihr in den letzten Monaten ein besserer Freund gewesen war als alles Lebendige jemals zuvor, war zu stark. Die Verzweiflung zu groß. Kathi konnte nur daran denken, wie Lucy, von ihrer Halt gebenden Feder abgebrochen, kraftlos zur Seite gesunken, große Holzpferdchentränen weinend am Boden lag und elendiglich verendete.

Keine Prärie mehr und auch kein Wind in den Haaren.

Gar nichts mehr.

Das konnte sie nicht zulassen.

Also versteckte sich Kathi diesmal nicht hinter dem Gestrüpp, sondern kam langsam näher. Das verzweifelte, das letzte »Renn um dein junges, unschuldiges Leben!« ihrer kindlichen Vernunft verhallte wohl gehört, aber wissentlich ignoriert, und Kathi ging weiter.

Immer näher.

Schritt um Schritt, Schritt um Schritt.

Eine dem lauen Frühlingsnachmittag nicht angemessene Kälte umfing sie fordernd, und sie fröstelte. Mit beiden Armen umfasste sie sich selbst, zog den alten ausgewaschenen Pullover enger an sich. Sie konnte die eiskalte Angst im Nacken spüren, doch sie ging weiter. Und auch wenn man es anders interpretieren konnte, so war es dennoch nicht Mut, der sie antrieb, es war verzweifelter Irrsinn. Eine Eigenschaft, die das kleine Mädchen in diesem Moment fast einer Erwachsenen gleichkommen ließ.

»Was tust du da?«

Ihre kleine, kindliche Stimme bebte, als sie ihre kleine, kindliche Frage an den großen, unheimlichen Fremden richtete. Aber die Worte waren dennoch deutlich, kamen aus tiefster Seele und waren mit vollster Überzeugung gesprochen. Sie verschluckte keine Silbe. Und es war mehr als eindeutig, dass sie sich eine Antwort, viel mehr eine Erklärung erwartete.

Ganz egal, mit wem sie es zu tun hatte.

Der Fremde hatte den Kopf gerade noch zuvor nach vorne auf die Brust abgesenkt gehabt, als schliefe er, doch jetzt hob er ihn langsam an, der störenden Stimme entgegen. Sein Mund war zu einem unnatürlich breiten Grinsen verzerrt, das seine eisblauen, kalten Augen jedoch nicht erreichte.

»Was ich da tue? Ich sitze auf deinem Pferdchen … Kathi.«

Seine Stimme war so kalt, wie seine Augen kalt waren und so lauernd, wie sein ganzer Körper lauerte. Jetzt sah sie, dass er nicht wirklich schlaff in sich zusammengesunken war, er war mehr zum Sprung gespannt. Geduckt wie eine Keller-Wolfspinne in der finstersten Ecke des Souterrain. Wartend auf einen ahnungslosen Ohrenschlüpfer. Kathi runzelte die Stirn, doch wieder, anstatt davonzulaufen, kam sie näher.

Noch näher.

»Warum weißt du, wie ich heiße?«

»Ich weiß noch viel mehr als das … Kathi.« Er hörte auf zu wippen, saß jetzt starr auf dem kleinen Pferdchen, den Kopf abschätzend zur Seite gesunken, den Hals seltsam überdreht.

»Weißt du, wir kennen uns.«

»Tun wir nicht!«, schnell kamen die Worte aus dem kleinen Mädchen. Schnell, energisch und panisch.

»Doch, Kathi. Ich kenne dich. Und du kennst mich. Ich habe dir bei deiner Geburt ein Geschenk gemacht. Und ich bin heute zu dir gekommen, weil ich von diesem Moment an für dieses Geschenk eine Gegenleistung erwarte. Hörst du? Eine Gegenleistung.«

Ein Geschenk? Eine Gegenleistung? Kathi war verwirrt. Sie kannte denn Mann nicht, hatte ihn noch nie zuvor gesehen, das konnte sie beschwören. Was konnte er ihr geschenkt haben? Vor allem, wo sie doch gar nichts hatte. Nichts, bis auf das kleine rote Pferdchen, und das wollte er ja wohl gerade kaputtmachen.

»Was denn? Ich weiß nicht, dass ich was von dir hab.«

Das unnatürliche Lächeln verschwand von seinem Gesicht, sein kalter Blick loderte klirrend auf. Forschend, suchend. Es schien, als wöge er ab, ob das vorlaute Kind es tatsächlich wagte, ihn zu belügen. Ob sie wirklich nichts wusste, von seinem kostbaren Präsent, das er ihr, ganz speziell ihr, gemacht hatte. Dann hob er den Zeigefinger seiner rechten Hand zu seiner glatten Stirn und deutete dagegen.

»Es ist alles hier oben, Kathi. Es ist jeder Gedanke, den du hast. Jeder Gedanke, der dich von hier fortbringt. Und ich weiß, dass dich die Gedanken oft fortbringen. Und jeder einzelne davon ist von mir.«

»Von dir?«

»Von mir.«

»Wer bist du denn? Wie soll das gehen? Was machst du in meinem Kopf.«

»Es spielt keine Rolle, wer ich bin. Oder es spielt jede Rolle. Was dann wieder auf das Gleiche hinausläuft. Und es geht, weil ich es will. Und was ich in deinem Kopf mache? Kind, das weißt du. Ich befreie dich. Erlöse dich von diesem Dreck.« Er deutete mit einem Nicken rund um sich, und es war klar, dass er damit nicht den Spielplatz meinte, sondern einfach alles.

Den ganzen Dreck, die ganze Welt.

Wenn man mit einem Kind spricht, kämpft man oft dagegen an, dass der noch simple Geist nicht jedem kausalen Zusammenhang folgen kann. Doch in die geheimnisvolle Welt hinter der offenkundigen Logik, dahin kann einem jedes Kind folgen, und deshalb wusste Kathi einfach, was er meinte.

Sie verstand alles, was der Fremde zu ihr sagt. Verstand es in dem Augenblick, in dem er es sagte. Und sie wusste auch zu schätzen, wie wertvoll das war, was sie von ihm bekommen hatte. Sie liebte es, es bedeutete ihr *alles*. Ohne es wäre sie …, einfach *nichts*. Da stieg eine Angst in ihr auf, die jedes Gefühl überstieg, das sie jemals gefühlt hatte. Er war hier, weil er es ihr wieder wegnehmen wollte. Er war nicht nur hier, um Lucy zu töten.

*Er wollte Kathis Welt zurück.*

»Was soll ich denn machen?«, schluchzte sie, und dicke Tränen liefen glitzernd über ihr kaltes Gesicht. »Sag mir, was ich tun soll. Sag's mir!«

Einen Moment wartete er noch, beobachtete zufrieden sein Geschöpf. Sie war gelungen. War ihm gelungen. Und sie würde noch viel wertvoller werden. Für sich selbst, aber auch für ihn.

»Ich will etwas Beispielloses von dir«, flüsterte er und lehnte sich dabei zu ihr hin, als würde er ihr ein Geheimnis anvertrauen, und in gewisser Weise war es genau das, was er tat.

»Ich will, dass du nach Hause gehst, einen Bleistift und ein Schreibheft nimmst, und ich will, dass du alles, was dir einfällt, aufschreibst.«

Aufschreiben. Einfach aufschreiben? Nur das? Das konnte sie. Ihre Augen waren riesig, und sie nickte. Sie verstand.

*Aufschreiben.*

»Ich will, dass du das sofort machst. Geh heim und schreib alles nieder. Jeden Gedanken, jedes Bild. Und hör nie wieder damit auf. Verstehst du mich? Nie wieder. Und denk immer daran, dass ich dir diese Bilder geschenkt habe. Ich bin es immer gewesen, und ich werde es immer sein. Vergiss das nicht. Vergiss mich nicht.«

An diesem Nachmittag schrieb Kathi die ersten einhundertfünfzig Worte ihrer ersten Kurzgeschichte. Mit einem angenagten Bleistift in ein blaues Quartheft mit blauen Linien, das an den Ecken abgeschunden war, und in dem auf den ersten Seiten Zahlenreihen standen. In dieser Geschichte ging es um ein kleines Mädchen und ein noch kleineres Pferd. Ein echtes Pferd, keines aus Holz, aber ein Fuchs war es trotzdem. Leuchtend rot im leuchtenden Licht der Abendsonne. Es ging also um ein wunderschönes Pferd mit rotem Fell und ein wunderschönes Mädchen mit blonden Locken. Und um die ganz großen, die gemeinsamen Abenteuer. Natürlich hatte das Mädchen das Pferd sehr, sehr lieb. Immerhin war das das Einzige, das zählte. Jemanden zu finden, den man sehr, sehr lieb haben konnte. Die Geschichte war nichts Aufregendes und schon gar keine besondere Überraschung. Die Sätze waren kurz und die Worte einfach, immerhin waren es die Sätze und Worte eines Kindes. Doch es war die erste Geschichte.

Nur zehn Jahre später hatte Kathi bereits viele Geschichten geschrieben. Sogar ein ganzes Buch. Über ein Mädchen, einen Jungen und die alles überragende, alles bezwingende Macht der Liebe. Und zigtausende Menschen lasen dieses Buch, bewunderten das Talent der jungen Autorin, bewunderten ihre Gabe. Kathi hatte nicht darum gebeten, doch sie hatte ein Geschenk bekommen. Ein Geschenk, das sie berühmt gemacht hatte, ihr aber dennoch nie die Einsamkeit nehmen konnte.

Und der Mann im schwarzen Anzug? Der Fremde auf dem roten Holzpferdchen? Er las jedes ihrer Worte. Auch die ersten Worte dieser ersten Geschichte in diesem blauen Quartheft. Auch wenn diese Geschichte nie die schützenden Wände des Kinderzimmers verlassen hatte. Der Mann im schwarzen Anzug, der hatte sie gelesen.

Denn er wusste ein gutes Buch zu schätzen.

*Und er wusste um die Macht.*

*Die Macht der Liebe.*

Er hatte ein Herz erschaffen, das es wert war, gebrochen zu werden.

Bereits ihr zweites Buch, natürlich ein Liebesroman, verkaufte sich so gut, dass die Presse nicht darum herum kam, sie als außerordentliches Talent, gar als Wunderkind zu bezeichnen. Ein durchwegs belletristisches zwar, aber ein Wunderkind allemal. Ein blondgelocktes und im wörtlichen wie übertragenen Sinne blauäugiges, aber ein Ausnahmetalent. Immerhin war sie noch keine zwanzig, und ihr zweites Buch eroberte bereits die Weltbestsellerlisten.

*Weltbestsellerlisten.*

Ja, weltweit, in über zwanzig Sprachen übersetzt. Man, und mit man sind die Altvordersten der literarischen Götzenmacher gemeint, war sich einig, dass der literarische Wert ihres Werkes zu vernachlässigen sei, der monetäre Wert war es nicht. Ganz im Gegenteil. Eben noch ein Kind aus ärmlichen Verhältnissen, war Kathi innerhalb weniger Jahre zu einer Frau von Welt gereift, oder besser gesagt, finanzkräftig wie kaum eine Zweite, die ihr Leben dem Schreiben verschrieben hatte. Denn eine Frau von Welt, das war sie wohl doch nicht. Sie war immer noch das Mädchen aus der Kleinstadt, sie war immer noch sie selbst. Beinahe war sie einfältig in ihrer Unschuld, nahezu banal oder gar dümmlich in ihrer Naivität und durchwegs erheiternd in ihrer damals noch aufrichtigen Bescheidenheit. Kathi war ein guter Mensch, aber sie schrieb keine guten Bücher.

Besser, sie schrieb erfolgreiche Bücher.

Sie schrieb den Leuten aus der Seele, stillte eine Sehnsucht nach echter Romantik und wahrer Liebe. Und sie repräsentierte es nicht einfach nur hervorragend, sie *war* echte Romantik und wahre Liebe. Wer immer auch nur eines ihrer einfachen und gerade deshalb wunderbaren Worte, einen ihrer kurzen, aber ergreifenden Sätze las, wusste es. Hier wurde ihm nichts verkauft. Hier war nicht ein mäßig begabter Schützling der Verlagsindustrie zur Ikone hochstilisiert worden. Hier schrieb ein Mensch.

Und sie wollten es lesen.

Alle wollten es lesen.

Und schämte sich manch einer anfangs noch dafür, diesen Schund in der Bahn in Händen zu halten, so löste das Sein bald den Schein ab, holte das Leben die Kunst ein. Die Leute wollten Liebe. Hier war jemand, der sie ihnen bot. Noch der schüchternsten Sekretärin und dem dreckigsten Bauarbeiter. Sie hatte ehrliche Liebe für die ehrlichen Menschen, egal hinter welcher Fassade sie sich verstecken mochten. Und was Kathi den Leuten da gab, war nicht einfach nur unschuldige Romantik, unschuldige Sehnsucht. Es war erfüllte Leidenschaft. Feuerrote, brennende, lodernde Leidenschaft. Fleischliche Begierde. Dass sie so jung war, verlieh dem Ganzen zusätzlich den schüchternen Anstrich des Unanständigen, auch wenn die Bücher selbst es niemals waren. Sex ja, aber niemals anstößig.

Viel Fleisch, viel Würde.

Gierig schielte man nach dem Leben der Frau, die so viel über die Liebe und den Sex wusste. Doch was das anging, wurde man enttäuscht. So viel sie in der Fiktion wusste, so wenig geschah in ihrem realen Leben. Es schien fast so, als würde die Liebe die Fachfrau scheuen.

Es folgten Buch drei, vier, fünf und sechs, dann ein besonders erfolgreicher, diesmal vor allem auch bei Männern, Band erotischer Kurzgeschichten. Aber es folgte kein Mann in Kathis Leben. Auch keine Frau. Und darüber hatte man medienwirksam spekuliert. Aber es entsprach einfach nicht der Wahrheit. Denn Kathi liebte die Männer, nur keinen im Speziellen. Obwohl, auch keinen im ganz Generellen. Kathi hatte noch nie geliebt. Weder ihr Fleisch hatte es, noch ihr Herz. Sie war eine absolut unberührte, tadellose Jungfrau. Eine Jungfrau, die es ihre Romanfiguren in allen Stellungen tun ließ, nur sie selbst, sie tat es nicht. Sie war mittlerweile siebenundzwanzig und so unberührt wie das Spitzenhöschen einer Nonne. Doch es beunruhigte sie nicht. Weder das Gerede der Öffentlichkeit noch das Gerede ihrer Mutter und es recht nicht ihre Unschuld. Es war nicht so, dass sie wartete. Nicht eigentlich, aber irgendwie dennoch, doch es hatte sich bisher nicht ergeben. Nicht die Liebe, und nicht der Sex. Doch Kathi wusste, es würde sich ergeben, und es würde einmalig werden. Und während sie wartete, auf die eine, die ganz große Liebe, schrieb sie und schrieb.

Und ihr Vermögen wuchs und wuchs.

Kathi hatte nie studiert, eigentlich war sie nie auch nur in die Nähe eines Studiums gekommen. Aus dieser Tatsache hatten weder sie noch ihr übereifriges Management jemals ein Geheimnis gemacht. Im Gegenteil, dieses Ungebildete war Teil jenes Geheimnisses, das Kathi als Autorin definierte.

Es war dieses Naturtalent, diese aufrichtige Ehrlichkeit, welche die Unnahbarkeit ihres Erfolgs zu überwinden wusste und sie für jeden begreifbar machte. Sie war außergewöhnlich, eben weil sie es nicht war. Sie war wie all die anderen, aber sie war anders. Und obwohl sie kein Studium absolviert hatte, war sie von der bedeutendsten Geisteswissenschaftlichen Fakultät des Landes gebeten worden, an der literaturwissenschaftlichen Abteilung einen Vortrag über den Entstehungsprozess ihres literarischen Schaffens zu halten.

Kathi hielt gerne Lesungen, sie gab regelmäßig Signierstunden, stand, wenn angebracht, auf dem roten Teppich und posierte in manierlichen Kleidchen für unhöfliche Fotografen, aber sie hatte noch nie einen Vortrag gehalten. Auch hatte sie nicht vorgehabt, an jenem Punkt ihrer Karriere, als knapp dreißigjährige, millionenschwere Belletristik-Autorin, damit anzufangen. Doch ihre Cheflektorin hatte, was das betraf, ganz andere Vorstellungen. Man wollte langsam weg vom Image des talentierten Mädchens von nebenan und hin zum Bild einer erfolgreichen, einer intellektuell gereiften Frau, und da kam ein Vortrag an einer Universität gerade recht. Image war die halbe Miete, oder in diesem Fall die halbe Auflagenzahl. Also hatte Kathi ihre Motive durchforstet, ihre Motivation hinterfragt, kurz ihren Schreibprozess systematisch durchleuchtet. Man hatte ihr dafür Hilfe angeboten, doch kurz nachdem sie mit der Arbeit am Vortrag begonnen hatte, war ihr klar geworden, dass sie diese Hilfe nicht brauchen würde. Sie wusste, was es zu sagen gab, immerhin war sie es, die die Bücher schrieb. Wer sonst sollte also besser darüber Bescheid wissen, *wie* sie die Bücher schrieb? Demnach war jeglicher hochgebildete Beistand überflüssig, und auch wenn Kathis Cheflektorin das anders sah, ließ man die enthusiastische Autorin gewähren. Wenn diese dazu bereit war, ihr Persönlichstes ans Licht zu bringen, ihr Innerstes nach auch zu kehren, dann war auch der Verlag dazu bereit. Skeptisch, aber bereit.

Der herbeigefürchtete, aber auch herbeigesehnte Vortrag strafte dann all die noch verbliebenen Skeptiker Lügen, denn er war nicht nur authentisch und literarisch relevant, er war ein durchschlagender Erfolg. Der Hörsaal platzte förmlich aus allen Nähten, und es waren tatsächlich Studenten und keine hysterischen Fans oder gar die geifernde Presse erschienen. Die Fakultät war streng gewesen, fakultätsfremde Personen waren kategorisch unerwünscht. Die aufrichtig interessierten Fragen waren erfrischend direkt, teilweise beinahe indiskret, meistens fordernd anspruchsvoll. Kathi hatte ebenso viel Freude daran, sie zu beantworten, wie die Studenten begeistert waren, sie stellen zu dürfen.

Nach dem Vortrag war Kathi, immer noch von der Euphorie des Gelingens beflügelt, nicht dazu bereit, den Campus sofort zu verlassen. Andächtig streifte sie durch die hehren Hallen der Alma Mater, die sie zuvor nie betreten hatte, als ihr ein Aufsteller, der auf eine Podiumsdiskussion verwies, welche ebenfalls an diesem Nachmittag stattfand, den Weg verstellte. Und ja, das tat er tatsächlich. Er verstellte den Weg. Fast hätte sie ihn über den Haufen gerannt, und so geistesabwesend, wie sie an diesem Nachmittag an der geisteswissenschaftlichen Fakultät war, entschuldigte sie sich höflich bei der Pappendeckelwand für ihre leichtsinnige Verfehlung.

»Bitte entschuldigen Sie vielmals der Herr. Es ist nicht meine Absicht gewesen, Sie über den Haufen zu rennen. Ich bin nur …«

Ein *kurioses* Missverständnis – wann nahm man schon Pappe für Mensch – das sie dermaßen erheiterte, dass sie sich lachend gegen die kalte Wand des alten Gemäuers sinken ließ und mit Tränen ausgelassener Heiterkeit in den Augen nach Luft schnappte.

Als sie ihren unverhofften und sehr erleichternden Lachanfall ohne zu ersticken überstanden hatte, und sie den Pappaufsteller genauer ins Visier nahm, weckte die optische Schlichtheit der beinahe geheimnisvollen Ankündigung augenblicklich ihr Interesse:

*Philosophikum – Über das Wesen der Sünde.*

Kathi hatte keinerlei Ahnung, was denn ein Philosophikum war, auch war ihr keiner der angekündigten Redner geläufig, aber mit der Sünde kannte sie sich aus. Zumindest auf einem Blatt Papier. Offensichtlich war es an diesem unbeschwert fröhlichen Nachmittag an der Zeit, sich der Philosophie der Sünde zu widmen.

Die Podiumsdiskussion war spärlich besucht. Keine überfüllten Reihen, lose im Hörsaal verteilt saßen die Abtrünnigen der gesellschaftlichen Konvention und lauschten ergriffen und voll morbider Andacht den Ausführungen der Gottlosesten unter den Amoralischen.

*Den schwarzen Philosophen.*

Kathi hatte bereits einen beträchtlichen Teil der Diskussion versäumt, deshalb hielt sie sich im Hintergrund, blieb an der Rückwand des Saals, in tiefe Dunkelheit gehüllt, stehen. Und lauschte. Lauschte jenen Gedanken, die ihre Welt auf den Kopf stellen, ihre Unschuld prüfen sollten. Und wie das Licht, das Gute selbst, wurde sie von der Dunkelheit der Sünde magisch in den Bann gezogen.

Fasziniert hing sie an jedem gesprochenen Wort, aber vor allem an den Worten jenes Mannes, den die Moderatorin Philipp nannte.

»Das Gute ist nicht mehr als ein Relikt, eine Erinnerung an eine lachhafte Epoche«, sprach dieser und lobte das Menschenverachtende, propagandierte die Misanthropie als die einzig wahre Hinwendung zum Menschsein selbst, deklarierte Vernichtung als Erschaffung des Neuen. Huldigte dem Hass. Sie konnte sich nicht sattsehen an seiner schlanken Silhouette, seinem pechschwarzen Haar, seinen tiefdunklen Augen. Konnte sich nicht satthören an seinem Menschenhass, seiner Mordlust.

Er war in Schwarz gewandet, nicht der Hauch von Grau durchbrach die perfekte Finsternis, in die er sich hüllte. Er war egozentrisch im wahnhaften Stadium, prätentiös und arrogant. Und er war nicht im Geringsten jenes Genie, für das er sich hielt. Selbst auf diesem Podium war er argumentativ, von all seiner Eigenliebe verblendet, der Schwächste und philosophisch hoffnungslos festgefahren. Aber um das zu erkennen, fehlte es Kathi dann doch nicht nur an Lebenserfahrung. Es war diese polemischste aller Hasstiraden, die sie faszinierte. Es war das ebenmäßigste aller Gesichter, das sie erglühen ließ. Sie stellte keine Fragen, als es an der Zeit war, welche zu stellen. Sie schwieg und sie lauschte. Bewunderte und begehrte. Begehrte das erste Mal wahrhaftig in ihrem von fiktiver Liebe erfüllten Leben.

Nach Beendigung der Podiumsdiskussion wandte sich Philipp so schnell wie möglich von den anderen Teilnehmern und erst recht von den unterwürfigen Zuhörern ab. Man hatte ihn hierfür bezahlt, und er hatte gesprochen. Öffentlich gesprochen. Seiner Schuldigkeit war Genüge getan. Mehr gab es hier und auch sonst wo nicht zu tun. Für einen Mann, der sich dadurch definierte, dass er für die gemeine Welt stets ein Unverstandener war und bleiben würde, gab es nur einen möglichen Weg, und dieser Weg führte ihn vorrangig weit fort von allem und jedem. Nachrangig würde er ihn in sein karges, dunkles Zuhause führen. Dort würde er einsam trinken und die beschränkte Menschheit verdammen. Danach würde er weitertrinken und sich selbst bedauern, weil er mit dieser Welt gestraft worden war.

Als er sich, die ihm auf den eiligen Weg nachgeworfene Frage eines Studenten tunlichst ignorierend, dem Saalausgang näherte, fiel sein Blick auf die hagere Gestalt, welche entspannt im Türstock lehnte, als habe sie alle Zeit der Welt.

*Als habe sie alles.*

Irgendwie kam ihm der Mann im schwarzen Anzug mit den rotbraunen Haaren und dem ebenmäßigen, blassen Gesicht bekannt vor. Seltsam vertraut. Seinesgleichen. Mehr, der Gleichere unter den Gleichen. Schlussendlich gar der eine, der einzige mögliche Gesprächspartner. Und das nicht irgendwo, fernab von dieser quälenden Banalität, sondern direkt vor ihm. Hier, in seiner Welt. Wartend in diesem unbedeutenden Türstock lehnend, mit einer silbernen Münze spielend, die gleichmäßig seinen linken Handrücken entlanglief, bevor sie sicher in seiner hohlen Hand verschwand.

*Mal für Mal, unausweichlich, immer wieder.*

Von ungeheurer Erwartung berauscht, steuerte Philipp auf den Fremden zu – um es ihm zu sagen, um ihm alles zu sagen, um alles für ihn zu sein und alles für ihn zu tun – als dieser die Münze plötzlich festhielt, sich aufrichtete, ihn anblickte und den Kopf schüttelte. Irritiert verlangsamte Philipp seinen euphorischen Schritt bis hin zum Stillstand, den gleißenden Blick der fieberhaften Begeisterung nicht von dem wohlvertrauten Unbekannten abwendend. Was wollte er ihm sagen? Was gab es Bedeutendes mitzuteilen, das seiner unterwürfigen Nähe nicht bedurfte, wo er sich doch mit jeder verstreichenden Sekunde mehr und mehr nach dieser Gesellschaft sehnte? Dies die Gesellschaft war, für die er sein bisheriges profanes Leben gelebt hatte? Da hob der Fremde seine rechte Hand zum Fingerzeig und wies Philipp deutlich an, sich abzuwenden. Als dieser in seiner unerfüllten Sehnsucht dennoch zögerte, insistierte der andere beharrlich.

»Dreh dich um«, formten seine schmalen, harten Lippen, und eiskalt hallten die unausgesprochenen Worte in Philipps Kopf nach.

*Dreh dich um.*

*Sofort.*

Ergriffen lauschte er dieser alles bestimmenden Stimme, welche kein Widerwort oder gar Zuwiderhandeln duldete. Und an unsichtbaren Fäden festgesponnen, unerbittlich fortbewegt vom *Marionettenspieler aller*

*Marionettenspieler*, wandte Philipp sich ab. Vielmehr wandte sich der Person zu, die bereits im Abstand von nur wenigen Metern hinter ihm stand.

Eine Frau, nicht mehr jung, aber jugendlich, mit riesigen blauen Augen und dichten, blonden Locken. Das liebliche Gesicht war von deutlicher Verzückung beseelt, es war erbärmlich, doch irgendetwas hemmte seine Abscheu. Von seinem ureigenen, unverhohlenen Interesse zutiefst überrascht, ja nahezu belustigt, verzog er den von permanenter Verachtung gezeichneten Mund zu einem schiefen und herabwürdigenden Lächeln.

*Aber er lächelte.*

Mit sofort noch weiter aufgerissenen Augen erwiderte die Frau sein Lächeln, und ihre samtweiche Stimme zitterte, als sie zaghaft sprach:

»Sie waren … erlauben Sie mir, Ihnen das zu sagen, Sie waren … einfach…«

Er konnte nicht beurteilen, ob es der Respekt war, der ihren Wortfluss brach, oder doch eher verhaltene Erregung. Was immer es auch war, sie hatte seine Aufmerksamkeit. Und er hoffte, dass es viel von beidem war, denn eine ungeheure Lust auf ein ungeheures Spiel ließ seinen Körper vor Verlangen erbeben. Der Fremde im schwarzen Anzug hatte ihm etwas Schönes zum Zerstören geschickt.

Es war an der Zeit, dankend anzunehmen.

»Schönes Fräulein, darf ich's wagen, Ihnen meine Gesellschaft anzutragen?«, schnurrte Phillips dunkle Stimme tief heraus aus dem Abgrund seiner selbstverordneten Seelenlosigkeit.

Was von diesem Moment an unausweichlich war, würde es auch bleiben. Was ohnehin geschehen musste, geschah. Nicht, dass sie eine Wahl gehabt hätten. Philipp und Kathi wurden ein Paar. Oder zumindest etwas, das dem an guten Tagen, derer es deutlich wenige gab, einigermaßen nahe kam. Philipp hatte sofort erkannt, was ihm an jenem Tag von einem Fremden, an den er sich eigentlich nicht mehr erinnern konnte, den er aber auch nie wieder vergessen würde, in den Schoß gelegt worden war.

Ein unschuldiger Mensch.

Eine Frau mit dem Herzen eines Kindes, eine Frau, die bald ganz ihm gehörte, die er aus tiefstem, dunklem Herzen verabscheuen und dementsprechend quälen konnte. Und er hatte sie verdient. Ob sie ihn auch verdient hatte, war irrelevant. Es war nur der Anfang von etwas. Oder eigentlich war es ein Teil von etwas Großem, denn keiner konnte sagen, wann es begonnen hatte.

*Und nur einer weiß warum.*

Kathi akzeptierte die Abscheu, sie durchlitt die Qual, denn es war diese erlesene Verachtung, die ihr Philipp entgegenbrachte, nach der sie süchtig geworden war. Bereits an jenem ersten gemeinsamen Abend, bereits durch jenes erste, verächtliche Lächeln. Und je länger er sie quälte, desto mehr glaubte sie, dass es dies sein musste, dass es das war, was die Leute Liebe nannten, und dass die Liebe in ihren Büchern tatsächlich nicht mehr war als verklärte Wunschträume. Was sie hier mit Philipp hatte, das war echt, das war die eigentliche Liebe.

Nun, genau genommen war es das nicht.

Es war weder Liebe noch war es echt. Es war Boshaftigkeit, und es war falsch. Falsch in seiner ursprünglichsten Bedeutung, boshaft in jeder denkbaren Form. Aber wer hätte es Kathi sagen sollen? Wer hätte sie über diese überkonstruierte Perversion aufklären sollen, die nichts von Nähe, Geborgenheit oder gegenseitigem Respekt hatte, welche sie aber tagtäglich durchlebte?

Freiwillig.

Jeden einzelnen *verdammten* Tag.

Und so sehr er sie auch für ihren kommerziellen Erfolg, ihr gesellschaftliches Ansehen und ihre allgemeingültige Beliebtheit verachtete, so wenig wich er von ihrer Seite. Bei Signierstunden stand er abseits, bei Fernsehauftritten wartete er hinter den Kulissen. Und mit jedem Erfolg, den es zu feiern galt, wuchs sein Hass auf diesen gewöhnlichen Menschen, der ihn selbst so mickrig erscheinen ließ, auf diesen überflüssigen Menschen, der ihn so abgöttisch liebte. Wuchs sein Hass auf sie. Denn dafür zu erkennen, wen er wirklich hasste, fehlte es ihm dann doch nicht nur an Lebenserfahrung.

Es waren Monate vergangen, längst teilten sie das Bett im wörtlichen Sinne, doch hatten sie es noch nicht im übertragenen geteilt. Sie schliefen gemeinsam darin, doch sie schliefen nicht miteinander. Anfangs hatte Kathi es für aufrichtige Zuneigung, fast für Ehrfurcht gehalten, doch langsam überkam sie der Zweifel. Was, wenn der Mann, den sie so sehr begehrte, dass ihr williges Fleisch in Flammen stand, ihr keineswegs körperlich erlegen war? Und konnte dies nicht bedeuten, dass er ihr gar nicht zugetan war? Angst wuchs dort, wo sonst die süße Qual wucherte, und die Zurückweisung schmerzte mehr, als es die Verachtung es je zuvor vermocht hatte. Da fasste sich Kathi eine Flasche Rotwein, und sie, sie fasste sich ein Herz, ihm das ihre zu offenbaren und sich ihm anzubieten. Auf unmissverständliche Weise.

Er war mit Bekannten ausgegangen, oder er schlich allein durch verlassene Gassen. Sie wusste es nicht, weil er nie kommentierte, wohin er ging, wenn er ging, aber Tatsache war, er war gegangen. Nun saß sie allein bei Kerzenschein und Alkohol im Wohnzimmer des feudalen Stadtpalais, das sie für sie beide gekauft hatte – denn ja, das war es, was sie sich leisten konnte und auch leisten wollte – und wartete auf ihn. Das Mädchen, das den Hausputz und die Küchenarbeit erledigte, hatte sie vorzeitig weggeschickt. An diesem Abend wollte sie mit ihm allein sein. Sie wollte mit ihm sein. Wollte, dass er in ihr war. Deshalb trank sie. Sie trank, weil sie sich Mut antrank. Sie trank, weil nicht nur ihr Herz bangte. Die Stunden verstrichen, doch ihr Begehren verweilte, und ihre Unruhe wuchs zunehmend.

*Die Nacht zog in die Stadt ein, und mit sich brachte sie die Dunkelheit.*

Als die Uhr elf geschlagen hatte und der Mond hoch am Himmel stand, betrat Philipp das Zimmer. Sie konnte riechen, dass auch er getrunken hatte, doch sie konnte es ihm nicht anmerken. Sein Blick war hart und kalt wie immer, seine Haltung aufrecht. Mit einem Flattern im Herzen und benommen vom Wein eilte sie zu ihm, nicht mehr am Leib als ein schwarzes Negligee, das ihre vollen, prallen Brüste zart umfloss und ihre heißen Schenkel kitzelnd umspielte. Sie wollte ihn zärtlich umfangen, ihn liebkosen, ihre Lippen suchend auf die seinen legen, doch er hielt sie zurück. In seinen Worten schwang unverhohlener Spott mit, als er sie grob von sich stieß:

»Was bitte willst du, außer noch mehr zu trinken? Was willst du von mir?«

Tränen traten in ihre Augen, doch war sie nicht gewillt, beschämt klein beizugeben, davonzukriechen wie ein geschossener Fuchs und sich unter der erdrückenden Daunendecke des Gästebettes zu verstecken wie in einem kalten Grab. Und sich in den Schlaf zu weinen. Das würde sie nicht tun. Nicht heute.

Fürchtete sie seine Grausamkeit?

Ja.

Jagte er ihr Angst ein?

Ja, das tat er.

Doch sie würde sagen, was sie zu sagen hatte, und tun, was es erforderte.

»Du fragst mich, was ich von dir will? Ich will dich, ich will dich ganz. Ich begehre dich, und ich will dich tief in mir spüren.«

»Du willst es tun wie die Figuren in deinen Büchern? Du willst, dass wir ficken und uns dabei gegenseitig Liebesschwüre ins schweißnasse Haar hauchen?«

»Ich will mit dir zusammen sein. Dich berühren, deinen Körper und deine Seele.«

»Dann, kann ich dir versichern, kommst du zu spät.« Hohl und bitter tönte sein Lachen durch das Zimmer, dann brach es ab. Abrupt. Er legte den Arm um sie und zog sie an sich. Der Tonfall seiner Stimme verriet ihn, doch die unverhoffte Berührung überlagerte alles. Sie konnte es nicht hören, das Böse. War blind für das nahende Verderben.

»Hast du es denn schon einmal getan? Wurdest du schon einmal so richtig durchgefickt?«, fragte er, und seine Augen verengten sich. »Hast du überhaupt schon einmal gefickt, Kathi?«

Die Härte seiner Worte blieb ihr nicht verborgen, dennoch schmeichelte sie sich weiter in seinen Arm, und ihre Antwort kam überraschend leicht über ihre bebenden Lippen.

»Nein. Ich habe noch nie mit einem Mann geschlafen. Ich … bin noch Jungfrau. Aber ich will es. Ich will wissen, wie es ist.«

»Jungfrau?!« Finster war sein Ton, unheilvoll das harmlose Wort. Und plötzlich hörte sie es, sah sie es. Doch es war zu spät. So wie es ab diesem Moment für jeden nächsten zu spät sein würde. Fliehen wollte sie, und noch während der Gedanke der Flucht sich in ihrem Bewusstsein manifestierte, manifestierte sich die Erkenntnis darüber, welch unverzeihlichen Fehler sie gemacht hatte. Doch kaum war der Gedanke fertiggedacht, legte sich sein sie eben noch lose umfassender Arm um sie wie ein Schraubstock.

Zu spät.

Jetzt und immer.

Zu spät.

Gnadenlos zerrte er sie an sich, sein eiskalter Atem schlug gegen ihr heißes Gesicht.

»Bitte«, flehte sie, »bitte lass mich. Lass mich los.« Doch keine Träne löste sich aus ihrem Augenwinkel, als wäre dieses Blut der Seele selbst in ihr erstarrt, so leblos und eisig ruhte sein durchdringender Blick auf ihr.

»Loslassen soll ich dich? Jetzt? Gerade eben hast du noch ganz anders gesprochen.« Und weiter zog er sie an sich, enger, näher. Zwängte seine freie Hand zwischen ihre bloßliegenden Schenkel, schob ihre Schamlippen auseinander, drängte und bohrte seine Finger tief in ihre Vagina. Immer tiefer hinein. Stocherte, suchte, wühlte, stieß unablässig. Zerriss sie, zerfetzte sie innerlich.

Weiter und weiter.

Stoß um Stoß.

Sie schrie und jammerte, heulte und winselte um Gnade, doch die kannte er nicht. Es gab kein Halten mehr. Kein Erbarmen.

Als er von ihr abließ, seine Finger aus ihr zog und die Umklammerung löste, sank sie auf den kalten Marmorboden nieder. Zitternd blieb sie dort, unfähig hinfortzukriechen, tief in sich gesunken, weit weg von dieser Wirklichkeit und dennoch angreifbar nah. Er ging vor ihr in die Knie, hob ihr Kinn an, damit sie aufsah und ihn ansah. Sein Grinsen war breit, es war diabolisch, es war fatal. Triumphierend hielt er ihr seine blutverschmierten Finger vors Gesicht.

»Siehst du«, sprach er, und selten hatte Sprache in ihrer langen Geschichte so wenig Menschliches offenbart. »Schau dir das genau an. Siehst du das Blut? Und den Schleim? Kannst du sie sehen, deine ekelhafte Schuld? *So* ist es, wie es ist.«

Dann erhob er sich.

Sie hörte das Klacken seiner Absätze auf dem glatten Boden. Hörte es lange. Noch lange nachdem er den Raum verlassen hatte.

Und noch viel, viel länger.

Nach jener Nacht, in der er sie nicht nur um ihre Unschuld betrogen, sondern ihr auch die letzte Idee Menschwürde, die letzte Idee Menschenhoffnung genommen hatte, bat sie ihn …, nun, sie bat ihn um nichts mehr. Nicht darum, das Fenster zu schließen, wenn der frühe Morgen ein kalter war, nicht darum, ihr eine Schmerztablette zu reichen, wenn stechende Kopfschmerzen ihren steifen Nacken hochkrochen, nicht um Liebe.

Sie lebte ihr beneidenswertes und wahrhaft von allen beneidetes Leben im ihr schmeichelnden Rampenlicht. Und er lebte neben ihr her wie der Schatten, der er war. Denn seiner kalten Verachtung und seiner brennenden Missgunst zum Trotz, war sie es, die das Leben bestimmte. Genauer gesagt, war es ihr Erfolg, der ihr beider Leben prägte und ihre Lebenswege lenkte.

Und auch wenn er nicht bei ihr sein wollte, so wollte er noch weniger *nicht* bei ihr sein. Er fürchtete gar, sie zu verlieren, auch wenn ihm das Konzept der Furcht an sich ein ebenso fremdes war wie die Idee des Verlusts, da nicht genug Geist in ihm loderte, der hätte erlöschen oder verloren gehen können. Doch jeden wachen Moment grübelte er über das Prinzip Verlust nach, und schlief er, verfolgte ihn dieser eine dunkle Gedanke bis tief in seinen einen dunkelsten Traum. Mit ihr war ihm bewusst, wie gescheitert sein Leben war. Wie sehr er es immer und immerzu versucht hatte, immer und immerzu versagt hatte, weiterhin versagte und sein Leben vergeudete.

*Der Vergeuder.*

Doch ohne sie war er sich nicht einmal seines Daseins bewusst. Durch sie hasste er sein verfehltes Leben, aber er hatte wenigstens eines. Ohne sie war er nur verfehlt, leer, war er nur *nichts*.

Sie veröffentlichte weiterhin ein belanglos romantisches Buch nach dem kaum merklich anderen. Die lethargischen Leerläufe zwischen den notorischen Verbrechen gegen den guten Geschmack und jede Form literarischen Geschicks verkürzten sich sogar. Doch je mehr ihr oft kritisierter Stil unter der Geschwindigkeit der Veröffentlichungen litt, je schneller sie schreiben musste, um die stets wachsende Nachfrage zu stillen, um die Stimmen tief in sich zum Schweigen zu bringen, je einfacher und platter die Worte dadurch wurden, desto größer wurde ihr Absatzmarkt, desto stärker ihre Anhängerschaft. So profan wie rentabel. Mensch wie Werk. Eine einfache Rechnung, die bei ihr so problemlos aufging. Größere als sie waren hingegen hoffnungslos am Banalen hoffnungslos gescheitert, und sie scheitern immer noch.

Sie aber war beliebt und wurde stets beliebter, sie war begehrt und immer mehr und mehr Leser, mehr und mehr Menschen begehrten sie. Sie wurde hochgepriesen von Medien, denen das Wort preisen fern und das Wort hypen naheliegt, sie war im Belletristik-Olymp angekommen und hatte vor, zu verweilen. Sie stieg so hoch in der Gunst der gesichtslosen Allgemeinheit, dass ihr kaum mehr jemand die dünne Luft des Erfolgs wegatmen konnte. Man hatte sie sogar mit frappierender Häufigkeit vor die Fernsehkameras geholt, denn sie sah unfassbar schön aus, wenn sie über den Äther den begeisterten Massen zulächelte und ihnen, abgesehen von den Rundfunkgebühren, Liebe frei Haus lieferte. Sogar *er* machte sich gut in ihrem öffentlichen Leben, verlieh ihrem süßlichen, tadellosen Wesen das virale Geheimnis, den Funken Skandal, der ihr sonst zum absoluten Durchbruch vielleicht gefehlt hätte. Für die gierige Welt war er eine mysteriöse Schattengestalt. Ein Missetäter, der das Licht scheute, und wohl mit seiner dunklen Begierde und gewiss verwerflichen Sexualität der unerschöpfliche Quell ihrer lüsternen Obsession war.

Doch wer war er tatsächlich? Wer war er für sich, in seiner Welt, in seinem Leben? Er hatte gerade mal einen Essay zum Thema Kannibalismus und zwei kritische Kommentare zu entsprechenden Filmen zustande gebracht. Wohl an einem Buch, einem vielschichtigen Werk über die Evolution des Bösen und die Dekonstruktion des Guten, arbeitete er. Fast täglich saß er mehrere Stunden daran. Fast täglich, seit nunmehr fast vier Jahren. Vier in einsamer Zweisamkeit verbrachte Jahre. Er hatte bisher knappe siebzig Seiten geschrieben, und eigentlich war kein einziges bedeutendes Wort darunter. Sein Werk war so verschwendet, wie er selbst verschwendet war.

Die Ereignisse nahmen an einem kühlen Dienstagabend im Mai ihren fatalen Lauf. Sie waren selten, die kühlen Maiabende, doch dieser war einer. Es war noch mehr als das, oder eigentlich noch weit weniger.

*Es war eiskalt.*

Er saß stumm da im mickrigen Schein seiner antiquarischen Schreibtischlampe, tief über seine Triumph Adler Gabriele 2000 gebeugt, und hackte apathisch in die Tasten, nur um wieder am Gedanken zu versagen und am Wort zu scheitern, als sie plötzlich in der Tür stand. Fest war ihr Blick, und fest war ihre Stimme und ohne den geringsten Zweifel, als sie die mächtigen Worte sprach, die unbedingte Forderung in den herzlosen Raum stellte: »Ich will ein Kind. Und um deine Frage vorweg zu nehmen, ich will dieses Kind von dir.«

Er hatte nicht reagiert, außer man war geneigt, das Nichtvorhandensein einer Reaktion als Reaktion zu werten. Sie war es nicht. Sie hatte mehr erwartet als nichts, aber nichts war es, was sie bekommen hatte. Er hatte nicht geschrien, nicht gelacht, keine Miene verzogen. Er hatte sie nur für einen nervenaufreibend langen Moment fassungslos angestarrt, entgeistert, als habe sie ihm offenbart, sie wolle die Existenz des Bösen infrage stellen oder mindestens aktives Mitglied der lokalen Christengemeinde werden, dann hatte er den Blick wieder abgewandt und weitergeschrieben. Kalt und plangenau hallten die Tastenanschläge durch das karg möblierte Arbeitszimmer. Er hatte kein Wort gesagt, an diesem Abend nicht und auch nicht an den darauffolgenden Abenden.

Erst hatte sie seine Worte, und die Taten, die diesen Worten folgen würden, voll Furcht erwartet. Und ja, sie fürchtete ihn, immer noch, aber sie wusste, was sie wollte. Sie wollte lieben, und sie wollte geliebt werden, was lag da näher als ein Kind? Und, warum auch immer, sie liebte Philipp wie eh und je, deshalb wollte sie nicht irgendein Kind, damit wäre der Liebe nicht genug getan. Sie wollte sein Kind. Sie wollte ihn, nur klein und formbar. Sie musste einen Teil von ihm einfach dazu bringen, sie auch zu lieben. Sie wollte sein Kind, damit ihr endlich gegeben wurde, was er ihr nicht geben konnte. Oder wollte. Wie widersinnig und abartig dieses Verlangen war, das war ihr nicht bewusst, und genau genommen war dies das eigentlich Widersinnige und Abartige daran.

Als wochenlang gar keine Reaktion auf ihre Forderung folgte, kein Wort, nicht einmal ein weiterer Blick, begann sie sich zu fragen, ob sie den absurden Mut aufbringen könnte, ihren Wunsch noch einmal zu äußern. Oder sonst für immer zu schweigen. Das waren ihre Optionen, doch mit jedem weiteren Tag, der wortlos verstrich, schwand der Mut und gewann das Schweigen.

Genau an jenem Abend, als sie beschlossen hatte, endlich aufzugeben und sich in ihr kinderloses und liebloses Schicksal zu fügen, war es an Philipp, unerwartet in der Tür zu ihrem Arbeitszimmer zu erscheinen.

Und mit ihm flutete eine Kälte in den Raum, die ihr den Atem nahm.

Es war nicht nur kalt, es war vernichtend, es war leblos.

Es brachte Verderben.

Er war es, der Verderben brachte.

Sie musste sich nicht zu ihm umdrehen, um sich zu vergewissern. Philipp war bereit, über ihre gemeinsame Zukunft zu sprechen. Obwohl, nein, er war bereit, seinen Standpunkt kundzutun. Dies würde nichts mit Sprechen gemein haben, und es würde wohl vieles werden, aber mit Sicherheit keine Aussprache. Wahrscheinlich war, dass Philipp selbst kein einziges Wort gebrauchen würde, um seine Sicht der Dinge klarzustellen. Er würde die Gewalt für sich sprechen lassen.

Eine klare, unmissverständliche, eine zerstörerisch endgültige Sprache.

Ihr Schreibtisch war dem Fenster und somit dem schmeichelnd goldenen Licht der Sonne ebenso, wie dem inspirierend silbernen Schein des Mondes zugewandt. Der Türe kehrte sie den Rücken. Immer schon hatte sie gedacht, dass einmal das fremde Böse stumm hindurch in das Zimmer gleiten und über sie kommen würde, noch bevor sie des Verderbens gewahr werden würde. Zu ihrem Verwundern war genau das jetzt *nicht* geschehen. Es war kein stummes Gleiten, sondern ein ohrenbetäubendes Erscheinen, untermauert von klirrenden Pauken und infernalen Trompeten. Und es war so gar nicht fremd. Das wohlvertraute Böse war gekommen, um sie zu holen, und es hatte sich erst gar nicht die Mühe gemacht, dies im Verborgenen zu tun.

Eisig kroch Phillips Stimme in ihre Richtung und umfing sie, die sie wie gebannt auf die Nacht vor ihrem Fenster starrte, stählern.

»Schatz, ich bin zu Hause!«

Keine Antwort kam über ihre Lippen, keine Regung schüttelte ihren verkrampften Körper. Dem Tode geweiht, starrt das vor Angst gelähmte Reh auf die gleißenden Scheinwerfer des sich rasend schnell nähernden Autos.

Bring mir das Ende.

Aber lass es ein kurzes Ende sein.

»Scha-atz, Daddy ist wieder da-a, und er wartet.«

Das Blut schoss ihr in den Kopf, rauschte betäubend in ihren Ohren. Das Bild der schützenden Nacht da draußen vor ihrem Fenster, da draußen in der Freiheit, verschwamm vor ihren tränennassen Augen.

*Reiß mich hinfort in die endgültige Dunkelheit.*

Um dem Kollaps zu entgehen, fasste sie mit der linken Hand an die Wand, stützte sich blind ab, mit der rechten umklammerte sie hilfesuchend die Sitzfläche des Drehstuhls.

*Durchatmen*, dachte sie, *um Himmels Willen atme durch!*

»Dreh dich um. Jetzt. Oder willst du, dass ich zu dir komme? Willst du das? Zwing mich nicht dazu, über dich zu kommen. Kathi, zwing mich nicht ...«

LASS MICH!

»Lieber beim Versuch sterben, als bei der Flucht draufgehen. Wer keine Wahl hat ...«, sprach das letzte bisschen Würde tief in ihr, und sie wandte mit letzter Kraft den Kopf dem Bösen zu.

Nur wenig.

Aber weit genug.

Wie Hades selbst stand er da. Das halblange, pechschwarze Haar fiel ihm in nassen Strähnen tief ins Gesicht. Sein hagerer Körper, gleichzeitig in sich gesunken, aber übermächtig aufgebäumt, bebte in Aufruhr. Sein wadenlanger schwarzer Mantel hing an ihm wie Schwingen an einem Raben. Den Kopf hielt er gesenkt, aber den stechenden Blick hat er stier geradeaus, stier gerade auf sie hin gerichtet.

»Ich hab dir etwas mitgebracht, Schatz.«

Wahnsinn schwang mit in seiner Stimme, aber auch Verachtung und jene Form perversen Amüsements, die nur dauerhaftes Unglück bringen konnte. Nur das, nichts sonst. Sein überdimensioniertes, breites Grinsen spaltete sein eingefallenes Gesicht in zwei. Gierig fletschte er die Zähne, manisch fröhlich loderte sein frenetischer Blick. Erst als er seine rechte Hand vor sein affektiv entstelltes Gesicht hob, konnte sie *ihn* sehen, und wohl nichts hätte sie in diesem Moment unerwarteter treffen können. Es war einfach grausam. Grausam in seiner Einfachheit. Fatal in seiner Gewöhnlichkeit.

Er hielt ihn an einem Bein hoch. Der dicke flauschige Stoffkörper baumelte.

*Nach links, nach rechts.*

*Nach links, nach rechts.*

Leblos starrten die orangen Knopfaugen. Ergeben schwangen die langen Ohren im stummen Takt des tonlosen Requiems.

»*Das* wird von nun an dein Kind sein.«

Achtlos schleuderte er den Plüschhasen vor sie hin. Einmal schlug er auf, der Hase, sprang kurz wieder hoch, um noch einmal zu fallen. Tief zu fallen. Dann blieb er leblos, wie es ein banales Spielzeug nun einmal war, liegen.

Ohne ein weiteres Wort zu verlieren, verließ Philipp den Raum.

Erst hasste sie den Hasen. Was nicht schlimm war, denn Hass war die natürliche Reaktion auf die Erniedrigung, die ihr widerfahren war. Eine Erniedrigung, die all die bisherigen Misshandlungen in den Schatten zu stellen schien. Was vielleicht auch daran lag, dass es eine so gewaltfreie, eine so scheinbar sinnfreie Erniedrigung gewesen war. Doch der Teufel steckt im Detail, und möglicherweise sah sie ihn deshalb nicht.

Den Teufel.

War blind für das Unbedeutende. Sie ließ das Spielzeug tagelang unbeachtet liegen, danach trat sie es in eine Ecke, wo es zusammengekrümmt, das flauschige Köpfchen unnatürlich verdreht, die glänzenden Mondaugen flehentlich aufgerissen, liegenblieb. Linderung oder Befreiung verschaffte ihr dieser hasserfüllte Tritt allerdings nicht.

Doch in der Ecke war ihr das verhasste Vieh bald zu präsent, deshalb hob sie ihn, ihr angewidertes Gesicht zu einer Grimasse verzerrt, hoch und legte ihn in den Aktenschrank. Stopfte ihn tief hinein, weit hinab zu längst bezahlten Rechnung und alten, damals noch zu wahnwitzigen Konditionen unterzeichneten, Autorenverträgen. Sie hätte ihn auch einfach wegwerfen können, doch aus irgendeinem …Grund tat sie es nicht. Eher noch überließ sie ihn zwischen den alten Papieren sich selbst.

Verleugnete seine Existenz.

Als sie Wochen später in eben diesem Schrank nach Akten suchte, fiel ihr das unliebsame Tier in die sofort zitternden Hände. Länger, als es gut für sie gewesen wäre, hielt sie ihn fest, schaute auf sein liebes Gesichtchen und ließ die Finger über seinen fellweichen, aber fest ausgestopften Bauch gleiten. Das verdammte Spielzeug fühlte sich …an, es fühlte sich verdammt gut an. Sie brachte es nicht übers Herz, ihn wieder zurückzustopfen und setzte ihn zu ihren Nachschlagewerken über dem

Schreibtisch. Er war etwas zu groß für das vollgeräumte Regal, deshalb saß er in sich zusammengesunken darauf, ließ den weichen Kopf hängen, als würde ihn die Trauer darüber übermannen, dass Kathi einfach nicht für ihn da sein wollte.

Und dort sah sie ihn jeden Tag, mit gebeugtem Körper und hängendem Kopf. Bis sie es eines Tages nicht mehr mitansehen konnte. Sie konnte nicht mehr länger tatenlos zusehen, sie musste handeln.

Sorgsam strich sie ihre Seite des Ehebettes glatt.

Es musste bereit sein.

Es galt, jemandem Unterschlupf zu gewähren. Dann ging sie zum Bücherregal, streckte erwartungsfroh die Arme aus und zog den Plüschhasen hervor. Als er sie so ansah, mit einem Glück in den Knopfaugen, wie sie es noch nie zuvor gesehen hatte, und einer Erleichterung im süßen Gesichtchen, die ihr Herz erweichte, wurde ihr schlagartig bewusst, dass sie sich getäuscht hatte. Sie hatte ihm nicht nur Unrecht getan, sie war darüber hinaus einem Irrtum aufgesessen, und es war wirklich an der Zeit, dieses Unrecht, diesen Irrtum aus der Welt zu schaffen.

»Verzeih mir«, sagte sie, und jedes ihrer Worte war von aufrichtiger Liebe erfüllt. »Ich habe ja gar nicht gesehen, dass du ein Mädchen bist!«

Als Philipp an diesem Abend von einer Vernissage nach Hause kam, lag der Hase, vielmehr die Häsin, im Ehebett. Kathi hatte ihr aus einer alten Seidenbluse ein Nachthemd genäht und es ihr fürsorglich angezogen. Immerhin hatte das arme Ding lange genug gelitten, jetzt sollte es nicht auch noch frieren. Aber Kathi wusste, dass sie sich keinen Vorwurf zu machen brauchte. Viele Mütter litten an Wochenbettdepressionen und brauchten lange, um ihre Kinder endlich anzuerkennen und zu lieben.

»Das Kind kann nicht in unserem Bett schlafen«, stellte Philipp trocken fest. Doch auch wenn seine Stimme belanglos klang, so beobachteten seine Augen seine Frau argwöhnisch. Seine Gedanken rotierten. Hatte er Erfolg gehabt oder war sie nun an der Reihe, sich an ihm zu rächen?

Doch Kathi lächelte nur debil und streichelte zärtlich den kleinen Kopf der kleinen Häsin.

»Aber ja doch«, antwortete sie mit sanfter Stimme. »Das weiß ich, mein Lieber. Morgen beginne ich damit, das Gästezimmer in ein Kinderzimmer umzugestalten. Lass sie noch so lange bei uns schlafen, bis ihr eigenes Zimmer fertig ist. Erst wenn sie ein Kinderbettchen hat, können wir sicher sein, dass sie sich im Schlaf nicht hinausrollt.«

Hätte er einen Kern gehabt, mit etwas Menschlichem tief drinnen, dann hätte er wohl spätestens jetzt gezweifelt, es vielleicht sogar bereut. Doch das hatte er nicht. Er hatte zwar die oberflächliche Hülle eines oberflächlichen Menschen, aber keinen Kern. Gar keinen Kern. Hatte er nie gehabt. Er war einfach nur hohl und leer.

»Lass sie ruhig hier liegen. Aber, mein Engel, wenn du die Einrichtung für das Zimmer auswählst, dann besorg ihr doch auch gleich ein paar Kleidchen. Auch etwas Hübsches, mit Spitzen oder Rüschen, wenn sie uns abends bei Tisch Gesellschaft leistet. Sie kann doch nicht für immer deine alten Blusen auftragen.« Und er lächelte. Lächelte tatsächlich.

Beinahe ein Mensch.

Kathi nickte zustimmend. Natürlich würde sie Kleidchen kaufen, hübsche Kleidchen. Und sie würde Spielsachen kaufen, viele Spielsachen. Sie würde alles kaufen, das man für Geld haben konnte, denn was nicht zu kaufen war, das hatte man ihr bereits geschenkt.

Kathi war über alle Maßen dankbar.

»Da wäre dann nur noch eines«, beendete sie das gutgemeinte Gespräch unter fürsorglichen Eltern, bevor sie sich ganz ihrem tief schlafenden Kinde zuwandte. »Sie braucht dringend einen Namen. Denn wenn namenlose Kinder sterben, dann fahren sie direkt zur Hölle.«

Den Namen bekam sie. Bekam ihn bereits am nächsten Tag. Es erschien Kathi angemessen, sie nach ihrer in bereits jungen Jahren verstorbenen Urgroßmutter zu nennen, auch wenn dies bedeutete, dass es ein ungewöhnlicher Name war. Aber Justine war auch ein ungewöhnliches Kind. Niemals mühsam, keinesfalls fordernd. Stets voller Liebe und immer zugetan. Darüber hinaus gefiel der Name Philipp außerordentlich gut, und seit sie beide ein Kind hatten, hatte sich auch ihre Partnerschaft um so vieles gebessert. Deshalb legte sie Wert auf seine Meinung und war beglückt, dass diese so wohlwollend ausfiel.

Kathi hatte das lichtdurchflutete Kinderzimmer mit einer sichtlichen Hingabe an jede bedeutsame Kleinigkeit eingerichtet. Sie hatte keine nur erdenkliche Mühe gescheut und sich viel Zeit für all die liebevollen Details gelassen. Und Zeit hatte sie nun genug, als frisch gebackene Mutter wollte sie natürlich, wie es sich für engagierte Mütter gehörte, die Arbeit erst einmal ruhen lassen und sich ganz ihrem Kinde widmen. Ihrem süßen und dankbaren Kinde. Auch das hatte Philipp vollauf unterstützt, und Kathi begann sich zu fragen, ob er nicht immer schon ein ganz großartiger Mann gewesen war und sie ihre Prioritäten nur falsch gesetzt hatte. Jetzt waren die Wichtigkeiten neu definiert. Justine war ihr Ein und sie war ihr Alles. Sie war es in diesem Moment und in jedem weiteren, den das umsichtige Leben noch folgen lassen würde.

Lag das kleine Mädchen nicht sorgsam in seidene Laken gehüllt in seinem pittoresken Bettchen und schlief sanft, so saß es reglos in seinem gemütlichen Ohrensessel, mit seinem Lieblingsspielzeug auf dem starren Schoß, und blickte gedankenverloren durch die Balkontür. Die Gardinen waren stets nur einen Spaltbreit aufgezogen, Kathi wusste das Wunder der Liebe vor den neidvollen Augen der Welt zu schützen.

Wundervolle Monate voll seligem Glück gingen ins sich unter den Jahreszeiten und den sozialen Gegebenheiten wandelnde Land. Der internationale Buchmarkt vermisste die erfolgreiche Autorin, die liebende Mutter vermisste den profitorientierten Buchzirkus nicht. In ihren eigenen vier Wänden, die sie kaum noch verließ, frische Luft schnappte sie auf der weitläufigen Dachterrasse, fühlte sie sich sicher. Geborgen wie verborgen. Daheim hatte sie, was sie brauchte. Sie sehnte sich nach nichts draußen in der weiten, fremden Welt. Einzig eine Sache an Justine machte sie stutzig. Eine einzige Sache an dem Kinde war seltsam. Es war etwas, das sie traurig stimmte. Etwas, das sie an ihrem niedlichen Mädchen vermisste. Sehr vermisste.

Und immer mehr.

Da beschloss Kathi, diese eine leidige Sache selbst in die mütterliche Hand zu nehmen.

Als Philipp eines Abends nach einem ausgedehnten Spaziergang, währenddessen er sich im Mondlicht seines Erfolges sagen wir *sonnte*, zurückkam, reagierte Kathi nicht auf seine Rufe. Sein selbstgefälliges »Mutter, ich bin wieder da!«, verhallte ungehört. Weiterhin rufend ging er suchend durch die im Dunklen liegende, stark unterkühlte Wohnung. Er fröstelte und zog den nachtblauen Übergangsmantel, den er erst gar nicht abgelegt hatte, enger an sich. Es war nicht kühl hier drinnen, es war kalt.

*Finster und kalt.*

Schließlich fand er Kathi im Kinderzimmer. Sie bemerkte ihn nicht. Er war für sie so weit weg, wie die Welt für sie weit weg war. Sie hatte den in ein rosafarbenes Nachthemd gewandeten Stoffhasen fest zwischen ihre Knie geklemmt. Sein kleiner, weich biegsamer Köper war obskur verdreht. Der Blick der blanken Knöpfe schien ein panischer zu sein. Wenn jemals Leben in dieses Vieh gefahren war, dann in diesem unheilvollen Moment. Kathi hatte den Kopf gesenkt, ihr zerzaustes, ungewaschenes Haar stand wirr von ihrem Kopf ab, ihr dürrer Oberkörper federte sanft vor und zurück.

*Und vor und zurück.*

*Und vor und zurück.*

Mit einer großen Häkelnadel zog sie gelbe Wollfäden durch den Kopf des Hasen. Immerzu und immer mehr davon. Dabei sang sie ein Kinderliedchen – sehr, sehr leise und immer weiter, immer weiter – vor sich hin.

*»Mein Häschen ist ein schönes Kind, schönes Kind …«*

Plötzlich verstummte sie, hob mitten im Vers den Blick, ließ kurz von ihrer bedeutenden Arbeit ab und verkündete mit im Mondlicht verrückt glänzenden Augen:

»Siehst du, Schatz, jetzt hat Justine Haare. Schönes, langes, blondes Haar. Das kann ich bürsten, und ich kann es ihr jeden Tag zu Zöpfen flechten. Hörst du? Jeden Tag!«

*Finster und kalt.*

Wie immer lässt die Bewunderung der Menschen, und über all die Jahrzehnte haben unzählige Menschen sie über alle Maßen bewundert, vor allem eines zurück: Einsamkeit.

Nach der Pressekonferenz, tief hinabgesunken in das einladende Sofa, welches mitten vor dem Kamin des Wohnzimmers thront, eingehüllt in eine überdimensionale Kunstfelldecke, fühlt Kathi sich so leer, dass sie eigentlich fast gar nichts mehr fühlt.

Selbst den Schmerz muss sie suchen.

Und die schlechte Erinnerung.

Und dort, wo ihr fast nichts mehr bleibt, da bleibt neben der Einsamkeit, die dem Jubel nachhallt, wirklich nur noch das Letzte.

*Die Schuld.*

Immer hat sie nach der Liebe gestrebt. Danach, sie zu erhalten. Danach, sie zu geben. Es ist diese Suche, welche die Einsamkeit mit sich gebracht hat. Es ist diese Suche, welche die Schuld auf sie geladen hat. Und alles, was sie denken kann, ist, dass »Jetzt musst du damit leben.« nicht die ganze Wahrheit ist.

»Störe ich Sie?«

Nichts.

Dann noch einmal. »Störe ich Sie? Frau.. Fräulein Cambridge?«

HALLO

Unsanft wird Kathi aus ihren grausam vernichtenden Gedanken gerissen, jäh zerfließt die drückende Erinnerung, verflüchtigt sich ins leblos Leere. Sie braucht einen Moment, um sich zu fassen, braucht einen weiteren, um sich zu orientieren und zu erkennen, wo sie sich befindet.

*Sie ist nicht zu Hause, denn zu Hause wartet …*

*Was wartet dort, Kathi?!*

»Verschwinden Sie!«, schreit sie, ohne den Blick zu heben, den Kopf zu wenden. »Lassen Sie mich. Ich habe Sie nicht gerufen. Ich will allein sein, allein! ALLEIN!«

»Sicher. Ich werde gehen. Ich komme dann zurück. Später.«

Lauernd hängt die verborgene Drohung im vagen Raum.

Einige Wochen sind vergangen, vielleicht mehrere Wochen, seit sie hier in diesem selbstverordneten Exil am Ende der Welt literarische Residenz bezogen hat. Aber wer zählt schon, wenn die Zeit nicht zählt? Sie hat die durchaus heimelige Wohnung zwar des Öfteren, das imposante Hotel aber erst zweimal verlassen.

Das eine Mal hat sie ausreichend erschöpflich die unmittelbare Umgebung erkundet. Ententeich inklusive des dazugehörigen Wasserfederviehs, idyllischer Steinbruch umgeben von malerischen Hügeln und saftig grüne Wiesen mit obligatorischem Rindsvieh. Viel Rindsvieh. Und noch mehr Hügel und natürlich Wald, viel Wald. Alles im Überfluss, nur keinerlei Abwechslung, keine Zerstreuung. Kathi ist eindeutig ein Stadtmensch. Das Landleben langweilt sie, das Land selbst missfällt ihr.

Das andere Mal hat sie im Gemischtwarenladen der nahegelegenen Ortschaft das Wesentliche eingekauft, denn wider des gegeben Versprechens ist versäumt worden, ihr eben dies in die Wohnung zu liefern. Gut, ist sie wohl willkommen, aber offensichtlich doch nicht herzlich und erst recht keine Prinzessin.

Der Laden selbst ist eine auf ganzer Linie unbefriedigende Erfahrung für sich gewesen und dennoch, in seiner komplexen Banalität, irgendwie sehenswert. Grundnahrungsmittel, Kosmetika und Haushaltsbedarf. Alles davon vorhanden, da ohne Überfluss. Doch ein reines Gewissen oder auch nur ein wenig Selbstachtung hat sie nicht finden können. Der Laden ist nicht sonderlich gut sortiert.

Und dennoch ist er wahrhaft die Reise wert gewesen. Allein die Erinnerung an das verblüffte Gesicht der Verkäuferin, als Kathi sie nach in Orangenöl mariniertem Lachs gefragt und diese ihr mit träg langsamer Stimme stattdessen Salzhering angeboten hat, zaubert Kathi selbst jetzt, Tage später, konzentriert über ihre chaotischen, handschriftlichen Notizen gebeugt, noch ein Lächeln aufs Gesicht. Und ein Lächeln ist wertvoll an diesem Ort, unter diesen … Bedingungen. Wohl hat Kathi also doch etwas mehr gefunden, als sie gedacht hat.

Eine angenehme Erinnerung, die ein Lächeln wert ist und mehr noch, ein solches sogar bewahren kann.

Gedankenverloren hält sie die Hand vor den Mund, als möchte sie das kostbare, unverhoffte Geschenk festhalten, es in Gewahrsam nehmen und liebevoll verbergen. Sie kann ihre zart gekräuselten Lippen an ihrer hohlen Hand spüren. Es fühlt sich richtig an.

*Das Lächeln.*

»Störe ich Sie?«

Das drohende Versprechen verlässlich eingelöst. Und diesmal hebt sie denn Blick, und sie dreht den Kopf.

Ihr Gesicht erstarrt, das fragile Lächeln vergeht. Es geht verloren, also doch.

Vor ihr steht …, das Zimmermädchen steht vor ihr. Kathi wird bewusst, dass sie den Namen der seltsamen, in steifes Gewand gewandeten, steifen Gestalt nicht kennt, obwohl sie selbst so frei und vor allem so freundlich gewesen ist, bereits am ersten Tag vorstellig zu werden.

»Ja«, kontert Kathi schroff, wie man schroff kontert, wenn man verletzt ist und keiner es merken soll. Immerhin hat die Eindringende sie um das Lächeln gebracht.

»Ja, *Sie* mein Fräulein, *Sie* stören mich ganz besonders.«

Wie zuvor Kathi die Hand schützend an den Mund, hat das Zimmermädchen die ihre an die Tasche der Schürze gelegt, immer wieder liebevoll darüberwischend.

*Still mein Engel.*

Unbewusst krampft diese sorgsame Hand ob der hart gesprochenen, belanglosen Worte nun zusammen.

*Auch du hast etwas zu verbergen*, denkt Kathi, und fast bekommt sie Mitleid mit der kühlen Gestalt, die da so unwirklich mitten im Raum steht und sich an der eigenen Schürze festkrallt.

»Was wollen Sie denn überhaupt?«, fährt sie das Zimmermädchen an. »Denn helfen können *Sie* mir wohl nicht. Sogar meine Lebensmittel hab ich selbst besorgen müssen.«

»Das bedauere ich zutiefst. Ich will damit sagen, ich bedauere beides. Dass ich Sie störe und dass ich Ihnen nicht helfen konnte. Es nicht kann.«

Die offensichtliche Zerknirschtheit der hageren Gestalt verleiht ihr etwas Angreifbares, Menschliches, und Kathis flüchtiges Mitleid gewinnt an empathischer Form. *Etwas zu verbergen*, denkt sie noch einmal.

*Armes Ding.*

»Vergessen Sie es einfach, ich war nur gerade im Gedanken versunken. Mein Starrsinn war nicht gegen Sie gerichtet«, entgegnet Kathi beschwichtigend. Dass sie die Fremde nach dem Namen hat fragen wollen, hat sie in diesem Moment bereits wieder vergessen. Und nach diesem Moment wird sie es nicht mehr sein. Fremd.

»Danke Ihnen. Mir liegt daran … uns liegt daran, dass es Ihnen hier wohlergeht und Sie sich fühlen wie *zu Hause*. Sich fallen lassen können. In unsere …Welt.«

»Es ist wunderschön hier. Und ja, ich bin tatsächlich bereits dabei, mich einzuleben. Und schauen Sie«, dabei hält die Autorin stolz ihre Notizen hoch, »die Ideen sprudeln. Ich habe mit meiner Arbeit begonnen. Dabei hat es mir keinerlei Arbeit bereitet, denn die Idee ist schon hier gewesen. Ich hab sie nicht mal suchen müssen, sie hat geduldig hier in diesem Hotel gewartet. Auf mich! Sie hat sich mir nur allzu bereitwillig anvertraut. Und glauben Sie mir, die Leser werden die Geschichte lieben, sie werden das Buch verschlingen. Wollen Sie wissen, worüber ich diesmal schreibe? Ich kann es Ihnen sagen, glaube ich. Ich bin mir sicher, Sie kennen die Geschichte ohnehin, haben sie auch schon gehört. Nachts, in den dunklen, leeren Gängen, wenn Sie durch die abgelegenen Winkel streifen. Gewiss ist sie Ihnen sogar wohlvertraut.«

»Sie schreiben abermals über die Liebe, nehme ich an.«

»Ja, über die Liebe, mein Kind. Wollen Sie es genauer wissen?«

*Es genauer wissen?*

Nahezu zaghaft kommt das Zimmermädchen näher. Der dürre Körper ist argwöhnisch verkrampft und schiebt sich mühsamen Schritt für mühsamen Schritt voran, der insektengleiche Kopf ist zur Seite geneigt und im nervösen Blick spiegelt sich ein verräterischer Glanz. Kathi kann nicht sagen, was es ist, das da glänzt.

Hass oder Liebe.

Oder beides, denn es schließt sich gegenseitig so gar nicht aus, das weiß sie selbst. Doch wohl sicher sind es Tränen, die ungeweinten.

»Was ist Liebe?«, fragt das Zimmermädchen, die glänzenden Augen unnatürlich weit aufgerissen.

»Was es ist? Wie meinen Sie das?«

»Ich will wissen, was Liebe ist.«

»Nach der Liebe kann man nicht einfach fragen, mein Kind, man kann die Liebe nicht erklären. Nicht einmal ich kann es. Man muss sie fühlen.«

»Aber was? Was muss man fühlen?«

»Ich kann Ihnen darauf eigentlich keine Antwort geben, aber *eigentlich nicht* heißt immer unter gewissen Umständen *ja,* und müsste ich es … Ihnen etwas über die Liebe sagen … Man weiß einfach, dass man dadurch, dass man selbst an Bedeutung verliert, an Bedeutung gewinnt.«

»Das verstehe ich nicht.«

»Man *kann* es nicht verstehen. Das ist die Liebe Mädchen, dass man es nicht verstehen kann. Das ist die Magie. *Haben Sie denn selbst nie geliebt?*«

Etwas ist anders.

Nicht gleich, sondern sofort.

*Plötzlich.*

Es ist klirrend kalt im Raum, als wäre die Temperatur nicht konstant abgefallen, sondern von jetzt auf gleich entsetzt gewichen. Als wäre jede Wärme panisch geflohen. Kathi kann überdeutlich sehen, wie ihr hektisch flacher Atem bricht und in kleinen weißen Wolken zur Decke steigt. Und sie empfindet Angst.

Tiefe, aufrichtige Angst.

Was zur Hölle …?

Die Lider des Zimmermädchens flattern, ihr ohnehin blasses, eingefallenes Gesicht scheint förmlich zu kollabieren. In sich zusammenzufallen. Dort, wo sonst eisige Arroganz jegliche Regung gefriert, tobt nun blanker, hysterischer Irrsinn, tiefe Emotion.

»Ich …kann mich nicht erinnern. Ich kann …«

*Ich kann nicht.*

Alles dreht sich, doch nichts sollte sich drehen. Es regt sich in mir, doch nichts sollte sich regen, erst recht keine Gefühle.

UNMÖGLICH!

*Ich* bin es.

Ich bin mehr, bin erhaben.

Tief in mir, da ist es still, und es ist leer. Sollte es sein. Still, leer und bedeutungslos.

Warum fühle ich dann?

Was interessiert sie mich, die Liebe? Wonach frage ich überhaupt? Warum ist dieses nebulöse Abstraktum des Menschseins plötzlich relevant für mich?

UNMÖGLICH, aber doch real …

Und mit einem Mal erkenne ich, dass die Möglichkeit besteht, dass ich einmal geliebt habe.

*Dass die Möglichkeit besteht, dass ich einmal gelebt habe.*

*Mensch gewesen bin.*

Nur drei Wochen nach dem eigenartigen Gespräch mit diesem eigenartigen Wesen, das stets durch die hehren Hallen geistert, als wäre sie genau das, ein Geist, ist aus einer vagen Idee ein vollständiger Roman geworden. Zumindest wenn es nach den dichtgedrängten Bleistiftnotizen auf den unzähligen, losen Blättern geht. Und die Geschichte selbst ist so dicht wie die Notizen auf den Zetteln, so schlicht wie das Leben hier auf dem Land und so ehrlich wie ein Geständnis. Bei Nacht und Nebel, leise gesprochene Worte hinter vorgehaltener Hand.

Eine Beichte.

Tragisch und tröstlich, teuflisch und elegisch.

Noch keinen Moment hat sie darüber nachdenken müssen, was nicht heißt, dass sie es nicht trotzdem oder vor allem deshalb getan hat. Aber sie hat dabei nicht ein einziges Mal wegen eines verwerflichen Gedankens gezögert oder krampfhaft nach der adäquaten Wendung, in Wort wie Handeln, gesucht. Sie hat es genossen, Bild um Bild, Wort für Wort, hat der Geschichte ihren natürlichen Lauf gelassen und bei besonders intensiven Passagen genauer hingeschaut und nicht den Blick beschämt zur Seite gelenkt.

Sie hat darüber nachgedacht.

*Hingehört.*

Niemals zuvor ist ihr eine Idee so leicht von der Hand gegangen, und sie hat in ihrem langen Autorenleben wahrlich schon viele leichtläufige Ideen ebenso leichtläufig niedergeschrieben. Geschichten, die vor ihrem geistigen Auge so einfach entstanden sind wie getippte Worte auf einem geduldigen Blatt Papier.

Viele, und dennoch ist keine so wie diese gewesen.

Aufrichtig, ehrlich, erschütternd.

Im Zentrum eine junge Frau, noch fast ein Kind. Ein unscheinbares Wesen, schlicht und still, geboren an jenem Tag, an dem ihre Mutter gestorben ist. An ihr und ihrer Geburt gestorben ist. Eine für die Welt namenlose Fabrikarbeiterin, gebrochen von den Mühen des täglichen Geschäfts, vernichtet durch die Mühlen der Gesellschaft. Just als sie dem allen ein Ende setzen und sich vor einen Zug werfen will, trifft sie auf einen umwerfend schönen und geheimnisvollen Mann von Welt. Dieser verspricht ihr nicht nur dieselbe, sondern vor allem auch seine aufrichtige Liebe. Sie verfällt ihm mit sehnsüchtigem Leib, gerettetem Leben und schuldiger Seele, kann nicht genug von ihm und seiner betörenden Körperlichkeit bekommen. Gibt sich ihm hemmungslos hin, gibt mehr, als sie zu geben hat.

Doch kann er nie lange bei ihr bleiben, immer wieder zieht es ihn weit fort, und sie weiß nicht, wie weit genau oder wohin überhaupt. All ihre Nachforschungen führen in die von Verlustängsten dominierte Leere. Als sie ihn eines Tages bittet, nicht wieder auf Reisen zu gehen, stattdessen bei ihr zu bleiben, weil sie unter seiner Abwesenheit leide, als wäre es die ihre, als wäre sie selbst währenddessen abwesend, nicht am Leben, weist er sie unwirsch zurück. Dann, als sie sich ihm flehentlich zu Füßen wirft, offenbart er sich ihr. Weniger um sein fragwürdiges Gewissen zu erleichtern, mehr um sich ihrer zu entledigen. Es sei eine andere, die er weit heftiger liebe als sie, sagt er ihr. Sie, das unscheinbare Mädchen, dieser unscheinbare Mensch, bedeute ihm ohnehin nichts, die Andere sei schon immer die Eine gewesen. Sie jedoch nicht mehr als eine belanglose Zerstreuung auf belanglosen Reisen.

Daraufhin überkommt sie ein fieberhafter Wahn, sie folgt ihm zum Bahnhof und stößt ihn dort von der im grauen Nebel geborgenen Überführungs-Brücke tief hinab auf die Gleise, wo sie ihn sterbend dort zurücklässt, wo einst sie selbst hatte sterben wollen. Unendlich glücklich darüber, dass die andere Frau nun ihr Leben lang darauf warten kann, dass er zu ihr zurückkommt, er das aber niemals tun wird, schreitet sie von dannen. Die andere Frau wird von nun an für immer allein sein, so wie sie selbst. Zwei einsame Seelen mehr in einer einsamen, einsamen Welt.

Eine tragische Geschichte, hoffnungslos emotional, voller Selbstoffenbarung und noch mehr Selbstaufopferung. Fast schon ein urbanes Märchen, so uns alle betreffend, uns alles ergreifend, es mag gemeines Gedankengut sein. Ungewöhnlich düster für Kathi ist sie, die Geschichte, aber natürlich so erotisch und voll intensiver Begierde, wie es ihre Leser von ihr erwarten. *Das wird Herzen wie Höschen erhitzen*, denkt sie amüsiert und kuschelt sich zufrieden in die Couch vor dem Kamin. Für eine Frau, die es nie getan hat, die nie wirklich Sex gehabt hat, kann sie verdammt gut und äußerst gewinnbringend darüber schreiben. Wohl weil sie der Wirklichkeit nie eine Chance gegeben hat, ihre romantischen Vorstellung zu korrumpieren, ihre leidenschaftlichen Fantasien zu zerschlagen. Was niemals wahr wird, hat sich keiner Wahrheit zu stellen, und nur Geschichten, die erzählt werden, werden auch gehört.

Der Rest verhallt.

*Legt sich so der Schleier des Niemals über deine Welt?*

*Sag mir, Kathi, rechtfertigt die bloße Tatsache, dass du* es *nie getan hast, das,* was *du getan hast? Längst vergangen, allgegenwärtig.*

Stumm lag sie da. Stumm und steif, in ihrem weichen Bettchen. Die blonden Wollhaare zu zwei dicken Zöpfen geflochten, welche das stumpfe, ewig leere Gesicht umrahmten. Mitten drin in diesem ausdruckslosen Antlitz ragte die erhabene Plastiknase empor, anatomisch dem dreieckigen Schnäuzchen einer Katze nachempfunden. Die Oberfläche angeraut, matt strukturiert. Links und rechts davon, im Abstand von je vier Zentimetern, saßen die glänzenden Knopfaugen. Stets wach, doch niemals wirklich da.

*Niemals wirklich.*

Seit beinahe einer Stunde stand Kathi neben dem Bettchen und beobachtete. Beobachtete gebannt das ereignislose Nichts.

Zuvor hatte sie den wolkenverhangenen Nachmittag lang im Ohrensessel gesessen und das gelbe Haar gekämmt. Sorgsamen Strich um sorgsamen Strich, gedrehten Faden um gedrehten Faden. Minutiös. Genau darauf bedacht, die Wollfäden nicht zu teilen, sie nicht auszufransen. Alles zu belassen und nichts zu zerstören. Denn kam man mit dem Kamm zwischen die drei Fädchen, die zusammengedreht den Faden ergaben, dann löste er sich auf. Dann löste sich alles auf. Doch sie hatte achtgegeben, auf den Faden, auf alles. Hat achtgegeben und gekämmt. Und dabei hatte sie dem grauen Tag beim schwerfälligen Verstreichen zugeschaut. Selbst ebenso grau und ebenso schwerfällig wie er. Grau um Grau. Faden um Faden. Haar um Haar.

Und jetzt … jetzt beobachtete sie. Jede volle Minute, die verstrich. Jeden Atemzug lang, den sie tat. Und kämpfte an gegen ein …Gefühl.

Vor einiger Zeit, ein paar wenige Wochen zuvor, hatte sie es das erste Mal bemerkt.

*Es gefühlt.*

Da war es klein und silbern gewesen, kaum da, schon wieder vergangen. Sie hatte seiner nicht habhaft werden können. Und auch wenn es ihr seltsam erschienen war, das Gefühl, hatte sich ihr aufgrund seiner Flüchtigkeit keine Möglichkeit geboten, es genauer zu studieren. Das ungewohnt Seltsame zu hinterfragen. Was es wohl zu etwas Einmaligem, etwas Vergänglichem gemacht hatte. Sie hatte es kurz bedauert und dann das Gefühl und den Moment belanglos weiterziehen lassen. Und so war es auch geblieben.

Bis es wieder aufgetaucht war. Stärker. Irgendwie deutlicher, bedeutender, in verlockendem Gold. Diesmal lang genug, um sich daran zu erinnern. Doch schon bald hatte die von gesammelter Erfahrung und angestellter Vermutung konstant abgeschwächte Erinnerung das wahre Wesen der Emotion überschattet, und somit war ihr das Gefühl weiterhin ein Rätsel geblieben. Ein goldenes zwar, aber dennoch nicht die Mühe wert gelöst zu werden.

Bis vor wenigen Tagen.

Da war es wieder hochgekommen, in ihr aufgestiegen. Glühende Bronze, intensiv und heiß. Fordernd prickelnd zwischen ihren bebenden Lenden, lodernd gleitend ihre gierig pulsierende Halsschlagader entlang. Ein durchaus fragwürdiges Gefühl, diesmal langanhaltend genug, um es tatsächlich zu hinterfragen. Und es zu verdammen. Nicht, weil es im Kern schlecht gewesen wäre, sondern vielmehr weil es das *nicht* gewesen war. Weil es ein gutes gewesen war, ein angenehmes. Etwas, wovon man mehr wollte. Etwas, das man steigern wollte. Steigern bis zur … bis es sich auflöste. Nur um neu zu wachsen. Bis zur Selbstauflösung und zurück.

Und jetzt … jetzt an diesem mittlerweile späten, an diesem novemberblassen Nachmittag, war es wieder da. Und es war so gar nicht grau und auch kein bisschen schwerfällig. Es war gleißend hell, feuerrot und brennend heiß. So hell, dass es schmerzt, so heiß, dass ihr Körper schreien wollte. Schrie. Noch während sie dastand und beobachtete – die stumme, stets starrende Unschuld im seidenen Bettchen beobachtet – wusste sie es. Diesmal würde es nicht vergehen, diesmal musste sie sich erlösen.

*Musste das Gefühl erfüllen.*

Besonnen trat sie vom Bettchen zurück, ließ noch sanft forschend die flache Hand über das samtene Holz gleiten, bevor sie sich ganz davon löste. Für einen flüchtigen Moment verweilte sie mitten im Raum, schloss die Augen und saugte die angenehm kühle Luft in sich ein. Ein Fenster war leicht geöffnet, der behutsame Hauch der nahenden Nacht umfing sie schmeichelnd, küsste ihre glühenden Wangen, zauberte ein Lächeln auf ihr erhitztes Gesicht, entlockte ihr einen Seufzer.

Andächtig knöpfte sie ihre weichfließende Bluse auf, strich über ihre weiße, zarte Haut, ließ das anschmiegsame Kleidungsstück langsam über ihre Schultern, den Rücken hinabgleiten. Stöhnend schob sie ihre rechte Hand in ihren Büstenhalter, massierte ihre linke Brust, bis die Brustwarze sich hart aufrichtete. Suchend umspielten ihre Finger die steife Knospe, zogen spielerisch daran, um sie noch härter und länger zu machen. Mit ihrer linken Hand öffnete sie den Büstenhalter, warf ihn achtlos zu Seite, knetete fest und fordernd mit ihren Händen ihre Brüste. Quetschte sie zusammen, drückte sie hoch zu ihrem Gesicht, streckte die Zunge raus und leckte gierig abwechselnd an den erigierten Spitzen. Dann fand ihre rechte Hand den Weg über ihren erbebenden Bauch, fuhr neckisch dreimal rund um ihren zitternden Nabel, unter den Bund ihres Rockes, weit hinein in ihr bereits feuchtes Höschen, noch weiter hinein, tief in ihre nasse, enge Möse. Als sich die Scheidenwände saugend und fordernd um ihren Finger schlossen, ließ sie sich endgültig in die Wogen der Begierde fallen. Laut keuchend riss sie sich die restlichen Kleider vom Leib, stand dann für einen kurzen, einen zutiefst erschrockenen Augenblick lang splitternackt mitten im Kinderzimmer.

*Was zum Teufel tue ich?*

Ihre Brust hob und senkte sich rasend schnell, ihr Atem rasselte, ein einzelner Lusttropfen rann zähflüssig die Innenseite ihres Oberschenkels entlang.

Sie hielt den Atem an, als sie bedächtig nähertrat und die Häsin aus den seidenen Laken hob. Sie platzierte sie vorsichtig auf dem rosafarbenen Teppich vor dem Bettchen und strich gedankenverloren über die hochgereckte Plastiknase. Die genoppte Struktur der Nase entlockte ihr einen leisen Aufschrei. Sie machte die Beine breit und stellte sich über das Tier. Mit beiden Händen hielt sie sich krampfhaft am Gitter des kleinen Bettchens fest, als sie langsam in die Knie ging und die richtige Stelle suchend auf und ab wippte. Da berührte die kalte, feste Nase ihren geschwollenen Kitzler, und der eben noch verstohlene Aufschrei wuchs zu einem maßlosen Lustschrei an, als sie ihn fest dagegen drückt. Kreisend bewegte sie ihre Hüften, rieb ihre Klitoris heftig am rauen Plastik, stieß ruckartig immer wieder dagegen. Ritt das kleine Schnäuzchen unnachgiebig. Ihr Scheidensekret floss mit jeder lustvollen Kontraktion aus ihr, durchtränkt das Köpfchen der Häsin mit den blonden Zöpfen. Dann war sie soweit. Nach unzähligen, harten Stößen und beschwichtigendem, gleitendem Reiben war sie bereit. Bereit zu kommen und sich aufzulösen in Moleküle reinen Glücks.

Sie war soweit, aber soweit kam sie nicht.

»Was machst du da?«

Seine Stimme war leise, aber dennoch konnte sie ihn deutlich hören. Jedes seiner von Ekel und Entsetzen gezeichneten Worte. Noch nie hatte sie gesehen, dass ihn etwas erschütterte, ihn etwas aus der Fassung brachte. Jetzt musste sie sich erst gar nicht umdrehen und ihn ansehen, um zu wissen, dass das, was er gerade sah, weit mehr als nur das machte. Ihn nicht aus der Fassung, sondern ihn um den Verstand brachte. Um seinen armseligen Verstand, der zwar darauf begründet war, jegliche Moral zu verwerfen und dem Bösen zu huldigen, aber diese falsche, diese widersinnige Begierde einfach nicht verkraften konnte.

»Was machst du da mit deinem …Kind?«

Es waren die letzten Worte, die sie ihn sagen hörte.

Nach dieser Nacht, in der er seine Frau vorgefunden hatte, als sie getan hatte, was kein Mensch tun sollte, war er keines weiteren Wortes mehr fähig gewesen. Ja, er war es, der zu weit gegangen war, aber sie war es, die beschlossen hatte, noch diesen einen Schritt weiter zu gehen. Nach dieser abartigen Nacht waren es nur noch die Anwälte, die sprachen. Und schon bald war sie vieles vor dem Herrn und auch dem Staate, aber eines war sie nicht mehr:

seine Frau.

Den Hasen rührte sie nie wieder an. Er blieb in seinem Zimmer, und die Tür blieb verschlossen. Nachdem die Scheidung rechtskräftig war, lebte sie unbestimmte Zeit wie ein Geist zwischen ihren eigenen vier Wänden. Dann eines Tages, nachdem sie einen kleinen Koffer mit dem Allernotwendigsten gepackt hatte, verließ sie die Wohnung und kam nicht mehr zurück. Sie verließ ihr altes Zuhause für immer, um mit öffentlichen Verkehrsmitteln – einem Bus, einer U-Bahnlinie und wieder einem Bus – in das städtische Krankenhaus zu fahren. Dort ging sie ruhigen Schrittes und erhobenen Hauptes in die Abteilung für Psychiatrie und Nervenheilkunde und sprach gelassen die großen Worte:

»Ich würde mich gerne selbst einweisen.«

Die Stationsärzte kamen gelaufen und brachten die berühmte Patientin eiligst in ihr bestes Zimmer. Danach verständigten sie die Managements. Das des Krankenhauses und das der Autorin. Als die Cheflektorin von Kathi Cambridge eintraf, war die Künstlerin bereits katatonisch, ein Zustand, der für mehrere Monate anhalten sollte. Man verlegte Kathi in ein privates Sanatorium und dort in ein eigenes Nebengebäude, ein schmuckes, kleines Häuschen, in dem ihr eigenes Personal jeglicher notwendiger Profession – vom Tellerwäscher bis zum Neurochirurgen – bestens für ihr Wohlergehen sorgte.

Nach etwas mehr als einem halben Jahr erwachte die Schriftstellerin aus der selbstverordneten Geistesabwesenheit und verlangte mit kratziger Stimme nach einem Glas frisch gepresstem Orangensaft, das man ihr natürlich umgehend brachte. Nach fast zwei weiteren Jahren, getragen von Gesprächstherapie und jeder anderen notwendigen Therapie, verließ sie die Anstalt und trat als neuer, stärkerer Mensch zurück ins sie schwächende Leben.

Das elitäre Stadtpalais hatte sie verkauft und ihr Management ein luxuriöses Haus erwerben lassen. Eine stattliche Villa, weitläufig, mit einem riesigen Grundstück, exklusiv am nahen Stadtrand gelegen. Die bezog sie umgehend nach ihrer Entlassung, und bereits wenige Wochen danach begann sie, nach fast vierjähriger, belletristischer Abwesenheit, an einem neuen Roman zu schreiben. Boulevardmagazine sowie andere Gazetten, aber auch angesehene Blätter überschlugen sich ob dieser Nachricht förmlich Begeisterung. Das nicht nur von den unzähligen treuen Fans sehnsüchtig erwartete Buch schlug ein wie eine profankulturhistorische Bombe und sprengte dementsprechend weltweit die nach oben nicht offenen Bestsellerlisten.

Kathi Cambridge war zurück.

Sie war nicht mehr ganz so jung, schon bald vierzig, aber sie war so erfolgreich wie zuvor, oder eigentlich noch viel erfolgreicher. Ihr Scheitern hatte ihr die Gunst der Öffentlichkeit nicht entzogen, es hatte ihr die Herzen der Menschen nur noch mehr zugetragen.

Ein Jemand, der am Leben zerbrach, der war einer von ihnen. Denn auch sie scheiterten an den kleinen und den großen, an den besonderen und den alltäglichen Aufgaben. Das Scheitern hatte Kathi menschlicher gemacht und somit die normalen Menschen weniger schwach. Und sie liebten sie, nicht *nur* deshalb, aber immer wieder einmal *auch* genau darum.

*Weil die Menschen nicht wussten,* woran *sie gescheitert war.*

Was folgte, waren einundzwanzig Jahre voller Erfolg und Anerkennung. Einundzwanzig lange, leere Jahre, in denen sie weitere vierzehn Bücher schrieb und weiteres Vermögen anhäufte.

Einundzwanzig einsame Jahre in einem einsamen Haus.

»Was willst du?«

Seine Stimme klingt leer, desinteressiert. Dennoch betont er jedes seiner Worte, und auch wenn es kaum da ist, kann ich es hören. Tief drinnen, das Lauern.

Seine unumstrittene Überlegenheit muss nicht zur Schau getragen werden, es ist meine Ohnmacht, die auf dem Präsentierteller liegt, die ertragen werden muss. Es ist diese Ohnmacht, die ihn ertragen muss. Zu mächtig ist seine bloße Gegenwart.

Er hat nicht aufgeschaut, bevor er mich angesprochen hat. Muss er nicht, er weiß, dass ich da bin. Wohl weiß er immer, wo ich gerade bin, und ich bin innerhalb dieser Mauern sehr umtriebig. Nur zieht er keinerlei Nutzen aus diesem Wissen, warum sollte er dann Interesse aufbringen?

Meine schlichte Präsenz scheint ihn nur mäßig zu beeindrucken. Mehr noch, schlichtweg kalt zu lassen. Unbeirrt poliert er weiter seine Gläser, wischt seinen Tresen, als wären es diese simplen Tätigkeiten, welche das erhabene Sein von der stupiden Sinnlosigkeit reinwaschen. Doch ich lasse mich von seiner augenscheinlichen Gleichgültigkeit nicht täuschen. Dass er weder innehält noch aufblickt, bedeutet nicht, dass er nicht wartet. Denn sehr wohl erwartet er eine Antwort. *Fordert* eine Antwort auf jede seiner Fragen. Weil ihm eine Antwort gebührt.

Ihm, nicht mir.

Er ist länger hier, als ich es bin. Steht weit über mir, in Verantwortung wie Gunst. Dennoch nehme ich mir die Freiheit, oder eher noch die Frechheit heraus, auf sein Geheiß hin nicht sofort zu antworten. Ich zögere nicht, ich zögere hinaus. Weil ich *es* noch kurz festhalten will, mich noch nicht trennen kann. *Ich werde dich wiederholen*, denke ich, *wenn die Sache hier vorbei ist, dann werde ich dich zurückholen.*

*Mein Liebling.*

»Du bekommst Besuch, Lloyd«, antworte ich dann doch. Ich darf seine ihm längst obsolet gewordene, aber immer noch zur fraghaften Zier gereichende Geduld nicht überstrapazieren. Zu leicht könnte seine umgängliche Fassade in sich zusammenbrechen. Unsere Gäste kommen gern zu ihm. Bei ihm fühlen sie sich ein wenig wie …zu Hause, fühlen sich auf seltsame Weise und vor allem seltsamerweise sicher. Gut aufgehoben. Mir hingegen ist seine Gegenwart … nun, sie ist mir nicht angenehm. Nie würde ich so weit gehen, zu denken oder gar zu sagen, er mache mir Angst. Aber er bereitet mir Unbehagen.

Das tut er.

*Er ist unbehaglich.*

»So, Besuch. Und was genau hast du damit zu schaffen? Warum kriechst du aus deinem verlotterten Versteck, scheust den Schatten und suchst mein Licht? Reckst deinen schiefen, gelbäugigen Schädel ausgerechnet in meine Richtung?« So verletzend seine Worte klingen, so beinahe konziliant ist sein Blick. Der Anflug eines Lächelns streicht über seine schmalen Lippen, dann ist es auch schon wieder vergangen. Wahrscheinlich hat Lloyd sich an mich gewöhnt, und Gewohnheit kann unter bestimmten Umständen, unter diesen bestimmten Umständen, etwas Gutes sein. *Gewöhnlich.* Auch arbeiten wir zusammen, immer wieder einmal, hin und wieder sogar eng. Wir haben schließlich den gleichen Vorgesetzten, sozusagen.

»Weil ich dir etwas zu geben habe. Etwas, das für deinen Gast bestimmt ist.«

»Worauf wartest du dann, *Zimmermädchen*? Wir beide haben wohl alle Zeit, aber unser Gast vielleicht nicht einmal mehr diesen einen Tag, diese eine Stunde. Her damit.«

Er sagt Zimmermädchen, wie er Drecksstück sagen würde. Es ist abwertend, und es ist auch so gemeint. Aber ich bin kein Mädchen. Auch wenn meine vordergründig deutliche Profession und mein vermeintlich augenscheinliches Alter diese Bezeichnung wohl angemessen wirken lassen könnten.

»Darf ich näher kommen?« Auf eine unaufgeforderte Annäherung will ich es nicht ankommen lassen. Eigentlich gar nie, aber vor allem nicht heute. Denn irgendwie fühle ich mich gerade heute nicht besonders. Und wenn, dann besonders verunsichert. Ich bin nicht ganz ich selbst. Oder vielleicht schlimmer noch, *bin ganz ich selbst.* Auf jeden Fall bin ich nicht so, wie ich zu sein habe. Nicht so, wie ich es sonst bin. Einfach nur vorhanden. Ich bin heute mehr, und das ist mir zu viel.

»Darf ich?«, frage ich zögerlich nach. »Darf ich zu dir kommen?«

»Gerne.« Sein Mund ist nun zu einem schiefen Grinsen verzogen, das sich als weit beständiger erweist als das vergängliche Lächeln von eben noch. Unheil verheißend. Die Tatsache, dass es mich erleichtert, dass dieses Unheil nicht mir gelten kann, da ich für Unheil weit zu unbedeutend bin, zeigt mir, wie sehr mich das Gespräch mit der Autorin aus der Bahn geworfen hat. Komplett von der Spur. Bedacht darauf, mir nichts anmerken zu lassen, trete ich an den Tresen, stütze meine Unterarme ab und lehne mich vornüber, ihm entgegen.

Das Böse kleidet ihn vorzüglich.

Er ist schön, wie es die Nacht ist.

Herablassend betrachtet er mich, und sein Grinsen läuft Gefahr, nun doch noch mir zu gelten. Er rührt sich nicht von der Stelle, lehnt weiter hinten am Spiegel. Welch ein Narr bin ich, zu denken, ich könne irgendetwas vor ihm verbergen, ihm gar etwas vormachen.

Es ist alles eines.

Wir sind alle *eines*.

»Näher«, hauche ich, meiner Stimme kaum Ton und meinem Ton kaum Volumen verleihend, »du musst näher kommen. Näher zu mir. Ich will nicht, dass es verloren geht.«

Schon trennt uns kein Schritt mehr. Als habe er den Weg nicht zurücklegen müssen, sondern wäre immer schon genau hier gewesen, steht er plötzlich dicht bei mir, stützt sich mit durchgestreckten Armen am Tresen ab, schaut auf mich herab. »Das will niemand.«

Er senkt den Kopf und hält inne. Ich kann seinen kalten Atem an meiner heißen Wange spüren. So nah. Ich hebe eine Hand, will sie ihm sanft auf die Schulter legen. Vielleicht zu sanft, aber noch bevor ich ihn tatsächliche berühre, ist es zu spät, die Intention der unausweichlichen Berührung zu ändern. Wie fremdbestimmt sinkt meine zitternde Hand nicht nur auf seine Schulter, sondern gar auf seinen Nacken und zieht ihn sanft zu mir hinab. Klamm liegen meine Finger auf seiner blanken Haut. Er fühlt sich gut an. Stark und mächtig. Erschaudernd führe ich mein Gesicht an sein Ohr und spreche mit bebenden Lippen das eine Wort: »Kurios.«

Und wie zufällig – und tatsächlich nur wie, denn es gibt keinen Zufall, nicht innerhalb dieser Mauern – lasse ich meine Lippen, einem flüchtigen Kuss gleich, sein Ohr streifen. Kaum da, schon vergangen. Da schießt seine rechte Hand vor, schließt sich wie ein Schraubstock um meine Kehle.

»Fang nichts an, das du nicht zu Ende führen willst, *Zimmermädchen.*« Sein starrer Griff nimmt mir fast den Atem. Ich würge, und Tränen, *ja Tränen*, treten in meine Augen. Wann genau sind sie zurückgekehrt?

Ich zittere und wende den Blick von Lloyd ab, spüre aber weiterhin den seinen brennend auf mir ruhen.

»Ich werde tun, was für dein Wort getan werden muss. Sorge dich nicht«, knurrt er. »Nicht um dein Wort. *Mädchen.*«

Wenn Kathi in ihrem Leben bisher etwas gelernt hat, dann, dass es immer noch schlimmer kommen kann und wird. Und dass es eigentlich nur einen Weg gibt, dem Schlimmen dieser Welt zu entkommen, wenn auch nur vorrübergehend. Die Nebel des Alkohols sind ein reichlich undankbarer Zufluchtsort, aber sie sind einer.

Den bedrückend feindlichen Wänden der Wohnung entflohen, stolpert sie, von einer irrationalen, aber dennoch erschreckend realen Panik angetrieben, ziellos durch die Empfangshalle des Hotels, als ihr Blick auf den Eingang der Bar fällt.

»Es ist immer noch Verlass auf die Instinkte einer Gelegenheitstrinkerin«, verhöhnt sie sich selbst, fast schon wieder amüsiert und jedenfalls seltsam erleichtert. Was genau ist es doch bloß noch mal schnell gewesen, das sie so urplötzlich im Gedanken überfallen und aus der eigentlich schutzbietenden Wohnung getrieben hat? Es scheint so greifbar nah und doch unendlich weit entfernt. Gerade will sie es fassen, da zerschlägt die Allgegenwart der Menschen in der Eingangshalle den Bann der Allgegenwart der Erinnerung, und schon als sie über die Schwelle zur Bar tritt, ist die Angst, die sie eben noch so überdeutlich empfunden hat, wahrhaftig vergessen.

Ein eleganter Mann mittleren Alters, in einem schlichten Anzug, steht hinter dem Tresen. Er lächelt freundlich und nickt höflich.

Attraktiv ist er, kommt es Kathi in den Sinn. Überaus attraktiv. An diesen Anblick könnte sie sich wohl gewöhnen. Sie sollte Stammgast werden, des Öfteren einkehren, auf ein Gläschen oder mehr. Dass sich niemand sonst im Raum befindet, überrascht sie sehr. Dem regen Treiben in der Lobby nach zu urteilen, hätte sie auch hier, an der legitimierten Alkoholtränke der Erholungssüchtigen, einen adäquaten Zirkus erwartet. Aber es ist angenehm still. Beruhigend. Mit einem lautlosen Seufzer der Erleichterung lässt sie sich auf einen der Barhocker sinken.

»Guten Abend, Madame« Seine rauchige Stimme ist von sonorer Klangfarbe und so wohltuend für ihr Ohr wie sein Anblick für ihr Auge.

Mit nur drei Worten ist der restliche Hauch von Furcht verflogen, ist ihr schickliches Ressentiment gebrochen, und willig schmilzt sie dahin.

»Guten Abend ebenfalls, Monsieur« Sie weiß, dass er nicht mehr jung, aber dennoch zu jung für sie ist, doch sie kann der Versuchung nicht widerstehen, einen charmanten Augenaufschlag zu riskieren und ihren Worten einen schmeichelnden Unterton zu verleihen. Wieso auch nicht? Was kann denn schon passieren?

»Wie darf ich Sie verwöhnen?« Das sanfte Brummen in seiner Stimme sowie die mehr als offenkundige Wortwahl lassen darauf schließen, dass er ihr Verhalten eindeutig registriert hat, es aber wohl nicht als unangebracht oder störend erachtet.

»Überraschen Sie mich.«

»Überraschen … Es ist eine sehr starke Sehnsucht, das Ungewisse. Aber gerne komme ich all Ihren Sehnsüchten, und mit Vorliebe den starken, nach.«

Mit nur wenigen Handgriffen und bereits im nächsten Moment steht Kathis Drink für sie bereit. Betörend glänzend lockt die Cocktailkirsche wie einst der verbotene Apfel im zweisamen Paradies.

Kathi ist bereits benebelt, nachdem sie einmal am Cosmopolitan genippt hat. Genau genommen ist es wohl nicht der Drink, der ihre Sinne trübt und ihr Sehnen verführt. Der Cocktail schmeckt köstlich, noch viel köstlicher bei dem Gedanken daran, dass seine langgliedrigen Finger dieses zarte Glas gerade eben erst berührt haben. Wo überall diese Finger sie erst berühren könnten. Es gäbe keine Stelle an ihrem verblühten Körper, die sie ihm nicht bereitwillig anbieten würde, um sie noch einmal zum Erstrahlen zu bringen. Diese Empfindung will sie nicht verstreichen lassen, so sucht sie weiter das Gespräch, sucht sehnsüchtig eine, wenn auch unwahrscheinliche, so doch mögliche Chance.

»Was hat jemanden wie Sie an einen Ort wie diesen verschlagen? Sie gehören doch eigentlich *ausgestellt.* Müssten an einem Ort arbeiten, an dem mehr Menschen Ihre Gegenwart ungeniert genießen könnten. Nicht nur ich und etwaige andere Abtrünnige. Denn glauben Sie mir, allein Ihr Anblick ist überwältigend.«

Er lacht unbekümmert auf. Sein Lachen perlt ihren Nacken entlang wie kühler Tau ein Rosenblatt.

Sie erschaudert, ihre Blicke kreuzen sich.

»Wir haben weit mehr Gäste, als Sie vermuten. Und wenn Sie es genau wissen wollen, meine Teuerste, was ja offensichtlich der Fall ist, ich meine, warum hätten Sie sonst gefragt …«, er unterbricht seine Antwort, und nun lachen beide, verschworen, der Wahrheit untragbar nah » …ich habe beim Kartenspiel verloren.«

»Beim Kartenspiel?«

»Beim Kartenspiel. Es ist ein Pokerspiel gewesen, gegen einen unscheinbaren Gegner. Ich habe mich blenden lassen. Heute weiß ich, verdächtig ist nicht das, was einem verdächtig erscheint. Verdächtig ist das Abwesende und noch verdächtiger das Gewöhnliche.«

»Das Gewöhnliche?«

»Was einfach da ist, empfindet der Mensch oft als unwert, gesehen zu werden. Das Außergewöhnliche hat unsere ungeteilte Aufmerksamkeit. Das Gewöhnliche macht uns blind. Angreifbar.«

»Was ist genau geschehen?«

»Was geschehen ist? Ich habe verloren.«

»Warum haben Sie sich überhaupt auf das Spiel eingelassen?«

»Was würden Sie denn erwarten? Es ist das Geld gewesen. Viel Geld. Wohl mehr Geld, als Sie es sich im Moment vorstellen mögen. Und ich habe dieses Geld gewollt. Mehr, als es für irgendjemanden vorstellbar wäre.

Darüber hinaus habe ich auch noch andere Gründe gehabt, auch wenn es denkbar schlechte Gründe gewesen sind. Allen voran Eitelkeit. Doch alles, was ich meinem Gegner habe anbieten könne, bin ich selbst gewesen. Nichts sonst habe ich gehabt, das ich hätte einsetzen können.«

»Sich selbst? Sie haben sich selbst eingesetzt?«

»Ja, Madame, genau das ist mein Einsatz gewesen.«

Seine pechschwarzen Augen blitzen sie auffordernd an, seine Hand berührt, wie frei von jeder Absicht, aber dennoch so unendlich verheißungsvoll, die ihre.

»Und was jetzt?«, forscht sie spielerisch nach, während sie ihren kleinen Finger wieder und wieder über seinen Handrücken streichen lässt. »Müssen Sie hierbleiben, bis man Ihnen ein weiteres Spiel anbietet, bis man Ihrer überdrüssig wird? Bis der Tod Sie heimholt?«

»Nun ja, so etwas in der Art. Aber glauben Sie mir, mit Sterben allein wird es in diesem speziellen Fall nicht getan sein.«

Da verfinstert sich sein Blick. Wie glühende Kohlen sinken seine Augen in die eingefallenen Augenhöhlen, und fest legt sich seine eiskalte Hand um die ihre.

»Und jetzt, *Kathi Cambridge*, jetzt erlauben doch Sie mir eine Frage. Was verschlägt eine Frau wie Sie, eine solche *Berühmtheit*, an einen Ort wie diesen? Ist das nicht ein wenig auffällig, ich meine, ist es nicht ein wenig ...«.

Seine nun kalt erstarrten Augen fixieren sie forschend.

*Wissend.*

Erschrocken reißt sie ihre Hand zurück, als habe sie sich verbrannt. Totgefroren. Rot zeichnet sich sein fester Griff um ihr zartes Handgelenk ab.

»Ein wenig was?«, fragt sie erstickend.

Und mit einem Lächeln im Gesicht, das verrät, wie wenig Mensch noch in dieser schönen Hülle stecken mag, antwortet er: »Ein wenig ... *kurios*?«

Die ersten Jahre nahm sie jedes Ungemach hin, und wenn es nicht aus sich heraus ungemächlich war, dann sorgte sie dafür.

Leiden musste sein, schon der erhofften Läuterung wegen. Sie blieb ihrer Schuld nichts schuldig. Still und duldsam war sie. Nicht so still wie während ihrer Katatonie in der Heilanstalt, aber vornehmlich schweigend und wohl auch der Heilung so fern wie der Anstalt. Als wolle sie Buße tun, sich reinwaschen von dem unheilvollen Verlangen, das sie nicht nur empfunden, sondern ausgelebt hatte. Doch rein fühlte sie sich dadurch nicht, nur ausgewaschen. Jeglicher Essenz beraubt. Und auch wenn niemand es zu bemerken schien, waren es auch ihre Geschichten, die ausgewaschen waren. Leblos, seelenlos. Und es war diese Leere, die sie zwar sich selbst jederzeit, ihrem Schaffen aber niemals zumuten konnte.

Es war an der Zeit, für Leben zu sorgen.

Deshalb versuchte sie alles Menschenmögliche, um die Einsamkeit zu vertreiben. Ihr erster Gedanke auf der Suche nach dem Leben war, das leere Haus mit frohem Sein zu füllen. Sie holte Menschen in das Haus, sprach vertraut, feierte ausgelassen und träumte still. Menschen, die ihr nahestanden. Und sie tat dasselbe mit solchen, die sie nicht einmal kannte. Doch keines von beidem konnte sie unterhalten, geschweige denn beleben, ihr oder ihrem Schreiben wieder Sinn geben. Weit aufrichtiger waren ihr allerdings die Fremden erschienen, auch sie waren des Geldes wegen gekommen. Nur hatten sie im Gegensatz zu den sogenannten Freunden nie etwas anderes behauptet. Sie hatten gar nichts behauptet, nur zu gegebener Zeit die Hand ausgestreckt.

Die Menschen kamen und gingen, lachten und lebten.

Das Haus schwieg.

Und es war nicht nur das Haus, das vor sich hin starb.

Nachdem sie das Leben nicht hatte einladen können, machte sie sich auf die Suche, ging auf große Reise. Doch egal wo sie auch war, irgendwann kehrte sie immer nach Hause zurück. Denn wegbleiben, das konnte sie nicht. Es wäre auch sinnlos gewesen, ihr Zuhause hätte sie verfolgt. Denn das Zuhause, so sagen doch die Menschen, das ist dort, wo dein Herz schlägt, dort, wo du bist. Für Kathi galt dieser banale Kalenderspruch bedauerlicherweise tatsächlich. Der andere Ort ändert nicht ihre Befindlichkeit. Die Leere war in ihr, wo sie war, da war die Leere. Sie brachte die Einsamkeit in jeden Winkel dieser Welt. Konnte sich ihres Selbst nicht entledigen. Sie war immer bei sich.

Trug sie mit sich durch diese gottverdammte Welt.

Es war um ihren sechzigsten Geburtstag, der Verlag hatte bereits ehrgeizige Pläne, wie dieses denkwürdige Ereignis beschritten werden sollte – und keiner dieser Pläne schien auch nur im Entferntesten damit zu tun zu haben, ihr ein schönes Fest zu bereiten – als ihr das Leben eine Tür öffnete. Nur einen Spaltbreit, aber weit genug, um einen Blick zu gewähren.

Sie war planlos durch die brütend heiße, hochsommergeplagte Stadt gefahren, als ihr altersschwacher, ihr aber so angenehm vertrauter Wagen plötzlich liegenblieb. Die definitiv letzten Umdrehungen seiner abgefahrenen Sommerreifen ließen ihn gerade noch an den Straßenrand rollen, und Kathi blieb, den ausweglosen Tränen nahe, die Hände verzweifelt um das nutzlos gewordene Lenkrad verkrampft, entmutigt im abgestorbenen Wagen sitzen. Sie hatte nicht vor, ihn jemals wieder zu verlassen. Vielleicht würde ja jemand kommen, ihn abschleppen, für wertlos erachten und entsorgen. Und bitte möglichst das Gleiche auch mit ihr machen.

Abschleppen, für wertlos erachten und entsorgen.

Das klang überraschend gut für sie. Und gerade als eine erstickende, hysterische Lachsalve aus ihr herausbrechen wollte, fiel ihr tränenverhangener Blick auf den kleinen Park auf der anderen Straßenseite.

*Etwas zog sie magisch an.*

Ohne weiter darüber nachzudenken, verließ sie das stickige Wageninnere, indem sie gerade eben noch den kläglichen Rest ihres erbärmlichen Lebens hatte verbringen wollen, und lief blindlinks über die stark befahrene Straße, direkt auf die unscheinbare Grünanlage zu. Dort gab es einen kleinen Spielplatz, der dem allerwichtigsten Ort ihrer eigenen Kindheit verblüffend ähnlich war. Zwei Schaukeln, eine Rutsche, ein Sandkasten, eine Hutsche und *zwei kleine, bunt lackierte Holzpferde*. Euphorisch und mit einem Gefühl, als wäre ihr plötzlich Höhenluft zu Kopf gestiegen, ließ sie sich auf eine der verwitterten Holzbänke sinken, die den gut überschaubaren Spielplatz säumten. Dort blieb sie sitzen und beobachtete die freudenstrahlenden Kinder beim Spielen. Und da, mitten unter all den Fremden, die sie zwar sahen, aber nicht beachteten – wer nahm schon Rücksicht auf eine einsame, alte Frau – war sie es plötzlich nicht mehr. Sie war nicht mehr einsam, und sie fühlte sich auch nicht mehr alt. Sie hatte etwas gefunden, das ihr wieder Freude bereiten konnte. Etwas, das sie an früher erinnerte. An viel früher, an jene Zeit, als die Zeit noch eine gute gewesen war.

Von da an besuchte sie diesen Spielplatz jeden Tag, um die Kinder zu beobachten, um mit ihnen zu lachen und auch, um einfach nur in den Himmel zu schauen. Mit geschlossenen Augen. Dann und wann plauderte sie sogar mit einer der Mütter. Stets hatte sie ihre Notizen bei sich, denn nirgendwo würde es ihr leichter fallen, optimistische Liebesgeschichten zu finden als hier in diesem Park. Niemand schien zu wissen, wer sie war. Niemand schien sich an ihrer Gegenwart zu stören. Es war unsagbar schön. Es war das kleine Wunder, das Kathi gebraucht hatte, das an diesem kleinen Ort wahr geworden war.

Es war ihr Garten Eden.

*Allgegenwärtig.*

Ein Spätsommertag.

Die tief einfallenden Sonnenstrahlen waren golden und warm. Keine atemlos drückende Hitze oder stickig staubige Luft lag über dem Geschehen. Nur ein sanftes, goldenes Gleißen. Das üppige Grün der Wiesen war satt vom Regen der letzten Nacht, doch der leuchtende Himmel war bereits wieder blau und wolkenfrei.

Kathi dämmerte vor sich hin, lauschte dem befreiten Lachen der Kinder, dem entspannten Zwitschern der Vögel, dem fröhlichen Geschnatter der älteren Mädchen auf der kleinen Wiese neben dem Spielplatz. Es waren fünf Mädchen zwischen dreizehn und fünfzehn. Zuvor noch hatte sie die kleinen Kinder auf dem Spielplatz beobachtet. Doch jetzt galt ihre Aufmerksamkeit den kichernden Jugendlichen. Ihr unbeschwertes Dasein war unverhofft ansteckend und inspirierend. Deshalb lieh Kathi dem Ohr ihrer Muse die Stimme der Jugend. Die Mädchen lagen im saftigen Gras auf karierten Picknickdecken, hörten leise Musik, blätterten durch Zeitschriften, tippten auf ihren Smartphones herum und kicherten immer wieder übermütig. Sie waren so unsagbar jung und unvorbelastet, sicherlich waren die meisten von ihnen gerade in diesem Sommer unsterblich verliebt, vielleicht war es die erste Liebe ihres Lebens. Wahrscheinlich nicht die erste große, und eben dadurch nahezu frei von der Tragödie, die der großen Leidenschaft innewohnt, aber die erste Liebe überhaupt, und somit würde sie immer etwas Besonderes bleiben.

Das war gut, sehr gut.

Kathi griff nach ihrem Notizblock. Sie hielt nichts von dem modernen Kram. Ein unlinierter Notizblock und ein einfacher Holzbleistift waren für sie immer noch das Mittel der Wahl, wenn es darum ging, ihre Eingebungen spontan festhalten zu können, um sie dann später zu ordnen. Und dieser Gedanke gerade eben, der war genau genommen weit mehr als nur ein sehr guter Gedanke. So wie sie ihre eigenen Fähigkeiten und die treue Hingabe ihrer begeisterten Fans kannte, war er auch ein sehr einträglicher Gedanke. Und dem Menschen war neben innerer Zufriedenheit am meisten mit äußerlichem Wohlstand geholfen.

»Entschuldigen Sie, ich habe auch gar nicht vor, Sie zu belästigen. Stört es Sie vielleicht, wenn ich mich zu Ihnen setze?«

Vor ihr stand ein Mann. Zierlich, aber dennoch hoch aufgewachsen und sehr schlank, fast hager. Er war wohl Ende zwanzig, Anfang dreißig und hatte rotbraunes Haar, das er in Wellen aus dem unnatürlich glatten Gesicht gekämmt trug. Sein Teint war blass, ein paar wenige Sommersprossen schmückten seine schmale Nase und seine erhabenen Wangenknochen, seine Haut war makellos. Seine großen, hellblauen Augen blickten sie freundlich an, und sein Mund war zu einem etwas schiefen, aber anscheinend aufrichtigen Lächeln verzogen. Es mochte Menschen geben, die ihn wohl schön nennen würden.

Kathi blickte sich verwundert um. Die meisten der bunt lackierten Bänke wurden wie üblich von den unaufmerksamen Spielplatz-Müttern besetzt, doch war eine weitere Bank frei. *Möglicherweise sucht er nach einem Platz in der Sonne*, dachte sie. *Oder er hat mich erkannt und ist zu schüchtern, um das gleich anzusprechen. Ein Romantiker also.* Kathi lächelte freundlich zurück, hatte aber keine Lust auf Gesellschaft. Sie hatte eine gewinnbringende Idee zu notieren, bevor diese sich in die laue Luft des herrlichen Tages verflüchtigte und ungenützt verging.

*Nicht heute, mein Junge.*

»Das können Sie natürlich nicht wissen, aber eigentlich bin ich hier, um zu arbeiten, und ich wäre dabei dann doch lieber allein«, entgegnete sie höflich und wandte ihren Blick wieder von dem Mann ab und ihren Notizen zu. Gerade als sie im Kopf begann, die ersten losen Wortfetzen zu einem sinnvollen Ganzen zu ordnen, und das erste vollständige Bild vor ihrem geistigen Auge entstand, ließ sich der junge Mann unaufgefordert links von ihr auf der Bank nieder. Er saß einfach nur da, schaute geradeaus, beobachtete die spielenden Kinder und schwieg still.

»Sie haben mich, glaube ich, missverstanden. Ich habe Sie doch gerade aufgefordert, mich bitte *nicht* bei meiner Arbeit zu stören.« Kathi war in erster Linie verwirrt. Aber auch ein wenig missmutig. Das Ignorieren ihrer höflichen Bitte kam für sie einem gewaltsamen Eindringen in ihre Privatsphäre gleich.

»Ich weiß. Und ich habe beschlossen, dieser Aufforderung nicht nachzukommen.«

Der junge Mann blieb ruhig sitzen, schaute weiter Richtung Spielplatz, verzog keine Miene und machte keinerlei Anstalten zu gehen.

*Das kann nicht dein verdammter Ernst sein.*

Ungläubig, ob seiner offenkundigen Dreistigkeit, beobachtete Kathi ihn eingehend von der Seite. Erst jetzt fiel ihr auf, dass er, bei diesen Temperaturen durchaus verwunderlich, einen schweren, schwarzen Anzug trug. Das weiße Hemd war steif gebügelt und bis oben hin zugeknöpft. Ein merkwürdiges Gefühl beschlich sie, und dieses Gefühl hatte nur bedingt mit seiner merkwürdigen Gewandung und seinem aufdringlichen Verhalten zu tun.

*Du kommst mir bekannt vor.*

Ein eisiges Frösteln überzog ihre nackten Beine, die kurzen, zarten Haare in ihrem Nacken sträubten sich, und sie drückte den Notizblock wie ein Schild schützend gegen ihre Brust. Ihr Atem ging schwer, und ihre Stimme war von der eigentümlichen Kälte, die sie umfing, seltsam belegt, als sie sprach.

»Ich fordere Sie jetzt ein weiteres Mal auf, die Bank bitte zu verlassen.«

»Das nehme ich zur Kenntnis. Und ich entscheide mich dafür zu bleiben.«

»Weshalb verhalten Sie sich so rücksichtslos?«

»Weil ich keinerlei Veranlassung sehe, mich anders zu verhalten. Und weil ich mich gerne mit Ihnen unterhalten möchte.«

»Wenn Sie ein Fan sind, dann freue ich mich sehr, wenn Sie zu einer meiner nächsten Lesungen kommen. Geben Sie mir Ihre Karte, ich schicke Ihnen verlässlich und persönlich eine Einladung. Dort können wir dann gerne plaudern. Sie scheinen doch so ein netter, junger Mann zu sein, Sie haben es gar nicht nötig, sich so aufzudrängen.«

Langsam drehte er seinen Kopf zu ihr. Sein Blick war nachsichtig und sein Tonfall der eines geduldigen Vaters, der mit einem begriffsstutzigen Kind sprach. Doch seine eben noch freundlichen Augen waren nun so kalt, wie sie eisig blau waren.

*Ich kenne dich.*

»Kathi, lassen wir doch diese Förmlichkeiten. Dieses …Getue. Natürlich bin ich ein Fan, wahrscheinlich sogar dein größter Fan und mit Sicherheit dein ursprünglichster. Aber du weißt doch so gut wie ich, dass ich mich nicht nach irgendwelchen bedeutungslosen Terminplänen richten kann. Selbst wenn ich es möchte, ich kann es einfach nicht. Ich muss flexibel bleiben. Ich bin ein vielbeschäftigter, wie du so schön gesagt hast, netter, junger Mann. Und bitte mäßige dich. Können denn alte Bekannte nicht einfach entspannt nebeneinander auf einer Parkbank sitzen und über Wesentliches sprechen? Dafür sorgen, dass die unvermeidlichen Dinge endlich ihren Lauf nehmen?«

»Wer zum Teufel sind Sie?«

Sie hatte keine Ahnung, warum sie ihn das so direkt fragte, aber mittlerweile war sie sich sicher, dass dieser junge Mann wohl vieles war, aber für sie ganz sicher kein Fremder.

»Wer zum Teufel … Kathi, bitte, beleidige nicht unser beider Intellekt. Und bitte hör auf zu fluchen, das kleidet dich nicht, darüber hinaus verletzt es mein sensibles Gemüt. Und dann diese Feindseligkeit, wo ich doch gekommen bin, um dir zu *helfen*. Und bevor du etwas sagst, ja, du brauchst Hilfe, und du brauchst genau meine Hilfe. Sieh, Kathi, was machst du hier an diesem lächerlichen Ort, Tag für Tag? Sitzt einsam auf dieser unnützen roten Bank und beobachtest die Kinder. Das ist es doch, was du machst. Einfach nur dasitzen und zuschauen. Und nichts tun. Gar nichts. Es ist nicht die Richtung, die deinem Leben fehlt, es ist schlicht und ergreifend Geschwindigkeit. Du trittst auf der Stelle. Dein Leben ist nicht mehr viel mehr als ein in sich selbst gefangener Stillstand.«

Er kam ihr verschwörerisch nahe, als habe er ihr ein Geheimnis zu verraten und senkte seine lauernde Stimme auf ein kaum hörbares Niveau ab. »Und das nur, weil du viel zu feige bist, um das zu tun, was du eigentlich tun willst. Was du tun musst. Und da komme, wieder einmal, ich ins Spiel. Du brauchst meine Hilfe, um *das Richtige* zu tun.«

Einfach aufstehen sollte sie und weggehen, noch besser, aufspringen und wegrennen. Rennen, was ihr Körper hergab. Rennen, so schnell sie ihre kalten Beine trugen. So weit weg wie möglich, und am besten sollte sie dort bleiben.

Weit weg.

Und sie sollte diesen Spielplatz meiden. Für immer. Doch das tat sie nicht. Sie blieb sitzen. Und das nicht, weil sie zu viel Angst hatte um davonzulaufen. Sie war verunsichert, aber sie fürchtete sich nicht. Sie blieb nicht sitzen, weil sie keine Wahl hat. Sie blieb sitzen, weil sie eine hatte und weil sie hören wollte, was er zu sagen hatte.

»Wen genau beobachtest du, Kathi? Ist es der kleine Junge mit dem roten T-Shirt? Oder das Mädchen mit den kurzen, schwarzen Haaren und der rosa Spielhose? Vielleicht doch das Kind mit den roten Locken? Was ist es überhaupt? Ein Mädchen? Dass ich das bei so jungen Wesen nicht erkennen kann. Ihre Botschaften sind so … undeutlich. Es kommt so gar nichts an bei mir. Zu wenig Geschichte. Ich bin einfach nicht zu haben für kleine Kinder.«

Sein Gesicht war dem ihren nun ganz nah. Sie wartete darauf, dass sein gewiss eiskalter Atem auf sie traf, doch sie konnte nichts fühlen.

Atemlos.

Er starrte ihr tief in die Augen, als wollte er sie durchleuchten, als hoffte er, dort die Antwort auf seine Frage zu finden. Und es war Kathis aufrichtigster und sehnlichster Wunsch, dass er keine entdecken würde.

*Es darf keine Antwort geben!*

*Nicht darauf!*

Doch genauso wie sie wusste, dass es eine Antwort gab, wusste sie, dass der Fremde, der keiner war, es niemals gewesen war, diese bereits kannte.

Der Fremde, der ihr so altbekannt war, dass sie sich einen Gedanken teilten.

Und ganz plötzlich spielte es einfach kein Rolle mehr.

»Ich beobachte das ungefähr sechs Jahre alte Mädchen«, sagte sie, und ihre Kehle war dabei so trocken, dass sie beinahe an den verräterischen Worten erstickte. »Die Kleine mit den blonden langen Haaren und den blauen Augen. Die, da hinten auf der Rutsche. Siehst du, sie steht gerade ganz oben. Kannst du sehen, wie sie lacht?«

Er wandte den Blick ab, suchte nach dem Kind, nickt anerkennend.

»Eine wunderbare Wahl. Ein ganz ausgezeichnetes Geschöpf Gottes. Und jetzt, stell dir vor, wie es sich anfühlen würde, das Kind nicht nur zu beobachten, sondern es in deinen Armen zu halten. Seine dicken Wangen mit deinen mütterlichen Küssen zu bedecken. Stell dir vor, wie es wäre, wenn du es, wann immer du möchtest, festhalten könntest.«

»Es immer festhalten …«

»Wenn es einfach immer da wäre, bei dir zu Hause wäre.«

»Bei mir zu Hause …«

»Du könntest schöne Kleidchen kaufen und süße, fellige Bärchen.«

»Bärchen …«

»Ein wunderschönes Zimmerchen könntest du einrichten. Mit rosafarbenen Wänden und vielleicht sogar einem Himmelbettchen.«

»Einem Himmelbettchen. Und Einhörnern an der Wand. Viele Einhörner, die rund um den Raum tanzen. Ich könnte die Einhörner selbst dort hinmalen.«

»Ja, die Einhörner wären perfekt. Das kleine Mädchen würde die Einhörner lieben. Und du könntest das Haar des Kindes bürsten. Das schöne, lange, blonde Haar.«

»Das könnte ich tun. Das schöne, lange Haar bürsten. Und ich könnte es zu Zöpfen flechten. Zu dicken, blonden Zöpfen flechten.«

»Und du wärst nie wieder allein, Kathi. Hörst du das? Verstehst du das? Nie wieder allein in deinem großen, leeren Haus.«

»Nie wieder allein …«, flüsterte sie.

Immer wieder.

*Nie wieder allein.*

Sie bemerkte gar nicht, dass der junge Mann in dem schweren, schwarzen Anzug die Bank längst verlassen hatte. Er musste dringend weiter. Er war in jedem neuen Augenblick gefragter als in dem davor. Es gab viel zu tun für ihn auf dieser großen, dieser leeren Welt.

*Allgegenwärtig.*

An diesem Tag fuhr Kathi nicht wie sonst direkt vom sonnendurchfluteten Spielplatz nach Hause in ihr schattenverhangenes Haus. Einen Umweg machte sie, und eigentlich waren es mehrere. Denn was sie zu tun hatte, das regelte sich nicht von allein.

Sie hatte Dinge zu erledigen.

Sachen zu kaufen.

Pläne zu machen.

*Sie hatte ein Zimmer einzurichten.*

Abseits stehe ich und warte. Geborgen, wie so oft im Schatten einer Säule. Ich fühle mich diesen stoischen Säulen aufrichtig verbunden, doch noch nie habe ich mich an eine der Säulen angelehnt. Lehnen gebührt meiner nicht. Lloyd lehnt, ich stehe aufrecht und warte. Wie die Säulen. Beflissen, diensteifrig.

Immer noch kann ich seine Hand an meinem Hals spüren. Ich will schlucken, doch die Angst schnürt mir die Kehle zu. Ja, Angst. Meine Lippen beben, und das haben sie nicht zu tun. Sie haben starr zu sein. Starr und unerbittlich. Doch sie beben.

*Sag, ist es hoffnungslos?*

Es ist der Anfang von etwas Schlimmen, das weiß ich. Und schlimm in meinem Fall bedeutet unendlich schlimm. Doch dass es jetzt zu spät ist, das weiß ich auch. Ich werde es mit Fassung tragen, so wie ich alles mit Fassung trage. *Immer*. Ich bin nur ein kleiner Teil des großen Ganzen. Weil es hier nicht um mich geht. In keinem Moment, in keiner der Episoden. Jetzt gerade geht es um die Autorin, die in diesem Augenblick bei Lloyd ist.

Ich habe Menschliches zugelassen, habe mich von Geschichten über Liebe und Freude blenden lassen, habe mich von ihr verleiten lassen. Habe mich meiner erinnert. Was menschlich ist, kann verletzt werden. Diese wesentliche Lektion habe ich vergessen. Wie kann ich nur?

*Sag, bestrafst du mich?*

Da sehe ich sie aus der Bar eilen und unterlasse die schwermütigen und menschlichen Gedanken, die mir in ihrer Schwermut weit lieber sind als in ihrer Menschlichkeit. Ihr Gesicht ist rot und tränenüberströmt, sie taumelt merklich, blickt sich suchend um, aber mich nimmt sie nicht wahr. Wie auch? Selbst wenn ihre Augen nicht blind vor blankem Terror wären und ihre Seele nicht von absoluter Höllenqual gepeinigt, wäre ich unsichtbar für sie.

Das ist meine Qualität.

Ich bin einfach nicht da, und genau deshalb kann ich überall sein. Ich trete aus dem Schatten und folge ihr. Unauffällig, versteht sich von selbst.

Sie hetzt durch die Lobby, auf die Stiege zu. Es ist kein Geheimnis und fürwahr auch keine Überraschung, wohin sie rennt. Sie alle rennen auf ihr Zimmer. Als könne sie dort etwas beschützen. Obwohl, eigentlich spielt es ohnehin keine Rolle, wohin sie flüchten. Die Erinnerung, das Schicksal, das faire Los, nenne man es wie man will, hat sie bisher noch immer eingeholt. Es würde sie überall finden. Trotzdem verwundert es mich, dass sie sich in diesen fremden Wänden sicher wähnen. Zuhause. Dass sie wie kleine Kinder auf ihr Zimmer laufen und versuchen, sich dort einzusperren. Oder eigentlich eher das, was gekommen ist, um sie *heimzuholen*, auszusperren. Doch man kann etwas, das in einem lebt, nicht einfach aussperren.

Es ist immer da. Nur nicht immer an der Oberfläche.

Es ist da, von dem Moment an, in dem man es zugelassen hat.

Ich lasse mich zurückfallen. Ich will kein Risiko eingehen, sie nicht auf den letzten Metern von ihrem vorgeschriebenen Weg abbringen, den sie heute, hier an diesem Ort zu Ende gehen muss. Und auch gehen wird.

Dafür werde ich Sorge tragen. Und ich bin äußerst sorgsam. Aus Respekt vor der Notwendigkeit des Geschehens und weil diese *Aufgabe*, mit der ich betraut worden bin, kein anderes Verhalten dulden würde. Ich bin hingebungsvoll dankbar und zutiefst demütig, wenn ich daran denke, dass es mir überantwortet worden ist, die Menschen nicht vom Weg abzubringen. Und schlussendlich die Relikte einzusammeln, um sie wieder sicher zu verwahren.

*Hörst du, mein kleines Kurios?*
*Mama ist auf dem Weg.*

ES … DARF … MICH … NICHT … EINHOLEN.

Sie stürzt die Treppen hoch, niemals eine Stufe für sich, immer so viele auf einmal, wie für ihre Beine gerade noch möglich. Und es sind erstaunlich viele Stufen, die ein einzelner Schritt bewältigen kann, wenn man auf der Flucht ist. Ihr Atem geht keuchend, Tränen und Schweiß rinnen ihr übers Gesicht, hinein in ihren weit offen stehenden Mund. Weit offen, weil keuchend und entsetzt. Zutiefst entsetzt. Sie kann nicht sagen, was salziger schmeckt, ihr Schweiß oder ihre Tränen. Aber nur eines davon ist bitter.

Dann, ganz oben. Über die letzten Stufen beinahe fliegend hinweg, rasend den Gang entlang. Immer wieder stolpernd, strauchelnd, aber wie durch ein Wunder dennoch auf den Beinen. Weiter, geradeaus, schneller, komm, immer schneller. Immer noch auf den Beinen. Niemals fallen, immer aufrecht stehen bleiben. So wie sie es gelernt hat.

Dann hat sie die Wohnung erreicht. Ist einfach bis dorthin gelaufen. Ohne aufgehalten zu werden. Niemand hat ihr den Weg verstellt, niemand sie die Stufen hinab wieder in die Bar gezerrt. Niemand noch weiter hinab, tiefer hinein.

Mit zittrigen Händen schließt sie auf.

*In Sicherheit!*, denkt sie.

*Ich hab es geschafft!*, denkt sie.

Atemlos reißt Kathi die Wohnungstür auf. Glücklich blickt sie auf ihr vorübergehendes Heim, welches ihr nun Schutz bieten soll.

Aufrichtig glücklich.

Aufrichtig gerettet.

Blickt auf ihr Heim, nur um zu erkennen, dass sich hinter dieser Tür nicht das Glück, nicht die Rettung, nicht mehr ihre Wohnung befindet.

Hinter dieser Tür befindet sich ein ganz, ganz anderer, ein ganz, ganz wohlvergessener Ort. Zitternd betritt sie den Raum, weil dieses Nachvorne ihr eigentliches Zurück ist.

Und Kathi verschließt die Augen vor der Wahrheit. Doch nur mit geschlossenen Augen sieht man wahrhaft gut.

*Steil führt sie hinab, die schmale Treppe gleich hinter der schweren Eisentür. Eine glatte, kalte Treppe aus blankem, unpersönlichem Stahl. Tief hinein führt sie in das stinkende Gedärm des alten Kellers, in dem teils offenes Erdreich von Krankheiten schwer modrig vor sich hin fault. In einer der hinteren Ecken brennt ein gleißendes Licht, das die Ecke erhellt und in jedem anderen Teil des Kellers die Dunkelheit nährt. Vorsichtig tastet sie sich die steile Treppe hinab, die zitternde Hand immer am glatten, kalten Geländer entlang. Dann hat sie den schlammig aufgeschwemmten Kellerboden unter den Füßen. Aufrecht steht sie da, scheppernd geht ihr heißer Atem, malt zartweiße Wolken in die klamme, die eiskalte Luft.*

*Es ist an der Zeit hinzusehen.*

*Nicht länger ist es dein, das Vergessen.*

*Kathi.*

*Erinnere dich.*

Dass Kathi nun nicht mehr allein lebte, hatte einige Veränderungen mit sich gebracht. Die meisten waren so positiv wie wünschenswert und ja, auch beabsichtigt gewesen. Das Haus (*der Keller*) hatte sich mit Leben gefüllt. Nie mehr war es leer, das große, wunderschöne Haus, wenn Kathi nach einem langen Tag, voll von wichtigen Dingen, von denen das Leben nun einmal voll war, nach Hause kam. Nie wieder musste sie zu den weitläufigen, einsamen Räumen sprechen. Es erwartete sie immer Gesellschaft, es war immer jemand da, der zuhörte. Und es war schön, nach all den langen, einsamen Jahren endlich wieder erwartet zu werden. Deshalb blieb sie auch nie lange aus, es war die Sehnsucht, die sie nach Hause trieb. Aber auch das Schuldgefühl, das sie verspürte, wenn sie Justine über einen längeren Zeitraum allein ließ. Man konnte nie wissen, was geschah, wenn das Kind so unbeaufsichtigt war. Kinder verletzten sich. Sie war jetzt Mutter, und als Mutter musste sie lernen, für mehr als nur einen Menschen Verantwortung zu übernehmen. Und Justine war immerhin an das Haus (*das Bett*) gefesselt, weshalb sich das kleine Mädchen über jeden Moment freute, den es mit Mama Kathi verbringen konnte.

*Mama Kathi.*

Das süße Ding.

Doch es hatte auch negative Veränderungen mit sich gebracht.

*Genauer gesagt, eine Veränderung.*

Aber diese eine Veränderung war es, die bald all das Positive paralysierend überschatten, die bald Kathi in den hysterischen Irrsinn treiben sollte. Auch wenn diese sich dessen noch nicht im Geringsten bewusst war.

Kathi wurde argwöhnisch beobachtet, seit sie das kleine, unschuldige Menschending widerrechtlich an sich genommen hatte. Sie hatte das menschenmöglichste Unrecht getan, oder würde es bald tun, was in der Wahrnehmung der Beobachter keinerlei Rolle spielte, da sie weit über jeder Zeit, weit über jeder Chronologie standen. Fakt war, es war da, das Unrecht, und das konnte nicht einfach hingenommen werden.

*Nicht von ihnen.*

Doch Kathis einst mächtigste Verbündete beobachteten sie nicht einfach nur, sie hatten sich gegen sie verschworen und verfolgten sie.

Auf Schritt und Tritt.

Und Schritt und Tritt.

Rotteten sich zu rachsüchtigen Horden zusammen.

Waren überall.

Wussten alles.

*Die schmale Treppe gleich der schweren Eisentür. Eine glatte, kalte Treppe. Das stinkende Gedärm des alten Kellers, offenes Erdreich, Krankheiten, schwer modrig. Ein gleißendes Licht, das die Ecke erhellt. Jeden anderen Teil des Kellers die Dunkelheit nährt. Vorsichtig tastet sie sich die steile Treppe entlang. Schlammig aufgeschwemmter Kellerboden. Aufrecht steht sie, scheppernd geht ihr heißer Atem, malt zartweiße Wolken. Die klamme, die eiskalte Luft.*

*Es ist Zeit, hinzusehen.*

*Bunte Bärchen in süßen Kleidchen tanzen auf der Tapete des improvisierten Kinderzimmers. Das lieblich eingerichtete Zimmer ist nach zwei Seiten hin offen. Eigentlich ist es nicht mehr als ein großes, in die hinterste Ecke des Kellers gequetschtes Rechteck. Auch den freundlich hellen Holzboden hat sie selbst verlegt. Und sie hat den flauschigen Teppich daraufgelegt, der dem Raum eine heimelige Atmosphäre verleiht. Zartes Mint mit strahlend türkisenen Punkten. Der Teppich ist so hochflorig, dass ein knallbuntes Spielzeugauto darin verlorengehen könnte.*

Es war dunkel geworden. Die Mutter hatte für die Erledigungen länger gebraucht. Die Erledigungen waren wichtig gewesen. Aber zu zeitraubend. So lange durfte sie nicht noch einmal ausbleiben. Das Kind würde sicher schon auf sie warten. Es war ein gutes Kind. Und sie war eine gute Mutter. Doch selbst die beste Mutter konnte nicht immer bei ihrem Kind sein. Und deshalb war es spät geworden. Sie musste sich all die wichtigen Dinge in Zukunft besser einteilen. Sie hatte jetzt ein Kind.

Der Raum war liebevoll eingerichtet. Auf einem Regal standen bunte Pferde. Solche Pferde, mit denen Kinder gerne spielen. Es war viel in dem Raum, das Kinder gern hatten. Sie hatte lange überlegt und ihn sorgsam eingerichtet.

Aber er war trotzdem kahl.

Leblos.

Das sah die Mutter aber nicht.

»Ich bin wieder daheim«, sagte die Mutter.

Das Kind schwieg. Es saß nur da, mitten auf seinem Bett, in die rosageblümte Decke gerollt. Saß da mit seinen verfilzten, blonden Locken. Saß da mit seinen blauen, verweinten Augen. Starrte ungläubig auf die müde Mutter, die eingesunken in der Tür stand. Von Erledigungen schuldig schwer. Es sah elend aus, das Kind. So hätte sich auch die Mutter fühlen sollen. Elend. Tat sie aber nicht. Das Kind war störrisch, aber es würde sich einleben. Immerhin hatte es sich die Decke genommen. Das Kind war wohl in diesem Moment unglücklich, aber es würde sich schon mit seinem Leben abfinden. Das mussten alle Menschen, sich abfinden. Und sie würden eine Familie werden.

Sie beide.

»Das war ein anstrengender Tag«, sagte die Mutter. »Willst du etwas über meinen anstrengenden Tag erfahren?«, fragte sie nach und trat an das Bett, auf dem ebenfalls eingesunken das Kind saß. »Ich kann dir alles über meinen Tag erzählen.«

Das Kind schwieg weiter. Doch die Mutter setzte sich zu ihm auf das Bett und begann zu erzählen. Von den Anstrengungen, von dem Tag. Und von der Familie, die sie einst sein würden.

Sie beide.

Eine Mutter und ein Kind.

Eine Familie.

*Schmale Treppe, schwere Eisentür. Glatte, kalte Treppe. Stinkendes, altes Kellergedärm, offenes Erdreich. Krankheiten, schwer modrig. Gleißendes Licht, Ecke erhellt. Jeden anderen Kellerteil Dunkelheit nährt. Vorsichtig tastet sie sich steile Treppe entlang. Schlammig aufgeschwemmter Kellerboden. Aufrecht steht sie, scheppernd geht ihr heißer Atem, malt zartweiße Wolken. Klamme, eiskalte Luft.*

*Es ist Zeit, hinzusehen.*

*Bunte Bärchen, süße Kleidchen, Tapete des improvisierten Kinderzimmers. Das lieblich eingerichtete Zimmer. Ein großes, gequetschtes Rechteck. Den freundlich hellen Holzboden hat sie selbst verlegt. Sie hat den flauschigen Teppich daraufgelegt, der dem Raum eine heimelige Atmosphäre verleiht. Zartes Mint, strahlend türkisene Punkte. Der Teppich ist so hochflorig, ein knallbuntes Spielzeugauto könnte verlorengehen.*

*Ein rosafarbenes Regal mit unzähligen bunten Pferdchen darauf ziert die Wand hinter dem Bett. Eigentlich ist es dunkelbraun gewesen, doch sie hat es rosa lackiert und mit geblümten Schleifen, die zu dem geblümten Bettzeug passen, versehen. Die Wand neben dem Bett hat etwas ganz Besonderes zu bieten. Ein Fenster aus weißlackiertem Holz. Natürlich ist es kein echtes Fenster, aber es hat eine märchenhafte echte Aussicht. Auf einem saftigen Hügel steht das märchenhafte Schloss einer märchenhaften Prinzessin. Das Fenster wird indirekt beleuchtet, so sieht es fast echt aus. Über dem Bett ist eine gleißend helle Lampe angebracht, damit sie immer sehen kann, was das Kind macht.*

An einem wunderschönen Freitag.

Und es hätte auch ein solcher bleiben können, denn bis zu dem *Ereignis* war es genau das gewesen. Ein wunderschöner Tag. Obwohl es vielleicht weniger ein Ereignis und viel mehr ein Einschleichen gewesen war.

Ja, die Bedrohung hatte sich im Laufe des Tages eingeschlichen.

Kathi war in die Stadt gefahren, um sich mit ihrer Verlegerin zu treffen. Marie Louise Rommendorf. Eine penetrante und mindestens ebenso arrogante, aber durchaus nützliche Person. Nützlich wie Toastkäse oder Flüssigseife. Das Leben leicht machend, aber nicht bestimmend. Kathi hatte seit einer halben Ewigkeit nicht mehr den Verlag gewechselt, sie schätzte die Beständigkeit. Und eigentlich war sie auch zu bequem, um sich dem Ungemach von etwas Neuem auszusetzen. Nur für Justine, da hatte sie eine Ausnahme gemacht.

*Ach, das liebe, liebe Kind.*

Ein neues Buch sollte Ende des Jahres veröffentlicht werden, und die endlich wieder lebensfrohe Autorin hatte so viele umwerfende Ideen. Sie sprühte förmlich über. An jeder Ecke gab es etwas, das niedergeschrieben werden wollte. Aber eines schien besonders verlockend. Sie fand, dass es an der Zeit war, etwas über eine Familie zu schreiben. Eine Familiensaga vielleicht. Mehrere Bände, von denen sich sicher jeder einzelne ausgezeichnet verkaufen würde, solange ihr Name darauf stand.

Das geschäftliche Treffen war erst gegen Abend anberaumt, deshalb hatte sie den Tag mit Einkaufen verbracht. Nur weil sie nicht mehr die Jüngste war, musste sie doch nicht in Sack und Asche gehen. Oder in sogenannten Omaklamotten. Immerhin war sie *Mutter* und keine Großmutter. Es war eindeutig an der Zeit, sich einmal wieder etwas zu gönnen und sich Kleidung zu kaufen, die ausstrahlte, was sie fühlte: Freude und Begeisterung.

Doch bereits in der ersten Boutique waren *sie* aufgetaucht und hatten die ahnungslose Kathi vorsichtig eingekreist. Da hatte sie es freilich noch nicht wirklich registriert, aber dennoch, gehört hatte sie es. Und auch gespürt.

Das Anschleichen.

»*Kurios*!«, hatte ein junges Mädchen ihrer Freundin zugeflüstert und dabei kichernd in Kathis Richtung geblickt. Kathi hatte es wahrgenommen, aber als eindeutig irrelevant abgetan. Mädchen kicherten immer, und Menschen blickten immer in ihre Richtung.

Immer, immer, immer.

Warum auch nicht, sie war schließlich eine Berühmtheit!

Nur wenige Stunden später, im Kaffeehaus »Zum munteren Spatz« auf ihre Verlegerin wartend, erkannte sie, wie leichtfertig sie mit der für sie ewig gleichen Welt gewesen war. Denn diesmal war es kein belangloses

Immer, diesmal war es etwas gänzlich anderes.

Anderes, anderes, anderes.

Etwas Altes, Vertrautes. Im neuen, feindlichen Gewande.

Deshalb spitzte sie jetzt die Ohren.

Und sie hatte sich nicht getäuscht, täuschte sich nicht.

Es war tatsächlich überall.

*Sie waren überall.*

»Das Ganze hat eine wirklich *kuriose* Wendung genommen ...«, erzählte eine blassgraue Frau in einem blassgrauen Kostüm.

Der Mann ihr gegenüber lachte höflich und bestätigte: »*Kurios*, wahrhaft *kurios*!«

Zwei Mädchen kicherten ausgelassen.

»*Kurios*, dass sie mir davon nie etwas erzählt hat«, die eine.

»Ja ja, wirklich *kurios*!«, die andere.

Und aufgeregt schnatterten die Teenager im stöckelnden Vorrübergehen: »*Kurios*, ha ha!« Dabei warfen sie Kathi verstohlene Blicke zu.

»Schau dir das an!«, rief eine Barista hinter dem Tresen begeistert. Die zum *Kurios*itätenkabinett eilende Servierkraft goutierte das sicherlich außergewöhnliche Ereignis mit einem angemessen: »*Kurios*!«

Und selbst die Zeitung berichtete von *kuriosen* Vorkommnissen. Irgendetwas Wichtiges war überprüft worden, und dabei hatten sich Ungereimtheiten ergeben. Und die waren *kurios*, so brüllte es zumindest die Schlagzeile. Spöttisch starrte das Wort Kathi an, während es provokativ gelassen auf geduldiges Papier gedruckt auf dem Kaffeehaustischchen lag. Damit war es eine äußerst selbstbewusste Variante des Wortes, die sich wohl für besonders schlau hielt. Kathi befand es aber eher für leichtsinnig, sich so offensichtlich und kontinuierlich zu präsentieren. Die Aufdringlichkeit des Wortes war geradezu obszön und so gar nicht hinterhältig. Dennoch verunsichert, schob sie die Zeitung vom Tisch. Einem Passanten erschien es wohl wie zufällig, trotzdem war es ein gezieltes Attentat. Nicht auf ihn, nein, auf das Wort.

Todesstoß.

Doch nur ein leises Flapp war zu hören, als der »Evening Standard« auf dem Boden aufschlug. *Kurios*.

Kathi war so mit Lauschen und Lesen beschäftigt, dass sie es gar nicht bemerkte, als ihre Verlegerin das Kaffeehaus betrat. Zielstrebig bahnte sich diese ihren Weg durch die frühfeierabendlichen Massen und ließ sich erschöpft auf den Sessel fallen, der an dem runden Tischchen Kathi genau gegenüber stand.

»Entschuldige die Verspätung. Ein Höllenverkehr ist das heute«, ächzte die Verlegerin und fächelte sich mit der Getränkekarte kühlende Luft zu. »Ich kann dir ehrlich sagen, *kurios.*«

*Schmale Treppe, schwere Eisentür. Glatte, kalte Treppe. Stinkendes, altes Kellergedärm, offenes Erdreich. Krankheiten, schwer modrig. Gleißendes Licht, Ecke erhellt. Kellerteil Dunkelheit nährt. Vorsichtig steile Treppe entlang. Schlammig aufgeschwemmter Kellerboden. Scheppernd geht heißer Atem, malt zartweiße Wolken.*

*Klamme, eiskalte Luft.*

*Zeit, hinzusehen.*

*Bunte Bärchen, süße Kleidchen, Tapete improvisierten Kinderzimmers. Lieblich eingerichtetes Zimmer. Großes, gequetschtes Rechteck. Freundlich heller Holzboden, hat sie selbst verlegt. Sie hat flauschigen Teppich daraufgelegt, heimelige Atmosphäre verleiht. Zartes Mint, strahlend türkisene Punkte. Hochfloriger Teppich, knallbuntes Spielzeugauto könnte verlorengehen.*

*Ein rosafarbenes Bett. Unzählige bunte Pferdchen zieren die Wand. Eigentlich ist es dunkelbraun gewesen, sie hat es rosa lackiert. Geblümte Schleifen, das geblümte Bettzeug. Die Wand hat etwas ganz Besonderes. Ein Fenster, weißlackiertes Holz. Es ist kein echtes Fenster, es hat eine märchenhaft echte Aussicht. Saftiger Hügel steht das märchenhafte Schloss einer märchenhaften Prinzessin. Das Fenster wird indirekt beleuchtet, fast echt. Eine gleißend helle Lampe. Sie kann das Kind immer sehen.*

*Doch heute ist etwas anders. Das Licht der Lampe flackert, wie abgehackte Blitze zuckt es durch den Raum. Die Tapete ist an etlichen Stellen herabgerissen, und es klebt rostbraunes Blut an den Tapetenfetzen. Und Kotze, wahrscheinlich daneben auch Scheiße. Der Teppich ist durchtränkt von Körperausscheidungen und etwaigen anderen Körperflüssigkeiten, die ein mit dem Tod ringender Leib wohl nicht mehr bei sich behalten kann. Das Spielzeug liegt verstreut auf dem Boden, den bunten Pferdchen sind die Köpfe abgerissen. Körperlos liegen sie auf dem vollgekotzten, vollgeschissenen und vollgebluteten Boden.*

»Ich will zu meiner Mama!«, schrie das Kind. Eben aus einem Traum erwacht. Vielleicht war es aber auch wach gewesen und hatte nachgedacht. Wie auch immer. Jetzt war es jedenfalls wach, und es schrie. Die Augen schreckensweit, das Gesicht tränennass.

Schnell kam sie gelaufen, die Mutter, eilte blindlinks die steile Treppe hinab. Das eigene Genick hätte sie sich dabei brechen können. Tot liegenbleiben. Und doch galt ihre einzige Sorge dem weinenden Kind.

So ist man als Mutter.

»Mein Schatz!«, rief die Mutter. »Mein Schatz, bitte hab keine Angst! Deine Mama ist da, ich bin doch schon da.«

In wenigen Schritten war sie beim Bett. Fest umfasste sie das Kind mit beiden Armen, zog es schützend an sich. Schaukelte sanft mit dem Oberkörper.

Vor und zurück.

Vor und zurück.

Streichelte unaufhörlich über das fettige, blonde Haar. Sie war da, die Mutter. So wie sie immer da war, die Mutter. Das Kind schlief schlecht. Es hatte böse Träume. Und die Mutter brauchte oft zu lange, um in den Keller zu kommen. Deshalb schrie das Kind.

»Schhhh, mein Engel«, sprach die Mutter, das weinende Kind im schützenden Arm wiegend. Es fest umklammernd, gewaltvoll niederdrückend.

»Du bist nicht meine Mama«, jammerte das Kind. Ganz leise in sein feuchtes Gewand. Feucht von der Feuchte des Kellers, von der Feuchte der Tränen. Jammerte leise, unaufhörlich. Dann wieder laut. Schrie es laut hinaus, bis die Stimme versagte. Dann wieder leise. Und dann wieder lauter. Laut. Sehr laut. Weiter und weiter. Immer wieder dieselben Worte.

»Du bist nicht meine Mama.«

»Du redest Blödsinn. Es sind nur die bösen Träume. Es ist nicht wirklich«, brüllte die Mutter das Kind dann an. Weil sie es nicht mehr hören konnte, was es sagte, das Kind. Immer und immer wieder.

Da sah das Kind die Mutter an. Es schluckte seine Tränen hinunter und sprach mit zittriger Stimme. Aber tapfer sprach es: »Es sind nicht die Träume böse. Du bist ein böser Mensch. Ein ganz böser Mensch. Ich kenne dich nicht. Und ich mag dich nicht.« Und es fragte, störrisch, wie es war, das Kind: »Was hast du mit meiner Mama gemacht? Hast du ihr wehgetan? Was wirst du mit mir machen? Tust du mir auch weh? Darf ich da wieder weg? Darf ich wieder *heim*? Was hast du mit meiner Mama gemacht?«

»Oh, mein kleines, kleines Dummerchen. Ich werde dich lieb haben. Heute und morgen und übermorgen und auch am Tag danach. Ich werde dich immer lieb haben, und ich werde dich nie wieder allein lassen. Hörst du? Ich werde dich nie wieder gehen lassen. Du bist *daheim*.«

»Ich will zu meiner Mama«, schluchzte das Kind.

»Aber ich bin es doch. Ich bin doch deine Mama«, antwortete die Mutter.

*Schmale Treppe, schwere Eisentür. Glatte, kalte Treppe. Stinkendes, alter Kellergedärm, offenes Erdreich. Krankheiten, schwer modrig. Gleißendes Licht, Ecke. Kellerteil Dunkelheit. Vorsichtig steile Treppe entlang. Schlammig aufgeschwemmter Kellerboden. Heißer Atem, zartweiße Wolken.*

*Klamme, eiskalte Luft.*

*Zeit.*

*Bunte Bärchen, süße Kleidchen, Tapete improvisierten Kinderzimmers. Lieblich eingerichtetes Zimmer. Großes, gequetschtes Rechteck. Freundlich heller Holzboden, hat verlegt, hat flauschigen Teppich daraufgelegt, heimelige Atmosphäre verliehen. Zartes Mint, strahlend türkisene Punkte. Teppich so hochflorig, knallbuntes Spielzeugauto könnte verlorengehen.*

*Rosafarbenes Bett. Unzählige bunte Pferdchen zieren Wand. Eigentlich ist es dunkelbraun gewesen, sie hat es rosa lackiert. Geblümte Schleifen, geblümtes Bettzeug. Wand hat etwas ganz Besonderes. Fenster, weißlackiertes Holz. Es ist kein echtes Fenster, es hat märchenhaft echte Aussicht. Saftiger Hügel steht märchenhaftes Schloss märchenhafter Prinzessin. Fenster wird indirekt beleuchtet, fast echt. Gleißend helle Lampe. Sie kann das Kind immer sehen.*

*Heute ist etwas anders. Das Licht der Lampe flackert, abgehackte Blitze, der Raum zuckt. Die Tapete ist herabgerissen. Tapetenfetzen, es klebt rostbraunes Blut. Kotze, wahrscheinlich auch Scheiße. Der Teppich ist durchtränkt. Körperausscheidungen, etwaige andere Körperflüssigkeiten, die ein mit dem Tod ringender Leib nicht mehr behalten kann. Das Spielzeug liegt verstreut, den bunten Pferdchen sind die Köpfe abgerissen. Körperlos. Vollgekotzter, vollgeschissener, vollgebluteter Boden.*

*Das kleine Mädchen liegt still auf dem Bett. Es bewegt sich nicht, eingesunken liegt es da, als würde es schlafen, besonders tief schlafen. Das Halsband aus Metall ist tief in seinen Hals vergraben. Es sieht aus, als habe es dagegen angekämpft, an der Kette gezerrt wie ein Kettenhund, bis die scharfen Kanten sich in den zarten weißen Hals gegraben haben. Seine Augen sind weit aufgerissen. Tief drinnen liegen sie, in den Höhlen. Schwarze Augenhöhlen in einem zerklüfteten Gesicht.*

Bis Kathi es an diesem schicksalhaften Tag, an dem ihre wortwörtlich genommen buchstäblich engsten Vertrauten sich gegen sie gewandt hatten, nach Hause geschafft hatte, hatte sie das elende *Kurios* gezählte dreiundsiebzig Mal auf frischer Tat ertappt. Über die ungehörten und somit ungezählten Male wagte sie erst gar nicht zu mutmaßen.

Kurios, kurios, kurios.

Dort und da und dann schon wieder.

Kurios, kurios, kurios.

Es war einfach immer und überall, und es war weder zu überhören, noch zu übersehen, geschweige denn abzuschütteln. Auf der Straße, in den Passagen, auf Plakatwänden und auf Bücherrücken. Den Bücherrücken! Hatte es erst die Bücher erreicht, konnte es alles erreichen.

Kurios, kurios, kurios.

Geflüstert, geschrien, gelacht.

Kurios, kurios, kurios.

Kursiv, fett, das Kleingedruckte.

*Kurios*, **kurios**, kurios.

Und dabei sollte dieses sperrige, atypische und für nahezu jede Alters- und Gesellschaftsschicht ungebräuchliche Wörtchen nur die heimtückische Vorhut bilden. Eine kuriose Speerspitze sozusagen.

Andere Worte, gebräuchliche Worte, alltägliche Worte, notwendige Worte bezogen taktische Stellung. Gierten, geiferten und lauerten der Vergeltung entgegen. Bereit dazu, in Massen aufzutreten und erbarmungslos zuzuschlagen. Und sie alle schrieben sich in ihrem tiefsten, innersten Wesen mit elf Buchstaben:

VERNICHTUNG

*Treppe.*

*Eisentür.*

*Kellergedärm Erdreich.*

*Krankheiten.*

*Lichtecke.*

*Kellerdunkelheit.*

*Atemwolken.*

*Luft.*

*Zeit.*

*Bunte Bärchen, süße Kleidchen, Tapete improvisierten Kinderzimmers. Liebliches Zimmer. Großes, gequetschtes Rechteck. Freundlich heller Holzboden, flauschiger Teppich, heimelige Atmosphäre. Zartes Mint, strahlend türkisene Punkte, hochfloriger Teppich. Knallbuntes Spielzeugauto.*

*Rosafarbenes Bett. Bunte Pferdchen zieren Wand. Eigentlich dunkelbraun gewesen, hat rosa lackiert. Geblümte Schleifen, geblümtes Bettzeug. Wand hat Besonderes. Fenster, weißlackiertes Holz. Ist echtes Fenster, hat märchenhaft echte Aussicht. Saftiger Hügel steht märchenhaftes Schloss märchenhafter Prinzessin. Fenster wird indirekt beleuchtet, fast echt. Gleißend helle Lampe. Kann Kind sehen.*

*Heute ist etwas anders. Lampenlicht flackert, abgehackte Blitze, Raum zuckt. Tapete ist herabgerissen. Tapetenfetzen. Es klebt rostbraunes Blut. Kotze, wahrscheinlich auch Scheiße. Teppich ist durchtränkt. Körperausscheidungen, etwaige andere Körperflüssigkeiten. Tod ringender Leib nicht mehr behalten kann. Spielzeug liegt verstreut, bunten Pferdchen sind Köpfe abgerissen. Körperlos. Vollgekotzter, vollgeschissener, vollgebluteter Boden.*

*Das kleine Mädchen liegt still. Es bewegt sich nicht, eingesunken liegt es. Es würde schlafen, tief schlafen. Das Metallhalsband ist tief vergraben. Sein Hals. Angekämpft. Der Kettenhund zerrt die Kette. Die scharfen Kanten graben den zarten weißen Hals. Seine Augen sind weit aufgerissen. Tief drinnen liegen sie. Schwarze Augenhöhlen, ein zerklüftetes Gesicht. Wie Pergament spannt sich die wächserne Haut über die hochragenden Knochen. Nicht mehr wie das eines Kindes sieht es aus, das Gesicht. Mehr wie das eines Monsters. Gelb sind sie, die Augen, gelb wie Wachs und tot wie Holz. Die Hände sind zu Klauen verkrallt. Der kleine Körper in dem von Rüschen gesäumten Nachthemd ist eingefallen. Zerschlagen.*

*Elendiglich verhungert.*

Die ersten Verräter, die dem kuriosen Beispiel folgten, waren die Worte einsam, freundlich, empfehlenswert und hinderlich. Keine auffälligen Worte, aber mehr als auffällig präsent. Plötzlich wimmelte es nur so von freundlichen Katzen, die vor allem für einsame Menschen eine empfehlenswerte Abwechslung boten, ohne einem flexiblen Lebensstil hinderlich zu sein. Da gab es freundliche Beeren, die am besten ohne Joghurt, also einsam genossen wurden, und besonders für eine gesunde Verdauung empfehlenswert waren, dabei aber einer ausgewogenen Ernährung nicht hinderlich. Strände, alte Menschen und Häuser waren einsam. Das Wetter, der Postbote und die Farbe Gelb waren freundlich. Der Rotwein, der Literaturkurs an der Volkshochschule und der neue Film von Scorsese waren empfehlenswert. Rassismus, zu enge Unterhosen und Herpes waren hinderlich.

Viele waren vieles.

Mache sogar mehr davon.

Kathi rannte durchs Leben wie ferngesteuert. Aus unsterblichen Freunden waren todbringende Feinde geworden. Und so war sie unfähig, auch nur ein Wort zu schreiben. Es war schlichtweg zu gefährlich. Mit Sicherheit hätten sie sich eingeschlichen, die Attentäter, die Vernichter. Die wortgewordenen Rächer. Mit geduldig einsamer, hinterhältig freundlicher, empfehlenswert tödlicher aber keinesfalls hinderlicher Sicherheit. So blieb ihr Schreiben stumm. Sehr empfehlenswert, immerhin war sie wenigstens trotzdem freundlich, und ihrem nun nicht mehr einsamen Leben war das Schweigen des Schreibens auch nicht hinderlich.

*stillschweigend*

*Bärchen, Kleidchen.*

*Kinderzimmertapete.*

*Holzbodenrechteck.*

*Teppich: Mint, Punkte, Hochflor.*

*Spielzeugauto.*

*Rosafarbenes Bett. Bunte Pferdchenwand. Eigentlich dunkelbraun. Geblümte Schleifen, geblümtes Bettzeug. Wand Besonderes. Fenster, weißlackiertes Holz. Echtes Fenster, märchenhaft echte Aussicht. Saftiger Hügel, märchenhaftes Schloss märchenhafter Prinzessin. Fenster indirekt, fast echt. Gleißend helle Lampe.*

*Kind.*

*Heute ist anders. Lampenlicht flackert, abgehackte Blitze, Raum zuckt. Tapete ist herabgerissen. Tapetenfetzen. Rostbraunes Blut klebt. Kotze, wahrscheinlich auch Scheiße. Teppich ist durchtränkt. Körperausscheidungen, etwaige andere Körperflüssigkeiten. Tod ringender Leib nicht mehr behalten kann. Spielzeug liegt verstreut, bunten Pferdchen sind Köpfe abgerissen. Körperlos. Vollgekotzter, vollgeschissener, vollgebluteter Boden.*

*Kleines Mädchen liegt still. Es bewegt sich nicht, eingesunken liegt es. Es würde schlafen, tief schlafen. Metallhalsband ist tief vergraben. Sein Hals. Angekämpft. Kettenhund zerrt Kette. Scharfe Kanten graben zarten weißen Hals. Seine Augen sind weit aufgerissen. Tief drinnen liegen sie. Schwarze Augenhöhlen, zerklüftetes Gesicht.*

*Pergamenten spannt sich die wächserne Haut, hochragende Knochen. Ist nicht mehr das eines Kindes, das Gesicht. Mehr das eines Monsters. Gelb sind sie, die Augen. Wachsgelb, holztot. Die Hände verkrallte Klauen. Das Rüschen gesäumte Nachthemd. Der kleine Körper ist eingefallen.*

*Zerschlagen.*

*Elendiglich verhungert.*

»Schau dir die ganzen Kleidchen an!«

Die Mutter strahlte. Sie war in der Stadt gewesen. Und sie hatte Kleidung gekauft, für das Kind. Kleine Hosen und kleine Blusen und eben die kleinen Kleidchen. Kleine Kleidchen für ihre kleine Prinzessin. Doch das Kind saß nur da. Den Kopf gebeugt. Es schaute nicht nach den Kleidchen. Es griff noch nicht einmal nach den Bärchen. Die Mutter hatte auch Spielzeug gekauft. Püppchen und Bärchen. Und sogar noch Kleidchen für die Püppchen. Doch das Kind saß nur da. Wollte die Kleidchen nicht tragen und mit den Püppchen nicht spielen. Die Bärchen nicht streicheln.

»Probiere es doch an!«, sagte die Mutter.

»Geht nicht«, antwortete das Kind. »Da ist eine Kette an meinem Hals. Ich bin da angebunden. An dem Bett. Ich kann nicht. Ich bekomme das Kleid nicht über die Kette. Ich bleib hängen.« Und da hob das Kind die schweren Arme hoch. Sie waren wirklich schwer, die Arme. Und dünn. Und wahnsinnig blass. Erschöpft ließ das Kind die Arme wieder sinken. Es wollte sie nicht sehen, die schweren, dünnen, blassen Arme.

»Du redest aber ganz schön groß daher für so ein kleines Kind!«, entrüstete sich die Mutter.

»Ich kann nicht. Die Kette«, beharrte das Kind. Und begann zu weinen. Ganz viel zu weinen. Ein Wunder, dass da überhaupt noch Tränen waren, in dem kleinen Kind. Und dann noch so viele Tränen. Es war ein Wunder.

»Aber am Spielen hindert dich die Kette nicht«, entgegnete die Mutter schroff.

»Doch, sie hindert mich. Weil ich nicht spielen will. Mit der Kette am Hals. Niemand will spielen, mit einer Kette um den Hals.«

»Undankbar!«, schrie die Mutter. »Warum bist du nur so undankbar? Du machst mir mein Leben zur Hölle! Warum hab ich dich überhaupt? Du musst lieb sein, perfekt sein und schön sein, und du musst mein Leben lieb, perfekt und schön machen. Das musst du machen. Hörst du? Du kannst nicht einfach nur da sein, du musst auch was machen!« Und sie warf nach dem Kind, überhäufte es mit Kleidern und Plüschtieren. Überhäufte es gnadenlos. Warf all die schönen Einkäufe nach dem Kind. Die Schnalle eines Gürtels streifte das Kind an der blassen Wange. Hinterließ eine rote Strieme. Eine rote Strieme unter der tiefen, schwarzen Augenhöhle. Eine rote Strieme auf der totenblassen Wange.

»Du bist undankbar! Warum tust du mir das an?«, fauchte die Mutter unaufhörlich.

»Ich will zu meiner Mama!«, weinte das Kind mit der roten Strieme unter dem toten Auge.

*stillschweigend*
*stillschweigend*
*Bett.*
*Pferdchenwand.*
*Bettzeugschleifen.*
*Fenster.*
*Aussichtsfenster.*
*Prinzessinnenschloss.*
*Kind.*

*Heute anders. Lampenlicht abgehackte Blitze. Tapete. Tapetenfetzen. Rostbraunes Blut. Kotze, wahrscheinlich auch Scheiße. Körperausscheidungen, etwaige andere Körperflüssigkeiten.*

*Tod.*

*Leib nicht mehr.*

*Spielzeug verstreut, bunte Pferdchenköpfe. Körperlos.*

*Vollgekotzter, vollgeschissener, vollgebluteter Boden.*

*Kleines Mädchen liegt still, nicht bewegt, liegt eingesunken. Würde schlafen, tief schlafen. Metallhalsband ist tief vergraben. Angekämpft. Kettenhund zerrt Kette. Scharfe Kanten graben zarten weißen Hals. Augen sind weit aufgerissen. Liegen tief drinnen. Schwarze Augenhöhlen, zerklüftetes Gesicht.*

*Pergamenten spannt sich wächserne Haut hochragender Knochen. Ist nicht mehr Kindes Gesicht, mehr Monsters. Gelbe Augen sind wachsgelb, holztot. Verkrallte Hände, Klauen. Rüschen gesäumtes Nachthemd. Kleiner Körper ist eingefallen.*

*Zerschlagen.*

*Elendiglich verhungert.*

Nachdem Kathi es endlich geschafft hatte, diverse auffällige wie unauffällige Worte zu überhören, kamen die hinterhältigen. Die unvermeidlichen. Es kamen die Worte, die Sprache *machen.* All die kleinen, die schmucklosen, all die Worte, ohne die Sprache zum instabilen Fragment wird, zum überflüssigen Artefakt, zum prätentiösen Selbstzweck.

Artikel, Präpositionen, Konjunktionen und diese elenden Partikel.

*der, ein, auf, hinter, bei, und, oder doch?*

*doch nicht?*

Sie alle hatten sich gegen sie verschworen, sich auf einen lexikalisch-morphemischen Kriegspfad eingeschworen.

Und sie alle hatten einen Höllenspaß daran. Höllenspaß.

Schon mal Worte gesehen, die Spaß haben?

Nein?! Ganz logisch, weil Worte feige sind, hinterhältig, weil Worte sich normalerweise in der unüberschaubaren Menge ihrer Mitworte verstecken.

Und nichts ist so mächtig wie das Wort. Und nichts ist so gefährlich wie eines, das auch noch Spaß hat.

Teuflischen Spaß.

Sehr gefährlich.

Sehr gefährliche Worte.

*stillschweigend*

*stillschweigend*

*stillschweigend*

*Lampenlichtblitze.*

*Tapetenfetzen.*

*Blut, Kotze, Scheiße.*

*Körperausscheidungen, Körperflüssigkeiten.*

*Tod.*

*Leib.*

*Stilles, kleines Mädchen, liegt eingesunken. Metallhalsband. Kettenhund. Scharfe Kanten, zarter weißer Hals. Augen weit, tief drinnen.*

*Schwarze Augenhöhlen, zerklüftetes Gesicht.*

*Pergamenten spannt wächserne Haut hochragender Knochen. Ist nicht mehr Kindes Gesicht, mehr Monsters. Gelbe Augen sind wachsgelb, holztot. Verkrallte Hände, Klauen. Rüschen gesäumtes Nachthemd. Kleiner Körper ist eingefallen.*

*Zerschlagen.*

*Elendiglich verhungert.*

Schwach war es, das Kind. Wie eine Puppe lehnte es an der Wand. Da war so wenig Stimme in dem Kind. Da war so wenig Leben in dem Kind. Apathisch lehnte es da. Mit leeren Augen. Und leerem Herzen. Aber es hatte ein Kleidchen mit Rüschen an. Das vom Einkaufen. Die Mutter hatte es ihm angezogen. Die Kette hatte dabei nicht gestört. Und die Mutter hatte dem Kind endlich die Haare gewaschen. So lange hatte sie sich das schon vorgenommen. Aber etwas hatte sie bis jetzt davon abgehalten.

Aber dann war es so einfach gewesen. Sie hatte einen Eimer Wasser zum Bett getragen. Und eine Seife, die nach Apfel roch. Und sie hatte dem Kind die Haare gewaschen. Das Kind hatte gewimmert. Leise. Nur einmal lauter. Da war ihm Seife in die Augen geronnen. Jetzt lehnte es still an der Wand. Die Mutter zog es von dort weg, richtete es auf. Damit sie besser ran kam, besser an die Haare kam.

Mit sanften Strichen bürstete die Mutter das nasse, blonde Haar.

»Du hast schönes Haar«, sagte die Mutter. »Ich wollte auch immer schönes Haar haben. Das ist nämlich wichtig. Wir werden das Haar jetzt täglich waschen. Und wir werden es immer bürsten, bis es fast trocken ist. Niemand will, dass du krank wirst. Du mit deinem wunderschönen, goldenen Haar. Hörst du mich überhaupt? Wunderschönes, goldenes Haar. Das werden wir dir dann zu Zöpfen flechten. Jeden Tag.«

Und der Apfelgeruch stieg der Mutter in die Nase. Es roch wunderbar, das Kind. Es war schön, dass es jetzt endlich sauber war. Morgen würde sie das Kind waschen. Am ganzen Körper waschen, bis es überall nach Apfel roch. So angenehm nach Apfel, nach Kind, nach Mensch.

»So schönes, goldenes Haar«, sagte die Mutter. »So schön.«

Doch etwas war seltsam. Und das Seltsame war so unangenehm.

Deshalb blieb sie dann dem Kind fern, die Mutter.

*stillschweigend.*
*stillschweigend*
*stillschweigend*
*stillschweigend*
*Mädchen.*
*Metallhalsbandkettenhund.*
*Augen.*
*Augenhöhlen.*

*Pergamenten wächserne Haut hochragender Knochen. Nicht mehr Kindes Gesicht, mehr Monsters. Wachsgelbe, holztote Augen. Verkrallte Klauen. Rüschen gesäumtes Nachthemd. Kleiner Körper.*

*Zerschlagen.*
*Elendiglich.*

Die Mutter war lange nicht mehr im Keller gewesen. Sie hatte viel zu tun gehabt. Auch hatte sie es endlich wieder einmal tun wollen. Das Viele. Das andere. Also hatte sie das Viele getan und den Keller, den hatte sie vergessen. Weil es umständlich war. Und anstrengend. Und weil sie es einfach leid war, immer nur an den Keller zu denken. Oder sie hatte zumindest so getan, als hätte sie ihn vergessen. Und danach war sie nicht im Keller gewesen, weil sie so lang schon nicht mehr dort gewesen war. Die Abwesenheit macht Dinge nicht besser, auch Menschen nicht. Das schlechte Gewissen hielt sie erst Tag für Tag fern, trieb sie aber nach einigen weiteren Tagen dann doch hinunter.

Das Kind glühte. Es stand ihm kalter Schweiß auf der heißen Stirn, und es zitterte. Krampfte am ganzen Körper. Eigentlich hatte die Mutter Angst. Große Angst. Aber das durfte das Kind nicht merken. Immer stark sein, für das Kind. Immer glücklich sein, für das Kind. Und in Zukunft häufiger in den Keller gehen. Jetzt, wo das Kind schon einmal da war, musste sie sich auch um das Kind kümmern.

Aber da war diese Sache.

Diese eine Sache mit den Haaren.

Es war unangenehm.

Die Haare. Und das Gefühl.

Das Gefühl dort unten, da ganz drinnen. In ihr drinnen. Der Mutter drinnen.

»Ich erzähl dir eine Geschichte von einem kleinen, schwarzen Kater«, sagte die Mutter und setzte sich zu dem Kind auf das Bett. Bestimmt zog sie es an sich.

»Der kleine schwarze Kater, das war ein ganz übermütiger und ein ganz lieber. Er hieß Felix, und alle wollten den kleinen Kater haben, damit sie immer mit ihm spielen konnten.«

Knochig war der Körper des Kindes. Knochig und heiß. Und so klein und zart. Wie eine Puppe. Die blonden, fettigen Haare umrahmten das fiebrige Gesicht. Die Augen waren leblos und weit in die Höhlen gesunken. Eiter klebte an den Augenlidern. Die Mutter wusste nicht, wie die Augen eitrig geworden waren. Sie wusste auch nicht, woher die Pusteln rund um den Mund kamen. Oder die trübe Flüssigkeit, die fast dauernd aus dem Anus des Kindes rann.

Es stank.

Weil es eiterte.

Und weil es faulte.

»Werde ich bald tot sein?«, flüsterte das Kind.

»Das weiß ich nicht«, antwortete die Mutter.

»Ich will zu meiner Mama«, flüsterte das Kind. Dann schlief es ein.

*stillschweigend.*
*stillschweigend*
*stillschweigend*
*stillschweigend*

*stillschweigend*
*Kindesgesicht.*
*Körper.*
*Haut.*
*Knochen.*
*Augen.*
*Klauen.*
*Monster.*

Dann blieb Kathi keine Wahl mehr. Sie musste es tun, weil die Worte es nicht mehr taten. Kein einziges mehr. Kein Verb war ihr mehr geblieben, da alle gegen sie waren, sich ihr entzogen. Weil jedes Tuwort es nur noch für sich und gegen sie tat. Viele davon immer und immer wieder, nicht im kategorischen sondern im selbstgefälligen Imperativ.

ISS, SCHALF, STIRB

Immer und immer und noch mehr und überall.

SCHREI, WEIN, ERSTICK

Weiter und weiter und immer fort.

Doch etwas … etwas tief in ihr … etwas, das vielleicht sogar mehr war als *das Wort*, das hetzte, stichelte, äffte und verhöhnte sie. Forderte sie heraus, stachelte sie an:

*Du sollst das Tuwort sein.*

TU ES!

SEI ES!

Tu es und sei das Wort!

Tu es und sei endlich nicht mehr das Opfer!

*Sei der Täter*!

Dann verstummten die Worte. Sprachen kein Wort mehr zu ihr, die Worte.

Das Kind sah immer schlechter aus.

Und das Gefühl war nicht vergangen.

Eigentlich war das Kind in seinem Sterben hässlich. Aber für die Mutter war es wunderschön. Mit seinem kleinen Körper. Mit seinem goldenen Haar.

Es war schön.

Und es war fast schon tot.

Lang, mehrere Stunden lang, stand die Mutter vor dem Bett und beobachtete das siechende Kind. Beobachtete, wie es im Bett lag und ausdämmerte, schlafend verging. Hörte, wie es vor Schmerz leise wimmerte. Sah, wie es im Schlaf stumm weinte. Und dabei nie ganz zu Bewusstsein kam. Dann berührte sie das Kind sanft.

Es war zu Seite hingesunken. Sie drehte es auf den Rücken. Streichelte den eingefallenen Körper. Das eingefallene Gesicht.

»Bleib einfach so liegen. Und halte dein Gesicht still«, sagte die Mutter. »Vielleicht ist es unangenehm, aber es wird sicher nicht wehtun. Und wenn du ganz brav still hältst, dann ist es sicher auch bald vorbei.«

Dann stieg die nackte Mutter zu dem siechenden Kind ins Bett.

Es ist sicher auch bald vorbei.

Es ist bald vorbei.

*stillschweigend.*

*stillschweigend*

*stillschweigend*

*stillschweigend*

*stillschweigend*

*stillschweigend*

Dort hinter dieser Tür ist nicht die Wohnung in dem alten Hotel. Das weiß Kathi. Mit geschlossenen Augen weiß sie das. Ein anderer, ein wohlvergessener Ort. Weit weg und dennoch genau hier. Weil dieses besondere Hier eigentlich ein Überall ist. Sogar dann, wenn es nicht mehr ist. Sogar das. Nichts.

Und genau das ist es.

Nichts.

Verbraucht und vorbei. Weil die Sprache verbraucht war und es eigentlich immer noch ist. Und weil Kathi sich gegen jede Menschenvernunft, gegen jeden Menschenanstand und gegen das Menschliche selbst entschieden hatte und hat.

*(Kathi … Kathi! Komm, ich will dir was zeigen.)*

Sie hat es getan.

(*Vertraue mir.*)

Niemand für sie. Niemand sonst.

*(Schau mal … bunte Bärchen in süßen Kleidchen tanzen auf der Tapete. Schau sie dir an, die Bärchen. Entzückend!*)

Keine Menschenseele muss der Richtung folgen, die ihr die Verdammnis weist. Doch jeder steht es frei. Und die wenigsten widerstehen. Sie selbst ist nur eine der Vielen gewesen. Ist es immer noch. Eine der Vielen.

(*Komm schon! Mach die Augen auf! …den freundlich hellen Holzboden, den hast du selbst verlegt. Schau es dir an, das hast du gut gemacht. Kathi.*)

Da gab und gibt es nichts mehr zu besprechen, nichts zu hinterfragen. Es gab und gibt nichts, wofür es sich zu sprechen lohnte und lohnt. Nichts, was einer Fürsprache gerecht geworden wäre oder werden würde. Keine Gerechtigkeit mehr. Weil einfach nichts mehr übrig war und ist, und weil auch kein Wort mehr übrig war und ist. Kein einziges mehr. Nicht damals und nicht heute. Und schon gar nicht morgen.

(*Und erst der Teppich! Zartes Mint mit strahlend türkisenen Punkten. So flauschig, ein knallbuntes Spielzeugauto könnte darin verlorengehen. Ein ganzes Auto! Stell dir das vor! Besser, schau es dir an!*)

Stumm hat sie die Tür geschlossen, sie versperrt und den Schlüssel beiseitegelegt. Hat das Kind sterbend und die Worte tobend zurückgelassen. Und dann hat sie es vergessen. Den Schlüssel und das Haus, ihre Geschichte und ihre Vergangenheit. Und das Kind. Hat alles vergessen und ist einer Einladung gefolgt.

(*Kannst du das rosafarbene Regal mit den unzähligen bunten Pferdchen an der Wand hinter dem Bett sehen? Diese niedlichen, niedlichen Pferdchen.* Schritte. *Mit welchem soll ich spielen?)*

Sie ist einfach losgegangen. Ist losgegangen, um woanders Worte zu finden. Neue Worte. Um woanders zu vergessen. Sie ist einfach fortgegangen und hat die Vergangenheit zurückgelassen. Hat sie gemeinsam mit den einst geliebten und dann verhassten Worten, die sie erst getrieben und schlussendlich schweigend vertrieben haben, in das große leere Haus gesperrt. Die obsolet gewordene Sprache und das obsolet gewordene Kind. In ihrer privaten Hölle. Ihr gesamtes Leben, bis zum finalen Herzschlag hin ausgetragen, weggesperrt und stillgeschwiegen.

(*Geblümte Schleifen und geblümtes Bettzeug.* Lachen. *Das ist doch ein Scherz.*)

Und was ist dann geschehen? Was ist mit Kathi geschehen?

Kathi ist weit, weit weg gewesen, in einem völlig, völlig neuen Leben, in einem viel, viel größeren, einem sehr, sehr dunklen Haus.

*Einem Haus, ganz am Rande unserer Wahrnehmung.*

*Ganz am Rande unserer Welt.*

»Es reicht. Das ertrag ich nicht mehr. Komm schon. Nicht *ist* weit weg *gewesen.* Kathi *ist* weit weg. Du bist genau gegenwärtig weit weg. Das Hier und Jetzt ist deine Vergangenheit. Deine Erinnerungen sind dieser Moment.«

Plötzlich ist die Stimme nicht mehr nur in ihrem Kopf. Die sonore, einem lodernden Donnergrollen gleiche Stimme ist überall. Unwirklich leise, ohrenbetäubend präzise. Lauernd, lechzend wie das spöttische Feixen einer Hyäne und dennoch schmeichelnd wie das verspielte Schmiegen einer Katze. Überall da, rund um sie. Das Schmeicheln und Lechzen erfüllt den ganzen Raum.

Den ganzen Raum, den sie nicht sehen will.

*Nie wieder sehen will.*

»Mach endlich deine Augen auf! Bei deinem zögerlichen Verhalten geht sogar mir die Zeit aus. Gut, das ist natürlich gelogen … aber die Wortwahl, die gefällt mir. Salopp und dennoch deutlich. Findest du nicht auch, dass es von unbeschreiblicher Bedeutung ist, immer die richtigen Worte zu finden?«

Sie zittert, will zurückweichen, doch hinter ihr ist nur noch kalter, feuchter Stein. Kein Entkommen. Panisch presst sie ihren heißen Körper gegen die kalte Wand. Längst sind ihre Beine schwach, ermattet geben sie nun endgültig nach, und sie sinkt in sich zusammen. Ihr ist, als wäre sie eingeklemmt zwischen Boden und Wand. Unsicher tastet sie um sich. Eigentlich ist es nicht nur eine Wand, es ist die Ecke eines Zimmers, in welche sie sich nun schutzsuchend verkriecht wie kreuchendes, lichtscheues Kellergetier. Eine Angst, so unbeschreiblich und so allmächtig, dass sie mit nichts anderem, nichts Festem und nichts Gestaltlosem vergleichbar wäre, ergreift von ihr Besitz. Trockene Tränen brennen unter ihren geschlossenen Augenlidern wie Batteriesäure, auf ihrer Zunge liegt der schwere Geschmack von Eisen. Ein Geschmack, der seit jeher ihre schlimmsten Ängste begleitet. Ihre großen, elementaren Ängste. Ihr Herz rast nicht, vielmehr hat sich ihr Herzschlag gefährlich verlangsamt, bereit, im entscheidenden Moment auszusetzen. Sich wie ein Feigling in den Tod zu flüchten und ihr ganzes Selbst mit einem letzten Schlag auszulöschen. Da dringt die fremde, sonore Stimme abermals schmeichelnd an ihr Ohr.

»Es ist bequem, dieses Bett. Die Blumen sind mir persönlich etwas zu viel. So wie die Eisenkette. Aber insgesamt, doch gemütlich. Da fehlt mir nur noch ein Kuschelbär. Sag, willst du mein Kuschelbär sein, Kleines?«

»Nimm deine schmutzigen Hände von meinem reinen Kind!«, schreit Kathi. Oder vielmehr will es schreien, denn ihre Stimme ist nicht mehr als ein verzweifeltes, ein entsetztes Krächzen.

*Und Kathi reißt die Augen auf.*

Nicht wie erwartet.

Ein riesiger, fensterloser Raum, erfüllt von einem unsteten, dämmrigen Glimmen. Ein hitziges Glühen. Eigentlich weniger nur ein Raum, mehr eine unüberschaubar weitläufige Halle.

Oder noch mehr.

Viel mehr.

Grenzenlos.

Die Sichtbetonwände reichen scheinbar unendlich weit hinauf bis in das dunkle Nichts. Es ist kein Ende auszumachen. Kein Ende von dem, was sie unpersönlich kalt umgibt. Keine Decke, keine gegenüberliegenden Wände, nicht die Begrenzung des perfekt ebenen Fußbodens. Alles mündet in absoluter und alles verschlingender Dunkelheit.

Sie blinzelt, um sich an den endlosen Raum zu gewöhnen, um die gedämpft lodernde Lichtquelle ausfindig zu machen, um wenigstens etwas zu finden, woran sie sich orientieren kann. Flammen locken ihren suchenden Blick. Ein offenes Feuer züngelt, ein Stück weit in die Wand hinein versetzt, zu ihrer Rechten. Sie kann den Kamin, zumindest denkt sie, dass es ein offener Kamin sein muss, nicht sehen, aber sie sieht das Feuer. Als sie den Kopf nach links dreht, kann sie auch dort zarte Flammen erkennen. Feuerzungen, die gemächlich an der Kante der Einbuchtung lecken. Feuerfinger, die liebkosend in ihre Richtung wandern. Als sie sich wieder dem anderen Kamin zuwenden will, erstarrt sie.

In nur wenigen Metern Entfernung steht eine von zierlicher Eleganz geprägte, mit weinrotem Samt überzogene Chaiselongue. Die Beine des Möbelstücks sind aus goldlackiertem Holz. Dorische Schnecken, einseitig abgeflacht auf den kargen Boden gepresst, bilden die manierlichen Füße. Direkt daneben steht ein schlichter, weinrot lackierter Holzsessel mit gerader Rückenlehne und verkürzten Armlehnen. Einfach, aber nicht schnöde, pragmatisch und dennoch nicht funktional. Und es sind *nicht* diese zwei, in der feindseligen Dunkelheit befremdlich heimelig anmutenden Möbelstücke, welche ihr das letzte bisschen Atem rauben und den langsam, aber kontinuierlich verblassenden Herzschlag tatsächlich für einen Moment aussetzen lassen.

Es ist der Mann, der gemütlich zur Seite gelehnt auf der Chaiselongue sitzt, und Kathi mit der dem Überlegenen gebührenden Gleichgültigkeit beobachtet. Er trägt alte, verschlissene Jeans und ein weichfließendes, weit geöffnetes schwarzes Hemd. Womöglich Leinen und ebenfalls schon ausgewaschen. Farblos und matt, was bei schwarz ein wenig seltsam klingen mag. Dennoch ist dieses Schwarz farbloser als jedes andere. Seine Füße sind nackt, seine Zehen trommeln rhythmisch gegen den Betonboden. Sein rotbraunes Haar hängt ihm in zerzausten Wellen in die glatte Stirn, seine jugendlichen Gesichtszüge sind makellos, seine kalten Augen strahlend blau und von erlesener Intensität. Seine gleichmäßig geschwungenen Lippen sind zu einem schiefen Grinsen verzogen.

*Dieser Mann.*

Sie kennt diesen Mann, hat ihn schon einmal gesehen.

Noch im selben Moment wird ihr bewusst, welchem Wahn sie aufsitzt, wie überholt ihr begrenztes Denken doch wieder ist. Sie hat diesen Mann bereits *zweimal* in ihrem Leben gesehen, aber kennen, kennen tut sie ihn nicht.

Schlimm ist, dass sich das jetzt ändern könnte.

»Herzlich willkommen, Kathi.«

Seine Stimme ist so kalt wie der Boden unter ihren Händen, so kalt wie seine blauen Augen. Er klingt entspannt und erhaben, aber dennoch amüsiert. Die Betonung jeder Silbe unterstreicht die zweifellos gelassene Allmacht, die auch seine Körpersprache unmissverständlich zu verstehen gibt.

»Komm näher«, fordert er sie nachdrücklich auf und deutet auf den Holzsessel. »Setz dich zu mir. Wir haben …Dinge zu besprechen.«

Das ist weder eine Bitte noch eine höfliche Aufforderung. Das ist ein Befehl, soviel ist sich Kathi sicher. Und sie brennt keineswegs darauf, herauszufinden, womit ihr Gastgeber eine Missachtung dieses Befehls bestrafen würde. Unweigerlich tun sich in ihrem Geiste obszön grausame Bilder eines Hieronymus Bosch auf. Zerberstende Leiber über offenem Feuer. Stumme Schmerzensschreie.

»Jetzt bleib mal sachlich!«, fährt ihr bisher entspanntes Gegenüber sie unerwartet schroff an. »Ich kann diese Verallgemeinerungen und diese maßlos hysterischen Übertreibungen nicht mehr ertragen. Wann habt ihr bloß solchen Gefallen daran gefunden? Das Grauen ist kein verdammter Götze!«

Folgsam taumelt sie auf den ihr zugewiesenen Sessel zu und setzt sich vorsichtig auf die äußerste Kante. Sie fühlt sich wie ein kleines Mädchen, verunsichertes Mädchen, das brav tut, was man ihr sagt. Sie kann kaum den Blick von ihm abwenden. Dennoch entgeht ihr nicht, dass sie sich nicht getäuscht hat. Es sind tatsächlich zwei offene Kamine, die den Raum mit Licht und Wärme erfüllen sollen. Natürlich gelingt, ob der Grenzenlosigkeit des Objekts, beides nur in sehr eingeschränktem Maße. Auch jetzt kann sie immer noch keinerlei Barriere hin zum Unendlichen ausmachen.

»Suchst du etwas?«, unterbricht er, wieder ganz die Personifikation der Gelassenheit, ihre visuelle Erkundung des Raumes.

»Zwei Kamine?«, fragt sie, nur um nach etwas Offensichtlichem zu fragen und das Obskure noch weiter verborgen zu lassen.

»Ja, ich friere schnell. Man sagt mir sogar nach, ich würde eine gewisse Kälte ausstrahlen. Wie auch immer, ich mag es, wenn es um mich herum heiß brennt.«

»Du trägst keinen Anzug«, stellt sie fest. Einerseits, um zu verdeutlichen, dass sie nicht so armselig und vor allem unwissend ist, wie sie vielleicht gerade wirken mag. Sie hat ihn wiedererkannt. Das kann er ruhig wissen.

Er ist für sie kein Fremder.

Andererseits, weil es sie tatsächlich verwundert, dass er gekleidet ist wie ein sprichwörtlicher Hungerkünstler. Seine heruntergekommene Kleidung steht in zu krassem Widerspruch zu seiner ätherischen Ausstrahlung und erhabenen Schönheit.

»Schön, dass du dich an mich erinnerst. Und was den Anzug angeht, der ist hier nicht notwendig. Zu Hause liebe ich es leger. Als Geschäftsreisender, wenn ich mich so nennen darf, tritt man ohnehin Jahrhundert für Jahrhundert förmlich genug auf.«

»Ist das hier dein Zuhause?«

»Um genau zu sein, befindest du dich augenblicklich gerade in meinem Büro. Aber ja, das alles hier ist mein Zuhause. Und es ist großartig gelungen, findest du nicht?«

»Es ist beeindruckend«, antwortet Kathi wahrheitsgemäß aber auch irritiert. Seine Arroganz von vorhin scheint fast verfolgen, auch der Blick aus seinen eisblauen Augen wirkt nun wärmer und seine Intonation verbindlicher, fast ungezwungen. Ihr ist beinahe so, als würde sie sich mit einem alten Bekannten unterhalten. Nicht mit einer Schreckgestalt aus flüchtigen Begegnungen. Sie rutscht auf dem Sessel zurück und gibt mit dieser an sich kleinen Geste leichtfertigerweise das letzte, schützende Quäntchen Furcht freiwillig auf. Dass die so abrupte Dekonstruktion ihrer fundamentalen Angst definitiv ein Auslöser für ihren überlebensnotwendige Selbstschutz sein sollte, sie sich demnach noch mehr fürchten müssten als gerade eben noch, kommt ihr erst gar nicht in den betörten Sinn. Zu schnell, zu selbstverständlich hat sein dunkles Glühen ihren schwachen Geist für ihn eingenommen. Wie jederzeit und jedermann.

Ein Kinderspiel.

»Dann sag mir, was ist es, das hier? Was ist dein Zuhause? Wo genau bin ich?«

»Ich bitte dich. Was soll die stupide Fragerei? Du bist genau dort, wo du denkst zu sein.«

Unvermittelt zuckt Kathi zurück, doch ohne sich wirklich von ihm zu lösen. Sein Blick verdunkelt sich. Prüfend schaut er ihr tief in die Augen, weit hinab in ihre verworrenen Gedanken und fährt dann beschwichtigend fort: »Obwohl, eigentlich nicht ganz. Du würdest wahrscheinlich sagen, du bist eine Stufe *davor*. Also geh in deiner fürchterlichen Vermutung einen winzigen Schritt zurück, und du bist angekommen.«

»Wo genau angekommen?«

»Das Leben ist nicht nur eines. Es ist alles. Ihr müsst alles erleben und könnt vieles vergessen. Was ihr getan habt. Was euch angetan worden ist. Aber an manches, das ihr vergessen habt, müsst ihr euch irgendwann erinnern. Und ihr müsst euch *irgendwo* daran erinnern. Weil ihr sonst nichts mehr seid. Zumindest nicht mehr ihr selbst. … *Willkommen im*

*Irgendwo!* Wer Unrecht getan hat, darf es nicht vergessen. Egal, warum er es getan hat. Mehr noch, er darf auch dieses Warum nicht vergessen. Und meist ist es dieses Warum, das die Menschen noch lieber für immer vergessen möchten.«

»Und du richtest?«

»Oh nein. Ich bin nicht Teil dieses Warums, und erst recht bin ich kein Richter. Ich bin lediglich die Zugabe. Das bisschen Mehr. Ich bin der Spieler. Und am liebsten spiele ich mit der Liebe.«

»Dann bist du …?«

»Kein Wort!«, fährt er sie an, lächelt dabei aber schelmisch, beinahe jungenhaft.

Kathi legt einen Finger an ihre Lippen und schüttelt verschwörerisch ihren Kopf. »Nicht von mir.« Er grinst zufrieden und nickt dann auffordernd. Mehr Fragen soll sie stellen. Sie haben gerade erst damit angefangen, sich besser kennenzulernen. Gut, Fragen hat sie.

»Und du hast mich hierher eingeladen?«

»Dich und alle anderen, die sind wie du. Einige sind zur Heimreise bestimmt, die meisten sind auf der Durchreise. Die Auserwählten, die bleiben bei mir.«

Etwas Weiches kuschelt sich an ihre Schenkel, presst sich zwischen ihren Beinen hindurch. Mit einem geschmeidigen Satz landet eine kleine Katze, mit goldglänzendem Fell und strahlend graugrünen Augen auf der Chaiselongue. Sie schnurrt laut, streckt ihren festen Körper zu einem wohligen Katzenbuckel durch und rollt sich an der Seite des jungen Mannes, der ihren Beweis aufrichtiger Zuneigung mit einem zärtlichen Nackenkraulen belohnt, zusammen.

»Echt jetzt?«, Kathi kann sich ein Lächeln nicht verkneifen. »Eine Katze? Das kommt mir doch etwas klischeehaft vor.«

»Klischee? Es ist kein Klischee, wenn es einfach ist, wie es sein muss. Wenn es perfekt ist. So einzigartig wie eine Idee. So einzigartig wie die Liebe.«

»Liebe?«

»Ja. Die Liebe ist eindeutig die größte aller Illusionen, und demnach ist sie mein größter Erfolg. Mein Glanzstück. Meine Meisterleistung. Ich habe die Menschen glauben lassen, sie würden sich selbst lieben, mehr noch, sie würden einander lieben. Doch wer glaubt zu lieben, oder gar geliebt zu werden, der irrt. Die Liebe selbst ist ebenso ein Irrtum wie der Glaube an die Liebe. Und deshalb wird dieser Irrtum, dieser Irrglaube für jeden Menschen auf dieser Welt nur eines zu bieten haben: Schmerz. Denn wenn Liebe schon irgendetwas sein muss, dann ist sie Schmerz. Besudelter, von zerstörten Sehnsüchten getragener, auswegloser und immerwährender Schmerz. Nicht euer *Gott* ist die Liebe. Wenn überhaupt, dann bin ich es. Ich habe den Menschen die Liebe gebracht, und in diesem Jahrhundert, Kathi, bist du mir dabei äußert behilflich gewesen. Du hast für mich die Menschen zur Illusion geführt, hast sie glauben gelassen. So wie andere vor dir. *Ich liebe dich, mich reizt deine schöne Gestalt, und bist du nicht willig …*«

Sanft fordernd drückt er die kleine Katze an sich, ihr gleichmäßiges Schnurren lässt den kalten, unwirklichen Raum ein wenig wahrhaftiger erscheinen, und Kathi kann verstehen, was er meint. Die kleine Katze ist perfekt.

Sie ist ihm perfekt gelungen.

Die Liebe.

Sie muss sich förmlich zurückhalten, nicht ebenfalls die Hand nach dem felligen Tierchen auszustrecken. Stattdessen verfolgt sie die zärtlichen Berührungen des Mannes, beobachtet, wie das genüsslich brummende Tier seinen kleinen Kopf gegen dessen Handfläche schmiegt.

Plötzlich verändert sich die Hand ihres Gastgebers. So natürlich wie Gänsehaut über die Haut eines Menschen rinnt, der sich dem angenehmen Grusel der Behaglichkeit hingibt, rinnen dichte, schwarz-silbern glänzende Schuppen über den Handrücken des Mannes. Von seinen Fingerspitzen angefangen, seinen nackten Arm entlang, unter das schwarze Hemd. Sofort unterbricht er die Liebkosung der Katze und bedeckt die schwarz-schuppige Fläche auf seiner Haut mit seiner zweiten Hand. Mit gezieltem Druck streicht er darüber, als würde er Schmutz von einem Anzugärmel wischen. Gleich darauf sind die Schuppen verschwunden.

»Nichts weiter«, nimmt er die Antwort auf Kathis Frage vorweg. »Das passiert mir häufig, wenn ich entspannt bin. Es hat nichts zu bedeuten.«

Doch Kathi hat die schwarzen Schuppen gesehen. Schwarze Schuppen auf der Haut eines … eines was? Und für Kathi hat es etwas zu bedeuten. Doch sind es nicht diese eindeutig übermenschlichen Hautirritationen, die sie nachhaltig beschäftigen. Vielmehr sind sie nur ein kleiner

Teil ihres Problems. Es ist an der Zeit, über das Zimmer zu sprechen. Über das geliebte, das zerstörte, das vergessene Kind.

»Warum hast du das getan?«, fragt sie ihn. Dabei meidet sie seinen Augenkontakt nicht.

»Habe was getan?«

»Jetzt bist du es, der überflüssige Fragen stellt.«

»Verzeih, du hast natürlich recht. Lass mich kurz nachdenken. Was es darauf für wunderbare Antworten gibt. In letzter Zeit antwortet der Bösewicht – und ich gehe davon aus, das jetzt, wo du *mich* gefunden hast, ich der Bösewicht in deiner ureigensten Geschichte sein soll – doch immer: *Weil ich es kann.* Oder? Ich bin da etwas altmodischer. Natürlich kann ich es, aber das ist doch nicht der springende Punkt. Wer kommt bloß auf die Idee, es ginge hierbei um das bloße Können. Also, warum habe ich es getan? Ganz einfach, damit ich bekomme, was ich will.«

»Und was willst du?«

»Nun, ich will unendlich vieles, man behauptet, ich wolle alles, aber in diesem speziellen Fall will ich dich.«

»Warum? Warum gerade mich?«

»Also, was den ersten Teil deiner Frage angeht: *Ich weiß ein gutes Buch zu schätzen.* Das ist schon immer so gewesen. Immer schon habe ich euch Menschen zum Schreiben verführt. Und der zweite Teil: Ich kann alle haben. Jeden, den ich haben will. Und stell dir vor, sie alle wollen mich! Es ist so unendlich einfach, beinahe ermüdend einfach. Es bist nicht *gerade du*. Es bist *auch du*. Warum denkt ihr immer, dass, nur weil ich euch zu mir hole, ihr etwas Besonderes seid? Du zum Beispiel hast mir da draußen, in dieser ominösen Welt mit diesen lächerlichen Liebesseelen vielleicht geholfen, aber hier bei mir, hier in meinem Zuhause hast du nur noch eine einzige Funktion. Du bist da, um mich zu unterhalten. Reine Unterhaltung. Denn vor allem das hast du immer schon getan. Mir köstliche Unterhaltung geboten. Es ist nichts Besonderes an *dir*. Das Besondere ist, was ich aus dir und mit dir gemacht habe. Dir nichts als die Liebe zu zeigen, dich zu ihrer Botschafterin zu machen, sie dir aber immer vorzuenthalten, das ist eine meiner grausamsten und gleichzeitig eine meiner unterhaltsamsten Spielereien gewesen. In letzter Zeit. Im ganz kleinen Rahmen.«

»Und das Kind?«

»Das Kind? Wir alle müssen Opfer bringen.«

»Wir alle? Welches Opfer hast du denn gebracht?«

»Ich? Ich bin doch nicht *alle*. ICH BIN ALLES.«

Seine Augen glühen gefährlich.

»Außerdem, Kathi, stellst du die falsche Frage. Es ist nicht die Frage, warum *ich* es getan habe. Die Frage ist, warum du es getan hast. Denn ich bin vielleicht die Idee gewesen, der Gedanke, das Wort, aber du hast gehandelt.«

Mit einer Geste des Überdrusses stößt er die kleine Katze, die den Entzug der Zärtlichkeit gelassen hinnimmt und sich gemütlich schleichend ins Nichts verzieht, von der Chaiselongue. Langsam steht er auf und ergreift Kathis Hand. »Genug geredet. Komm, ich zeig dir was.«

Sie zögert nicht.

Es ist an der Zeit, nicht mehr zu zögern.

Tief hinein in das Endlose des Raumes zieht er sie mit sich hinfort.

Und es ist schön dort.

Unendlich schön.

Ich stehe an der Schwelle zur Wohnung. Stickig. Nein, eigentlich stinkt es. Hätte ich vor, länger zu bleiben, müsste ich wohl ein Fenster öffnen. Aber was ich zu tun habe, bedarf keines großen Aufwandes. Und demnach will ich ihn auch nicht betreiben. Ich habe viel zu erledigen, ich muss mit meinen Ressourcen haushalten.

*Ein ganzes Haus erhalten.*

Ich trete ein. Lang muss ich nicht suchen, das leidige Bild ist offensichtlich. Steif liegt sie da. Regungslos am Boden. Ich frage mich, wo sie gerade ist. Ob sie ist. Als ich mich neben sie knie, wie immer sorgsam darauf bedacht, meine Uniform nicht zu zerknittern – und in die Knie gehe ich bekanntlich ohnedies nur äußerst ungern – kann ich sie schwer atmen hören.

»Du bist also noch da. *Fotze*«, flüstere ich, ungewohnt hasserfüllt und äußert unangemessen für meine Person.

Für meine Profession.

Ich bin weit mehr als die Summe meiner Bestandteile. Weit mehr als nur mein mickriges Wissen oder Bewusstsein. Sogar weit mehr als nur mein eigener mickriger Geist. Ich bin von *dir* begeistert worden.

Und dennoch benehme ich mich gerade wie ein *Kind*. Aber ich kann es nicht ändern. Noch nicht. Aber ich bin hier, um genau das zu tun. Es zu ändern. Es ungeschehen zu machen. Es ist die Eifersucht, die mich so hinreißt, das weiß ich nun. Eifersucht, weil sie für *dich* von Bedeutung ist. Für *dich*. Wie kann das sein? Und wie kann es sein, dass ich empfinde? So stark empfinde? Es besteht Handlungsbedarf.

Hässliches, altes Weib. Uninspiriert und banal. Soll sie bleiben und verrotten, stumm und regungslos verrotten.

Ich hebe ein Bein und knie mich über sie, lasse mich auf ihre Mitte nieder. Ich verharre kurz, muss mich zwingen. Überwinden. Ich lasse nach, eindeutig. Ich muss mich wieder bessern. Mich selbst eines Besseren belehren. Durch *deine* Herrlichkeit. Es gibt keine zu niederen Dienste, nicht in *deinem* Dienste. Ich beuge mich vor, lasse mein Gesicht ganz weit hinab zu dem ihren. Ich sehe, wie sie den Mund leicht öffnet. Gut, dann wird mein Besuch von Erfolg gekrönt sein. Ich neige meinen Kopf zur Seite, mein Ohr ist so nur wenige Zentimeter von ihren blassen Lippen entfernt. Dort warte ich. Warte auf das eine Wort.

Den Schatz.

Und mein Warten wird belohnt.

»Die Dunkelheit. So schwarz. Kurios«, haucht sie, bevor ihr Atem endgültig verebbt.

Schnell, aber sorgsam bedacht lege ich meine rechte, hohle Hand zärtlich um das zerbrechliche, das letzte Kurios, noch bevor es sich verflüchtigen kann.

*Du kannst mir nicht entkommen, mein Liebling.*

Sanft halte ich es sicher geborgen. Ich kann spüren, wie es in meiner Hand freudig auf und ab springt und sich geschmeidig gegen meine Handfläche drückt. Wie ein kleines, schutzsuchendes Tier. Ein kleines Tier, das seine Heimat wiedergefunden hat. Ich richte mich auf und steige von der Leiche. Einer Leiche, die eigentlich nicht tot, sondern *wortlos* ist. Etwas, das für die Menschen keinen Unterschied macht. Wem die Worte fehlen, in eurer Welt, dem fehlt das Leben, in eurer Welt. Stolz richte ich mich auf und blicke hinab auf die liederliche Worttote. Niemand wird merken, dass sie eigentlich noch am Leben ist, wenn sie zur letzten Ruhe in ihr kaltes, nasses Grab gebettet wird.

Niemand.

Den Kopf voll von Gedanken, die um Liebe kreisen, halte ich das Kurios vorsichtig an mein Herz. Es schlägt, mein Herz. Frisch erweckt schlägt es, wie ein Herz schlagen soll.

Zu schnell, zu frei, zu wirklich.

Fest presse ich das befreite Kurios gegen mein freudvolles Herz. Presse es so fest dagegen, bis es vor Schmerz laut schreit, vor Überraschung wimmert, vor Angst keucht und vor Verzweiflung weint, das übermütige Wort.

Weint und fleht und an meine Liebe appelliert.

»Keine Liebe, du Ding. In diesem Haus gibt es keine Liebe. Du hast genug angerichtet«, sage ich und quetsche es tot.

Das Kurios.

Und das Herz.

*Unaussprechlich.*

# Teil 5

# Fegefeuer

# Wir wünschen Ihnen unvergessliche Augenblicke.

»Gefällt Ihnen das Buch denn nicht, dass Sie so sehr darüber weinen müssen?«

Karen schreckt hoch.

Ganz hat sie über dem so plötzlich allgegenwärtigen Grauen des längst Vergangenen die momentane Gegenwart vergessen. Jene Gegenwart, in der sie in einer Hotellobby sitzt. Jene Gegenwart, in der sie von jedem gesehen werden kann, der sie sehen will. Von jedem. Und so ist es eben ihr Anblick, der offenkundig für Verwirrung und, wenn sie den Unterton der sanften Stimme nicht missdeutet, auch für Mitleid sorgt. Langsam schüttelt sie verneinend den Kopf, schüttelt mit jeder Bewegung die klammen Klauen der Erinnerung ab, hebt das schmerzensbleiche Gesicht hoch zum Fragesteller und antwortet aufrichtig:

»Es ist nicht das Buch, das mir nicht gefällt. Mein Leben ist es.«

»Dann ist es an der Zeit, ihr Leben zu ändern. Lassen Sie *die Möglichkeit,* die sich Ihnen bald bieten wird, nicht ungenutzt verstreichen. … und was das Buch angeht, ich habe dieses Buch immer gehasst. Hasse es noch.«

*Hass.*

*Ein starkes Wort,* denkt Karen, dann lenkt sie ihre Aufmerksamkeit weg von dem Wort, hin zu der Person, die es dennoch so gelassen ausspricht. Es ist eine ältere Frau, wohl um die sechzig. Sie trägt ein aus der Mode gekommenes, gelbes Kostüm mit weißen Borten. Es ist nicht schäbig oder abgetragen von der Welt. Es ist einfach auf diese Weise alt, wie die Frau alt ist. Ihr Haar ist blond gefärbt, in weichen Locken fällt es um ihr nahezu faltenfreies Gesicht. Ihre blaugrauen Augen sind matt vom Schleier des bereits Gesehenen, dennoch kann man den Glanz erahnen, in dem sie wohl einst erstrahlt sind. Sie lächelt wohlwollend, und sie lächelt weise. Wohlwollend hinab auf das kleine Häufchen Elend inmitten dieser unendlich großen Wirklichkeit. Weise hinab auf die verlorene Seele, die eingesunken auf der hoteleigenen Couch sitzt und ein hoteleigenes Buch umklammert, als könne es sie retten.

*Ein sehr starkes Wort, Hass,* denkt Karen noch einmal.

»Sie *hassen* dieses Buch?«, fragt sie dann die eigentlich Fremde. »Warum?«

»Weil es das einzige ist, das keine Geschichte erzählt. Es erzählt die Wahrheit.«

»Die Wahrheit? Ich verstehe, glaube ich, nicht. Was ist schlecht daran? Ist nicht jede Geschichte auch irgendwie wahr?«

»Irgendwie schon, doch diese ist es vollkommen. Sie ist vollkommen wahr. Und darüber hinaus ist sie es nicht wert, erzählt zu werden. Deshalb habe ich sie auch nie zu Ende geschrieben. Weil *sie* es nicht wert ist.«

Ungläubig reißt Karen die Augen auf, als hätten ihre Augen schneller das Unfassbare erfasst, als ihr Hirn es verarbeiten kann. Und als könne sie eine Erklärung für das unfassbare, gesprochene Wort im geduldig geschriebenen finden, blickt sie wieder hinab zum Buch, das sie wie einen wortgewaltigen Rettungsring in ihren Schoß drückt.

*Wahrheit.*

Plötzlich erscheint ihr das ledergebundene Buch ekelerregend, und mit einem Schaudern legt sie es zur Seite, stößt es förmlich von sich, fröstelnd bis aufs Knochenmark hebt sie den Blick wieder hoch zu ihrer so unverhofften Gesprächspartnerin.

»Wie meine Sie das, Sie haben sie auch nie …?«, *zu Ende geschrieben*, will sie fragen, doch ihr suchendes Auge blickt ins Leere. Die blonde Frau mit den graublauen Augen ist verschwunden.

Karen springt auf, von der Sicherheit beseelt, dass diese Frau ihr eine Antwort geben kann. Nicht nur auf die Frage, was so wahr an der Geschichte des Buches ist und warum es niemals fertiggeschrieben worden ist, sondern vor allem auf die Frage, wie Karen ihr Leben ändern soll. Welche Möglichkeit es ist, die sie nicht verstreichen lassen soll. Denn genau das hat die Frau gesagt.

Lassen Sie die Möglichkeit nicht verstreichen.

Es ist an der Zeit, das Leben zu ändern.

Und mit einem Mal weiß Karen es mit solch einer Gewissheit, dass der Vorgang des Erkennens selbst obsolet erscheint. Sie ist nicht falsch abgebogen. Sie hat sich nicht auf einer Strecke, die sie schon hunderte Male gefahren ist, verfahren. Es ist diese *Möglichkeit*, der sie gefolgt ist. Es ist kein Zufall und erst recht kein Irrtum, dass sie hier gelandet ist.

*Sie muss hier sein.*

Denn hier wird sie endlich ihre Antwort finden. Die *Möglichkeit* finden.

*Was zu tun ist.*

Kopflos läuft sie durch die von geschäftigem Treiben aufgewühlte Lobby, kämpft sich durch das ziellose, unstete Hin und Her menschlicher Leiber. Ein fröhliches und sorgloses Menschenmeer, das sie liebkosend mit sich hinfort spült. Und noch ehe Karen entscheiden kann, wohin sie ihren überraschend festen und schnellen Schritt setzen soll, um zu finden was sie sucht, zu finden, wen sie sucht, steht sie wieder vor dem Eingang zur Hotelbar.

Das Portal.

*Mit Sicherheit eine schlechte Idee. Eine sehr, sehr schlechte Idee sogar*, geistert es durch ihren verwirrten, ihren überforderten Verstand. *Was auch immer du suchst, da drinnen wirst du es nicht finden. Da drinnen findest du nur das Böse.*

*Das Böse.*

*Wie Hass.*

Ein starkes Wort. Und in diesem Fall wahr, wie die Geschichte in dem ledernen Buch wahr ist.

Schaudernd wendet sie sich zum Gehen, eiskalter Schweiß gefriert in ihrem heißen Nacken. Doch ehe sie der Tür und der Wahrheit dahinter vollständig den Rücken kehren und flüchten kann, nimmt sie einen Schatten wahr. Einen vagen Schatten, knapp hinter der Tür. Ihr ist, als würde sie etwas Gelbes sehen, etwas ihr Bekanntes, zum Greifen nahe.

*Das gelbe Kostüm.*

*Die Antwort!*

Und noch bevor ihr Verstand intervenieren und auf die notwendige Flucht bestehen kann, reißt Karen die Tür zur Bar auf.

Der Anblick, der sich ihr bietet, nimmt ihr den Boden unter den wackligen Füßen, treibt sie in die butterweichen Knie. Getroffen sackt sie ein.

»Was zur Hölle …«, keucht sie und schlägt ihre rechte Hand schützend vor ihre schreckgeweiteten Augen. Sinnlos. Denn diese gieren, so wie jedes Auge gieren würde, nach dem fassungslosen Grauen, suchen sich den Weg rund um die hysterisch gespreizten, die aussichtlos zu schützen suchenden Finger.

Der sich ihr so offenherzig darbietende Anblick ist so abartig, das kranke Bild als solches schlichtweg so falsch und demnach schon wieder logisch, dass Karen den Blick einfach nicht abwenden kann.

*Der Horror.*

Lloyd hat das Zimmermädchen, diese adrette und penible Person, die Karen mit ihrer schieren Arroganz zuvor das Fürchten gelehrt hat, über einen der sechseckigen Bartische gebeugt. Ihr steif gebügelter Rock ist achtlos hochgeschoben, ihre Strümpfe sind zerrissen, ihr biederes Höschen hängt an ihrem rechten Knöchel. Ihr blanker, weißer Arsch ist Lloyd willenlos entgegenreckt. Der Barkeeper drückt den Kopf des Zimmermädchens mit der linken Hand grob auf die Tischplatte. Deformiert sieht es aus, ihr lebloses Gesicht unter dem gewaltigen Druck der gewaltigen Pranke. Ihre leeren Augen sind weit aufgerissen, ihr Blick ist tot.

Gespenstisch.

Karen kann Lloyds riesiges, völlig erigiertes Glied deutlich sehen. Sie wünscht, sie könne es nicht. Allein der Anblick verursacht ihr Schmerzen. Im Sekundentakt holt er mit seinen Hüften weit aus und stößt dem wehrlosen Wesen seinen mächtigen Penis rhythmisch immer wieder aufs Neue zwischen die weit gespreizten Arschbacken. Zieht ihn ganz aus ihr zurück, stößt ihn tief in ihren Anus. Wie einen mächtigen Rammbock aus Fleisch.

»Karen, herzlich willkommen. Ich mach nur das hier fertig, dann mach ich's dir«, krächzt er von Begierde heiser und wendet ihr sein verschwitztes Antlitz zu. Seine Gesichtszüge sind von maßloser Lust entstellt, sein Mund zu einem animalischen Geifern verzogen. Er lässt sich von Karens Gegenwart nicht beirren, wohl eher feuert ihn ihr entgeistertes Starren noch weiter an. Begleitet von einem ekstatischen Ächzen erhöht er die Frequenz seiner gnadenlosen Stöße.

Stoß um Stoß um Stoß.

Dann hält er unverhofft inne, zieht seinen pulsierenden Schwanz zurück und fährt mit der rechten Hand zwischen die Beine seines Opfers. Dort gräbt er umher, als würde er etwas suchen. Als er die Hand zurückzieht, ist sie bis zum Gelenk besudelt.

»Schau dir das Meisterwerk an, Karen«, sagt er und hält ihr die beschmutzte Hand hin. »Es ist ganz wunderbar. Je härter du fickst, desto eher bricht das Loch. Scheiße und Blut. Nichts macht die Arschfotze einer Frau fickbarer als Scheiße und Blut. Das gleitet wie nichts. Der reinste Himmel. Hat mir ein teurer Bekannter anvertraut. Jemand, der es hat wissen müssen. Man sei seiner verdammten Seele so gnädig wie möglich.« Vor Lust bebend führt er die verschissene und vollgeblutete Hand zum Mund, um sie gierig sauber zu lecken.

*Raus, wenn du dein verdammtes Leben retten willst, raus!*

Doch noch ehe sie sich erheben kann, ehe sie fliehen kann, verschlingt sie die Erinnerung. Stärker und dunkler als zuvor.

Realer als damals.

Und atemlos stürzt sie ins Bodenlose, versinkt in ihrer Vergangenheit.

## IM FEGEFEUER

Es war Sommer. Ein Mittwoch. Und es war abends. Noch nicht nachts, immer noch abends. Karen lag regungslos still im Halbdunkeln auf dem Teppich, mitten in ihrem Wohnzimmer. Weit ausgebreitet waren Körper und Geist, weil in dieser Dämmerung nichts verborgen lag, vor dem man sich hätte schützen müssen. Eher war es eine Dämmerung, die einen schutzgebend verbarg.

Sicher und frei.

Gerade eben hatte sie noch gelesen, doch dann hatte diese wohlige Nacht sie eingeholt, hatte die samtene, leichtläufige Dunkelheit sie behütend umfangen. Und Karen hatte sich umfangen lassen, umschmeicheln. Sie hatte nicht das Licht aufgedreht. Sie hatte einfach das Buch zur Seite gelegt und dem Tag beim zärtlichen Vergehen stumme Gesellschaft geleistet. Hatte zugeschaut. Und sie hatte gelauscht. Dem verebbenden Treiben des Tages, den sanften Klängen des Abends. Das mochte für die meisten Menschen keine Beschäftigung sein. Für Karen war es das. Es war eine Beschäftigung und es war friedvoll. Und friedvoll war das Wertvollste in ihrem trostlosen und leeren Leben.

Durch das geöffnete Fenster drangen erste Fetzen kühlender Nachtluft. Tief atmete sie ein, bewahrte einen Teil des Unverbrauchten in sich.

Unaufdringliches Leben.

Geborgen.

Er machte keinen Lärm beim Vergehen, der Tag. Er musste nicht darauf aufmerksam machen, dass er sich niedersenkte, nur um alsbald wieder aufzuwachen. Es bedurfte keines Bedauerns und keines Beglückens. Der Tag verging und erwachte für sich. Selbst die Vögel vor dem Fenster hüllten sich Feder um Feder in geruhsames Schweigen.

Dann war es still.

Kein weiterer Laut störte mehr das Tonlose. Karen konnte sich selbst atmen hören. Ihr Atem ging leise. So leise wie die Stille. Könnte es nur immer Nacht werden. Jeden Moment, jeden Augenblick. Immer Nacht werden. Nie Nacht sein und erst recht nicht Tag. Könnte jeder Moment ein Vorgang sein, dazwischen liegen, dann müsste sie niemals wo ankommen, niemals wo sein. Nie verharren. Doch bald darauf verloren sich selbst ihre letzten, schwermütigen Gedanken in der an Raum gewinnenden Dunkelheit. Still schwieg die Stimme in ihrem tief verschlossenen Inneren wie die Welt vor dem weit geöffneten Fenster.

Stille.

Atem.

Gleichmäßigkeit, Mäßigkeit.

[…]

Ein metallenes Klicken.

*klick*

Nur eines. Klein und an sich unbedeutend. Aber dennoch überdeutlich. Ein deplatziertes Geräusch, das die vollkommene Ruhe störte. In der Stille der friedlichen Nacht, schmerzhaft klar und unheilschwanger.

Ein Schlüssel in einem Schloss.

*klick*

Von der Erkenntnis wie vom Blitz getroffen, richtete Karen sich auf.

Es war soweit.

*jetzt*

Aufspringen wollte sie. Laufen. Oder noch besser weglaufen. Vor ihrem eigenen Begehren, ihrem eigenen Wunsch. Doch regungslos saß sie da. Gelähmt, dem Geschehen ausgeliefert. Dem erwünschten Eindringling ausgeliefert.

*Nur dem Wunschlosen gehört die heile Welt.*

Langsam näherten sich leise Schritte. Es war kein Schleichen, aber jeder kaum hörbare Schritt war sorgsam gesetzt, brachte das Verderben näher und näher. Nur wenig gab der Holzboden unter den bedachten Schritten nach, dennoch weinte von Zeit zu Zeit eine der betretenen Dielen unter dem Gewicht des grausamen Ruhestörers ein leises Seufzen. Nur hörbar in der absoluten Stille.

Schritt für Schritt.

Weinen für Weinen.

Weit riss sie die Augen auf, um wenigstens zu sehen. Wenn sie schon nicht fliehen konnte, dann wollte sie wenigstens erkennen. Doch auch das blieb ihr, bis auf verschwommene Schemen, verwehrt. Sie war nicht absolut, die Dunkelheit, aber sie war ausreichend. Gelähmt und blind saß sie da und wartete auf ihr Schicksal. Ein Schicksal, das sie für sich selbst ausgewählt hatte, damit es nicht nur die Geschichte war, die sich beständig wiederholte.

Und die leisen Schritte kamen näher.

Und näher.

Bis sie ganz nah waren.

Bei ihr waren.

*Er bei ihr war.*

Sie hielt den Atem an, wie die Welt die Zeit anzuhalten schien. Jetzt, und immer noch, und auch danach. Kein einziger Atemzug. Doch so wie sie weiteratmen musste, weil ihr erstickender Körper dem panischen Geist den rettenden Atemzug abrang, löste sich auch die nächste Sekunde aus der erstarrten Zeit. Nahm das Geschehen seinen geplanten, seinen erbetenen Lauf.

Ein stumpfes Klacken.

Dann durchbrach das Licht der Leselampe auf ihrem Bücherregal die eben noch alles verbregende Finsternis. Offenbarte, was Karen auf dem Boden des Wohnzimmers ohnehin schon erwartet hatte. Scharf und unerbittlich erhaben zeichnete sich seine zur Zimmerdecke hochragende Silhouette gegen das gleißende Licht ab. Bewegungslos und wortlos stand er da, wie ein Zerstörung verheißender Koloss, schaute auf sie hinab. Das Hinabschauen, das konnte sie sehen, doch sein Gesicht, das sah sie im Gegenlicht nicht.

Erstickend quälte sich ihr flacher Atem durch ihre zugeschnürte Kehle. Lautlos rannen heiße Tränen über ihre blassen Wangen.

*Tränen*, dachte sie, *ich weine.*

Dann hob sie die Hand, hob sie gegen das stechende Licht der Leselampe, hob sie ohnmächtig an gegen seine Macht, so wie sie gleich ihre Stimme erheben würde. Ohnmächtig. Wo eine Bitte nicht half, da war keine Zeit mehr zu flehen. Deshalb sprach sie klar, und sie sprach deutlich. Die wenigen Worte, die eine Tatsache:

»Ich habe mich geirrt. Ich bin noch nicht soweit.«

Sie konnte seinen Atem hören. Es waren drei Atemzüge, ewige Atemzüge, die vergingen, bevor er antwortete. Seine Stimme war klar und kalt und überdeutlich:

»Ich weiß.«

Es würde ihn nicht kümmern. Er würde nicht auf sie hören. Er würde sich nehmen, was sie ihm angetragen, ja gar aufgedrängt hatte. Und er würde sich alles davon nehmen, bis nichts mehr übrig war. Bis sie nicht mehr übrig war. Fort und vergangen. Geschändet, zerstört, vergessen. Die wenigen Schritte, die ihn noch von ihr trennten, legte er besonders sorgsam zurück. Als würde er fürchten, seine paralysierte Beute könne auf eben diesen letzten Metern doch noch Bewusstsein erlangen und fliehen. In ihren letzten Sekunden doch noch überdauern wollen, doch noch überleben wollen. Als er direkt über ihr stand, sie nur noch eine Armlänge voneinander trennte und seine eiskalte Gegenwart sich gefrierend auf sie herabsenkte, fragte er. Und was er fragte erschien ihr ebenso absurd wie der Akt des Fragens an sich:

»Darf ich bitte?«

Es dauerte einen quälend langen Moment, bis sie begriff, dass er sie darum gebeten hatte, Platz nehmen zu dürfen. Sich neben sie auf ihren alten Wohnzimmerteppich setzen zu dürfen. Einfach nur sitzen. Neben ihr. Sie hatte nicht mit einer Frage gerechnet. Und erst recht nicht mit einer Bitte.

»Wenn es das ist, was du willst, dann setz dich.« Ihre Stimme war so leise, dass sie selbst kaum eine Silbe des Gesagten verstehen konnte. Doch er verstand nur allzu gut. Bedächtig ging er in die Knie, ließ sich neben sie auf den Boden sinken. Dort verweilte er einen Moment, dann rückte er ein Stück weit zurück, lehnte seinen Oberkörper gegen das Sofa. Jetzt konnte sie ihn deutlich erkennen, denn aus dem Gegenlicht hinaus, war er direkt ins Scheinwerferlicht gerückt.

Der Ausdruck auf seinem ebenmäßigen Gesicht mochte ein unbeteiligter sein, aber in seinen eisblauen Augen loderte ein gefährlich kaltes Feuer. Niemals hatte sie sich in ihrem bisherigen Leben einer universelleren Bedrohung direkt gegenüber gesehen. Auge um Auge.

Nicht einmal *damals*.

Denn das *Damals*, das war real gewesen.

Sehr real.

Während ihr nächtlicher Gast – ein eigentlich Fremder, der ihr so vertraut war wie kein Freund jemals zuvor – wirkte, als wäre er vieles, aber sicher nicht von dieser Welt und schon gar kein bisschen real. Hier, in ihrer Wohnung, aber keinesfalls tatsächlich greifbar.

*Gelassen, erhaben, überlegen.*

Er war groß, doch keineswegs ungelenk. Durch seinen schlanken Körperbau erschien er zierlich. Fast zerbrechlich. Sein rotbraunes, leicht gewelltes Haar hing ihm zerzaust in die glatte Stirn. Sein Gesicht war ebenmäßig. Auf seine Art, wie es sonst niemandes Art war, war er wunderschön. Elegisch. Er wirkte jung. Wenn sie an seine dominante und unbeeindruckte Stimme am Telefon dachte, sogar erstaunlich jung. Wahrscheinlich war er noch keine dreißig. Er trug einen schwarzen Anzug und ein weißes, hochgeschlossenes Hemd. Seltsamerweise verspürte sie jetzt, in seiner unmittelbaren Nähe, nur noch leichte Furcht und keine maßlose Panik mehr. Denn auch wenn er jederzeit dazu imstande wäre, ihr Dinge anzutun, die so abartig und widersinnig wären, dass ihr die Worte, ja die Gedanken dafür fehlten, selbst wenn sie ihn genau darum gebeten hatte, wusste sie, dass er ihr nichts tun würde.

Sie wusste es einfach.

»Du bist nicht hierhergekommen, um mir weh zu tun?«, fragte sie, obwohl es eigentlich eher eine Feststellung als eine Frage war.

»Nein«, entgegnete er, und auf seinem makellosen Gesicht zeigte sich beinahe der Anflug eines Lächelns, auch wenn das Lächeln seine eisblauen Augen nicht erreichte. »Ich habe nie auch nur daran gedacht, dir in irgendeiner Weise weh zu tun. Das haben andere vor mir getan. Ich wollte es dich nur glauben lassen. Wollte es, weil du es gewollt hast.«

Sie schluckte. Er kannte ihre Vergangenheit, kannte das, woran sie nicht einmal denken wollte. Und so abscheulich dieser Gedanke für sie auch war, so tröstlich war er. Wenn er ihre Geschichte kannte, dann würde er nicht danach fragen. Er würde nicht fragen, was sie so ruiniert hatte. Er würde sie nicht zwingen, darüber zu sprechen. Zu erzählen. Er würde einfach nur da sein. Da sein und …

»Und was dann? Ich meine, was machen wir jetzt?«, fragte sie ihn.

»Jetzt? Jetzt sitzen wir hier. Nebeneinander. Warten, was passiert.« Entspannt lehnte er sich weiter zurück, legte einen Arm auf die Sitzfläche der Couch. »Bequem«, bestätigte er ihren Eindruck. Auch wenn sein Blick verriet, dass er auf Bequemes keinen sonderlichen Wert legte.

Sie könnte ihn jetzt vieles fragen. Wer er eigentlich war. Was er ausgerechnet von ihr wollte. Genau in diesem Moment, hier in ihrer Wohnung. Oder ganz allgemein, die ganzen vergangenen Monate schon. (Sie hatte ganz vergessen, dass sie es gewesen war, die ihn kontaktiert hatte. Dass sie es gewesen war, die auf seinen Forum-Beitrag geantwortet hatte. Hatte es einfach vergessen.) Doch all diese Fragen erschienen ihr überflüssig. Auch hatte sie nicht den Eindruck, dass sie unbedingt miteinander sprechen mussten. Vielleicht reichte es, wenn er einfach eine Weile hier saß und dann wieder ging. Vielleicht reicht es, wenn ihr nach all dieser Zeit endlich wieder einmal jemand wirklich Gesellschaft leistete. Und wenn dieser jemand genau er war.

*Es ist schön*, dachte sie, *dass er hier ist.*

Endlich nicht mehr allein.

»Es ist schön«, sagte sie dann auch, und er nickte. Als wüsste er genau, was sie meinte. Als würde er alles verstehen und als würde es ihm genauso gehen. Könnte das sein? Wer auch immer er war, könnte es sein, dass er sich auch nach ihrer Gegenwart sehnte? Tat sie es? Sehnte sie sich? Nach ihm? Das seltsame kleine Kribbeln in ihrer Magengrube, das sie so plötzlich verspürte, war überwältigend, weil es das erste schöne Gefühl seit Monaten war. Weil sie es doch nicht vergessen hatte. Nicht vergessen hatte zu fühlen.

Nicht vergessen hatte, ein Mensch zu sein.

»Stört es dich«, fragte sie, unsicher und unendlich vorsichtig, als wolle sie das Gefühl keinesfalls vertreiben. »Stört es dich, wenn ich näherkomme. Wenn du mich kurz festhältst. Nur einen Augenblick lang? In deinen Armen?«

Kaum merklich schüttelte er den Kopf. Nein, es störte ihn nicht. Gar nicht.

Auf allen Vieren kroch sie zu ihm, lehnte sich an seine Seite, schmiegte sich an ihn, bettete ihren müden Kopf auf seine Schulter. Vorsichtig, fast ohne sie tatsächlich zu berühren, legte er seinen Arm um sie. Doch war es wahrhaft nur ein Augenblick, den sie so verweilen konnte. So unerträglich waren sie, die Schmerzen. So übermächtig war sie, die Kälte. So unendlich, die Dunkelheit. Zutiefst erschrocken von der Wirkung, die seine Umarmung auf sie hatte, rückte sie blitzartig ab, als habe sie sich verbrannt.

»Entschuldige«, flüsterte sie und schlug die Augen nieder. »Ich kann das nicht. Das fühlt sich … es fühlt sich *schrecklich* an.« Ein heftiges Frösteln schüttelte ihren Körper. Eine unbändige Angst, so groß, dass nur noch die Umschreibung maßloser Terror ihr gerecht werden konnte, hielt sie klirrend kalt gefangen. Ihr Atem stand still. Einen Moment dachte sie, seine bloße Berührung habe ausgereicht, um sie zu töten, um alles Leben aus ihrem zerbrochenen, ihrem totgefrorenen Körper zu vertreiben. Eine einfache Berührung, tausendmal schlimmer als all das Elend und all die Qualen dieser Welt, und vor allem der nächsten. Doch dann verging es. Verging einfach, wie seine Berührung vergangen war. Wie alles immer verging. Sie stand auf und schloss das Fenster.

»Es ist kalt«, versuchte sie ihr Verhalten durch eine logische Erklärung zu rechtfertigen. Beide wussten, dass dies auch wahr war, aber nicht die eigentliche Wahrheit. Nicht annähernd.

*Ich wäre beinahe an deiner Umarmung gestorben*, dachte sie.

»Das passiert mir häufig. Es ist kalt in meiner Gegenwart«, sagte er, wo es weit mehr als das zu sagen gegeben hätte. Doch schwieg er zum Rest, schwieg zum Wahrhaftigen. Wie eine behutsame, unausgesprochene Einladung nahm er die Decke von der Couch. Als sie sich in einigem Abstand wieder zu ihm setzte, weil sie noch weniger *nicht* bei ihm sitzen konnte, legte er ihr diese, darauf bedacht sie nicht noch einmal zu berühren, um die Schultern. Sofort kuschelte sie sich tief hinein. Der Schrecken seiner Berührung erfüllte sie mit so einer elementaren Traurigkeit, dass ihr wieder Tränen in die Augen stiegen. Als habe sie verloren, ohne jemals wirklich gewonnen zu haben. Wortlos saßen sie nebeneinander, eine unwirkliche Ewigkeit lang.

»Ich werde gehen«, unterbrach er das wehmütige Schweigen und wollte sich erheben, doch sie hielt ihn zurück. Ohne nachzudenken streckte sie einfach die Hand nach ihm aus. Wieder brannte, selbst unter der kurzen Berührung, ihre Haut, als würde sie in gleißendes Feuer fassen. Oder auf klirrendes Eis.

»Geh nicht. Noch nicht. Nicht, bevor du mir nicht eine Frage beantwortest, die vielleicht nur du beantworten kannst. … Warum tut der Mensch Böses?«, fragte sie, und ihre Augen zeigten deutlich, dass sie es wissen musste um weiterzumachen.

Mit atmen, mit leben, mit allem.

Doch er wusste, dass seine Antwort sie genau daran hindern würde.

Am Atmen, am Leben, an allem.

»Das kann nur ich vielleicht beantworten?«

»Vielleicht *nur* du, habe ich gesagt. Vielleicht nur du und niemand sonst. Aber du mit Sicherheit.«

»Nun dann. Der Mensch tut Böses, weil er nicht mehr an den Teufel glaubt.«

»Den Teufel? Machst du es dir da nicht zu leicht?«

»Die Verleugnung der Existenz des Teufels ist also ein Leichtes für dich?«

»Für mich ist der Teufel nicht mehr als eine Entschuldigung. Egal ob man ihn fürchtet, leugnet oder anbetet. Ich will keine Entschuldigung. Ich will die Wahrheit,«

»Der Mensch ist von Natur aus Böse. Er tut das Gute nicht aus Neigung, sondern aus Sympathie und Ehre.«

»Du hast also wirklich nichts Besseres für mich als erst einen Kalenderspruch und dann die oft zitierten Worte eines Toten?«

Er verzog das Gesicht zu einem breiten Grinsen. Wenn er schon nicht mit den Worten eines Zweiflers, den Worten eines Aufklärers punkten kann, dann …

»Böse Jungs sind cool?«

Gegen ihren Willen musste sie lachen. Aber nur kurz. Und es war nicht nur ein kurzes, es war auch ein schmerzhaftes Lachen. »Das ist wirklich eine bessere Antwort, als du vielleicht denkst. Trotzdem verhöhnst du mich damit … Ich dachte, dass ich dir mehr wert wäre als deinen Hohn.«

»Was willst du von mir hören? Dass der Mensch Böses tut, weil er auch Gutes tut? Dass er Böses tut, weil er bestraft wird, weil er *nicht* bestraft wird? Weil er keine andere Möglichkeit hat, weil es eine Möglichkeit von vielen ist? Weil er sich rächen will und weil er sich nicht vor der Rache fürchtet? Weil er Angst hat, weil er keine Angst hat, weil er gerne Angst verbreitet? Weil es ihm Freude bringt, weil er den anderen keine Freude gönnt? Weil es sich schön anfühlt? Weil es hässlich ist? Weil es schön ist, dass es hässlich ist? Weil es ihm ein Alien sagt, Gott, der Teufel, ein teutonischer Waldgeist? Weil das Böse jemand tun muss und weil er es sein will, der Böses tut, damit ihm nichts Böses widerfährt? Du fragst *mich*, warum der *Mensch* Böses tut? Ich frage dich, warum auch nicht? *Der Mensch muss tun, was er tun muss, und er soll tun, was er tun will.* Und getan hat er es dann schlussendlich selbst. Niemand sonst.«

»Aber was kann ich tun? Was soll ich tun? Sag mir doch bitte, was ich tun soll! Wie soll ich weiterleben? Wie soll ich mit dem Bösen weiterleben? Soll ich es ebenfalls weitergeben, das Böse? Und wie kann ich vergessen, woran ich mich nicht erinnern will?«

Er ließ den Bruchteil einer Sekunde an alles bedeutendem Raum, bevor er weitersprach: »In deinem Leben kommt es nur darauf an, ob du im entscheidenden Moment dazu bereit bist, abzudrücken.«

»Abzudrücken?«

Einen Moment blieb er noch bei ihr, da auf dem staubigen, alten Teppich, mitten im Wohnzimmer. Flehentlich suchten ihre traurigen Augen die seinen und darin eine Erklärung für das eben Gesagte. Dann war der Moment verstrichen und mit ihm die Möglichkeit einer Antwort. Er senkte den trostlosen Blick, erhob sich schweigend und ging, ohne sich noch einmal umzudrehen, wortlos aus den Raum. Karen blieb zurück, verlor mit jedem Schritt, den er sich von ihr entfernte, nicht nur eine mögliche Antwort auf die einzige, wichtige Frage ihres Daseins, sondern vor allem den einzigen Menschen, von dem sie diese Antwort hören wollte, den einzigen Menschen, mit dem sie sprechen wollte.

Den Einzigen überhaupt.

Denn einfach so, wie er in ihr Leben getreten war, verließ er es auch wieder. Doch in ihrer Seele hinterließ er ein wehmütiges Erinnern. Das tiefe Bedauern eines so vorhersehbaren Verlusts. Ein hauchzarter Kratzer an der Oberfläche, direkt neben einer tiefen, tiefen Narbe, die ein ganz anderer vor scheinbar langer, langer Zeit dort hinterlassen hatte.

»Gefällt dir wohl, was du da siehst, so wie du schaust. Wie du stierst und gierst. Wohin willst du meinen großen, harten, dicken Schwanz, du lächerliche, kleine Fotze? Ich bin heute großzügig, wenn du dich *schnell* entscheidest, darfst du dich *selbst* entscheiden. Aber wo du schon untätig in der Gegend rumkniest und dein fleischwulstiger Mund so einladend weit offensteht, würde ich einen Blow-Job vorschlagen.«

Mit einem Schlag ist sie zurück in der Hotelbar, und dieser sonderbare Abend von damals weit, weit weg. Immer noch nicht vergessen, aber wieder vergraben und verdrängt. Zumindest, bis sie diesen neuen, vollkommen Irrsinn hier überstanden hat. Falls sie ihn überhaupt übersteht, denn zur Zeit scheint es schlecht um sie zu stehen. Verdammt schlecht.

Langsamen Schritt für langsamen Schritt kommt der Barkeeper auf sie zu.

*Lloyd.*

Sein Unterleib ist zur Gänze entkleidet, sein immer noch vollkommen steifer, abartig großer Penis zeigt wie ein gieriger Pfeil in ihre Richtung, bereit in ihren erschrocken weit aufgerissenen Mund abzuspritzen. Hinter dem Barkeeper richtet sich quälend langsam das Zimmermädchen auf, löst sich zerbrochene Gliedmaße um zerbrochene Gliedmaße vom Tisch. Karen weiß nicht, ob sie die vorhin so reglose Gestalt für tot gehalten hat, aber auf jeden Fall ist sie verwundert, dass sich die Frau überhaupt noch bewegen kann, auch wenn sie dies tut, als wäre sie eine Marionette, die an unsichtbaren Seilen hängt. Oder als wäre sie von einem Besenstiel anal gepfählt worden.

Mehrmals.

Eigentlich kann Karen nicht sagen, welcher pervertierte Anblick sie mehr entsetzt, welche der beiden absurden Gestalten mehr der Vorstellung eines intakten, gesunden Menschenwesens trotzt. Aber es ist eindeutig, von welcher die Gefahr ausgeht. Als Lloyd nur noch wenige Schritte von Karen entfernt ist, legt er seine rechte Hand um seinen geschwollenen Schwanz, um ihn zu formvollendeter Größe aufzupumpen. Er reibt fieberhaft daran, als wolle er wieder und wieder eine todbringende Pumpgun durchladen.

Und es ist schlussendlich dieser Anblick, der Karen aus ihrer hysterischen Lethargie reißt. Mit einem Schrei, so schrill und langanhaltend, dass im Foyer die erschrockenen Gäste gegeneinander laufen und sich verwirrt nach einer kreischenden Sirene umblicken, springt Karen auf. Nahezu blind – ihr Kreislauf versagt, und ihr ist schwarz vor Augen – taumelt sie auf die Tür der Bar zu, lässt sich einfach dagegen fallen und stürzt in den Eingangsbereich des Hotels, wo ihr Gesicht langsam wieder an Farbe gewinnt und ihr Gesichtsfeld wieder ihre tatsächliche Umgebung und nicht das Innere eines Maulwurfbaus abbildet. Drei Umstehende eilen hilfsbereit auf sie zu, doch sie schlägt die stützenden Arme von sich, schlägt jede Hilfe aus.

»Es geht schon, danke, danke, lassen Sie mich. Es geht schon. Es ist nur mein Blutdruck. Es ist alles in Ordnung. Alles ist in Ordnung. Ganz sicher in Ordnung.«

Diese manische Selbstbeschwörung wiederholt sie so lange, bis sie Gefahr läuft, selbst an die so nachhaltig beschworene Ordnung zu glauben. Resigniert und gar ein wenig beleidigt lassen die zurückgewiesenen Hotelgäste von ihr ab, und nur wenige, schon weitaus ruhigere Atemzüge später sieht Karen sich in der Lage, in ihr Zimmer zurückzukehren. Zurück in ihr Zimmer … Viel eher noch sollte sie das Hotel schleunigst verlassen, das weiß sie, doch dafür fehlt ihr die Kraft. Und es fehlt ihr der Mut, und wahrscheinlich auch das Ziel.

*Irgendein Ziel.*

Demnach scheint ihr der äußert dürftige Plan, aufs Zimmer zu rennen, sich einzuschließen, sich dort dann weinend in die weiche Tagesdecke des riesigen Bettes zu vergraben und so auf den morgigen Tag zu warten, allemal als realisierbare, weil auch einzige Variante.

*Wer ich bin?*

Ist das von Bedeutung?

Mein Dasein wird von einem schmerzfreien Zustand bestimmt. Das liegt vielleicht an meiner grundlegenden Form der Existenz. Ich bin, wie ich bin, und ich bin, was ich sein muss. Ich empfinde kein körperliches Leid, ich benötige keinen Schlaf, ich altere nicht. Zeit und Kausalität spielen keine Rolle. Ich bin so zeit- wie emotionslos.

Wohl aber kann ich spüren, wie der Unrat meine Schenkel entlangläuft. Jener Unrat, der meinem geschundenen Körper abgerungen worden ist. Demnach ist er real, selbst wenn ich es nicht bin. Es mag unlogisch sein, aber es ist. Ich habe nie behauptet, unverletzbar zu sein. Denn auch, wenn es nicht schmerzt, blute ich doch wie der Mensch, der ich einmal gewesen bin.

Dreckig und widerwärtig.

Ich spüre den Schmutz meines Körpers an meinem Körper, und ich spüre die damit verbundene Demütigung. Es liegt an mir, diese Misshandlung zu ertragen. Die Frage, ob ich es will oder ob ich es kann, stellt sich nicht. Ich habe keine andere Wahl.

*Das bin ich.*

Das ist mein Dasein. Ich kann weder wählen noch entscheiden, ich kann nur ertragen und erfüllen. Und ich erfülle seine Gelüste, ertrage seinen Missbrauch, nun schon seit vielen Jahren. Ich habe die Jahre nicht gezählt, weil Jahre in meiner Welt nicht von Bedeutung sind. Und weil das Zählen vielleicht noch Schlimmeres mit mir machen würde.

»Mach dich sauber«, sagt er, ohne sich zu mir umzudrehen. Ich kann nicht einschätzen, wie er mich sieht, kann nicht einschätzen, wir er *uns* sieht, aber ich bin mir dessen bewusst, dass es in seinem Kopf ein *Uns* gibt. Ein Uns, das ihm auf seine Weise etwas bedeutet, ein Uns, auf das er niemals verzichten würde. Und genau deshalb bin ich verloren. Noch mehr verloren, als ich es bei meiner Ankunft an diesem unörtlichen Ort gewesen bin. Verloren. Für immer mit ihm verbunden. Und in meinem Fall bedeutet für immer, für immer. Wenn einen nicht einmal mehr der Tod scheiden kann …

»Hol die Waffe. Beeil dich, Mädchen. Hol die Waffe und geh ihr nach. Schnell!«, befiehlt er in strengem Ton und deutet ungeduldig auf den Schrank neben der Bar. Dann fährt er beinahe nachdenklich und eigentlich mehr an sich selbst gerichtet fort: »Sie ist endlich soweit. Und *er* will nicht mehr länger warten. Jeder braucht jemanden, der ganz ihm gehört. Jeder von Bedeutung.«

Ich habe eine Vorstellung davon, was Lloyd damit meint. Ich verstehe die grundlegende Idee. Das Konzept. Ich begreife nur nicht, warum ich Lloyd gehöre, und warum ausgerechnet diese für das Gesamte so belanglose Frau *dir* gehören soll. Ich sollte es sein, nicht sie. Ich … aber ich bin anständig und ich gehorche.

Es ist an der Zeit.

Ich frage mich, warum die Waffe nicht aus *deinem* Tresor stammt. Wahrscheinlich hat sie ihren Weg dorthin einfach noch nicht gefunden.

Ist zu banal. Wenn *du* erst mit ihr fertig bist, wird sie das nie wieder sein. Banal. Weder die Waffe noch die Frau.

Den Gedanken nicht weiter beachtend, weil es nur mein Gedanke und somit ein unbedeutender ist, öffne ich den Schrank und greife nach der Waffe. Schwer und kühl liegt sie in meinen Händen. Ich gönne mir einen Moment, um die Waffe festzuhalten und die Macht, die von ihr ausgeht, zu genießen. Es fühlt sich gut an. Gut und richtig. Doch bevor mich Lloyd ermahnen und womöglich ein weiteres Mal maßregeln muss, verlasse ich zielstrebig die Bar. Ich habe keine Zeit, mich zu säubern. Auch spielt mein überflüssiger, befleckter Leib keine Rolle. Es ist egal. Der Absatz meines linken Schuhes hinterlässt unscheinbare, blutige Abdrücke auf dem glänzenden Marmorboden der Eingangshalle. Vergängliche Mahnmale meiner permanenten Schande. Gut, dass er mich nicht weit führt, mein Weg, denn es missfällt mir, solcher Art, mit meinem Unrat für Unordnung zu sorgen. Genau genommen, missfällt mir jede Form der Unordnung. Was allerdings ebenso belanglos ist wie mein Gedanke zuvor.

Nachdem ich mein Ziel erreicht habe, sammle ich mich. Jedes Wort und jeder Blick sind jetzt von Bedeutung. Ich weiß, dass *du dich* auf mich verlässt, so wie *du* es immer tust, und so wie es für mich jedes einzelne Mal eine unbeschreibliche Ehre darstellt. Kein Fehler darf mir unterlaufen. Ich darf nicht zögern. Keinen Moment.

Den Kopf stolz emporgehoben, die schwere Waffe sicher in meiner rechten Hand, klopfe ich mit bedeutsamen Nachdruck an die verschlossene Zimmertür. Die Türen sind immer verschlossen, aber das stellt für mich definitiv kein Hindernis dar.

*Ich bin das Zimmermädchen.*

»Zimmerservice!«, tönt es überdeutlich durch die verriegelte Tür. Und das einfache Wort klingt weniger nach höflicher Aufforderung als nach dringlichem Befehl.

*Zimmerservice ist da, mach die verdammte Kack Tür auf, du mieses Stück Dreck! Mach auf, Hurenschlampe, sonst schick ich dir meinen arschfickenden Schänder, der dir dann mal so richtig die Scheiße aus deinem stinkenden Leib ficken wird.*

*Ficken, ficken, ficken.*

Karen zittert am ganzen Körper, das schwarze Haar hängt ihr, vom Angstschweiß nass, strähnig ins schreckensbleiche Gesicht. Wohin noch mal hat sie gedacht, dass sie fliehen könnte? Auf ihr Zimmer? Und nahezu zeitgleich hat sie denselben Gedanken wie die Person vor der Tür. In einem Hotel bleiben keine Türen verschlossen.

Nicht, wenn *das Personal* sie offen sehen will.

Auch wenn sie einfach lieber in ihrer Angst erstarrt sitzenbleiben und weinen möchte, so weiß sie sehr wohl, dass sie besser nicht so einfach aufgeben sollte. Und auch der aufkeimende Hass in ihr weiß das. So nicht. Nicht so einfach. Mit letzter Kraft, doch wild entschlossen, springt Karen auf und stürzt zur schwarzen, monströsen Spiegelkommode, um diese vor die Zimmertüre zu schieben.

(*Auf die Barrikaden, wehrt euch Freunde!*)

Gerade als sie wie irre an dem unbeweglichen Monstrum zerrt, dringt die Stimme abermals durch die Türe. Diesmal leiser, eindringlicher.

*Pssst, Geheimnis!*

*Geheimnis …*

»Mach die Tür auf, Karen. Ich will dir nichts tun. Ich will dir helfen.«

Karen hält inne und lauscht.

*Helfen? Mir helfen?*, denkt sie, und die Absurdität dieses Angebots schmerzt auf erlesene Weise. Es ist ein seltsamer Schmerz, den sie nicht für sich behalten kann, der sich einfach Raum verschaffen muss. Und mitten in die bedrohliche Stille hinein löst sich ein verstörtes Kichern. Ein Kichern, das nur zu deutlich zeigt, wie viel Hilfe sich Karen von der Person draußen vor der Tür erwartet.

Hoffnungslos.

»Mir helfen? Ausgerechnet du? Nach dem, was ich gerade gesehen habe, kann ich mir nicht vorstellen, dass du in der Lage bist, mir irgendwie zu helfen. Geh fort, scher dich zum Teufel. Verschwinde … und hilf dir selbst.«

»Karen, es ist wichtig. Ich habe hier etwas für dich«, schmeichelt und lockt das beharrliche Zimmermädchen durch das dicke Holz hindurch. Ihr vertraulicher Tonfall lässt keinen Zweifel daran, dass sie Karen tatsächlich nichts Böses will, dass sie mehr noch eine glaubhafte und vertrauenswürdige Mitverschwörerin ist.

*Sie ist eine Gleichgesinnte.*

Das ist es, was Karen in den Sinn kommt. So plötzlich und so klar. Sie mag ein Mensch gewordener Albtraum sein und beinahe ebenso erschreckend wie ihr Peiniger, aber sie ist eine Gleichgesinnte.

*Sie ist ein Opfer.*

Karen atmet einmal tief durch, dann reißt sie die Tür auf.

Vor ihr steht das Zimmermädchen mit einem diebischen Schmunzeln, das bezeugt, dass sie weit mehr als nur ein Opfer ist. Sie ist eine rachsüchtige Gesinnungstüchtige, die bereit ist, zurückzuschlagen.

»Komm!«, zischt Karen argwöhnisch, bedacht darauf, weder gehört noch gesehen zu werden, und zerrt das diabolisch grinsende, grauenhaft dürre Menschenwesen mit sich ins Zimmer. Sofort wirft sie die Tür wieder ins Schloss und verriegelt sie sorgsam, bevor sie sich auf das Bett fallen lässt, wo sie todmüde in sich zusammensinkt. Das Zimmermädchen bleibt aufrecht an der Tür stehen, sieht sich sorgsam im Zimmer um, wie eine Hyäne oder eine Aasgeier. Es ist nicht zu beurteilen, ob sie etwas sucht oder etwas meiden will.

»*Was* hast du für mich?«, fragt Karen ungeduldig.

Langsam geht das Zimmermädchen auf Karen zu und legt ihr so belanglos, als wäre es ein alte Wollmütze, die schwere, glänzende Waffe in den Schoß. »*Das* hab ich für dich.«

Eigentlich hätte Karen erschrocken aufspringen müssen. Doch eigentlich ist sie zu müde, um aufzuspringen, und genau genommen, erschrickt sie die Waffe nicht. Eine Waffe ist das, was sie erwartet hat, zwar ohne es zu wissen, aber eine Waffe ist eindeutig das Angekündigte.

*... Briefpapier, eine Waffe, eine Überdecke ...*

Trotzdem blickt sie irritiert auf das blanke Stück Stahl, nicht weil es jetzt auf ihrem Schoß liegt, da sie das Vorhandensein ja auch als logischen Schluss empfindet, sondern weil sie nicht weiß, was sie *dann,* und vor allem auch *wo* damit anfangen soll.

»Was soll ich damit? Mir den Weg freischießen? Wohin?«, fragt sie das Zimmermädchen, das sich, einer langjährigen Freundin gleich, vertraut neben sie auf das ungemachte Bett niederlässt.

»Das werden wir jetzt *gemeinsam* herausfinden. Du und ich, wir beide werden herausfinden, was du mit dieser Waffe tun sollst.«

Plötzlich ist da Leben in den bisher so leeren Augen des Zimmermädchens. Und Mitleid. Und noch etwas ganz anderes ist es, das Karen da in den tränennassen Augen sieht, aber dessen Bezeichnung sie doch vergeblich sucht.

»Du weißt nicht, was mit mir geschehen ist«, wirft sie der eben noch bedrohlichen, der plötzlich menschlich gewordenen Gestalt an den Kopf. Sie will dieses neue Mitleid nicht. Und das Andere, das Unbenannte erst recht nicht.

»Glaub mir, ich weiß alles«, entgegnet die blasse, dunkelhaarige Frau, die mit Karen auf dem lächerlich überdimensionierten Bett sitzt, als wäre es das Selbstverständlichste auf dieser Welt. Als wäre es das Letzte. Das Ausweglose.

*Gemeinsam verloren.*

»Aber du verstehst es nicht.«

»Du weißt, dass ich es verstehe. Du hast es gesehen, mit deinen eigenen Augen.«

»Aber ich will es nicht.«

»*Was* willst du nicht?«

»Ich will die Waffe nicht.«

»Die Waffe? Du weißt doch nicht einmal, *wofür* diese Waffe ist.«

»Ich will es nicht. Will es nicht wissen … und ich will mich nicht erinnern.«

Zärtlich legt das Zimmermädchen ihre dünnen Arme schützend um Karen. Sanft streichen diese beruhigend ihren Rücken entlang.

*Shhhhhh …*

»Es war böse« sagt sie, »doch jetzt, jetzt wird es gut. Alles wird wieder gut. Weil du dich wieder erinnern wirst. Weil es dann vorbei sein wird. Hörst du, vorbei. Du musst dich erinnern, es spielt keine Rolle mehr, was du willst oder nicht willst. Du musst.«

»Das Telefon«, schluchzt Karen »seine kalte, grausame Stimme am Telefon. Ich …«

»Nein!«, fällt ihr das Zimmermädchen sanft aber bestimmt ins belanglose Wort. »Nicht das, Karen. Das ist es doch nicht. Warum denkst du bloß, es wäre das? Du musst dich erinnern. Wirklich und wahrhaftig erinnern. Du musst ehrlich sein. Weiter zurückgehen, ganz tief hinein in deine verhasste, deine längst vergangene Welt gehen. Verstehst du mich? Du musst tiefer graben.«

Vorsichtig legt das Zimmermädchen Karen ihre kühlende Hand in den heißen Nacken und blickt ihr sanft in ihre schmerzverschleierten, ihre erinnerungstrüben Augen.

»Komm mit mir, erinnere dich. Erinnern wir uns gemeinsam. Du mit mir. Ich mit dir.«

»Wie heißt du?«, fragt Karen, schon weit fort im Gedanken.

»Spielt das jetzt noch eine Rolle?«, antwortet das Zimmermädchen mit einem liebvollen Lächeln und zieht Karens Kopf behutsam zu sich. Karen hält nicht dagegen, weicht nicht zurück. Will es auch gar nicht. Es ist etwas anderes, das sie will, und das sie deshalb gerne zulässt. Etwas, worauf sie unendlich brennt, etwas, wofür sie bereit ist endlich loszulassen. In hoffnungsvoller Erwartung schließt sie die Augen und öffnet dafür leicht die eben noch verbissen zusammengedrückten Lippen. Zärtlich, voller Sehnsucht und frei von jeder Gier berühren sich die zarten Münder der verdammten, der verstoßenen Frauen, und gemeinsam gleiten sie, durch diesen einen perfekten Augenblick hindurch, in einiger Umarmung innig umschlungen und in einen hingebungsvollen Kuss leidenschaftlich versunken, tief hinab in *Das weite Land* der Erinnerung.

Kein großartiger Mensch.

Nicht außergewöhnlich. In nichts und für niemanden. Also ein gewöhnlicher Mensch, der alltägliche Dinge tut, um durchschnittliche Ziele zu erreichen und ein normales Leben zu führen. Ohne jemandem dabei zu schaden, ohne zu verletzten oder zu hintergehen, zumindest in den meisten Augenblicken nicht, zumindest dann nicht, wenn sich das Hinterhältige, das Grausame und das Ungerechte vermeiden lässt. Ein Mensch, der an die anderen denkt, genauso wie er an sich selbst denkt. Mal voller Zweifel, mal voller Liebe, immer wieder auch hasserfüllt, doch schlussendlich meistens versöhnlich. Wie gesagt, kein großartiger Mensch. Aber ein guter. Ein wirklich guter Mensch. Und den wirklich guten Menschen widerfahren auf dieser Welt häufig die wirklich bösen Dinge.

So auch diesem guten Menschen.

Karen war siebenundzwanzig Jahre alt. Um genau zu sein – zu diesem speziellen Zeitpunkt, der für uns von Interesse ist – siebenundzwanzig Jahre, drei Wochen und vier Tage. Das war nicht alt für eine Frau, aber es war ein klischeehaftes Alter, wenn man alleine lebte, keine intimen Liebesbeziehungen pflegte und sein Bett mit einem mickrigen, weil häufig kränklichen, schwarzen Kater teilte. Also eine Frau in einem Alter, in dem sie schon einen Mann, zwei Kinder und ein Fertigteilhaus haben hätt können, die mit einem Kater in einer kleinen Mietwohnung lebte. Nicht auffällig, aber auf durchschnittliche Weise sonderlich. Ein wenig zu belächeln. Für einige Wenige vielleicht sogar zu bedauern.

Aber die Wohnung war entzückend und der Kater absolut liebenswert. Und Karen war zufrieden in ihrem Mittelmaß. Sie war gerne, was sie war, und sie war es gerne auf die Art, wie sie es war.

*Auch sonst gibt es nichts Bemerkenswertes zu erzählen, aber erwähnen sollte man es trotzdem. Einfach, weil es dazugehört, weil es Karen zu dem macht, was sie ist.*

Karen war weder schön noch war sie hässlich, ihr Äußeres beleidigte kein Auge, nahm aber auch nur selten einen Betrachter übermäßig für sie ein. Mit einem Wort, sie fiel nicht auf, nie und niemandem. Denn sie sorgte für sich, war stets angemessen gekleidet, immer gepflegt und ja, immer frisch gewaschen.

*Wer häufig und viel mit Menschen zu tun hat, der weiß, dass das eine Grundvoraussetzung, aber keine Selbstverständlichkeit ist. Diese triste Welt ist bevölkert von widerlichen Stinkern. Das kann, muss man aber nicht nur wörtlich nehmen.*

Karen hatte einen guten, aber nicht übertrieben engen Kontakt zu ihrer Familie. Mit ihrem Vater gab es die obligatorischen, kleinen Spannungen, die aber niemand zur Sprache brachte, und die deshalb auch die solide Beziehung nicht beeinträchtigten. Mit ihrer Mutter verband sie ein beinahe freundschaftliches Verhältnis, was zwar zu Reibereien führen konnte, welche aber nie von langer Dauer und deshalb unbedeutend waren. Ihren jüngeren Bruder sah sie fast nie, er lebte im Ausland. Im weit entfernten Ausland. Er lebte ein sehr aufregendes Leben, ein ganz anderes Leben. Aber die mittelmäßige Karen beneidete ihren Bruder nicht, sie wünschte ihm aus tiefstem Herzen alles Gute für alle seine Pläne.

Karen hatte einen kleinen Freundeskreis, aber es waren echte Freunde. Humorvolle Freunde, mit denen sie am Wochenende schön essen ging, oder auch bis in die Morgenstunden in einer Cocktailbar quietschbunte Mädchengetränke mit kleinen Schirmchen trank. Ja, bis sie betrunken waren, aber niemals besoffen. Niemals ausfällig. Engvertraute Freunde, die auch mal einen Samstagabend lang gemütlich bei ihr auf dem Sofa versumpften und über die Welt und all die anderen Menschen darin und darauf räsonierten. Zuverlässige Freunde, die sich auch nicht aus dem Staub machten, wenn das alltägliche Leben von unkalkulierbaren Widrigkeiten wie Streptokokken oder familiäre Todesfälle auf die widrige Probe gestellt wurde.

Karen ging regelmäßig Joggen, zweimal die Woche, und sie hat eine Mitgliedschaft für ein Fitness- und Wellnesscenter, in dem nur Frauen trainierten. Doch diese Mitgliedschaft nahm sie nur selten in Anspruch. Eigentlich war sie nur da, um Karens schlechtes Gewissen zu beruhigen und den überflüssigen Pfunden wenigstens im Geiste den Kampf anzusagen. Also auch in diesem Fall das absolut Übliche. Außerdem besuchte sie abends einmal die Woche die Volkshochschule. Sie wollte Französisch lernen, in erste Linie, weil französische Filme ihr gut gefielen. Viel mehr steckte nicht dahinter. Obwohl es ihrem Leben eine gewisse Regelmäßigkeit gab, die sie durchaus begrüßte.

Karen arbeitete in einer innovativen und absolut angesagten Firma. Mediendesign und Visualisierung. Virtuelle Laufstege mit virtuellen Menschen und real untragbaren Kleidern. Epochale Gebäude, die erst auf dem Reißbrett existierten, aber am Computer schon ungehindert in den Himmel hochwuchsen. Alles, was du dir vorstellen kannst. Gut, ihr Job war nicht einer der prestigeträchtigen, einer der kreativen. Ihre bodenständige Aufgabe war es, den Schriftverkehr durchzuführen und einen Überblick über Akten, Dokumente und Termine zu bewahren. Back Office sagte man, Sekretärin meinte man. Aber sie war gut in ihrem Job, und alle Mitarbeiter wussten sie zu schätzen, wie sie ihre Arbeit zu schätzen wussten. Solide, termingerecht und tadellos. Gemeinsam mit Karen arbeiteten zehn Festangestellte in dieser Firma. Drei Frauen und sieben Männer.

Einer dieser Männer war Mark.

Mark war ein Mensch, über den Karen häufig nachdachte. Man könnte sagen, dass Karen sich für Mark interessierte. Aber Mark nicht für Karen, und somit war dieses Thema schlichtweg *kein* Thema. Denn Karen ergriff nicht die Initiative, und sie war auch nicht der Typ Frau, der sich dazu hinreißen ließ, unerfüllbare Wunschvorstellungen über die tatsächliche Realität zu stellen oder ihnen auch nur übermäßig und wehmütig nachzuhängen. Karen hatte Wünsche und auch Hoffnungen, aber was nicht war, das war nicht. Sie war keine Tagträumerin.

Für spezielle Projekte wurden externe Mitarbeiter an Bord geholt oder Werkvertragsmitarbeiter befristet eingestellt. Auch die Verwaltung dieses Aufgabenbereichs lag bei Karen. Das Aufsetzen der Verträge, das Abrechnen der Regiestunden, die Koordination der einzelnen Projekte und die dazugehörige Zeitbudget-Kalkulation, all das war ihr Reich. Man kann also sagen, dass sie einen großen Teil der Verantwortung trug, und das gab ihr ein gutes Gefühl, und es verschaffte ihr die Anerkennung ihrer Kollegen.

*Das klingt langweilig für dich?*

»Ja, langweilig«, sagst du? Ein langweiliges Leben?

Ich denke, dass du langweilig sagst, weil du insgeheim beneidenswert meinst. Ein ruhiges und ausgeglichenes Leben. Ein glückliches Leben. Aber kein Problem, ich kann dir versichern, das Schicksal hat sich Mühe gegeben, dieses ruhige Leben für immer zu vernichten.

»Das hast du dir schon gedacht«, sagst du?

*Du weißt auch alles. Wenn ich es dir sage …*

Es kam selten vor, dass Karen ein Wochenende ganz für sich hatte. Irgendwas war immer los. Die Familie, die Freunde, manchmal sogar eine Projektpräsentation. Wenn sie Glück hatte, vielleicht ein Besuch im Theater. Ihre Mutter hatte ein Premierenabonnement und des Öfteren keine Zeit. Weil sie wohl weniger das Theater als solches, als vielmehr die Tatsache, dass die Nachbarn von ihrer Vorliebe für das Theater wussten, zu schätzen wusste.

Doch heute, nichts.

Gut, sie hätte sich etwas vornehmen können, Pläne machen, aber an diesem Samstagabend waren ihr drei DVDs aus der Videothek, ein großer Sack Erdnusslocken, eine Familienpackung Erdbeereis, eine Flasche Sekt und zwei Tafeln Noisette-Schokolade Plan genug. Mehr als genug. Karen liebte es, sich auf ihrer abgewetzten Couch in Fressalien einzugraben, ihren Kater zu kraulen und romantische Filme zu schauen. Oder sonst irgendwas Unterhaltsames. Bloß nichts zu Brutales, damit konnte sie einfach nichts anfangen. Sicherheitshalber hatte sie sogar eine Großpackung

Taschentücher hingestellt. Denn manchmal weinte sie, meistens dann, wenn das im Endeffekt immer glückliche Paar auf eine zwischenzeitliche, eine vorhersehbare Katastrophe zusteuerte. Ja, dann weinte sie. Und sie weinte dann gerne.

Es war kurz nach halb elf, als es an der Tür läutete. Karen hasste das. Oder eigentlich fürchtete sie sich. Späte Neuigkeiten waren immer schlechte Neuigkeiten, und ein abendlicher Besuch galt entweder nicht ihr und war demnach nur ein dummer Streich, oder es gab noch weit Schlechteres zu berichten, als man es am Telefon berichten würde. Also beschloss sie, das Läuten an der Tür einfach zu ignorieren. Vogelstrauß. *Wenn ich nicht da bin, dann ist auch das Schlechte nicht da.* Noch nicht einmal das mögliche Schlechte. Und das unmögliche hoffentlich erst recht nicht. Doch der nächtliche Besucher war stur. Aus dem einfachen Läuten wurde ein permanentes Sturmläuten. Ein Sturmläuten unten an der Haustür. Und aus einem an sich genervten »Welcher Depp will um die Uhrzeit noch was?« wurde so tatsächlich schnell ein ungutes Gefühl in der Magengrube. Ein wirklich ungutes. Doch war das Läuten einfach zu bestimmt, um es zu ignorieren. Vorsichtig hob sie den dürren Kater aus dem Tiefschlaf und von ihrem Schoß, der auch ein dementsprechend beleidigtes Gurren von sich gab, stoppte die Wiedergabe der DVD, wickelte sich in ihre Kuscheldecke ein und ging zur Tür.

»Wer ist da?«, fragte sie in die Gegensprechanlage und verfluchte sich dafür, dass sie sogar selbst die Angst in ihrer Stimme hören konnte. Unbegründete Hysterie, so würde es ihr Vater nennen. Und der hatte kein Verständnis, für gar nichts, aber vor allem nicht für hysterische Frauen. Sie nahm sich vor, die nächsten Worte selbstbewusster zu sprechen. Und mal wieder ihren Vater anzurufen. Aber das spielte keine Rolle.

»Karen. Ich bin's. Ich hab Probleme. Bitte, ich weiß nicht, wohin. Du musst mir helfen.«

Im ersten Moment wusste sie nicht, wer es war, der da offensichtlich betrunken und von Depressionen übermannt vor ihrer Haustür stand.

»Würd ich ja, aber ich glaub nicht, dass ich dich kenn.«

»Karen!«, jammerte der Mann. »Karen, lass mich rein. Ich bin's, Mark.«

Sie konnte spüren, wie ihr das Blut in die Wangen schoss. Woher wusste er überhaupt, wo sie wohnte? Und was wollte er denn von ihr?

Um diese Uhrzeit. Und was zum Geier hatte sie da eigentlich an? Hektisch überlegte sie einen Moment, bevor sie den Türöffner betätigte.

»Ok, von mir aus, wenn's nicht anders geht, komm rauf. Zweiter Stock, gleich die Tür neben der Treppe, auf der rechten Seite.«

»Danke, danke, echt danke!«

Panisch rannte sie los, ins Schlafzimmer, um wenigstens die schwarze Nicki-Trainingshose gegen Jeans zu tauschen. Damit sie nicht ganz so armselig aussah. Und verzweifelt. Zwei Minuten später läutete es an der Wohnungstür. Mit rasendem Herzen hetzte Karen in den Flur, stoppte abrupt ab und atmete noch einmal durch, um nicht sofort umzukippen. Mit einem Lächeln öffnete sie die Tür.

»Hallo. Ich hab nicht … komm bitte rein.«

Mark stand da, an den Türrahmen gelehnt. Sein blondes Haar war nass, offensichtlich hatte es geregnet. Seine blauen Augen waren blutunterlaufen. Entweder hatte er geweint oder er war betrunkener, als sie gedacht hatte. Er grinste sie schief an, und es war nichts Freundliches an diesem Grinsen, dann schob er sich wortlos an ihr vorbei in die Wohnung. Ohne seine Schuhe auszuziehen, ging er ins Wohnzimmer, hinterließ nasse Schuhabdrücke auf dem Dielenboden. Auf dem Weg zur Couch zog er seine Lederjacke aus und warf sie achtlos zu Boden. Mit einem lauten Knall ließ er sich auf die Couch fallen. Der kleine schwarze Kater sprang erschrocken auf und lief ängstlich davon, versteckte sich unter dem Bücherregal, dort, wo er sonst immer seine Fellmäuse versteckte. Und auf einmal fühlte Karen sich unwohl, noch viel unwohler als zu dem Zeitpunkt, als sie noch nicht gewusst hatte, wer da so dringend in ihre Wohnung wollte. Fühlte sich, als müsse sie sich auch verstecken. Als müsse sie zu ihrem Kater unter das Bücherregal kriechen. Sie hätte ihm nicht die Tür öffnen dürfen. Was hatte sie sich nur dabei gedacht?

Er hob die DVD-Hülle vom Beistelltisch hoch.

»Die Liebe eines Sommers. Was für ein Scheiß.«

Achtlos warf er die Hülle zu Boden.

»Was willst du?«, fragte Karen. Sie spürte, wie sich der Raum um sie zu drehen begann.

Mark wirkte von ihrer Frage bestenfalls genervt. Auf gar keinen Fall wirkte er verwirrt oder gar deprimiert. Von Problemen, die er unbedingt besprechen musste, keine Spur. Alarmiert wich Karen automatisch ein paar Schritte zurück.

*Etwas stimmte nicht.*

»Ich war nur grad in der Gegend, und da hab ich mir gedacht, ich schau einfach mal rein. Zu der kleinen, perfekten Karen. Zur immer höflichen, immer netten und verdammt noch mal immer hilfsbereiten Karen.«

Mit nackten Füßen stand sie da, mitten im Wohnzimmer, und überlegt, wie sie den ungebetenen Gast, der es sich gerade bequem machte, möglichst schnell wieder loswerden konnte. Verdammt schnell.

*Etwas stimmte ganz und gar nicht.*

»Steh da nicht so dumm rum!«, herrschte er sie an und klopfte neben sich auf die Couch. »Komm, setz dich zu mir.«

»Ich will lieber stehen bleiben«, antwortete sie und ihre Stimme zitterte.

»Und stell dir vor, ich hätte lieber Gesellschaft.« Sein Blick war zwar vom Alkohol getrübt, aber es leuchtete etwas Gefährliches in seinen Augen auf.

Er musste raus.

Sie musste ihn aus der Wohnung schaffen.

*Und wenn es schon zu spät ist?*, dachte Karen, ohne genau sagen zu können, wofür. Sie hatte einfach nur das Gefühl, dass es zu spät war. Viel zu spät.

»Komm verdammt noch mal her,«, brüllte er. »Oder willst du, dass ich extra aufstehen und dich holen muss? Soll ich dich vielleicht auf die scheiß Couch zerren?«

Sie schüttelte heftig den Kopf.

*Du musst ihn loswerden! Nimm dein Handy. Sag ihm, dass du die Polizei rufen wirst. Sag ihm das!*

*JETZT!*

Doch wie ein braves Mädchen tat sie, was er ihr befahl und setzte sich zu ihm. Sein Atem stank nach Bier, seine nassen Haare nach Körperfett und Rauch.

»So ist's gut.« Mit seiner rechten Hand strich er über ihren nackten Oberarm. Karen erschauderte. Nicht weil es ihr angenehm gewesen wäre. Sie hatte Angst, große Angst, und sie wusste, dass diese Angst berechtigt war.

»Was denkst du?«, fragte er, und seine Hand hörte auf, sie zu streicheln, packte sie fest an der Schulter. Ein stechender Schmerz schoss bis hoch in ihren Kopf. »Sag mir, was du denkst, Karen. Nein? Also, ich kann dir sagen, was ich denke. Ich denke, wir sollten endlich einmal ficken. Ich weiß, du stehst auf mich. Und da ist es doch nur normal, dass ich dich einfach mal so richtig durchficke.«

Karen wollte aufspringen, aber Mark hielt sie gewaltsam zurück, zog sie näher an sich.

»Ich will nicht«, sagte sie und war überrascht, wie selbstbewusst ihr Tonfall klang. »Ich will, dass du mich loslässt, und dann will ich, dass du gehst.«

Er schlug ihr ins Gesicht. Unerwartet, fest. Mit dem Handrücken mitten ins Gesicht. Ihr wurde schwarz vor Augen, kurz verlor sie die Orientierung. Da war er schon über ihr, drehte sie zur Seite, saß auf ihrer Hüfte. Ihr Gesicht bohrte sich in die Lehne der Couch. Er riss ihr zuerst den rechten Arm und dann den linken auf den Rücken. Grob, ohne Widerstand zu dulden. Sie heulte auf vor Schmerz. Laut, sehr laut.

»Still!«, schrie er. »Das muss sein, anders geht es nicht.«

Mit wenigen, geübten Griffen (*er hat es schon mal getan!*) fixierte er ihre Hände auf dem Rücken, zog um ihre Handgelenke einen Kabelbinder fest. Oder Draht. Irgendwas Dünnes, Starres, das tief in ihr Fleisch einschnitt. Wieder kämpfte sich ein verzerrter Schmerzensschrei aus ihrem paralysierten Körper empor.

»Halt endlich die scheiß Fresse!«, brüllte er, lauter als zuvor und schlug noch einmal zu. Noch fester als zuvor. Sie war sich sicher, dass sie jetzt das Bewusstsein verlieren würde, aber nach einem kurzen weißen Aufblitzen war sie wieder bei Sinnen. Er sprang auf, zerrte sie an den Haaren von der Couch. Sie verlor das Gleichgewicht, ihr gesamtes Gewicht schien an ihren Haaren zu hängen, aber sie wagte es nicht, noch einmal aufzuheulen, auch wenn der Schmerz schier unvorstellbar war. Quer durch die Wohnung schleppte er sie zum Heizkörper, wo er ihre Handgelenke, womit auch immer, sie wusste es nicht (*warum wusste sie es nicht?*), fixierte. Dann trat er einen Schritt zurück und beobachtete sein Werk. Sein Blick war starr vor Gier, und seine Wangen flammend rot.

*Werde ich heute sterben?*

Die Frage war plötzlich da. Einfach da. Tief in ihr, emotional erstarrt, wie eine Feststellung, als ob sie sich fragen würde, ob sie einen Regenschirm mit zur Arbeit nehmen solle.

Einfach so, einfach: *Werde ich heute sterben?*

Und Tränen traten in ihre Augen. Brennende Tränen, heiß und scharf wie Säure. Sie konnte ihre eigene Todesangst riechen. Vielleicht waren es ihre Tränen, die nach Tod rochen.

»Weinen kannst du gerne!«, sagte er und lacht dabei. »Das Weinen macht keinen Lärm, und ich find's geil, wenn du heulst.«

Er ging zur Küchenzeile und durchsuchte die Schubladen. Als er sich wieder Karen zuwandte, hatte er eine Schere in der einen und ein Messer in der anderen Hand. Er lächelte abfällig, als er vor ihr in die Knie ging und das Messer auf die Fernsehkommode legte.

»Nur falls ich es brauch. Wenn du mich nervst, dann stech ich dich ab. Du Sau.«

Er nahm die Schere und schnitt ihr das T-Shirt vom Leib, legte ihre Brüste frei, beugte sich darüber und begann zuerst wie wild zu saugen, dann biss er hinein.

Einmal. Mehrmals.

Ungehindert tropften ihre Todestränen auf ihren schmerzenden Busen, unter dem das erstickende Herz schlug.

Mehrmals. Einmal.

»Die sind geil. Ich hab noch nie was gesehen, das mich mehr angemacht hätte. Deine Titten sind so geil.«

Er öffnete die Schere und legte sie weit gespreizt an ihre linke Brustwarze.

»Glaubst du, dass man die leicht abschneiden kann? Weil, dann schneid ich die ab und nehm sie mit heim. So als Andenken. Dann kann ich daheim immer wieder auf deine abgeschnittene Brustwarze wichsen.« Er lachte, war begeistert von seiner großartigen Idee, die ihn offensichtlich noch weiter erregte.

Sie begann zu flehen, zu betteln. Wie ein Mensch, dem gar nichts mehr peinlich war. Wie ein Mensch, dem bald nichts mehr war. Alles würde sie ihm anbieten, wenn er ihr nur nicht mehr wehtat. Nicht noch mehr wehtat. Sie erkannte sich selbst kaum wieder. Und eigentlich war sie es auch nicht. Es war ein uraltes Etwas, das aus ihr sprach, aus der Tiefe ihres Selbst. Ein mickriges Etwas, das auf jeden Fall überleben wollte. Und um jeden Preis. Um jeden denkbaren und undenkbaren Preis. Und das, wo doch sterben das Einzige war, woran sie gerade eben noch denken konnte. Das Flehen schien ihm zu gefallen. Er stand auf und öffnete seinen Gürtel, seine Hose, holte seinen halb erigierten Penis hervor.

»Jetzt zum lustigen Teil.«

Er packte sie wieder an den Haaren, schlug ihr noch dreimal ins Gesicht, diesmal weniger fest. Es war mehr ein ihren Willen endgültig Weichklopfen als ein echtes Zuschlagen. Dann zwang er ihren Kopf nach oben. Daumen und Zeigefinger seiner rechten Hand drückte er in ihre Wangen, bis sie den Mund aufmachte.

»Ja, brav so. Weit aufmachen und dann fest lutschen. Sonst schneid ich dir die Titte ab. Weit aufmachen. Und immer an das Lutschen denken.«

Dann war sein Schwanz in ihrem Mund, suchte ihren Gaumen ab. Sein Schwanz stank, und er schmeckte bitter. Ein extremer Brechreiz stieg in ihr hoch, doch er stieß seinen Schwanz immer wieder so tief in ihren Rachen, als wolle er ihr die aufsteigende Kotze zurück in ihren Magen ficken. Ihn schien das Würgen nicht zu stören, tiefer und tiefer stieß er hinein.

»Das ist gut. Das ist so gut. Das machst du super. Das musst du durchhalten, es ist so gut. So geil, so geil. Durchhalten. Mehr, ja, gut. Das muss sein, hörst du, das muss sein. Mehr. Das muss einfach.«

Dann ließ er von ihr ab, schnitt sie von der Heizung los, schleppte ihren wehrlosen Körper auf den Teppich, drehte sie auf den Rücken. Ihre Hände schmerzten, bohrten sich in ihren Körper, ihre Gelenke waren unnatürlich überdreht. Er platzierte ein Kissen unter ihrem Nacken, brachte ihren Kopf in die richtige Position und kniete sich über sie. Jetzt konnte er ihren Mund erst so richtig ficken. Immer noch tiefer hinein und immer noch fester stieß er zu. Sie hoffte, dass sie bald keine Luft mehr bekommen würde, einfach in die Dunkelheit abtauchen konnte, dass sie kollabierte und dass es dann endlich vorbei wäre.

Erstickt.

Doch sie atmete weiter.

»Spürst du das?«, krächzte er hohl und heiser vor Lust. »So fick ich dich richtig. Das ist richtig. So muss das sein. Da kann ich ungehindert rein. So schön offen. Gar kein Widerstand mehr. Ja, spürst du das? Ja?«

Bei jedem Stoß prallte ihr Kopf gegen den Boden, vielleicht würde das ausreichen, um ihr das Bewusstsein zu rauben, hoffte sie. Doch sie blieb weiter da, regungslos vor Schock, aber weiter bei Bewusstsein.

»So nass und eng, deine Röhre ist so heiß. Es ist so geil. So geil. Ich komm so tief in dich rein. Das ist nicht normal, so gut, so tief. So tief war ich noch nie drin. Nur noch kurz. Das musst du aushalten. Das musst du aushalten. Das hilft nichts, nur noch kurz, das musst du einfach [ …] Gleich, jetzt, jetzt …«

Nach einigen letzten Stößen, die sich anfühlten, als würde sein Penis ihren Rachen spalten, kam er in ihren Mund. Sein Orgasmus war so stark, dass sein Schwanz förmlich explodiert und sein bitterer Samen weit hinab in ihre Speiseröhre spritzte. Ein paar Mal stießen seine Hüften motorisch nach, zuckte sein Körper unkontrolliert unter dem befreienden Orgasmus. Einmal drängte er noch extra weit in sie, schloss mit seinem Schamhaar die Öffnung ihres Mundes ab, lag mit vollem Gewicht auf ihrem Gesicht, ließ sein Becken weiterkreisen, bis er in ihrem Mund schlapp wurde. Sie konnte sein Schamhaar an ihren Zähnen knirschen hören, so leise war es jetzt im Raum. Plump baumelten seine Eier gegen ihr Kinn, unendlich schwer lastete sein Gewicht auf ihrem Nacken. Dann war er fertig. Er sackte über ihr zusammen, rollte sich von ihr. Einen Moment lang blieb er liegen, dann stand auf und zog sich an.

»Das war so verdarnmt gut«, sagte er. »Das müssen wir von nun an öfter machen. Das war unglaublich. Und es gibt noch so viel, was ich an dir ficken möchte.«

In der Wohnzimmertür drehte er sich noch einmal um und ergänzte so beiläufig, als würde er nach dem Wetter fragen: »Ich komm wieder, verlass dich drauf. Das war das erste Mal. Du hast noch zwei andere Löcher. Und wenn ich Lust hab, bohr ich dir ein viertes Loch und dann fick ich auch das. Und sag niemandem was davon. Wenn du jemandem etwas sagst, dann reiß ich deiner verdammten Katze den scheiß Schädel ab. Und dir gleich dazu. Verstehst du mich? Wenn du jemandem etwas sagst, dann bring ich dich um. Und außerdem, wer würde dir schon glauben? Darüber denk nach, bevor du irgendeine Scheiße baust.«

Danach verschwand er durch die Tür, durch die er bald wieder eintreten würde. Immer und immer wieder in ihre Wohnung, in ihr Leben treten würde. Und jedes Mal würde die Gewalt verlässlich ihren Weg mit ihm finden.

*Die Hölle, das sind von nun an nicht mehr die anderen.*

*Ab heut bin ich es.*

*Ich bin meine Hölle.*

»Karen!«

Noch und noch hört sie ihn jemanden rufen, ihren Namen. Doch es ist ihr, als habe das alles keine Bedeutung. Als wäre es ihr Name, der keine Bedeutung mehr hat.

Sie ist selbst bedeutungslos.

»Karen, komm zurück, komm zu mir!«

Und sie taucht auf, erstickend nach Luft gierend wie eine Ertrinkende, heraus aus ihrer Erinnerung, zurück an die Oberfläche einer nicht weniger fragwürdigen Realität. Panisch schnappt sie nach Atem, schlägt hysterisch um sich. Versucht es zumindest, doch das Zimmermädchen hält sie fest. Zärtlich, aber bestimmt, mit ihren dürren Armen, die mehr Kraft haben, als man vermuten würde. Lässt sie nicht los.

»Ich habe gedacht, ich sterbe«, sagt Karen, und beide wissen, dass sie nicht ihr Ertrinken in der verdrängten Erinnerung meint. Nicht nur.

»Aber du bist nicht gestorben. Du bist immer noch da, hast es … überlebt.«

»Aber ich habe es zugelassen«, schluchzt sie, kraftlos an die Schulter des Zimmermädchens gesunken. »Ich hab es zugelassen. Mich nicht zur Wehr gesetzt. Ihm die Tür geöffnet.«

Und einmal ausgesprochen, brechen die Worte aus ihr hervor wie die Vergangenheit aus ihrem Unterbewusstsein. Unaufhaltsam.

So ist sie, die Erinnerung.

Schlussendlich unaufhaltsam.

»Ich hab ihn reingelassen. Ihn immer wieder reingelassen. Jedes Mal wieder. Es ist ein Spiel für ihn gewesen. Er … er hat angerufen. Hat gesagt, ich soll mir drei Stellen an meinem Körper überlegen, die meine Kleidung verdecken kann. Drei Stellen. Bis er bei mir ist. Sonst würde er die Stellen aussuchen. Also hab ich ihm die Stellen gezeigt. Und dann hat er mich geschlagen, so lange darauf eingeprügelt, bis die Haut purpurn gewesen ist. Es hat ausgesehen, als würde es aufplatzen. Das

Purpurne. Manchmal hat er dort auch zugebissen. Oder mich geschnitten. Tief geschnitten. Aber meistens hat er geschlagen. Einmal … in der Badewanne … ich wäre fast ertrunken … Und dann hat er mich gefickt. Manchmal mehrmals, manchmal ist er nicht gekommen. Dann hat er mich gewürgt und immer weiter auf mich eingeschlagen … ich …«

»Was Karen, was ist mit dir gewesen?«

»Auf der Arbeit. Die Seidentücher um den Hals und die langen Ärmel. Im Sommer. Einmal hat jemand einen Fleck gesehen. Hat dann sogar nachgefragt. Ich hab einfach nicht geantwortet, bin einfach weitergegangen, weggegangen. Das ist das einzige Mal gewesen, die einzige Frage. Sonst nichts. Niemand sonst hat es gesehen. Oder sie haben es nicht sehen wollen. Niemanden hat es interessiert. Und ich wollte nur weg, wieder frei sein … aber ich hab nicht weglaufen können. Er hat mich immer beobachtet, jeden Tag. Und er hat es mir verboten. Ich hab bleiben müssen. Ich …«

»Du hast was müssen? Was ist es, Karen?«

»Was es ist?«

Plötzlich ist ihre schmerzverzerrte, vom Weinen undeutliche Stimme klar, und ihre noch nassen Augen fixieren das Zimmermädchen mit einem durchdringenden, einem hasserfüllten Blick. Und es ist nicht ihr unwirkliches Gegenüber, dem dieser unbändige Hass gilt. Auch ist es nicht ihr Peiniger.

»Du willst wissen, was es ist? *Ich bin es.* Ich habe es zugelassen. *Es ist meine Schuld!*«

Minutenlang sitzen sie da und schweigen. Dann spricht Karen weiter, leise, nahezu tonlos. Aber ohne zu stocken.

An jenem Abend wollte sie es ihm sagen. Sie konnte das nicht mehr. Entweder er ließ sie gehen oder sie würde sich umbringen. Denn weiterleben konnte sie so nicht mehr. Unter diesen Umständen wollte sie lieber tot sein. Und dann würde sie einen Brief schreiben, bevor sie es tat. Und in diesem Brief würde alles drin stehen, und viele Leute würden diesen Brief lesen. Weil ihr Leben zwar nur wenige interessierte, aber ihr Tod, der würde viele interessieren. Und er würde auch ihm ein Grab schaufeln, das war gewiss.

So würde sie es ihm sagen.

Doch als er in der Tür stand, besoffen und stinkend, sagte sie es nicht. Sie betrachtete sein aufgequollenes Gesicht, seine rot unterlaufenen Augen, seine fleischigen Lippen und schwieg still. Nicht weil sie zu viel Angst vor ihm hatte. Natürlich fürchtete sie ihn, aber er war doch nur ein Mensch.

Nur ein Mensch.

Es war weit mehr als das. Es war die Angst vor dem Tod. So sehr sie litt und so sehr sie sich selbst, und nicht etwa nur ihn, für das Geschehene, das immer noch Geschehende verurteilte, so wenig wollt sie sterben. Doch das kurze Zögern in ihren verweinten Augen, dieser kurze Augenblick des Nachdenkens, als sie die Tür diesmal nur einen Spaltbreit öffnete, reichte aus, um ihn erkennen zu lassen, dass sich etwas verändert hatte. Dass sich die Vorzeichen verändert hatten. Mit voller Kraft stieß er die halb geöffnete Tür auf und ging auf sie los. Ohne eine Vorwarnung. Mit einer vernichtenden Gewalt und einer katastrophalen Endgültigkeit. Mit all seinem Hass und all seiner Gier.

Und die Welt um sie verschwand.

Rot.

[…]

Als sie wieder zu sich kam, konnte sie kaum sehen. Nicht nur, weil sie noch benommen war (*Schläge, wie viele Schläge auf den Kopf?*), auch weil ihr rechtes Auge zugeschwollen war. Wie zugenäht. Oder zugeklebt wie die tiefe Fleischwunde eines Boxers im Ring. Blut rann über ihr Gesicht, und es war auch Blut, das sich in ihrem Mund sammelt. Und nicht nur dort. Sie konnte es noch wo bluten spüren. Tief in sich drinnen. Sie wimmerte.

»Halt dein Maul!«, schrie er sie an. Hoch aufgerichtet stand er über ihr. Und da war es auch, das Blut. Ihr Blut.

Es klebte an seiner Kleidung, klebte an seinen Händen.

Sie war nackt, soviel konnte sie sehen mit dem einen heilen Auge. Schnell schloss sie es wieder, weil sie lieber blind sein wollte. Sie konnte seine Schritte hören, konnte ihn ziellos in der Wohnung umherhetzen hören. Er suchte etwas.

*Stell dich tot*, dachte sie und ließ sich zur Seite hin einknicken. Rollte sich um ihre schmerzende, ihre blutende Mitte.

*Stell dich tot.*

*Oder sei es.*

*Tot.*

Plötzlich war es still. Bis auf sein Keuchen absolut still. Er beugte sich über sie, zog ein Augenlid hoch, fühlte ihren Puls. Keine Regung.

»Wenn ich zurückkomme, töte ich dich«, sagte er.

Dann war er fort.

Sobald sie die Tür im Schloss hörte, taumelte sie hoch. Ins Badezimmer. Dort schlang sie ihren Bademantel um sich. Nicht mehr, nur den Bademantel. Der war weiß, saugte sich schnell voll. Mit dem Rot.

Sie stürmte aus der Wohnung, stolperte den Flur entlang, das Treppenhaus hinab, hinaus auf die Straße. Dort fiel sie nieder, vor ein herannahendes Auto.

»Krankenhaus«, flehte sie noch die zur Hilfe eilenden Passanten an. »Krankenhaus. Bitte.«

Und wieder verschlang sie die Dunkelheit.

[…]

Helle Lichter. Stimmen. Chaos.

»Bringt sie in Behandlungsraum 1214. Sie ist verletzt. Wahrscheinlich auch innere Blutungen«, hörte sie jemanden rufen. Nicht schreien, aber mit lauter Stimme. Hilfesuchend umklammerte sie die Hand, die ihr am nächsten war, zerrt daran.

»Wenn Sie mich wegschicken, werde ich sterben«, flüsterte sie. So leise. Fast gar nicht. Doch jemand hatte sie wohl trotzdem gehört, denn dieser jemand antwortete mit ruhiger Stimme:

»Heute wird nicht gestorben. Sie sind in Sicherheit.«

Sie musste lächeln. Nur so, einfach lächeln.

*Ich bin in Sicherheit,* dachte sie.

»Du bist in Sicherheit.«

Das Zimmermädchen hat liebevoll ihre Hände auf Karens zitternde Hände gelegt, um sie zu beruhigen, streicht sanft darüber, hält sie zärtlich fest. Hält Kathis Hände vorsichtiger, als sie jemals zuvor ein Mensch gehalten hat.

*Hand in Hand.*

*Hand in Hand.*

»Du bist in Sicherheit. Aber bist du dir auch *sicher*?«

Karen versteht nicht.

Was will dieses seltsame Wesen von ihr? Wessen soll sie sich sicher sein? Gibt es denn hier noch etwas, woran man zweifeln könnte?

»Was meinst du?«, fragt sie, und das Zittern ihrer Stimme verrät ihr, dass sie sehr wohl Zweifel hat, denn es ist kein erschöpftes Zittern. Es ist eines, das offenbart, dass man die Wahrheit fürchtet.

*Die ganze Wahrheit.*

»Ich meine, ob du dir auch wirklich sicher bist, dass es so passiert ist. Auf diese Weise und nicht anders. Wie schlimm sind sie gewesen, deine Verletzungen? Ist die Polizei gekommen, hat man dich befragt? Haben sie ihn überführt, ihn verhaftet? Ist er bestraft worden, für seine Untaten, für alle seine Grausamkeiten? Hat man ihm sein Leben genommen, so wie er dir deines genommen hat? Ist dir Gerechtigkeit widerfahren?«

Entsetzt, nein, empört aufspringen will sie. Wie kann sie es wagen? Sie, die keine Ahnung hat vom Leben, wohl kaum überhaupt noch am Leben ist! Woran zweifelt sie denn? An ihrer Geschichte, ihrem Leid, ihrem Martyrium? Doch sie bleibt sitzen, weicht dem durchdringenden Blick ihres Gegenübers nicht aus. Starrt so lange in die grauen Augen des Zimmermädchens, bis sie in der nass glänzenden Oberfläche nur noch eines erkennen kann: ihr eigenes Spiegelbild.

»Nein«, spricht sie und kann dabei den Blick nicht von ihrem eigenen Bild abwenden.

»Da ist keine Polizei gewesen. Man hat mich nicht befragt. Man hat ihn auch nicht verhaftet, hat ihn nicht bestraft. Weil es so nie passiert ist. Weil er mich nie fast getötet hat, mich nie schwer verletzt hat. Da ist kein Blut gewesen und auch kein Krankenhaus. Fast ein Jahr lang hat er mich gequält und missbraucht. Aber diese endgültige Eskalation, die hat niemals stattgefunden. Ich habe immer davon geträumt, dass ein solches Geschehen alles ans Licht bringen oder wenigstens mich umbringen würde. Dass das Ereignis für sich sprechen würde. Für mich sprechen, weil ich vor Angst stumm gewesen bin. Machtlos. Doch keine Eskalation, kein Ereignis. Er hat mich einfach nur satt gehabt. Weggeworfen wie etwas Aufgebrauchtes, etwas schlussendlich Wertloses. Eines Nachts ist er gegangen und nicht wiedergekommen. Und ich? Was habe ich getan? Ich habe mich nicht gewehrt, so lange es angedauert hat, ich habe ihn nicht angezeigt, als es vorbei gewesen ist, und ich habe mich nicht umgebracht, obwohl mein Leben an jenem Abend, als er das erste Mal meine

Wohnung betreten hat, nicht mehr mein Leben gewesen ist. Überhaupt kein Leben mehr gewesen ist. *Ich habe nicht weitergemacht, ich habe nur einfach nicht aufgehört.* Mit der Qual, der Feigheit, der Existenz.«

»Aber jetzt bist du soweit. Es ist an der Zeit, weiterzumachen. Es gibt keine Geheimnisse mehr. Du hast alles gesagt, was es zu sagen gibt, und du hast dich an alles erinnert, an das du dich erinnern musst, um zu tun, was du tun musst. Du hast das Vergessen besiegt und damit auch das, was du immer als deine Schuld bezeichnet hast. Du kennst den Schuldigen. *Hol ihn dir. Hol sie dir alle.*«

Sanft, aber dennoch bestimmt erhöht das Zimmermädchen den Druck auf jene Hand, mit der Karen immer noch die Waffe in ihrem Schoß fest umklammert hält.

*Hand in Hand.*

*Hand in Hand.*

*Was ich tun muss*, denkt Karen, und die Kälte des Stahls wandert ihren Arm entlang.

Schon während ich die Worte spreche, weiß ich, dass es *deine* Worte sind.

Nicht meine.

Nichts, was auch ich sagen würde.

Dieses Mal nicht.

Auch wenn bisher jedes *deiner* Worte auch meines gewesen ist. Weil es nur ich bin. Weil ich eigentlich nichts zu sagen haben. Weil meine Kompetenzen weder Meinung noch Wunsch noch Wort beinhalten. Und so schweige ich auch jetzt. Obwohl ich sprechen will. Aber ich schweige, weil ich meine Worte nicht finde, sie vor langer Zeit verloren habe.

Begraben habe.

Doch ich will mehr sein. Will wieder sein. Und auch wenn ich keine Worte mehr habe, habe ich dennoch etwas zu sagen.

*Ihr zu sagen.*

Also halte ich nur ihre Hände fest. Nur noch einen Augenblick länger, als gedacht. Nur ein kurzer, vergänglicher Augenblick, mitten in *deiner* alles umfassenden Unendlichkeit.

Und hoffe, dass sie zuhört.

Dass ihr mein Schweigen Wort genug ist.

*Höre, wozu ich schweige, Karen.*

Still steht sie da und beobachtet.

Das Großraumbüro, die Einrichtungsgegenstände, das Licht der Vormittagssonne, das trüb durch die verstaubten, straßenseitigen Fenster fällt.

*Die Menschen.*

Alles ist ihr immer noch vertraut. Alles ist, wie es immer war. Selbst die Zeit bringt nur Vergehen und keinerlei Veränderung.

Es ist, wie es ist.

Das Treiben ein geschäftiges, die Hektik eine überschaubare, die Stimmung eine gute. Bei oberflächlicher Betrachtung beinahe heiter. Alles ist unauffällig. Alle sind beschäftigt. Mit der Wahrung sozialer Kontakte, mit ihren Bedürfnissen oder, noch weit wichtiger, mit den Bedürfnissen jener, die bezahlen.

Kein »Was machst du denn da?« oder ein »Wie hast du nur diese ganze Zeit verbracht?« oder gar ein »Schön, dass du wieder da bist. Wir haben dich schon vermisst.«

Nichts davon und auch sonst nichts.

Rein gar nichts.

Niemand bemerkt sie. Oder vielleicht bemerkt man sie doch, aber was wäre daran bemerkenswert? Wen kümmert *das* schon, wen kümmert die Frau in der Tür? Es ist schließlich nur Karen. Was nicht ihre Person an sich abwerten soll, es ist gar keine Wertung. Auch jeder andere wäre in diesem Fall ein *Nur*. Jetzt gerade ist es *nur Karen*. Sie ist ein paar Monate weg gewesen. Nicht gekündigt, einfach nur weg.

*Bildungskarenz* hat es offiziell geheißen. *Krankenhaus* haben die Kollegen gesagt. *Irrenhaus* haben sie gemeint, aber auf gar keinen Fall böse. Nicht böse gemeint. So etwas passiert, sogar den Besten. *Burn-out.* Dann ist man weg, bis das Feuer wieder da ist. Und dann ist auch man wieder da.

Und jetzt ist eben Karen wieder da. Offensichtlich genesen. Gut. Irgendeine wichtige Arbeit muss sicher gemacht werden. Und die Vertretung ist ohnehin lausig. Unzuverlässig und ungeschickt. Also sehr gut. Die Zeit für ein paar angebrachte, höfliche Worte findet sich sicher noch. Später dann, irgendwann. Und den Weg zu ihrem Schreibtisch, den wird Karen nach den paar Monaten auch noch finden können, ohne gleich ein großes Hallo zu machen.

HALLO

Nicht einmal eine Hand wird gehoben. Keiner Geste wert.

Also bleibt Karen stehen, wo sie gerade steht.

Bleibt unbeachtet in der Tür stehen, die in das Großraumbüro führt. In ihrem Rücken befinden sich die anderen Türen des finsteren, fensterlosen Vorraums. Wie auswegweisende Portale reißen sie klaffende Lücken in die beengenden Wände. Eine Klotür, eine zweite Küchentür, eine Abstellkammertür... und eine Eingangstür, die Karen erbarmungslos zu sich lockt, die sie von all dem wieder fortführen möchte. Doch es nicht kann.

Also bleibt Karen stehen, wo sie gerade steht.

Man könnte meinen, sie stünde dort wenigstens im Weg, so wie sie da steht. Doch nicht mal das tut sie. Deshalb rührt sie sich nicht vom Fleck.

Steht still.

Und beobachtet.

Der Weg vom Hotel ins Büro ist ein kurzer gewesen. Noch kürzer als erwartet. Verdammt kurz. Nahezu ums Eck. Außer sie hat nicht jedes Detail des Weges wahrgenommen. Auch das kann sein. Immerhin ist sie abgelenkt gewesen. Von ihrer Vergangenheit, von ihrer Zukunft. Von der Glock 18c in ihrer Tasche. Ein Wunder, dass sie ihr Auto überhaupt unfallfrei gesteuert hat. Obwohl sie auch das nicht mit Sicherheit sagen kann. Aber sie ist mit ihrem Auto gefahren, daran kann sie sich erinnern. In der Stadt hat sie den Wagen, so wie sie es an jedem anderen Arbeitstag auch gemacht hätte, in die Tiefgarage gestellt und die letzten gut dreihundert Meter zu Fuß zurückgelegt. Dreihundert Meter, um noch einmal alles zu überdenken. Dreihundert Meter, um zu zweifeln, innezuhalten, umzukehren. Doch sie ist nur zu dem Schluss gekommen, dass es da nichts mehr zu zweifeln, nichts mehr innezuhalten und erst recht nichts umzukehren gibt. Nichts zu überdenken. Und sie ist weitergegangen. Dreihundert Meter.

*Die Sache ist eindeutig.*

Und jetzt ist es soweit.

Die handsame Glock ist, mit 19 Schuss geladen, kaum ein Kilo schwer. Dennoch wiegt sie so schwer wie Blei in ihrer kleinen, schwarzen Satteltasche, die sie an einem Riemen über ihre rechte Schulter trägt. Ihr ist, als würde die bleischwere Tasche mit dem todbringenden Geheimnis sie nieder zur Türschwelle ringen. Doch sie bleibt aufrecht stehen, zieht die Tasche näher an sich, drückt sie gegen ihren Unterleib. So als wäre die Tasche ein Schutz. Doch sie weiß, dass es zu spät ist, um sich zu schützen.

Es ist Zeit, zurückzuschlagen.

Sie steckt ihre rechte Hand in die Tasche und berührt die Waffe. Sie kann nicht sagen, ob es sich gut anfühlt. Aber es fühlt sich stark an. Sie fühlt sich stark. Und so, wie dieses neu gewonnene Selbstvertrauen, diese unschlagbare Stärke in ihr anschwillt, so scheint der betriebsame Lärm rund um sie anzuschwellen. Die vereinzelten Lacher werden lauter, klirren frenetisch durch den hektischen Raum. Das stoische Hämmern auf Computertastaturen dröhnt in ihren Ohren wie das dumpfe Schlagen eines Presslufthammers. Das zischende Blättern in den Akten schneidet scharf durch die aufgeladene Atmosphäre. Aus gedämpft geführten Diskursen werden manisch gebrüllte Tobsuchtsanfälle.

*Viel zu laut!*

*Das ist alles viel zu viel, und es ist alles viel zu laut!*

»Aus, aus, aus!«, schreit sie. »Seid bitte verdammt noch mal endlich alle still!«

Doch der Lärm schwillt weiter an. Die einzelnen Geräusche verschmelzen zu einem epochalen Lautmonstrum, das hysterisch kreischend um sich schlägt und gierig geifernd die akustisch zerbröselnde Welt einsaugt, nur um gleich darauf eine apokalyptische Kakophonie höllischer Disharmonien zu erbrechen.

»Ich kann nicht mehr …«, seufzt Karen leise.

Lauter als all das Laute zusammengenommen.

Ein fast schon stummer Hilfeschrei. Viel zu spät hinausgewürgt, das Spiel verloren.

*Stille.*

*Stiller als das Nichts.*

Der Lärm erstirbt schlagartig.

Aus.

Und es bricht nicht nur die horrende Geräuschkulisse in sich zusammen, zerfällt zu stummem Staunen, es erstarrt die Welt. Nicht im metaphorischen Sinn. Sie hält nicht einen gedachten Atemzug lang inne, um über Verbrechen und Verdammnis zu räsonieren und sich dann trotz der erlösenden Erkenntnis erst recht in das vorgeschriebene Schicksal zu fügen.

Sie hört einfach auf weiterzugehen.

*Bleibt stehen.*

Wie die Zeiger auf dem Ziffernblatt einer Uhr stehenbleiben.

In ihren eben noch so frohen, so energischen Bewegungen festgefroren, verweilen die zur Kulisse degradierten Arbeitskollegen still und stumm.

Reglos, tonlos, leblos.

Die Hände starr gestikulierend, die Münder heischend weit aufgerissen, die Augen ungeduldig verdreht. Vom heißen Hauch des ungnädig stinkenden Stadtatmens gebläht, bleiben die luftigen Gardinen vor den weit geöffneten Fenstern bauchig im leeren Raum stehen. Direkt vor Karen hängt ein Blatt Papier, das sich eben aus einem wirren Stapel gelöst zu haben scheint, still in der Luft. Wie von unsichtbaren Schnüren gehalten. Ein verklärtes Schmunzeln zaubert sich zärtlich langsam auf ihr staunendes Gesicht. Fassungslos weiten sich ihre Augen.

*Keine Zeit mehr.*

»Genießt du die Schönheit des Augenblicks?«, meldet sich eine ihr wohl vertraute Stimme ganz dicht hinter ihr zu Wort. Gespenstisch quält sich der kalte Hauch des Wiedererkennens ihren Rücken entlang, verweilt wie ein fester Griff in ihrem Nacken, drückt ihr förmlich die vom Schreien und Schweigen raue Kehle zu. Sie fürchtet sich nicht. Auch wenn das, was sie sieht, nicht wirklich sein kann.

Auch wenn die Stimme, die sie hört, wenig Gutes zu verheißen hat.

»Du?«, fragt sie und dreht sich mit dieser einsilbigen Frage zum unverhofften aber keinesfalls überraschenden Besucher um.

»Wen hast du denn erwartet?«

»Eigentlich niemanden … Aber wenn doch jemanden, dann dich.«

»Siehst du.«

Er klingt kalt und unwirklich wie immer, aber amüsiert und selbstgerecht wie selten. Das hier scheint für ihn eine große Show zu sein, die er sichtlich genießt. Sein makellos schönes Gesicht ziert ein kindliches Lächeln. Besser ein Beinahe-Lächeln, das diesmal aber durchaus als ein aufrichtiges Lächeln durchgehen könnte und nur am Rande der Wahrnehmung dem keuchenden Grinsen einer blutleckenden Chimäre gleicht. Und gerade in dieser widersinnig erstarrten Welt erscheint ihr seine Gegenwart, sein ganzes Sein, mit einem Mal beinahe logisch. Als würde sie endlich verstehen, wer er ist.

Was er ist.

Gelassen schlendert er die wenigen Meter, die sie voneinander trennen, auf sie zu.

»Also nun dann, genießt du die Schönheit des Augenblicks?«

Ganz nah bei ihr bleibt er stehen und hebt seine Hand zu ihrem Gesicht, als wolle er ihre Wange berühren, doch als er die instinktive Angst in ihren Augen bemerkt, lässt er die Hand sinken. Es ist nicht die Angst vor dem, was gleich geschehen wird, es ist seine Berührung, die sie fürchtet. Wortlos verweilen sie, schweigend einander gegenüber, in den Blick des jeweils anderen versunken, als wären sie in ihrer unausgesprochenen Einigkeit ein Teil dieses obskuren Stilllebens. Dann bricht Karen das Schweigen.

»Steht die Welt still, weil du denkst, dass mich, wenn das Leben weitergehen würde, etwas abhalten könnte?«

»Würde dich etwas abhalten können?«

»Ich wünschte, ich wüsste es.«

Er kommt noch einen Schritt näher, gerade so nah, dass sie nicht an seiner entsinnlichten Kälte gefriert, aber von seiner kaltblütigen Gelassenheit sorgsam umfangen wird.

*Vielleicht können wir einfach für immer so stehenbleiben, so wie die Welt rund um uns stehengeblieben ist*, denkt sie. Doch auch ohne dass sie es laut ausspricht, sieht sie seine Antwort in seinen eiskalten, seinen eisblauen Augen.

*Nicht jetzt.*

*Aber dann.*

*Und dann gehört uns die Ewigkeit.*

Vorsichtig nimmt er ihr die Tasche von der Schulter und zieht die Waffe.

»Dein Wunsch sei mir Befehl«, flüstert er, und die brennende Kälte glüht vernichtend in seinen Augen.

»Ich hab mir nichts gewünscht! Was hast du vor?«

»Doch hast du. Und was ich vorhabe? Ich folge deiner Vision. Showtime!«

An ihr vorbei geht er in das Großraumbüro, direkt auf Mark zu, der sich gerade gemütlich in seinem Sessel zurücklehnt, die Hände im Nacken verschränkt. Karen kennt diese Haltung. Sie hat sie oft genug gesehen. Hier und anderswo. In nur wenigen Metern Entfernung bleibt der wohlbekannte Fremde stehen und richtet die Waffe auf Mark, den fremden Wohlbekannten.

»Hier haben wir einen Meister seines Faches, grübelnd in sein Werk vertieft.«

Karen tritt zu dem hübschen jungen Mann mit den rotbraunen Haaren, der so lange nur eine Stimme für sie gewesen ist, und bleibt direkt neben ihm stehen. Ihr Herz rast. *Vorfreude*, schießt ihr der Gedanke durch ihren Kopf wie das Adrenalin durch ihren Körper. Und diese Vorfreude brennt so heiß, dass sie die letzte, vorempfundene Schuld verbrennt.

»Hast du noch etwas zu ihm zu sagen, besteht hier noch Klärungsbedarf?«, wendet sich der Mann, dessen Namen sie immer noch nicht kennt, an sie. In seinen Augen glitzert euphorischer Wahnsinn. Es sind die Augen eines Mörders. Nie hat er für sie menschlicher ausgesehen, nie hat es irgendjemand sonst getan.

Gibt es hier noch etwas zu sagen?

*Nein*, denkt sie. *Alles was es zu sagen gibt, ist längst gesagt worden, und über den Rest soll sich Schweigen legen. Endlich.*

»Schieß«, sagt sie, kaum hörbar.

Der erste, die alles umfassende Stille gnadenlos zerfetzende Schuss trifft Mark mitten in seine Geschlechtsteile. Ihr ist, als könne sie durch das manische Plärren des Knalls hindurch Fleisch platzen, Knochen splittern und Sehnen reißen hören. Tiefrotes Blut spritzt aus seiner klaffenden, offenstehenden unteren Körperhälfte, wie vor nicht zu langer Zeit noch andere Körpersäfte. Eine wunderschöne, eine todbringende Fontäne.

»Mehr«, haucht sie, und zwei weitere Schüsse folgen. Unmittelbar hintereinander. Der Kopf des immer noch Regungslosen wird zurückgerissen, an der Wand zeichnet sich das gewaltsam zelebrierte Zerrbild einer vollständig aufgeblühten Rose ab.

Eine Rose aus Fleisch und Blut.

*peng, peng, peng*

Eine wehmütige Leere breitet sich in Karen aus.

Gelebt wird so lange, gestorben so eilig.

Die Vergänglichkeit vergeht zu ohrenbetäubend laut und zeitraubend schnell. Doch gerade als sie sich, ob des getanen Mordwerks ermattet, auf den Boden sinken lassen will, erkennt sie, dass dieses Blutbad vieles ist, aber wohl noch nicht vollendet.

Zielstrebigen Schrittes geht er mit immer noch erhobener Waffe auf den nächsten Menschen, mit dem sie einen so unwesentlichen Teil ihres bedeutungslosen Lebens geteilt hat, zu. Sie will ihn mit beiden Armen zurückhalten, doch ihre verbliebene Kraft reicht gerade mal aus, um verwirrt neben ihm her zu stolpern und zu flehen.

»Nicht! Nicht die Unschuldigen!«

»Sie sind unschuldig? Das denkst du wirklich?«, fragt er, ohne dabei den Blick von seinem nächsten Opfer zu lassen. »Niemand ist unschuldig. Sie alle haben es gewusst. Glaubst du nicht? Was willst du denn glauben? Denkst du, das ist dir freigestellt? Denkst du, du kannst glauben, was auch immer du willst? Ich bin es, dem du glauben musst. Wir sind so weit gegangen, zu weit, um nicht noch weiter zu gehen. Wir müssen diesen Weg zu Ende gehen. Erinnere dich. Sie alle haben tatenlos zugesehen, sie alle haben es geschehen lassen und es somit selbst getan. Wenn du nicht dabei warst, haben die Frauen geifernd über dich gelacht, und die Männer haben sich an deiner Schmach aufs Ordinärste ergötzt. Hörst du sie lachen? Siehst du sie? Kannst du es dir vorstellen? Wie sie wiehern und schreien?«

*Sie kann.*

»Sie alle?«, ihre Gedanken sind verwirrt aber längst nicht so komplett irre, wie ihre Stimme irre klingt. Fast schreckt sie vor diesem Klang mehr zurück als vor seinem Blutrausch.

»Sie alle. Jeder Einzelne. Niemand ist ohne Schuld, Karen.«

»Niemand ist unschuldig?«

»Niemand. Sie alle sind nur schuldige *Figuren.*«

NEIN

Sie alle sind *Menschen.* Es sind Frauen und Männer, mit denen sie Namen und Geschichten verbindet. Zwei Kinder dort, ein Baby auf dem Weg da und unzählige Kinderwünsche noch unausgesprochen und unerfüllt. Eine abbezahlte Wohnung, eine Verlobung im Mai und eine Hochzeit diesen September. Ein hoffnungslos überteuertes, aber heißersehntes Zweitauto, ein spektakulärer Urlaub in Kenia, ehrenamtliche Tätigkeit im Tierschutzhaus, eine Mutter am Sterbebett, eine Aquarellausstellung im Stadtsaal, Bandproben nach Feierabend. Und noch mehr und noch mehr und noch mehr. Und nichts dasselbe. All die kleinen Dinge für all die kleinen Leute. Skurrile Anekdoten, humorvolle Episoden.

Noch mehr davon, mehr nicht.

Alles gestern, alles längstens vergangen.

Schlussendlich nur noch *Figuren*.

Figuren, die vernichtet werden müssen, weil sie die Vernichtung verdienen. Keine Menschen mehr. Nur noch Leiche um Leiche, Menschenmaterial um Menschenmaterial. Kollateralschäden eigentlich. Im Weg auf jeden Fall. Und eines haben sie gemeinsam:

*Heute ist ihr letzter Tag.*

Und es ist so gar kein guter Tag zum Sterben. Weil es das nie ist.

Mariella und Armin erwischt es an den Aktenschränken. Auf der vermeintlichen Suche nach Unterlagen, in ein angeblich berufliches Gespräch vertieft. Jeweils ein Kopfschuss. Die tödliche Kugel tritt bei der Frau seitlich an der Schläfe ein, bei dem Mann direkt zwischen den Augen. Beide Male wird mit großem, optischem Effekt der Hinterkopf durchschlagen. Das Krachen der Knochen hallt, von den gellenden Schüssen überraschenderweise nicht übertönt, wie ein morbides Echo von den Bürowänden wider.

An den Aktenordnern bleibt zweifach Mensch kleben.

*peng, peng*

*komm mit mir*

Leonhard wird auf dem Weg in die Küche niedergestreckt. Ein leidenschaftlicher Kaffeetrinker. Das wäre sicher sein fünfter heute geworden. Noch einmal ein Kopfschuss, *executioner style*, von hinten in den Schädel. Seine Gehirnmasse spritzt an die weiße Küchentür. Die fetten Brocken bleiben kleben, das helle Blut rinnt malerisch Schlieren ziehend hinab. Es folgen noch zwei Schüsse in den Rücken, bevor Leonhard zusammensackt. Schnell bildet sich um seinen zerschmetterten Schädel ein Heiligenschein aus Blut, Gehirn und Knochensplittern.

*peng, peng, peng*

Oliver und Karsten lehnen am Fenster. Karsten raucht endlich die wirklich letzte Zigarette. Es trifft ihn zweimal in den Bauch. Ein widerlicher Gestank breitet sich augenblicklich im Raum aus, als Scheiße aus ihm spritzt. Fast mehr Scheiße als Blut. Eine ekelhafte Sauerei, so ein durchschlagener Darm. Oliver trifft der Schuss direkt zwischen die Augen. Auffällig, ein weiterer Kopfschuss. Aber ein gutes System muss nicht besser gemacht werden. Und ein Schuss in den Kopf ist verdammt gut. Dabei spritzt Gehirnmasse aus dem offenen Fenster.

*peng, peng, peng*

Im Großraumbüro sind alle tot, niemand rührt sich. Alle erfolgreich exterminiert. Es folgt ein fliegender Wechsel zurück in den Vorraum. Rebekka ist auf dem Weg aus der Küche erstarrt.

(die zweite Küchentür)

Dort hat sie wohl nur knapp Leonhard verfehlt. Ein gemeinsamer Kaffee? Vielleicht im nächsten Leben. In diesem Leben gibt es nur noch zwei Schüsse in den Oberkörper. Einen davon direkt in die Magengegend. Der zweite durchschlägt das Herz. Mitten hinein. Sprudelnd quält sich der bittersüße Quell des Lebens blutrot und metallisch stinkend aus der sterblichen Hülle.

*Nicht jedes Blut fließt gleich rot.*

*peng, peng*

Benjamin, der gute Ben. Um niemanden zu stören, geht er für seine Privatgespräche immer in den Vorraum. Den fensterlosen, finsteren Vorraum. Diese vornehme Rücksichtnahme ist dem schönen jungen Mann mit den rotbraunen Haaren gleich drei Schuss wert. Zwei in den Kopf und abschließend einer durch den Hals. Das beeindruckende Splittern der Wirbelsäule sucht seinesgleichen in Klang und Optik. Fast als würde ihm der Kopf von den Schultern gerissen werden. Die Wand hinter ihm wird in wunderschönes Blutrot getaucht. Es hat Finesse, dieses finale Bild.

*peng, peng, peng*

Walter steht, mit üblicher Verspätung, eingefroren an der Eingangstür. Mit den verbleibenden drei Schüssen wird der ewig Letzte zurück ins Treppenhaus und endgültig ins Nirvana geblasen. Einer perfekten Schießübung gleich.

*Body, body, head and you are dead*

*peng, peng, peng*

»Alle tot?«, fragt er. Er ist blutüberströmt. Sein weißes, bis oben geschlossenes Hemd ist blutrot, sein Gesicht nicht weniger. Seine eisblauen Augen blitzen aus dem Purpur hervor.

»Ja, sie sind alle tot. Du hast sie alle erwischt«, antwortet sie.

»Und?«, fragt er.

»Gut«, sagt sie.

»Dann weißt du, was du zu tun hast.«

»Was ich zu tun habe? Was meinst du?«

»Ich kann dir nur eine Möglichkeit zeigen. Mir fehlt die Befugnis, diese Möglichkeit für dich zur Wirklichkeit werden zu lassen. Wie ich es dir schon einmal gesagt habe, in deinem Leben kommt es nur darauf an, ob *du* im entscheidenden Moment dazu bereit bist abzudrücken. Ich kann es dir nur vorführen, dir vor Augen führen, wie einfach es ist.«

»Einfach?«

Ein Blick in seine eisblauen Augen und sie verstummt, ohne eine Antwort auf diese Frage zu bekommen. Ohne irgendeine Antwort.

»Wir sehen uns daheim«, sagt er, und es sind jene Worte, die in ihr widerhallen, als das Leben rund um sie ohne die geringste Vorwarnung wieder einsetzt.

*Daheim.*

Sie steht erneut in der Tür. Weder im Raum, noch außerhalb des Raumes. Dazwischen, zwischen …? Sie beobachtet das immer noch eifrige Treiben gänzlich unbeobachtet. Sie ist immer noch ein Jemand, den niemand wahrnimmt. Alle leben an ihr vorbei, über sie hinweg. Und überhaupt, alle leben.

*Sie alle leben noch.*

Nichts von all dem, was gerade passiert ist, ist tatsächlich passiert. Die Geräusche sprengen keinerlei Norm, keine Bewegung erstarrt, und die Zeit steht nicht still. Und sie ist es alleine, die an dieser Schwelle steht. Es steht niemand neben ihr, es steht ihr niemand bei.

*Daheim*, denkt sie.

Gelächter und Geplauder, Kaffee in der Küche, eine Zigarette am Fenster, ein Telefonat im Vorraum, eiliges Kramen in den Akten. Es öffnet sich die Eingangstür.

*Es ist nichts passiert.*

Noch nicht.

Nicht auf dieser Ebene der Wahrnehmung.

Weil sie es zwar bereits gesehen hat, es aber erst passieren lassen muss.

Ihre Hand, vor neugierigen Blicken sicher, in der Tasche geborgen, die Waffe krampfhaft festhaltend, löst sie sich aus dem Türrahmen. Das Bild vor ihren Augen verschwimmt, als sie zittrigen Schrittes auf Mark zugeht. Dieser hat sich gemütlich in seinem Sessel zurückgelehnt, die Hände hinter dem Kopf verschränkt, die Augen geschlossen. Das macht er immer, wenn er nachdenkt.

Oder wenn …

»Hallo Mark.«

Sie kann sich selbst kaum hören, so laut rauscht das Blut durch ihre Adern, so laut schießt das Blut durch ihren Kopf. So laut, dass die Welt fast wieder stillsteht.

*Fast.*

Überrascht reiß er die Augen auf.

Überrascht, weil er sie nicht so schnell zurückerwartet hat. Genau genommen ist er sich sicher gewesen, dass sie die Firma nach ihrer *Bildungskarenz* überhaupt nie wieder betreten würde. Und sie hätte auch wegbleiben sollen.

Beinahe ein Jahr ist vergangen.

Selbst er hat es fast vergessen.

Wirklich, verdammt, sie hätte einfach wegbleiben sollen. Es kündigen doch immer wieder Leute, und sie haben dafür vielfältige Gründe. Manche kündigen, weil sich ihnen eine bessere Möglichkeit bietet, manche, weil sie sich einfach beruflich verändern wollen, und wieder manche, weil sie sich nie ganz erholen.

*Von dem Feuer.*

Ganz egal, wie sehr sie es auch versuchen. Aber in Karen hat er sich wohl geirrt. Hartnäckig, das Dreckstück. Vielleicht ist er ja doch noch nicht fertig mit ihr. Vielleicht ist da ja doch noch etwas Unverbranntes zu holen.

»Hallo Karen. Ich... wow … ich … wie geht es dir denn?«

Kalt und schwer liegt die Waffe in ihrer Hand.

Mächtig und stark.

*Ich bin mächtig und stark.*

Eine schnelle, eine endgültige Lösung. Erst er, dann die anderen.

*So einfach.*

Doch als Mark ihr, von rasender Gier gezeichnet, in die Augen blickt, sind es nicht Marks Augen, in die sie blickt. Es sind die Augen einer anderen Person. Und es sind plötzlich ganz andere Bilder, die da in ihrem Kopf entstehen.

Wortlose Bilder.

Und trotzdem hat sie zugehört. Hat jedes dieser unausgesprochenen Worte genau gehört.

Und vor allem hat sie *es* erzählt. Das bisher unausgesprochene *Es*.

Alles davon.

Alles.

Jede einzelne Grausamkeit, jedes bisschen. Auch das eigentlich längst Vergessene. Und jetzt wo *es* draußen ist, kann *es* irgendwann auch weg sein.

Ganz weg.

*Ich habe Hoffnung*, denkt sie und muss dabei lächeln.

»Danke« sagt sie. »Danke, es geht mir gut.«

Und als sie sich zum Gehen wendet, von ihren eigenen Worten nicht weniger überrascht als Mark, ist es tatsächlich die Hoffnung, die ihre Schritte lenkt.

*Es geht mir gut.*

Eines *deiner* Objekte seiner endgültigen und absoluten Bestimmung zuzuführen, erfüllt mich. Macht aus einer leeren, einer austauschbaren Hülle erst das, was ich in Wahrheit bin.

Das, was ich *noch* bin, denn sonst bin ich nicht mehr viel.

*Dein* Werkzeug.

Das ist alles, was von mir übrig ist, und auch das bin nicht ich. Ich bin, was *du* aus mir machst. Aber es genügt mir. Immer. Und heute, vor dieser Hotelzimmertür, mit diesem so offenkundig belanglosen Objekt in den Händen, erkenne ich, dass ich selbst eben nur so bedeutend bin wie *dein* belanglosestes Objekt. Also so bedeutend, wie das einst – vor ungezählten Jahren – wohl weiße Stofftaschentuch in meinen Händen. Es ist wahrhaft alt und bereits verblichen, kein Rand oder gar ein Monogramm zieren die banale Schlichtheit. Es ist einfach nur ein weißer, grob gewebter Fetzen Stoff.

Bereits als ich es aus *deinem* Tresor geholt habe, bin ich enttäuscht gewesen. Es kann durchaus vorkommen, dass mir einmal die Bedeutung eines Objektes verborgen bleibt und diese sich erst aus dem Kontext mit jener Person, welcher das Objekt gehört, erschließt.

Doch heute zweifle ich daran.

Und mir ist durchaus bewusst, dass selbst der einfachste Zweifel einem groben Frevel gleichkommt. Ich habe nicht zu zweifeln, ich habe andächtig und ergeben auszuführen. Denn das bin ich. Das ist es, wozu *du* mich gemacht hast. Eine andächtige und ergebene Dienerin.

Aber meine Gedanken sind nicht hier im Hotel, sie sind weit weg. Draußen, in der wahren Welt. Mir ist, als hätte ich seit Ewigkeiten keine eigenen Gedanken mehr gehabt. Erst recht nicht haben sie die hehren Hallen verlassen. Grundsätzlich denke ich nicht, dass eigene Gedanken für meine Dienste vonnöten sind. Vielmehr würde ich sie als überaus störend erachten. Und ich muss mir eingestehen, dass es wohl auch jetzt diese eigenen Gedanken sind, die mir den Zugang zum Objekt verwehren. Mir die einzigartige Schönheit und maßlose Bedeutungen des Banalen vorenthalten. Aber ich kann meine Gedanken nicht zügeln.

Sie sind frei.

Meine Gedanken sind frei.

Der Gedanke, dass es auch ich sein könnte, erscheint mir vermessen. Und er macht mir Angst.

*Große Angst.*

Ich drücke das belanglose Stück Stoff an meine Brust und atme ein. Konzentriere dich. Was du hier tust, duldet keine Ablenkung. Es ist nicht irgendetwas, es ist nicht unbedeutend. Für das eine Menschenleben hinter dieser Tür ist es alles. Hoffnung, Zorn, Verzweiflung.

Ist es Erinnerung.

Und wahrhaft kehren meine, sich wie tollwütig in der Freiheit wild gebärenden, Gedanken zu mir zurück, zurück in das Hotel, lassen die Welt da draußen los. Ich schließe die Augen, nur für einen kurzen Moment, um meine Aufmerksamkeit zu fokussieren. Mich auf die Funktion, die Positionierung des Objekts einzulassen. Denn dafür muss ich bereit sein. Es ist eine verantwortungsvolle Aufgabe, ein fremdes Schicksal in den Händen zu halten und es kurz darauf auf den Menschen loszulassen.

Das Schicksal.

Als ich die Tür aufschließen will, bemerke ich, dass sie unverschlossen ist. Ich zögere kurz, will wieder meiner unergründlichen Wege gehen, doch da wird mir bewusst, dass auch diese Anweisung, wie jede *deiner* Anweisungen, unmissverständlich gewesen ist. *Jetzt* hat sie gelautet, nicht *später*. Also klopfe ich an die Tür und trete ein, fest der Überzeugung, einen zwar unverschlossenen, aber wie immer leeren Raum vorzufinden.

*Dem ist nicht so.*

Auf dem Ohrensessel vor dem Fenster sitzt eine Person. Ich kann die Person nicht erkennen, da mir die Lehne die Sicht auf sie versperrt. Zumindest größtenteils. Was ich aber sehen kann, ist ein Bein, wohl locker über das andere geschlagen. Genau genommen sehe ich einen blank polierten, schwarzen Schuh und das Hosenbein eines schwarzen Anzuges. Außerdem kann ich noch die rechte Hand erblicken. Den Ellbogen auf die Lehne abgestützt, hängt diese Hand regungslos in der Luft, wie von unsichtbaren Schnüren gehalten.

Es ist eiskalt im Raum.

Prüfend blicke ich zum Fenster, um zu sehen, ob es vielleicht offensteht, aber es ist geschlossen. Ich fröstle. Gesellschaft kann ich mir nicht leisten. Wenn jemand hier ist, kann ich nicht bleiben. Ich bin versucht, ohne eine Wort zu sagen wieder aus dem Zimmer zu schleichen, doch dann besinne ich mich der Unhöflichkeit dieses Verhaltens und hüstle vornehm, um mich bemerkbar zu machen.

»Entschuldigen Sie die Störung. Ich habe nicht gewusst, dass jemand hier ist. Ich werde zu einem späteren, einem angemessenen Zeitpunkt wiederkommen.«

Mit einem höflichen Knicks, den der Unbekannte wohl nicht sehen, aber möglicherweise erahnen kann, verabschiede ich mich und wende mich auswegsuchend der Zimmertür zu, als mich die unerwartete Antwort des Gastes innehalten lässt. Seine Stimme ist glasklar. Und sie ist noch kälter, als der Raum kalt ist.

*Eisig.*

»Sie müssen nicht später wiederkommen. Es ist der genau richtige Zeitpunkt.«

Er steht auf, geht um den Sessel herum und kommt langsam auf mich zu. Jeden Schritt setzt er bewusst, als würde unermessliche Bedeutung in jedem einzelnen liegen. Er trägt einen schwarzen Anzug und ein weißes, hochgeschlossenes Hemd. Seine eisblauen Augen ruhen mit einer stoischen Gelassenheit auf mir. Er ist schön.

*Wunderschön.*

*Unwirklich.*

»Um genau zu sein, habe ich dich bereits erwartet. Sophia.«

*Das ist nicht mein Name*, will ich ausrufen, doch noch bevor ich etwas rufen kann, überkommen mich Zweifel. Ich kann nicht sagen, ob es *nicht* mein Name ist. Weil ich meinen Namen nicht weiß. Nicht mehr. Ich habe ihn vor langer Zeit vergessen. Mir wird schwarz vor Augen, und ich spüre, wie meine Knie weich werden und beinahe unter mir nachgeben. Alles, was ich entgegnen kann ist: »Nein.« Doch mir ist nicht wirklich bewusst, was genau ich eigentlich so vehement und dennoch wortkarg verneine. *Reiß dich am Riemen*, weise ich mich selbst mit gebotenem Nachdruck zurecht. Das kommt davon, wenn ich mich vom Leben anderer (*ihrem Leben*) zu sehr ablenken, zu sehr vereinnahmen lasse.

Bewahre Fassung!

Mit erhobenem Kopf schreite ich auf den Gast zu und halte ihm das Taschentuch entgegen. Offensichtlich ist es *dein* Wille, dass es persönlich überreicht wird.

»Ich habe hier etwas für Sie.«

Der Mann lächelt. Doch sein Lächeln gefriert an seinen ebenmäßigen Lippen, erreicht seine eiskalten Augen nicht. Offenkundig amüsiert blickt er auf das ihm so bereitwillig dargebotene Objekt, nimmt es mir aus der Hand, betrachtet es eingehend. Dann entgegnet er abfällig: »Bedaure, nein, das glaube ich nicht«, und reicht mir den belanglosen, weißen Fetzen wieder zurück. »Ich glaube, es ist für dich bestimmt.«

*Mich?*

Wie vom Donner gerührt starre ich abwechselnd erst das Taschentuch und dann den Mann an.

Starre ihn an.

*Erkenne.*

Starre *dich* an.

»Du?«, flüstere ich ungläubig, und Tränen steigen mir in die Augen. »Warum jetzt?«

»Jemand in meinem Dienste hat seine Kompetenzen überschritten. Die Zeit ist abgelaufen. Deine Zeit.«

»Kompetenzen?«

Er nickt. Hätte er ein Gefühl für Gnade, dann wäre sein Blick wohl gnadenlos. So ist er einfach nur … menschenleer. Ich senke den meinen fassungslos hinab zum Taschentuch und Tränen tropfen auf meine zitternden Hände, tropfen auf den vergilbten Fetzen.

»Aber ich kann nichts damit anfangen. Es gehört mir nicht«, flehe ich. Um … ich weiß nicht, um was zu tun. Vielleicht, um wenigstens irgendetwas zu tun.

»Ich weiß, dass es dir nicht gehört. Aber die Erinnerung, die ist die deine.«

Und noch bevor ich abermals verzweifelt darauf bestehen kann, dass mir die Bedeutung des bedeutungslosen Kleinods völlig fremd sei, steigt mir ein Geruch in die Nase. Ein vertrauter Geruch, der von dem Taschentuch ausgeht.

»Dieser Duft … Henry …«, kann ich noch murmeln, bevor die Welt um mich an Bestand verliert und die Erinnerung erbarmungslos über mich hereinbricht.

*Mein Name ist Sophia.*

*Und ich habe den einzigen Menschen, den ich je wirklich geliebt habe, getötet.*

Mit der unbeteiligten Manier eines Mannes, für den Zeit kein Begriff mehr ist, fast so wenig wie Mensch oder Welt, säubert Lloyd das Regal hinter der Bar, auf dem die Spirituosenflaschen stehen. Man würde meinen, ein Ort, der sich so der Wirklichkeit entzieht, bedürfe keiner ordnenden oder reinigenden Maßnahmen. Doch vielmehr ist das Gegenteil der Fall. Die Unendlichkeit ist voll von Vergangenem.

Voll von Dreck.

Als er sich bückt, um leere Flaschen zu verstauen, wird er schlagartig einer Präsenz gewahr, die alle anderen Präsenzen entweder legitimiert oder terminiert. Anfang und Ende. Seine unbeeindruckte Miene verzieht sich augenblicklich zum ekstatischen Grinsen eines fressenden Frettchens. Seine Augenlider flackern.

Furcht, immer noch.

Und Ehrfurcht.

»Du bist lange weg gewesen. Was verschafft mir die Ehre?«, fragt er, während er sich zur Eingangstür der Hotelbar dreht, und der Tonfall seiner Stimme lässt deutlich erkennen, dass es ihm wohl genau so viel überragende Ehre wie maßlose Furcht ist.

»Die Notwendigkeit meiner Anwesenheit. Ich hatte zu tun«, entgegnet der Eigentümer des Hotels. Wenn man ihn pragmatisch so nennen mag, oder es auch nur wagen darf, ihn so zu nennen. Aber de facto ist er genau das.

*Der Eigentümer.*

Bedächtig schlendert er auf Lloyd zu und lässt sich auf einen Barhocker sinken. Mit dem Zeigfinger der rechten Hand klopft er dreimal auf die Theke. Lloyd stellt ihm einen Whiskey hin – nur Whiskey, kein Eis – den der Eigentümer nicht anrührt. Er rührt ihn nie an. Wozu auch? Aber er hat ihn gerne vor sich stehen. So wie damals, als sie gegeneinander Poker gespielt hatten. Besser gesagt, der Eigentümer hatte gespielt. Lloyd hatte verspielt.

»Bekommen wir einen neuen Dauergast?«, fragt Lloyd.

Der Eigentümer betrachtet nachdenklich die bernsteinfarbene Flüssigkeit im Glas, dann schüttelt er kaum merklich den Kopf.

»Nein, kein neuer Gast. Heute verlieren wir nur. Wir beide. Wir alle.«

Verzweifelt blickt sich Karen um. Ungläubig dreht sie sich immer wieder um die eigene Achse. Doch das Gesuchte bleibt verloren. Es ist unmöglich. Und dennoch ist es so. Nachdem sie das Büro verlassen hat, ist sie ohne Umwege, vor allem auch, weil sie ihre Füße gar nicht weiter getragen hätten, zurück zum Auto gegangen. Dann ist sie exakt den gleichen Weg zurückgefahren, den sie gekommen ist. Denn plötzlich hat sie sich ganz genau an den Weg zurück erinnern können.

Zurück zum Hotel.

*Daheim.*

Doch wo an diesem Morgen noch der majestätische Prachtbau vier Stockwerke hoch in den blauen Himmel geragt hat, befindet sich jetzt nicht mehr als eine große Wiese mit kniehohem Gras. Den kleinen Teich auf der gegenüberliegenden Seite der Straße, den gibt es noch. Silbern glänzend schimmert seine spiegelglatte Oberfläche in der satten Spätnachmittagssonne. Sonst nichts.

Aber eigentlich ist es schlimmer als *nichts*.

Es ist schlimmer als *nicht da*.

Denn irgendwie trifft die Beschreibung *nicht da* einfach nicht zu.

Denn Karen kann es deutlich *hören*.

Das fröhliche Lachen der Kinder, die durch die Eingangshalle rennen. Das entspannte Geplauder der Leute, die sich auf einen angenehmen Aufenthalt vorbreiten. Die schmeichelnden Stimmen der höflichen Angestellten.

Sie kann die verdammten Schritte der herumeilenden Menschen auf dem kalten Marmorboden *hören*.

Sie teilweise sogar atmen *hören*.

Aber *sehen*, *sehen* kann sie nichts.

Nichts und niemanden.

Ihr ist, als müsse sie nur die Hand ausstrecken, als müsse sie nur berühren, was sie so deutlich vernehmen kann. Was sie sogar fühlen kann. Denn immer wieder streift sie ein Hauch, als würde ein besonders Eiliger knapp an ihr vorüberlaufen.

»Nein, bitte, bitte nicht! Nein! Nein!«, ruft sie immer und immer wieder. Tränen laufen ihr übers gerötete Gesicht. Würde sie jemand fragen, warum sie weint, sie könnte keine Antwort geben. Würde ihr dieser Jemand sagen, dann solle sie aufhören zu weinen, aufhören zu rufen, würde sie antworten, dass ihr das unmöglich sei. Unmöglich. Und das Unmögliche ist das Einzige, das sich jeder Rationalität zu entziehen vermag.

Noch weiter hebt sie die Stimme an und schreit: »Hallo! Wo seid ihr, wo? Hallo! Hallo!«, auch immer wieder und wieder. Als dürfe sie es einfach nicht. Als dürfe sie nicht einfach aufgeben.

Als würde Beharrlichkeit das Unabänderliche abändern.

Hätte ich eine Antwort auf mein Rufen zu erwarten, hätte ich noch wenigstens die geringste aller Hoffnungen darauf, ich würde ebenfalls rufen. Aber ich weiß, dass es keine Antwort mehr gibt.

Nicht für uns.

*Nicht für Karen und Sophia.*

Also stehe ich nur da, stehe still hinter ihr, lausche ihren Schreien und beobachte ihr Flehen. Es ist fast so, als würde sie doppelt klagen, für mich mitklagen. In meiner Wahrnehmung dauert sie ewig an, ihre Verzweiflung, und es sind schlussendlich weder Resignation noch Erkenntnis, die ihre vom Schreien heisere Stimme verebben lassen. Es ist die Unfähigkeit, die durch das endlose Wiederholen wertlos gewordenen, bedeutungslos gewordenen Worte weiterhin auszusprechen. Sie weiterhin hinauszuschreien in eine Welt, die nicht mehr die Welt von heute Morgen ist.

*Nicht mehr für uns.*

*Nie wieder für uns.*

Als ihre Worte versiegen, steht auch sie still. Wiegt sich sanft wie ein Getreidehalm. Nur ganz wenig noch, doch andauernd.

»Karen«, flüstere ich in ihrem Rücken. Kaum hörbar ist ihr Name, als er meine Lippen verlässt, doch der Wind trägt das verzweifelt geflüsterte Wort direkt an ihr Ohr. Ich will noch weit mehr sagen, es wenigstens hinaushauchen. Doch sie fehlen mir, die Worte. Ich muss sie erst wiederfinden, so wie ich mich in dieser Welt wiederfinden muss.

*Dreh dich um zu mir!*, flehe ich im Gedanken und bin dann dennoch erschrocken, als sie genau das tut. Sich in allerletzter Hoffnung zu mir umdreht. Ausgerechnet zu mir.

*Die, die ihr verbannt seid, lass alle Hoffnung fahren.*

»Es ist nicht da«, stammelt sie.

»Es ist da. Es ist da, wo es immer war. Wir sind es. Wir sind nicht dort.«

»Hilf mir!«, fleht sie.

»Du hast es selbst gesagt. Wie könnte ich dir helfen?«, antworte ich, von dem sehnlichsten Wunsch erfüllt, wenigsten mir helfen zu können. Doch ich kann nicht. Ich kann uns nur der Leere hingeben. Der Leere, dem Schweigen und der Erinnerung. Einer Erinnerung an ein Leben, das ich nicht gewollt habe, das mich verraten hat und das ich jetzt wieder zurück habe.

Zurück im Leben.

»Alle die ich kenne und liebe sind tot«, flüstere ich mehr mir zu mir selbst als zu der mit mir Verlorenen, und erst als ich die Wahrheit ausspreche, erkenne ich, dass sie es wirklich ist.

Die Wahrheit.

Dass es diese Worte sind, die von nun an meine Wirklichkeit sein werden.

Tot, alle tot und längst vergangen.

»Und jetzt?«, fragt Karen.

Ich überlege, bevor ich antworte, weil ich nicht das Falsche sagen will. Weil ich nicht lügen will, und auch nicht einfach schweigen kann.

»Ich weiß es nicht«, sage ich. »Ich weiß es wirklich nicht.«

# MÄNGELEXEMPLARE: HAUNTED

Am Ende des Glaubens fangen sie an zu existieren. Mängelexemplare: Haunted – dreizehn illustrierte Spuk- und Geistergeschichten von Tobias Bachmann, Markus K. Korb, Vincent Voss, Stefanie Maucher, Melanie Ulrike Junge, Fred Ink, Benar Leston, Constantin Dupien, Xander Morus, Melisa Schwermer, Regina Müller, Lisanne Surborg und Christian Sidjani

Herausgegeben von Constantin Dupien

**Paperback mit Klappbroschur**
ISBN 978-3-95869-058-5
14,90 €

**Auch als E-Book erhältlich!**